Volverás a Alaska

Kristin Hannah

Volverás a Alaska

Traducción de
Jesús de la Torre

Título original: *The Great Alone*
Primera edición: marzo de 2018

The Great Alone. Copyright © 2018 by Kristin Hannah
© 2018, Penguin Random House Grupo Editorial, S. A. U.
Travessera de Gràcia, 47-49. 08021 Barcelona
© 2018, de la presente edición:
Penguin Random House Grupo Editorial USA, LLC.,
8950 SW 74th Court, Suite 2010
Miami, FL 33156

© 2018, Jesús de la Torre, por la traducción

Adaptación del diseño original de cubierta de Michael Storrings:
Penguin Random House Grupo Editorial
Fotografías de la cubierta:
© Design Pics Inc. / Getty Images, © Vikasuh / shutterstock.com y © Hideyosi / shutterstock.com

Printed in USA – Impreso en Estados Unidos

ISBN: 978-1-947783-37-9

Penguin
Random House
Grupo Editorial

A las mujeres de mi familia. Todas ellas son guerreras.
Sharon, Debbie, Laura, Julie, Mackenzie, Sara, Kaylee,
Toni, Jacqui, Dana, Leslie, Katie, Joan, Jerrie, Liz,
Courtney y Stephanie

Y a Braden, nuestro más reciente aventurero

«La naturaleza jamás nos engaña;
siempre somos nosotros los que nos engañamos».
Jean-Jacques Rousseau

1974

1

Aquella primavera la lluvia caía en ráfagas torrenciales que se abatían con estruendo sobre los tejados. El agua se abría camino en el interior de las grietas más pequeñas y socavaba los cimientos más robustos. Terrenos que durante generaciones habían permanecido inalterables caían como escombros sobre las carreteras, llevándose con ellos casas, coches y piscinas. Se desplomaban árboles que se estrellaban contra los cables de la luz. La electricidad se había cortado. Los ríos inundaban sus orillas, invadían patios, destrozaban casas. Gentes que se querían empezaban a gritarse y surgían peleas a medida que el nivel del agua subía y la lluvia continuaba.

Leni también estaba nerviosa. Era la nueva del instituto, solo un rostro entre la multitud; una muchacha de pelo largo con la raya al medio, sin amigos y que iba caminando sola a la escuela.

Ahora estaba sentada en su cama, con sus delgaduchas piernas recogidas contra su pecho plano y un ejemplar manoseado de *La colina de Watership* abierto a su lado. A través de las finas paredes de la casa, oía a su madre decir: «Ernt, cariño, no, por favor. Oye...», y la furiosa respuesta de su padre: «Déjame en paz de una maldita vez».

Otra vez estaban igual. Discutiendo. Gritando.

Pronto se oirían llantos.

Este tiempo sacaba lo más oscuro de su padre.

Leni miró el reloj que había junto a su cama. Si no salía ya iba a llegar tarde a clase y lo único peor que ser la nueva del instituto era llamar la atención. Había aprendido esa lección por las malas. En los últimos cuatro años había ido a cinco escuelas. Ni una sola vez había encontrado el modo de integrarse de verdad, pero seguía teniendo una tenaz esperanza. Respiró hondo, extendió las piernas y se levantó de la cama. Se movió con cautela por su habitación desnuda, bajó al vestíbulo y se detuvo en la puerta de la cocina.

—Maldita sea, Cora —dijo papá—. Ya sabes lo difícil que me resulta.

Mamá dio un paso hacia él y extendió una mano.

—Necesitas ayuda, cariño. No es culpa tuya. Las pesadillas...

Leni se aclaró la garganta para llamar su atención.

—Hola —saludó.

Papá la vio y se apartó de mamá. Leni vio lo cansado que parecía, lo derrotado.

—Yo... tengo que irme al instituto —añadió Leni.

Mamá metió la mano en el bolsillo superior de su uniforme rosa de camarera y sacó su paquete de cigarrillos. Parecía cansada. Había trabajado en el último turno de la noche y hoy tenía el de mediodía.

—Pues vete, Leni. No vayas a llegar tarde. —Su voz sonaba calmada y tierna, tan delicada como era ella.

Leni tenía miedo de quedarse y miedo de marcharse. Resultaba raro —incluso estúpido—, pero, a menudo, se sentía la única adulta de su familia, como si fuera el lastre que mantenía estable el destartalado barco de los Allbright. Mamá estaba sumida en una continua misión de «buscarse» a sí misma. Durante los últimos años, había probado con los Seminarios de Entrenamiento Erhard y el movimiento del potencial humano, la formación espiritual, el unitarismo. Incluso el budismo. Había pasado por todos, seleccionando cosas de unos y de otros. Sobre todo, pensó Leni, mamá había llegado con camisetas y lemas. Cosas como «Lo que es, es, y lo que no es, no es». Ninguno parecía servir de mucho.

—Vete —dijo papá.

Leni cogió su mochila de la silla que estaba junto a la mesa de la cocina y se dirigió hacia la puerta de la calle. Cuando la cerró al salir, oyó cómo volvían a empezar.

—Maldita sea, Cora...

—Por favor, Ernt, escúchame...

No siempre había sido así. Al menos, eso era lo que decía mamá. Antes de la guerra habían sido felices, cuando vivían en un camping de caravanas de Kent y papá tenía un buen trabajo de mecánico y mamá se reía todo el rato y bailaba al son de *Piece of my heart* mientras preparaba la cena. (De esos años, mamá bailando era lo único que Leni recordaba).

Después, reclutaron a papá, se fue a Vietnam, le pegaron un tiro y le capturaron. Sin él, mamá se desmoronó. Fue entonces cuando Leni fue consciente por primera vez de la fragilidad de su madre. Durante un tiempo, ella y mamá fueron a la deriva, pasando de un trabajo a otro y de ciudad en ciudad hasta que, por fin, encontraron un hogar en una comuna de Oregón. Allí se ocupaban de colmenas y hacían bolsitas con lavanda para vender en los mercadillos y se manifestaban contra la guerra. Mamá cambió su personalidad lo suficiente para integrarse.

Cuando papá volvió por fin a casa, Leni apenas le reconocía. El apuesto y sonriente hombre de sus recuerdos se había convertido en una persona de carácter inestable, que se enfadaba con facilidad y que se mostraba distante. Al parecer, todo en la comuna le resultaba odioso, así que se mudaron. Después, se mudaron otra vez. Y otra. Nada salía nunca como él quería.

No podía dormir ni tampoco conservar ningún empleo, aunque mamá jurara que era el mejor mecánico del mundo.

Era por eso por lo que discutían él y mamá esa mañana: a papá le habían vuelto a despedir.

Leni se levantó la capucha. De camino al instituto, atravesó manzanas de casas bien cuidadas, rodeó un bosque oscuro (mantente alejada de ahí), pasó por la hamburguesería A&W donde los chicos del instituto se juntaban los fines de semana, y por una gasolinera, donde una fila de coches esperaba a repostar por catorce centavos el litro. Ese era uno de los motivos por los que todos andaban furiosos últimamente: los precios de la gasolina.

Por lo que Leni sabía, todos los adultos, en general, estaban nerviosos últimamente y no le extrañaba. La guerra de Vietnam había dividido al país. Los periódicos sacaban malas noticias a diario: atentados de la organización radical de los Weathermen o del IRA; aviones secuestrados; el secuestro de Patty Hearst. La matanza en los Juegos Olímpicos de Múnich había dejado pasmado a todo el mundo, lo mismo que el escándalo del Watergate. Y recientemente, varias chicas de instituto habían empezado a desaparecer en el estado de Washington sin dejar rastro. Era un mundo peligroso.

Habría dado lo que fuera por tener un amigo de verdad en ese momento. Necesitaba tener a alguien con quien hablar.

Por otra parte, no servía de mucho hablar de sus preocupaciones. ¿Qué sentido tenía la confesión?

Desde luego, papá perdía los estribos a veces y gritaba y nunca tenían suficiente dinero y tenían que mudarse todo el tiempo para alejarse de los acreedores, pero así era como funcionaban. Y se querían.

Pero, a veces, sobre todo en días como ese, Leni tenía miedo. Le parecía como si su familia estuviese colocada en el borde de un enorme precipicio que podía venirse abajo en cualquier momento, desmoronado como las casas que se derrumbaban en las laderas inestables y anegadas de Seattle.

Después de clase, Leni regresó caminando a casa bajo la lluvia, sola.

Su casa estaba situada en medio de una calle sin salida, en una parcela menos cuidada que el resto: una casa de una planta de fachada marrón corteza, con maceteros vacíos, canalones atascados y una puerta de garaje que no cerraba. En el tejado había matas de hierbajos que nacían entre las tejas podridas. Un asta de bandera vacía apuntaba acusadora hacia arriba, una declaración del odio que sentía su padre al ver adónde se dirigía el país. Para tratarse de un hombre al que mamá llamaba patriota, no cabía duda de que odiaba a su gobierno.

Vio a papá en el garaje, sentado en un banco inclinado junto al abollado Mustang de mamá, que llevaba la capota pegada con cinta adhesiva. Había cajas de cartón alineadas junto a las paredes del interior, llenas de cosas que aún no habían desempaquetado tras la última mudanza.

Vestía, como casi siempre, su chaqueta militar deshilachada y unos Levi's rotos. Estaba sentado con el cuerpo inclinado hacia delante y los codos apoyados en los muslos. Su pelo largo y negro estaba enredado y su bigote necesitaba un recorte. Sus pies sucios estaban descalzos. Incluso derrumbado y con aspecto de cansado, tenía el atractivo de una estrella de cine. Todos lo pensaban.

Ladeó la cabeza y miró a través del pelo. La sonrisa con la que la miró estaba un poco alicaída por las comisuras pero, aun así, le iluminó la cara. Eso era lo bueno que tenía su padre: podía estar de mal humor y tener mal temperamento, incluso dar miedo a veces, pero era solo porque sentía con mucha intensidad cosas como el amor, la pérdida y la decepción. Sobre todo, el amor.

—Lenora —dijo con su voz áspera de fumador—. Te estaba esperando. Lo siento. He perdido los estribos. Y el trabajo. Debes de estar muy decepcionada conmigo.

—No, papá.

Ella sabía lo mucho que él lo lamentaba. Lo veía en su cara. Cuando era más pequeña, a veces se había preguntado de qué servían todas esas lamentaciones si nunca cambiaba nada, pero mamá se lo había explicado. La guerra y el cautiverio habían roto algo dentro de él. «Es como si le hubiesen partido la espalda», había dicho mamá. «Y no se deja de querer a una persona cuando está herida. Te haces más fuerte para que se pueda apoyar en ti. Me necesita. A las dos».

Leni se sentó a su lado. Su padre la rodeó con un brazo y la acercó más a él.

—El mundo está gobernado por lunáticos. Esta ya no es mi América. Quiero... —No terminó la frase y Leni no dijo nada. Estaba acostumbrada a la tristeza de su padre, a su frustración. Dejaba frases por la mitad en todo momento, como si tuviese miedo de dar voz a pensamientos espeluznantes o deprimentes. Leni sabía lo que era ser reservado y lo comprendía. Muchas veces era mejor quedarse callado.

Él se metió la mano en el bolsillo, sacó un paquete de cigarrillos arrugado. Encendió uno y ella aspiró aquel olor acre tan familiar.

Era consciente del dolor que él sufría. A veces, se despertaba y oía a su padre llorando y a su madre tratando de consolarle, diciendo cosas como: «Tranquilo, ya está, Ernt, ya ha terminado, ahora estás a salvo en casa».

Él negó con la cabeza y soltó una nube de humo azul grisáceo.

—Solo quiero... más, supongo. No un trabajo. Una vida. Quiero caminar por la calle y no tener que preocuparme de que me llamen asesino de niños. Quiero... —Suspiró. Sonrió—. No te preocupes. Se arreglará. Estaremos bien.

—Vas a conseguir otro trabajo, papá —dijo ella.

—Seguro que sí, pelirroja. Mañana todo irá mejor.

Eso era lo que decían siempre sus padres.

Una mañana fría y gris de mediados de abril, Leni se levantó temprano, ocupó su lugar en el raído sofá de flores de la sala de estar y puso la televisión. Ajustó las antenas para conseguir una imagen decente. Cuando se sintonizó, Barbara Walters decía: «... Patricia Hearst, que ahora se hace llamar Tania, aparece en esta fotografía con una carabina M1 en el reciente robo a un banco de San Francisco. Los testigos han dicho que la heredera de diecinueve años, que fue secuestrada por el Ejército Simbiótico de Liberación en febrero...».

Leni estaba hechizada. Aún no podía creerse que un ejército pudiese entrar y llevarse a una adolescente de su apartamento. ¿Cómo podía estar nadie a salvo en un mundo así? ¿Y cómo era posible que una adolescente rica se convirtiera en una revolucionaria llamada Tania?

—Vamos, Leni —dijo mamá desde la cocina—. Prepárate para ir al instituto.

La puerta de la calle se abrió de golpe.

Papá entró en la casa, sonriendo de tal forma que resultaba imposible no devolverle la sonrisa. Parecía desproporcionado, imponente bajo el techo bajo de la cocina, vibrando ante las paredes grises con marcas de agua. Su pelo estaba empapado.

Mamá estaba junto a los fogones, friendo beicon para el desayuno.

Papá avanzó por la cocina y encendió la radio que estaba sobre la encimera de formica. Una estridente canción de rock and roll empezó a sonar. Papá se rio y atrajo a mamá hacia sus brazos.

—Lo siento —le oyó Leni susurrar—. Perdóname.

—Siempre —dijo mamá mientras se sujetaba a él como si tuviese miedo de que la fuera a empujar.

Papá siguió con el brazo alrededor de la cintura de mamá y la llevó hacia la mesa de la cocina. Apartó una silla.

—¡Leni, ven aquí! —dijo.

A Leni le encantaba que la incluyesen. Dejó su lugar en el sofá y tomó asiento junto a su madre. Papá sonrió a Leni y le entregó un libro de bolsillo. *La llamada de la selva.*

—Esto te va a encantar, pelirroja.

Se sentó frente a mamá, acercó la silla a la mesa. Tenía lo que Leni pensó que era su expresión de Gran Idea. Ya la había visto antes, cada vez que tenía un plan para cambiar sus vidas. Y había tenido muchos planes: venderlo todo y viajar durante un año por la autopista del Big Sur haciendo acampada. Criar visones (qué horrible había sido). Vender paquetes de semillas de American Seed en la región central de California...

Metió la mano en el bolsillo, sacó un papel doblado y lo soltó triunfante sobre la mesa.

—¿Os acordáis de mi amigo Bo Harlan?

Mamá tardó un momento en contestar.

—¿De Vietnam?

Papá asintió.

—Bo Harlan era el jefe de tripulación y yo el artillero —le explicó a Leni—. Nos cuidábamos el uno al otro. Estábamos juntos cuando nuestro avión cayó y nos capturaron. Vivimos juntos un auténtico infierno.

Leni notó que él temblaba. Tenía las mangas de la camisa subidas, por lo que podía ver las cicatrices de quemaduras que iban de la muñeca al codo en cordoncillos de piel desfigurada y arrugada que nunca se bronceaban. Leni no sabía qué era lo que había provocado aquellas cicatrices —él nunca lo contó y ella nunca le preguntó—, pero se las habían hecho sus captores. Eso era lo único que había averiguado. Las cicatrices le cubrían también la espalda, frunciendo su piel en remolinos y pliegues.

—Me obligaron a verle morir —dijo.

Leni miró preocupada a mamá. Él nunca había dicho aquello antes. Oír ahora aquellas palabras las intranquilizaba.

Papá dio un golpe en el suelo con el pie y tamborileó la mesa con rápidos dedos. Desdobló el papel, lo alisó y lo giró para que ellas pudieran leer lo que ponía.

Sargento Allbright:

Es usted un hombre difícil de encontrar. Soy Earl Harlan.

Mi hijo, Bo, nos escribió muchas cartas hablándonos de su amistad con usted. Le doy las gracias por ello.

En su última carta me dijo que, si le pasaba algo en ese lugar de mierda, quería que usted se quedara con su terreno de aquí arriba, en Alaska.

No es mucho. Dieciséis hectáreas con una cabaña que necesita arreglos. Pero un hombre trabajador puede vivir de la tierra aquí arriba, lejos de los locos, de los hippies y de los problemas de los cuarenta y ocho estados de ahí abajo.

No tengo teléfono, pero me puede escribir a la oficina de correos de Homer. Antes o después, me llegará la carta.

El terreno está al final de la carretera, pasada la cancela plateada con un cráneo de vaca y justo antes del árbol quemado, junto a la señal del kilómetro 21.

Gracias de nuevo,
Earl

Mamá levantó la mirada. Inclinó la cabeza, ladeándola un poco como si fuese un pájaro mientras observaba atentamente a papá.

—Ese hombre..., Bo, ¿nos ha regalado una casa? ¿Una casa?

—Piénsalo —dijo papá tras levantarse de la silla lleno de entusiasmo—. Una casa que es nuestra. Que es de nuestra propiedad. En un lugar donde podemos ser autosuficientes, cultivar nuestras verduras, cazar nuestra carne y ser libres. Llevamos años soñándolo, Cora. Vivir una vida más sencilla, lejos de esta mierda de aquí. Podríamos ser libres. Piénsalo.

—Espera —dijo Leni. Incluso viniendo de papá, esto era algo fuerte—. ¿Alaska? ¿Quieres que nos mudemos de nuevo? Acabamos de llegar aquí.

Mamá frunció el ceño.

—Pero... allí arriba no hay nada, ¿no? Solo osos y esquimales.

Papá puso a mamá de pie con tal impaciencia que la hizo tambalearse y caer sobre él. Leni vio la desesperación que había en su entusiasmo.

—Necesito esto, Cora. Necesito un lugar donde poder respirar de nuevo. A veces siento como si fuese a salirme de mi piel. Allí arriba, se acabarán los recuerdos traumáticos y la demás mierda. Lo sé. Todos necesitamos esto. Podemos volver a la vida que teníamos antes de que Vietnam me jodiera.

Mamá levantó la cara hacia la de papá, su palidez en fuerte contraste con el pelo negro y la piel bronceada de él.

—Venga, cariño —insistió papá—. Imagínatelo...

Leni vio cómo mamá se ablandaba, remodelaba sus necesidades para adaptarlas a las de él, imaginándose esta nueva personalidad: una habitante de Alaska. Quizá pensara que aquello era como los Seminarios de Entrenamiento Erhard, como el yoga o como el budismo. La respuesta. El dónde, el cómo y el qué no le importaban a mamá. Lo único que le importaba era él.

—Nuestra propia casa —dijo—. Pero..., el dinero..., podrías solicitar esa invalidez del ejército...

—No vamos a tener de nuevo esa conversación —contestó él con un suspiro—. No pienso hacerlo. Lo único que necesito es un cambio. Y a partir de ahora tendré más cuidado con el dinero, Cora. Lo juro. Aún tengo un poco de lo que heredé de mi viejo. Y recortaré en la bebida. Iré a ese grupo de apoyo a veteranos al que quieres que vaya.

Leni ya había visto todo esto antes. Al final, no importaba qué querían ella ni mamá.

Papá quería un comienzo nuevo. Lo necesitaba. Y mamá necesitaba que él fuese feliz.

Así que lo intentarían otra vez en un lugar nuevo, con la esperanza de que la geografía fuese la respuesta. Se irían a Alaska en busca de este nuevo sueño. Leni haría lo que le pidieran y lo haría con una buena actitud. Sería, otra vez, la chica nueva del instituto. Porque en eso consistía el amor.

2

A la mañana siguiente, Leni estaba tumbada en la cama escuchando el golpeteo de la lluvia en el tejado, imaginando que saldrían setas bajo su ventana, con sus sombreros protuberantes y venenosos abriéndose camino a través del barro, brillando tentadoramente. Había estado despierta hasta muy pasada la medianoche, leyendo acerca del vasto y peligroso paisaje de Alaska. Se había sentido inesperadamente cautivada. Al parecer, la última frontera era como su padre. Muy grande. Extensa. Un poco peligrosa.

Oyó música. Una melodía metálica de transistor. *Hooked on a feeling*. Apartó las mantas y salió de la cama. En la cocina, vio a su madre delante de los fogones, fumando un cigarrillo. Tenía un aspecto etéreo bajo la lámpara, con su pelo rubio y de corte irregular aún revuelto tras haber dormido, la cara cubierta de humo azul grisáceo. Llevaba una camiseta sin mangas blanca que de tanto lavarla le quedaba suelta sobre su esbelto cuerpo y unas bragas rosa fuerte con el elástico de la cintura suelto. Una pequeña magulladura púrpura en la base de la garganta le quedaba curiosamente bonita, casi como una estrella, y resaltaba la delicadeza de sus rasgos.

—Deberías estar durmiendo —dijo mamá—. Es temprano.

Leni se acercó a su madre y apoyó la cabeza en su hombro. La piel de mamá olía a perfume de rosas y a tabaco.

—Nosotras no dormimos —respondió Leni.

«Nosotras no dormimos». Era lo que decía mamá. Tú y yo. La conexión entre ellas era una constante, un consuelo, como si esa similitud reforzara el amor entre las dos. Sin duda, era cierto que a mamá le costaba dormir desde que papá había llegado a casa. Siempre que Leni se despertaba en mitad de la noche, se encontraba a su madre vagando por la casa, con su vaporosa bata abierta. En la oscuridad, mamá solía hablar consigo misma entre susurros, diciendo palabras que Leni nunca podía distinguir.

—¿De verdad nos vamos a ir? —preguntó Leni.

Mamá se quedó mirando el café negro que se iba filtrando en la pequeña tapa de cristal que tenía la cafetera metálica.

—Supongo que sí.

—¿Cuándo?

—Ya conoces a tu padre. Pronto.

—¿Me dará tiempo a terminar el curso?

Mamá se encogió de hombros.

—¿Dónde está?

—Ha salido antes del amanecer a vender la colección de monedas que heredó de su padre. —Mamá dio un sorbo a su café y dejó la taza en la encimera de formica—. Alaska. Dios mío. ¿Por qué no Siberia? —Dio una larga calada a su cigarrillo. Echó el humo—. Necesito una amiga con la que poder hablar.

—Yo soy tu amiga.

—Tienes trece años. Yo treinta. Se supone que tengo que ser una madre para ti. Tengo que recordármelo.

Leni notó la desesperación en la voz de su madre y eso la asustó. Sabía lo frágil que era todo: su familia, sus padres. Si había algo que sabía cualquier hijo de un prisionero de guerra era la facilidad con la que las personas se pueden romper. Leni llevaba todavía la pulsera de plata brillante de prisionero de guerra en recuerdo de un capitán que no había vuelto a casa con su familia.

—Necesita una oportunidad. Un nuevo comienzo. Todos lo necesitamos. Quizá sea Alaska la respuesta.

—Como lo eran Oregón y Snohomish y los paquetes de semillas que nos harían ricos. Y no olvides el año en que pensó que podía hacer una fortuna con las máquinas de *pinball*. ¿No podemos, al menos, esperar a que termine el curso?

Mamá soltó un suspiro.

—No lo creo. Ahora vístete para ir al instituto.

—Hoy no hay clase.

Mamá se quedó en silencio un largo rato.

—¿Te acuerdas del vestido azul que papá te compró por tu cumpleaños? —preguntó por fin en voz baja.

—Sí.

—Póntelo.

—¿Para qué?

—Venga. Vístete. Tú y yo tenemos cosas que hacer hoy.

Aunque estaba molesta y confundida, Leni hizo lo que le ordenó. Siempre hacía lo que le ordenaban. Así la vida resultaba más fácil. Entró en su dormitorio y rebuscó en el armario hasta que encontró el vestido.

«Estarás preciosa con esto, pelirroja».

Solo que no iba a ser así. Sabía exactamente cómo le quedaría: una larguirucha de trece años con pecho liso y con un vestido pasado de moda que dejaría ver sus piernas flacas y que haría que sus rodillas parecieran pomos de puerta. Una chica que se suponía que debía estar en la cúspide de la feminidad, pero que claramente no lo estaba. Era la única chica de su clase, estaba casi segura, que no había empezado aún con el periodo y a la que no le habían salido los pechos todavía.

Volvió a la cocina vacía, que olía a café y tabaco, se dejó caer en una silla y abrió *La llamada de la selva*.

Mamá estuvo una hora sin salir de su habitación.

Leni apenas la reconoció. Se había recogido el pelo rubio en un moño diminuto y lo había rociado con laca. Llevaba un vestido ajustado de color aguacate con botones y cinturón que la cubría por completo desde la garganta hasta las muñecas y las rodillas. Y medias. Y zapatos de señora mayor.

—¡Madre mía!

—Sí, sí —dijo mamá a la vez que encendía un cigarrillo—. Parezco la organizadora de un mercadillo de la asociación de padres. —La sombra de ojos azul crema que llevaba tenía cierto brillo. Se había pegado sus pestañas falsas con una mano un poco temblorosa y el lápiz de ojos le había quedado más grueso de lo habitual—. ¿Son esos los únicos zapatos que tienes?

Leni bajó la mirada hacia sus zapatos anchos con forma de espátula de la marca Earth que le levantaban ligeramente los dedos de los pies de tal modo que quedaban por encima de la altura del talón. Había suplicado una y otra vez que le compraran esos zapatos después de que Joanne Berkowitz se comprara un par y todos los de la clase se quedaran maravillados.

—Tengo mis zapatillas rojas, pero ayer se rompieron los cordones.

—Vale. Da igual. Vámonos.

Leni siguió a su madre al exterior de la casa. Las dos subieron a los asientos rojos y rasgados de su abollado Mustang pintado con tapaporos. El maletero se mantenía cerrado con unas llamativas cuerdas elásticas amarillas.

Mamá bajó la visera y se examinó el maquillaje en el espejo (Leni estaba convencida de que la llave no pondría en marcha el motor si su madre no se miraba en el espejo y se encendía un cigarrillo). Se aplicó más pintalabios, apretó los labios y usó la punta triangular de su puño para quitar una pequeña imperfección. Cuando por fin quedó satisfecha, volvió a subir la visera y puso el motor en marcha. La radio se encendió con *Midnight at the oasis* a todo volumen.

—¿Sabías que hay cien formas de morir en Alaska? —preguntó Leni—. Puedes caerte por la ladera de una montaña o por una fina capa de hielo. Puedes congelarte o morir de hambre. Incluso te pueden comer.

—Tu padre no debería haberte regalado ese libro. —Mamá metió una cinta en el reproductor y Carole King tomó el testigo. «*I feel the earth move...*».

Mamá empezó a cantar y Leni la siguió. Durante unos preciosos minutos, estaban haciendo algo normal, conduciendo por la I-5 hacia el centro de Seattle, mamá cambiando de carril siempre que aparecía un coche delante de ella y sosteniendo un cigarrillo entre dos dedos de la mano sobre el volante.

Dos manzanas después, mamá se detuvo delante del banco. Aparcó. Comprobó de nuevo su maquillaje.

—Quédate aquí —dijo. Y salió del coche.

Leni se inclinó y cerró el pestillo de la puerta. Vio cómo su madre caminaba hacia la puerta principal. Solo que, en realidad, mamá no caminaba. Se contoneaba, moviendo las caderas suavemente de un lado a otro. Era una mujer guapa y lo sabía. Esa era otra razón por la que discutían mamá y papá. Por el modo en que los hombres miraban a mamá. A él no le gustaba, pero Leni sabía que a mamá le encantaba llamar la atención (aunque se cuidaba de no admitirlo nunca).

Quince minutos después, cuando mamá salió del banco, no se contoneaba. Caminaba con firmeza, con las manos apretadas en un puño. Parecía muy enfadada. Con su delicada mandíbula apretada con fuerza.

—Qué hijo de puta —dijo al abrir la puerta y entrar en el coche. Lo repitió mientras cerraba la puerta con un golpe.

—¿Qué pasa? —preguntó Leni.

—Tu padre ha vaciado la cuenta de ahorros. Y no me dan una tarjeta de crédito a menos que tu padre o mi padre firmen también. —Encendió un cigarrillo—. Dios mío, estamos en 1974. Tengo un trabajo. Gano dinero. Y una mujer no puede pedir una tarjeta de crédito sin la firma de un hombre. Este mundo pertenece a los hombres, pequeña. —Puso en marcha el coche y salió a toda velocidad por la calle, girando hacia la autopista.

A Leni le costaba permanecer quieta en su asiento con tanto cambio de carril. No paraba de deslizarse a un lado y a otro. Estaba tan concentrada en mantener el equilibrio que hasta que no hubieron recorrido unos kilómetros no se dio cuenta de que habían pasado junto a las colinas del centro de Seattle y que ahora atravesaban un barrio tranquilo con árboles a los lados de las calles y casas señoriales. «Madre mía», dijo Leni en voz baja. Leni llevaba años sin pasar por esa calle. Tantos que casi la había olvidado.

Las casas de aquella calle irradiaban clase alta. Había Cadillacs, Toronados y Lincoln Continentals nuevos aparcados en los caminos de entrada de cemento.

Mamá aparcó delante de una casa grande de piedra gris y rugosa con ventanas de estilo diamante. Se alzaba sobre una pequeña elevación de césped bien cortado, rodeada por todos lados por parterres de flores meticulosamente cuidados. En el buzón se podía leer: Golliher.

—¡Vaya! Llevamos años sin venir aquí —dijo Leni.

—Lo sé. Tú quédate aquí.

—Ni hablar. Ha desaparecido otra chica este mes. No me pienso quedar aquí fuera yo sola.

—Ven aquí —dijo mamá sacando un cepillo y dos cintas rosas de su bolso. Tiró de Leni para acercarla y atacó su pelo largo de color rojo cobrizo como si la hubiese ofendido.

—Ay —protestó Leni mientras mamá lo peinaba formando unas coletas que se arqueaban como grifos a cada lado de su cabeza.

—Hoy vas a ir de oyente, Lenora —dijo mamá atando unos lazos en el extremo de cada coleta.

—Ya soy muy mayor para coletas —se quejó Leni.

—De oyente —repitió mamá—. Trae tu libro y siéntate en silencio. Deja que hablen los adultos. —Abrió la puerta y salió del coche. Leni corrió a reunirse con ella en la acera.

Mamá agarró a Leni de la mano y tiró de ella hacia un camino de entrada bordeado por setos esculpidos que llevaba a una gran puerta de madera.

Mamá miró a Leni.

—En fin, allá vamos —murmuró antes de llamar al timbre. Se oyó un sonido grave y metálico, como de campanas de iglesia, después del cual se oyeron unos pasos amortiguados.

Un momento después, la abuela de Leni abrió la puerta. Con un vestido de color berenjena, un cinturón fino en la cintura y tres vueltas de perlas alrededor del cuello, tenía aspecto de estar a punto de ir a comer con el gobernador. Su pelo castaño estaba enrollado y fijado con laca como uno de esos bizcochos de Navidad. Sus maquilladísimos ojos se abrieron de par en par.

—Coraline —susurró acercándose y abriendo los brazos.

—¿Está papá? —preguntó mamá.

La abuela se echó hacia atrás y dejó caer los brazos.

—Está en el juzgado hoy.

Mamá asintió con la cabeza.

—¿Podemos pasar?

Leni vio que aquella pregunta incomodaba a su abuela. Aparecieron arrugas en su frente pálida y empolvada.

—Claro. Y Lenora. Qué alegría volver a verte.

La abuela se apartó hacia las sombras. Las llevó por un vestíbulo que tenía al otro lado habitaciones, puertas y una escalera que ascendía en curva hacia una segunda planta a oscuras.

La casa olía a cera de limón y a flores.

Las llevó a un porche trasero cerrado con ventanas de cristal curvado, enormes puertas de cristal y plantas por todas partes. Los muebles eran de mimbre blanco. A Leni le asignaron un asiento junto a una mesa pequeña que daba al jardín exterior.

—Cuánto os he echado de menos —dijo la abuela. Entonces, como si le hubiese fastidiado aquella confesión, se giró y se alejó, volviendo momentos después con un libro en las manos—. Recuerdo lo mucho que te gusta leer. Ya a los dos años siempre tenías un libro en las manos. Te compré este hace tiempo, pero... no sabía adónde enviártelo. Ella también es pelirroja.

Leni se sentó y cogió el libro. Lo había leído tantas veces que se sabía párrafos enteros de memoria. *Pippi Calzaslargas.* Un libro para niñas mucho más pequeñas. Leni había dejado de leer esas cosas hacía mucho tiempo.

—Gracias, señora.

—Llámame abuela, por favor —dijo en voz baja. Había cierto tono de anhelo en su voz. A continuación, dirigió su atención a mamá.

La abuela le señaló a mamá una mesa de forja blanca junto a una ventana. En una jaula dorada que había al lado, un par de pájaros blancos se arrullaban uno a otro. Leni pensó que debían de sentirse tristes, esos pájaros que no podían volar.

—Me sorprende que me hayas dejado pasar —dijo mamá, mientras tomaba asiento.

—No seas impertinente, Coraline. Siempre serás bienvenida. Tu padre y yo te queremos.

—Es a mi marido a quien no dejaríais pasar.

—Él te puso en nuestra contra. Y en la de todos tus amigos, debo añadir. Quería que fueses solo para él...

—No deseo hablar otra vez de todo eso. Nos mudamos a Alaska.

La abuela se recostó en su asiento.

—Por el amor de Dios.

—Ernt ha heredado una casa y un terreno. Vamos a cultivar nuestras verduras, a cazar nuestra carne y a vivir según nuestras normas. Seremos puros. Colonos.

—Basta. No puedo seguir escuchando estas tonterías. Vas a seguirle hasta los confines del mundo, donde nadie podrá ayudarte. Tu padre y yo nos hemos esforzado por protegerte de tus errores, pero te niegas a que te ayudemos, ¿no? Crees que la vida es un juego. Tú simplemente revoloteas...

—No —dijo mamá con brusquedad. Se inclinó hacia delante—. ¿Sabes lo difícil que ha sido para mí venir aquí?

Tras esas palabras, cayó un silencio que solamente interrumpió el arrullo de un pájaro.

Fue como si hubiese entrado una brisa fría. Leni habría jurado que las caras cortinas transparentes se habían agitado, pero no había ninguna ventana abierta.

Leni trató de imaginarse a su madre en este mundo estirado y cerrado, pero no podía. El abismo entre la chica que mamá había estado destinada a ser y la mujer en la que se había convertido parecía imposible de cruzar. Leni se preguntó si todas esas causas contra las que ella y mamá se habían manifestado mientras papá no estaba —la energía nuclear, la guerra— y todos esos Seminarios de Entrenamiento Erhard y las distintas religiones que mamá había probado eran simplemente el modo en el que mamá protestaba contra la mujer que habían querido que fuera.

—No cometas esa locura tan peligrosa, Coraline. Déjale. Vuelve a casa. Ponte a salvo.

—Le quiero, madre. ¿No lo entiendes?

—Cora —dijo la abuela con suavidad—. Escúchame, por favor. Sabes que es un hombre peligroso...

—Nos vamos a Alaska —la interrumpió mamá con firmeza—. He venido a despedirme y a... —Se detuvo—. ¿Vais a ayudarnos o no?

Durante un largo momento, la abuela no dijo nada. Se limitó a cruzar y descruzar los brazos.

—¿Cuánto necesitas esta vez? —preguntó por fin.

Durante el camino a casa, su madre fumó sin parar. Mantuvo el volumen de la radio tan alto que la conversación resultaba imposible. Lo cual estuvo bien porque, aunque Leni tenía una retahíla de preguntas, no sabía por dónde empezar. Ese día había atisbado un mundo que yacía bajo la superficie del suyo. Mamá no le había contado a Leni mucho sobre su vida anterior al matrimonio. Ella y papá se habían escapado juntos: la de ellos era una hermosa y romántica historia de amor contra viento y marea. Mamá había dejado el instituto para «vivir el amor». Así era como siempre lo planteaba, un cuento de hadas. Ahora Leni era lo bastante mayor como para saber que, como todos los cuentos de hadas, el de ellos estaba lleno de matorrales, lugares oscuros y sueños rotos y también de chicas que se escapan.

Mamá estaba claramente enfadada con su madre y, sin embargo, había acudido a ella en busca de ayuda y había recibido dinero sin tener siquiera que pedirlo. Leni no le veía la lógica, pero la incomodaba. ¿Cómo podían una madre y una hija terminar tan separadas?

Mamá giró por el camino de entrada a su casa y paró el motor. La radio se apagó de golpe y las dejó en silencio.

—No vamos a contarle a tu padre que mi madre me ha dado dinero —dijo mamá—. Es muy orgulloso.

—Pero...

—No vamos a discutirlo, Leni. No vas a contárselo a tu padre. —Mamá abrió la puerta del coche y salió, cerrándola de golpe después.

Confundida por el inesperado mandato de su madre, Leni la siguió por el césped blando y embarrado del patio delantero, pasando junto a los arbustos de enebro del tamaño de un Volkswagen que se amontonaban unos sobre otros, hasta la puerta de la casa.

En el interior, su padre estaba sentado en la mesa de la cocina con mapas y libros desplegados ante él. Bebía Coca-Cola de una botella.

Cuando entraron, levantó los ojos y las miró con una amplia sonrisa.

—Ya he definido la ruta. Subiremos por la Columbia Británica y el Yukón. Son unos tres mil ochocientos kilómetros. Pongan una marca en sus calendarios, señoras: dentro de cuatro días empieza nuestra nueva vida.

—Pero las clases no han terminado —dijo Leni.

—¿A quién le importan las clases? Esta es la educación de verdad, Leni —repuso papá. Miró a mamá—. He vendido mi Pontiac GTO, mi colección de monedas y mi guitarra. Tenemos un poco de dinero. Cambiaremos tu Mustang por una furgoneta Volkswagen pero seguro que podemos sacar más dinero.

Leni miró de reojo y vio que mamá la miraba.

«No se lo cuentes».

No le parecía bien. ¿No estaba mal mentir? Y una omisión como esa era claramente una mentira.

Aun así, Leni siguió callada. Nunca se había atrevido a desafiar a su madre. En todo este mundo tan grande, y con el fantasma de su mudanza a Alaska se había triplicado su tamaño, mamá era su único pilar.

3

*L*eni, cariño, despierta. ¡Casi hemos llegado!

Pestañeó al despertarse. Al principio, lo único que vio fue su regazo lleno de migajas de patatas fritas. A su lado, un periódico viejo cubierto de envoltorios de caramelo y su ejemplar de bolsillo de *La comunidad del anillo*. Estaba apoyado como si fuese una pequeña tienda de campaña, con las páginas amarillentas abiertas. Su posesión más valiosa, su cámara Polaroid, colgaba de su cuello por una correa.

Había sido un alucinante viaje hacia el norte por la autopista Alcan, en su mayor parte sin asfaltar. Sus primeras vacaciones de verdad en familia. Días conduciendo bajo la luminosa luz del sol, noches acampando junto a ríos embravecidos y arroyos tranquilos, a la sombra de picos montañosos en forma de hoja de sierra, apiñados alrededor de un fuego, soñando con un futuro que cada día parecía más cerca. Asaban perritos calientes para cenar y bocaditos de galleta para el postre y compartían sueños sobre lo que verían al final del camino. Leni no había visto nunca a sus padres tan felices.

Sobre todo a su padre. Se reía, sonreía, contaba chistes y les prometía la luna. Era el padre que recordaba de Antes.

Normalmente, en los viajes en coche, Leni mantenía la nariz enterrada en un libro, pero, en este viaje, las vistas habían demandado a menudo su atención, especialmente a través de las preciosas montañas de la Columbia Británica. En aquel paisaje tan cambiante, permanecía sentada en el asiento de atrás de la furgoneta, imaginándose como Frodo o Bilbo, la heroína de su propia cruzada.

La furgoneta chocó contra algo, un bordillo, quizá, y en su interior todo salió volando y cayó al suelo rodando hacia las mochilas y cajas que llenaban la parte de atrás. Frenaron con un derrape que provocó olor a goma quemada y gases.

La luz del sol se filtraba a través de las ventanillas sucias y llenas de mosquitos aplastados. Leni subió por encima del montón de sacos de dormir mal enrollados y abrió la puerta lateral. El letrero decorado con un arcoíris que rezaba «Alaska o nada» se agitaba con la brisa fría, sus bordes sujetos con cinta de embalar.

Leni salió de la furgoneta.

—Lo hemos conseguido, pelirroja. —Papá se acercó a ella y le puso una mano sobre el hombro—. El fin del camino. Homer. Alaska. La gente viene aquí desde todos sitios a por provisiones. Es como el último puesto fronterizo de la civilización. Dicen que es aquí donde termina la tierra y empieza el mar.

—¡Vaya! —exclamó mamá.

Pese a las fotografías que había visto y a todos los artículos y libros que había leído, Leni no estaba preparada para la belleza salvaje y espectacular de Alaska. En cierto modo, era sobrenatural, mágica en su vasta extensión. Un paisaje incomparable de montañas blancas llenas de elevados glaciares que recorrían todo el ancho del horizonte, con sus picos como puntas de navaja alzándose hacia un cielo sin nubes de un azul aciano. La bahía de Kachemak era un manto de plata repujada bajo la luz del sol. Los barcos salpicaban la bahía. El aire olía a la sal del mar. Las aves de la costa flotaban en el viento, bajando y elevándose sin esfuerzo.

La famosa restinga de Homer sobre la que había leído era un dedo de tierra de siete kilómetros que se encorvaba hacia el interior de la bahía. Un colorido revoltijo de casuchas se asentaban sobre pilares en el borde del agua, dándole el aspecto de una feria: un lugar donde los viajeros aventureros harían su última parada para llenar sus mochilas antes de adentrarse en los bosques de Alaska.

Leni levantó su Polaroid y tomó fotografías con la rapidez que el revelador le permitía. Sacó una fotografía tras otra por su cámara viendo cómo las imágenes se revelaban ante sus ojos. Los edificios que se asentaban sobre pilares en el agua se iban dibujando en el brillante papel blanco línea a línea.

—Nuestro terreno está por allí —dijo papá apuntando al otro lado de la bahía de Kachemak, hacia un collar de montecillos verdes en la brumosa distancia—. Nuestro nuevo hogar. Aunque está en la península de Kenai, no hay carreteras para llegar. Los enormes glaciares y montañas separan Kaneq del continente. Así que tenemos que ir volando o en barco.

Mamá se colocó junto a Leni. Con sus vaqueros acampanados de cintura baja y su blusa sin mangas con bordes de encaje, su cara pálida y su pelo rubio, parecía como si hubiese sido esculpida a partir de los colores fríos de este lugar, un ángel en llamas en una costa que la estaba esperando. Incluso su risa parecía pertenecer a este lugar, un eco de las campanitas que tintineaban en los carillones de viento de las puertas de las tiendas. Una brisa fría pegó su blusa a sus pechos sin sujetador.

—¿Qué te parece, pequeña?

—Es chulo —contestó Leni. Hizo otra fotografía, pero no había tinta ni papel que pudieran capturar la magnificencia de aquella cordillera.

Papá las miró con una sonrisa tan grande que le arrugaba el rostro.

—El ferri hasta Kaneq es mañana. Así que vamos a hacer un poco de turismo y, después, a buscar un sitio en la playa donde acampar y dar una vuelta. ¿Qué decís?

—¡Sí! —contestaron a la vez Leni y mamá.

Mientras se alejaban de la lengua de tierra y subían hacia la ciudad, Leni apretaba la nariz contra el cristal para mirar. Las casas eran una mezcla ecléctica: casas grandes con ventanas brillantes junto a cobertizos reforzados con plástico y cinta de embalar para ser habitables. Había cabañas con techo de dos aguas, chabolas, casas móviles y caravanas. Furgonetas aparcadas junto a la carretera con ventanillas cubiertas con cortinas y sillas colocadas en la puerta. Algunos patios tenían césped recortado y vallas. Otros amontonaban trastos oxidados, coches abandonados y aparatos viejos. La mayoría estaban sin terminar en algún aspecto u otro. Había negocios en todo tipo de locales, desde una vieja y oxidada caravana Airstream hasta un edificio nuevo de madera o una casucha levantada en el arcén. Aquel lugar era un poco salvaje, pero no parecía tan extraño y remoto como se había imaginado.

Papá puso la radio y giraron hacia una larga playa gris. Las ruedas se hundieron en la arena. Eso les hizo ir más despacio. A un lado y otro de la playa había vehículos aparcados: camiones, furgonetas y coches. Estaba claro que había gente que vivía en aquella playa en el interior de cualquier refugio que pudieran encontrar: tiendas de campaña, coches estropeados, chabolas hechas de maderas arrastradas por la corriente y lonas.

—Los llaman ratas de la restinga —dijo papá mientras buscaba un lugar para aparcar—. Trabajan en las fábricas de conservas y para operadores de vuelos chárter.

Maniobró para colocarse en un sitio entre una furgoneta con manchas de barro con matrícula de Nebraska y un coche

Gremlin verde lima con cartones pegados con cinta adhesiva en las ventanas. Colocaron su tienda en la arena atándola al parachoques de la furgoneta. El viento con olor a mar era intenso allí abajo.

El oleaje producía un suave sonido siseante cuando avanzaba rodando y se retiraba. Alrededor de ellos, la gente disfrutaba del día, lanzando discos voladores a los perros, preparando hogueras en la arena y llevando sus kayaks al agua. El parloteo de voces humanas resultaba pequeño y pasajero en medio de aquella grandeza.

Pasaron el día haciendo turismo, dejándose llevar de un sitio a otro. Mamá y papá compraron cervezas en el bar Salty Dawg y Leni se compró un cono de helado en una chabola de la restinga. Después, rebuscaron entre los contenedores del establecimiento del Ejército de Salvación hasta que encontraron botas de goma de todas sus tallas. Leni compró quince libros viejos (la mayoría de ellos maltrechos y con gotas de agua) por cincuenta centavos. Papá compró una cometa para echarla a volar en la playa mientras mamá le daba a escondidas algo de dinero a Leni.

—Cómprate carretes, pequeña.

En un diminuto restaurante al final de la lengua de tierra, se reunieron alrededor de una mesa y comieron cangrejos Dungeness. Leni se enamoró del sabor dulce y salado de la blanca carne de cangrejo empapada en mantequilla fundida. Las gaviotas les graznaban, flotando por encima de ellos, al ver sus patatas fritas y el pan francés.

Leni no recordaba haber pasado un día mejor. Nunca había parecido tener tan cerca un futuro luminoso.

A la mañana siguiente, subieron la furgoneta al imponente ferri *Tustamena* —al que los locales llamaban *Tusty*—, que formaba parte de la Autopista Marina de Alaska. El viejo y robusto barco daba servicio a ciudades remotas como Homer,

Kaneq, Seldovia, Dutch Harbor, Kodiak y las salvajes islas Aleutianas. En cuanto dejaron el vehículo aparcado en su fila, los tres se bajaron de él y se dirigieron rápidamente a la barandilla de la cubierta. El muelle estaba atestado de gente, la mayoría hombres de pelo largo y barbas espesas con gorras de camionero y camisas de franela a cuadros, chalecos abultados y vaqueros sucios metidos en botas de goma marrones. Había allí también algunos hippies con edad de universitarios, reconocibles por sus mochilas, sus camisetas teñidas y sus sandalias.

El enorme ferri se deslizó con suavidad fuera del muelle, lanzando humo. Casi de inmediato, Leni vio que el agua de la bahía de Kachemak no era tan tranquila como parecía desde la seguridad de la costa. Allí afuera, el mar era salvaje y picado y las olas se agitaban y chocaban contra los laterales del barco. Era hermoso, mágico, salvaje. Hizo, al menos, una docena de fotografías y se las guardó en el bolsillo.

Una manada de orcas salió a la superficie entre las olas; unos leones marinos les ladraron desde las rocas. Las nutrias se alimentaban entre las algas de las costas irregulares.

Por fin, el ferri giró y avanzó alrededor de una colina de tierra de color verde esmeralda que les protegía del viento que azotaba la bahía. Unas islas frondosas de costas rocosas con árboles caídos les dieron la bienvenida a sus aguas calmadas.

—¡Hemos llegado a Kaneq! —se oyó desde el altavoz—. ¡Próxima parada, Seldovia!

—Vamos, familia Allbright. Volvemos a la furgoneta —dijo papá entre risas. Avanzaron entre las filas de coches de vuelta a la furgoneta y se subieron a ella.

—¡Estoy deseando ver nuestra nueva casa! —dijo mamá.

El ferri se detuvo y salieron del barco para, después, subir por un ancho camino de tierra que atravesaba el bosque. En la cima de la montaña había una iglesia blanca de tablillas con un chapitel azul coronado con una cruz rusa de tres listones.

A su lado había un pequeño cementerio con una valla de estacas salpicado de cruces de madera.

Subieron a la cima de la colina, bajaron por el otro lado y vieron por primera vez Kaneq.

—Espera —dijo Leni mirando por la sucia ventanilla—. No puede ser esto.

Vio caravanas aparcadas en la hierba con sillas en la puerta y casas que en Washington serían consideradas como chabolas. Delante de una de ellas, había tres perros escuálidos encadenados. Los tres estaban sobre sus desvencijadas casetas, ladrando y aullando con furia. El patio de hierba estaba lleno de agujeros donde los aburridos perros cavaban.

—Es una ciudad antigua con una historia singular —explicó papá—. Sus primeros habitantes fueron indígenas. Después, rusos que comerciaban con pieles y, luego, fue ocupada por exploradores que buscaban oro. En 1964, un terremoto sacudió la ciudad con tanta fuerza que la tierra cayó un metro y medio en un segundo. Las casas se resquebrajaron y cayeron al mar.

Leni miraba fijamente los edificios destartalados, con la pintura de las fachadas cubierta de ampollas, que se conectaban unos a otros con una vieja pasarela. La ciudad estaba apoyada en pilares sobre el lodazal. Más allá del lodo había un puerto lleno de barcos de pesca. La calle principal era menos de una manzana de larga y estaba sin asfaltar.

A su izquierda había un bar llamado Kicking Moose. El edificio estaba carbonizado y ennegrecido, claramente víctima de un incendio. A través del cristal sucio de la ventana, vio en su interior a los clientes. Gente que bebía a las diez de la mañana de un jueves dentro del caparazón quemado de un edificio.

En el lado de la calle que daba a la bahía, vio una pensión cerrada que, según su padre, habría sido construida probablemente por los comerciantes de pieles rusos cien años atrás. A su lado, un restaurante del tamaño de un armario llamado Fish On recibía a sus clientes con una puerta abierta. Leni pudo ver a unas cuantas personas apiñadas en la barra del interior. Había un par de camionetas aparcadas cerca de la entrada del puerto.

—¿Dónde está el colegio? —preguntó Leni sintiendo una punzada de pánico.

Aquello no era una ciudad. Un puesto fronterizo, quizá. El tipo de lugar que uno habría podido ver desde un tren que se dirigiera al oeste hacía cien años, el tipo de lugar donde nadie se quedaba. ¿Habría alguien de su edad allí?

Papá aparcó delante de una estrecha casa victoriana de tejado puntiagudo que anteriormente parecía haber sido de color azul y que ahora solo mostraba manchas de ese color aquí y allá entre la descolorida madera donde la pintura se había descascarillado. Con letras doradas de tipo manuscrito sobre la ventana aparecían las palabras «Oficina del tasador». Debajo de ellas, alguien había pegado con cinta adhesiva un cartel escrito a mano que decía «Comercio/Tienda».

—Vamos a ver si nos dan indicaciones, familia.

Mamá salió rápidamente de la furgoneta y fue corriendo hacia la pequeña civilización que aquella tienda representaba. Al abrir la puerta, tintineó una campanilla por encima de ella. Leni entró sigilosamente detrás de mamá y se colocó una mano en la cadera.

La luz entraba por las ventanas que tenían detrás, iluminando el cuarto delantero de la tienda. Por detrás, una simple bombilla sin tulipa proporcionaba toda la luz. La parte trasera de la tienda estaba en sombra.

El interior olía a cuero viejo, whisky y tabaco. Las paredes estaban cubiertas de filas de estantes. Leni vio sierras, hachas, azadas, botas con pelo para la nieve y botas de goma para pescar, montones de calcetines, cajas llenas de faros. Trampas de acero y rollos de cadenas colgaban por todos sitios. Había, al menos, una docena de animales disecados colocados en estantes y mostradores. Un salmón real gigante había quedado atrapado para siempre sobre una reluciente placa de madera. También había cabezas de alce, astas y cráneos de animales. Había incluso un zorro rojo embalsamado criando polvo en un rincón. En el lado izquierdo, había productos de alimentación: bolsas de patatas y cestos de cebollas, latas apiladas de salmón, cangrejo y sardinas y bolsas de arroz, harina y azúcar. Latas de manteca Crisco. Rollos de tela, la mayoría franela de cuadros o vaquera. Y su favorito: el pasillo de los tentempiés, donde preciosos y coloridos envoltorios de caramelos le recordaban a su casa. Patatas fritas, paquetes de bizcochos de caramelo de azúcar con mantequilla y cajas de cereales.

Parecía una tienda a la que podría haber ido Laura Ingalls Wilder.

—¡Clientes!

Leni oyó unas palmadas. Una mujer negra de enorme peinado afro salió de las sombras. Era alta, de espaldas anchas y tan gorda que tuvo que ponerse de lado para salir del mostrador de madera pulida. Unos diminutos lunares negros le salpicaban la cara.

Se acercó a ellos rápidamente, entre un tintineo de pulseras de hueso sobre sus gruesas muñecas. Era vieja: cincuenta años, por lo menos. Llevaba una larga falda de retazos vaqueros, unos calcetines de lana desparejados, sandalias de punta abierta y una larga camisa azul sin abotonar que mostraba debajo una camiseta descolorida. Un cuchillo envainado le colgaba del ancho cinturón de piel que llevaba a la cintura.

—¡Bienvenidos! Ya sé, esto parece desordenado e intimidante, pero sé dónde está cada cosa, hasta las juntas de sellado y las pilas triple A. Por cierto, la gente me llama Marge la Grande —dijo extendiendo la mano.

—¿Y usted lo permite? —preguntó mamá ofreciéndole su preciosa sonrisa, la que se ganaba a la gente y les hacía responder con otra sonrisa. Estrechó la mano de aquella mujer.

La risa de Marge la Grande sonó fuerte y entrecortada, como si le faltara el aire.

—Me encantan las mujeres con sentido del humor. Y bien, ¿a quién tengo el placer de conocer?

—Cora Allbright —respondió mamá—. Y esta es mi hija, Leni.

—Bienvenidas a Kaneq, señoras. No recibimos muchos turistas.

Papá entró en la tienda justo a tiempo de decir:

—Somos de aquí. O estamos a punto de serlo. Acabamos de llegar.

La doble papada de Marge la Grande pasó a ser triple al hundir la barbilla cuando oyó aquello.

—¿De aquí?

Papá extendió la mano.

—Bo Harlan me dejó su casa. Hemos venido para quedarnos.

—Maldita sea, yo soy su vecina, Marge Birdsall, a menos de un kilómetro carretera abajo. Hay un cartel. La mayoría de la gente de aquí vive aislada, en el bosque, pero nosotros tenemos la suerte de estar en la carretera. ¿Y tienen todas las provisiones que necesitan? Pueden abrirse una cuenta aquí en la tienda si quieren. Y pagarme con dinero o con trueque. Así es como lo hacemos aquí.

—Ese es exactamente el tipo de vida que buscamos —contestó papá—. Confieso que andamos un poco escasos de dinero, así que el trueque nos servirá. Soy muy buen mecánico. Puedo arreglar casi todo tipo de motores.

—Es bueno saberlo. Lo diré por ahí.

Papá asintió.

—Bien. Podemos comprar un poco de beicon. Puede que algo de arroz. Y whisky.

—Por allí —le indicó Marge la Grande señalando con la mano—. Detrás de la hilera de hachas y machetes.

Papá fue adonde le indicaba, al interior de las sombras de la tienda.

Marge la Grande se giró hacia mamá y la recorrió de pies a cabeza con una sola mirada para evaluarla.

—Supongo que este es el sueño de su marido, Cora Allbright, y que han venido todos hasta aquí sin haberlo planeado mucho.

Mamá sonrió.

—Lo hacemos todo por impulso, Marge la Grande. Eso le da emoción a la vida.

—Bien. Aquí va a tener que ser fuerte, Cora Allbright. Por usted y por su hija. No puede contar solamente con su hombre. Va a tener que ser capaz de salvarse a usted misma y a esta preciosa niña suya.

—Eso es bastante exagerado —dijo mamá.

Marge la Grande se inclinó sobre una gran caja de cartón y la arrastró por el suelo hacia ella. Rebuscó en su interior, moviendo sus dedos negros como si fuese una pianista, hasta que sacó dos grandes silbatos de color naranja brillante con una correa negra para el cuello. Les colocó uno a cada una.

—Esto es un silbato para osos. Lo va a necesitar. Lección número uno: no caminar en silencio ni desarmada por Alaska. No en esta zona tan lejana ni en esta época del año.

—¿Intenta asustarnos? —preguntó mamá.

—Puede apostar el trasero a que sí. El miedo es lo más sensato en esta tierra. Cora, aquí arriba viene mucha gente con cámaras y con el sueño de una vida sencilla. Pero cinco de cada mil habitantes de Alaska desaparecen cada año. Desaparecen sin más. Y muchos de esos soñadores..., en fin, no consiguen pasar el primer invierno. Están deseando volver a la tierra de los autocines y del calor que se consigue solo con pulsar un interruptor. Y de la luz del sol.

—Hace que suene peligroso —dijo mamá inquieta.

—Hay dos tipos de personas que vienen a Alaska, Cora. La gente que busca algo y la gente que huye de algo. En cuanto a esta segunda clase..., más vale que se mantenga alejada de ellos. Y no solo tiene que vigilar a la gente. Alaska puede ser la Bella Durmiente en un momento y una zorra con una pistola recortada al siguiente. Hay un dicho: aquí arriba se puede cometer un error; el segundo te matará.

Mamá encendió un cigarrillo. La mano le temblaba.

—Como comité de bienvenida, deja algo que desear, Marge.

Marge la Grande volvió a reírse.

—Tiene toda la razón en eso, Cora. Mis aptitudes sociales se han ido a la mierda en el bosque. —Sonrió y colocó una mano consoladora sobre el delgado hombro de mamá—. Ahora viene lo que sí querrá escuchar: aquí en Kaneq formamos una comunidad unida. No llegamos a treinta personas las que vivimos en esta parte de la península todo el año, pero cuidamos de los nuestros. Mi terreno está cerca del suyo. Si necesita cualquier cosa, lo que sea, avise por radio. Iré corriendo.

Papá colocó una hoja de papel sobre el volante. En ella había un mapa que Marge la Grande les había dibujado. El mapa mostraba Kaneq como un gran círculo rojo, con una única línea que salía de él. Esa era la carretera (solo había una, dijo) que iba de la ciudad a Otter Cove. A lo largo de la línea recta había tres cruces. La primera era la casa de Marge la Grande a la izquierda; después, la de Tom Walker a la derecha, y, por último, la vieja casa de Bo Harlan, que estaba al final de la línea.

—Muy bien —dijo papá—. Recorremos dos kilómetros después del riachuelo Icicle y veremos el comienzo de la finca de Tom Walker, que está marcado con una cancela metálica. Nuestra casa está un poco más adelante. Al final de la carretera —explicó dejando caer el mapa al suelo mientras salían de la ciudad—. Marge ha dicho que se ve fácilmente.

Atravesaron un puente de aspecto desvencijado que cruzaba por encima de un río azul cristalino. Pasaron unas marismas salpicadas de flores amarillas y rosas y, después, una pista de aterrizaje, donde estaban atados cuatro aviones pequeños y decrépitos.

Justo después de la pista de aterrizaje, la carretera de gravilla se convertía en un camino de tierra y piedras. Una masa espesa de árboles se alzaba a ambos lados. El barro y los mosquitos se estrellaban contra el parabrisas. Baches del tamaño de un estanque hacían que la vieja furgoneta se sacudiera y traqueteara.

—Maldita sea —decía papá cada vez que salían despedidos de sus asientos. No había casas allí ni indicios de civilización hasta que llegaron a un camino de entrada lleno de chatarra oxidada y vehículos destartalados. Un letrero escrito a mano decía: «Birdsall». La casa de Marge la Grande.

Después, el camino empeoró. Con más baches. Una mezcla de granito y charcos de barro. A cada lado, crecía hierba silvestre, arbustos de espinas y árboles tan espesos que impedían ver nada más.

Ahora sí que estaban en medio de la nada.

Tras otro tramo de camino vacío, llegaron a un cráneo de vaca blanquecino colocado sobre una cancela de metal oxidado que marcaba la propiedad de los Walker.

—Debo decir que desconfío un poco de vecinos que utilizan animales muertos para decorar —comentó mamá agarrada al picaporte de la puerta, que se salió de su sitio al pasar por un bache.

Cinco minutos después, papá pisó de repente los frenos. Sesenta metros más y se habrían caído por un precipicio.

—Dios mío —dijo mamá. La carretera había desaparecido. En su lugar, matorrales y una cornisa de granito. El final del camino. Literal.

—¡Hemos llegado! —Papá salió de un salto de la furgoneta y cerró la puerta con un golpe.

Mamá miró a Leni. Las dos estaban pensando lo mismo. Allí no había más que árboles y barro y un precipicio que podría haberles matado en medio de la niebla. Salieron del vehículo y se arrimaron la una a la otra. A poca distancia —supuestamente bajo el precipicio que tenían delante de ellos—, las olas chocaban y rugían.

—¿Habéis visto esto? —Papá abrió los brazos, como si quisiera abrazarlo todo. Parecía aumentar de tamaño ante los ojos de ellas, como un árbol que despliega sus ramas y se vuelve fuerte. Le gustaba aquel vacío que veía, el gran vacío. Para eso había venido.

La entrada a la propiedad era un estrecho cuello de tierra bordeado a cada lado por precipicios cuyas bases el mar batía con fuerza. Leni pensó que una tormenta de truenos o un terremoto podría separar aquel terreno del continente y dejarlo a la deriva, como el fuerte flotante de una isla.

—Esta es nuestra carretera de acceso —anunció papá.

—¿Carretera? —preguntó mamá mirando aquella vereda que atravesaba los árboles. Parecía que hacía años que no la utilizaban. Alisos de tronco estrecho crecían en mitad del camino.

—Bo lleva muerto mucho tiempo. Tendremos que limpiar la maleza que ha ido creciendo, pero, por ahora, entraremos a pie —dijo papá.

—¿A pie? —preguntó mamá.

Él se dispuso a vaciar las cosas de la furgoneta. Mientras, Leni y mamá se quedaron mirando los árboles. Papá dividió sus enseres en tres mochilas.

—Vale —dijo—. Vamos allá.

Leni miraba incrédula las mochilas.

—Toma, pelirroja —dijo él levantando una mochila que parecía tan grande como un Buick.

—¿Quieres que lleve eso? —preguntó ella.

—Sí, si es que quieres comida y un saco de dormir en la cabaña —respondió él sonriendo—. Vamos, pelirroja. Puedes hacerlo.

Dejó que él le colocara la mochila. Leni se sentía como una tortuga con un caparazón demasiado grande. Si se caía, no sería capaz de levantarse. Se hizo a un lado con exagerada cautela mientras papá ayudaba a mamá a colocarse su mochila.

—Muy bien, familia Allbright —dijo papá poniéndose su mochila—. ¡Vamos a casa!

Empezó a caminar, balanceando los brazos rítmicamente con cada paso. Leni podía oír sus viejas botas del ejército pisoteando y chapoteando en el barro. Iba silbando, como Juanito Manzanas.

Mamá miró con anhelo a la furgoneta. Después, se giró hacia Leni y sonrió, pero a Leni le pareció más una expresión de terror que de alegría.

—En fin —dijo—. Vamos.

Leni extendió la mano hacia la de mamá.

Caminaron a través de un terreno sombrío de árboles, siguiendo un estrecho y serpenteante sendero. Oían las olas del mar batiendo alrededor. A medida que avanzaban, el sonido del oleaje disminuyó. El terreno se extendía. Más árboles, más tierra, más sombra.

—Cielo santo —dijo mamá un rato después—. ¿Cuánto queda? —Tropezó con una piedra y se cayó con fuerza.

—¡Mamá! —Leni se agachó a recogerla sin pararse a pensar y su mochila la tiró al suelo. La boca de Leni se llenó de barro y escupió.

Papá llegó al lado de ellas de inmediato y ayudó a Leni y a mamá a ponerse de pie.

—Vamos, chicas, apoyaos en mí —dijo. Y volvieron a ponerse en marcha.

Los árboles se enredaban entre sí, empujándose en busca de espacio, haciendo que el sendero se volviera gris y oscuro. La luz del sol a duras penas se abría paso, cambiando de color y claridad a medida que avanzaban. El suelo cubierto de líquenes era mullido, como si caminaran sobre malvaviscos. En poco tiempo Leni se dio cuenta de que tenía los pies hundidos hasta el tobillo. No era que el sol se pusiera, era que la oscuridad se elevaba. Como si la oscuridad constituyese el orden natural en aquella zona.

Se engancharon con ramas, dieron traspiés en el suelo esponjoso hasta que por fin volvieron a salir a la luz, a un prado de hierbas y flores silvestres que llegaban hasta la rodilla. Resultó que su terreno de dieciséis hectáreas era una península: una enorme huella dactilar de terreno cubierto de hierbas encaramado sobre el agua por tres lados, con una pequeña playa en forma de C en el centro. Allí, el agua estaba calmada, serena.

Leni entró en el claro tambaleándose y se quitó la mochila, dejándola caer al suelo de golpe. Mamá hizo lo mismo.

Y allí estaba: el hogar que habían venido a reclamar. Una pequeña cabaña hecha de troncos ennegrecidos por la edad, con un techo inclinado y lleno de moho adornado por docenas de cráneos blanquecinos de animal. Un porche deteriorado salía del frente, abarrotado de mohosas sillas de plástico. A la izquierda, entre la cabaña y los árboles, había destartaladas jaulas de animales y un gallinero en estado ruinoso.

Había trastos tirados por todas partes entre la alta hierba: un gran montón de radios de rueda, bidones de aceite, rollos de alambre rojizo y una antigua lavadora de madera con un escurridor que funcionaba con manivela.

Papá se puso las manos en las caderas, echó la cabeza hacia atrás y aulló como un lobo. Cuando paró, y el silencio volvió a adueñarse de todo, atrajo a mamá hacia sus brazos y empezó a darle vueltas.

Cuando por fin la soltó, mamá se tambaleó hacia atrás. Se reía, pero había una especie de terror en sus ojos. La cabaña parecía un lugar donde habría podido vivir un ermitaño viejo y sin dientes y era pequeña.

¿Se hacinarían los tres en una sola habitación?

—Mirad —dijo papá haciendo un barrido con la mano. Todos se pusieron de espaldas a la cabaña y miraron al mar—. Eso es Otter Cove.

A esa última hora de la tarde, la península y el mar parecían resplandecer desde su interior, como el país encantado de un cuento de hadas. Leni nunca había visto colores tan intensos. Las olas que lamían la playa de guijarros dejaban un residuo centelleante. En la orilla de enfrente, las montañas eran de un exuberante y fuerte color púrpura por la base y completamente blancas en los picos.

La playa de abajo —su playa— era una curva de piedra gris pulida lavada por un tranquilo oleaje de espuma blanca. Unos desvencijados escalones construidos con la forma de un relámpago conducían desde el prado de hierba hasta la playa. La madera se había vuelto gris con el tiempo y estaba negra por el moho. Una malla de alambre cubría cada escalón. Las escaleras tenían un aspecto frágil, como si el viento pudiese destrozarlas.

La marea estaba baja. El barro lo cubría todo, rezumaba por toda la playa, que estaba cubierta de algas. Montones de resplandecientes mejillones negros quedaban expuestos sobre las rocas.

Leni recordó que su padre le había contado que la fuerte marea de la parte superior de la ensenada de Cook creaba olas lo bastante grandes como para surfear; las mareas de aquí también eran extremas. Solo la bahía de Fundy tenía una marea más alta. Ella no se había dado cuenta de eso hasta ahora, cuando miraba la altura a la que podía llegar el agua en las escaleras. Sería precioso con la marea alta, pero ahora, con la marea baja y con todo lleno de barro, comprendió lo que eso implicaba. Con la marea baja, era imposible acceder a aquella propiedad en barco.

—Venga —dijo papá—. Vamos a ver cómo está la casa.

Agarró a Leni de la mano y las llevó entre las hierbas y las flores silvestres, pasando junto a los trastos —barriles volcados, palés de madera apilados, neveras viejas y cestos para cangrejos rotos. Los mosquitos le mordisqueaban la piel, le sacaban la sangre y producían un zumbido al volar.

En los escalones del porche, mamá vaciló. Papá soltó la mano de Leni, subió los escalones hundidos, abrió la puerta y desapareció en su interior.

Mamá se quedó quieta un momento, respirando con fuerza. Se dio una fuerte palmada en el cuello y dejó una mancha de sangre.

—En fin —dijo—. Esto no es lo que yo me esperaba.

—Tampoco yo —repuso Leni.

Hubo otro silencio largo. A continuación, en voz baja, habló mamá:

—Vamos.

Agarró la mano de Leni al subir los combados escalones y entraron en la oscura cabaña.

Lo primero que Leni notó fue el olor.

Caca. Algún animal (esperaba que fuese un animal) había cagado por todas partes.

Se apretó la mano sobre la boca y la nariz.

La casa estaba en sombras; se veían formas oscuras. Había telarañas que colgaban en pegajosas madejas de las vigas. El polvo dificultaba la respiración. El suelo estaba cubierto de insectos muertos, por lo que con cada paso se oía un crujido.

—¡Puaj! —exclamó Leni.

Mamá abrió las sucias cortinas y la luz del sol entró con espesas motas de polvo.

El interior era más grande de lo que parecía por fuera. El suelo se había hecho de madera contrachapada rugosa y desigual clavada a la base formando un dibujo como de colcha de retales. Las delgadas paredes de troncos exhibían trampas para animales, cañas de pescar, cestos, sartenes, cubos de agua, redes... La cocina —o lo poco que de ella había— ocupaba un rincón de la habitación principal. Leni vio un viejo hornillo de campamento y un fregadero sin ninguna instalación. Debajo de él, había un espacio oculto tras una cortinilla. En la encimera había una vieja radio, probablemente de la Segunda Guerra Mundial, cubierta de polvo. En el centro de la habitación, una estufa de leña negra presidía la sala, con su tubo de metal levantándose hasta el techo como un dedo de lata articulado que apuntara al cielo. Un sofá andrajoso, un cajón de madera dado la vuelta en cuyo lateral ponía «Blazo» y una mesa plegable con cuatro sillas de metal componían el mobiliario de la cabaña. Una estrecha y empinada escalerilla de madera conducía a un altillo con una claraboya en el techo y, a la izquierda, una cortina de cuentas de colores psicodélicos tapaba una estrecha puerta.

Leni apartó la polvorienta cortina de cuentas y entró en un minúsculo dormitorio que había detrás, apenas más grande que el colchón manchado y lleno de bultos tirado en el suelo. Había aquí más trastos que colgaban de ganchos de las paredes. Olía un poco a excrementos de animal y a polvo.

Leni mantenía la mano sobre la boca, temerosa de sufrir una arcada de vuelta a la sala de estar (un crujido tras otro al aplastar los bichos muertos).

—¿Dónde está el baño?

Mamá jadeó, se dirigió hacia la puerta, la abrió y salió corriendo.

Leni la siguió al porche combado y, después, por los escalones medio rotos.

—Allí —dijo mamá apuntando a una pequeña construcción de madera rodeada de árboles. Una media luna recortada en la puerta la identificaba.

Una letrina.

Una *letrina*.

—Mierda —susurró mamá.

—Literalmente —dijo Leni. Se inclinó sobre su madre. Sabía qué estaba sintiendo mamá en ese momento, así que Leni tenía que ser fuerte. Así era como funcionaban ella y mamá. Se turnaban para ser fuertes. Así era como habían sobrevivido durante los años de la guerra.

—Gracias, pequeña. Lo necesitaba. —Mamá rodeó con un brazo a Leni y la atrajo hacia sí—. Vamos a estar bien, ¿verdad? No necesitamos televisión. Ni agua corriente. Ni electricidad. —Su voz terminó con una nota aguda y estridente que sonaba a desesperación.

—Le sacaremos todo el partido —contestó Leni tratando de parecer segura en lugar de preocupada—. Y esta vez, él será feliz.

—¿Eso crees?

—Lo sé.

4

A la mañana siguiente, se remangaron y se pusieron a trabajar. Leni y mamá limpiaron la cabaña. Barrieron, frotaron y lavaron. Resultó que el fregadero de la cabaña estaba «seco» (no había agua corriente dentro), así que tenían que llevar el agua en cubos desde un arroyo que no quedaba lejos y hervirla antes de poder beberla, cocinar con ella o bañarse. No había electricidad. Había lámparas de propano colgadas de las vigas o apoyadas en las encimeras de madera contrachapada. Debajo de la casa había una bodega de, al menos, dos metros y medio por tres rodeada de estanterías combadas y polvorientas llenas de tarros vacíos y sucios y cestos mohosos. Así que lo limpiaron todo también mientras papá se afanaba en despejar el camino para poder acercar con la furgoneta el resto de sus provisiones a la finca.

Al final del segundo día (que, por cierto, resultó interminable; el sol simplemente brillaba y brillaba), eran las diez de la noche antes de que dejaran de trabajar.

Papá hizo una hoguera en la playa —su playa— y se sentaron sobre unos troncos que había alrededor para comer unos bocadillos de atún y beber unas Coca-Colas calientes. Papá encontró mejillones y almejas y les enseñó a abrirlas. Se comieron cada uno de los babosos moluscos de un solo bocado.

No anocheció. En lugar de ello, el cielo se volvió de un fuerte color lavanda rosáceo. No había estrellas. Leni miraba el danzante fuego naranja, con chispas que salían pulverizadas hacia el cielo, chasqueando como si fuese música, y vio que sus padres se abrazaban, la cabeza de mamá sobre el hombro de papá y la mano de papá colocada cariñosamente sobre la pierna de ella con una manta de lana envolviéndolos. Leni hizo una fotografía.

Con el flash y el chasquido de la Polaroid, papá levantó los ojos hacia ella y sonrió.

—Vamos a ser felices aquí, pelirroja. ¿Puedes sentirlo?

—Sí —contestó ella, y, quizá por primera vez en su vida, lo creyó de verdad.

Leni se despertó con el sonido de alguien —o algo— que golpeaba en la puerta de la cabaña. Salió gateando de su saco de dormir y lo apartó a un lado, tirando su pila de libros con las prisas. Abajo, oyó el sonido de la cortina de cuentas y el golpeteo de pasos cuando mamá y papá se apresuraron hacia la puerta. Leni se vistió rápidamente y bajó corriendo por la escalerilla.

Marge la Grande estaba en el patio con otras dos mujeres. Detrás de ellas, había una bicicleta oxidada y sucia tumbada de lado sobre la hierba y, junto a esta, un quad cargado con rollos de alambrada.

—¡Hola, familia Allbright! —saludó con alegría Marge la Grande a la vez que alzaba su mano del tamaño de un plato—. He traído a unas amigas —dijo señalando a las dos mujeres que había llevado con ella. Una era un duende del bosque, tan pequeña que podría ser una niña, con pelo largo y gris como de serpentina en aerosol. La otra era alta y delgada. Las tres iban vestidas con camisas de franela y vaqueros manchados metidos en botas de goma marrón que les llegaban hasta las rodillas. Cada una llevaba una herramienta: una motosierra, una lezna y un hacha de mano—. Hemos venido a ofreceros ayuda para empezar —anunció Marge la Grande—. Y os hemos traído algunas cosas que vais a necesitar.

Leni vio cómo su padre fruncía el ceño.

—¿Crees que no somos capaces?

—Así es como hacemos las cosas aquí arriba, Ernt —contestó Marge la Grande—. Créeme, por mucho que uno haya leído o estudiado, nunca se está suficientemente preparado para un primer invierno en Alaska.

El duendecillo de los bosques se acercó. Era bajita y delgada, con una nariz tan afilada que podría cortar pan en rebanadas. Unos guantes de piel sobresalían del bolsillo de su camisa. Por muy menuda que fuera, desprendía un aire de suficiencia.

—Yo soy Natalie Watkins. Marge la Grande me ha dicho que no sabéis mucho sobre la vida aquí arriba. A mí me pasaba lo mismo hace diez años. Seguí a un hombre hasta aquí arriba. La historia de siempre. Perdí al hombre y encontré una vida. Ahora tengo mi propio barco de pesca. Así que sé cuál es el sueño que os ha traído aquí, pero eso no es suficiente. Vais a tener que aprender rápido. —Natalie se puso sus guantes amarillos—. No encontré a otro hombre que mereciera la pena. Ya sabéis lo que dicen sobre encontrar un hombre en Alaska: hay buenas oportunidades, pero lo más probable es que sean malos.

La mujer más alta tenía una trenza rubia que le caía casi hasta la cintura y sus ojos eran tan claros que parecían haber adquirido el color del cielo apagado.

—Bienvenidos a Kaneq. Soy Geneva Walker. Gen. Genny. La Generadora. Me llaman de todas esas formas. —Sonrió y se le formaron hoyuelos—. Mi familia es de Fairbanks, pero me enamoré de la tierra de mi marido, así que aquí es donde vivo. Llevo veinte años aquí.

—Necesitáis un invernadero y un granero aéreo como mínimo —dijo Marge la Grande—. El viejo Bo tenía grandes planes para este lugar cuando lo compró. Pero se fue a la guerra... y fue estupendo que consiguiera hacer la mitad del trabajo.

—¿Aéreo? —preguntó papá.

Marge la Grande asintió con brusquedad.

—Un granero aéreo es una pequeña construcción sobre pilares. Ahí se guarda la carne, para que los osos no puedan cogerla. En esta época del año, los osos están hambrientos.

—Vamos, Ernt —dijo Natalie a la vez que cogía la motosierra que tenía a los pies—. He traído una cortadora portátil. Tú cortas los árboles y yo los sierro para convertirlos en tablas. Lo primero es lo primero, ¿no?

Papá volvió a entrar en la cabaña, se puso su chaleco de plumas y se adentró en el bosque con Natalie. Enseguida, Leni oyó el zumbido de la motosierra y el sonido de un hacha golpeando la madera.

—Yo voy a empezar con el invernadero —dijo Geneva—. Imagino que Bo dejó por algún lado una pila de tuberías de PVC.

Marge la Grande se acercó a Leni y a mamá.

Se levantó una brisa. El frío apareció en un abrir y cerrar de ojos. Mamá se cruzó de brazos. Debía tener frío, allí de pie con una camiseta de la banda Grateful Dead y unos vaqueros acampanados. Un mosquito aterrizó en su mejilla. Lo apartó de un manotazo y se manchó de sangre.

—Nuestros mosquitos son malos —dijo Marge la Grande—. Os traeré repelente la próxima vez que venga de visita.

—¿Cuánto tiempo llevas viviendo aquí? —preguntó mamá.

—Diez de los mejores años de mi vida —respondió Marge la Grande—. La vida en el bosque es dura, pero no hay nada mejor que saborear un salmón que has pescado por la mañana, cocinado con mantequilla que has batido de tu propia nata fresca. Aquí arriba nadie va a decirte qué tienes que hacer ni cómo. Cada uno sobrevive como puede. Si se es lo suficientemente fuerte, es el paraíso en la tierra.

Leni se quedó mirando a aquella mujer grande y de aspecto rudo. Nunca había visto a una mujer tan alta y de apariencia tan fuerte. Parecía como si Marge la Grande pudiera hacer caer un cedro adulto, colgárselo al hombro y seguir andando.

—Necesitábamos empezar de nuevo —dijo mamá sorprendiendo a Leni. Ese era el tipo de intimidades que mamá solía evitar.

—¿Estuvo en Vietnam?

—Fue prisionero de guerra. ¿Cómo lo has sabido?

—Tiene ese aspecto. Y, bueno..., Bo os dejó este lugar. —Marge la Grande miró a la izquierda, hacia donde papá y Natalie cortaban árboles—. ¿Es malo?

—N-no —respondió mamá—. Por supuesto que no.

—¿Recuerdos traumáticos? ¿Pesadillas?

—Ninguna desde que emprendimos viaje al norte.

—Eres optimista —dijo Marge la Grande—. Eso viene bien para empezar. En fin. Más vale que te cambies de camiseta, Cora. Los mosquitos se van a volver locos con tanta piel blanca desnuda.

Mamá asintió y fue hacia la cabaña.

—¿Y tú? —preguntó Marge la Grande—. ¿Cuál es tu historia, señorita?

—Yo no tengo ninguna historia.

—Todo el mundo tiene una. Puede que la tuya acabe de empezar aquí.

—Puede.

—¿Qué sabes hacer?

Leni se encogió de hombros.

—Leer y hacer fotos. —Señaló a la cámara que le colgaba del cuello—. Nada que nos sirva de algo.

—Entonces, tendrás que aprender —dijo Marge la Grande. Se acercó e inclinó la cabeza para susurrar al oído de Leni con expresión de complicidad—: Este lugar es mágico, niña. Solo tienes que estar abierta para verlo. Ya verás a qué me refiero. Pero también es peligroso, no lo olvides. Creo que fue Jack London el que dijo que había mil formas de morir en Alaska. Mantente alerta.

—¿Con qué?

—Con el peligro.

—¿De dónde puede venir? ¿Del clima? ¿De los osos? ¿De los lobos? ¿De qué?

Marge la Grande miró de nuevo al otro lado del patio, hacia donde papá y Natalie tiraban árboles.

—Puede venir de cualquier sitio. El clima y el aislamiento vuelven locas a algunas personas.

Antes de que Leni pudiese preguntarle nada más, mamá volvió vestida para trabajar con unos vaqueros y una sudadera.

—Cora, ¿puedes preparar café? —preguntó Marge la Grande.

Mamá se rio y chocó su cadera con la de Leni.

—Vaya, Marge la Grande, parece que has averiguado lo único que sí sé hacer.

Marge la Grande, Natalie y Geneva trabajaron todo el día con Leni y sus padres. Lo hicieron en silencio, comunicándose con gruñidos, movimientos de cabeza y dedos que señalaban. Natalie colocó la motosierra en una especie de jaula y serró ella sola los grandes troncos que papá había cortado convirtiéndolos en tablas. Cada árbol caído dejaba una rendija más por la que se colaba el sol.

Geneva le enseñó a Leni a serrar madera, a poner clavos y a hacer bancales para verduras. Juntas empezaron a construir una estructura con tubos de PVC y tablones que se convertiría en invernadero. Leni ayudó a Geneva a llevar un enorme y pesado rollo de revestimiento de plástico que habían encontrado en el desvencijado gallinero. Lo dejaron caer en el suelo.

—Uf —dijo Leni. Le costaba respirar. Tenía sudor en la frente y eso hacía que su pelo encrespado le colgara sin vida a cada lado de su cara enrojecida. Pero el esbozo de un huerto le producía una sensación de orgullo y de tener un objetivo. Lo cierto era que estaba deseando plantar las verduras que serían su comida.

Mientras trabajaban, Geneva le hablaba sobre qué verduras cultivar, cómo recolectarlas y lo importantes que serían cuando llegara el invierno.

«Invierno» era una palabra que en Alaska se pronunciaba mucho. Podía ser mayo, casi a punto de empezar el verano, pero en Alaska ya todos pensaban en el invierno.

—Descansa un poco, niña —dijo por fin Geneva poniéndose de pie—. Tengo que ir a la letrina.

Leni salió tambaleante del armazón del invernadero y encontró a su madre de pie sola, con un cigarrillo en la mano y una taza de café en la otra.

—Me siento como si nos hubiésemos metido en un zarzal —dijo mamá. A su lado, la inestable mesa plegable de la cabaña contenía los restos del almuerzo. Mamá había preparado un montón de panecillos con lonchas de mortadela frita.

El aire olía a humo de madera, humo de cigarrillos y madera recién cortada. Se oía el zumbido de las motosierras, los golpes de los tablones amontonándose y de los martillos sobre los clavos.

Leni vio a Marge la Grande acercándose a ellas. Parecía cansada y sudorosa, pero sonreía.

—¿Me dejas dar un sorbo de ese café?

Mamá le pasó a Marge la Grande su taza.

Las tres se quedaron allí, mirando el terreno que iba cambiando delante de sus ojos.

—Tu Ernt trabaja bien —dijo Marge la Grande—. Es hábil. Me ha dicho que su padre era ganadero.

—Ajá —contestó mamá—. En Montana.

—Eso está bien. Yo os puedo vender un par de crías de cabra en cuanto tengáis reparados los corrales. Las dejaré a buen precio. Os vendrán bien para la leche y el queso. Y podéis aprender muchísimas cosas con las revista *Mother Earth News*. Os traeré un buen montón.

—Gracias —contestó mamá.

—Geneva dice que es un placer trabajar con Leni. Eso es bueno. —Le dio a Leni una palmada tan fuerte que esta se tambaleó hacia delante—. Pero, Cora, he estado revisando vuestras provisiones. Espero que no te importe. No tenéis suficiente. ¿Qué tal vais de dinero?

—Un poco estrechos.

Marge la Grande asintió. Adoptó una expresión seria.

—¿Sabes disparar?

Mamá soltó una carcajada.

Marge la Grande no sonrió.

—Lo digo en serio, Cora. ¿Sabes disparar?

—¿Con un arma? —preguntó mamá.

—Sí. Con un arma —respondió Marge la Grande.

Mamá dejó de reírse.

—No. —Apagó su cigarrillo en una piedra.

—Bueno. No sois los primeros *cheechakos* que vienen hasta aquí con un sueño y un plan mediocre.

—¿Cheechakos? —preguntó Leni.

—Pardillos. En Alaska no importa quién eras cuando decidiste venir hasta aquí, sino en quién te conviertes. Estáis aquí, en la naturaleza, chicas. Esto no es ninguna fábula ni ningún cuento de hadas. Es real. Es duro. El invierno llegará pronto y, creedme, no se parece a ningún otro invierno que hayáis vivido. Matará a los rebaños. Y rápido. Tenéis que saber cómo sobrevivir. Tenéis que saber disparar y matar para alimentaros y manteneros a salvo. Aquí no estáis en lo alto de la cadena alimenticia.

Natalie y papá se acercaron a ellas. Natalie llevaba la motosierra y se limpiaba el sudor de la frente con un pañuelo arrugado. Era una mujer muy menuda, apenas más alta que Leni. Parecía imposible que pudiese llevar esa pesada motosierra de un sitio a otro.

Se detuvo al lado de mamá, apoyó el extremo redondeado de la motosierra en la punta de su bota de goma.

—Bueno. Tengo que ir a dar de comer a mis animales. Le he hecho a Ernt un dibujo para el granero aéreo.

Geneva se acercó a ellos. Una mugre negra teñía su pelo, su cara y la pechera de su camisa.

—Leni tiene buena disposición para trabajar. Bien hecho, papás.

Papá colocó un brazo sobre los hombros de mamá.

—No tengo palabras para daros las gracias, señoras —dijo.

—Sí. Vuestra ayuda ha significado mucho para nosotros —añadió mamá.

La sonrisa de Natalie le dio un aire de elfo.

—Ha sido un placer, Cora. Recordad. Cerrad bien la puerta cuando os vayáis a dormir. No salgáis hasta la mañana. Si necesitáis un orinal, comprad uno en la tienda de Marge la Grande.

Leni se dio cuenta de que se había quedado con la boca abierta. ¿Querían que hiciera pis en un cubo?

—Los osos son peligrosos en esta época del año. Sobre todo, los osos negros. A veces, atacan simplemente porque pueden —les explicó Marge la Grande—. Y hay lobos y alces y quién sabe qué otros animales. No caminéis por aquí sin un arma, ni siquiera para ir a la letrina. —Marge cogió la motosierra de las manos de Natalie y se la echó al hombro como si fuese un palo de madera de álamo—. Aquí arriba no hay policía, y teléfono, solo en la ciudad, así que, Ernt, enseña a tus mujeres a disparar, y hazlo rápido. Te daré una lista de las provisiones básicas que necesitaréis antes de septiembre. Desde luego, este otoño tendrás que cazar un alce. Es mejor dispararles en temporada, pero..., ya sabes, lo importante es que haya carne en el congelador.

—No tenemos congelador —apuntó Leni.

Por algún motivo, las mujeres se rieron al oír aquello.

Papá asintió con solemnidad.

—Entendido.

—Vale. Nos vemos —dijeron las tres mujeres al unísono. Se despidieron con un gesto de la mano, se dirigieron a sus vehículos, se montaron y tomaron el sendero que llevaba a la carretera principal. Poco después, se habían ido.

Durante el silencio posterior, una brisa fría removió las copas de los árboles que tenían sobre ellos. Pasó un águila volando con un pez plateado del tamaño de un monopatín forcejeando en sus garras. Leni vio un collar de perro colgando de las ramas superiores de un árbol. Un águila debía haber atrapado a un perro pequeño y habérselo llevado. ¿Podría un águila llevarse a una niña que estaba flaca como un fideo?

Tener cuidado. Aprender a disparar.

Vivían en un terreno al que no se podía acceder por agua con la marea baja, en una península con apenas un puñado de personas y cientos de animales salvajes, y un clima tan severo que podía matarte. No había comisaría de policía ni teléfonos, nadie podía oírte gritar.

Por primera vez comprendió de verdad lo que su padre había dicho. «Remoto».

Tres días después, Leni se despertó con el olor a beicon frito. Cuando se incorporó, un dolor se le extendió por los brazos y las piernas.

Le dolía todo. Las mordeduras de mosquito hacían que la piel le picara. Tres días (y ahí arriba los días eran interminables, con luz de sol casi hasta la medianoche) de trabajo duro habían hecho aparecer músculos que no sabía que tuviera.

Salió de su saco de dormir y se puso sus vaqueros de tiro bajo. (Había dormido con la sudadera y los calcetines puestos). Tenía un terrible sabor de boca. La noche anterior se había olvidado de cepillarse los dientes. Ya empezaba a ahorrar agua que no salía de grifos, sino que tenía que ser transportada en cubos.

Bajó por la escalerilla.

Mamá estaba en la cocina, junto al hornillo, echando harina de avena en un cazo de metal con agua hirviendo. El beicon crepitaba en una de las sartenes de hierro negro que habían encontrado colgada de un gancho.

Leni oyó el sonido lejano de un martillo. Ese golpeteo rítmico se había convertido ya en la banda sonora de sus vidas. Papá trabajaba desde el amanecer hasta el anochecer, lo cual suponía una larga jornada. Ya había reparado el gallinero y arreglado los corrales.

—Tengo que ir al baño —dijo.

—Diviértete —contestó mamá.

Leni se puso sus botas y salió a un día de cielo azul. Los colores eran tan intensos que el mundo apenas parecía real: la hierba verde que se mecía en el prado, las flores silvestres de color púrpura, los escalones grises descendiendo en zigzag hasta el mar azul, que inspiraba y espiraba a lo largo de la playa de guijarros; más allá, un fiordo de inconcebible grandiosidad, esculpido eras atrás por los glaciares. Quiso volver a por su Polaroid y hacer fotos del patio —otra vez— pero ya había aprendido que tenía que ahorrar carrete. Comprar más no resultaría fácil allí arriba.

La letrina estaba situada en el risco, en una plataforma de finos troncos de pícea que daba a la costa rocosa. En la tapa del retrete, alguien había escrito: «Nunca te prometí un jardín de rosas», y había pegado calcomanías de flores.

Levantó la tapa usando la manga para protegerse los dedos y, con cuidado, apartó la mirada del agujero al sentarse.

Cuando terminó, Leni volvió a la cabaña. Un águila calva cruzaba el cielo, planeando en un círculo gigante y, después, elevándose abruptamente para desaparecer. Vio el esqueleto de un pez enorme colgando de uno de los árboles, reflejando el sol como un adorno de Navidad. Un águila debía de haberlo dejado caer allí tras picotear toda la carne hasta dejarlo en la espina. A su derecha, el granero aéreo estaba medio terminado. Cuatro troncos delgados a modo de puntales que llevaban a una plataforma de un metro cuadrado que se encontraba a seis metros de altura. Debajo, había seis bancales elevados cubiertos por una estructura de tubos y madera parecida a un miriñaque que esperaba a ser cubierta de plástico para convertirse en un invernadero.

—¡Leni! —gritó su padre viniendo hacia ella con aquel andar suyo tan entusiasta y de pasos largos. Tenía el pelo sucio, lleno de polvo y despeinado, la ropa llena de manchas de aceite y las manos mugrientas. Tenía serrín rosado espolvoreado por la cara y el pelo. La saludó moviendo la mano y sonriendo.

El júbilo de su rostro hizo que ella se detuviera. No podía recordar cuándo había sido la última vez que le había visto tan feliz.

—Por Dios, qué bonito es esto —dijo él.

Se limpió las manos con un pañuelo rojo que tenía arrugado dentro del bolsillo de sus vaqueros, rodeó con un brazo los hombros de ella y entraron juntos en la cabaña.

Mamá estaba sirviendo el desayuno en ese momento.

La mesa plegable se tambaleaba un montón, así que se quedaron en la sala de estar, comiendo avena en sus cuencos de metal. Papá se metió una cucharada de avena en la boca a la vez que masticaba el beicon. Últimamente, a papá le parecía que comer era una pérdida de tiempo. Había muchas cosas que hacer fuera.

Nada más terminar de desayunar, Leni y mamá volvieron a la tarea de limpiar la cabaña. Ya habían quitado varias capas de polvo, suciedad e insectos muertos. Habían colgado cada una de las alfombras sobre la barandilla del porche y las habían azotado con escobas que parecían tan sucias como las mismas alfombras. Mamá quitó las cortinas y las llevó a uno de los barriles de petróleo del patio. Después de que Leni subiera agua del río, llenaron la antigua lavadora con agua y jabón de lavar y Leni se quedó allí una hora, sudando bajo el sol, removiendo las cortinas en el agua jabonosa. Después, llevó la pesada y goteante masa de tela a un barril lleno de agua limpia y la enjuagó.

A continuación, empezó a pasar las cortinas empapadas por el viejo escurridor. La tarea resultaba dura y matadora; terminó exhausta.

Oyó a mamá que estaba en el patio, no muy lejos, cantando mientras lavaba otro montón de ropa en el agua espumosa.

Leni oyó un motor. Se incorporó, frotándose la parte inferior de su dolorida espalda. Oyó el crujir de piedras y el salpicar de barro..., y la vieja furgoneta Volkswagen surgió entre los árboles y se detuvo en el patio. ¡Por fin estaba limpio el camino!

Papá tocó el claxon. Los pájaros salieron volando de los árboles entre graznidos de irritación.

Mamá dejó de remover la ropa y levantó los ojos. El pañuelo que cubría su pelo rubio estaba mojado por el sudor. Las picaduras de mosquito formaban un entramado rojo en sus mejillas pálidas. Colocó la palma de la mano a modo de visera.

—¡Lo has conseguido! —gritó.

Papá salió del vehículo y les hizo una señal para que se acercaran.

—¡Ya basta de trabajar, familia Allbright! ¡Vamos a dar una vuelta!

Leni soltó un chillido de placer. Estaba más que dispuesta a darse un descanso de aquel trabajo que le torturaba la espalda. Levantó la tela escurrida, la colocó en el tendedero combado que mamá había montado entre dos árboles y colgó las cortinas para que se secaran.

Tanto Leni como mamá se iban riendo mientras montaban en la vieja furgoneta. Habían sacado ya todas sus provisiones del vehículo (varios viajes de ida y vuelta llevando pesados paquetes). Solo quedaban en los asientos unas cuantas revistas y latas de Coca-Cola vacías.

Papá movió con dificultad la palanca de cambios suelta y puso la primera marcha. La furgoneta sonó como si fuese un anciano tosiendo y se sacudió con un traqueteo metálico; los neumáticos rebotaron en los hoyos mientras recorría el patio lleno de hierba.

Leni pudo ver entonces el camino que papá había limpiado.

—Ya existía —dijo él gritando para que le oyeran por encima del ruido del motor—. Habían salido unos cuantos sauces. He tenido que quitarlos.

Era un trayecto duro por un sendero apenas más ancho que la furgoneta. Las ramas golpeaban contra el parabrisas y arañaban los laterales del vehículo. La pancarta que habían colocado se había desprendido al quedar enganchada en los árboles. El camino tenía más hoyos y rocas que tierra. El viejo vehículo no paraba de levantarse y caer de golpe. Los neumáticos crujían despacio al pasar por encima de raíces expuestas y salientes de granito a medida que se adentraban en la oscura sombra que lanzaban los árboles.

Al final del camino de acceso salieron a la luz del sol y a una carretera de tierra de verdad.

Pasaron con estruendo junto a la cancela metálica de los Walker y el cartel de Birdsall. Leni se inclinó hacia delante, emocionada por ver las marismas y la pista de aterrizaje que había a las afueras de Kaneq.

¡La ciudad! Apenas unos días atrás le había parecido peor que un puesto fronterizo, pero no hacía falta pasar mucho tiempo en los bosques de Alaska para cambiar de opinión. Kaneq tenía una tienda. Leni podría comprar carretes y, quizá, alguna chocolatina.

—Esperad —dijo papá a la vez que giraba a la izquierda y se adentraba en el bosque.

—¿Adónde vamos? —preguntó mamá.

—A darle las gracias a la familia de Bo Harlan. Le he traído a su padre una botella de whisky.

Leni miraba por la ventanilla. El polvo hacía que lo que veía se convirtiera en una neblina. Durante varios kilómetros no hubo más que árboles y baches. De vez en cuando, aparecía un vehículo que se estaba pudriendo a un lado del camino, entre las altas hierbas.

No había casas ni buzones de correos, solo senderos de tierra por todos lados que giraban entre los árboles. Si alguien vivía allí era porque no quería que le encontraran.

La carretera era accidentada: dos huellas de neumático desgastadas sobre un suelo pedregoso e irregular. A medida que subían, los árboles se iban volviendo más espesos y empezaban a impedir cada vez más que penetrara la luz del sol. Vieron la primera señal a unos cinco kilómetros: «No pasar. Dé la vuelta. Sí, usted. Propiedad protegida por perros y armas. Hippies fuera».

El camino terminaba en la cima de una colina con un cartel que decía: «Quien pase recibirá un tiro. Al que sobreviva se le volverá a disparar».

—Dios mío —dijo mamá—. ¿Estás seguro de que es aquí?

Apareció un hombre con un rifle delante de ellos y se detuvo con las piernas separadas. Tenía un pelo castaño y ensortijado que sobresalía por debajo de una sucia gorra de camionero.

—¿Quiénes son? ¿Qué quieren?

—Creo que deberíamos darnos la vuelta —dijo mamá.

Papá sacó la cabeza por la ventanilla.

—Hemos venido a ver a Earl Harlan. Yo era amigo de Bo.

El hombre frunció el ceño y, a continuación, asintió y se hizo a un lado.

—No sé, Ernt —comentó mamá—. Esto tiene muy mala pinta.

Papá maniobró la palanca de cambios. La vieja furgoneta refunfuñó y rodó hacia delante, rebotando por encima de las piedras y los montículos.

Entraron en una parcela grande y llana de suelo embarrado salpicado por algunos parches de matojos de hierba amarillenta. Tres casas bordeaban la finca. Bueno, chabolas, en realidad. Parecían haber sido construidas con lo primero que se había tenido a mano —tablas de madera contrachapada, plástico ondulado, troncos finos... Había un autobús escolar con cortinas en las ventanas con sus llantas sin neumáticos hundidas en el barro. Había varios perros escuálidos atados a cadenas, tirando de ellas, gruñendo y ladrando. Unos barriles con fuego echaban un humo que tenía un nocivo olor a goma.

De las cabañas y cobertizos salieron personas vestidas con ropa sucia. Hombres con coletas y pelo rapado y mujeres con sombrero vaquero. Todos llevaban pistolas o cuchillos envainados en la cintura.

Justo delante de ellos, de una cabaña de troncos con el techo inclinado, salió un hombre de pelo blanco con una pistola de aspecto anticuado. Era delgado y nervudo, con una barba larga y blanca y un palillo de dientes mordisqueado en la boca. Bajó al terreno embarrado. Los perros se volvieron locos al verlo, gruñendo, pateando y arrastrándose. Unos cuantos saltaron sobre el tejado de sus casetas y siguieron ladrando. El viejo apuntó a la furgoneta con su pistola.

Papá agarró el picaporte de la puerta.

—No salgas —dijo mamá sujetándole del brazo.

Papá se soltó de mamá. Cogió la botella de whisky que había llevado, abrió la puerta y salió al barro. Dejó abierta la puerta de la furgoneta al salir.

—¿Quién es usted? —gritó el hombre de pelo canoso, el palillo moviéndose arriba y abajo.

—Ernt Allbright, señor.

El hombre bajó su arma.

—¿Ernt? ¿Eres tú? Yo soy Earl, el padre de Bo.

—Soy yo, señor.

—Seré tonto... ¿Quién ha venido contigo?

Papá se giró e hizo una señal a Leni y a mamá para que salieran de la furgoneta.

—Sí. Es una gran idea —dijo mamá mientras abría la puerta.

Leni la siguió. Bajó al barro y oyó cómo sus botas se hundían en él con un chapoteo.

Las demás personas del recinto seguían inmóviles, mirando.

Papá las atrajo hacia él.

—Esta es mi mujer, Cora, y mi hija, Leni. Chicas, este es el padre de Bo, Earl.

—Mis amigos me llaman Loco Earl —dijo el anciano. Les estrechó las manos y, después, cogió la botella de las manos de papá y los condujo a su cabaña—. Entrad. Entrad.

Leni tuvo que obligarse a entrar en aquel espacio pequeño y en sombras. Olía a sudor y moho. En las paredes se alineaban provisiones: comida, garrafas de agua, cajas de cerveza, otras llenas de productos enlatados y sacos de dormir apilados. A lo largo de toda una pared, armas. Rifles, cuchillos y cajas de munición. Ballestas antiguas colgaban de unos ganchos junto a varias mazas.

El Loco Earl se dejó caer en una silla hecha de listones de una caja de madera. Abrió el whisky, se llevó la botella a la boca y dio un largo trago. Después, pasó la botella a papá, que bebió un largo rato antes de devolvérsela al Loco Earl.

Mamá se agachó, cogió una máscara de gas de una caja que estaba llena de ellas.

—¿Co-colecciona objetos históricos? —preguntó inquieta.

El Loco Earl bebió otra vez y vació una buena cantidad de whisky de un solo trago.

—No. No son para exponer. El mundo se ha vuelto loco. Los hombres tienen que protegerse. Yo llegué aquí en el 62. Los cuarenta y ocho estados de ahí abajo eran ya una locura. Rojos por todas partes. La crisis de los misiles cubanos acojonaba a la gente. Se estaban construyendo refugios antiaéreos en los patios traseros. Yo traje aquí arriba a mi familia. No teníamos más que un rifle y un saco de arroz integral. Pensamos que podríamos vivir en el bosque, mantenernos a salvo y sobrevivir al invierno nuclear que se avecinaba. —Dio otro trago y se inclinó hacia delante—. Allí abajo no están mejorando las cosas. Van a peor. Lo que han hecho con la economía..., con nuestros pobres muchachos que marcharon a la guerra. Ya no es mi América.

Leni vio cómo su padre bebía sus palabras, deleitándose con su sabor.

—Llevo años diciendo eso —comentó papá. Había en su rostro una expresión que Leni no había visto antes. Una especie de sobrecogimiento. Como si hubiese estado mucho tiempo esperando a oír aquellas palabras.

—Allí abajo —continuó el Loco Earl—, en las calles, la gente guarda cola para echar gasolina mientras la OPEP se ríe de camino al banco. ¿Y creéis que la vieja URSS se ha olvidado de nosotros después de lo de Cuba? Pensadlo bien. Tenemos negros que se hacen llamar Panteras Negras y que levantan sus puños contra nosotros e inmigrantes ilegales que nos roban el trabajo. ¿Y qué hace la gente? Protestar. Hacen sentadas. Lanzan bombas sobre edificios de correos vacíos. Llevan pancartas y se manifiestan por las calles. Muy bien. Pues yo no. Yo tengo un plan.

Papá se inclinó hacia delante. Sus ojos brillaban.

—¿Cuál es?

—Aquí arriba estamos preparados. Tenemos armas, máscaras de gas, flechas, munición. Estamos preparados.

—Pero no creerá de verdad... —intervino mamá.

—Claro que sí —respondió el Loco Earl—. El hombre blanco está perdiendo posiciones y la guerra se acerca. —Miró a papá—. Tú sabes a qué me refiero, ¿verdad, Allbright?

—Por supuesto que lo sé. Todos lo sabemos. ¿Cuántos son en su grupo? —preguntó papá.

El Loco Earl dio un largo trago y, después, se limpió las gotas de sus labios manchados. Sus ojos legañosos se entrecerraron mientras miraba a Leni y a mamá.

—Bueno, solo somos nuestra familia, pero nos lo tomamos en serio. No hablamos de ello con extraños. Lo último que queremos es que la gente sepa dónde estamos cuando se arme la gorda.

Alguien llamó a la puerta. Cuando el Loco Earl dijo: «Adelante», la puerta se abrió y apareció una mujer menuda y de aspecto enjuto con pantalones de camuflaje y una camiseta con un amarillo emoticono sonriente. Aunque debía rondar los cuarenta, iba peinada con dos coletas. El hombre que estaba a su lado era tan grande como una casa, con una larga coleta castaña y un flequillo que le llegaba a los ojos. Ella llevaba un montón de fiambreras en los brazos y una pistola sujeta a la cintura.

—No dejéis que mi padre os asuste —dijo la mujer con una luminosa sonrisa. Entró en la cabaña y, a su lado, avanzó sigilosa una niña de unos cuatro años, descalza y con la cara sucia—. Soy Thelma Schill, la hija de Earl. Bo era mi hermano mayor. Este es mi marido, Ted. Esta es Marybet. La llamamos Nenita. —Thelma colocó una mano sobre la cabeza de la niña.

—Yo soy Cora —dijo mamá extendiendo la mano—. Esta es Leni.

Leni sonrió vacilante. El marido de Thelma, Ted, la miró con ojos entrecerrados.

La sonrisa de Thelma era cálida, auténtica.

—¿Vas el lunes a la escuela, Leni?

—¿Hay escuela? —preguntó mamá.

—Claro. No es grande, pero creo que harás amigos. Vienen niños desde lejos, hasta desde Bear Cove. Creo que va a haber otra semana más de clases. Aquí terminan pronto para que los niños puedan trabajar.

—¿Dónde está la escuela? —preguntó mamá.

—En Alpine Street, justo detrás del bar, a los pies de Church Hill. No tiene pérdida. El lunes por la mañana a las nueve.

—Allí estaremos —dijo mamá mirando a Leni con una sonrisa.

—Bien. Nos alegra mucho teneros aquí, Cora, Ernt y Leni —dijo Thelma sonriéndoles—. Bo nos escribía mucho desde Vietnam. Significabas mucho para él. Todos quieren conoceros. —Atravesó la habitación, agarró a Ernt del brazo y lo llevó fuera de la cabaña.

Leni y mamá fueron detrás y oyeron al Loco Earl removiéndose para ponerse de pie, refunfuñando por la interrupción de Thelma.

Fuera, un pequeño grupo de personas —hombres, mujeres, niños y jóvenes—esperaban, cada uno sosteniendo algo en las manos.

—Yo soy Clyde —dijo un hombre con barba de Papá Noel y cejas como toldos—. El hermano menor de Bo. —Levantó una motosierra con la hoja enfundada en un luminoso plástico naranja—. Acabo de afilar la cadena. —Una mujer y dos muchachos, cada uno de unos veinte años, se acercaron acompañados de dos niñas con la cara sucia que probablemente tendrían siete u ocho años—. Esta de aquí es Donna, mi mujer, y los gemelos, Darryl y Dave, y nuestras hijas, Agnes y Marthe.

No eran muchos, pero se mostraban simpáticos y acogedores. Cada persona que conocían les daba un regalo: una sierra de arco, un rollo de cuerda, planchas de plástico pesado, rollos de cinta de embalar, un cuchillo plateado llamado «*ulu*» que tenía forma de abanico...

No había nadie de la edad de Leni. El único adolescente —Axle, que tenía dieciséis años— apenas la miró. Se mantuvo apartado, lanzando cuchillos contra un tronco de árbol. Tenía el pelo negro, largo y sucio y ojos almendrados.

—Vais a necesitar un huerto rápidamente —dijo Thelma mientras los hombres se acercaban hacia uno de los barriles quemados y empezaban a pasarse la botella de whisky de uno a otro—. Aquí el tiempo es impredecible. Algunos años es primavera en junio, verano en julio, otoño en agosto y el resto es invierno.

Thelma llevó a Leni y a mamá a un huerto grande. Una valla hecha con redes de pescar combadas atadas a postes metálicos mantenía alejados a los animales.

La mayoría de las verduras eran pequeñas matas verdes sobre montículos de tierra negra. Marañas de algo espeso —parecían algas marinas— se secaban en la base de las redes junto a montones de malolientes espinas de pescado, cáscaras de huevo y posos de café.

—¿Sabéis cuidar un huerto? —preguntó Thelma.

—Sé distinguir un melón maduro —contestó mamá.

—Estaré encantada de enseñarte. Aquí arriba la temporada de cultivo es corta, así que tenemos que trabajarla bien. —Cogió un cubo metálico abollado del suelo—. Me sobran algunas patatas y cebollas. Aún hay tiempo para ellas. Puedo darte un puñado de zanahorias. Y unos cuantos pollos vivos.

—Ay, no, en serio, no deberías...

—Créeme, Cora, no tienes ni idea de lo largo que va a ser el invierno y lo pronto que llegará. Para los hombres de aquí es otra cosa. Muchos se van a trabajar en ese nuevo gasoducto. Tú y yo, las madres, nos quedamos en casa y mantenemos a nuestros hijos sanos y salvos. No siempre resulta fácil. Nuestra forma de hacerlo es juntas. Nos ayudamos siempre que podemos. Hacemos trueques. Mañana te enseñaré a enlatar salmón. Tienes que empezar ya a llenar tu bodega con comida para el invierno.

—Me estás asustando —dijo mamá.

Thelma tocó el brazo de mamá.

—Recuerdo cuando llegamos aquí desde Kansas City. Mi madre no hacía más que llorar. Murió durante el segundo invierno que pasamos aquí. Aún pienso que deseaba morir. No podía soportar la oscuridad ni el frío. Aquí las mujeres tienen que ser fuertes como el acero, Cora. No se puede contar con que otra persona te salve a ti o a tus hijos. Hay que estar dispuesta a salvarse una misma. Y tendrás que aprender rápido. En Alaska se puede cometer un error. Uno. El segundo te matará.

—No creo que estemos preparados —dijo mamá—. Puede que ya hayamos cometido un error al venir.

—Yo os ayudaré —le prometió Thelma—. Todos lo haremos.

5

*L*a inacabable luz del día daba cuerda al reloj interno de Leni, le provocaba una extraña sensación de haber perdido el paso con relación al universo, como si incluso el tiempo —lo único con lo que se puede contar— fuese diferente en Alaska. Era de día cuando se iba a la cama y de día cuando se despertaba.

Ahora era lunes por la mañana.

Estaba junto a la ventana, mirando el cristal recién limpio, tratando de distinguir su reflejo. Un esfuerzo vano. Había demasiada luz.

Solo podía ver un fantasma de sí misma, pero sabía que no tenía buen aspecto, incluso para estar en Alaska.

Antes que nada, estaba el pelo. Largo, despeinado y rojo. Y estaba la piel lechosa que era propia de ese pelo, y pecas como copos de pimienta roja por la nariz. El mejor de sus rasgos —sus ojos azul verdosos— no se realzaba con unas pestañas de color canela.

Apareció mamá detrás de ella y colocó las manos sobre los hombros de Leni.

—Eres guapa y vas a hacer amigos en esta nueva escuela.

Leni quería consolarse con aquellas palabras tan familiares, pero ¿cuántas veces habían resultado no ser ciertas? Había sido muchas veces la nueva del colegio y nunca había encontrado un lugar donde sintiera que encajaba. Siempre había algo en ella que fallaba el primer día: su pelo, su ropa, sus zapatos... Las primeras impresiones eran importantes en el instituto. Había aprendido esa lección por las malas. Resultaba complicado recuperarse de un error sobre la moda cuando se estaba con chicas de trece años.

—Es probable que sea la única chica en toda la escuela —dijo con un exagerado suspiro. No quería hacerse ilusiones. Las esperanzas frustradas eran peor que no tener ilusión alguna.

—Sin duda, vas a ser la más guapa —le aseguró mamá, mientras le colocaba el pelo por detrás de la oreja con una ternura que le recordó que, pasara lo que pasara, nunca iba a estar sola de verdad. Tenía a su madre.

Se abrió la puerta de la cabaña con un silbido de aire frío. Entró papá con un par de ánades reales muertos, con sus pescuezos rotos colgándoles y los picos golpeando contra su pierna. Dejó el arma en el perchero que había junto a la puerta y colocó su caza sobre la encimera de madera junto al fregadero.

—Ted me ha llevado a su escondite de caza antes del amanecer. Tenemos pato para cenar. —Se puso junto a mamá y la besó en el cuello.

Mamá lo apartó y se rio.

—¿Quieres café?

Cuando mamá fue a la cocina, papá miró a Leni.

—Se te ve algo mustia para ser una chica que va hoy a la escuela.

—Estoy bien.

—Puede que yo sepa qué te pasa —dijo papá.

—Lo dudo —contestó ella mostrando en la voz el mismo desánimo que sentía en su interior.

—Déjame ver —repuso papá, frunciendo el ceño de forma exagerada. La dejó allí y entró en su dormitorio. Un momento después, salió con una bolsa de basura negra que colocó sobre la mesa—. Puede que esto te ayude.

Sí. Lo que necesitaba era basura.

—Ábrela —dijo papá.

Leni rompió la bolsa a regañadientes.

En su interior encontró un par de pantalones acampanados de rayas negras y color teja y un jersey de marinero de lana rizada de color marfil que parecía haber sido de la talla de un hombre y que alguien había encogido.

«Dios mío».

Puede que Leni no supiera mucho sobre moda, pero no le cabía duda de que aquellos eran pantalones de chico y el jersey... no pensaba que hubiese podido estar de moda en toda su vida.

Leni miró a mamá a los ojos. Las dos sabían lo mucho que él se había esforzado. Y lo mucho que se había equivocado. En Seattle, una ropa como esa suponía un suicidio social.

—¿Leni? —dijo papá con una expresión de decepción.

Ella forzó una sonrisa.

—Es perfecto, papá. Gracias.

Él suspiró y sonrió.

—Ah. Bien. He pasado mucho tiempo rebuscando en los contenedores.

El Ejército de Salvación. Así que lo tenía planeado de antes y había pensado en ella el otro día, cuando estuvieron en Homer. Eso hacía que esa ropa fea se volviera casi bonita.

—Póntelo —le pidió papá.

Leni consiguió esbozar una sonrisa. Entró en el dormitorio de sus padres y se cambió de ropa.

El jersey irlandés era demasiado pequeño y la lana tan gruesa que casi no podía doblar los brazos.

—Estás preciosa —dijo mamá.

Leni trató de sonreír.

Mamá se acercó con un cabás de Winnie the Pooh.

—Thelma ha pensado que esto te gustaría.

Y, de esa forma, el destino social de Leni quedó sellado, pero no había nada que ella pudiera hacer al respecto.

—Bueno —le dijo a su padre—. Más vale que nos vayamos. No quiero llegar tarde.

Mamá la abrazó con fuerza.

—Buena suerte —susurró.

Una vez fuera, Leni subió al asiento del pasajero de la furgoneta Volkswagen y se marcharon, rebotando por el sendero de baches y haciendo el giro hacia la ciudad, por la carretera principal, pasando con gran estruendo por el campo al que llamaban pista de aterrizaje.

—¡Para! —gritó Leni en el puente.

Papá pisó el freno y la miró.

—¿Qué?

—¿Puedo ir andando desde aquí?

Papá la miró con expresión de decepción.

—¿En serio?

Estaba demasiado nerviosa como para aplacar sus agitados sentimientos. Lo único cierto de cada instituto en el que había estado era esto: una vez que llegabas al instituto, los padres debían estar ausentes. Las oportunidades de que te avergonzaran eran muy altas.

—Tengo trece años y esto es Alaska, donde se supone que debemos ser duros —le explicó Leni—. Venga, papá. Porfaaaa.

—De acuerdo. Lo haré por ti.

Leni salió de la furgoneta y atravesó sola la ciudad, pasando junto a un hombre sentado al estilo indio en el arcén de la carretera con un ganso en el regazo. Le oyó decir al ave: «Ni hablar, Matilda», mientras ella dejaba atrás la sucia tienda donde se alquilaban equipos de pesca.

La escuela de una sola aula estaba en una parcela llena de malas hierbas de las afueras de la ciudad. Una ciénaga verde y amarilla se extendía tras ella, un río que trazaba una gran S a través de las hierbas altas. La escuela era un edificio triangular hecho de delgados troncos con un tejado metálico de gran pendiente.

En la puerta abierta, Leni se detuvo y miró dentro. La sala era más grande de lo que parecía por fuera. Doce por doce metros, por lo menos. Había una pizarra en la pared de atrás con las palabras «La locura de Seward» escritas en mayúscula.

En la parte delantera del aula, una mujer indígena permanecía de pie tras un gran escritorio, de frente a la puerta. Tenía un aspecto robusto, con espaldas anchas y unas manos grandes y capaces. El pelo largo y negro, enroscado en dos trenzas desaliñadas, enmarcaba un rostro de color café claro. Unas líneas negras tatuadas le corrían en vertical desde el labio inferior al mentón. Llevaba puestos unos Levi's desgastados metidos en botas de goma, una camisa de franela de hombre y un chaleco de gamuza con flecos.

—¡Hola! ¡Bienvenida! —gritó al ver a Leni.

Los niños de la clase se giraron entre chirridos de sillas.

Había seis alumnos. Los dos más pequeños estaban sentados en la fila de delante. Niñas. Las reconoció de la finca del Loco Earl: Marthe y Agnes. También reconoció al adolescente de aspecto avinagrado, Axle. Había dos chicas indígenas que se reían y que parecían tener unos ocho o nueve años, sentadas en pupitres juntos. Cada una llevaba una corona de dientes de león marchitos. En el lado derecho del aula había dos pupitres juntos que miraban hacia la pizarra. Uno estaba vacío. En el otro se sentaba un chico flacucho de más o menos su edad con pelo rubio que le llegaba a los hombros. Era el único alumno que parecía interesado en ella. Se había quedado girado en su asiento y aún seguía mirándola.

—Soy Tica Rhodes —se presentó la profesora—. Mi marido y yo vivimos en Bear Cove, así que, a veces, me resulta imposible llegar hasta aquí en invierno, pero hago lo que puedo. Eso es también lo que espero de mis alumnos. —Sonrió—. Y tú eres Lenora Allbright. Thelma me dijo que vendrías.

—Leni.

—¿Qué tienes? ¿Once años? —preguntó la señora Rhodes estudiándola.

—Trece —contestó Leni, sintiendo cómo sus mejillas se encendían. Ojalá empezara a crecerle el pecho.

La señora Rhodes asintió.

—Perfecto. Matthew también tiene trece años. Ve a sentarte allí. —Señaló al muchacho del pelo rubio—. Vamos.

Leni apretaba con tanta fuerza su ridículo cabás de Winnie the Pooh con el almuerzo que le dolían los dedos.

—Ho-hola —le dijo a Axle al pasar junto a su mesa. Él la miró con expresión de «¿a quién le importa?» y continuó con el dibujo que estaba haciendo, una especie de extraterrestre de enormes pechos, en su carpeta de la marca Pee-Chee.

Ella se deslizó torpemente en el asiento junto al chico de trece años.

—Hola —murmuró mirándole de soslayo.

Él sonrió, dejando a la vista una boca llena de dientes torcidos.

—Gracias a Dios —dijo él a la vez que se apartaba el pelo de la cara—. Creía que iba a tener que sentarme con Axle el resto del año. Creo que ese chico va a terminar en la cárcel.

Leni no pudo evitar reírse.

—¿De dónde eres? —preguntó él.

Leni no sabía nunca cómo responder a esa pregunta. Implicaba una permanencia, un pasado que nunca había existido para ella. Jamás había considerado ningún lugar como su hogar.

—Mi último instituto estaba cerca de Seattle.

—Debes de sentirte como si hubieses caído en Mordor.

—¿Has leído *El señor de los anillos*?

—Ya lo sé. No es nada chulo. Pero estamos en Alaska. Los inviernos son de lo más oscuros y no tenemos televisión. Al contrario que mi padre, yo no puedo pasarme horas escuchando a los viejos berreando por la radio.

Leni sintió el principio de una emoción tan nueva que no podía clasificarla.

—Me encanta Tolkien —dijo en voz baja. Resultaba extrañamente liberador poder ser sincera con alguien. La mayoría de la gente de su anterior instituto estaba más interesada en el cine y la música que en los libros—. Y Herbert.

—*Dune* es increíble. «El miedo mata la mente». Es muy cierto, tía.

—Y *Forastero en tierra extraña*. Es más o menos como yo me siento aquí.

—Deberías. No hay nada normal en la última frontera. Hay una ciudad al norte que tiene a un perro de alcalde.

—Venga ya.

—De verdad. Un malamute. Le votaron. —Matthew se puso una mano en el pecho—. No se puede inventar algo así.

—Yo he visto a un hombre con un ganso en el regazo cuando venía para acá. Creo que le estaba hablando.

—Esos son Pete el Chiflado y Matilda. Están casados.

Leni soltó una carcajada.

—Tienes una risa rara.

Leni notó que las mejillas se le encendían por la vergüenza. Nunca le habían dicho eso. ¿Era verdad? ¿Cómo sonaba? «Ay, Dios mío».

—Yo... Lo siento. No sé por qué lo he dicho. Mis aptitudes sociales son pésimas. Eres la primera chica de mi edad con la que hablo desde hace tiempo. Lo digo en serio. Eres guapa. Eso es todo. Estoy hablando demasiado, ¿no? Probablemente vas a salir corriendo, gritando, y pidas que te sienten al lado de Axle, el futuro asesino. Y eso será una mejora. Vale. Cierro la boca ya.

Leni no había oído nada más después de lo de «guapa».

Trató de decirse a sí misma que no significaba nada. Pero, cuando Matthew la miró, sintió un revoloteo de posibilidades. Pensó: «Podríamos ser amigos». Y no de los amigos que van juntos en el autobús o comen en la misma mesa.

«Amigos».

De los que tienen cosas de verdad en común. Como Sam y Frodo, Anne y Diana, Ponyboy y Johnny. Cerró los ojos durante una milésima de segundo mientras se lo imaginaba. Podrían reír, hablar y...

—¿Leni? —dijo él—. ¿Leni?

«Ay, Dios mío». Había dicho su nombre dos veces.

—No te preocupes. Yo desconecto también a todas horas. Mi madre dice que es lo que sucede cuando vives en tu cabeza con un puñado de personas inventadas. Aunque, ahora que lo pienso, ha estado leyendo *Another roadside attraction*[*] desde Navidad.

—Yo hago eso —confesó Leni—. A veces... estoy en las nubes.

Él se encogió de hombros, como diciendo que no era nada raro.

—Oye, ¿te has enterado de lo de la barbacoa de esta noche?

---

[*] Novela de Tom Robbins, escritor satírico estadounidense, de gran éxito en los años setenta. *[N. del T.]*

«¿Qué me dices de la fiesta? ¿Puedes venir?».

Leni no dejaba de repetirlo una y otra vez mientras esperaba a que su padre la recogiera de la escuela. Quería haber dicho que sí, de todo corazón. Lo deseaba más de lo que había deseado nada en mucho tiempo.

Pero sus padres no eran de los que asisten a barbacoas de la comunidad. En realidad, no hacían nada en comunidad. Los Allbright no eran de esos. Las familias de sus antiguos barrios solían tener todo tipo de encuentros: barbacoas en los patios en las que los padres vestían con jerséis de cuello de pico, bebían whisky y preparaban hamburguesas y las mujeres fumaban cigarrillos, daban sorbos a sus martinis y llevaban bandejas de hígados de pollo envueltos en beicon mientras los niños gritaban y corrían de un lado a otro. Sabía esto porque una vez se había asomado a la valla de los vecinos y lo había visto todo: hula-hops, toboganes y aspersores.

—Bueno, pelirroja, ¿qué tal te ha ido en clase? —preguntó papá al terminar el día cuando Leni subió a la furgoneta y cerró la puerta. Fue el último padre en llegar.

—Hemos aprendido que Estados Unidos compró Alaska a Rusia. Y hemos estudiado el monte Alyeska de la cordillera Chugach.

Él respondió con un gruñido de aprobación y puso el motor en marcha.

Leni pensó en cómo decir lo que quería decir: «Hay un chico de mi edad en clase. Y es vecino nuestro».

No. Mencionar a un chico era el camino equivocado.

«Nuestros vecinos celebran una barbacoa y nos han invitado».

Pero papá odiaba ese tipo de cosas. O las odiaba antes, en todos los demás lugares en los que habían vivido.

Avanzaron traqueteando por el camino de tierra, levantando polvo a cada lado, y giraron hacia el camino de acceso. En casa, se encontraron con una multitud de gente en el patio. La mayoría de los Harlan estaba allí, trabajando. Se movían en una armonía silenciosa, juntándose y separándose como bailarines. Clyde tenía aquella especie de jaula y estaba recortando troncos para convertirlos en tablones. Ted estaba terminando el granero elevado clavando tablas en los puntales laterales. Donna apilaba leña.

—Han aparecido nuestros amigos a mediodía para ayudarnos a preparanos para el invierno —dijo papá—. No. Son más que amigos, pelirroja. Son camaradas.

¿Camaradas?

Leni frunció el ceño. ¿Ahora eran comunistas? Estaba bastante segura de que su padre odiaba a los rojos tanto como odiaba a las autoridades y a los hippies.

—Así debería ser el mundo, pelirroja. Gentes que se ayudan unos a otros en lugar de matar a sus madres por un poco de pan.

Leni no pudo evitar notar que casi todos tenían una pistola enfundada en la cintura.

Papá abrió la puerta de la furgoneta.

—Este fin de semana vamos todos a Sterling a pescar salmón en Farmer's Hole, en el río Kenai. Al parecer, este salmón real es muy difícil de pescar. —Salió al suelo empapado.

El Loco Earl saludó con una mano enguantada a su padre, quien de inmediato se dirigió a su encuentro.

Leni pasó junto a una estructura nueva que era de unos tres metros de alto por uno y medio de ancho, con los laterales cubiertos por un grueso plástico negro (estaba segura de que se trataba de bolsas de basura desenrolladas). Una puerta abierta mostraba un interior lleno de salmones rojos cortados por la mitad a lo largo de las espinas y colgados sobre ramas. Thelma estaba arrodillada en la tierra, ocupándose de una hoguera que había prendido en un contenedor metálico. El humo se elevaba en nubes oscuras hacia el salmón que colgaba de ramas encima del fuego.

Mamá levantó los ojos del salmón que estaba limpiando sobre una mesa del patio. Tenía el mentón embadurnado de tripas rosas.

—Es un ahumadero —dijo inclinando la cabeza hacia Thelma—. Me está enseñando a ahumar el pescado. Al parecer es todo un arte. Si le das demasiado calor, el pescado se asa. Se supone que tiene que ahumarse y secarse al mismo tiempo. Delicioso. ¿Qué tal tu primer día de clase? —Un pañuelo rojo le apartaba el pelo de los ojos.

—Bien.

—¿Ningún problema de suicidio social por la ropa y el cabás? ¿Ninguna chica que se haya reído de ti?

Leni no pudo evitar sonreír.

—No hay ninguna chica de mi edad. Pero... hay un chico...

Eso captó el interés de mamá.

—¿Un chico?

Leni notó cómo se sonrojaba.

—Un amigo, mamá. Solo que es un chico.

—Ajá. —Mamá trataba de no sonreír mientras encendía su cigarrillo—. ¿Es guapo?

Leni no hizo caso a aquella pregunta.

—Dice que esta noche hay una barbacoa de la comunidad y yo quiero ir.

—Sí. Vamos.

—¿En serio? ¡Es genial!

—Sí —contestó mamá—. Ya te dije que aquí las cosas serían distintas.

Cuando llegó la hora de vestirse para la barbacoa, a Leni casi se le fue la cabeza. Sinceramente, no sabía qué le pasaba.

No tenía mucha ropa entre la que elegir, pero eso no impidió que se probara diferentes combinaciones. Al final, sobre todo porque estaba agotada por el deseo de ir bonita cuando eso era imposible, se decidió por un par de pantalones escoceses de poliéster acampanados y un jersey de cuello alto acanalado verde bajo un chaleco de falsa gamuza y flecos. Por mucho que lo intentara, no pudo hacer nada con el pelo. Se lo apartó de la cara peinándoselo con los dedos y se lo recogió en una trenza gruesa y rizada.

Encontró a mamá en la cocina, colocando abultadas porciones cuadradas de pan de maíz en una fiambrera. Se había cepillado el pelo, que llevaba largo hasta los hombros con abundante flequillo, y le resplandecía bajo la luz. Claramente se había vestido para causar sensación con unos ajustados vaqueros de campana y un jersey blanco ceñido con un enorme collar indio de turquesa flor de calabaza que había comprado hacía unos años.

Mamá parecía distraída mientras cerraba al vacío la fiambrera.

—Estás preocupada, ¿verdad?

—¿Por qué dices eso? —Mamá se apresuró a mirarla con una luminosa sonrisa, pero la expresión de sus ojos no pudo transformarse con tanta facilidad. Llevaba maquillaje por primera vez en muchos días y eso le daba un aspecto animado y hermoso.

—¿Te acuerdas de la feria?

—Eso fue distinto. Aquel hombre trató de engañarle.

No era así como Leni lo recordaba. Habían estado disfrutando en la feria estatal hasta que su padre empezó a beber cerveza. Entonces, un tipo se puso a flirtear con mamá (y ella con él) y papá se puso hecho una fiera. Le dio al hombre un empujón tan fuerte que se golpeó la cabeza con el poste del puesto de cerveza y empezó a gritar. Cuando llegaron los de seguridad, papá estaba tan agresivo que llamaron a la policía. Leni se sintió avergonzada al ver que dos de sus compañeros de clase presenciaban el altercado. Habían visto cómo arrastraban a su padre al coche de policía.

Papá abrió la puerta de la cabaña y entró.

—¿Están mis preciosas chicas listas para ir de fiesta?

—Puedes apostar a que sí —respondió rápidamente mamá con una sonrisa.

—Entonces, vámonos —repuso papá, y las llevó a la furgoneta.

En nada de tiempo —era menos de medio kilómetro en línea recta— pasaron por la cancela metálica con el cráneo de vaca blanco. La cancela estaba abierta.

La finca de los Walker. Sus vecinos más cercanos.

Papá conducía despacio. El camino de acceso (dos líneas de hierba aplastada que se ondulaban arriba y abajo sobre un suelo cubierto de líquenes) se extendía con un suave serpenteo a través de píceas de troncos delgados y negros. De vez en cuando, se abría un hueco en los árboles a su izquierda y Leni vio una mancha de azul a lo lejos, pero, hasta que llegaron al claro, Leni no pudo apreciar las vistas.

—¡Vaya! —exclamó mamá.

Salieron a una cima llana situada sobre una cala de aguas azules y tranquilas. El enorme terreno había sido limpiado a excepción de unos cuantos árboles cuidadosamente elegidos y plantados en el heno.

Una gran casa de troncos de madera de dos plantas se erguía como una corona en el punto más alto del terreno. Su frente triangular mostraba con orgullo enormes ventanas trapezoidales y un porche apuntado que rodeaba la casa. Parecía la proa de un gran barco que hubiese sido lanzado a la costa por un mar enfurecido y hubiese quedado encallado, mirando para siempre al medio al que pertenecía. Sillas de distinto tipo decoraban el porche, cada una girada hacia la espectacular vista. En el extremo más alejado de la casa había varios corrales para animales llenos de vacas, cabras, pollos y patos. Rollos de alambrada, cajas y palés de madera, un tractor desvencijado, la pala oxidada de una excavadora y el chasis de varios camiones muertos y agonizantes yacían esparcidos por la hierba que llegaba a la altura de las rodillas. Había unas cuantas colmenas cerca de una pequeña estructura de madera que echaba humo. En un claro de los árboles se veía el tejado en pico de una letrina.

Abajo, en el agua, un muelle gris se adentraba en el mar azul. En su extremo, en un arco erosionado se podía leer «Walker Cove». Había un hidroavión atado al muelle, además de dos barcas de pesca de luminoso color plateado.

—Un hidroavión —murmuró papá—. Deben de ser ricos.

Aparcaron la furgoneta y pasaron junto a un tractor de llamativo color amarillo con una pala negra y un quad de color rojo brillante. Desde la cima, Leni vio un grupo de personas reunidas en la playa, al menos una docena, alrededor de una enorme hoguera. Las llamas se alzaban hacia el cielo lavanda produciendo un sonido como de chasquido de dedos.

Leni siguió a sus padres escaleras abajo hacia la playa. Desde allí, pudo ver a todos los que estaban en la fiesta. Un hombre de anchas espaldas y pelo largo y rubio estaba sentado en un tronco caído tocando la guitarra. Marge la Grande había convertido dos cubos blancos de plástico en bongós y la profesora de Leni, la señora Rhodes, se estaba volviendo loca con un violín. Natalie estaba concentrada con una armónica y Thelma cantaba *King of the road.* Al llegar a la parte de «*means by no means*» todos cantaron con ella.

Clyde y Ted se ocupaban de la barbacoa, que parecía estar hecha con viejos barriles de petróleo. El Loco Earl estaba cerca, bebiendo de una jarra de loza. Las dos niñas más pequeñas de la escuela, Marthe y Agnes, se encontraban en la orilla, agachadas, recogiendo conchas con Nenita.

Mamá bajó a la playa con su fiambrera llena de pan de maíz. Papá iba justo detrás de ella con una botella de whisky.

El hombre grande y de espaldas anchas que tocaba la guitarra dejó su instrumento en el suelo y se levantó. Iba vestido como la mayoría de los hombres de allí, con una camisa de franela, unos vaqueros desgastados y unas botas de goma pero, aun así, llamaba la atención entre los demás. Parecía como si estuviese hecho para esta dura tierra, como si pudiera estar corriendo todo el día, derribar un viejo árbol con un hacha de mano y atravesar hábilmente un río embravecido sobre un tronco caído. Incluso a Leni le parecía atractivo para tratarse de un hombre mayor.

—Soy Tom Walker —se presentó—. Bienvenidos a mi casa.

—Ernt Allbright.

Tom estrechó la mano de papá.

—Esta es mi mujer, Cora.

Mamá sonrió a Tom, le estrechó la mano y miró hacia atrás.

—Esta es nuestra hija, Leni. Tiene trece años.

Tom sonrió a Leni.

—Hola, Leni. Mi hijo Matthew nos ha hablado de ti.

—¿Sí? —preguntó Leni. «No sonrías tanto, idiota».

Geneva Walker se acercó a su marido.

—Hola —dijo con una sonrisa a Cora—. Veo que ya habéis conocido a mi marido.

—Exmarido. —Tom rodeó a Geneva con el brazo y la atrajo hacia él—. Adoro a esta mujer como el respirar, pero no puedo vivir con ella.

—Tampoco sin mí —añadió Geneva con una sonrisa y la cabeza inclinada a la izquierda—. Ese de allí es mi novio.

Calhoun Malvey. No me quiere tanto como Tom, pero le gusto mucho más. Y no ronca. —Le dio un fuerte codazo al señor Walker en el costado.

—He oído que no estáis demasiado preparados —le dijo el señor Walker a papá—. Vais a tener que aprender rápido. No dudéis en pedirme ayuda. Siempre estaré dispuesto. Cualquier cosa que necesitéis, la tengo.

Leni notó algo en el modo de dar las gracias de papá que la puso en alerta. De repente, parecía irritado. Ofendido. Mamá también se dio cuenta. Le miró con preocupación.

El Loco Earl se acercó tambaleante. Llevaba una camiseta donde ponía: «Llevo tanto tiempo pescando que ahora las pesco al vuelo». Sonreía borracho y se balanceaba de un lado a otro, tropezando.

—¿Le estás ofreciendo ayuda a Ernt, Gran Tom? Es muy amable de tu parte. Es como si el rey Juan se ofreciera a ayudar a sus pobres siervos. Tal vez tu amigo el gobernador pueda echarte una mano.

—Dios mío, Earl, no empieces otra vez —dijo Geneva—. Vamos a cantar algo. Ernt, ¿sabes tocar algún instrumento?

—La guitarra —contestó papá—. Pero la vendí...

—¡Estupendo! —exclamó Geneva agarrándole del brazo y apartándolo del Loco Earl para llevarlo junto a Marge la Grande y la banda improvisada que se había congregado en la playa. Le pasó a papá la guitarra que había dejado el señor Walker. El Loco Earl se acercó a la hoguera tambaleante y recuperó su jarra.

Leni se preguntó si mamá era consciente de lo guapa que estaba, allí de pie con sus pantalones ajustados y su pelo rubio moviéndose con la brisa del mar. Su belleza era tan clara como una nota entonada a la perfección y tan fuera de lugar en ese sitio como una orquídea.

Sí. Sabía perfectamente lo guapa que era. Y el señor Walker también lo vio.

—¿Quieres beber algo? —le preguntó a mamá—. ¿Te parece bien una cerveza?

—Sí, claro, Tom. Me encantaría tomar una cerveza —respondió mamá mientras dejaba que el señor Walker la llevara hacia la mesa de la comida y la nevera llena de cerveza Rainier.

Mamá se dejó llevar por el señor Walker. Sus caderas atraparon el ritmo de la música y se balancearon. Tocó el brazo de él con una leve caricia de sus dedos y el señor Walker la miró y sonrió.

—¡Leni!

Oyó que gritaban su nombre y se giró.

Matthew estaba arriba, cerca de las escaleras, haciéndole señas para que subiera.

Ella subió las escaleras y lo vio con una cerveza en cada mano.

—¿Nunca has tomado cerveza? —preguntó él.

Leni negó con la cabeza.

—Yo tampoco. Vamos. —Se dirigió hacia la espesura de los árboles que había a su izquierda. Siguieron por un sendero serpenteante que se inclinaba hacia abajo, pasando junto a salientes de rocas.

La llevó a un pequeño claro con el suelo cubierto de líquenes. A través de un hueco entre las negras píceas, podían ver la fiesta. La playa estaba solo a cinco metros de distancia, pero podría haberse tratado de un universo distinto. Allí, los adultos se reían, hablaban y tocaban música. Las niñas removían con las manos los guijarros en busca de conchas sin romper. Axle estaba solo, clavando su cuchillo sobre un tronco podrido.

Matthew se sentó con las piernas estiradas y la espalda apoyada en un tronco. Leni se sentó a su lado, cerca pero no tanto como para tocarle.

Abrió una cerveza —*tsssss*— y se la pasó a ella. Leni arrugó la nariz mientras daba un trago. Sintió las burbujas en la garganta y no le gustó el sabor.

—Repugnante —dijo Matthew, y ella se rio. Otros tres sorbos y apoyó la espalda en el tronco. Una brisa fría subió desde la playa, trayendo con ella el olor a mar y el mordaz aroma a carne asada. El zumbido y el movimiento de la fiesta estaban justo detrás de los árboles.

Se quedaron sentados en un silencio agradable, cosa que sorprendió a Leni. Normalmente, era un manojo de nervios cuando estaba con otros de los que quería hacerse amiga.

En la playa, la fiesta estaba ahora en pleno apogeo. A través de un hueco en los árboles podían verlo todo. Se pasaban una jarra de cristal unos a otros. Su madre bailaba moviendo la cadera y echándose atrás el pelo. Era como un hada del bosque, con una luz que le salía de dentro, bailando para sus fornidos y ebrios amigos.

La cerveza hizo que Leni se sintiera aturdida y mareada, como si estuviese llena de burbujas.

—¿Qué os hizo mudaros aquí? —preguntó Matthew. Antes de que ella pudiera responder, él golpeó su lata de cerveza vacía contra una roca y la abolló.

Leni no pudo evitar reírse. Solo un chico podría hacer algo así.

—Mi padre es una especie de... aventurero —decidió responder. (Nunca contar la verdad, nunca decir que a tu padre le cuesta conservar un trabajo y quedarse en un sitio y, desde luego, nunca decir que bebía demasiado y le gustaba gritar)—. Se cansó de Seattle, supongo. ¿Y vosotros? ¿Cuándo os mudasteis aquí?

—Mi abuelo, Eckhart Walker, vino a Alaska durante la Gran Depresión. Dijo que no quería guardar cola para que le dieran una sopa aguada. Así que preparó las maletas e hizo autoestop hasta Seattle. Desde ahí fue avanzando hasta el norte. Se supone que recorrió a pie Alaska de costa a costa y que incluso subió al monte Alyeska con una escalerilla atada en la espalda para poder atravesar las grietas de los glaciares. Conoció a mi abuela Lily en Nome. Ella tenía una lavandería y una cafetería. Se casaron y decidieron comprar una propiedad.

—Así que ¿tus abuelos y tu padre y tú habéis vivido siempre en esa casa?

—Bueno, la casa grande se construyó mucho después, pero todos nos hemos criado en esta finca. La familia de mi madre vive en Fairbanks. Mi hermana vive con ellos porque va a la universidad. Y mis padres se separaron hace unos años, así que mi madre se construyó una casa nueva en la finca y se mudó a ella con su novio, Cal, que es un verdadero imbécil. —Sonrió—. Pero todos trabajamos juntos. Él y papá juegan al ajedrez en invierno. Es raro, pero así es Alaska.

—¡Vaya! No puedo ni imaginarme vivir en un mismo sitio toda la vida. —Notó un tono de anhelo en su voz y se avergonzó. Inclinó su cerveza y bebió las últimas gotas espumosas.

La improvisada banda lo estaba dando todo ahora, golpeando las manos sobre los cubos, rascando la guitarra y tocando los violines.

Thelma, mamá y la señora Rhodes meneaban la cadera al son de la música mientras cantaban en voz alta. «*Ro-cky Mountain high, Color-ado...*».

—¡Las hamburguesas de alce están listas! —gritó Clyde desde la barbacoa—. ¿Quién quiere queso?

—Vamos —dijo Matthew—. Me muero de hambre. —La agarró de la mano (parecía algo natural) y la llevó entre los árboles hasta la playa. Aparecieron detrás de papá y el Loco Earl, que se habían quedado a un lado solos, bebiendo, y Leni oyó que el Loco Earl chocaba su jarra contra la de papá con tanto ímpetu que hizo un fuerte ruido seco.

—Ese Tom Walker se cree que su mierda no huele —comentó papá.

—Cuando todo estalle vendrá arrastrándose a mí porque yo sí estoy preparado —farfulló el Loco Earl.

Leni se quedó inmóvil, avergonzada. Miró a Matthew. Él también lo había oído.

—De familia rica —añadió papá mascullando sus palabras lentamente—. Es eso lo que dijiste, ¿no?

El Loco Earl asintió y chocó contra papá tambaleándose. Los dos se sostuvieron.

—Se cree mejor que nosotros.

Leni se apartó de Matthew. La vergüenza le hacía sentirse pequeña. Sola.

—¿Leni?

—Siento que hayas oído eso —dijo ella. Y como si los insultos que había farfullado su padre no fuesen suficientemente malos, vio a mamá al otro lado, demasiado cerca del señor Walker, sonriéndole de tal modo que podía dar lugar a problemas.

Igual que todas las otras veces. Y se suponía que Alaska iba a ser diferente.

—¿Qué pasa? —preguntó Matthew.

Leni negó con la cabeza, sintiendo cómo la invadía una tristeza ya familiar. Nunca podría explicarle lo que se sentía con un padre a veces intimidante y una madre que le quería demasiado y le obligaba a demostrar cuánto la amaba de una forma peligrosa. Como flirteando.

Esos eran los secretos de Leni. Su carga. No podía compartirla.

Todo ese tiempo, todos esos años, había soñado con tener un amigo de verdad, alguien a quien poder contarle todo. ¿Cómo no se había dado cuenta antes?

Leni no podía tener un amigo de verdad porque ella misma no podía serlo.

—Lo siento —murmuró—. No es nada. Venga, vamos a comer. Me muero de hambre.

6

*D*espués de la fiesta, de vuelta en la cabaña, los padres de Leni no paraban de tocarse, comportándose como adolescentes, golpeándose con las paredes, apretujando sus cuerpos. La mezcla de alcohol y música (y quizá el interés de Tom Walker) les había vuelto locos el uno por el otro.

Leni se apresuró a subir al altillo, donde se tapó las orejas con la almohada mientras tarareaba *Come on get happy*. Cuando la cabaña volvió a quedar en silencio, se acercó gateando al montón de libros que había comprado al Ejército de Salvación. Un libro de poesía de un tal Robert Service llamó su atención. Se lo llevó a la cama con ella y lo abrió en la página de un poema llamado «La incineración de Sam McGee». No necesitaba encender la linterna porque aún había una anormal luz fuera, incluso siendo tan tarde.

Extrañas historias cuentan quienes el polo frecuentan
esperando grandes tesoros hallar.
Al Ártico y sus sendas imputan tales leyendas
que hasta la sangre llegan a helar...

Leni se vio cayendo en el penetrante y hermoso mundo del poema. La hipnotizó de tal forma que siguió leyendo sobre el peligroso Dan McGrew y la señora a la que llamaban Lou y, después, «La ley del Yukón». «Esta es la ley del Yukón y siempre queda clara: / "No me enviéis a los ingenuos y débiles; enviadme a los fuertes y sensatos"». Cada verso revelaba una cara distinta de ese estado al que habían llegado pero, aun así, no podía quitarse a Matthew de la cabeza. No dejaba de recordar la vergüenza que había sentido en la fiesta cuando había oído las desagradables palabras de su padre.

¿Querría seguir siendo su amigo?

Aquella pregunta la consumía, la hacía estar tan tensa que no podía dormir. Habría jurado que no había dormido nada, salvo que a la mañana siguiente se despertó oyendo: «Vamos, dormilona. Necesito que me ayudes mientras mamá nos prepara algo de papear. Tienes tiempo antes de que empiece la clase».

«¿Papear?». ¿Es que de repente se habían convertido en vaqueros?

Leni se puso los pantalones y un jersey grande y bajó a buscar sus zapatos. Fuera encontró a su padre en lo alto de esa cosa que parecía una caseta de perro sobre pilares. El granero aéreo. Una delgada escalerilla de madera como la que subía a su altillo estaba apoyada contra la estructura. Su padre estaba en lo alto, clavando tablones en el tejado.

—Pásame esos clavos, pelirroja —dijo—. Un puñado.

Ella cogió la lata azul de café llena de clavos y subió por la escalerilla detrás de él.

Cogió un clavo y se lo dio.

—Te tiembla la mano.

Él se quedó mirando el clavo en su mano. Rebotaba en su puño tembloroso. Tenía la cara blanca como papel de pergamino y sus ojos oscuros parecían amoratados, con oscuras bolsas debajo de ellos.

—Anoche bebí demasiado. No he dormido bien.

Leni sintió una punzada de preocupación. La falta de sueño no sentaba bien a papá. Le ponía ansioso. Hasta ahora había estado durmiendo estupendamente en Alaska.

—La bebida provoca todo tipo de males, pelirroja. Lo sé por propia experiencia. En fin, ya está —dijo tras meter el último clavo en el guante de gamuza que había sido utilizado para hacer la bisagra de la puerta. (Una idea de Marge la Grande. Esta gente de Alaska sabía hacer de todo).

Leni bajó y se lanzó al suelo de un salto con la lata de café llena de clavos repiqueteando con el movimiento.

Papá se metió el martillo en el cinturón y empezó a bajar. Cayó al lado de Leni y le alborotó el pelo.

—Supongo que eres mi pequeña carpintera.

—Creía que era tu bibliotecaria. O tu ratón de biblioteca.

—Tu madre dice que puedes ser cualquier cosa. No sé qué mierda de un pez y una bicicleta*.

Sí. Leni había oído aquello. Quizá lo dijera Gloria Steinem. ¿Quién podía saberlo? Mamá soltaba dichos a todas horas. Para Leni tenía tanto sentido como quemar un sujetador perfectamente bueno para expresar una opinión. Pero, pensándolo bien, no tenía sentido alguno que, en 1974, una mujer adulta con un empleo no pudiera pedir una tarjeta de crédito a su nombre.

«Este mundo pertenece a los hombres, pequeña».

Siguió a su padre desde el granero aéreo al porche, pasando junto a la estructura de su nuevo invernadero y del ahumadero improvisado envuelto con bolsas de basura. Al otro lado de la casa, sus nuevos pollos picoteaban por el suelo del

---

* «Una mujer necesita a un hombre como un pez necesita una bicicleta», frase acuñada por la escritora australiana Irina Dunn y popularizada por la feminista estadounidense Gloria Steinem. *[N. del T.]*

cercado nuevo. Un gallo se arreglaba las plumas sobre la rampa que conducía a la entrada del gallinero.

En el barril de agua, papá se remojó la cara, y unos regueros marrones se deslizaron por sus mejillas. Después, fue al porche y se sentó en el escalón más bajo. Tenía mal aspecto. Como si hubiese estado borracho varios días y hubiese caído enfermo. (Como solía suceder cuando tenía pesadillas y se le agriaba el carácter).

—Parece que a tu madre le gustó Tom Walker.

Leni se puso en tensión.

—¿Viste cómo nos restregaba que tenía dinero? «Puedo prestaros mi tractor, Ernt» o «¿Necesitas que te lleve a la ciudad?». Me miraba por encima del hombro, pelirroja.

—A mí me dijo que te consideraba un héroe y que era una vergüenza lo que os había pasado allí —mintió Leni.

—¿Sí? —Papá se apartó el pelo de la cara y arrugó el ceño de su frente quemada por el sol.

—Me gusta este lugar, papá —dijo Leni, consciente de repente de la sinceridad de sus palabras. Ya se sentía más en casa en Alaska de lo que se había sentido nunca en Seattle—. Aquí somos felices. Veo lo feliz que eres tú. Puede que..., puede que beber no te siente muy bien.

Hubo un tenso momento de silencio. De forma tácita, Leni y mamá habían acordado no mencionar su problema con el alcohol ni su mal humor.

—Probablemente tengas razón en eso, pelirroja. —Su expresión se volvió pensativa—. Venga. Vamos a llevarte a la escuela.

Una hora después, Leni miraba fijamente a su escuela de una sola aula. Se colocó la correa de su mochila sobre un hombro y se dirigió hacia la puerta, con el cabás golpeteando contra su pierna derecha. Mamá habría dicho que aquello era holgazanear. Lo único que Leni sabía era que no tenía prisa por entrar en clase.

Casi había llegado a la puerta cuando se abrió de pronto y salieron algunos alumnos entre risas y parloteos. La madre de Matthew, Geneva, estaba en el centro, con sus manos agrietadas por el trabajo levantadas en alto y diciéndoles a todos que se tranquilizaran.

—¡Ah, Leni! ¡Estupendo! —dijo la señora Walker—. Llegas tan tarde que creía que te ibas a ausentar. Tica no ha podido venir hoy, así que soy yo la profesora. ¡Ja! Apenas soy una graduada, afrontémoslo. —Se rio para sí—. Y como me interesaban más los chicos que las clases del colegio, nos vamos a ir de excursión. Odio estar encerrada en un día tan bonito.

Leni siguió a la señora Walker, que la rodeó con un brazo y la atrajo hacia sí.

—Me alegra mucho que te hayas mudado aquí.

—A mí también.

—Antes de que vinieras, Matthew tenía una firme aversión al desodorante. Ahora se pone ropa limpia. Es un sueño hecho realidad para los que vivimos con él.

Leni no tenía ni idea de qué decir ante aquello.

Desfilaron hacia el puerto en manada, como los elefantes de la película *El libro de la selva*. Leni notaba los ojos de Matthew sobre ella. Lo pilló dos veces mirándola con una expresión de confusión en su cara.

Cuando llegaron al muelle de visitantes del puerto, con barcas de pesca chirriando y balanceándose a su alrededor, la señora Walker organizó a los alumnos de dos en dos y los distribuyó en las canoas.

—Matthew, Leni, la verde es la vuestra. Poneos los chalecos salvavidas. Matthew, asegúrate de que Leni está bien.

Leni hizo lo que le ordenaban y subió a la parte posterior de la canoa mirando hacia la proa.

Matthew subió después que ella. La canoa traqueteó y chirrió cuando él se metió.

Se sentó mirándola a ella.

Leni no sabía mucho sobre montar en canoas, pero sí sabía que aquello estaba mal.

—Se supone que tienes que mirar para el otro lado.

—Matthew Denali Walker, ¿qué narices estás haciendo? —preguntó su madre, deslizándose por su lado con Nenita en su canoa—. ¿Te ha dado un ataque epiléptico o algo así? ¿Cómo me llamo?

—Quiero hablar un momento con Leni, mamá. Enseguida os alcanzamos.

La señora Walker dirigió a su hijo una mirada incisiva.

—No tardes. Estamos en clase, no en una primera cita.

Matthew refunfuñó.

—Dios mío. Qué rara estás.

—Yo también te quiero —contestó la señora Walker. Riéndose, se alejó moviendo los remos—. Vamos, chicos —gritó al resto de canoas—. Dirigíos a la cala de Eaglet.

—No dejas de mirarme —le dijo Leni a Matthew cuando se quedaron solos.

Matthew dejó el remo sobre su regazo. Las olas chocaban contra su canoa con un golpeteo suave mientras se alejaban del muelle.

Ella sabía que él estaba esperando a que dijera algo. Solo había una cosa que decir. El viento le agitaba el pelo, soltándole un rizo de la goma que lo sujetaba. Unos mechones rojos le ondeaban por la cara.

—Siento lo de anoche.

—¿Por qué lo sientes?

—Vamos, Matthew. No tienes por qué ser tan amable.

—No tengo ni idea de a qué te refieres.

—Mi padre estaba borracho —dijo ella recelosa. Admitir aquello era más de lo que había dicho nunca en voz alta y lo sintió como una deslealtad. Puede que incluso como algo peligroso. Había visto algunos documentales sobre adolescentes en el canal de la ABC. Sabía que, a veces, separaban a padres inestables de sus hijos. Las autoridades podían romper a una familia por cualquier motivo. Ella no quería crear conflictos ni causar problemas a su padre.

Matthew se rio.

—Todos lo estaban. Menuda fiesta. El año pasado, el Loco Earl estaba tan borracho que meó en el ahumadero.

—Mi padre se... emborracha a veces y... se enfada. Dice cosas que no piensa. Sé que oíste lo que dijo de tu padre.

—Eso lo oigo a todas horas. Sobre todo, por parte del Loco Earl. Pete el Chiflado tampoco le tiene mucho cariño a mi padre y Billy Horchow intentó matarle una vez. Nadie ha sabido nunca por qué. Alaska es así. Los inviernos largos mezclados con demasiado alcohol pueden provocar que un hombre haga cosas raras. Yo no me lo tomé como algo personal. Y mi padre tampoco lo haría.

—Espera. ¿Quieres decir que no te importa?

—Esto es Alaska. Vivimos y dejamos vivir. No me importa si tu padre odia al mío. Eres tú la que me importa, Leni.

—¿Yo te importo?

—Sí.

Leni se sintió tan ligera que habría podido salir flotando de la canoa. Le había contado a Matthew uno de sus secretos más oscuros y terribles y, aun así, le seguía gustando.

—Estás loco.

—Puedes apostar a que sí.

—Matthew Walker, déjate de charla y empieza a remar —le gritó la señora Walker.

—Entonces, somos amigos, ¿no? —dijo Matthew—. Pase lo que pase.

—Pase lo que pase —asintió Leni.

—Genial. —Matthew se dio la vuelta para mirar hacia la proa y empezó a remar—. Tengo que enseñarte una cosa muy chula cuando lleguemos adonde vamos —dijo por encima de su hombro.

—¿Qué?

—Las ciénagas estarán llenas de huevos de rana. Son de lo más baboso y repugnante. Quizá consiga convencer a Axle de que se coma uno. Ese chico está completamente loco.

Leni agarró su remo.

Estaba encantada de que él no pudiera ver lo grande que era su sonrisa.

Cuando Leni salió de la escuela, riéndose por algo que Matthew había dicho, vio que sus padres la esperaban en la furgoneta Volkswagen. Los dos. Mamá estaba asomada a la ventanilla y le hacía señas con la mano como si estuviera haciendo pruebas para salir en *El precio justo*.

—Dios mío. Te tratan como a una reina.

Leni se rio y, tras separarse de él, subió a la parte de atrás de la furgoneta.

—Muy bien, mi pequeña ratita de biblioteca —dijo papá mientras avanzaban traqueteando por el camino de tierra al salir de la ciudad—. ¿Qué cosas útiles has aprendido hoy?

—Pues hemos ido de excursión a la cala de Eaglet y hemos cogido hojas para un trabajo de biología. ¿Sabíais que te puede dar un infarto si comes actaeas? ¿Y que los juncos bastardos marinos pueden provocar insuficiencia respiratoria?

—Estupendo —contestó mamá—. Ahora también las plantas nos pueden matar.

Papá se rio.

—Sí que es estupendo, Leni. Por fin una profesora que te enseña cosas importantes.

—También he aprendido sobre la fiebre del oro de Klondike. La policía montada de Canadá no permitía que nadie cruzara la senda de Chilkoot a menos que llevaran una estufa. Cargada. A las espaldas. Pero la mayoría de los mineros que llegaron pagaban a indios para que transportaran sus provisiones.

Papá asintió.

—Los ricos. Subidos a las espaldas de hombres mejores. Es la historia de la civilización, tal cual. Eso es lo que está destruyendo a Estados Unidos. Hombres que acumulan, acumulan y acumulan.

Leni había notado que su padre decía cada vez más cosas como esa desde que había conocido al Loco Earl.

Papá giró hacia su camino de acceso y avanzó entre baches. Cuando llegaron a la casa, aparcó con un frenazo.

—Muy bien, familia Allbright. Hoy mis chicas van a aprender a disparar.

Salió de un salto de la furgoneta y sacó un fardo de heno ennegrecido y mohoso de detrás del gallinero.

Mamá se encendió un cigarrillo. El humo formó una corona gris sobre su pelo rubio.

—Esto será divertido —dijo sin ninguna alegría.

—Tenemos que aprender. Marge la Grande y Thelma lo han dicho —repuso Leni.

Mamá asintió.

Leni pasó al asiento del conductor.

—Eh..., mamá. Has notado que papá está un poco... quisquilloso con el señor Walker, ¿verdad?

Mamá se giró. Se miraron a los ojos.

—¿Sí? —preguntó con serenidad.

—Sabes que sí. Así que..., bueno..., ya sabes cómo se puede poner si tú..., ya sabes. Si flirteas.

Papá dio un golpe tan fuerte en la parte delantera de la furgoneta que mamá se estremeció e hizo un pequeño sonido, como un grito entre dientes. Se le cayó el cigarrillo y se agachó a recogerlo.

Leni sabía que su madre no iba a responder de todos modos. Ese era otro aspecto de la rareza de su familia. Papá soltaba su mal humor a golpes y mamá, de algún modo, lo estimulaba. Como si ella necesitara saber cuánto la quería a todas horas.

Papá hizo que Leni y mamá salieran de la furgoneta y las llevó por el terreno lleno de baches hasta donde había colocado el fardo de heno con un blanco pegado en él.

Sacó su rifle de su funda de piel, apuntó y disparó, dando justo en el centro de la cabeza que había dibujado en el papel con un rotulador. Una bandada de pájaros salió de los árboles y se desperdigó por el cielo azul entre rabiosos graznidos a papá por haberles molestado. Un águila calva gigante de una envergadura de, al menos, un metro ochenta se fue deslizando para ocupar el lugar que habían dejado. Se posó sobre una de las ramas más altas de un árbol, apuntando con su pico amarillo hacia ellos.

—Eso es lo que espero de vosotras —dijo papá.

Mamá expulsó el humo de la boca.

—Vamos a estar aquí un buen rato, pequeña.

Papá le pasó el rifle a Leni.

—Muy bien, pelirroja. Veamos cuáles son tus habilidades naturales. Apunta por la mira, sin acercarte mucho, y, cuando tengas el blanco a la vista, aprieta el gatillo. Despacio y con calma. Respira con regularidad. Muy bien, apunta. Yo te diré cuándo disparar. Cuidado con...

Leni levantó el rifle. Apuntó. Pensó: «Vaya, Matthew, estoy deseando contártelo», y, sin querer, apretó el gatillo.

El rifle le golpeó en el hombro con tal fuerza que le hizo perder el equilibrio. Y la mira le dio en el ojo con un crujido que sonó a hueso roto.

Leni gritó de dolor, tiró el rifle y cayó de rodillas sobre el barro mientras se llevaba una mano al ojo dolorido. Le dolía tanto que se mareó y estuvo a punto de vomitar.

Seguía gritando y llorando cuando notó que alguien se tiraba al suelo, a su lado, y sintió que una mano le frotaba la espalda.

—Joder, pelirroja —dijo papá—. No te había dicho que dispararas. Estás bien. Respira. Es un error normal de principiante. No pasa nada.

—¿Está bien? —gritó mamá—. ¿Está bien?

Papá puso a Leni de pie.

—No llores, Leni —dijo—. Esto no es un cursillo para un concurso de belleza en el que aprendes a cantar para que te den una beca de estudios. Tienes que escucharme. Estoy tratando de salvarte la vida.

—Pero... —Le dolía mucho. Empezó a dolerle la cabeza por detrás de los ojos. No podía ver bien por el ojo herido. La mitad del mundo se veía borrosa. Le dolía aún más el hecho de que a él no le importara su dolor. No pudo evitar compadecerse de sí misma. Estaba segura de que Tom Walker no trataría nunca así a Matthew.

—Basta ya, Lenora —la reprendió papá, agitándole un poco el hombro—. Has dicho que te gusta Alaska y que quieres quedarte aquí.

—Ernt, por favor, no es un soldado —intervino mamá.

Papá le dio la vuelta a Leni, la agarró de los hombros y la sacudió con fuerza.

—¿Cuántas chicas desaparecieron en Seattle antes de que nos marcháramos?

—Mu-muchas. Una al mes. A veces, más.

—¿Quiénes eran?

—Chicas. Adolescentes, la mayoría.

—Y a Patty Hearst la secuestraron en su apartamento, estando su novio allí mismo, ¿verdad?

Leni se limpió los ojos y asintió.

—¿Tú quieres ser víctima o superviviente, Lenora?

A Leni le dolía tanto la cabeza que no podía pensar.

—¿Su-superviviente?

—Aquí tenemos que estar preparados para cualquier cosa. Quiero que seas capaz de protegerte. —Su voz se quebró al decir aquello. Ella vio la emoción que su padre se estaba esforzando tanto por ocultar. La quería. Por eso deseaba que fuera capaz de cuidarse por sí misma—. ¿Y si no estoy aquí cuando pase algo? ¿Cuando un oso derribe la puerta o una manada de lobos te rodee? Necesito saber que podrás proteger a tu madre y salvarte.

Leni sorbió la nariz con fuerza y trató de recomponerse. Tenía razón. Ella tenía que ser fuerte.

—Lo sé.

—Bien. Coge el rifle —dijo su padre—. Inténtalo otra vez.

Leni cogió el rifle manchado de barro. Apuntó.

—No acerques tanto el ojo a la mira. El retroceso es muy fuerte. Así. Mantenlo así. —Papá volvió a colocar el arma—. Coloca el dedo en el gatillo. Suave.

No podía hacerlo. Tenía demasiado miedo de volver a golpearse en el ojo.

—Hazlo —le ordenó papá.

Ella respiró hondo y deslizó el dedo índice por el gatillo, sintiendo la fría curva de acero.

Bajó el mentón, se apartó un poco más de la mira.

Se obligó a concentrarse. Los sonidos desaparecieron: los graznidos de los cuervos y el viento entre los árboles fueron disminuyendo hasta que lo único que oyó fue el latido de su propio corazón.

Cerró el ojo izquierdo. Trató de calmarse.

El mundo daba vueltas alrededor de un solo círculo. Borroso, al principio. Una imagen doble.

Enfocar.

Vio el fardo de heno, el papel blanco que tenía pegado, el contorno de la cabeza y los hombros de un hombre. Le sorprendió la claridad de la imagen. Ajustó la posición del rifle, apuntó al mismo centro de la cabeza.

Despacio, apretó el gatillo.

El rifle reculó y volvió a golpearla fuerte en el hombro, tan fuerte que la hizo tambalearse, pero la mira no le dio en el ojo. Oyó el zumbido de la bala y el golpe del impacto.

La bala dio en el fardo de heno. No en el blanco. Ni siquiera en el papel que rodeaba el blanco, pero sí en el fardo. Tuvo una repentina sensación de orgullo por aquella pequeña hazaña.

—Sabía que podrías hacerlo, pelirroja. Cuando hayamos terminado, serás una buena tiradora.

7

La señora Rhodes estaba en la pizarra escribiendo las páginas de las tareas cuando Leni llegó a clase.

—Ah. Parece que alguien se ha acercado demasiado la mira al ojo —dijo la profesora—. ¿Necesitas una aspirina?

—Error de principiante —repuso Leni, casi orgullosa de su herida. Eso significaba que se estaba convirtiendo en una nativa de Alaska—. Estoy bien.

La señora Rhodes asintió.

—Siéntate y abre tu libro de Historia.

Leni y Matthew se miraron mientras ella entraba en la clase. La sonrisa de él era tan grande que Leni vio su boca llena de dientes torcidos.

Se deslizó en su pupitre, que chocó contra el de él.

—La primera vez casi todos se dan en el ojo. Yo estuve como una semana con un ojo negro. ¿Duele?

—Me dolía. Pero aprender a disparar es tan guay que no...

—¡Un alce! —gritó Axle a la vez que saltaba de su asiento y corría hacia la ventana.

Leni y Matthew le siguieron. Todos los chicos se agruparon junto a la ventana para ver a aquel gigantesco alce macho deambular por el patio que había detrás de la escuela. Tiró la mesa del merendero y empezó a comerse los arbustos, arrancándolos de raíz.

Matthew se acercó a Leni, su hombro rozando el de ella.

—Propongo que pongamos alguna excusa y nos saltemos las clases hoy. Diré que me necesitan en casa después del almuerzo.

Leni sintió una pequeña excitación ante la idea de saltarse las clases. Nunca antes lo había hecho.

—Yo puedo decir que me duele la cabeza. Solo tengo que estar de vuelta aquí a las tres para que me recojan.

—Genial —contestó Matthew.

—Vale, vale —dijo la señora Rhodes—. Ya está bien. Leni, Axle, Matthew, abrid la página 117 de vuestro libro de Historia del estado de Alaska...

Durante el resto de la mañana, Leni y Matthew estuvieron mirando el reloj con nerviosismo. Justo antes de la hora de comer, Leni dijo que le dolía la cabeza y que tenía que irse a casa.

—Puedo ir andando hasta la tienda y llamar a mis padres por radio.

—Claro —respondió la señora Rhodes. La profesora no parecía sospechar de aquella mentira y Leni salió de la clase y cerró la puerta. Caminó por la calle y se escondió entre los árboles, esperando.

Media hora después, Matthew salió de la escuela con una amplia sonrisa.

—¿Y qué vamos a hacer? —preguntó Leni. ¿Qué opciones tenían? No había televisión, ni cine, ni calles pavimentadas para ir en bicicleta, ni locales donde tomarse un batido ni pistas de hielo o parques infantiles.

Él la agarró de la mano y la llevó hasta un quad cubierto de barro.

—Móntate —dijo Matthew mientras subía al vehículo y se colocaba en el asiento negro.

A Leni no le parecía una buena idea, pero no quería que él pensara que era una miedosa, así que subió. Incómoda, le pasó los brazos por la cintura.

Él pisó el acelerador y salieron entre una nube de polvo, con el motor produciendo un gemido estridente y las piedras volando por debajo de los anchos neumáticos de goma. Matthew atravesó la ciudad, traqueteó por encima del puente y salió a la carretera de tierra. Justo después de la pista de aterrizaje, giró hacia el interior de los árboles, pasó por encima de una zanja y subió por un sendero que ella ni siquiera vio hasta que estuvieron sobre él.

Condujeron colina arriba, hacia el interior de la espesura de los árboles hasta llegar a una meseta. Desde allí, Leni vio un recodo azul, el agua salada que se adentraba en la tierra, olas que chocaban contra la playa. Matthew aminoró la velocidad del vehículo y, con pericia, avanzó por un terreno accidentado, donde no había ningún camino bajo las ruedas. Leni se movía de un lado a otro. Tuvo que agarrarse a él con fuerza.

Por fin, él se detuvo con suavidad y apagó el motor.

El silencio les envolvió al instante, interrumpido solo por las olas que golpeaban contra las rocas de granito negro de abajo. Matthew rebuscó entre la bolsa de su quad de tres ruedas y sacó unos prismáticos.

—Vamos.

Él caminaba por delante de ella, clavando los pies con firmeza sobre el terreno accidentado y pedregoso. Leni estuvo a punto de caerse dos veces cuando se movió alguna piedra bajo sus pies, pero Matthew era como una cabra montesa, se sentía en su casa.

La llevó hasta un claro que daba al mar. Había dos sillas de madera hechas a mano colocadas frente a los árboles. Matthew se sentó en una y le señaló la otra para que hiciera lo mismo.

Leni dejó caer su mochila sobre la hierba y se sentó, esperando mientras Matthew miraba por los prismáticos que había tenido guardados en el vehículo y observaba los árboles.

—Allí están. —Le pasó los prismáticos y señaló a un grupo de árboles—. Esos son Lucy y Ricky. Mi madre les puso esos nombres.

Leni miró por los prismáticos. Al principio, lo único que veía era árboles, árboles y más árboles mientras giraba despacio de izquierda a derecha, y, entonces, un destello blanco.

Volvió despacio unos grados hacia la izquierda.

Una pareja de águilas calvas estaban posadas en un nido del tamaño de una bañera en lo alto de los árboles. Una de las aves daba de comer a un trío de aguiluchos que se empujaban y daban sacudidas con los picos en alto para recoger la comida regurgitada. Leni podía oír los graznidos de la disputa por encima del oleaje que había abajo.

—¡Vaya! —dijo Leni. Habría sacado su Polaroid de su mochila (nunca iba a ningún sitio sin ella), pero las águilas estaban demasiado lejos como para que aquella cámara barata pudiese capturarlas.

—Llevan viniendo aquí a poner sus huevos desde que tengo uso de razón. La primera vez que mi madre me trajo yo era pequeño. Deberías verles haciendo el nido. Es increíble. Y se emparejan para toda la vida. Me pregunto qué haría Ricky si le pasara algo a Lucy. Mi madre dice que ese nido pesa casi una tonelada. Yo llevo toda la vida viendo cómo los aguiluchos dejan ese nido.

—¡Vaya! —repitió Leni, sonriendo cuando uno de los aguiluchos batió sus alas y trató de subirse por encima de sus hermanos.

—Pero llevamos tiempo sin venir aquí.

Leni notó algo en la voz de Matthew. Bajó los prismáticos y lo miró.

—¿Tú y tu madre?

Asintió.

—Desde que ella y papá se separaron ha sido duro. Puede que sea porque mi hermana, Alyeska, se mudó a Fairbanks para ir a la universidad. La echo de menos.

—Debéis de estar muy unidos.

—Sí. Es guay. Te gustaría. Dice que quiere vivir en una ciudad, pero eso no puede durar mucho. Volverá. Papá dice que los dos tenemos que ir a la universidad para que conozcamos todas nuestras opciones. Lo cierto es que es bastante insistente con ese tema. Yo no necesito que la universidad me diga qué quiero ser.

—¿Ya lo sabes?

—Claro. Quiero ser piloto. Como mi tío Went. Me encanta estar en el cielo. Pero mi padre dice que eso no es suficiente. Supongo que es necesario saber de física y esas mierdas.

Leni lo entendía. Eran niños, ella y Matthew. Nadie les preguntaba su opinión ni les contaba nada. Ellos solo tenían que andar por ahí y vivir en el mundo que se les ofrecía, confundidos muchas veces porque nada tenía sentido, pero seguros de su posición subterránea en la cadena alimenticia.

Apoyó la espalda en aquella silla llena de astillas. Él le había contado algo personal, algo importante. Ella tenía que hacer lo mismo. ¿No era así como funcionaban las verdaderas amistades? Tragó saliva y habló en voz baja:

—Tienes suerte de que tu padre quiera lo mejor para ti. Mi padre ha estado... raro desde la guerra.

—¿Cómo de raro?

Leni se encogió de hombros. No sabía exactamente qué decir ni cómo decirlo sin revelar demasiado.

—Tiene... pesadillas. Y el mal tiempo le puede hacer estallar. A veces. Pero no ha tenido ninguna pesadilla desde que nos mudamos aquí. Así que puede que esté mejor.

—No sé. El invierno aquí arriba es como una noche larga. La gente se vuelve completamente loca con la oscuridad, salen corriendo entre gritos, les pegan tiros a sus mascotas y amigos.

Leni sintió un nudo en el estómago. La verdad era que no había pensado en el hecho de que en invierno todo sería tan oscuro como ahora luminoso. No quería pensar en ello, en la oscuridad del invierno.

—¿Qué te preocupa? —le preguntó a Matthew.

—Me preocupa que mi madre nos deje. Es decir, sé que se ha hecho una casa y se ha quedado en la finca, y que mis viejos se quieren de una forma extraña, pero ya no es lo mismo. Simplemente, llegó un día a casa y dijo que ya no quería a mi padre. Quiere al asqueroso de Cal. —Se giró y miró a Leni—. Da miedo que la gente pueda dejar de quererte sin más, ¿sabes?

—Sí.

—Ojalá las clases duraran más tiempo —dijo él.

—Lo sé. Nos quedan tres días más antes de las vacaciones de verano. Y luego...

Una vez que terminaran las clases, Leni tendría que trabajar a jornada completa en su casa y lo mismo Matthew en la suya. Apenas se verían.

El último día de clase, Leni y Matthew hicieron todo tipo de promesas sobre cómo mantendrían el contacto hasta que las clases empezaran de nuevo en septiembre, pero la verdad se abría paso entre ellos. Eran niños y no tenían el control de nada. Aún menos de sus propios horarios. Leni ya se empezaba a sentir sola cuando se alejaba de Matthew ese último día para dirigirse al Volkswagen que estaba en un lado del camino.

—Pareces deprimida, pequeña —dijo mamá desde el asiento del conductor.

Leni subió al asiento de al lado. No veía qué sentido podía tener quejarse por algo que no se podía cambiar. Eran las tres. Aún quedaba mucha luz del día. Eso implicaba muchas tareas por hacer.

—Tengo una idea —dijo mamá cuando estuvieron en casa—. Ve a por la manta de lana y la chocolatina de la nevera. Te veré en la playa.

—¿Qué vamos a hacer?

—Absolutamente nada.

—¿Qué? Papá no aceptaría nunca algo así.

—Bueno, pero no está aquí —contestó mamá sonriendo.

Leni no desperdició ni un segundo. Corrió a la casa (antes de que mamá cambiase de opinión). Cogió la delgada chocolatina Hershey de la nevera de la cocina y la manta que estaba en el respaldo del sofá. Se envolvió con ella como si fuese un poncho, se dirigió a las desvencijadas escaleras de la playa y las bajó hasta la curva de piedras grises punteadas por el agua que formaban su propia playa. A la izquierda había cuevas oscuras y atrayentes esculpidas por siglos de agua removiéndose sobre ellas.

Mamá estaba de pie entre las altas hierbas que había más arriba de la playa con un cigarrillo ya encendido. Leni estaba casi segura de que, para ella, la niñez siempre olería a brisa de mar, humo de tabaco y el perfume de rosas de su madre.

Leni extendió la manta sobre el suelo irregular y mamá y ella se sentaron sobre ella con las piernas estiradas y sus cuerpos echados uno sobre el otro. Delante de ellas, el mar azul rodaba hacia delante sin cesar, lavando las piedras, haciéndolas sonar. Cerca de ellas, flotaba una nutria boca arriba, usando sus patas negras para abrir una almeja.

—¿Dónde está papá?

—Se ha ido a pescar con el Loco Earl. Creo que papá quiere pedirle un préstamo a ese viejo. El dinero va escaseando. Yo tengo aún un poco del que me dio mi madre, pero lo he estado usando para tabaco y carretes de la Polaroid. —Miró a Leni con una tierna sonrisa.

—No estoy segura de que el Loco Earl sea bueno para papá —dijo Leni.

La sonrisa de mamá desapareció.

—Sé a qué te refieres.

—Pero está contento aquí —continuó Leni. Trataba de no pensar en la conversación que había tenido con Matthew sobre la llegada del invierno y sobre que sería oscuro, frío y volvería loca a mucha gente.

—Ojalá recordaras a papá antes de Vietnam.

—Sí. —Leni había escuchado docenas de anécdotas de esa época. A mamá le encantaba hablar de ese Antes, de cómo eran al principio. Aquellas palabras se parecían a un cuento de hadas que se cuenta con mucho cariño.

Mamá tenía dieciséis años cuando se quedó embarazada. Dieciséis.

Leni cumpliría catorce en septiembre. Resultaba increíble que nunca hubiera pensado en eso antes. Sabía cuál era la edad de su madre, por supuesto, pero lo cierto era que no había atado cabos. «Dieciséis».

—Solo tenías dos años más que yo cuando te quedaste embarazada —dijo Leni.

Mamá suspiró.

—Acababa de empezar en el instituto. Dios. No me extraña que mis padres se volvieran locos. —Miró a Leni con una sonrisa encantadora—. No eran del tipo de personas que supieran entender a una chica como yo. Odiaban mi ropa y mi música y yo odiaba sus normas. A los dieciséis años, yo creía que lo sabía todo y así se lo decía. Me mandaron a un colegio católico para niñas, donde la rebeldía consistía en enrollar la cintura de la falda para acortar el bajo y enseñar un centímetro de piel por encima de las rodillas. Nos enseñaban a arrodillarnos, a rezar y a buscar un buen marido.

»Tu padre llegó a mi vida como una ola gigante que me inundó. Todo lo que decía cambió por completo mi mundo convencional y cambió quién era yo. Dejé de poder respirar sin él. Me dijo que yo no necesitaba estudiar. Yo me creía todo lo que me decía. Tu padre y yo estábamos demasiado enamorados como para ser cautelosos y me quedé embarazada. Mi padre estalló cuando se lo dije. Quería enviarme a una de esas casas para madres solteras. Yo sabía que te separarían de mí. Nunca he odiado a nadie más de lo que le odié a él en ese momento.

Mamá suspiró.

—Así que nos escapamos. Yo tenía dieciséis años, casi diecisiete, y tu padre tenía veinticinco. Cuando llegaste tú, estábamos sin un centavo y vivíamos en un parque de caravanas, pero nada de eso importaba. ¿Qué significaba el dinero, el trabajo o la ropa nueva cuando se tenía al bebé más perfecto del mundo?

Mamá se echó hacia atrás.

—Él siempre te llevaba encima. Al principio, en sus brazos, y, después, sobre los hombros. Tú le adorabas. Nos aislamos del mundo y vivimos del amor, pero el mundo regresó a nosotros con un estruendo.

—La guerra —dijo Leni.

Mamá asintió.

—Le supliqué a tu padre que huyera cuando le reclutaron. Le pedí que nos fuéramos a Canadá. Discutimos sin parar. Yo no quería ser la esposa de un soldado pero le habían llamado a filas y él iba a ir. Así que empaqueté mis lágrimas junto con su ropa y le dejé marchar. Se suponía que iba a ser un año. Yo no sabía qué hacer, adónde ir, cómo vivir sin él. Me quedé sin dinero y volví a casa con mis padres, pero no soportaba estar allí. Lo único que hacíamos era discutir. Ellos no paraban de decirme que me divorciara de tu padre, que pensara en ti, y, al final, me volví a ir. Fue entonces cuando encontré la comuna y a gente que no me juzgaba por ser una cría con una niña. Entonces, derribaron el helicóptero de tu padre y fue capturado. En seis años, solo recibí una carta de él.

Leni recordaba esa carta y cómo había llorado su madre después de leerla.

—Cuando volvió a casa, parecía un hombre muerto —continuó mamá—. Pero nos quería. Nos quería más que a nada. Decía que no podía dormir si no me tenía entre sus brazos, aunque en aquel entonces tampoco dormía mucho.

Como siempre, la historia de mamá se detuvo torpemente en ese punto. El cuento de hadas terminaba. La puerta de la bruja se cerraba de golpe dejando encerrados a los niños perdidos. El hombre que había vuelto a casa de la guerra no era el mismo que había embarcado en el avión hacia Vietnam.

—Pero aquí arriba está mejor —dijo mamá—. ¿No crees? Casi es él mismo otra vez.

Leni miraba hacia el mar, que avanzaba inexorable hacia ella. Nadie podía hacer nada para detener esa marea que subía. Una equivocación o un error de cálculo y quedarías atrapada y arrastrada por el agua. Lo único que podías hacer era protegerte leyendo los mapas del tiempo, tenerlo todo preparado y tomar decisiones inteligentes.

—Sabes que aquí arriba está oscuro durante los seis meses de invierno. Y nieva, hace un frío helador y hay tormentas.

—Lo sé.

—Tú siempre has dicho que el mal tiempo le hace empeorar.

Leni sintió cómo su madre se separaba de ella. Se trataba de una realidad a la que no quería enfrentarse. Las dos sabían la razón.

—Aquí no va a ser así —dijo mamá a la vez que apagaba su cigarrillo en las piedras que tenía a su lado. Lo dijo de nuevo, solo por si acaso—. Aquí no. Aquí es más feliz. Ya lo verás.

A medida que pasaban los largos días de verano, la inquietud de Leni fue desapareciendo. El verano en Alaska era pura magia. El país del sol de medianoche. Ríos de luz. Días de dieciocho horas con apenas un breve anochecer que separaba uno del siguiente.

Luz y trabajo. Así era el verano en Alaska.

Había mucho por hacer. Todos hablaban de ello, a todas horas. En la cola de la cafetería, al pagar en la tienda, en el ferri hacia la ciudad. «¿Qué tal va la pesca? ¿Buena caza? ¿Qué tal el huerto?». Todas las preguntas eran sobre el almacenamiento de comida y los preparativos para el invierno.

El invierno era una cuestión importante. Leni lo había aprendido. El frío venidero era allí un constante trasfondo. Aun cuando hubieses salido de pesca un hermoso día de verano, estabas pescando para el invierno. Podría ser divertido, pero era un asunto serio. Al parecer, la supervivencia podía depender de las cosas más pequeñas.

Sus padres y ella se despertaban a las cinco de la mañana, mascullaban algo durante el desayuno y empezaban a hacer sus tareas. Reconstruían el corral, cortaban madera, se ocupaban del huerto, hacían jabón, pescaban salmón y lo ahumaban, curtían pieles, envasaban conservas de pescado y verduras, zurcían calcetines, lo pegaban todo con cinta adhesiva. Movían, transportaban, clavaban, construían, raspaban. Marge la Grande les vendió tres cabras y Leni aprendió a ocuparse de ellas. También aprendió a coger bayas, a hacer mermelada, a abrir almejas y a curar huevas de salmón para convertirlas en el mejor anzuelo del mundo. Por las noches, mamá les preparaba nuevas comidas: salmón o fletán en casi todas ellas y verduras del huerto. Papá limpiaba sus armas, arreglaba las trampas de metal que el Loco Earl le había vendido y leía manuales sobre cómo sacrificar animales. La vida de todos ellos se basaba en el trueque, las ventas y la ayuda a los vecinos. Nunca se sabía cuándo iba a aparecer alguien por el camino de acceso para ofrecerte carne que le sobraba, algunas enmohecidas tablas de madera o un cubo de arándanos a cambio de algo.

Las fiestas surgían como la mala hierba en aquel lugar salvaje. Aparecía gente con neveras llenas de salmón y una caja de cerveza y se avisaba a todos por la radio. Una barca llena de pescadores llegaba a la playa; un hidroavión aterrizaba en su cala. Lo siguiente era que la gente se reunía alrededor de una hoguera en algún lugar de la playa para reírse, charlar y beber hasta bien pasada la medianoche.

Ese verano, Leni se hizo adulta. Así era como ella se sentía. En septiembre, cumplió catorce años, empezó con el periodo y, por fin, necesitó un sujetador. Le brotaron espinillas como diminutos volcanes rosas en las mejillas, la nariz y entre las cejas. La primera vez, le preocupaba ver a Matthew, por si él cambiaba de opinión ante la incómoda adolescencia de ella, pero él no pareció darse cuenta de que la piel se había convertido en una enemiga. Verle seguía siendo siempre el mejor momento de sus días allí arriba. Siempre que tenían oportunidad de estar juntos ese verano, se escapaban del grupo y se escondían para hablar. Él le recitaba poemas de Robert Service y le enseñaba cosas especiales como un nido lleno de huevos de pato azul o la enorme huella de un oso en la arena. Ella hacía fotos de las cosas que él le enseñaba —y de él— y las pegaba en un *collage* gigante en la pared de su dormitorio.

El verano terminó tan rápido como había empezado. El otoño en Alaska era menos una estación y más un instante, una transición. La lluvia empezó a caer sin parar, convirtiendo el suelo en barro e inundando la península, cayendo en forma de cortinas de color gris. Los ríos crecieron hasta rebosar por encima de sus orillas, que se desmoronaban, arrancando grandes pedazos de tierra y cambiando su curso.

Las hojas de los álamos que rodeaban la cabaña se volvieron doradas todas a la vez, al menos aparentemente, se susurraron unas a otras, se enroscaron como flautas negras y cayeron al suelo hasta formar montones crujientes.

Las clases empezaron y, con ellas, Leni sintió como si su niñez regresara. Se encontraba con Matthew en la clase y se sentaba a su lado, lo más cerca posible.

En cierto modo, su sonrisa la volvió a despertar, recordándole que en la vida había más cosas aparte del trabajo. Él le enseñó algo nuevo sobre la amistad: volvía a retomarse justo donde la habías dejado, como si nunca hubiesen estado separados.

Una fría noche de sábado de finales de septiembre, tras un largo día de trabajo, Leni estaba en la ventana, mirando hacia el oscuro patio. Ella y su madre estaban agotadas. Habían trabajado desde el amanecer hasta el anochecer, envasando lo último que quedaba del salmón de la temporada: preparando botes, descamando el pescado, cortando las rollizas tiras de rayas rosadas y plateadas y retirando la piel babosa. Habían metido las tiras en tarros y los habían introducido en la olla a presión. Uno a uno, habían bajado los tarros a la bodega y los habían almacenado en estantes recién construidos.

—Si hay diez tipos listos en una habitación y un chiflado, apuesta a cuál de ellos prefiere tu padre.

—¿Qué? —preguntó Leni.

—Da igual.

Mamá se acercó a Leni. Fuera, la noche había caído. La luna llena esparcía una luz blanca azulada sobre todo. Las estrellas inundaban el cielo con agujeritos y manchas elípticas de luz. Allí arriba, por la noche, el cielo era inconcebiblemente enorme y nunca se volvía negro del todo, sino que se quedaba en un oscuro azul violeta. El mundo que había debajo de él se iba reduciendo a la nada. Un poco de luz de hoguera, un ondulante reflejo blanco de la luz de la luna sobre las olas sin brillo.

Papá estaba fuera, en la oscuridad, con el Loco Earl. Los dos estaban junto a una hoguera prendida en un barril de petróleo, pasándose una botella el uno al otro. El humo negro se elevaba desde la basura que estaban quemando. Todos los demás que habían ido a ayudar se habían vuelto a sus casas horas antes.

De repente, el Loco Earl sacó su pistola y disparó a los árboles.

Papá se rio a carcajadas al verlo.

—¿Cuánto tiempo van a quedarse ahí fuera? —preguntó Leni. La última vez que había ido a la letrina, había entreoído su conversación. «Echando a perder el país... mantenernos a salvo... futura anarquía... nuclear».

—¿Quién sabe?

Mamá parecía molesta. Había frito unos filetes de alce que había llevado el Loco Earl. Después, había asado unas patatas y había colocado la mesa plegable con sus platos y utensilios de campamento. Habían usado una de las novelas de Leni para estabilizar una de las patas rotas de la mesa.

Eso había sido horas antes. Probablemente, ahora la carne estaría tan seca como una suela.

—Ya está bien —dijo mamá por fin. Salió. Leni se acercó cautelosa a la puerta y la abrió para poder oír. Las cabras balaron al sentir los pasos.

—Hola, Cora —la saludó el Loco Earl con una sonrisa empalagosa. No mantenía bien el equilibrio. Se balanceó hacia la derecha y tropezó.

—¿Quieres quedarte a cenar, Earl? —preguntó mamá.

—No, pero gracias —respondió él dando un traspiés—. Mi hija me arrancará la piel a tiras si no ceno en casa. Está preparando sopa de salmón.

—Entonces, en otra ocasión —dijo mamá volviendo a la cabaña—. Entra ya, Ernt, Leni está muerta de hambre.

El Loco Earl fue tambaleándose hacia su camioneta. Subió en ella y se marchó, a trompicones y haciendo sonar el claxon.

Papá atravesó el patio caminando despacio y con demasiada cautela, lo cual quería decir que estaba borracho. Leni ya había visto aquello antes. Él cerró la puerta de golpe al entrar y fue tambaleándose hasta la mesa, casi dejándose caer sobre la silla.

Mamá trajo una fuente de carne y patatas asadas al horno y una rebanada caliente de pan de masa fermentada que Thelma les había enseñado a hacer con el cultivo que cada dueño de terreno tenía a mano.

—Muuuuy... buena pinta —dijo papá metiéndose un trozo de carne en la boca y masticando ruidosamente. Levantó la vista con la mirada borrosa—. Las dos tenéis que poneros al día en muchas cosas. Earl y yo hemos estado hablando de ello. Cuando todo estalle, vosotras dos seréis las primeras bajas.

—¿Cuando todo estalle? ¿De qué narices estás hablando? —preguntó mamá.

Leni lanzó a su madre una mirada de advertencia. Mamá sabía muy bien que no debía decir nada cuando él estaba borracho.

—Cuando estalle toda la mierda. Ya sabes. La ley marcial. Una bomba nuclear. O una pandemia. —Arrancó un trozo de pan y lo mojó en la salsa de la carne.

Mamá apoyó la espalda en la silla. Encendió un cigarrillo sin dejar de mirarle.

«No lo hagas, mamá», pensó Leni. «No digas nada».

—No me gusta nada toda esa retórica sobre el fin del mundo, Ernt. Y hay que pensar en Leni. Ella...

Papá dio un puñetazo en la mesa tan fuerte que todo tintineó.

—Maldita sea, Cora, ¿es que nunca me puedes apoyar?

Se puso de pie y fue a la fila de parkas que colgaban junto a la puerta de la calle. Se movía nerviosamente. A Leni le pareció oírle decir: «Maldita estúpida», y murmurar algo más. Él negó con la cabeza mientras abría y cerraba las manos. Leni vio su expresión salvaje, cómo una emoción apenas contenida se abría paso con fuerza y rapidez.

Mamá corrió hacia él y lo agarró.

—No me toques —gruñó papá empujándola.

Cogió una parka, se puso las botas y salió cerrando la puerta con fuerza.

Leni miró a su madre a los ojos, fijamente. En aquellos grandes ojos azules que reflejaban cualquier matiz de expresión, pudo leer su propia inquietud.

—¿De verdad cree en todo eso del fin del mundo?

—Creo que sí —respondió mamá—. O puede que simplemente quiera hacerlo. ¿Quién sabe? Pero no importa. Mucho ruido y pocas nueces.

Leni sabía qué era lo que sí importaba de verdad.

El tiempo iba empeorando.

Y él también.

—¿Cómo es de verdad? —le preguntó Leni a Matthew al día siguiente al terminar las clases. Alrededor de ellos, los demás chicos recogían sus cosas para marcharse a casa.

—¿El qué?

—El invierno.

Matthew se quedó pensativo.

—Terrible y bonito. Es la forma de saber si tienes madera para ser de Alaska. La mayoría vuelven corriendo al exterior antes de que acabe.

—La Gran Solitaria —dijo Leni. Así era como Robert Service llamaba a Alaska.

—Tú lo superarás —se apresuró a decir Matthew.

Ella asintió, deseosa de poder decirle que había empezado a preocuparse tanto por los peligros del interior de su casa como por los del exterior.

Podía contarle a Matthew muchas cosas, pero esa no. Podía decirle que su padre bebía demasiado o que gritaba o perdía los nervios, pero no que a veces la asustaba. Semejante deslealtad estaba fuera de toda consideración.

Salieron de la escuela juntos, caminando hombro con hombro.

Fuera, la furgoneta Volkswagen la esperaba. Últimamente tenía mal aspecto, toda manchada y llena de arañazos. El parachoques estaba sujeto con cinta de embalar. El silenciador se le había caído en un bache, así que, ahora, ese pobre trasto viejo rugía como un coche de carreras. Sus padres estaban dentro, esperándola.

—Adiós —le dijo Leni a Matthew antes de dirigirse hacia el vehículo. Lanzó su mochila a la parte trasera de la furgoneta y subió a ella—. Hola.

Papá puso la marcha atrás, retrocedió y dio la vuelta.

—El Loco Earl quiere que le enseñe a su familia unas cuantas cosas —dijo papá entrando en la carretera principal—. Estuvimos hablando de eso la otra noche.

Enseguida habían salido de la ciudad, habían subido la colina y habían entrado en el recinto cercado. Papá fue el primero en bajar de la furgoneta. Cogió su rifle de la parte de atrás y se lo colgó al hombro.

El Loco Earl, sentado en su porche, se levantó de inmediato y saludó con la mano. Gritó algo que Leni no pudo oír y la gente dejó de trabajar. Dejaron sus palas, hachas y motosierras y fueron al claro que había en el centro del recinto.

Mamá abrió la puerta y salió. Leni la siguió a continuación y sus botas se hundieron en el suelo mojado y mullido.

Una camioneta Ford abollada se detuvo junto a la Volkswagen. Axle y las dos niñas, Agnes y Marthe, salieron del camión y se dirigieron hacia la muchedumbre que se había congregado delante del porche del Loco Earl.

El Loco Earl estaba de pie en el deteriorado e inclinado porche, con sus piernas arqueadas separadas algo más de lo que podría parecer cómodo. El pelo blanco le colgaba sin vida alrededor de su rostro de piel flácida, grasiento en las raíces y encrespado en las puntas. Llevaba unos vaqueros sucios metidos por sus botas marrones de goma y una camisa de franela que había vivido días mejores. Hizo un movimiento de barrido con las manos.

—Acercaos a mí, vamos. Ernt, Ernt, sube aquí conmigo, hijo.

Se oyó un murmullo entre la gente. Las cabezas se giraron.

Papá pasó junto a Thelma y Ted y sonrió a Clyde dándole una palmada en la espalda cuando pasó a su lado. Subió al porche y se puso junto al Loco Earl. Parecía alto y delgaducho al lado de aquel anciano diminuto. Muy atractivo, con todo aquel pelo negro y el espeso bigote.

—Anoche estuvimos hablando, chicos, sobre la mierda que está ocurriendo fuera —dijo el Loco Earl—. Nuestro presidente es un loco estafador y ha estallado una bomba en un avión de la TWA que volaba por el cielo. Ya nadie está a salvo.

Leni se giró y miró a mamá, que se encogió de hombros.

—Mi hijo Bo era el mejor de los nuestros. Amaba Alaska y amaba al viejo país de los Estados Unidos de América lo suficiente como para luchar en esa maldita guerra. Y lo perdimos. Pero incluso desde aquel infierno estuvo pensando en nosotros. En su familia. Nuestra seguridad y bienestar le preocupaban. Así que nos envió a su amigo, Ernt Allbright, para que se convirtiera en uno de los nuestros. —El Loco Earl dio una palmada en la espalda de papá, que más pareció un empujón—. He estado observando a Ernt durante todo el verano y ahora lo sé. Quiere lo mejor para nosotros.

Papá sacó un periódico doblado de su bolsillo trasero y lo levantó en alto. El titular decía: «Una explosión en el vuelo 841 de la TWA mata a 88 personas».

—Puede que vivamos en el bosque, pero vamos a Homer, a Sterling y a Soldotna. Sabemos qué está pasando ahí fuera. Bombas del IRA, la OLP, el movimiento de los Weathermen. Gente que se mata entre sí, secuestros. Todas esas chicas que desaparecen en el estado de Washington; ahora hay alguien que está matando muchachas en Utah. El Ejército Simbiótico de Liberación. Las pruebas de bombas nucleares en India. Solo es cuestión de tiempo que comience la Tercera Guerra Mundial. Podría ser nuclear... o biológica. Y cuando eso ocurra, todo se irá a la mierda.

El Loco Earl movió la cabeza murmurando su asentimiento.

—Mamá, ¿todo eso es verdad? —susurró Leni.

Mamá encendió un cigarrillo.

—Las cosas pueden ser verdad y no ser la verdad. Calla. No vaya a enfadarse.

Papá era el centro de atención y él lo estaba saboreando.

—Todos vosotros habéis hecho un gran trabajo de preparación para la escasez. Todos os habéis superado en la tarea de hacer autosuficiente esta finca. Tenéis un buen sistema de recolección de agua y buenos almacenes de comida. Habéis vigilado las fuentes de agua dulce y sois expertos cazadores.

Vuestro huerto podría ser más grande, pero está bien cuidado. Estáis listos para sobrevivir a cualquier cosa. Salvo a los efectos de la ley marcial.

—¿A qué te refieres? —preguntó Ted.

Papá parecía... diferente en cierto modo. Más alto. Tenía los hombros más erguidos y más fuertes de lo que Leni había visto antes.

—La guerra nuclear. Una pandemia. Un pulso electromagnético. Un terremoto. Un maremoto. Un tornado. La explosión del monte Denali o del monte Rainer. En 1908 hubo una explosión en Siberia que fue mil veces más poderosa que la bomba que lanzaron sobre Hiroshima. Hay un millón de formas de acabar con este mundo enfermo y corrupto.

Thelma frunció el ceño.

—Vamos, Ernt, no es necesario asustar a...

—Silencio, Thelma —ordenó cortante el Loco Earl.

—Venga lo que venga, ya sea una tragedia provocada por el hombre o un desastre natural, lo primero que tendrá lugar será la caída del orden público —explicó papá—. Pensadlo: ni electricidad, ni comunicaciones, ni tiendas de comestibles, ni comida sin contaminar, ni agua, ni civilización. La ley marcial.

Papá hizo una pausa y miró a los ojos a cada persona, de una en una.

—La gente como Tom Walker, con su casa grande, sus botas caras y su excavadora, habrá bajado la guardia. ¿De qué le servirán toda esa tierra y riquezas cuando se quede sin comida ni medicinas? De nada. ¿Y sabéis lo que va a pasar cuando la gente como Tom Walker se dé cuenta de que no está preparada?

—¿Qué? —El Loco Earl levantó la mirada hacia papá como si hubiese visto a Dios.

—Vendrá aquí, aporreará nuestras puertas, suplicará nuestra ayuda, la de la gente ante la que se consideraba superior. —Papá hizo una pausa—. Tenemos que saber cómo protegernos y cómo mantener alejados a los intrusos que quieran lo que nosotros tenemos. En primer lugar, necesitamos preparar nuestros víveres, lo que ya tenemos preparado para la supervivencia. Tenemos que ser capaces de desaparecer en cualquier momento con todo lo que necesitamos.

—¡Sí! —gritó alguien.

—Pero eso no es suficiente. Contamos aquí con un buen comienzo. Pero la seguridad es poco rigurosa. Creo que Bo me dejó esta tierra para que yo llegara hasta aquí, hasta vosotros, y os enseñara que no es suficiente estar preparados para la supervivencia. Tenéis que luchar por lo que es vuestro. Matar a cualquiera que venga a quitároslo. Sé que todos sois cazadores, pero necesitaremos algo más que rifles cuando toda la mierda estalle. Las armas de impacto rompen huesos. Los cuchillos cortan las arterias. Las flechas provocan perforaciones. Os prometo que antes de la primera nevada cada uno de nosotros estará listo para lo peor, cada uno de vosotros, desde el más joven al más anciano, podrá protegerse a sí mismo y a su familia del peligro que se avecina.

El Loco Earl asintió.

—Así que formad todos una fila. Quiero examinar con precisión lo buenos que sois cada uno de vosotros con el rifle. Empezaremos por ahí.

8

Cuando llegó el uno de noviembre, los días se iban acortando con rapidez. Leni sentía la pérdida de cada momento de luz. El amanecer llegaba renuente a las nueve de la mañana y la noche se adueñaba de todo a eso de las cinco de la tarde. Apenas ocho horas de luz diurna ya. Dieciséis horas de oscuridad. La noche entraba como nada que hubiese visto Leni antes, como la sombra alada de una criatura depredadora demasiado grande para concebirla.

El clima se había vuelto imposible de predecir. Llovía, nevaba y volvía a llover. Ahora, el cielo de la última hora de la tarde les escupía una heladora mezcla de aguanieve y lluvia. El agua inundaba el suelo y lo convertía en capas de hielo sucias y salpicadas de hierbajos. Leni tenía que realizar sus tareas entre el fango. Tras dar de comer a las cabras y los pollos, se adentraba fatigosamente en el bosque de detrás de la casa con dos cubos vacíos. Los álamos estaban desnudos. El otoño los había convertido en esqueletos. Todo ser vivo se había resguardado en algún sitio, tratando de escapar del aguanieve y la lluvia.

Mientras subía la cuesta hacia el río, un viento frío le movía el pelo y atravesaba su abrigo. Encorvó los hombros y mantuvo la cabeza agachada.

Hicieron falta cinco viajes con agua para llenar el tonel de acero que tenían en el lateral de la casa. La lluvia ayudaba, pero no podían depender de ella. El agua, como la leña, no podía dejarse nunca al azar.

Se estaba peleando con el cubo, intentando llenarlo en el arroyo, sin poder evitar que se le derramara agua sobre las botas, cuando cayó la noche. Y lo de caer fue literal. Lo hizo con fuerza y rapidez, como la tapa que cae sobre su tarro.

Cuando Leni dio la vuelta para regresar a casa, vio una extensión negra infinita. No se distinguía nada. Ni estrellas en el cielo ni luna que le iluminara el camino.

Rebuscó en el bolsillo de su parka la linterna frontal que su padre le había regalado. Se ajustó la tira y se la puso. Encendió la linterna. Sacó una pistola de su funda y se la metió en el cinturón.

El corazón le latía con fuerza en el pecho cuando se agachó para coger los dos cubos que había llenado con agua. Las asas de metal se le clavaron en sus manos enfundadas en guantes.

La lluvia helada se convirtió en nieve, pinchándole en las mejillas y la frente.

El invierno.

«Los osos no están hibernando todavía, ¿no? Ahora es cuando son más peligrosos, pues se alimentan ansiosos antes de dormirse».

Vio un par de ojos amarillos que la miraban desde la oscuridad.

No. Se lo estaba imaginando.

El suelo había cambiado, había cedido. Tropezó. Se derramó agua de los cubos sobre sus guantes. «NoteasustesNoteasustesNoteasustes».

La linterna iluminó un tronco caído delante de ella. Respirando con fuerza, pasó por encima de él, oyó el crujir de la corteza contra sus vaqueros y siguió caminando. Cuesta arriba, cuesta abajo, alrededor de un espeso matorral negro. Por fin, más arriba en línea recta, vio un destello.

Luz.

La cabaña.

Quería correr. Estaba desesperada por llegar a casa, sentir los brazos de su madre rodeándola. Pero no era estúpida. Ya había cometido un error. Había perdido la noción del tiempo.

Mientras se acercaba a la cabaña, la noche cedió un poco. Vio contornos de color carbón por encima de la negrura: el brillo de la chimenea metálica sobresaliendo por el tejado, una ventana lateral llena de luz, la sombra de unas personas en su interior. Olía a humo de leña y a bienvenida.

Leni corrió al lateral de la cabaña, levantó la tapa improvisada y vació lo que quedaba de agua en el barril. Por el breve instante que pasó entre que volcara el cubo y el sonido del agua salpicando dentro supo que el barril en tres cuartas partes estaba lleno.

Leni temblaba tanto que necesitó dos intentos para abrir la puerta.

—Ya he vuelto —anunció al entrar en la cabaña con todo su cuerpo temblando.

—Cierra la boca, Leni —le ordenó su padre tajante.

Mamá estaba delante de papá. Tenía una mirada vacilante, vestida con unos pantalones de chándal andrajosos y un jersey grande.

—Hola, pequeña —la saludó ella—. Cuelga tu parka y quítate las botas.

—Te estoy hablando, Cora —dijo papá.

Leni notó la ira en su voz y vio cómo su madre se encogía.

—Tienes que devolver el arroz. Dile a Marge la Grande que no podemos pagarlo.

—Pero... todavía no has cazado ningún alce —protestó mamá—. Necesitamos...

—Todo es por mi culpa, ¿no? —gritó papá.

—No he dicho eso y lo sabes. Pero el invierno ha llegado. Necesitamos más comida de la que tenemos y nuestro dinero...

—¿Crees que no sé que necesitamos dinero? —Golpeó la silla que tenía delante de él y esta cayó rodando y crujiendo en el suelo.

La repentina fiereza de sus ojos desencajados asustó a Leni, y retrocedió un paso

Mamá se acercó a él y le acarició la cara en un intento por calmarlo.

—Ernt, cariño, lo solucionaremos.

Él se apartó y se dirigió a la puerta. Tras coger su parka de la percha que había junto a la ventana, abrió la puerta, dejó que entrara el frío intenso y cegador y la cerró de golpe al salir. Un momento después, el motor de la furgoneta Volkswagen se encendió. La luz de los faros atravesó la ventana tiñendo a mamá de un color blanco dorado.

—Es el mal tiempo —dijo mamá encendiendo un cigarrillo y viendo cómo se alejaba. Su hermosa piel parecía amarillenta con el resplandor de los faros, casi de cera.

—Va a empeorar —respondió Leni—. Cada día es más oscuro y frío.

—Sí —confirmó mamá, con aspecto de estar tan asustada como de repente se sentía Leni—. Lo sé.

El invierno estrechó su presa sobre Alaska. La enormidad del paisaje se redujo a los confines de su cabaña. El sol salía a las diez y cuarto de la mañana y se ponía apenas quince minutos después de terminar la jornada escolar. Menos de seis horas de luz diurna. La nieve caía sin parar, cubriéndolo todo. Se apilaba en montones y tejía su encaje sobre los cristales de las ventanas, impidiéndoles ver nada que no fuera ellos mismos. Durante las pocas horas de luz, el cielo se extendía gris sobre sus cabezas. Algunos días apenas había un mero recuerdo de la luz, más que un resplandor real. El viento batía el paisaje, gritando como si estuviera sufriendo. La leña se congeló convirtiéndose en intricadas esculturas de hielo que sobresalían entre la nieve. En medio del frío helador, todo se atrancaba: las puertas de los coches se congelaban, las ventanas crujían, los motores se negaban a encenderse. La radio se llenaba de advertencias de mal tiempo y enumeraba las muertes, que eran tan comunes en Alaska durante el invierno como las pestañas congeladas. La gente moría por el error más tonto: llaves del coche que caen en un río, un depósito de gasolina que se queda seco, una máquina de nieve que se estropea, una curva que se toma a demasiada velocidad... Leni no podía ir a ningún sitio ni hacer nada sin avisar. El invierno parecía que iba a seguir para siempre. El hielo se adueñó de la costa, esmaltando las conchas y las piedras hasta que la playa pareció un collar de lentejuelas plateadas. El viento soplaba por la finca, como lo había hecho todo el invierno, transformando el paisaje blanco con cada ráfaga. Los árboles se achicaban ante él y los animales construían madrigueras y cavaban agujeros para esconderse. No eran tan distintos de los humanos, que se resguardaban bajo aquel frío y eran especialmente cautelosos.

Nunca la vida de Leni había sido tan insignificante. Los días buenos, cuando la furgoneta se ponía en marcha y el tiempo era soportable, había clases. Los días malos, solo había trabajo, que se realizaba bajo aquel frío desmoralizante y azotador. Leni se concentraba en las cosas que tenía que hacer: ir a clase, hacer los deberes, dar de comer a los animales, traer agua, resquebrajar el hielo, zurcir calcetines, arreglar ropa, cocinar con mamá, limpiar la cabaña, meter leña en la estufa... Cada día había que cortar más y más madera, transportarla y almacenarla. No había espacio en esos días tan cortos para pensar en nada aparte de la mecánica de la supervivencia. Cultivaban verduras en vasos de papel sobre una mesa debajo del altillo. Incluso la práctica de las tácticas de supervivencia en la finca de los Harlan había quedado suspendida.

Peor que el mal tiempo era el confinamiento que provocaba.

Mientras el invierno reducía sus vidas, los Allbright se quedaron solos. Cada noche la pasaban juntos, horas infinitas de oscuridad, acurrucados alrededor de la estufa de leña.

Estaban todos al límite. Surgían discusiones entre sus padres por el dinero, las tareas y el mal tiempo. Por cualquier cosa.

Leni sabía lo inquieto que estaba su padre por las insuficientes provisiones y el dinero inexistente. Veía cómo eso le carcomía. Veía, también, la atención con la que mamá lo vigilaba, lo preocupada que estaba por su creciente ansiedad.

Su lucha por mantener la calma resultaba evidente en una docena de tics y en el modo en que, a veces, parecía no querer mirarlas. Se despertaba mucho antes del amanecer y salía a trabajar todo el tiempo que podía, volviendo a entrar bastante después de que oscureciera, cubierto de nieve, con el bigote y las cejas congelados y la punta de la nariz blanca.

El esfuerzo que hacía por mantener los nervios a raya era patente. Cuando los días empezaron a acortarse y las noches a alargarse, empezó a dar vueltas después de cenar, agitado y hablando entre murmullos. Esas noches malas, cogía las trampas que el Loco Earl le había enseñado a usar y se iba a colocarlas en la profundidad del bosque solo. Volvía agotado y con aspecto ojeroso. Apenas era él mismo. Con bastante frecuencia, volvía a casa con algo de caza, con pieles de zorro o marta que podía vender en la ciudad. Ganaba apenas el dinero suficiente para mantenerlos a flote. Pero incluso Leni podía ver los estantes vacíos de su bodega. Ninguna comida era nunca lo suficientemente copiosa como para hartarlos. El dinero que mamá le había pedido a la abuela se había acabado hacía tiempo y no había ningún otro que ocupara su lugar, así que Leni había dejado de hacer fotografías y mamá apenas fumaba. Marge la Grande les regalaba, a veces, cigarrillos y carretes —cuando papá no miraba—, pero no iban mucho a la ciudad.

Las intenciones de papá eran buenas pero, aun así, era como vivir con un animal salvaje. Como esos hippies locos de los que se hablaba en Alaska que vivían con lobos y osos y que siempre terminaban muertos. El depredador por naturaleza podía parecer que se domesticaba e incluso se volvía amigable, lamiéndote el cuello con cariño y frotándose contra ti para que le rascaras la espalda. Pero sabías, o deberías saber, que estabas viviendo con un animal salvaje, que un collar y una correa junto con un cuenco de comida podría amansar los actos de la bestia, pero que no podían cambiar su esencia. En una milésima de segundo, en menos tiempo que el que se necesitaba para tomar aire, ese lobo podía retomar su naturaleza y girarse mostrando los colmillos.

Resultaba agotador estar preocupada todo el tiempo, observar cada movimiento de su padre y el tono de su voz.

Claramente, eso había agotado a su madre. La inquietud había acabado con la luz de su mirada y el resplandor de su piel. O puede que aquella palidez se debiera a que vivían como setas.

Un día de primeros de diciembre especialmente frío, Leni se despertó con el sonido de un grito. Algo chocó contra el suelo.

Supo al instante qué estaba pasando. Su padre había tenido una pesadilla. La tercera de esa semana.

Salió de su saco de dormir y se acercó al borde del altillo para asomarse. Mamá estaba junto a la cortina de cuentas de su dormitorio sosteniendo en alto una linterna. Bajo su resplandor blanco, parecía asustada, con el cabello despeinado, vestida con pantalones de chándal y camiseta. La estufa de leña era un punto naranja en medio de la oscuridad.

Papá era como un animal sin domesticar, dando empujones, rompiendo cosas, gruñendo, diciendo palabras que ella no podía entender... Después, se puso a abrir cajas, buscando algo. Mamá se acercó a él con cautela y le colocó una mano en la espalda. Él la empujó con tanta fuerza que ella se chocó contra la pared de troncos y gritó.

Papá se detuvo y se incorporó. Tenía las fosas nasales dilatadas. Abría y cerraba el puño derecho. Cuando vio a mamá, todo cambió. Bajó los hombros y agachó la cabeza avergonzado.

—Dios mío, Cora —susurró con voz entrecortada—. Lo siento. Yo... No sabía dónde estaba.

—Lo sé —contestó ella con los ojos relucientes por las lágrimas.

Él se acercó y la envolvió con sus brazos. Cayeron juntos de rodillas, con las frentes tocándose. Leni oyó que estaban hablando, pero no distinguía sus palabras.

Volvió a su saco y trató de dormirse de nuevo.

—¡Leni! Levántate. Nos vamos de caza. Tengo que salir de esta maldita casa.

Con un suspiro, ella se vistió a oscuras. Durante los primeros meses de ese invierno en Alaska, había aprendido a vivir como uno de esos invertebrados fosforescentes que deambulan por el fondo marino, que pasan la vida sin ser acariciados por ninguna luz ni color salvo los que generan por sí mismos.

En la sala de estar, la estufa de leña daba una luz a través de la estrecha ventanilla de la puerta metálica. Pudo distinguir las siluetas de sus padres al lado, podía oírles respirar. El café borboteaba en un cazo de metal sobre la cocina, lanzando su agradable olor en medio de la oscuridad.

Papá encendió un farol y lo sostuvo en alto. Bajo su resplandor naranja, parecía demacrado, gravemente lastimado. Tenía un tic en el rabillo del ojo derecho.

—¿Estáis listas, chicas?

Mamá parecía agotada. Vestida con una enorme parka y pantalones aislantes, tenía un aspecto demasiado frágil para aquel clima y demasiado cansado como para caminar una distancia muy larga. En una semana de cada vez más pesadillas y gritos en mitad de la noche, ella no había dormido bien.

—Claro —contestó mamá—. Me encanta salir de caza a las seis de la mañana de un domingo.

Leni fue a la percha de la pared, cogió la parka gris y los pantalones aislantes que habían encontrado en el Ejército de Salvación de Homer el mes anterior y las botas térmicas de segunda mano que Matthew le había regalado. De los bolsillos de la parka sacó unos guantes forrados.

—Bien —dijo papá—. Vámonos.

Aquel mundo anterior al amanecer era silencioso. No había viento, ni ramas que crujieran, solo la infinita caída de nieve, la acumulación de color blanco por todas partes. Leni caminaba fatigosa por la nieve hacia los corrales de los animales. Las cabras estaban apiñadas y empezaron a balar al verla llegar y a chocar unas contra otras. Les lanzó un poco de heno y, a continuación, fue a dar de comer a los pollos y a romper el hielo de los bebederos.

Cuando llegó a la furgoneta, mamá ya estaba dentro. Leni subió al asiento trasero. Con aquel frío, la furgoneta tardó largo rato en ponerse en marcha e incluso más en que se descongelaran las ventanillas. Ese vehículo no era bueno para aquella parte del mundo. Lo habían aprendido por las malas. Papá le puso cadenas a las ruedas y colocó un bolso con el equipamiento entre los dos asientos delanteros. Leni se sentó atrás, con los brazos cruzados, temblando y quedándose dormida y despertando de forma intermitente.

En la carretera principal, papá giró a la derecha, en dirección a la ciudad, pero, antes de la pista de aterrizaje, giró a la izquierda por un camino que conducía a la mina de cromo abandonada. Condujeron varios kilómetros sobre la nieve dura por una carretera que no era más que una serie de curvas recortadas en el lateral de una montaña. Bien adentrado en el bosque y ya en lo alto de la montaña, se detuvo de repente con un chirrido de frenos. Les pasó a cada una una linterna frontal y una escopeta antes de coger un paquete y abrir su puerta.

El viento, la nieve y el frío golpeaban contra la furgoneta. Allí arriba no podían estar muy por encima de los cero grados.

Leni se colocó la linterna frontal en la cabeza, se ajustó la correa y la encendió. Esta proyectó un delgado haz de luz frente a ella.

Ninguna estrella, ni rastro de luz en el cielo. La nieve caía con fuerza y rapidez. Una profunda y constante oscuridad llena de susurros y crujidos de los árboles. Depredadores escondidos.

Papá echó a andar el primero, caminando afanosamente por la nieve con sus raquetas y creando un sendero. Leni dejó que mamá fuese a continuación y, después, salió ella detrás.

Caminaron tanto tiempo que las mejillas de Leni pasaron del frío al calor y, después, al entumecimiento. Tanto rato que las pestañas y los pelos de las fosas nasales se le congelaron y sintió cómo el sudor se le acumulaba debajo de su larga ropa interior, picándole. En un momento dado, notó que empezaba a oler y se preguntó si habría algo más que pudiera olerla. Resultaba muy fácil pasar de depredador a presa allí afuera.

Leni estaba tan cansada, simplemente avanzando, con el mentón bajo y los hombros encorvados, que apenas se dio cuenta de que en algún momento había empezado a verse los pies, las botas, las raquetas. Al principio, fue el resplandor gris ambiental, una luz que no resultaba real, que emanaba de la nieve y, después, el amanecer, rosado como la carne de salmón, mantecoso.

La luz del día.

Leni vio por fin lo que la rodeaba. Estaban sobre un río congelado. Se horrorizó al darse cuenta de que había seguido a su padre a ciegas hasta su superficie resbaladiza. ¿Y si el hielo era demasiado fino? Un paso en falso y alguien podría caer en el agua helada y quedarse atrapado.

Debajo de sus pies oyó un crujido.

Papá avanzaba confiado, sin aparente preocupación por el hielo que tenía debajo. En la otra orilla, abrió un camino entre la maleza espesa y cubierta de nieve, miró hacia abajo e inclinó la cabeza como si estuviese escuchando. Su rostro por encima de la barba llena de nieve estaba rojo del frío. Ella sabía que estaba siguiendo algún rastro: excrementos, huellas... Las liebres árticas se alimentaban y movían, sobre todo, al amanecer y al anochecer.

Se detuvo de repente.

—Allí hay una liebre —le dijo a Leni—. En el borde de los árboles.

Leni miró en la dirección hacia la que él señalaba. Todo estaba blanco, incluso el cielo. Resultaba complicado distinguir formas en aquel mundo de blanco sobre blanco.

Entonces, un movimiento: una rolliza liebre blanca saltó hacia delante.

—Sí —dijo ella—. La veo.

—Muy bien, Leni. Esta presa es tuya. Respira. Tranquila. Espera a disparar —le ordenó papá.

Ella levantó la escopeta. Llevaba meses practicando tiro, así que sabía qué hacer. Tomó aire y lo soltó, en lugar de contenerlo. Se concentró en la liebre. Apuntó. Esperó. El mundo menguó, se simplificó. Solo estaban ella y la liebre, depredador y presa, conectados.

Apretó el gatillo.

Todo pareció pasar al mismo tiempo: el disparo, el golpe, la muerte, la liebre cayendo desplomada.

Un disparo limpio.

—Magnífico —dijo papá.

Leni se colgó la escopeta al hombro y los tres salieron en fila india hacia la línea de árboles y la presa de Leni.

Cuando llegaron a la liebre, Leni la miró, con su suave cuerpo blanco manchado de sangre, tumbada sobre un charco rojo.

Había matado algo. Había proporcionado alimento a su familia para otra noche.

«Había matado algo. Había puesto fin a una vida».

No sabía cómo sentirse, o quizá estaba experimentando dos sensaciones opuestas a la vez: orgullo y tristeza. En realidad, casi deseaba llorar. Pero ahora era una habitante de Alaska y esta era su vida. Sin caza no había comida sobre la mesa. Y no iba a desaprovecharse nada. La piel se convertiría en sombrero. Los huesos serían para caldo. Esa noche mamá freiría la carne con mantequilla casera hecha con leche de cabra y la acompañaría de cebollas y ajo. Puede que incluso cometieran el despilfarro de añadir algunas patatas.

Su padre se había arrodillado en la nieve. Vio el temblor de sus manos y por la tensión de su voz estuvo segura de que le dolía la cabeza mientras ponía boca arriba la liebre muerta.

Colocó el cuchillo sobre la cola y cortó hacia arriba, atravesando la piel y los huesos con un simple corte en barrido. Se detuvo en el esternón de la liebre, colocó un dedo ensangrentado bajo la hoja del cuchillo y procedió con cautela para no cortarle ningún órgano de forma accidental. Abrió al animal, metió los dedos y sacó las entrañas, dejándolas en un humeante montón rojo rosado sobre la nieve.

Sacó el pequeño y rechoncho corazón y lo levantó hacia Leni. La sangre le goteaba entre los dedos.

—Tú la has cazado. Cómete el corazón.

—Ernt, por favor —dijo mamá—. No somos salvajes.

—Eso es exactamente lo que somos —respondió él con una voz tan fría como el viento a sus espaldas—. Cómetelo.

Leni miró a mamá, que parecía tan aterrada como se sentía Leni.

—¿Me vas a obligar a que te lo pida de nuevo? —preguntó papá.

La tranquilidad de su voz era peor que si hubiese gritado. Leni sintió cómo una ola de terror se extendía por su espalda. Alargó la mano y cogió el diminuto órgano de color rojo azulado. (¿Aún latía o era que ella temblaba?).

Con los ojos entrecerrados de su padre fijos en ella, se llevó el corazón a la boca y obligó a sus labios a cerrarse. Al instante, sintió arcadas. El corazón era resbaladizo y baboso. Cuando lo mordió, se rompió en su boca con un sabor metálico. Sintió que la sangre le goteaba por un lado de la boca.

Tragó, se atragantó, se limpió la sangre de los labios y sintió su calor extenderse por la mejilla.

Su padre levantó la mirada lo suficiente como para mirarla a los ojos. Parecía desolado, cansado, pero presente. En sus ojos, Leni vio más amor y tristeza de la que debería existir en un solo ser humano. Algo se le estaba desgarrando por dentro, incluso ahora. Se trataba del otro hombre, del malo, el que vivía en su interior y trataba de salir a la oscuridad.

—Estoy intentando convertirte en una persona autosuficiente.

Sonó como una disculpa. Pero ¿por qué? ¿Por volverse loco algunas veces o por enseñarla a cazar? ¿O por obligarla a comer el corazón palpitante de una liebre? ¿O por las pesadillas que interrumpían el sueño de todos ellos?

O quizá se estuviese disculpando por algo que aún no había hecho pero que temía llegar a hacer.

Diciembre.

Papá estaba nervioso, tenso. Bebía demasiado y no paraba de murmurar. Las pesadillas se habían vuelto más frecuentes. Tres por semana, cada semana.

Siempre se estaba moviendo, exigiendo, insistiendo. Comía, dormía, respiraba y bebía para sobrevivir. Se había convertido de nuevo en un soldado, o eso era lo que mamá decía. Y Leni se descubrió con la boca cerrada cuando estaba cerca de él, temerosa de decir o hacer algo equivocado.

Con todo lo duro que trabajaba después de la escuela y durante los fines de semana, Leni debería haber dormido como un tronco, pero no era así. Noche tras noche yacía despierta, preocupada. Su miedo y su inquietud por el mundo se habían afilado como la punta de una navaja.

Esa noche, pese a estar agotada, estaba despierta, escuchando los gritos de él. Cuando por fin se quedó dormida, aterrizó en un paisaje onírico de fuego, un lugar lleno de peligros, un mundo en guerra donde se sacrificaba a animales, se secuestraba a niñas y los hombres chillaban y apuntaban con sus armas. Ella gritó buscando a Matthew, pero nadie podía oír la voz de una chica en medio de un mundo que se desmoronaba. Además, ¿de qué le iba a servir él? No podía contarle esto a Matthew. Esto no. Algunos temores hay que acarrearlos a solas.

—¡Leni!

Oyó que gritaban su nombre desde la distancia. ¿Dónde estaba? Estaba en mitad de la noche. ¿Seguía durmiendo?

Alguien la agarró y la sacó de la cama. Esta vez, era real. Una mano le tapó la boca.

Reconoció su olor.

—¿Papá? —dijo entre sus dedos.

—Vamos —le ordenó él—. Ahora.

Leni fue tambaleándose a la escalerilla, bajó detrás de él, en completa oscuridad.

Ninguna de las lámparas de abajo estaba encendida, pero pudo oír la pesada respiración de su madre.

Papá condujo a Leni a la mesa plegable recién arreglada y la obligó a sentarse.

—Ernt, en serio... —dijo mamá.

—Cierra la boca, Cora —la interrumpió él.

Algo metálico golpeó la mesa delante de Leni repiqueteando con estruendo.

—¿Qué es? —preguntó él poniéndose a su lado, de pie.

Ella extendió la mano y sus dedos acariciaron la superficie áspera de la mesa.

Un rifle. En pedazos.

—Tienes que practicar más, Leni. Cuando estalle la mierda, tendremos que hacer las cosas de otro modo. ¿Y si es en invierno? Puede que todo esté a oscuras. Te pillará desprevenida, confundida, dormida. Las excusas harán que te maten. Quiero que seas capaz de hacerlo todo en la oscuridad, cuando estés asustada.

—Ernt —dijo mamá desde las sombras, con voz intranquila—. No es más que una niña. Deja que vuelva a la cama.

—Cuando la gente esté muriendo de hambre y nosotros tengamos comida, ¿les va a importar que no sea más que una niña?

Leni oyó el chasquido de un cronómetro.

—Vamos, Leni. Limpia el arma y móntala.

Leni extendió las manos, sintió las frías piezas del rifle, se las acercó. La oscuridad la ponía nerviosa y le hacía ir con lentitud. Vio el destello de una cerilla en la oscuridad y olió un cigarrillo que se encendía.

—Para —dijo papá. Se encendió una linterna que alumbró el rifle—. Inaceptable. Estás muerta. Toda nuestra comida ha desaparecido. Puede que uno de ellos esté pensando en violarte. —Cogió el rifle, lo desarmó y colocó las piezas en el centro de la mesa. Bajo la ráfaga de luz, Leni vio las partes del rifle, además de una varilla para limpiar, trapos, disolvente Hoppes 9 y antioxidante y unos cuantos destornilladores. Ella trató de memorizar dónde estaba cada cosa.

Él tenía razón. Leni necesitaba saber cómo hacer aquello o podrían matarla.

«Concéntrate».

La luz se apagó. El cronómetro se puso en marcha.

—Ya.

Leni extendió los brazos tratando de recordar qué había visto. Se acercó las partes del rifle, las montó rápidamente y atornilló la mira en su sitio. Estaba cogiendo el paño para limpiarlo cuando el cronómetro se detuvo.

—Muerta —dijo papá con indignación—. Prueba otra vez.

El día anterior, el segundo sábado de diciembre, habían ido con sus vecinos a una fiesta de tala de árboles. Todos habían salido al bosque y habían elegido sus árboles. Papá había cortado un árbol de hoja perenne y lo había arrastrado a su trineo para llevarlo a la cabaña, donde lo habían colocado en el rincón bajo el altillo. Lo habían decorado con fotografías de la familia y cebos de pesca. Habían puesto unos cuantos regalos envueltos en hojas amarillas del *Anchorage Daily Times* bajo sus olorosas ramas verdes. Unas líneas dibujadas con rotulador habían hecho las veces de lazos. Los faroles de propano que colgaban habían creado un ambiente cálido, su luz en fuerte contraste con la mañana aún oscura. El viento había arañado los aleros del tejado. De vez en cuando, una rama había chocado con fuerza contra la cabaña.

Ahora, domingo por la tarde, mamá estaba en la cocina, haciendo pan de masa fermentada. El olor a la levadura del pan cociéndose invadió la cabaña. El mal tiempo los mantenía a todos dentro. Papá estaba encorvado sobre la radio, escuchando voces chirriantes, moviendo constantemente los dedos por los botones. Leni oyó el sonido entrecortado de la voz del Loco Earl, con sus risotadas agudas abriéndose paso con fuerza y claridad.

Estaba acurrucada en el sofá, leyendo el estropeado ejemplar de bolsillo de *Pregúntale a Alicia* que había encontrado en el vertedero. El mundo parecía inconcebiblemente pequeño ahí dentro. Las cortinas estaban corridas para mantener el calor y la puerta bien cerrada con llave contra el frío y los depredadores.

—¿Qué has dicho? Repítelo. Cambio —dijo papá. Estaba encorvado sobre la radio, escuchando—. Marge, ¿eres tú?

Leni oyó la voz de Marge la Grande por la radio, rota, salpicada de interferencias.

—Urgente. Perdido... Grupo de búsqueda... más allá de la cabaña de los Walker... Nos vemos en la carretera de la mina. Corto.

Leni dejó el libro y se incorporó.

—¿Quién se ha perdido? ¿Con este tiempo?

—Marge —insistió papá—. Repite. ¿Quién se ha perdido? Earl, ¿estás ahí?

Interferencias.

Papá se dio la vuelta.

—Vestíos. Alguien necesita ayuda.

Mamá sacó del horno el pan a medio hacer y lo colocó en la encimera cubriéndolo después con un paño de cocina. Leni se vistió con la ropa más abrigada que tenía: unos pantalones aislantes de Carhartt remangados por el bajo, una parka y botas térmicas. Cinco minutos después de la llamada de Marge la Grande, Leni estaba en la trasera de la furgoneta, esperando a que el motor se pusiera en marcha.

Tardó un rato.

Por fin, papá rascó el parabrisas lo suficiente como para ver por él. Después, comprobó las cadenas y subió al asiento del conductor.

—Es un mal día para que alguien se pierda.

Papá maniobró despacio a través de la nieve que llegaba hasta el eje, giró hacia el camino de acceso, que tenía una espesa capa blanca sin romper y sin huellas de ruedas, flanqueado por árboles cubiertos de nieve. Leni podía ver su propio aliento. Así de frío era el interior de la furgoneta. La nieve se amontonaba y desaparecía en el cristal entre cada barrido de los limpiaparabrisas.

A medida que se acercaban a la ciudad, aparecieron vehículos que salían de la cortina de nieve frente a ellos, con las luces de los faros resplandeciendo entre la oscuridad. Arriba, Leni vio el destello de luces ámbar y rojas. Debía de ser Natalie y su quitanieves, ocupando el primer lugar en aquella carretera apenas visible que conducía hacia la vieja mina.

Papá levantó el pie del acelerador. Aminoraron la marcha y se colocaron detrás de una camioneta que pertenecía a Clyde Harlan. Siguieron montaña arriba.

Cuando llegaron a un claro, Leni vio un grupo de máquinas de nieve (Leni seguía llamándolas motonieves, pero allí arriba nadie las llamaba así) aparcadas en una fila irregular. Pertenecían a los residentes que vivían en el bosque sin carreteras que llevaran a sus terrenos. Todas ellas tenían los faros encendidos y los motores en marcha. La nieve que caía se trenzaba a través de los haces de luz dándole a todo un aspecto sobrecogedor y etéreo.

Papá aparcó junto a una máquina de nieve. Leni salió tras sus padres a la nieve que caía y los aullidos del viento y al tipo de frío que se te mete hasta lo más hondo. Vieron al Loco Earl y a Thelma y se dirigieron hacia sus amigos.

—¿Qué ocurre? —gritó papá para que le oyeran por encima del viento.

Antes de que el Loco Earl o Thelma pudieran responderle, Leni oyó el sonido agudo de un silbato.

Un hombre con una pesada parka azul y pantalones aislantes se acercó. Un sombrero de ala ancha lo identificaba como policía.

—Soy Curt Ward. Gracias por venir. Geneva y Matthew Walker han desaparecido. Se suponía que iban a llegar a su cabaña de caza hace una hora. Esta es su ruta habitual. Si se han perdido o si están heridos, debemos encontrarlos entre este lugar y la cabaña.

Leni no fue consciente de haber gritado hasta que sintió la caricia tranquilizadora de su madre.

«Matthew».

Miró a su madre.

—Se va a congelar ahí —dijo—. Pronto se hará de noche.

Antes de que mamá pudiese responder, habló el agente Ward:

—Guarden entre ustedes un espacio de unos seis metros.

Empezó a distribuir linternas.

Leni encendió la suya y miró hacia el sendero cubierto de nieve que tenía delante. Todo el mundo se redujo a una única pista de tierra. La veía por capas: el suelo irregular cubierto por la nieve, el aire lleno de nieve, los árboles blancos apuntando hacia el cielo gris...

«¿Dónde estás, Matthew?».

Se movía despacio, avanzando empecinada, apenas consciente de los demás que buscaban, de las otras luces. Oía perros que ladraban y voces que gritaban. Los haces de las linternas se entrecruzaban. El tiempo pasaba de un modo extraño y surrealista, bajo la luz reducida y el aliento que expulsaban.

Leni vio huellas de animales, un montón de huesos mezclados con sangre fresca, agujas de píceas caídas en el suelo. El viento había esculpido la nieve formando picos y remolinos con brillantes y endurecidas puntas heladas. Las bases de los árboles estaban negras por los desechos, convertidas por los animales en guaridas improvisadas que les proporcionaban un lugar donde dormir refugiándose del viento.

Los árboles que la rodeaban se fueron espesando. La temperatura cayó de repente. Sintió una oleada de frío cuando el día fue dando paso a la noche. Dejó de nevar. El viento alejó las nubes y dejó en su lugar un cielo azul marino inundado de remolinos de luces de estrellas. Brillaba una luna casi llena y su luz resplandecía sobre la nieve. La luz ambiental plateada hacía que todo brillara.

Vio algo. Brazos. Salían de la nieve con dedos delgados abiertos, congelados. Avanzó por la profunda nieve.

—Ya voy, Matthew —dijo entre dolorosos resoplidos con la luz moviéndose arriba y abajo delante de ella.

«Astas». Toda una cornamenta que había perdido un alce macho. O puede que bajo esa nieve estuvieran los huesos que había dejado un cazador furtivo. Como tantos otros pecados, la nieve lo cubría todo. La verdad no saldría a la luz hasta la primavera. Si es que lo hacía.

El viento se levantó y golpeó entre los árboles, y varias ramas salieron volando.

Ella siguió avanzando penosamente, una luz entre docenas desperdigadas por el reluciente bosque azul, blanco y negro, agujeritos amarillos que buscaban y buscaban... Oyó la voz del señor Walker gritando, diciendo a voces el nombre de Matthew con tanta frecuencia que empezó a sonar ronca.

—¡Allí! ¡Arriba! —gritó alguien.

Y el señor Walker contestó:

—Lo veo.

Leni se lanzó hacia delante, tratando de correr a través de la espesa nieve.

Más arriba en línea recta vio un bulto en sombras..., una persona..., arrodillada junto a un río helado bajo la luz de la luna con la cabeza inclinada hacia delante.

Leni avanzó entre la gente, abriéndose paso a codazos hasta la parte delantera, justo cuando el señor Walker se agachaba junto a su hijo.

—¿Mattie? —gritó para que pudiera oírle, mientras colocaba una mano enguantada sobre la espalda de su hijo—. Estoy aquí. Estoy aquí. ¿Dónde está tu madre?

La cabeza de Matthew se giró lentamente. Su rostro estaba completamente blanco, los labios agrietados. Sus ojos verdes parecían haber perdido la tonalidad y haber adoptado el color del hielo que le rodeaba. El hielo bajo su cuerpo brillaba con la luz de la luna. Temblaba sin control.

—Está muerta —dijo con voz ronca—. Se ha hundido.

El señor Walker tiró de su hijo para ponerlo de pie. Matthew estuvo a punto de caer dos veces, pero su padre lo sostuvo.

Leni oía fragmentos de lo que decía la gente.

—... se hundió en el hielo...

—... debería haber sabido...

—... Dios mío...

—Vamos —dijo el agente Ward—. Dejadles pasar. Este niño necesita entrar en calor.

9

El invierno les había arrebatado a uno de ellos, alguien que había nacido allí, que sabía cómo sobrevivir.

Leni no podía dejar de pensar en ello, de preocuparse. Si Geneva Walker —«Gen, Genny, la Generadora, me llaman de todas esas formas»— podía perderse con tanta facilidad, nadie estaba a salvo.

—Dios mío —dijo Thelma cuando volvían con gesto adusto a sus vehículos—. Genny no cometía errores en el hielo.

—Todos cometemos errores —la corrigió Marge la Grande, con su rostro oscuro descompuesto por la tristeza.

Natalie Watkins asintió con solemnidad.

—Yo he cruzado ese río una docena de veces este mes. Dios. ¿Cómo ha podido hundirse en él en esta época del año?

Leni escuchaba a medias. En lo único en lo que podía pensar era en Matthew y en lo que debía de estar sufriendo ahora. Había visto a su madre hundirse en el hielo y morir.

¿Cómo se supera algo así? Cada vez que Matthew cerrara los ojos, ¿no volvería a verlo? ¿No se despertaría gritando en medio de una pesadilla el resto de su vida? ¿Cómo podía ayudarlo ella?

De vuelta a casa, temblando de frío y con un miedo nuevo (puedes perder a tus padres o tu propia vida un domingo cualquiera, simplemente caminando por la nieve..., muertos), le escribió varias cartas y todas las rompió porque no estaba bien.

Seguía tratando de redactar la carta perfecta dos días después, cuando la ciudad entera se reunió para el funeral de Geneva.

Esa tarde heladora, docenas de vehículos estaban en la ciudad, aparcados donde habían podido, en las aceras, en los solares vacíos. Uno estaba prácticamente en medio de la calle. Leni no había visto nunca tantas camionetas y tantas máquinas de nieve en la ciudad a la vez. Todos los establecimientos estaban cerrados, incluso el bar Kicking Moose. Kaneq se había arrebujado para el invierno, vidrioso bajo la nieve y el hielo, iluminado por el resplandor de la luz del día.

El mundo podía tambalearse, cambiar de manera radical en dos días, solo porque había una persona menos viviendo en él.

Aparcaron en Alpine Street y bajaron de la furgoneta. Ella oyó el zumbido del motor de un generador que retumbaba con fuerza para dar electricidad a las luces de la iglesia de la colina.

En fila india fueron subiendo trabajosamente la cuesta. La luz inundaba las polvorientas ventanas de la vieja iglesia. El humo salía de la chimenea.

En la puerta cerrada, Leni se detuvo el tiempo suficiente para retirarse de la cara la capucha con borde de piel. Había visto aquella iglesia cada vez que había ido a la ciudad, pero nunca había entrado.

El interior era más pequeño de lo que parecía por fuera, con astilladas paredes de tablones blancos y suelo de pino. No había bancos. La gente inundaba el espacio de un lado a otro. Un hombre vestido con pantalones de camuflaje para la nieve y un abrigo de pieles estaba al frente, con el rostro prácticamente oculto tras su bigote, su barba y sus patillas.

Allí estaban todos los que Leni había conocido en Kaneq. Vio a Marge la Grande entre el señor Rhodes y Natalie; toda la familia Harlan había asistido, apiñados unos con otros. Incluso Pete el Chiflado estaba allí, con su ganso apoyado en la cadera.

Pero fue la primera fila la que llamó su atención. El señor Walker estaba junto a una guapa chica rubia que debía de ser Alyeska, que habría vuelto de la universidad, y al lado, los parientes de Walker que Leni no había conocido. A la derecha de ellos, a su lado pero, en cierto modo, solo, estaba Matthew. Calhoun Malvey, el novio de Geneva, no paraba de cambiar el peso de su cuerpo de un pie a otro, como si no supiera qué hacer. Tenía los ojos enrojecidos.

Leni trató de atraer la atención de Matthew, pero ni siquiera la apertura y cierre de la doble puerta de la iglesia ni la consiguiente entrada de corriente fría y de nieve le perturbaron. Estaba allí de pie, con los hombros encorvados, el mentón caído, su perfil oculto por el pelo, que parecía no haberse lavado en una semana.

Leni siguió a sus padres hasta un hueco libre detrás de la familia del Loco Earl y se quedó allí. El Loco Earl le pasó de inmediato a papá una petaca.

Leni miraba fijamente a Matthew, deseando que él le devolviera la mirada. No sabía qué iba a decirle cuando su familia se acercase a hablar, quizá no le dijera nada, solo le agarraría la mano.

El sacerdote —¿o se trataba de un reverendo, un ministro, un padre? ¿Qué? Leni no tenía ni idea de ese tipo de cosas— empezó a hablar.

—Todos los que estamos aquí conocíamos a Geneva Walker. No era miembro de esta iglesia, pero era una de los nuestros, desde el momento en que Tom la trajo desde Fairbanks. Siempre se apuntaba a todo y nunca abandonaba. ¿Recordáis cuando Aly la convenció para que cantara el himno nacional durante la fiesta del salmón y cantó tan mal que los perros empezaron a aullar e incluso Matilda se apartó? Y después de que todo aquello terminara, Gen dijo: «Bueno, no sé entonar ni una nota, pero ¿qué más da? Es lo que mi Aly quería». ¿Y cuando Genny enganchó la mejilla de Tom en el torneo de pesca y trató de reclamar el premio por haber pescado a la presa más grande? Tenía un corazón tan grande como Alaska. —Hizo una pausa y suspiró—. Nuestra Gen. Era una mujer que sabía amar. Al final, casi no sabemos de quién era esposa, pero eso no importa. Todos la queríamos.

Risas, acalladas y tristes.

Leni perdió el hilo de sus palabras. Ni siquiera estaba segura de cuánto tiempo había pasado. Aquello le hacía pensar en su propia madre y en cómo se sentiría si la perdiera. Entonces, oyó que la gente se giraba para dirigirse a la puerta, pisadas de botas, tablones de madera crujiendo.

Había terminado.

Leni trató de abrirse camino hacia Matthew, pero fue imposible. Todos empujaban hacia la puerta.

Por lo que Leni sabía, nadie había dicho nada de ir después al bar Kicking Moose, pero todos terminaron allí igualmente. Puede que se tratara de un comportamiento instintivo de los adultos.

Siguió a sus padres colina abajo y al otro lado de la calle para entrar en su interior, ennegrecido y destartalado. En cuanto cruzó el umbral, notó el olor punzante del tizne de la madera quemada. Al parecer, ese olor no se iba nunca. El interior era como una cueva, con faroles de propano balanceándose en las vigas, lanzando su luz como ríos de agua sobre los parroquianos de abajo, movidos por el golpe de viento cada vez que se abría la puerta.

El Viejo Jim estaba detrás de la barra, sirviendo copas lo más rápido que podía. De un hombro le colgaba un paño gris y empapado, que le dejaba manchas oscuras de humedad en la pechera de su camisa de franela. Leni había oído decir que llevaba varias décadas atendiendo ese bar. Había empezado cuando los pocos hombres que vivían en aquella zona o se estaban escondiendo de la Segunda Guerra Mundial o estaban volviendo a casa tras ella. Papá pidió cuatro copas a la vez y las vació en una rápida sucesión.

El suelo de serrín levantaba un olor a polvo y granero y amortiguaba el sonido de los pasos de tanta gente.

Hablaban todos a la vez, con voces bajas por la pena. Leni oía fragmentos, adjetivos.

—... guapa... lo daba todo... el mejor pan de ortiga... tragedia...

Vio cómo la muerte impactaba a las personas, vio las miradas vidriosas de sus ojos, el modo en que meneaban la cabeza, la forma en que sus frases se interrumpían a medias, como si no pudieran decidir si el silencio o las palabras los liberarían de aquella pena.

Leni no había conocido antes a nadie que hubiese muerto. Había visto la muerte en televisión y había leído sobre ella en sus queridos libros (la muerte de Johnny en *Rebeldes* la había vuelto del revés), pero ahora veía cómo era de verdad. En la literatura, la muerte suponía muchas cosas: un mensaje, una catarsis, un castigo. Había muertes que venían de un corazón latiente que se detenía y muertes de otro tipo, una decisión que se tomaba, como cuando Frodo va a los Puertos Grises. La muerte te hacía llorar, te llenaba de tristeza, pero en sus mejores libros también había paz, satisfacción, una sensación de que la historia terminaba como debía.

Vio que en la vida real no era así. Era una tristeza que se abría dentro de ti, que cambiaba tu forma de ver el mundo.

Aquello le hizo pensar en Dios y en lo que Él ofrecía en momentos así. Se preguntó por primera vez en qué creían sus padres, en qué creía ella, y vio que la idea del paraíso podría ser consoladora.

Apenas podía imaginar nada que fuera más terrible que la pérdida de una madre. La idea misma hizo que a Leni se le revolviera el estómago. La madre era el hilo de la cometa. Sin su fuerte y firme asidero, podrías salir volando, perderte en algún lugar entre las nubes.

No quería pensar en una pérdida así, en su desastrosa magnitud, pero, en un momento como ese, no se podía mirar a otro lado. Y cuando la contempló cara a cara, sin pestañear ni girar la cabeza, supo esto: si ella fuese Matthew, necesitaría un amigo en ese momento. Nadie sabía cómo podía ayudar ese amigo, si era mejor ofrecer una compañía silenciosa o un bombardeo de palabras. La respuesta a eso, el cómo, tendría que averiguarla por sí misma. Pero el qué, la amistad, sí que la tenía clara.

Supo que los Walker habían entrado en la taberna por el silencio que se hizo. La gente giró la cara hacia la puerta.

El señor Walker entró en primer lugar. Era tan alto y tan ancho de espaldas que tuvo que agacharse para pasar por la puerta baja. El pelo rubio y largo le caía por la cara. Se lo echó hacia atrás. Al levantar los ojos, vio que todos le miraban y se detuvo, con la espalda erguida. Paseó despacio la mirada por la sala, de una cara a otra, y su sonrisa se desvaneció. La pena le hizo envejecer. La muchacha guapa y rubia entró detrás de él, con la cara bañada en lágrimas. Tenía el brazo alrededor de Matthew, sujetándolo como un agente del servicio secreto que acompañara a un impopular Nixon a través de una muchedumbre furiosa. Matthew tenía los hombros encorvados, el cuerpo echado hacia delante, la cara hacia abajo. Cal iba detrás de ellos, con los ojos vidriosos.

El señor Walker vio a mamá y se acercó primero a ella.

—Lo siento mucho, Tom —dijo mamá con la cabeza inclinada hacia arriba para mirarle. Llorando.

El señor Walker le devolvió la mirada.

—Yo debería haber estado con ellos.

—Oh, Tom... —Ella le acarició el brazo.

—Gracias —respondió él con voz baja y ronca. Tragó saliva. Parecía que estaba obligándose a no decir nada más. Miró a los amigos que se habían congregado alrededor—. Sé que los funerales en la iglesia no son nuestros favoritos, pero, maldita sea, hace mucho frío y a Geneva sí que le encantaba la iglesia.

Hubo un murmullo de asentimiento, una sensación de agitación contenida, de alivio mezclado con pena.

—Por Gen —dijo Marge la Grande a la vez que levantaba su vaso de chupito.

—¡Por Gen!

Mientras los adultos chocaban sus vasos, los vaciaban y dirigían su atención a la barra para pedir otra ronda, Leni observaba cómo la familia Walker se movía entre la muchedumbre y se detenía a hablar con todos.

—Un funeral bastante presuntuoso —dijo en voz alta el Loco Earl. Borracho.

Leni miró hacia un lado para ver si Tom Walker lo había oído, pero el señor Walker estaba hablando con Marge la Grande y con Natalie.

—¿Qué esperabas? —preguntó papá antes de vaciar otro whisky. Sus ojos tenían la mirada vidriosa de la ebriedad—. Me sorprende que el gobernador no haya venido volando a decirnos cómo tenemos que sentirnos. Tengo entendido que él y Tom suelen ir juntos a pescar. Le encanta recordárnoslo a los que no somos nadie.

Mamá se acercó.

—Ernt. Es el día del funeral de su esposa. ¿No podemos...?

—No digas ni una palabra —siseó papá—. He visto cómo te colgabas de él...

Thelma se acercó.

—Por el amor de Dios, Ernt. Es un día triste. Guárdate tus celos diez minutos.

—¿Crees que tengo celos de Tom? —preguntó papá. Miró a mamá—. ¿Debería tenerlos?

Leni les dio la espalda y vio cómo Alyeska empujaba a Matthew entre los dolientes y lo llevaba a un rincón tranquilo del fondo.

Leni los siguió, abriéndose paso entre gente que apestaba a humo de madera, sudor y olor corporal. Bañarse era un lujo en mitad del invierno. Nadie lo hacía con suficiente frecuencia.

Matthew estaba solo, con la mirada perdida, la espalda apoyada contra la pared carbonizada. El hollín le salpicó las mangas.

Leni estaba conmocionada al ver cuánto había cambiado. No podía haber perdido tanto peso en tan poco tiempo, pero sus pómulos eran como montañas sobre sus mejillas hundidas. Tenía los labios agrietados y ensangrentados. Una parte de piel de su sien estaba blanca, en fuerte contraste con sus mejillas curtidas por el viento. Tenía el pelo sucio y le colgaba en mechones lacios y finos a cada lado de la cara.

—Hola —le saludó ella.

—Hola —respondió él débilmente.

¿Y ahora qué?

«No digas que lo sientes. Eso es típico de los adultos y es estúpido. Claro que lo sientes. ¿De qué sirve eso?».

Pero ¿qué?

Se acercó cautelosa, con cuidado de no tocarle, y se colocó a su lado, apoyando la espalda contra la pared quemada. Desde allí podía verlo todo —los faroles colgando de las vigas quemadas, las paredes cubiertas de antiguas y polvorientas raquetas de nieve, redes de pesca y esquís de fondo, ceniceros rebosantes, el humo que lo desdibujaba todo— y a todos.

Sus padres formaban corrillo con el Loco Earl, Clyde, Thelma y el resto de la familia Harlan. Incluso a través de la bruma del humo de los cigarros, Leni podía ver lo roja que tenía su padre la cara (una señal de haber bebido demasiado whisky) y cómo entrecerraba los ojos de ira al hablar. Mamá parecía derrotada a su lado, temerosa de moverse, temerosa de unirse a la conversación o mirar hacia ningún sitio que no fuese su marido.

—Él me echa la culpa a mí.

Leni se quedó tan sorprendida de oír hablar a Matthew que tardó un momento en asimilar lo que había dicho. Dirigió su mirada al señor Walker.

—¿Tu padre? —Leni se giró hacia él—. No puede ser. No es culpa de nadie. Ella simplemente..., es decir, el hielo...

Matthew empezó a llorar. Las lágrimas le corrían por la cara mientras seguía allí, inmóvil, tan tenso que parecía estar vibrando. En sus ojos, Leni vio un mundo más grande. Estar sola, tener miedo, tener un padre inestable y colérico..., eran cosas malas que provocan pesadillas.

Pero eso no era nada en comparación con ver cómo muere tu madre. ¿Qué se sentiría? ¿Cómo podría superarse algo así?

¿Y cómo se suponía que ella, una chica de catorce años con sus propios problemas, podría ayudarle?

—La encontraron ayer —dijo él—. ¿Te has enterado? Le faltaba una de las piernas y la cara...

Ella le acarició.

—No lo pienses...

Al sentir su tacto, él dejó escapar un aullido de dolor que atrajo la atención de todos. Matthew volvió a gritar, estremecido. Leni se quedó helada, sin saber qué hacer. ¿Debía apartarse o acercarse? Reaccionó de forma instintiva y lo abrazó. Él se fundió en sus brazos, y la apretó con tanta fuerza que ella no podía respirar. Sintió las lágrimas de él en el cuello, cálidas y húmedas.

—Es culpa mía. No paro de tener pesadillas y me despierto tan jodido que no puedo soportarlo.

Antes de que Leni pudiese decir nada, la guapa chica rubia se acercó y se colocó junto a Matthew, le pasó un brazo por encima y lo apartó de Leni. Matthew se echó sobre su hermana, moviéndose con inseguridad, como si hasta caminar resultase extraño.

—Tú debes de ser Leni —dijo Alyeska.

Leni asintió.

—Yo soy Aly. La hermana mayor de Mattie. Me ha hablado de ti. —Se estaba esforzando por sonreír, eso era obvio—. Me ha dicho que erais muy amigos.

Leni quería llorar.

—Lo somos.

—Qué suerte. Yo no tenía en la escuela a nadie de mi edad cuando vivía aquí —repuso Aly a la vez que se recogía el pelo tras una oreja—. Supongo que por eso Fairbanks me parecía una buena idea. Es decir..., Kaneq y mi casa pueden resultar a veces tan pequeños como una mota de polvo. Pero yo debería haber estado aquí...

—No —le dijo Matthew a su hermana—. Por favor.

La sonrisa de Aly flaqueó. Leni no conocía de nada a aquella chica, pero su esfuerzo por mantener la compostura y el amor por su hermano eran claros. Eso hizo que Leni sintiera una extraña conexión con ella, como si tuvieran en común una cosa importante.

—Me alegra que te tenga a ti. Ahora está... pasándolo mal. ¿Verdad, Mattie? —La voz de Aly se quebró—. Pero se pondrá bien. Espero.

Leni vio de repente cómo la esperanza puede romperte, cómo puede convertirse en un señuelo brillante para los incautos. ¿Qué puede pasarle al que está esperando conseguir lo mejor y recibe lo peor? ¿Era mejor no tener esperanza alguna y estar preparado? ¿No era esa la lección que siempre le daba su padre? Prepararse para lo peor.

—Por supuesto que sí —repuso Leni, pero no lo creía. Sabía lo que las pesadillas podían hacerle a una persona y cómo los malos recuerdos pueden cambiar quién eres.

Durante el trayecto a casa, nadie habló. Leni sintió la pérdida de cada segundo de luz a medida que caía la noche, la sintió con la misma intensidad con que un mazo golpea los huesos. Imaginó que su padre podía oír esos segundos perdidos como piedras que caen con estrépito por un muro de roca, cayendo en el agua negra y turbia.

Mamá se acurrucó en su asiento, echada hacia delante. No dejaba de mirar a papá.

Él estaba borracho y furioso. Rebotaba en su asiento y golpeaba el volante con el puño.

Mamá extendió la mano para tocarle el brazo.

Él se apartó.

—Eso se te da bien, ¿verdad? Tocar a los hombres. Crees que no te he visto. Crees que soy tonto.

Mamá lo miró con los ojos abiertos de par en par y el miedo se asomó en sus delicados rasgos.

—Yo no pienso eso.

—He visto cómo le mirabas. Lo he visto. —Murmuró algo y se alejó de ella. A Leni le pareció que decía en voz baja:

«Respira», pero no estaba segura. Lo único que sabía era que tenían un problema—. He visto que le tocabas la mano.

Aquello iba mal.

Él siempre había tenido celos del dinero de Tom Walker..., pero esto era otra cosa.

Durante todo el camino hasta casa, mientras él murmuraba: «Zorra, puta, mentirosa», sus dedos se movían como si tocara el piano sobre el volante. En la finca, salió de la furgoneta tambaleándose y se quedó allí, mirando la cabaña mientras se balanceaba. Mamá se acercó a él. Se quedaron mirándose, los dos con la respiración irregular.

—Me has vuelto a poner en evidencia..., ¿no?

Mamá le acarició el brazo.

—No creerás de verdad que quiero que Tom...

Él agarró a mamá por el brazo y la arrastró a la cabaña. Ella trató de soltarse, tropezando y colocando la mano sobre la de él en un pobre intento de liberarse.

—Ernt, por favor.

Leni corrió tras ellos y los siguió al interior de la cabaña.

—Papá, por favor, suéltala.

—Leni, vete... —empezó a decir su madre.

Papá golpeó a mamá con tanta fuerza que ella salió volando hacia un lado, dio con la cabeza contra la pared de troncos y cayó al suelo.

—¡Mamá! —gritó Leni.

Mamá se puso de rodillas y, después, se levantó vacilante. Tenía el labio rasgado, sangrando.

Papá volvió a golpearla, con más fuerza. Cuando se dio contra la pared, él bajó los ojos, vio la sangre de sus nudillos y se quedó mirándolos.

De su cuerpo salió un agudo y largo aullido de dolor que traspasó las paredes de troncos. Se tambaleó hacia atrás, apartándose de ellas. Lanzó a mamá una larga y desesperada mirada de pena y odio y, a continuación, salió corriendo de la cabaña cerrando tras él la puerta de golpe .

Leni estaba tan asustada, sorprendida y horrorizada por lo que acababa de ver que no hizo nada.

Nada.

Debería haberse lanzado sobre su padre, haberse puesto entre los dos, incluso haber ido a por su arma.

Oyó el golpe de la puerta y eso la sacó de su parálisis.

Mamá estaba sentada en el suelo delante de la estufa de leña, con las manos en el regazo y la cabeza agachada, la cara oculta tras el pelo.

—¿Mamá?

Mamá levantó la cabeza despacio y se apartó el pelo tras la oreja. Tenía una mancha roja en la sien. El labio de abajo se le había abierto y la sangre le goteaba sobre los pantalones.

«Haz algo».

Leni corrió a la cocina, empapó un paño en el agua del cubo y fue hacia mamá arrodillándose a su lado. Con una sonrisa cansada, mamá cogió el trapo y se lo apretó contra el labio sangrante.

—Lo siento, pequeña —dijo a través de la tela.

—Te ha golpeado —repuso Leni, aturdida.

Aquello era un horror que jamás se habría imaginado. Perder los estribos, sí. ¿Un puñetazo? ¿Sangre? No...

Se supone que uno está a salvo cuando está en casa, con sus padres. Se supone que ellos deben protegerte de los peligros del exterior.

—Ha estado nervioso todo el día. Yo no debería haber hablado con Tom —susurró mamá—. Y supongo que ahora se habrá ido a la finca a beber whisky y comer odio con el Loco Earl.

Leni miraba la cara golpeada y magullada de su madre, el trapo tiñéndose de rojo por la sangre.

—¿Estás diciendo que es culpa tuya?

—Eres demasiado joven para entenderlo. Él no ha querido hacerlo. Simplemente... hay veces que me quiere demasiado.

¿Era eso cierto? ¿Eso era el amor cuando te haces mayor?

—Sí que ha querido hacerlo —dijo Leni en voz baja, sintiendo que la inundaba una fría ola de comprensión. Los recuerdos ocuparon su lugar como las piezas de un rompecabezas, ajustándose. Los moretones de mamá, el hecho de que ella siempre dijera: «Soy muy torpe». Llevaba años ocultándole a Leni esta terrible verdad. Sus padres habían sabido ocultarla con paredes y mentiras, pero aquí, en esta cabaña de una sola habitación, ya no había posibilidad de esconder—. Te ha pegado antes.

—No —contestó mamá—. Casi nunca.

Leni trataba de ordenarlo todo en su cabeza, de darle sentido, pero no podía. ¿Cómo podía ser eso amor? ¿Cómo podía ser culpa de mamá?

—Hay que ser comprensivas y perdonar —continuó mamá—. Así es como se quiere a una persona que está enferma. Una persona que se está esforzando. Es como si tuviese cáncer. Así es como tienes que considerarlo. Mejorará. Lo hará. Nos quiere mucho.

Leni oyó que su madre empezaba a llorar y, en cierto modo, eso lo empeoró más, como si sus lágrimas regaran aquel horror, haciéndolo crecer. Leni abrazó a mamá con fuerza y le acarició la espalda, igual que ella había hecho tantas veces por Leni.

Leni no sabía cuánto tiempo pasó allí sentada, abrazando a su madre, reviviendo la terrible escena una y otra vez.

Entonces, oyó que su padre regresaba.

Oyó sus pasos inestables por el porche, su forcejeo con el cerrojo de la puerta. Mamá debió de oírlo también, porque se puso torpemente de cuclillas y apartó a Leni a un lado.

—Vete arriba —le dijo.

Leni vio cómo su madre se levantaba y tiraba el trapo mojado y lleno de sangre. Cayó al suelo con un ruido sordo.

La puerta se abrió. El frío se coló en el interior.

—Has vuelto —susurró mamá.

Papá se quedó en la puerta, con el rostro demudado por la angustia y los ojos llenos de lágrimas.

—Dios mío, Cora —dijo con voz áspera y pastosa—. Claro que he vuelto.

Se acercaron el uno al otro.

Papá cayó de rodillas delante de mamá, golpeando el suelo de madera con tanta fuerza que Leni supo que al día siguiente tendría magulladuras.

Mamá se aproximó aún más y le puso las manos en el pelo. Él enterró la cara en su vientre y empezó a agitarse y a llorar.

—Lo siento mucho. Es que te quiero tanto... que me vuelvo loco. Más loco. —Levantó los ojos. Ahora lloraba con más fuerza—. No quería hacerlo.

—Lo sé, cariño. —Mamá se arrodilló, lo abrazó y lo empezó a mecer adelante y atrás.

Leni sintió la repentina fragilidad de su mundo, del mundo entero. Apenas recordaba la vida de Antes. De hecho, era posible que no la recordara en absoluto. Quizá las imágenes que conservaba —papá subiéndola en sus hombros, arrancando pétalos de una margarita, acercándole una florecita al mentón, leyéndole un cuento en la cama...—, quizá todas esas imágenes las había tomado de fotografías y las había imbuido de una vida imaginada.

No lo sabía. ¿Cómo iba a saberlo? Mamá quería que Leni mirara hacia otro lado, con la misma facilidad con que ella lo hacía. Que perdonara aun cuando la disculpa ofrecida era tan fina como un hilo de pescar y tan frágil como la promesa de mejorar.

Durante años, durante toda su vida, Leni lo había hecho así. Quería a sus padres, a los dos. Sin que nadie se lo dijera, ella había sabido que la oscuridad que había en su padre era mala y que las cosas que él hacía estaban mal, pero había creído también en las explicaciones de su madre: que papá estaba enfermo y triste, que si le querían lo suficiente él se pondría mejor y todo volvería a ser como Antes.

Pero Leni ya no lo creía.

La verdad era esta: que el invierno no había hecho más que empezar. El frío y la oscuridad continuarían mucho, mucho tiempo y estarían allí solas, atrapadas en aquella cabaña con papá.

Sin teléfono de emergencias al que llamar ni nadie a quien pedir ayuda. Todo ese tiempo, papá le había estado enseñando a Leni los peligros del mundo exterior. Lo cierto era que el mayor peligro estaba dentro de su propia casa.

10

*V*amos, dormilona! —gritó alegremente mamá a primera hora de la mañana siguiente—. Es hora de ir a la escuela.

Sonaba muy normal, como algo que cualquier madre diría a cualquier hija de catorce años, pero Leni pudo oír las palabras que se escondían detrás de aquellas, «por favor, finjamos», que daban lugar a un peligroso pacto.

Mamá quería introducir a Leni en un club horrible y silencioso al que Leni no quería pertenecer. No quería fingir que lo que había ocurrido era normal, pero ¿qué se suponía que ella —una niña— tenía que hacer al respecto?

Leni se vistió para ir a clase y bajó con cuidado la escalerilla del altillo, temerosa de ver a su padre.

Mamá estaba junto a la mesa plegable sosteniendo un plato de tortitas con lonchas de crujiente beicon. Tenía hinchado el lado derecho de la cara y el color púrpura se filtraba a lo largo de la sien. Tenía el ojo derecho negro e hinchado, apenas abierto.

Leni sintió una oleada de rabia. Aquello la desconcertó y la confundió.

Sabía interpretar el miedo y la vergüenza. El miedo hacía que salieras corriendo a esconderte y la vergüenza te dejaba inmóvil, pero esta rabia quería algo más. Liberación.

—No —dijo mamá—. Por favor.

—¿No, qué? —preguntó Leni.

—Me estás juzgando.

Eso era verdad y Leni se sorprendió al darse cuenta de ello. Sí que estaba juzgando a su madre y le parecía una deslealtad. Incluso una crueldad. Sabía que papá estaba enfermo. Leni se agachó para colocar el libro bajo la pata tambaleante de la mesa.

—Es más complicado de lo que crees. Él no quiere hacerlo. De verdad. Y, a veces, yo le provoco. Sin querer. Sé que no debo hacerlo.

Leni suspiró al oír aquello y dejó caer la cabeza. Despacio, volvió a ponerse de pie y se giró para mirar a su madre.

—Pero ahora estamos en Alaska, mamá. No podemos conseguir ayuda en caso de que la necesitemos. Quizá deberíamos marcharnos. —No se había dado cuenta de que aquello estaba en su cabeza hasta que se oyó a sí misma pronunciar aquellas terribles palabras—. Aún queda mucho invierno.

—Yo le quiero. Tú le quieres.

Era cierto, pero ¿era esa la respuesta correcta?

—Además, no tenemos adónde ir ni dinero para hacerlo. Aunque quisiera volver corriendo a casa con el rabo entre las piernas, ¿cómo lo lograría? Tendríamos que dejar aquí todo lo que poseemos e ir caminando hasta la ciudad, conseguir que nos llevaran a Homer y, después, que mis padres me enviaran dinero suficiente para un billete de avión.

—¿Nos ayudarían?

—Puede ser. Pero ¿a qué precio? Y... —Mamá se detuvo y tomó aire—. Él nunca me volvería a aceptar. No si yo le hiciera algo así. Le rompería el corazón. Y nunca me va a querer nadie como él me quiere. Se está esforzando mucho. Ya viste cómo lo lamentaba.

Ahí estaba: la triste verdad. Mamá lo quería demasiado como para abandonarlo. Todavía, incluso en ese momento, con la cara amoratada e hinchada. Quizá lo que siempre había dicho fuera verdad, quizá no podía respirar sin él, quizá se marchitaría como una flor sin la luz de su adoración.

Antes de que Leni pudiese preguntar: «¿Es eso el amor?», se abrió la puerta de la cabaña dejando entrar una ola de aire helador y un remolino de nieve.

Papá entró en la cabaña, cerró la puerta. Tras quitarse los guantes, se echó aliento en las manos desnudas y pateó los pies para quitarse la nieve de sus mukluks. La nieve se amontonó a sus pies un segundo antes de derretirse en charcos. Su gorro de lana estaba blanco por la nieve, al igual que su bigote y su barba. Parecía un hombre de las montañas. Sus vaqueros parecían estar casi congelados.

—Aquí está mi pequeña bibliotecaria —dijo brindándole una sonrisa triste y casi desesperada—. Ya he hecho esta mañana tus tareas. He dado de comer a los pollos y las cabras. Mamá me dijo que tenías que dormir.

Leni vio su amor por ella brillando a través de su arrepentimiento. Aquello hizo que su rabia menguara, y volvió a cuestionárselo todo de nuevo. Él no quería hacerle daño a mamá. Lo hacía sin querer. Estaba enfermo...

—Vas a llegar tarde a la escuela —dijo mamá en voz baja—. Toma, llévate el desayuno.

Leni cogió sus libros y su cabás de Winnie the Pooh con el almuerzo y se puso la ropa de abrigo —botas, gorro de lana de buey almizclero, jersey Cowichan, guantes... Se comió una tortita enrollada y untada de mermelada mientras se dirigía hacia la puerta y salía a un mundo blanco.

Su aliento formaba una nube delante de ella. No veía nada más que nieve cayendo y el hombre que respiraba a su lado. La furgoneta Volkswagen fue dibujándose ante sus ojos, con el motor ya en marcha.

Extendió la mano enguantada y abrió la puerta del pasajero. Hicieron falta un par de intentos en medio del frío pero, finalmente, la puerta cedió y Leni lanzó su mochila y el cabás al suelo y subió al desgarrado asiento de vinilo.

Papá subió al asiento del conductor y puso en marcha los limpiaparabrisas. La radio se encendió con el volumen a toda potencia. Era la emisión matutina de *Peninsula Pipeline*. Mensajes para personas que vivían en el bosque sin teléfonos ni servicio de correos. «... y para Maurice Lavoux de McCarthy, tu madre dice que llames a tu hermano, que se encuentra mal...».

Durante todo el trayecto hasta la escuela, papá no dijo nada. Leni estaba tan sumida en sus pensamientos que se sorprendió cuando habló.

—Hemos llegado.

Leni levantó los ojos y vio la escuela delante de ella. Los limpiaparabrisas hacían que el edificio apareciera entre la neblina y, después, desapareciera.

—¿Lenora?

No quería mirarle. Quería ser tan fuerte como una colona de Alaska que sobrevive al Armagedón para decirle que estaba enfadada, blandir su espada delante de él, pero, entonces, papá volvió a pronunciar su nombre, impregnado de remordimiento.

Ella giró la cabeza.

Él estaba sentado de lado con la espalda apoyada contra la puerta. Con la nieve y la niebla de fuera, tenía un aspecto enérgico, con su pelo negro, sus ojos oscuros y su bigote y barba espesos.

—Estoy enfermo, pelirroja. Lo sabes. Los loqueros lo llaman trastorno por estrés agudo. No son más que una ristra de palabras de mierda, pero los recuerdos traumáticos y las pesadillas son reales. Hay mierdas que no puedo sacarme de la cabeza y eso me vuelve loco. Sobre todo, ahora que estamos tan justos de dinero.

—Beber no ayuda —dijo Leni cruzándose de brazos.

—No, no ayuda. Tampoco este tiempo. Y lo siento. Lo siento muchísimo. Dejaré de beber. No va a volver a pasar. Lo juro por lo mucho que os quiero a las dos.

—¿De verdad?

—Me voy a esforzar más, pelirroja. Lo prometo. Quiero a tu madre como... —Su voz se convirtió en un susurro—. Es mi heroína. Ya lo sabes.

Leni sabía que no era nada bueno, que no era normal en una relación de padre y madre comparar tu amor con una droga que puede vaciarte el cuerpo, freírte el cerebro y dejarte muerto. Pero siempre se lo decían el uno al otro. Lo decían igual que Ali McGraw en *Love story* decía que amar significa no tener que decir nunca lo siento, como si fuese la palabra de Dios.

Ella quería que su arrepentimiento, su vergüenza y su tristeza fuesen suficientes. Quería seguirle el juego a su madre como siempre había hecho. Quería creer que lo de la noche anterior había sido una horrible anomalía que no volvería a repetirse.

Él extendió la mano y le acarició la fría mejilla.

—Sabes cuánto te quiero.

—Sí —contestó ella.

—No volverá a ocurrir.

Ella tenía que creerle, creer en él. ¿En qué quedaría su mundo sin eso? Asintió y salió de la furgoneta. Caminó pesadamente por la nieve, subió los escalones y entró al abrigo de la escuela.

La recibió el silencio.

Nadie hablaba.

Los alumnos ocupaban sus asientos y la señora Rhodes estaba en la pizarra, escribiendo «Segunda Guerra Mundial. Alaska fue el único estado invadido por los japoneses». El chirrido de la tiza era lo único que se oía en la sala. Ninguno de los niños hablaba ni se reía o empujaba.

Matthew estaba sentado en su pupitre.

Leni colgó su jersey Cowichan en una percha junto a la parka de otro y se sacudió la nieve de sus botas térmicas. Nadie se giró para mirarla.

Guardó su cabás y se dirigió a su pupitre para sentarse al lado de Matthew.

—Hola —dijo.

Él contestó con una sonrisa casi inexistente y no la miró a los ojos.

—Hola.

La señora Rhodes se giró hacia los alumnos. Su mirada aterrizó en Matthew y se suavizó. Se aclaró la garganta.

—Muy bien. Axle, Matthew y Leni, abrid la página 172 de vuestros libros de Historia del estado. La mañana del 6 de junio de 1942, quinientos soldados japoneses invadieron la isla de Kiska, en la cadena Aleutiana. Fue la única batalla de aquella guerra que se libró en territorio estadounidense. Mucha gente lo ha olvidado, pero...

Leni quería extender la mano por debajo de la mesa y agarrar la de Matthew, sentir el consuelo de la caricia de un amigo, pero ¿y si él se apartaba? ¿Qué diría ella entonces?

No podía quejarse por que su familia hubiese resultado ser frágil y ella ya no se sintiera a salvo en su casa después de todo lo que él había pasado.

Leni podría haberlo dicho antes —quizá—, cuando la vida parecía distinta para los dos, pero no ahora, cuando él estaba tan roto que ni siquiera podía sentarse con la espalda erguida.

Ella estuvo a punto de decirle: «Todo pasará», pero entonces vio las lágrimas en sus ojos y cerró la boca. Ninguno de los dos necesitaba lugares comunes en ese momento.

Lo que necesitaban era ayuda.

En enero, el tiempo empeoró. El frío y la oscuridad aislaron aún más a la familia Allbright. Alimentar la estufa de leña se convirtió en la prioridad número uno, una tarea constante durante las veinticuatro horas del día. Tenían que cortar, transportar y almacenar una gran cantidad de leña cada día para poder sobrevivir. Y como si eso no fuese suficientemente estresante, las noches malas —las noches de pesadillas— papá las despertaba en medio de la noche para preparar una y otra vez sus mochilas de evasión, comprobar su grado de preparación, desmontar sus armas y volver a montarlas.

Cada día, el sol se ponía antes de las cinco de la tarde y no salía hasta las diez de la mañana, lo que les daba un total de seis horas de luz diurna —y dieciséis de oscuridad— al día. En el interior de la cabaña, en los vasos de papel no nacían plantas nuevas. Papá pasaba horas encorvado sobre su radio, hablando con el Loco Earl y con Clyde, pero el mundo se recortaba cada vez más. Nada resultaba fácil: ni conseguir agua, ni cortar leña, ni dar de comer a los animales ni ir a la escuela.

Pero lo peor de todo era la rapidez con que se vaciaba la bodega del sótano. Ya no tenían verduras ni patatas, cebollas o zanahorias. Casi habían llegado a acabar con sus conservas de pescado y en el granero aéreo solo quedaba colgada una única trasera de caribú. Como apenas comían nada más que proteínas, sabían que la carne no duraría mucho.

Sus padres discutían constantemente por la falta de dinero y provisiones. La ira de papá, apenas controlada desde el funeral, fue de nuevo en aumento, poco a poco. Leni podía notar cómo se iba desenroscando, ocupando más espacio. Ella y mamá se movían con cautela, tratando de no irritarle nunca.

Ese día, Leni se despertó en medio de la oscuridad, desayunó, se vistió para ir a la escuela a oscuras y llegó a clase a oscuras. El soñoliento sol no apareció hasta pasadas las diez, pero cuando lo hizo, lanzando serpentinas de frágil luz amarilla al interior de la sombría clase solo iluminada por un farol y la estufa de leña, todos se reanimaron.

—¡Hace sol! ¡El hombre del tiempo tenía razón! —dijo la señora Rhodes desde su asiento al frente de la clase. Leni llevaba ya en Alaska el tiempo suficiente como para saber que un día de enero soleado y con cielo azul era digno de destacar—. Creo que tenemos que salir de esta clase y meter algo de aire en nuestros pulmones y de sol en nuestras caras. Quitarnos las telarañas del invierno. ¡He organizado una excursión al campo!

Axle gruñó. Odiaba cualquier cosa que tuviese que ver con la escuela. Miró a través de su flequillo de pelo negro enredado que nunca se lavaba.

—Eh, venga ya... ¿No podemos irnos antes a casa? Podría ir a pescar en el hielo.

La señora Rhodes no hizo caso al adolescente de pelo desaliñado.

—Los más mayores..., Matthew, Axle y Leni, ayudad a los pequeños a ponerse los abrigos y recoger sus mochilas.

—Yo no voy a ayudarles —dijo Axle con rotundidad—. Que lo hagan los tortolitos.

La cara de Leni se encendió ante aquel comentario. No miró a Matthew.

—Muy bien. Da igual —repuso la señora Rhodes—. Puedes irte a casa.

Axle no necesitó que se lo repitieran. Cogió su parka y salió rápidamente de la escuela.

Leni se levantó de su asiento y fue a ayudar a Marthe y Agnes con sus parkas. Ese día no había aparecido nadie más en la escuela. El trayecto desde Bear Cove debía de ser demasiado duro.

Se giró y vio a Matthew de pie junto a su pupitre, con los hombros caídos y el pelo sucio sobre los ojos. Se acercó a él, extendió la mano y le tocó la manga de franela.

—¿Quieres que vaya a por tu abrigo?

Él trató de sonreír.

—Sí. Gracias.

Ella cogió la parka de camuflaje de Matthew y se la dio.

—Muy bien. Vamos todos —dijo la señora Rhodes. Sacó a los estudiantes de la clase a la brillante luz del sol. Atravesaron la ciudad y bajaron al puerto, donde se encontraba un hidroavión Beaver.

El avión estaba abollado y necesitaba una mano de pintura. Se movía, chirriaba y tiraba de sus amarres con cada bofetada de la marea. Cuando se acercaban, se abrió la puerta del avión y un hombre enjuto con una espesa barba blanca saltó al muelle. Llevaba una maltrecha gorra de camionero y botas desiguales. La sonrisa que les brindó era tan grande que le plegó las mejillas y convirtió sus ojos en dos hendiduras.

—Chicos, este es Dieter Manse, de Homer. Antes era piloto de la Pan Am. Subid a bordo —ordenó la señora Rhodes. Después, se dirigió a Dieter—. Gracias, amigo. Te lo agradezco de verdad. —Miró con preocupación a Matthew—. Necesitábamos airear un poco las cabezas.

El viejo asintió.

—Es un placer, Tica.

En su vida anterior, Leni no se habría creído que aquel hombre hubiera sido capitán de la Pan Am. Pero, aquí arriba, mucha gente había sido una cosa fuera y se había convertido en otra en Alaska. Marge la Grande había sido fiscal en la gran ciudad y ahora se duchaba en la lavandería y vendía chicles, y Natalie había pasado de dar clases de economía en una universidad a ser capitán de su propio barco de pesca. Alaska estaba llena de gente inesperada, como la mujer que vivía en un autobús escolar desvencijado en Anchor Point y leía la mano. Había rumores de que había sido policía en Nueva York. Ahora se movía por ahí con un loro en el hombro. Aquí todos tenían dos historias: la vida de antes y la de ahora. Si querías rezar a un dios raro, vivir en un autobús escolar o casarte con un ganso, en Alaska nadie te iba a decir nada. A nadie le importaba si tenías un coche viejo en tu casa, y mucho menos si tenías un frigorífico oxidado. Cualquier vida que se pudiese imaginar podía vivirse aquí arriba.

Leni subió al avión bajando la cabeza y agachándose. Una vez dentro, se sentó en la fila central y se colocó el cinturón de seguridad. La señora Rhodes se sentó a su lado. Matthew pasó por su lado, y avanzó cabizbajo, sin mirarlas a los ojos.

—Tom dice que no habla mucho —le comentó la señora Rhodes a Leni, inclinándose hacia ella.

—No sé qué es lo que necesita —contestó Leni, girándose hacia atrás para ver cómo Matthew se sentaba y se colocaba el cinturón de seguridad.

—Un amigo —respondió la señora Rhodes, pero se trataba de una respuesta tonta. El tipo de cosas que decían los adultos. Evidentemente. Pero ¿qué se suponía que tenía que decirle ese amigo?

El piloto subió a bordo, se abrochó el cinturón y se colocó unos auriculares. A continuación, puso el motor en marcha. Leni oyó cómo Marthe y Agnes se reían en sus asientos detrás de ellas.

Se oyó el zumbido del motor del hidroavión, todo el metal que la rodeaba empezó a traquetear. Las olas chocaban contra los flotadores.

El piloto decía algo sobre los cojines de los asientos y qué hacer en caso de un amerizaje imprevisto.

—Espera. Se refiere a un accidente. Está hablando sobre qué hacer si tenemos un accidente —exclamó Leni empezando a sentir pánico.

—No va a pasar nada —la tranquilizó la señora Rhodes—. No puedes ser de Alaska y tener miedo de los aviones pequeños. Así es como nos movemos por aquí.

Leni sabía que eso era cierto. Con tan pocas zonas del estado accesibles por carretera, los barcos y los aviones eran importantes allí arriba. Durante el invierno, la inmensidad de Alaska se conectaba por ríos y lagos congelados. Durante el verano, todas esas aguas que se movían con rapidez les separaban y aislaban. Las avionetas les ayudaban a moverse de un sitio a otro. Aun así, ella no se había montado nunca en un avión y le parecía enormemente inestable y poco fiable. Se agarró a los apoyabrazos con fuerza. Trató de sacar el miedo de su mente mientras el avión pasaba por el rompeolas traqueteando con fuerza y empezaba a elevarse en el cielo. El avión se tambaleó de un modo preocupante y luego se niveló. Leni no abrió los ojos. Si lo hacía, sabía que iba a ver cosas que la asustarían: pestillos que podían salirse, ventanas que podían romperse, montañas con las que podrían estrellarse... Se acordó de aquel avión que se había estrellado en los Andes unos años antes. Los supervivientes se habían convertido en caníbales.

Le dolían los dedos. Por la fuerza con la que se estaba agarrando.

—Abre los ojos —dijo la señora Rhodes—. Confía en mí.

Abrió los ojos y se apartó los rizos de la cara.

A través del círculo de plexiglás, el mundo se había convertido en algo que nunca antes había visto. Azul, negro, blanco, púrpura. Desde aquella perspectiva, la historia geográfica de Alaska cobraba vida ante ella. Vio la violencia de su nacimiento: volcanes como los montes Redoubt y Augustine en erupción; picos de montañas que surgían del mar y, después, eran erosionados por los rocosos glaciares azules; fiordos esculpidos por ríos de hielo en movimiento. Vio Homer, apiñado en una franja de tierra entre altos riscos de arenisca, campos cubiertos de nieve y la restinga, que se adentraba en la bahía. Los glaciares habían formado todo ese paisaje, atravesándolo y partiéndolo en su avance, cavando profundas bahías, dejando montañas a cada lado.

Los colores eran espectaculares, saturados. Al otro lado de la bahía azul, las montañas Kenai se elevaban como si hubiesen salido de un cuento de hadas, dientes blancos como de una sierra que subían hacia el cielo azul. En algunos sitios, los laterales inclinados de los glaciares eran del color azul claro de los huevos de un petirrojo.

Las montañas se extendían tragándose el horizonte. Picos blancos escarpados estriados por grietas negras y glaciares turquesa.

—¡Vaya! —exclamó apretándose contra la ventanilla. Estaban volando cerca de los picos de las montañas.

Y, después, empezaron a descender, planeando bajo sobre una ensenada. La nieve lo cubría todo, formando parches resplandecientes sobre la playa, convertida en hielo y aguanieve por el agua. El hidroavión viró y se inclinó y, después, volvió a elevarse para volar sobre una espesura de árboles blancos. Vio un enorme alce macho acercándose a la bahía.

Estaban sobre una ensenada y descendiendo con rapidez.

Leni volvió a agarrarse a los apoyabrazos, cerró los ojos y se preparó.

Aterrizaron con un fuerte golpe y las olas aporrearon los pontones. El piloto paró el motor, bajó del avión chapoteando sobre el agua helada y arrastró el hidroavión hacia la costa, atándolo después a un tronco caído. La nieve medio derretida flotaba alrededor de sus tobillos.

Leni salió del avión con cuidado (aquí arriba no había nada más peligroso que mojarse en invierno), caminó por el flotador y saltó a la playa llena de nieve. Matthew iba justo detrás de ella.

La señora Rhodes reunió a los pocos alumnos sobre la playa helada.

—Muy bien, chicos. Los pequeños y yo vamos a ir de paseo hasta la cumbre. Matthew, Leni y tú podéis limitaros a explorar. Divertíos un poco.

Leni miró a su alrededor. La belleza de aquel lugar, su majestuosidad, era abrumadora. Había allí una profunda y continuada paz; no había voces humanas ni golpes de pisadas, tampoco risas ni motores en marcha. El mundo natural hablaba allí con más fuerza, la respiración de las olas a través de las rocas, el chapoteo del agua sobre los pontones del hidroavión, los lejanos ladridos de los leones de mar apiñados sobre una roca, rodeados por el cotorrear de las gaviotas.

El agua que había más allá del hielo de la playa era de un deslumbrante aguamarina, el color que Leni imaginaba que tendría el mar Caribe, con una costa nevada adornada con enormes rocas negras cubiertas de blanco. Cumbres nevadas se abrían paso. En lo alto, Leni veía puntos de color marfil esparcidos por las laderas inconcebiblemente empinadas: cabras montesas. Se metió la mano en el bolsillo para sacar su último y valioso carrete de fotos.

Estaba deseando hacer algunas fotografías, pero tenía que ser prudente con el carrete.

¿Por dónde podía empezar? ¿Las rocas de la playa glaseadas por el hielo que parecían aljófares? ¿Las congeladas hojas de helechos que crecían en un tronco negro rodeado de nieve? ¿El agua turquesa? Miró a Matthew para decirle algo, pero se había ido.

Se dio la vuelta, sintió el agua helada por encima de sus botas y vio a Matthew alejado en la playa, solo, con los brazos cruzados. Había dejado caer al suelo su parka, a pocos centímetros de las olas. El pelo le azotaba la cara.

Se acercó a él chapoteando por el agua y extendió la mano.

—Matthew, tienes que ponerte el abrigo. Hace frío...

Él se apartó de su mano y se tambaleó.

—Aléjate de mí —dijo con aspereza—. No quiero que veas...

—¿Matthew? —Leni le agarró del brazo y le obligó a mirarla. Tenía los ojos enrojecidos por el llanto.

Él la empujó. Ella se tambaleó hacia atrás, tropezó con una madera arrastrada por la marea y cayó al suelo.

Pasó tan rápido que se quedó sin respiración. Se quedó allí, tumbada sobre las rocas heladas, con el agua fría acercándose a ella, y le miró a la vez que notaba un dolor punzante en el codo.

—Dios mío —dijo él—. ¿Estás bien? No quería hacerlo.

Leni se puso de pie y se quedó mirándolo. «No quería hacerlo». Las mismas palabras que le había oído decir a su padre.

—Hay algo en mí que no va bien —añadió Matthew con voz temblorosa—. Mi padre me echa la culpa y no puedo dormir por esa mierda y, sin mi madre, la casa está tan silenciosa que quiero gritar.

Leni no sabía cómo reaccionar.

—Tengo pesadillas... con mi madre. Veo su cara, bajo el hielo..., gritando..., no sé qué hacer. No quería que lo supieras.

—¿Por qué?

—Quiero gustarte. A veces, tú eres... lo único... Mierda..., olvídalo. —Negó con la cabeza y empezó a llorar de nuevo—. Soy un pringado.

—No. Solo necesitas ayuda —replicó ella—. ¿Quién no la iba a necesitar después de... todo lo que has pasado?

—Mi tía de Fairbanks quiere que me vaya a vivir con ella. Cree que debería jugar al hockey, aprender a volar y visitar a un psiquiatra. Podría estar con Aly. A menos que... —Miró a Leni.

—Entonces, te vas a ir a Fairbanks —dijo ella en voz baja.

Él soltó un fuerte suspiro. Leni pensó que quizá ya lo había decidido y que había estado esperando todo ese tiempo para decírselo.

—Te voy a echar de menos.

Se iba. Se marchaba.

En ese momento, ella sintió que una dolorosa congoja se extendía por su pecho. Le echaría mucho de menos, pero Matthew necesitaba ayuda. Por la experiencia con su padre, ella sabía lo que las pesadillas, la tristeza y la falta de sueño podían provocarle a una persona, lo tóxica que podía resultar esa mezcla. ¿Qué tipo de amiga sería ella si se preocupaba más de sí misma que de él?

«Te voy a echar de menos», quería decirle ella también. Pero ¿qué sentido tenía? Las palabras no servían de nada.

Después de que Matthew se fuera, el mes de enero se volvió más oscuro. Más frío.

—Leni, ¿pones la mesa para cenar? —preguntó mamá una noche especialmente fría y tormentosa en la que el viento trataba de entrar en la casa y la nieve se arremolinaba. Estaba friendo un poco de cerdo en conserva en una sartén de hierro, apretándola con la espátula. Dos lonchas de carne para tres personas era lo único que tenían.

Leni dejó su libro de Sociales y fue a la cocina sin apartar la vista de su padre. Él recorría la pared del fondo de un lado a otro apretando los puños una y otra vez, con los hombros caídos, murmurando cosas. Tenía los brazos fibrosos y delgados y su estómago formaba una curva cóncava por debajo de su manchada camiseta térmica.

Se golpeó la frente con fuerza con la palma de la mano a la vez que murmuraba algo ininteligible.

Leni rodeó la mesa y giró hacia la pequeña cocina.

Miró a mamá con preocupación.

—¿Qué has dicho? —preguntó papá, apareciendo detrás de Leni, acercándose a ella.

Mamá apretó la espátula contra una loncha de carne. Saltó una gota de grasa que aterrizó sobre la parte posterior de su muñeca.

—¡Ay! ¡Maldita sea!

—¿Estáis hablando de mí? —preguntó papá.

Leni agarró a su padre suavemente del brazo y lo llevó a la mesa.

—Tu madre estaba hablando de mí, ¿verdad? ¿Qué ha dicho? ¿Ha mencionado a Tom?

Leni retiró una silla y lo sentó en ella.

—Estaba hablando de la cena, papá. Nada más. —Se dispuso a alejarse. Él la agarró de la mano y tiró con tanta fuerza que Leni cayó sobre él.

—*Tú* sí me quieres, ¿verdad?

A Leni no le gustó aquel énfasis.

—Mamá y yo te queremos.

Mamá apareció en ese mismo momento, como si le hubieran dado la entrada, y dejó el pequeño plato de carne en conserva junto a un cuenco esmaltado con judías de Thelma guisadas con azúcar moreno.

Mamá se inclinó, besó a papá en la mejilla y le apretó la palma de la mano sobre la cara.

Eso lo tranquilizó, aquella caricia. Suspiró y trató de sonreír.

—Huele bien.

Leni se sentó y empezó a servir.

Mamá se sentó enfrente de Leni, comió sin ganas las judías y las empujó alrededor de su plato mientras miraba a papá. Él murmuró algo.

—Tienes que comer algo, Ernt.

—No puedo comer esta mierda. —Empujó su plato a un lado y lo estrelló contra el suelo.

Se levantó de pronto, se alejó de la mesa con movimientos rápidos, cogió su parka de la percha de la pared y abrió la puerta.

—No hay ni un segundo de paz —dijo a la vez que salía de la cabaña cerrando la puerta con un golpe. Momentos después, oyeron que la furgoneta se ponía en marcha, daba la vuelta y se alejaba.

Leni miró al otro lado de la mesa.

—Come —dijo mamá antes de agacharse para recoger el plato del suelo.

Después de cenar, estaban una junto a la otra lavando y secando los platos, colocándolos en los estantes sobre la encimera.

—¿Quieres jugar a los dados? —preguntó Leni por fin. Su pregunta mostraba tanto entusiasmo como el triste asentimiento de su madre.

Se sentaron en la mesa plegable y jugaron durante tanto rato como pudieron soportar aquella farsa.

Leni sabía que las dos estaban esperando el ruido de la furgoneta al regresar al patio. Preocupadas. Preguntándose qué sería peor: que él estuviese allí o que no estuviese.

—¿Dónde crees que está? —preguntó Leni tras lo que parecieron ser horas.

—En casa del Loco Earl, si es que ha podido subir hasta allí. O en el Kicking Moose, si los caminos están muy mal.

—Bebiendo —dijo Leni.

—Bebiendo.

—Quizá deberíamos...

—No —respondió mamá—. Tú vete a la cama, ¿de acuerdo? —Apoyó la espalda en el asiento y encendió uno de sus valiosos y últimos cigarrillos.

Leni recogió los dados, las tarjetas con las puntuaciones y el cubilete marrón y amarillo de piel falsa y los metió en su caja.

Subió la escalerilla del altillo y se metió en su saco de dormir sin siquiera molestarse en cepillarse los dientes. Abajo, oía a su madre caminar de un lado a otro.

Leni se dio la vuelta para coger papel y bolígrafo. Desde que Matthew se había marchado, le había escrito varias cartas que Marge la Grande echaba al correo. Matthew contestaba religiosamente con notas cortas sobre su nuevo equipo de hockey y lo que se sentía al estar en una escuela que tenía equipos de deportes de verdad. Su letra era tan mala que a ella le costaba descifrarla. Esperaba impaciente cada carta y la rasgaba de inmediato para abrirla. Las leía una y otra vez, como un detective, en busca de pistas o atisbos de emociones. Ni ella ni Matthew sabían bien qué decir ni cómo hacer uso de algo tan impersonal como las palabras para construir un puente entre sus vidas separadas, pero seguían escribiéndose. Leni no sabía aún cómo se sentía él con respecto a sí mismo, a su traslado ni a la muerte de su madre, pero sí sabía que pensaba en ella. Eso era más que suficiente para empezar.

> *Querido Matthew:*
> *Hoy hemos aprendido más cosas sobre la fiebre del oro de Klondike en clase. La señora Rhodes ha hablado de tu abuela como ejemplo del tipo de mujer que salió en dirección norte sin nada y encontró...*

Oyó un grito.

Leni salió gateando de su saco de dormir y casi se deslizó por la escalerilla.

—Hay algo ahí afuera —dijo mamá saliendo de su dormitorio con un farol en la mano. Bajo su resplandor, tenía un aspecto salvaje, pálido.

Se oyó el aullido de un lobo. El aullido se alargó en ondas a través de la oscuridad.

«Cerca».

Otro lobo respondió.

Las cabras reaccionaron dando berridos, un terrible grito de lamento que parecía humano.

Leni cogió el rifle del estante y fue a abrir la puerta.

—¡No! —gritó mamá tirando de ella hacia atrás—. No podemos salir ahí. Podrían atacarnos.

Echaron las cortinas a un lado y abrieron la ventana. El frío arremetió contra ellas.

Un rayo de luz de luna brillaba en el patio, débil e inconsistente, pero suficiente para que pudieran ver destellos de movimiento. Luz sobre pelaje plateado, ojos amarillos, fauces. Los lobos se movían en manada hacia el corral de las cabras.

—¡Fuera de aquí! —gritó Leni. Apuntó con el rifle hacia algo, un movimiento, y disparó.

El sonido del disparo retumbó. Un lobo dio un gañido, gimió.

Volvió a disparar una y otra vez y oía cómo las balas chocaban contra los árboles y rebotaban sobre metal.

Los gritos y balidos de las cabras siguieron sin parar.

Silencio.

Leni abrió los ojos y vio que estaba tumbada en el sofá, con mamá a su lado.

El fuego se había apagado.

Temblando, Leni apartó el montón de mantas de lana y piel y volvió a encenderlo.

—Mamá, despierta —dijo. Las dos llevaban puestas varias capas de ropa pero, cuando por fin se habían quedado dormidas, estaban tan agotadas que se habían olvidado del fuego—. Tenemos que mirar fuera.

Mamá se incorporó.

—Saldremos cuando haya luz.

Leni miró el reloj. Las seis de la mañana.

Unas horas después, cuando el amanecer derramó por fin su luz lenta y vacilante por el campo, Leni se puso sus botas de piel blanca de conejo y descolgó el rifle del estante de armas que estaba junto a la puerta. Lo cargó. El cierre de la recámara sonó con un fuerte chasquido.

—Yo no quiero salir ahí —dijo mamá—. Y no. Tú no vas sola, Annie Oakley*. —Con una débil sonrisa, se puso las botas y la parka y se subió la capucha ribeteada con pelo. Cargó un segundo rifle y se puso al lado de Leni.

Leni abrió la puerta y salió al porche cubierto de nieve sosteniendo el rifle delante de ella.

Todo era blanco sobre blanco. La nieve caía. Amortiguada. Sin sonido alguno.

Cruzaron el porche y bajaron los escalones.

Leni olió la muerte antes de verla.

Había manchas de sangre en la nieve junto al cercado de las cabras. Los soportes y las vallas habían sido arrancados y estaban rotos en el suelo. Había heces por todas partes, en montones oscuros, mezclados con sangre y entrañas. Unos rastros de sangre llevaban hacia el interior del bosque.

---

* Legendaria tiradora de finales del siglo XIX que recreaba escenas del viejo Oeste en el espectáculo de Buffalo Bill. *[N. del T.]*

Destrozado. Todo. Los corrales, el gallinero, las jaulas. Todos los animales habían desaparecido. Ni siquiera quedaban trozos de ellos.

Permanecieron en silencio mirando toda aquella destrucción hasta que habló mamá:

—No podemos seguir aquí fuera. El olor a sangre atraerá a los depredadores.

11

En la carretera, con su madre, caminando, las dos agarradas de la mano, Leni se sentía como un astronauta atravesando un inhóspito paisaje blanco. Solo podía oír la respiración y sus pasos. Trató de convencer a mamá de que pararan en casa de los Walker o en la de Marge la Grande, pero no le hizo caso. No quería admitir lo que había ocurrido.

En la ciudad, todo estaba resguardado. La pasarela de madera era una pista de hielo cubierta de nieve. Había carámbanos que colgaban de los alerones de los edificios y la nieve cubría todo tipo de superficies. El puerto estaba lleno de olas espumosas que movían las barcas de pesca de un lado a otro, tirando de sus cuerdas.

El Kicking Moose estaba ya —o todavía— abierto. La luz salía de sus ventanas ámbar. En la puerta había aparcados unos cuantos vehículos —camiones, máquinas de nieve—, pero no muchos.

Leni dio un codazo a mamá y señaló con la cabeza la furgoneta Volkswagen aparcada junto al bar.

Ninguna de ellas se movió.

—No va a alegrarse de vernos —dijo mamá.

Eso es quedarse corto, pensó Leni.

—Quizá deberíamos volver a casa —añadió mamá, temblando.

Al otro lado de la calle, se abrió la puerta de la tienda y Leni oyó el tintineo lejano de la campanilla.

Tom Walker salió del establecimiento cargado con una gran caja de provisiones. Las vio y se detuvo.

Leni era muy consciente del aspecto que tenían ella y mamá, con la nieve hasta las rodillas, las caras enrojecidas por el frío y los gorros blancos y congelados. Nadie salía a caminar con este tiempo. El señor Walker dejó la caja de provisiones en la parte de atrás de su camioneta y la empujó hacia la cabina. Marge la Grande salió de la tienda detrás de él. Leni vio cómo los dos se miraban con el ceño fruncido y, a continuación, se dirigían hacia ella y su madre.

—Hola, Cora —dijo el señor Walker—. Habéis salido en un día muy malo.

Un escalofrío hizo que mamá se estremeciera. Los dientes le castañeteaban.

—Anoche unos lobos atacaron nuestra casa. N-no sé cuántos. Han m-matado a todas las cabras y los pollos y han destrozado los corrales y el g-gallinero.

—¿Logró matar Ernt a alguno? ¿Necesitáis ayuda para despellejarlos? Las pieles valen...

—N-no —respondió mamá—. Estaba oscuro. Solo he venido... para pedir más pollos. —Miró a Marge la Grande—. La próxima vez que vayas a Homer, Marge. Y más arroz y judías, pero... no nos queda dinero. Quizá yo podría lavar ropa. O zurcir. Soy buena con el hilo y la aguja.

Leni vio cómo la expresión de Marge la Grande se tensaba y oyó la maldición que murmuraba entre dientes.

—Os ha dejado solas y los lobos han atacado vuestra casa. Os podrían haber matado.

—No nos pasó nada. No salimos —dijo mamá.

—¿Dónde está? —preguntó el señor Walker en voz baja.

—N-no lo sabemos —mintió mamá.

—En el Kicking Moose —respondió Marge la Grande—. La furgoneta está ahí.

—Tom, no —dijo mamá, pero ya era demasiado tarde. El señor Walker se estaba alejando de ellas y avanzaba por la silenciosa calle, levantando nieve con sus pisadas.

Las dos mujeres —y Leni— se apresuraron a ir detrás de él, resbalándose y deslizándose por las prisas.

—No, Tom, de verdad —insistió mamá.

Él abrió la puerta del bar. Leni notó al instante el olor a lana empapada y a cuerpos sucios, a perro mojado y a madera quemada.

Había al menos cinco hombres en el interior, sin contar al encorvado y desdentado encargado del bar. Había ruido: manos que golpeteaban las mesas de barriles de whisky, una radio a pilas que retumbaba con la canción *Bad, bad Leroy Brown,* hombres que hablaban todos a la vez...

—Sí, sí, sí —decía el Loco Earl con ojos vidriosos—. Lo primero que harán será hacerse con el control de los bancos.

—Y de nuestras tierras —añadió Clyde arrastrando las palabras.

—No van a quedarse con mi m-maldito terreno. —Esto lo dijo papá. Estaba de pie bajo uno de los faroles, oscilando inestable, con los ojos inyectados en sangre—. Nadie va a quedarse con lo que es mío.

—Ernt Allbright, pedazo de mierda —dijo el señor Walker entre dientes.

Papá se tambaleó y se giró. Sus ojos fueron del señor Walker a mamá.

—¿Qué demonios es esto?

El señor Walker se lanzó sobre él apartando las sillas. El Loco Earl se apresuró a quitarse de su camino.

—Una manada de lobos ha atacado tu casa esta noche, Allbright. Lobos —repitió.

Papá miró a mamá.

—¿Lobos?

—Vas a conseguir que maten a tu familia.

—Oye, mira...

—No. Oye tú —le interrumpió el señor Walker—. No eres el primer *cheechako* que viene aquí sin tener ni puta idea de qué hacer. Ni siquiera eres el más estúpido, ni por asomo. Pero un hombre que no cuida de su esposa...

—Tú no tienes ningún derecho a decir nada sobre mantener a su esposa a salvo, ¿no es así, Tom? —se defendió papá.

El señor Walker agarró a papá de la oreja y tiró tan fuerte que este aulló como una niña. Arrastró a papá fuera del maloliente bar hasta la calle.

—Debería patearte el culo por toda la manzana —dijo el señor Walker con voz áspera.

—Tom —suplicó mamá—. Por favor. No empeores las cosas.

El señor Walker se detuvo. Se giró. Vio a mamá allí de pie, aterrorizada, casi al borde de las lágrimas, y Leni vio cómo él controlaba su rabia. Nunca había visto a un hombre que hiciera eso antes.

Se quedó inmóvil, frunció el ceño y, a continuación, murmuró algo y lanzó a papá contra la furgoneta. Abrió la puerta, levantó a papá en el aire con la misma facilidad que si se tratara de un niño y le empujó al interior del asiento del pasajero.

—Eres un desgraciado.

Cerró la puerta con un golpe y se acercó a mamá.

—¿Estaréis bien? —oyó Leni que le preguntaba.

Mamá susurró una respuesta que Leni no pudo entender, pero creyó oír que el señor Walker susurraba: «Mátale», y vio que mamá negaba con la cabeza.

El señor Walker le acarició el brazo, ligeramente, apenas un segundo, pero Leni lo vio.

Mamá lo miró con una sonrisa vacilante.

—Leni, sube a la furgoneta —dijo sin apartar los ojos de él.

Leni hizo lo que le ordenaba.

Mamá subió al asiento del conductor y puso la furgoneta en marcha.

Durante todo el trayecto hasta casa, Leni pudo ver cómo la rabia iba invadiendo a su padre. Lo veía por la forma en que se le dilataban las fosas nasales de vez en cuando, en el modo en que sus manos se abrían y cerraban, pudo oírlo en las palabras que no decía.

Era un hombre que hablaba, sobre todo últimamente, sobre todo en invierno. Siempre tenía algo que decir. Ahora apretaba los labios con fuerza.

Eso hizo que Leni se sintiera como si fuese el extremo de una cuerda atada a una cornamusa, con el viento moviéndola, tirando de ella, y la cuerda chirriando mientras se resistía, deslizándose. Si la cuerda no estaba bien atada, se soltaría, saldría disparada y quizá el viento arrancaría la cornamusa de su sitio con toda su fuerza.

Papá aún tenía una marca rosácea en la oreja, como una quemadura, por donde el señor Walker le había agarrado y lo había arrastrado para sacarlo, humillándolo.

Leni no había visto nunca que trataran a su padre de esa forma y sabía que traería consecuencias.

La furgoneta se detuvo de golpe delante de la cabaña, derrapando ligeramente hacia un lado sobre la nieve.

Mamá quitó el contacto y el silencio se hizo mayor, volviéndose más pesado sin el zumbido ni el traqueteo del motor para ocultar siquiera en parte su gravedad.

Leni y mamá salieron rápidamente de la furgoneta y dejaron a papá allí sentado, solo.

Cuando se acercaban a la cabaña, volvieron a ver la destrucción que habían provocado los lobos. La nieve lo cubría todo, apilándose sobre postes y tablones. Las mallas de alambre yacían en montones enredados. Se veía un trozo de puerta asomando en el suelo. Por aquí y por allá, sobre todo en las bases de los árboles, pero también sobre las maderas, había sangre convertida en hielo rosa y coágulos congelados. Podían verse algunas plumas de colores.

Mamá agarró a Leni de la mano y la llevó por el patio hasta el interior de la cabaña. Cerró la puerta con un golpe cuando entraron.

—Va a hacerte daño —dijo Leni.

—Tu padre es un hombre orgulloso. Que lo humillen de esa forma...

Segundos después, la puerta se abrió de golpe. Allí estaba papá, con los ojos brillantes por el alcohol y la rabia.

Atravesó la habitación en menos tiempo de lo que Leni tardó en tomar aire. Agarró a mamá del pelo y le dio un puñetazo en el mentón con tanta fuerza que la lanzó contra la pared; tras chocar, mamá cayó al suelo.

Leni dio un grito y se abalanzó sobre él, con las manos convertidas en garras.

—¡No, Leni! —aulló mamá.

Papá sujetó a Leni de los hombros y la sacudió con fuerza. La agarró del pelo, la arrastró por el suelo, sus pies tropezando con la alfombra, y la arrojó al exterior gélido.

Cerró la puerta con un golpe.

Leni se lanzó sobre la puerta, empujándola con su cuerpo hasta que no le quedaron fuerzas. Cayó de rodillas bajo el pequeño alerón del tejado.

En el interior, oyó un golpe, algo que se rompía, y un grito. Quería salir corriendo, pedir ayuda, pero eso habría empeorado las cosas. No había ayuda para ellas.

Leni cerró los ojos y rezó como nunca le habían enseñado a hacer.

Oyó que la puerta se abría. ¿Cuánto tiempo había pasado? No lo sabía.

Leni se puso de pie tambaleándose, congelada, y entró en la cabaña.

Parecía un campo de batalla. Una silla rota, cristales por el suelo, sangre sobre el sofá.

Mamá tenía aún peor aspecto.

Por primera vez, Leni pensó: «Él la puede matar».

La puede matar.

Tenían que huir de allí. Ahora.

Leni se acercó a su madre con cautela, temerosa de que mamá estuviese a punto de derrumbarse.

—¿Dónde está papá?

—Inconsciente. En la cama. Quería... castigarme... —Se dio la vuelta, avergonzada—. Deberías acostarte.

Leni se acercó al perchero que había junto a la puerta y cogió la parka y las botas de mamá.

—Toma, abrígate.

—¿Por qué?

—Hazlo. —Leni cruzó la cabaña en silencio y atravesó la cortina de cuentas. Los latidos de su corazón eran como un martillo que le golpeaba la caja torácica mientras miraba a su alrededor hasta ver lo que había ido a buscar.

Llaves. La cartera de mamá. No es que hubiera en ella dinero alguno.

Lo cogió todo y se dispuso a marcharse, pero, entonces, se detuvo y se dio la vuelta.

Miró a su padre, tirado boca abajo sobre la cama, desnudo, con el trasero cubierto por una manta. Cicatrices de quemaduras formaban pliegues y se retorcían por sus hombros y brazos y su piel parecía de un color azul lavanda entre las sombras. La sangre manchaba la almohada.

Lo dejó allí y volvió a la sala de estar, donde estaba mamá sola, fumando un cigarrillo, con aspecto de haber sido golpeada con una porra.

—Vamos —dijo Leni, cogiéndola de la mano y dándole un suave pero insistente tirón.

—¿Adónde vamos? —preguntó mamá.

Leni abrió la puerta, dio a mamá un pequeño empujón y, después, se agachó para coger una de las mochilas de evasión que siempre tenían junto a la puerta, una oda silenciosa a todo lo malo que podía pasar, un recuerdo de que las personas inteligentes debían estar preparadas.

Tras echársela al hombro, Leni inclinó la cabeza para adentrarse en el viento y la nieve y siguió a su madre hacia la furgoneta.

—Entra —dijo con tono suave.

Mamá subió al asiento del conductor y metió la llave en el contacto. La giró. Mientras la furgoneta se calentaba, preguntó con voz débil:

—¿Adónde vamos?

Leni echó la mochila en la parte posterior de la furgoneta.

—Nos marchamos, mamá.

—¿Qué?

Leni subió al asiento del pasajero.

—Lo abandonamos antes de que te mate.

—Ah. Eso. No. —Mamá negó con la cabeza—. Jamás me haría eso. Me quiere.

—Creo que tienes la nariz rota.

Mamá se quedó allí sentada un minuto más, con la cara mirando hacia abajo. Entonces, despacio, metió la marcha a la furgoneta y giró en dirección al camino de acceso. Los faros apuntaban hacia la salida.

Mamá empezó a llorar de esa forma silenciosa tan propia de ella, como si pensara que Leni no se estaba dando cuenta. Mientras se adentraban entre los árboles, no dejaba de mirar el espejo retrovisor a la vez que se limpiaba las lágrimas. Cuando llegaron a la carretera principal, un viento salvaje dio un zarpazo a la furgoneta. Mamá pisó el acelerador con cuidado mientras trataba de mantener la furgoneta estable sobre el suelo lleno de nieve.

Pasaron junto a la cancela de los Walker y siguieron adelante.

En la siguiente curva del camino, una ráfaga de viento empujó con tanta fuerza la furgoneta que la hizo derrapar a un lado. Una rama rota se chocó contra el cristal delantero y se quedó enganchada un segundo en el limpiaparabrisas, subiendo y bajando hasta que salió volando para dejar a la vista un enorme alce macho delante de ellas que cruzaba la carretera en un recodo.

Leni dio un grito de advertencia, pero sabía que era demasiado tarde. O bien chocaban contra el alce o hacían un viraje brusco, y chocar contra un animal de ese tamaño destrozaría el vehículo.

Mamá giró el volante y levantó el pie del acelerador.

La furgoneta, que nunca había sido apta para la nieve, empezó a dibujar una larga y lenta pirueta.

Leni vio el alce mientras se deslizaban por su lado. La enorme cabeza a pocos centímetros de su ventanilla, con sus fosas nasales dilatándose.

—Agárrate —gritó mamá.

Dieron contra un terraplén lleno de nieve y volcaron. La furgoneta cayó sobre un lado y se desplomó fuera de la carretera para aterrizar con un chirrido de metal.

Leni fue viéndolo por partes: árboles del revés, una pendiente llena de nieve, ramas rotas.

Se golpeó la cabeza con fuerza contra la ventanilla.

Cuando recuperó la conciencia, lo primero que notó fue el silencio. Después, el dolor en su cabeza y el sabor de la sangre en su boca. Su madre estaba desplomada a su lado. Las dos estaban en el asiento del pasajero.

—¿Leni? ¿Estás bien?

—Creo... que sí.

Oyó un silbido —algo no iba bien en el motor— y un chirrido metálico.

—La furgoneta está de lado —dijo mamá—. Creo que estamos sobre suelo sólido, pero puede que aún caigamos más.

Otra forma de morir en Alaska.

—¿Nos encontrará alguien?

—Nadie va a salir con este tiempo.

—Aunque lo hicieran, no nos verían.

Moviéndose con cuidado, Leni buscó con las manos la pesada mochila, la encontró y rebuscó en ella hasta dar con una linterna frontal. Se la colocó en la cabeza y la encendió. La luz era demasiado amarilla, como fantasmal. Mamá tenía un aspecto monstruoso, con la cara magullada como si fuese de cera derritiéndose.

Fue entonces cuando Leni vio la sangre en el regazo de su madre y su brazo fracturado. Un hueso le salía por un desgarrón de la manga.

—¡Mamá! Tu brazo. ¡Tu brazo! Dios mío...

—Respira. Míralo. No tiene mal aspecto. Es un hueso roto. No es la primera vez.

Leni trató de controlar su pánico. Respiró hondo y lo consiguió aplacar.

—¿Qué hacemos?

Mamá abrió la cremallera de la mochila y empezó a sacar guantes y máscaras de neopreno con su mano buena.

Leni no podía apartar la vista del hueso roto, de la manga empapada de sangre de su madre.

—Vale. Primero necesito que me vendes el brazo para que deje de sangrar. Ya has aprendido a hacerlo. ¿Te acuerdas? Rasga la parte inferior de tu camisa.

—No puedo.

—Lenora —dijo mamá con tono brusco—. Rásgate la camisa.

A Leni le temblaban las manos mientras sacaba la navaja de su cintura y la usaba para empezar a rasgar la tela. Cuando tuvo una larga tira de franela, se puso con cuidado de lado.

—Por encima de la fractura. Átalo con todas tus fuerzas.

Leni ajustó la tela alrededor del bíceps de mamá y oyó su gemido de dolor cuando lo apretó.

—¿Estás bien?

—Más fuerte.

Leni tiró tanto como pudo y le ató un nudo.

Mamá dejó escapar un tembloroso suspiro y volvió al asiento del conductor.

—Esto es lo que tenemos que hacer. Voy a romper mi ventanilla. Tú vas a subir por encima de mí y vas a salir.

—P-pero...

—Nada de peros, Leni. Necesito que ahora seas fuerte, ¿de acuerdo? Tú lo necesitas. Yo no puedo salir y, si nos quedamos las dos aquí, moriremos congeladas. Tienes que buscar ayuda. No puedo auparme para salir de la furgoneta con este brazo roto.

—No puedo hacerlo.

—Puedes hacerlo, Leni. —Mamá colocó la mano ensangrentada sobre el torniquete de su brazo—. Necesito que lo hagas.

—Vas a congelarte de frío mientras estoy fuera —dijo ella.

—Soy más fuerte de lo que parezco, ¿recuerdas? Gracias a la fobia al Armagedón de tu padre, tenemos una mochila de evasión. Una manta de supervivencia, comida y agua. —La miró con una débil sonrisa—. Estaré bien. Tú ve a pedir ayuda. ¿De acuerdo?

—De acuerdo. —Intentaba no estar asustada, pero le temblaba todo el cuerpo. Se puso los guantes y la máscara de neopreno y se subió la cremallera de la parka.

Mamá sacó un martillo de seguridad de debajo de su asiento.

—La casa de los Walker es la que está más cerca. Probablemente esté a menos de medio kilómetro. Ve allí. ¿Puedes hacerlo?

—Sí.

La furgoneta chirrió con un sonido sordo y se movió.

—Te quiero, pequeña.

Leni trataba de no llorar.

—Aguanta la respiración. Ahora.

Mamá golpeó el martillo contra la ventanilla, con fuerza y rapidez.

El cristal se resquebrajó formando el dibujo de una telaraña y se combó. Por un segundo, se mantuvo así y, después, con un chasquido, se rompió. La nieve entró en la furgoneta y las cubrió.

El frío era estremecedor.

Leni se inclinó hacia delante, subió por encima de su madre, tratando de no darle en el brazo, mientras oía sus gemidos de dolor, sintiendo cómo su madre subía su mano buena por la nieve para empujarla.

Leni fue saliendo por la ventanilla.

Una rama la golpeó en la cara. Siguió adelante, gateando por el lateral de la furgoneta, hasta que llegó a la pendiente, que había quedado rasgada con las marcas del vehículo al caer: tierra negra, ramas rotas y raíces al aire.

Se lanzó hacia delante, se revolvió para buscar un punto de apoyo más alto y subió por la ladera.

Parecía que estaba tardando una eternidad. Arañando, agarrándose, arrastrándose hacia arriba, respirando con fuerza, tragando nieve. Pero, finalmente, lo consiguió. Se lanzó por encima del borde y aterrizó de bruces sobre la nieve en la carretera. Jadeando, se puso a cuatro patas y, después, se levantó.

Nevaba. Encendió la linterna de su cabeza, que lanzó un resplandor débil. El viento trataba de sacarla del camino cuando empezó a caminar. Los árboles se estremecían a su alrededor, doblándose y crujiendo. Unas ramas pasaron volando por su lado, arañando el suelo. Una de ellas chocó contra su costado con fuerza y casi la derribó.

La luz era su salvavidas ahí fuera. Empezó a dolerle el pecho por el aire frío que respiraba y sintió un dolor en el costado. El sudor le caía por la espalda e hizo que las manos se le pusieran húmedas y pegajosas en el interior de los guantes.

No tenía ni idea de cuánto tiempo había estado avanzando a duras penas, tratando de no detenerse, de no llorar ni de gritar, cuando vio la cancela plateada delante de ella y el cráneo de vaca en lo alto con un sombrero de nieve encima.

Leni arrastró la puerta de la cancela por encima del suelo irregular, apartando la nieve a un lado.

Quería correr, gritar: «¡Socorro!», pero sabía que era mejor no hacerlo. Correr podría ser el error número dos. En lugar de ello, siguió caminando fatigosamente por la nieve que le llegaba a la rodilla. El bosque de su derecha cortaba en parte el paso al viento.

Tardó al menos quince minutos en llegar a la casa de los Walker. Cuando se acercaba, vio luz en las ventanas y sintió que las lágrimas se abrían paso. Lágrimas que se congelaron en el rabillo de sus ojos, doliendo, nublándole la visión.

De repente, el viento desapareció. Todo quedó envuelto por un aliento suave, dando paso a un silencio casi perfecto, roto tan solo por la respiración entrecortada de ella y el lejano zumbido de las olas sobre una playa congelada.

Pasó dando trompicones junto a los montones de trastos y coches viejos cubiertos por la nieve y junto a las colmenas. Cuando se acercaba, las vacas empezaron a mugir, golpeando sus pezuñas contra el suelo mientras se apiñaban por si acaso se trataba de un depredador. Las cabras empezaron a balar.

Leni subió los escalones resbaladizos por el hielo y llamó a la puerta de la casa.

El señor Walker salió rápidamente a abrir. Cuando vio a Leni, su expresión cambió. «Dios mío». La hizo pasar a la casa, a través de la habitación de entrada, llena de abrigos, sombreros y botas, hasta la estufa de leña.

Los dientes de ella castañeteaban con tanta fuerza que temió morderse la lengua si intentaba hablar, pero tenía que hacerlo.

—N-n-nos hemos e-e-estrellado con la f-f-furgoneta. M-mamá está atrapada.

—¿Dónde?

Ahora no podía detener las lágrimas ni dejar de temblar.

—En la c-c-curva de la carretera antes de la c-casa de Marge la Grande.

El señor Walker asintió.

—De acuerdo. —La dejó allí temblando solo el tiempo que le llevó regresar equipado para la nieve y con una gran bolsa de malla colgada del hombro.

Fue a la radio y encontró una frecuencia libre. Se oyó un sonido de interferencias y, después, un chirrido agudo.

—Marge —dijo él a través de un micrófono de mano—. Aquí Tom Walker. Coche estrellado cerca de mi casa en la carretera principal. Necesito ayuda. Voy para allá. Cambio. —Levantó el pulgar del botón. De nuevo, interferencias. Después, repitió el mensaje y colgó el micrófono—. Vámonos.

¿Podía papá oír eso? ¿Estaba escuchando o seguía inconsciente?

Leni miró hacia fuera con preocupación, casi esperando que él apareciera.

El señor Walker cogió una manta de rayas rojas, amarillas y blancas del respaldo del sofá y envolvió con ella a Leni.

—Tiene el brazo roto. Está sangrando.

El señor Walker asintió. Cogió la mano enguantada de Leni con la suya y la sacó del calor de la casa de vuelta al frío glacial.

En el garaje, su gran camioneta se puso en marcha. Se encendió la calefacción y envolvió toda la cabina, haciendo que Leni temblara con más fuerza. No podía dejar de temblar mientras recorrían el camino de acceso y se incorporaban a la carretera principal, donde el viento azotaba el parabrisas y silbaba a través de todas las grietas del armazón metálico.

Tom levantó el pie del acelerador. La camioneta aminoró la marcha, rezongó y gimió.

—¡Allí! —exclamó ella apuntando hacia donde se habían salido de la carretera. Mientras el señor Walker se detenía en un lateral, unos faros aparecieron delante de ellos.

Leni reconoció la camioneta de Marge la Grande.

—Quédate en la camioneta —dijo el señor Walker.

—¡No!

—*Quédate* aquí. —Él agarró su bolsa de malla y salió de la camioneta cerrando la puerta con un golpe.

A la luz de los faros, Leni vio que el señor Walker se encontraba con Marge la Grande en medio de la carretera. Él dejó caer la bolsa y sacó una cuerda enrollada.

Leni se apretó contra la ventanilla y su aliento le empañó la visión. Impaciente, limpió el cristal.

El señor Walker ató un extremo de la cuerda alrededor de un árbol y el otro en su cintura con un nudo tradicional.

Hizo una señal con la mano a Marge la Grande, se dejó caer por el terraplén y desapareció.

Leni abrió la puerta y se enfrentó al viento, cegada por la nieve, para cruzar la carretera.

Marge la Grande estaba en el borde del terraplén.

Leni se asomó por el filo y vio árboles rotos y la forma oscura de la furgoneta. Encendió su linterna pero no daba suficiente luz. Oyó crujir de metales, un golpe y el grito de una mujer.

Y entonces... el señor Walker volvió a aparecer bajo un débil rayo de luz con mamá a su lado, atada a él.

Marge la Grande agarró la cuerda con sus manos enguantadas y tiró de ellos hacia arriba, una mano sobre otra, hasta que el señor Walker volvió tambaleándose a la carretera, con mamá desplomada en su costado, inconsciente, sostenida por él.

—No está nada bien —gritó el señor Walker contra el viento—. Voy a llevarla en barco al hospital de Homer.

—¿Y yo? —gritó Leni. Parecían haber olvidado que estaba allí.

El señor Walker lanzó a Leni una de esas miradas de «pobrecita» que ella tan bien conocía.

—Tú vienes conmigo.

La pequeña sala de espera del hospital estaba en silencio.

Tom Walker estaba sentado junto a Leni, con la abultada parka en su regazo. Primero habían ido hasta la cala de los Walker, donde el señor Walker había bajado a mamá al muelle y la había tumbado con cuidado sobre un banco de su lancha de aluminio. Habían ido a toda velocidad por la escarpada costa hasta Homer.

En el hospital, el señor Walker llevó a mamá en brazos hasta la recepción. Leni corría a su lado, acariciando el tobillo de mamá, su muñeca, cualquier parte de su cuerpo a la que podía llegar.

Una mujer indígena con dos largas trenzas estaba sentada en el mostrador, tecleando en la máquina de escribir.

En pocos segundos, llegaron un par de enfermeras para llevarse a mamá.

—¿Y ahora qué? —preguntó Leni.

—Ahora a esperar.

Se quedaron allí sentados, sin hablar; a Leni le costaba tomar aliento, como si los pulmones tuvieran su propia mente y pudieran dejar de funcionar. Había muchas cosas de las que tener miedo: la herida de mamá, perder a mamá, que llegara papá («No pienses en eso, en lo mucho que se va a enfadar..., lo que hará cuando se dé cuenta de que nos estábamos marchando») y el futuro. ¿Cómo iban a irse ahora?

—¿Te traigo algo de beber?

Leni estaba tan sumida en su miedo que tardó un segundo en darse cuenta de que el señor Walker le estaba hablando.

Levantó la vista con los ojos nublados.

—¿Servirá de algo?

—No. —Extendió la mano y sostuvo la de ella. Leni se sorprendió tanto ante el inesperado contacto que casi se apartó, pero le hacía sentir bien, así que ella también agarró la suya. No pudo evitar preguntarse sobre lo distinta que sería la vida con Tom Walker como padre.

—¿Cómo está Matthew? —preguntó.

—Va mejorando, Leni. El hermano de Genny va a enseñarle a pilotar. Matthew está yendo a un psiquiatra. Le encantan tus cartas. Gracias por mantener el contacto con él.

A ella también le encantaban las cartas de él. A veces, sentía que tener noticias de Matthew era lo mejor de su vida.

—Le echo de menos.

—Sí. Yo también.

—¿Va a volver?

—No lo sé. Allí hay muchas cosas. Chicos de su edad, cines, equipos de deporte... Y conozco a Mattie. En cuanto sepa controlar un avión por primera vez, se enamorará. Es un chico al que le encanta la aventura.

—Me dijo que quería ser piloto.

—Sí. Ojalá le hubiese hecho más caso —dijo el señor Walker con un suspiro—. Yo solo quiero que sea feliz.

Entró un médico en la sala de espera y se acercó a ellos. Se trataba de un hombre corpulento con un pecho ancho como un barril que pugnaba por ser liberado de los límites de su bata azul. Tenía el mismo aspecto duro de bebedor que muchos de los hombres que vivían en el bosque, pero su pelo estaba bien recortado y, salvo por su espeso bigote gris, iba bien afeitado.

—Soy el doctor Irving. Tú debes de ser Leni —dijo a la vez que se quitaba su gorro de cirujano.

Leni asintió y se puso de pie.

—¿Cómo está?

—Se pondrá bien. Ahora tiene el brazo escayolado, así que va a tener que recortar la actividad durante unas seis semanas, pero no va a quedarle ningún daño. —Miró a Leni—. La has salvado, jovencita. Quería asegurarse de que te lo dijera.

—¿Podemos verla? —preguntó Leni.

—Claro. Seguidme.

Leni y el señor Walker siguieron al doctor Irving por el pasillo blanco y entraron en una sala con el letrero de Reanimación en la puerta. La abrió.

Mamá estaba en un cubículo formado por cortinas. Estaba sentada en una cama estrecha y vestida con una bata de hospital; una cálida manta le cubría el regazo. Tenía el brazo izquierdo doblado en un ángulo de noventa grados y cubierto por una escayola de yeso blanco. Su nariz no tenía buen aspecto y tenía moretones en ambos ojos.

—Leni —dijo inclinando un poco la cabeza a la derecha sobre el montón de almohadas en las que se apoyaba. Tenía la mirada adormilada y desenfocada de alguien que ha sido medicado—. Te dije que era fuerte. —Su voz estaba un poco distorsionada—. Ay, pequeña, no llores.

Leni no pudo evitarlo. Al ver a su madre así, tras haber superado el accidente, en lo único que podía pensar era en lo frágil que era y la facilidad con la que podría haberla perdido. Eso la hizo pensar inmediatamente en Matthew y en la forma tan rápida e inesperada en que la muerte podía llegar.

Oyó que el médico se despedía y salía de la habitación.

El señor Walker se acercó al lado de la cama de mamá.

—Ibas a dejarle, ¿verdad? ¿Qué otro motivo podría haber para salir con este tiempo?

—No. —Mamá negaba con la cabeza.

—Yo podría ayudarte —dijo él—. Podemos ayudarte. Todos. Marge la Grande era antes fiscal. Yo podría llamar a la policía y contarles que él te ha hecho daño. Lo ha hecho, ¿no? No te has roto la nariz en el accidente, ¿verdad?

—La policía no nos puede ayudar —respondió mamá—. Sé cómo funciona. Mi padre es abogado.

—Lo meterían en la cárcel.

—¿Cuánto tiempo? ¿Un día? ¿Dos? Volvería a por mí. O a por ti. O a por Leni. ¿Crees que yo podría vivir poniendo a otras personas en peligro? Y..., bueno...

Leni oyó las palabras que mamá no pronunció: «Le quiero».

El señor Walker miró a mamá, que estaba tan magullada y vendada que apenas parecía ella misma.

—Lo único que tienes que hacer es pedir ayuda —dijo en voz baja—. Quiero ayudarte, Cora. Seguro que sabes que yo...

—No me conoces, Tom. Si me conocieras...

Leni vio cómo las lágrimas aparecían en los ojos de su madre.

—Hay algo malo en mí —continuó ella despacio—. A veces, lo siento como una fortaleza y otras como una debilidad, pero no sé cómo dejar de quererle.

—¡Cora! —Leni oyó la voz de su padre y vio cómo mamá se hundía en las almohadas.

El señor Walker se apartó de su lado.

Papá pasó junto al señor Walker, ignorándolo por completo.

—Dios mío, Cora. ¿Te encuentras bien?

Mamá pareció derretirse frente a él.

—Estrellamos la furgoneta.

—¿Adónde ibais con este tiempo? —preguntó, pero lo sabía. Leni lo vio en sus ojos. Tenía un profundo arañazo en la mejilla.

El señor Walker retrocedió hacia la puerta. Un hombre grande tratando de desaparecer. Miró a Leni con ojos tristes y cómplices y salió de la habitación, cerrando suavemente la puerta después.

—Necesitábamos comida —respondió mamá—. Quería prepararte una cena especial.

Papá apoyó su encallecida mano sobre la mejilla magullada e hinchada de ella, como si su caricia pudiera curarla.

—Perdóname, cariño. Me mataré si no me perdonas.

—No digas eso —respondió mamá—. No digas eso nunca. Sabes que te quiero. Solo a ti.

—Perdóname —repitió él. Se dio la vuelta—. Y tú también, pelirroja. Perdonad a este estúpido que no rige algunas veces pero que os quiere. Y que lo va a hacer mejor.

—Te quiero —dijo mamá. Ahora también lloraba y, de repente, Leni comprendió la realidad de su mundo, la verdad que Alaska y toda su hermosa dureza le había revelado. Estaban atrapadas, por el clima y por el dinero pero, sobre todo, por el amor enfermizo y retorcido que unía a sus padres.

Mamá no dejaría nunca a papá. No importaba que hubiese llegado tan lejos como para coger una mochila y salir corriendo a la furgoneta para escapar. Siempre regresaría porque le quería. O porque le necesitaba. O porque le tenía miedo. ¿Quién podía saberlo?

Leni no alcanzaba a entender el cómo ni el porqué del amor de sus padres. Era suficientemente mayor como para ver la superficie turbulenta pero demasiado joven como para saber lo que había debajo.

Mamá no podría dejar nunca a papá. Y Leni no dejaría nunca a mamá. Y papá nunca podría dejarlas marchar. En aquel terrible y tóxico nudo que era su familia, no había escapatoria para ninguno de ellos.

Esa noche, llevaron a mamá del hospital a casa.

Papá sostenía a mamá como si fuese de cristal. Con sumo cuidado y preocupación por su bienestar. Eso llenó a Leni de una rabia impotente.

Y, entonces, pudo atisbar la presencia de lágrimas en los ojos de su padre y esa rabia se suavizó y pasó a ser algo parecido al perdón. No sabía cómo cercar o cambiar ninguna de esas emociones. Su amor por él estaba enredado con el odio. En ese momento sentía cómo las dos emociones se agolpaban dentro de ella, cada una luchando por imponerse.

Él acomodó a mamá en la cama e, inmediatamente, salió a cortar leña. Nunca había suficiente en el montón y Leni sabía que el esfuerzo físico le serviría de algún modo. Leni se sentó junto al lecho de su madre todo el tiempo que pudo, sujetando su mano fría. Quería hacerle muchas preguntas, pero sabía que las palabras desagradables solo conseguirían hacer llorar a su madre, así que no dijo nada.

A la mañana siguiente, Leni estaba bajando por la escalerilla cuando oyó llorar a mamá.

Leni entró en el dormitorio de mamá y la encontró sentada en la cama (un simple colchón en el suelo), con la espalda apoyada en la pared de troncos desnudos, con la cara hinchada y los dos ojos negros y azules y la nariz ligeramente más a la izquierda de donde debía estar.

—No llores —le dijo Leni.

—Pensarás que soy lo peor —comentó su madre, tocándose con cautela la raja del labio—. Yo le provoqué, ¿verdad? Dije lo que no debía. Seguro que lo hice.

Leni no sabía qué contestar. ¿Quería decir su madre que había sido culpa suya, que si mamá hubiese estado más callada, si hubiese sido más comprensiva o agradable, papá no habría estallado? A Leni no le parecía que fuese así. En absoluto. A veces, él se enfadaba y otras no, eso era todo. Que mamá asumiera la culpa le parecía un error. Peligroso, incluso.

—Yo le quiero —continuó mamá, a la vez que bajaba la mirada a su brazo escayolado—. No sé parar. Pero tengo que pensar también en ti. Ay, Dios mío..., no sé por qué soy así. Por qué permito que me trate así. No puedo olvidar cómo era él antes de la guerra. No paro de pensar que volverá el hombre con el que me casé.

—Nunca vas a abandonarle —repuso Leni en voz baja. Trató de que no sonara como una acusación.

—¿De verdad quieres que lo haga? Creía que te encantaba Alaska —dijo mamá.

—Te quiero más a ti. Y... tengo miedo —contestó Leni.

—Admito que esta vez ha sido grave, pero se ha asustado. De verdad. No volverá a ocurrir. Me lo ha prometido.

Leni soltó un suspiro. ¿En qué se diferenciaba la firme creencia de mamá en papá del miedo que él tenía al Armagedón? ¿Es que los adultos miraban el mundo y solo veían lo que querían ver y creían lo que querían creer? ¿Es que las pruebas y la experiencia no significaban nada?

Mamá trató de sonreír.

—¿Quieres jugar a las cartas?

Así que de ese modo era como iban a hacerlo, volverían a incorporarse a la carretera después de que una rueda hubiera pinchado. Hablarían de cosas normales y fingirían que no había pasado nada. Hasta la siguiente vez.

Leni asintió. Cogió la baraja de la caja de palisandro donde mamá guardaba sus cosas favoritas y se sentó en el suelo junto al colchón.

—Soy afortunada de tenerte, Leni —dijo mamá a la vez que trataba de organizar las cartas con una mano.

—Somos un equipo —contestó Leni.

—Dos gotas de agua.

—Tal para cual.

Lo que siempre se decían la una a la otra. Palabras que ahora parecían algo huecas. Puede que incluso tristes.

Iban por la mitad de la primera partida cuando Leni oyó un vehículo que se acercaba. Lanzó las cartas a la cama y corrió a la ventana.

—Es Marge la Grande —le gritó a mamá—. Y el señor Walker.

—Mierda —dijo mamá—. Ayúdame a vestirme.

Leni volvió a toda prisa al dormitorio de mamá y la ayudó a quitarse el pijama de franela para ponerse unos vaqueros desgastados y una enorme sudadera con capucha y mangas lo bastante grandes como para que le cupiera la escayola. Leni le cepilló el pelo y, a continuación, la ayudó a salir a la sala de estar para dejarla sobre el desvencijado sofá.

La puerta de la cabaña se abrió. La nieve entró agitándose con una ola de aire helado que se extendió por el suelo de contrachapado.

Marge la Grande parecía un oso grizzly con su enorme parka de pelo y sus mukluks, y un gorro de carcayú que parecía haber sido confeccionado a mano. Unos pendientes de hueso de asta le colgaban de sus caídos lóbulos. Se sacudió la nieve de las botas y empezó a decir algo. Pero, entonces, vio la cara magullada de mamá y murmuró:

—Hijo de la gran puta. Debería haberle pateado su culo de cecina.

El señor Walker entró y se colocó a su lado.

—Hola —dijo mamá sin apenas mirarle a los ojos. No se levantó. Quizá no tenía fuerzas suficientes—. ¿Os apetece un...?

Papá entró y cerró la puerta de golpe.

—Yo les traigo café, Cora. Quédate ahí.

La tensión entre los adultos era insoportable. ¿Qué estaba pasando aquí? Algo. Eso seguro.

Marge la Grande agarró al señor Walker del brazo con mano firme y lo llevó a una silla junto a la estufa de leña.

—Siéntate —dijo, empujándolo para que se sentara cuando vio que él no se movía con la suficiente rapidez.

Leni cogió un taburete de al lado de la mesa plegable y lo arrastró a la sala de estar para ofrecérselo a Marge la Grande.

—¿Esa cosa tan diminuta? —preguntó Marge la Grande—. Mi culo va a parecer una seta sobre un palillo de dientes.

—Aun así, se sentó. Se colocó las carnosas manos sobre la cadera y miró a mamá.

—Es peor de lo que parece —dijo mamá con voz entrecortada—. Tuvimos un accidente de coche, ya sabes.

—Sí, ya lo sé.

Papá entró en la sala de estar con dos tazas de lunares azules llenas de café. Salía vapor de ellas y su olor inundó la habitación. Se las pasó a Tom y a Marge la Grande.

—Bueno —comentó nervioso—. Hacía tiempo que no teníamos invitados.

—Siéntate, Ernt —le ordenó Marge la Grande.

—Yo no...

—Siéntate o te siento yo —insistió Marge la Grande.

Mamá se quedó boquiabierta.

Papá se sentó en el sofá junto a mamá.

—Ese no es modo de hablar a un hombre en su propia casa.

—No querrás que te empiece a explicar lo que es de verdad un hombre, Ernt Allbright. Estoy tratando de controlarme, pero podría dejar de hacerlo. Y no creo que quieras ver cómo se te echa encima una mujer tan grande. Créeme. Así que cierra la boca y escucha. —Miró a mamá—. Escuchad los dos.

Leni sintió que la habitación se quedaba sin aire. Un silencio helador y pesado cayó sobre ellos.

Marge la Grande miró a mamá.

—Sé que sabes que soy de Washington y que trabajaba en el mundo legal. Una fiscal de la gran ciudad. Llevaba trajes de marca y tacones. No me faltaba detalle. Me encantaba. Y quería a mi hermana, que se casó con el hombre de sus sueños. Solo que resultó que tenía ciertos problemas. Ciertas peculiaridades. Resultó que bebía mucho y que le gustaba usar a mi hermanita como saco de boxeo. Yo lo intenté todo para que ella le dejara, pero se negaba. Quizá tuviese miedo, quizá le amaba o quizá estaba tan enferma y loca como él. No lo sé. Sé que cuando llamé a la policía fue peor para ella y me suplicó que no volviera a hacerlo. Me quité de en medio. El mayor error de mi vida. Él fue a por ella con un martillo. —Marge la Grande se encogió—. En el funeral tuvimos que mantener el ataúd cerrado.

Hasta ese punto la había destrozado. Él se defendió alegando que le había quitado el martillo a ella para protegerse. La ley no es buena con las mujeres maltratadas. Él sigue estando en la calle. Libre. Me vine aquí arriba para huir de todo aquello. —Miró a Ernt —. Y aquí estás tú.

Papá empezó a levantarse.

—Si fuera tú me quedaría sentado —dijo el señor Walker.

Papá volvió a sentarse lentamente. Se le notaba la inquietud en los ojos y también en cómo abría y cerraba las manos. Golpeaba nervioso el suelo con sus botas. No tenían ni idea de lo que esa pequeña reunión le costaría a mamá. En cuanto se marcharan, él estallaría.

—Probablemente vuestra intención sea buena —dijo Leni—. Pero...

—No —la interrumpió el señor Walker con tono amable—. No te toca a ti resolver este asunto, Leni. Eres una niña. Limítate a escuchar.

—Tommy y yo hemos hablado de esto —prosiguió Marge la Grande—. De vuestra situación aquí. Tenemos un par de soluciones, pero, la verdad, Ernt, es que nuestra favorita es sacarte de aquí y matarte.

Papá soltó una carcajada y, a continuación, quedó en silencio. Abrió los ojos de par en par cuando se dio cuenta de que no bromeaban.

—Lo cierto es que esa es la que yo quiero —añadió el señor Walker—. Marge la Grande tiene otro plan.

—Ernt, vas a recoger toda tu mierda y te vas a largar —explicó Marge la Grande—. En el gasoducto están buscando hombres como tú. Lo de allí arriba es Sodoma y Gomorra y necesitan mecánicos. Vas a ganar un montón de dinero, cosa que necesitas. Y no volverás hasta la primavera.

—No puedo dejar sola a mi familia hasta la primavera —protestó papá.

—Qué considerado —murmuró el señor Walker.

—¿Crees que la voy a dejar contigo? —preguntó papá.

—Ya basta, chicos —intervino Marge la Grande—. Podréis seguir chocando vuestras astas más tarde. Por ahora, Ernt se marcha y yo me vengo aquí. Pasaré el invierno con tus chicas, Ernt. Las mantendré a salvo de todo y de todos. Podrás volver en la primavera. Para entonces, puede que ya sepas valorar lo que tienes y trates a tu mujer como se merece.

—No puedes obligarme a que me vaya —dijo papá.

—Respuesta equivocada —replicó Marge la Grande—. Mira, Ernt. Alaska saca lo mejor y lo peor de un hombre. Puede que si no hubieses venido aquí nunca te habrías convertido en lo que eres ahora. Sé lo que fue Vietnam y se me rompe el corazón cuando pienso en lo que chicos como tú tuvisteis que pasar. Pero no puedes salir de esa oscuridad, ¿verdad? No tienes por qué avergonzarte. La mayoría de los hombres no pueden hacerlo. Acéptalo y haz lo que es mejor para tu familia. Quieres a Cora y a Leni, ¿verdad?

La expresión de papá cambió cuando miró a mamá. Todo su cuerpo se suavizó. Por un instante, Leni vio a su padre, al verdadero, al hombre que habría sido si la guerra no le hubiese destrozado. El hombre que era Antes.

—Sí —contestó.

—Perfecto. Las quieres lo suficiente como para irte y ganar dinero para mantenerlas —dijo ella—. Recoge tu mierda y lárgate. Te veremos con el deshielo.

1978

12

Una Leni de diecisiete años conducía segura la máquina de nieve bajo una intensa nevada. Estaba sola allí afuera, en la enormidad del invierno. Siguiendo el resplandor de sus faros en medio de la oscuridad antes del amanecer, giró hacia el camino que llevaba a la vieja mina. En un kilómetro y medio, más o menos, el camino se convertía en un sendero que serpenteaba, giraba, se elevaba y caía. El trineo de plástico que llevaba detrás iba dando botes contra la nieve, vacío, pero esperaba que pronto cargara su próxima presa. Si en algo había tenido razón su padre había sido en esto: Leni había aprendido a cazar.

Se precipitaba sobre terraplenes, rodeaba árboles y cruzaba ríos congelados, a veces elevada en el aire sobre la máquina de nieve, deslizándose sin control, y a veces dando gritos de alegría o de miedo o una mezcla de los dos. Allí afuera estaba en su elemento.

A medida que subía, los árboles se iban volviendo más escasos y escuálidos. Empezó a ver desfiladeros y salientes de granito cubiertos de nieve.

Siguió adelante: arriba, abajo, alrededor, atravesando bancos de nieve, escorándose para evitar troncos caídos. Aquello requería mucha concentración, por lo que no podía pensar ni sentir nada más.

En una pendiente, la máquina de nieve se deslizó a la izquierda y perdió tracción. Desaceleró. Aminoró la marcha. Se detuvo.

Respirando con fuerza a través de las hendiduras de su máscara de neopreno, Leni miró a su alrededor. Blancos y afilados picos de montañas, glaciares de un azul blanquecino, granito negro.

Descendió de la máquina, temblando. Con el viento en contra, se desató la mochila y se puso las raquetas. A continuación, empujó la máquina de nieve hasta situarla bajo la limitada protección que le brindaba un árbol grande y la tapó con la lona. Hasta allí era hasta donde el vehículo podía llevarla.

En lo alto, el cielo se estaba iluminando poco a poco. La luz del día se extendía con cada aliento.

El sendero seguía hacia arriba, más estrecho. Vio el primer coágulo de excremento congelado a medio kilómetro y siguió las huellas de las pezuñas pendiente arriba.

Sacó sus prismáticos y examinó el paisaje blanco que la rodeaba.

«Allí». Un carnero de Dall de color crema con enormes cuernos curvados caminaba por una alta cornisa, clavando sus pezuñas sobre el terreno nevado y escarpado.

Leni se movió con cautela, avanzando por la estrecha cresta para adentrarse entre los árboles. Allí volvió a ver algunas huellas y las siguió hasta un río congelado.

Excrementos recientes.

El carnero había cruzado el río por ahí, partiendo el hielo, haciendo chapotear el agua. Asomaban trozos de hielo hacia arriba, inclinados, sostenidos por el hielo sólido que los rodeaba.

Había un viejo árbol caído y atravesado en el hielo, con sus ramas congeladas extendidas, y el agua se removía en charcos a lo largo de él.

La nieve se arremolinaba por el hielo, acumulándose a un lado del tronco, diseminándose en pequeños remolinos a cada lado. Aquí y allí, el viento había desplazado la nieve, dejando a la vista relucientes y resquebrajados parches de hielo de color azul plateado. Ella sabía que no era seguro cruzar por ahí, pero hacerlo por otro lado le llevaría horas. ¿Y quién sabía si habría siquiera un buen lugar por donde cruzar? No había llegado tan lejos para rendirse ahora.

Leni se ajustó la mochila y amarró a ella el rifle de caza; se quitó las raquetas y las ató también a la mochila.

Mirando abajo hacia el tronco, que era como de medio metro de diámetro, con la corteza descascarillada, congelada, cubierta de nieve y hielo, respiró hondo y subió sobre él a cuatro patas.

El mundo se volvió tan estrecho como el tronco, tan ancho como el río. La áspera y congelada corteza se le clavaba en las rodillas. Los crujidos del hielo eran como disparos que estallaban a su alrededor.

No apartaba la mirada del cilindro del tronco.

Allí. La otra orilla. Eso era lo único en lo que pensaba. No en el hielo que crujía ni en el agua gélida que corría por debajo. Y, desde luego, tampoco en la posibilidad de caer.

Siguió gateando centímetro a centímetro, con el viento azotándola y la nieve acribillándola.

El hielo crujió. Alto. Fuerte. El tronco se hundió, rompiendo el hielo por delante de ella. El agua salpicó y formó charcos en el hielo, reflejando la poca luz que había.

El tronco emitió un fuerte chasquido y se hundió más hasta golpear con algo.

Leni se puso de pie tambaleándose, consiguió equilibrarse y extendió los brazos. El tronco parecía respirar bajo sus pies.

El hielo volvió a crujir. Esta vez con un rugido.

Podría haber dos metros entre ella y la orilla. Pensó en la madre de Matthew, cuyo cuerpo había sido encontrado a varios kilómetros de donde había atravesado el hielo, devorado por animales. Nadie querría hundirse en el hielo. No se sabía dónde podía terminar tu cuerpo. En Alaska, corría agua por todos sitios, sacando a la luz cosas que deberían permanecer ocultas.

Siguió avanzando poco a poco. Cuando ya estaba próxima a la otra orilla, se lanzó hacia arriba, sacudiendo los brazos y las piernas como si pudiera echarse a volar, y aterrizó sobre las rocas cubiertas de nieve del otro lado.

Sangre.

Notó su sabor, caliente y metálico en la boca, deslizándose por una de sus frías mejillas.

De repente, se echó a temblar, consciente de la humedad de su ropa, ya fuera por el sudor o por las gotas de agua que le habían salpicado las muñecas o las botas. No lo sabía. Tenía los guantes mojados, igual que las botas, pero ambas prendas eran impermeables.

Se puso de pie y valoró los daños. Tenía un corte superficial en la frente y se había mordido la lengua. Los puños de las mangas de su parka estaban mojados y pensó que se le había colado algo de agua por el cuello. Nada grave.

Se ajustó la mochila, cogió el rifle y echó a andar de nuevo, alejándose del río aunque manteniéndolo a la vista. Siguió el rastro de huellas y excrementos hacia arriba, por los salientes de las rocas. A esa altura, el mundo estaba tranquilo. Todo estaba borroso por la nieve que caía y el vaho de su respiración.

Entonces: un sonido. El crujido de una rama, el golpe de unas pezuñas que se deslizaban por una roca. Notó el olor almizcleño de su presa. Se colocó entre dos árboles y levantó el arma.

Observó a través de la mira y encontró al carnero. Apuntó.

Respiró con regularidad.

Esperó.

Después, apretó el gatillo.

El carnero no emitió ningún ruido. «Un disparo perfecto, justo en el blanco». Sin sufrimiento. El carnero cayó sobre sus rodillas, desplomado, se deslizó por la superficie de la roca y se detuvo sobre una cornisa nevada.

Ella caminó pesadamente por la nieve hacia su presa. Quería eviscerar al animal y meter la carne en su mochila cuanto antes. En realidad, aquella era una caza ilegal, pues la veda de caza de carneros era en otoño, pero una nevera vacía era una nevera vacía. Supuso que el animal pesaría unos cuarenta y cinco kilos. Sería un largo camino de vuelta hasta la máquina de nieve con todo ese peso.

Leni maniobraba la máquina de nieve por el largo camino blanco de acceso hacia la cabaña. Mantenía una mano sobre el acelerador, moviéndose despacio, consciente de cada bache y cada giro.

Durante los últimos cuatro años, había crecido como crecía todo en Alaska: salvaje. El pelo le llegaba casi hasta la cintura (no había encontrado motivo alguno para cortárselo) y se le había vuelto de un castaño rojizo. Su regordeta cara de niña se había afinado y las pecas le habían desaparecido, dejándole una tez lechosa que acentuaba el aguamarina de sus ojos.

El mes siguiente su padre volvería a la cabaña. Durante los últimos cuatro años papá había seguido las normas establecidas por Tom Walker y Marge la Grande. A regañadientes y con mala disposición había hecho lo que le habían «recomendado». Cada año, después del Día de Acción de Gracias (normalmente justo cuando sus pesadillas empezaban a incrementarse y comenzaba a murmurar entre dientes y a ponerse agresivo), partía hacia la región de la Pendiente Norte para trabajar en el gasoducto. Ganaba un buen dinero que enviaba a casa todas las semanas. Dinero que utilizaban para mejorar su vida ahí arriba. Ahora tenían cabras y pollos, un esquife de aluminio para pescar y un huerto que iba creciendo bajo el invernadero abovedado. Habían cambiado la furgoneta Volkswagen por una camioneta razonablemente buena. Ahora en la furgoneta vivía un viejo ermitaño en los bosques que rodeaban McCarthy.

Seguía resultando difícil vivir con papá, con su humor volátil y deprimente. Odiaba al señor Walker con una intensidad peligrosa y la más mínima decepción (o el whisky con el Loco Earl) podían hacerle estallar todavía, pero no era estúpido. Sabía que Tom Walker y Marge la Grande le vigilaban de cerca.

Mamá seguía diciendo: «Está mejor, ¿no crees?», y, a veces, Leni lo creía. O puede que se hubiesen adaptado a su entorno, como las perdices nivales, que se volvían blancas durante el invierno.

Durante el mes de oscuridad antes de que se marchara al gasoducto y los fines de semana de invierno en los que venía de visita, estudiaban el humor de papá como científicos, tomando nota del más mínimo tic en el ojo que delatara que su ansiedad estaba aumentando. Leni aprendió a apaciguar el temperamento de su padre cuando podía y se quitaba de en medio cuando no. Su intervención —cosa que había aprendido por las malas— no hacía más que empeorar las cosas para mamá.

Leni entró en el patio nevado y vio la gran camioneta de Tom Walker aparcada junto al International Harvester de Marge la Grande.

Aparcó entre el gallinero y la cabaña y bajó del vehículo, hundiendo el pie en la crujiente y sucia nieve. Ahí abajo, el tiempo estaba cambiando con rapidez, volviéndose más cálido.

Era finales de marzo. Pronto, los carámbanos empezarían a gotear desde los aleros de los tejados con un tamborileo constante y la nieve derretida de las elevaciones más altas caería colina abajo y convertiría el patio en barro.

Desató la presa eviscerada del trineo de plástico rojo que remolcaba la máquina de nieve. Se echó sobre el hombro la carne sanguinolenta que iba en una bolsa blanca, pasó al lado de los animales, que cloquearon y balaron al verla llegar, y subió los ahora sólidos escalones de la cabaña.

De inmediato la envolvieron el calor y la luz. Su aliento, visible apenas unos segundos antes, desapareció. Oyó el zumbido del generador que daba electricidad a las luces. La pequeña estufa negra de leña, la que siempre había estado allí, despedía calor.

La música sonaba a todo volumen en una gran radio portátil sobre la nueva mesa de comedor. Habían puesto alguna canción disco de los Bee Gees. La cabaña olía a pan recién hecho y carne asada.

Siempre se sabía cuándo no estaba papá. Todo era más fácil y tranquilo en su ausencia.

Marge la Grande y el señor Walker estaban sentados en la gran mesa rectangular de comedor que papá había fabricado el verano anterior, jugando a las cartas.

—Hola, Leni. Asegúrate de que no hacen trampas —gritó mamá desde la cocina, que había sido rediseñada poco a poco con el paso de los años: habían incluido un horno de propano, así como un frigorífico. El señor Walker había alicatado la encimera y había instalado un fregadero mejor. Seguían sin tener agua corriente ni baño dentro de la cabaña. Marge la Grande había construido un escurridor para los platos que compraron cuando fueron al centro del Ejército de Salvación de Homer.

—Pues están haciendo trampas —dijo Leni sonriendo.

—Yo no —aclaró Marge la Grande, metiéndose un trozo de salchicha de reno en la boca—. No necesito hacer trampas para vencer a estos dos. Acércate, Leni. Juega contra mí.

Riéndose, el señor Walker se puso de pie arrastrando la silla por el suelo de tablones.

—Parece que alguien ha cazado un carnero. —Sacó un plástico grande y blanco de debajo del fregadero y lo extendió en el suelo.

Leni dejó caer su carga sobre el plástico y se arrodilló a su lado.

—Así es —dijo—. He subido hasta Porter Ridge. —Abrió la bolsa y sacó la presa eviscerada.

El señor Walker afiló un *ulu* y se lo pasó.

Leni empezó con su tarea de cortar la cadera para filetes y asados y a arrancar las madejas plateadas de la carne. Hace tiempo, habría resultado raro ponerse a cortar carne en la casa sobre un plástico. Ya no. Así era la vida durante los meses de invierno.

Mamá salió de la cocina, sonriendo. Al parecer, en invierno siempre sonreía. Había florecido aquí, en Alaska, igual que Leni. Resultaba irónico que las dos se sintiesen más seguras en invierno, cuando su entorno se reducía al máximo y era más peligroso. Con papá fuera, podían respirar. Ella y Leni medían ahora lo mismo, y gracias a su dieta rica en proteína estaban delgadas y ágiles cual bailarinas.

Mamá ocupó su lugar en la mesa.

—Esta vez voy a por todas. Preparad vuestra estrategia.

—¿A por todas? —preguntó el señor Walker—. ¿O te quedarás a medias, como siempre?

Mamá se rio.

—Vas a comerte esas palabras, Tom. —Empezó a repartir.

Leni fingía algunas cosas en el invierno, igual que hacía en verano. Como ahora, que fingía no notar cómo se miraban

mamá y el señor Walker, el cuidado que ponían en no rozar-
se nunca. Cómo mamá suspiraba a veces cuando mencionaba su
nombre.

Algunas cosas eran peligrosas. Todos lo sabían.

Leni se agachó para continuar su tarea. Estaba tan concentrada en sus cortes que pasó un momento antes de que se diera
cuenta de que se oía un motor. Entonces, vio un destello de faros
a través de la ventana que iluminaron la cabaña de pronto.

Un momento después, se abrió la puerta de la cabaña.

Entró papá. Llevaba una gorra de camionero desgastada
y descolorida calada hasta las cejas, con su larga barba y su
bigote descuidados. Tras varios meses en el gasoducto, tenía el
aspecto nervudo y duro de un hombre que bebía demasiado y
comía muy poco. El duro clima de Alaska le había dado a su
piel una apariencia arrugada y curtida.

Mamá se puso de pie al instante. De repente, parecía inquieta.

—¡Ernt! ¡Has llegado antes! Deberías haber avisado
de que venías.

—Sí —contestó él mirando al señor Walker—. Ya veo por
qué lo querías saber.

—No es más que una partida de cartas con los vecinos
—intervino el señor Walker poniéndose de pie—. Pero os de-
jaremos para que disfrutéis de vuestro encuentro. —Fue hacia
donde estaba papá (que no se apartó y obligó al señor Walker
a cambiar de trayectoria), cogió su parka del perchero de la
puerta y se la puso—. Gracias, chicas.

Cuando se hubo ido, mamá se quedó mirando a papá,
con la cara pálida y la boca ligeramente abierta. Parecía preocupada y le costaba respirar.

Marge la Grande se puso de pie.

—No puedo recoger mis cosas tan rápido, así que me
quedaré esta noche si no os importa. Estoy segura de que no.

Papá no miró a Marge la Grande. Tenía los ojos fijos en mamá.

—No seré yo quien le diga a una mujer gorda lo que tiene que hacer.

Marge la Grande se rio y se apartó de la mesa. Se dejó caer en el sofá que papá había comprado a un hotel que había cerrado en Anchorage y colocó los pies con pantuflas sobre la nueva mesita de centro.

Mamá se acercó a papá, le rodeó con los brazos y lo atrajo hacia ella.

—Hola —susurró a la vez que le besaba el cuello—. Te he echado de menos.

—Me han despedido. Hijos de puta.

—Oh, no —dijo mamá—. ¿Qué ha pasado? ¿Por qué?

—Un mentiroso hijo de puta ha dicho que yo bebía en el trabajo. Y mi jefe es un capullo. No ha sido culpa mía.

—Pobre Ernt —contestó mamá—. Nunca tienes descanso.

Él acarició la cara de mamá, inclinó su mentón hacia arriba y la besó con fuerza.

—Dios, cómo te he echado de menos —dijo él sin despegar los labios de los de ella. Mamá gimió con su tacto y pegó su cuerpo al de él.

Se fueron hacia el dormitorio, pasaron por la cortina de cuentas, al parecer ajenos a que había más personas en la cabaña. Leni oyó cómo caían en la cama, el chirrido de los muelles, su respiración acelerada.

Leni se sentó sobre los talones. Dios mío. Nunca comprendería la relación de sus padres. Sentía vergüenza. Aquel firme amor que tanto ella como su madre profesaban a papá le producía una sensación mala, de abatimiento. Había algo malo en ellos. Lo sabía. Lo veía en el modo en que Marge la Grande miraba, a veces, a mamá.

—Eso no es normal, chica —dijo Marge la Grande.

—¿Hay algo que lo sea?

—¿Quién sabe? Pete el Chiflado es la persona casada más feliz que conozco.

—Bueno, Matilda no es un ganso cualquiera. ¿Tienes hambre?

Marge la Grande se dio golpecitos en su gran vientre.

—Puedes apostar a que sí. El estofado de tu madre es mi preferido.

—Voy a servirnos un poco. Dios sabe que no saldrán del dormitorio durante un buen rato. —Leni envolvió la carne que había estado cortando y, a continuación, se lavó las manos con agua de un cubo que había junto al fregadero. En la cocina, encendió la radio a todo volumen, pero no fue suficiente para ahogar el encuentro que estaba teniendo lugar en el dormitorio.

Primavera en Alaska. La estación del deshielo, el movimiento, el ruido, cuando la luz del sol volvía poco a poco y brillaba sobre la nieve sucia y dispersa. El mundo cambiaba, sacudiéndose del frío, produciendo sonidos como grandes engranajes que se ponen en marcha. Bloques de hielo tan grandes como casas se liberaban, bajaban flotando, golpeando contra todo lo que encontraban en su camino. Los árboles crujían y caían cuando el suelo mojado e inestable se movía bajo ellos. La nieve se convertía en aguanieve y, después, en agua que se acumulaba en cada hueco o grieta del terreno.

Las cosas perdidas en la nieve se volvían a encontrar: un sombrero que se llevó el viento, un rollo de cuerda. Las latas de cerveza que se habían lanzado a los bancos de nieve salían a la superficie de barro de la carretera. Las agujas negras de las píceas yacían en charcos turbios. Las ramas quebradas por las tormentas flotaban en el agua que corría hacia abajo desde cada rincón. Las cabras se quedaban hundidas hasta las rodillas en el barro. No había heno suficiente que pudiera absorber todo aquello.

El agua llenaba las bases de los árboles y corría por los arcenes inundándolo todo, recordando a todos que esta parte de Alaska es estrictamente hablando un bosque pluvial. En cualquier sitio podía oírse el crujir del hielo y el agua que bajaba de las ramas y los alerones de los tejados, por los laterales de los caminos, corriendo en riachuelos por cada grieta del suelo saturado.

Los animales salían de su escondrijo. Los alces se paseaban por la ciudad. Nadie tomaba nunca una curva con demasiada velocidad. Los patos de mar volvían en bandadas y entre graznidos para instalarse sobre las olas de la bahía. Los osos salían de sus guaridas y bajaban pesadamente las laderas en busca de comida. La naturaleza hacía una limpieza general, llevándose el hielo, el frío y la escarcha, desempolvando las ventanas para que entrara la luz.

Aquella preciosa tarde azul, bajo un cielo cerúleo, Leni se puso sus botas de goma Xtratuf y salió a dar de comer a los animales. Ahora tenían siete cabras, trece pollos y cuatro patos. Mientras se movía por el barro que le llegaba al tobillo entre las acuosas huellas de neumáticos, oyó voces. Se giró hacia el sonido, hacia la cala que era su vínculo familiar con el mundo exterior. Aunque llevaban ya varios años aquí, el terreno seguía siendo obstinadamente salvaje. Incluso en su propio patio trasero, Leni tenía que andarse con cuidado, pero en días como este, cuando la marea estaba alta y el agua bañaba la playa llena de conchas, aún la dejaba boquiabierta.

Vio en el agua a gente con kayaks, una flotilla de colores luminosos que pasaban de largo.

Turistas. Probablemente desconocedores de lo rápido que podía cambiar todo en Alaska. El agua que tenían debajo estaba calmada, pero la pequeña bahía se llenaba y se vaciaba dos veces al día con rápidas mareas que podrían hacer encallar o hundir a los incautos antes de que se dieran cuenta del peligro.

Mamá apareció junto a Leni. Olió la familiar mezcla de humo de cigarrillo, jabón de escaramujo y crema de manos de lavanda que siempre le recordaba a su madre. Mamá pasó un brazo por encima del hombro de Leni y la golpeó juguetona con la cadera.

Se quedaron mirando cómo los kayaks entraban en la cala, oyeron el eco de las risas de sus tripulantes desplazándose por el agua. Leni se preguntó cómo serían sus vidas, las de esos chicos del exterior que aparecían aquí arriba de vacaciones, subían con sus mochilas las laderas de las montañas y soñaban con una vida «en tierras lejanas» y luego regresaban a sus barrios residenciales a las afueras de la gran ciudad y a sus vidas cambiantes.

Detrás de ellas, se encendió el motor de la camioneta roja.

—Es hora de marcharse, chicas —gritó papá.

Mamá agarró a Leni de la mano. Se dispusieron a ir hacia donde estaba papá.

—No deberíamos ir a la reunión —dijo Leni cuando llegaron a él.

Papá la miró. Durante los años que llevaban en Alaska, había envejecido y se había quedado delgado y fibroso. Unas finas arrugas le rodeaban los ojos y le plegaban las hundidas mejillas.

—¿Por qué?

—Porque te vas a enfadar.

—¿Crees que voy a salir huyendo de un Walker? ¿Crees que soy un cobarde?

—Papá...

—Esta es también nuestra comunidad. Nadie quiere a Kaneq más que yo. Si Walker quiere actuar como un pez gordo y convocar una reunión, vamos a ir. Subid al coche.

Se montaron en la vieja camioneta.

Kaneq era una ciudad distinta de la que habían encontrado cuando se mudaron y su padre odiaba cada uno de sus cambios. Odiaba que hubiese ahora un transbordador que trajera turistas desde Homer. Odiaba tener que aminorar la velocidad por ellos porque caminaban por mitad de la carretera y se movían por todos sitios con ojos saltones, señalando a cada águila, halcón o foca. Odiaba que el nuevo negocio de alquiler de barcos de pesca de la ciudad fuese boyante y que a veces no hubiese un asiento libre en la cafetería. Odiaba a la gente que venía de visita —los llamaba mirones—, pero odiaba aún más a los forasteros que se mudaban allí, se hacían casas cerca de la ciudad, vallaban sus solares y se construían garajes.

Esa cálida tarde, unos cuantos turistas robustos caminaban por la calle principal, tomando fotografías y hablando en voz tan alta que sobresaltaban a los perros atados que había a lo largo de la calle. Se juntaron a la puerta de la recién abierta tienda de tentempiés y aparejos de pesca.

Un cartel en el bar Kicking Moose decía: «Reunión vecinal el domingo a las siete de la tarde».

—¿Dónde estamos? ¿En Seattle? —murmuró papá.

—Nuestra última reunión fue hace dos años —dijo mamá—. Cuando Tom Walker donó la madera para reparar el muelle de pasajeros.

—¿Crees que no lo sé? —protestó él deteniéndose en un aparcamiento—. ¿Crees que necesito que me lo digas? Apenas puedo olvidarme de que Tom Walker se las da de pez gordo y nos restriega su dinero por las narices. —Había aparcado delante del Kicking Moose. La puerta del bar estaba abierta de par en par.

Leni siguió a sus padres al interior.

En medio de todos los cambios que habían tenido lugar en la ciudad, este era el único espacio que se había mantenido igual. En Kaneq no le importaba a nadie lo ennegrecidas que estaban las paredes ni el olor a chamusquina siempre que la bebida fluyera.

El bar estaba ya lleno. Hombres y mujeres (la mayoría hombres) con camisas de franela estaban junto a la barra. Unos cuantos perros esqueléticos yacían acurrucados bajo los taburetes de la barra y en los rincones. Todos hablaban a la vez y sonaba música de fondo. Un perro gimió al compás del sonido, aullando antes de que una bota le hiciese callar.

El Loco Earl los vio y les hizo una señal con la mano.

Papá le saludó con la cabeza y se dirigió a la barra.

El Viejo Jim estaba atendiendo el bar, como había hecho durante décadas. Sin dientes y con ojos legañosos y barba tan escasa como su vocabulario, se movía con lentitud detrás de la barra pero con simpatía. Todos sabían que el viejo Jim les fiaría una copa o aceptaría un poco de carne de alce a cambio. Se rumoreaba que el bar había funcionado de esa forma desde que el padre de Tom Walker lo construyera en 1942.

—Un whisky doble —gritó papá a Jim—. Y una cerveza Rainier para la señora. —Puso un puñado de billetes del gasoducto sobre el mostrador.

Tras coger su copa y la cerveza de mamá, fue hacia el rincón, donde el Loco Earl, Thelma, Ted y Clyde, junto con el resto del clan Harlan, habían colocado unas cuantas sillas de plástico alrededor de un barril al que habían dado la vuelta.

Thelma sonrió a mamá y acercó una silla blanca de plástico a su lado. Mamá se sentó y, de inmediato, las dos mujeres juntaron las cabezas y empezaron a hablar. Durante los últimos años se habían convertido en buenas amigas. Thelma, según había visto Leni con el paso de los años, era como la mayoría de las mujeres de Alaska que se atrevían a vivir en el bosque: dura, seria y excesivamente sincera. Pero nadie se atrevería a hacerla enfadar.

—Hola, Leni —dijo Nenita, sonriendo con su boca llena de dientes desiguales. La sudadera le estaba demasiado grande y los pantalones demasiado cortos, dejando ver, al menos, diez centímetros de espinilla por encima de sus calcetines de lana y sus botines.

Leni miró sonriente a la niña de ocho años.

—Hola, Nenita.

—Axle vino ayer a casa. Casi le disparo una flecha —dijo con una gran sonrisa—. Qué susto se dio.

Leni contuvo una sonrisa.

—¿Tienes fotos nuevas para enseñarme?

—Claro. Te las traeré la próxima vez que vengamos. —Leni se apoyó en la pared de troncos quemados. Nenita se colocó a su lado.

A la entrada del bar sonó una campanilla.

Las conversaciones por todo el local se fueron acallando pero no se interrumpieron. Las reuniones vecinales podían ser una costumbre aceptada en esta tierra ubicada más allá del sistema, pero nunca podía silenciarse del todo una sala llena de alaskeños.

Tom Walker se colocó tras la barra y sonrió.

—Hola, vecinos. Gracias por venir. Veo a muchos viejos amigos en esta sala y bastantes caras nuevas. A nuestros nuevos vecinos les saludo y les doy la bienvenida. Para los que no me conocéis, soy Tom Walker. Mi padre, Eckhart Walker, llegó a Alaska antes de que hubieseis nacido la mayoría de vosotros. Estuvo buscando oro, pero encontró su verdadera riqueza en la tierra, aquí en Kaneq. Él y mi madre cultivaron doscientas cincuenta hectáreas y reclamaron su propiedad.

—Ya estamos —dijo papá con tono de desagrado a la vez que vaciaba su copa—. Ahora nos hablará de su amigo el gobernador y de que iban a pescar cangrejos de niños. Dios mío...

—Tres generaciones de mi familia han vivido en la misma tierra. Este lugar no es solamente el lugar donde vivimos. Es lo que somos. Pero los tiempos están cambiando. Sabéis bien a qué me refiero. Los nuevos rostros son prueba de esos cambios. Alaska es la última frontera. La gente está deseando ver nuestro estado antes de que cambie aún más.

—¿Y qué? —gritó alguien.

—Los turistas invaden las orillas del río Kenai durante la temporada buena, recorren nuestras aguas con kayaks, llenan la red de ferris y llegan en manadas a nuestro muelle. Los cruceros van a empezar a traer a miles de personas hasta aquí, no solo cientos. Sé que el negocio de alquiler de barcos de pesca de Ted ha crecido el doble en los últimos dos años y que en verano es imposible conseguir asiento en la cafetería. Nos han dicho que el transbordador de pasajeros entre nosotros, Seldovia y Homer podría llenarse todos los días.

—Nosotros vinimos aquí para huir de todo eso —gritó papá.

—¿Por qué nos cuentas todo esto, Tommy? —preguntó Marge la Grande desde el rincón.

—Me alegro de que me lo preguntes, Marge —contestó el señor Walker—. Por fin he decidido dedicar un dinero al bar, arreglar este viejo sitio. Ya es hora de que tengamos un bar que no nos ennegrezca las manos ni el culo de los pantalones.

Alguien lanzó un hurra de alegría.

Papá se puso de pie.

—¿Crees que necesitamos un bar urbanita, que necesitamos acoger a los idiotas que vienen aquí en sandalias, con cámaras colgando de sus cuellos?

La gente se giró para mirar a papá.

—No creo que un poco de pintura y un poco de hielo tras la barra nos vaya a hacer daño —contestó el señor Walker con tono tranquilo.

—Vinimos aquí para huir del exterior y de ese mundo jodido. Yo voto por que digamos no a que el señor Pez Gordo haga mejoras en el bar. Que los *cheechakos* se vayan al bar Salty Dawg a beber.

—Por el amor de Dios, no voy a construir un puente con el continente —protestó el señor Walker—. Mi padre construyó esta ciudad, no lo olvides. Yo estuve trabajando en este bar cuando tú probabas suerte en la liga infantil. Es mío. —Hizo una pausa—. Todo entero. ¿Lo has olvidado? Y ahora que lo pienso, más vale que arregle también la vieja pensión. La gente necesita un lugar para dormir. La llamaré Geneva. A ella le habría gustado.

Estaba provocando a papá. Leni lo vio en la mirada del señor Walker. La animosidad entre los dos hombres estaba siempre presente. Trataban de evitarse, pero siempre estaba ahí. Solo que ahora el señor Walker no se estaba haciendo a un lado.

—¿Te puedes creer esta mierda? —Papá miraba al Loco Earl—. ¿Qué será lo siguiente? ¿Un casino? ¿Una noria?

El Loco Earl frunció el ceño y se puso de pie.

—Espera un momento, Tom...

—No son más que diez habitaciones, Earl —dijo el señor Walker—. Tenía huéspedes hace cien años, cuando los comerciantes de pieles rusos y los misioneros recorrían estas calles. Mi madre hizo las vidrieras del vestíbulo. Esa casa de huéspedes es parte de nuestra historia y ahora está clausurada como una viuda de luto. Haré que vuelva a brillar. —Hizo una pausa y miró directamente a papá—. Nadie va a impedir que yo haga mejor esta ciudad.

—Solo porque seas rico no tienes que restregárnoslo —gritó papá.

—Ernt —dijo Thelma—. Creo que estás exagerando un poco todo esto.

Ernt fulminó a Thelma con la mirada.

—No queremos que haya un puñado de turistas subiéndose por nuestros traseros. Decimos que no a esto. No, maldita sea...

El señor Walker acercó la mano a la campanilla que había sobre la barra y la tocó.

—Invita la casa —dijo con una sonrisa.

Hubo enseguida un alboroto: gente que daba palmadas y lanzaba hurras mientras se acercaban a la barra.

—No dejéis que os compre con unas cuantas copas gratis —gritó papá—. Esta idea suya es mala. Si quisiéramos vivir en una ciudad, estaríamos en otro sitio, maldita sea. ¿Y si no se limita solo a eso?

Nadie le escuchaba. Incluso el Loco Earl se dirigía a la barra a por su copa gratis.

—Nunca has sabido cuándo cerrar la boca, Ernt —dijo Marge la Grande acercándose a él. Llevaba un abrigo de gamuza ribeteado a mano que le llegaba a las rodillas sobre unos pantalones de pijama metidos por dentro de los mukluks—. ¿Alguien te ha obligado a tener una licencia para arreglar barcos en el muelle? No. Nadie. Si Tom quiere convertir este lugar en la casa de los sueños de Barbie, nadie va a decirle que no lo haga. Esa es la razón por la que estamos aquí. Para hacer lo que queramos. No lo que tú quieras que hagamos.

—He estado toda la vida tragando mierda de gente como él.

—Sí. Bueno. Puede que esto tenga más que ver contigo que con él —contestó Marge la Grande.

—Cierra tu boca gorda —gritó papá—. Vamos, Leni. —Agarró a mamá del brazo y tiró de ella hacia la muchedumbre.

—¡Allbright!

Leni oyó el vozarrón del señor Walker detrás de ellos.

Casi en la puerta, papá se detuvo y se dio la vuelta. Tiró de mamá para que se pusiera a su lado. Ella dio un traspiés y casi se cayó.

El señor Walker fue hacia papá y la gente fue con él, acercándose, con las copas en la mano. El señor Walker parecía tranquilo hasta que uno se fijaba en su mirada y en la forma en que apretaba la boca cuando miró a mamá. Estaba cabreado.

—Vamos, Allbright. No salgas corriendo. Sé un buen vecino —dijo el señor Walker—. Podemos ganar dinero, tío. Y los cambios son algo natural. Es inevitable.

—No voy a permitir que cambies nuestra ciudad —contestó papá—. Me da igual cuánto dinero tengas.

—Sí que lo vas a permitir —repuso el señor Walker—. No tienes otra opción. Así que déjalo estar y acepta la derrota con elegancia. Tómate una copa.

¿Con elegancia?

¿Es que el señor Walker aún no se había enterado?

Papá no dejaba estar las cosas sin más.

13

Al día siguiente, papá pasó todo el tiempo caminando de un lado para otro, protestando furioso por los cambios y el futuro. A mediodía, encendió la radio y convocó una reunión en la finca de los Harlan.

Durante todo el día, Leni tuvo un mal presentimiento, un vacío en el fondo del estómago. Las horas pasaban lentamente pero, aun así, siguieron pasando. Tras la cena, fueron a la finca.

Ahora, todos esperaban impacientes a que diera comienzo la reunión. Habían sacado sillas de las cabañas y cobertizos y las habían dispuesto de forma desordenada por el terreno embarrado frente al porche del Loco Earl.

Thelma se sentó en una silla blanca de plástico, con Nenita recostada incómoda sobre ella. La niña era demasiado grande para estar en el regazo de su madre. Ted estaba detrás de su mujer, fumando un cigarrillo. Mamá se sentó junto a Thelma en una silla Adirondack con un solo brazo y Leni estaba a su lado, sentada en una silla plegable de metal que se había hundido en el barro. Clyde y Donna se colocaron como centinelas a cada lado de Marthe y Agnes, que estaban sacándole punta a dos palos de madera.

Todas las miradas estaban puestas en papá, que estaba de pie en el porche, junto al Loco Earl. No había ningún atisbo de whisky entre ellos, pero Leni estaba segura de que habían estado bebiendo.

Caía una lluvia monótona. Todo estaba gris: cielos grises, lluvia gris, árboles grises perdidos en una neblina gris. Unos perros ladraban y mordisqueaban los extremos de sus oxidadas cadenas. Varios estaban en lo alto de sus pequeñas casetas y observaban lo que ocurría en el centro de la finca.

Papá miraba a la multitud reunida delante de él, la menos numerosa que había habido nunca. Durante los últimos años, los jóvenes se habían marchado de las tierras de su abuelo para buscarse la vida. Algunos pescaban en el mar de Bering, otros trabajaban de guardabosques en el parque nacional. El año anterior, Axle había dejado embarazada a una chica indígena y ahora estaba viviendo en un asentamiento yupik.

—Todos sabemos por qué estamos aquí —dijo papá. Su pelo largo estaba completamente enmarañado y llevaba la barba densa y sin arreglar. Tenía la piel pálida del invierno. Un pañuelo rojo le cubría la mayor parte de la cabeza y le mantenía el pelo apartado de la cara. Dio una palmada en el hombro escuálido del Loco Earl—. Este hombre vio el futuro mucho antes que ninguno de nosotros. Supo de algún modo que nuestro gobierno nos fallaría, que la codicia y la delincuencia destruirían todo lo que amamos de Estados Unidos. Vino aquí arriba, os trajo a todos aquí, para llevar una vida mejor y más sencilla, una vida que regresaba a la tierra. Quería cazar su comida, proteger a su familia y alejarse de la mierda que hay en las ciudades. —Papá hizo una pausa y se quedó mirando a la gente que tenía reunida delante de él—. Todo ha salido bien. Hasta ahora.

—Díselo, Ernt —dijo el Loco Earl inclinándose hacia delante para coger una botella que tenía escondida debajo de su silla y abrirla con un chasquido.

—Tom Walker es un gilipollas rico y arrogante —continuó papá—. Todos hemos conocido a hombres como él. No fue a Vietnam. Los tipos como él cuentan con mil formas para evitar que los recluten. Al contrario que yo, Bo y nuestros amigos, que luchamos por nuestro país. Pero, oídme, esto también puedo superarlo. Puedo superar su actitud de santurrón y su forma de restregarme su dinero. Puedo superar que mire con lascivia a mi mujer. —Bajó los desvencijados escalones del porche y pisó chapoteando el agua sucia que había inundado el escalón de más abajo—. Pero no voy a permitir que destruya Kaneq y nuestra forma de vida. Este es nuestro hogar. Queremos que siga siendo salvaje y libre.

—Va a arreglar la taberna, Ernt. No a construir un centro de convenciones —dijo Thelma. Al oír que alzaba la voz, Nenita se levantó y se apartó para irse a jugar con Marthe y Agnes.

—Y un hotel —añadió el Loco Earl—. No olvides eso, señorita.

Thelma miró a su padre.

—Vamos, papá. Estáis haciendo una montaña de un grano de arena. Aquí no hay carreteras, ni servicios ni electricidad. Todas estas quejas no sirven para nada. Dejadlo estar.

—Yo no quiero quejarme —dijo papá—. Quiero hacer algo y por Dios que lo haré. ¿Quién está conmigo?

—Así se habla —añadió el Loco Earl arrastrando un poco las palabras.

—Aumentará el precio de la bebida —se quejó Clyde—. Ya veréis.

—No me vine a vivir al bosque para tener cerca un hotel —dijo papá.

El Loco Earl farfulló algo y, después, dio un largo sorbo.

Leni vio cómo los hombres se reunían, cada uno dándole una palmada en la espalda a papá, como si hubiese dicho una gran verdad.

En pocos segundos, las mujeres se quedaron sentadas solas en el centro embarrado de la finca.

—Ernt está bastante alterado por unos insignificantes arreglos en el bar —dijo Thelma mirando a los hombres. Se podía ver cómo digerían su rabia, envaneciéndose, pasándose la botella unos a otros—. Pensé que se olvidaría.

Mamá se encendió un cigarrillo.

—Él nunca se olvida.

—Sé que vosotras dos no tenéis mucha influencia sobre él —continuó Thelma, pasando los ojos de mamá a Leni—. Pero puede provocar un desastre. Tal vez Tom Walker tenga una camioneta nueva y sea el dueño de la mejor tierra de la península, pero te regalaría hasta su propia camisa. El año pasado, cuando Nenita estuvo tan enferma, Tom se enteró por Marge la Grande y se presentó aquí solo para llevarla volando a Kenai.

—Lo sé —contestó mamá en voz baja.

—Tu marido va a dividir esta ciudad si no tenemos cuidado.

Mamá soltó una carcajada llena de cansancio. Leni la entendía. Con papá se podía ser tan cuidadoso como un químico con la nitroglicerina, pero eso no cambiaba nada. Antes o después, iba a estallar.

Una vez más, los padres de Leni se emborracharon tanto que ella tuvo que llevarlos a casa. De vuelta en la cabaña, aparcó la camioneta y ayudó a mamá a entrar en su habitación, donde cayó en la cama, riéndose mientras extendía los brazos hacia papá.

Leni subió a su cama, al colchón que habían recuperado del vertedero y que habían limpiado con lejía antes de colocarlo bajo sus mantas de piel de marta. Intentó dormir.

Pero el incidente del bar y la reunión con los Harlan seguían dando vueltas en su cabeza. Había en ello algo profundamente inquietante, aunque no sabía colocar el dedo en un momento exacto y decir: «Ahí está. Eso es lo que me ha preocupado». Puede que simplemente fuese una sensación de inestabilidad en su padre que, aunque no era nueva, sí se estaba agrandando.

Cambio. Ligero, pero evidente.

Su padre estaba enfadado. Puede que furioso. Pero ¿por qué?

¿Porque le habían despedido del gasoducto? ¿Porque había visto a mamá y a Tom Walker juntos en marzo? ¿Porque había visto al señor Walker sentado a su mesa?

Tenía que haber algo más de lo que parecía. ¿Por qué unos cuantos negocios de la ciudad podían molestarle tanto? Dios sabía que a él le gustaba beber whisky en el Kicking Moose más que a la mayoría de los hombres.

Se dio la vuelta para coger la caja que tenía al lado de su cama, la que guardaba las cartas de Matthew de los últimos años. No había pasado un mes sin recibir noticias de él. Había memorizado cada carta y podía acudir a ellas cada vez que lo necesitaba. Algunas frases nunca la abandonaban. «Voy mejor... Pensé en ti anoche cuando salí a cenar y vi a una chica con una enorme cámara Polaroid... Ayer metí mi primer gol, ojalá hubieses estado...», y sus favoritas, cuando decía cosas como: «Te echo de menos, Leni». O: «Sé que suena patético, pero he soñado contigo. ¿Alguna vez sueñas conmigo?».

Pero esta noche no quería pensar en él ni en lo lejos que estaba o en lo sola que se sentía sin él y sin su amistad. Durante los años que llevaba fuera, no se había mudado ningún chico nuevo a Kaneq. Había aprendido a querer a Alaska, pero también estaba muy sola. Los días malos —como este— no quería leer sus cartas ni preguntarse si volvería. Le preocupaba que, si le escribía, podía contarle sin querer lo que de verdad tenía en su mente. «Tengo miedo», podría decirle. «Estoy sola».

En lugar de ello, abrió el último libro, *El pájaro espino*, y se perdió en la historia de un amor prohibido en medio de una tierra dura e inhóspita.

Seguía leyendo bien pasada la medianoche cuando oyó el repiqueteo de la cortina de cuentas. Esperaba oír el sonido de la puerta de la estufa de leña al abrirse y cerrarse, pero lo único que escuchó fueron pasos moviéndose por el suelo de madera. Salió de la cama y fue gateando hasta el borde del altillo para mirar.

En la oscuridad, con la única luz del resplandor de la estufa de leña, necesitó un momento para que sus ojos se acostumbraran.

Papá estaba todo vestido de negro, con una gorra de béisbol de los Alaska Aces bien calada sobre la frente. Llevaba una gran bolsa de deporte que producía sonidos metálicos al moverse.

Abrió la puerta de la calle y salió a la oscuridad de la noche.

Leni bajó la escalerilla del altillo y fue en silencio a la ventana para mirar. La luna llena brillaba sobre el patio embarrado. Por aquí y por allá aún quedaban parches obstinados de nieve marrón y crujiente que reflejaban la luz. Había montones de trastos por todos lados: cajas de aparejos de pesca y de pertrechos para acampar, cajones y artilugios metálicos oxidados, una valla rota, otra bicicleta que papá nunca se ponía a arreglar, unos cuantos neumáticos pinchados...

Papá lanzó la bolsa al fondo de la camioneta y, a continuación, se acercó con dificultad al cobertizo de madera contrachapada donde guardaban las herramientas.

Poco después, salió cargado con un hacha sobre el hombro. Subió a la camioneta y se fue.

A la mañana siguiente, papá estaba de buen humor. Su pelo negro y desgreñado estaba recogido en un extraño moño de samurái que se le había caído a un lado y parecía la oreja de un cachorro. Su densa barba negra estaba llena de virutas de madera, igual que el bigote.

—Aquí está nuestra dormilona. ¿Te quedaste leyendo hasta muy tarde anoche?

—Sí —contestó Leni mirándolo con inquietud.

Él la abrazó y bailó con ella hasta que Leni no pudo evitar sonreír.

La preocupación que había sentido por la noche se disipó.

Qué alivio. Y era el primer sábado de abril, una de sus fechas preferidas del año.

La fiesta del salmón. Hoy la ciudad se reuniría para celebrar la llegada de la temporada del salmón. Las celebraciones habían comenzado con otro nombre a manos de la tribu indígena que había vivido allí antes. Se congregaban para pedir una buena temporada de pesca. Pero ahora no era más que una fiesta vecinal. Precisamente hoy, el disgusto de la noche anterior quedaría olvidado.

Poco después de las dos, tras haber realizado todas sus tareas, Leni cargó sus brazos de envases de comida y siguió a sus padres al exterior de la cabaña. Un cielo azul se extendía hasta donde llegaba la vista. La playa de guijarros parecía tornasolada bajo la luz del sol, con sus conchas de almejas rotas esparcidas como trozos de encaje de novia.

En la trasera de la camioneta cargaron comida, mantas y una bolsa con equipamiento para la lluvia y abrigos de más (el tiempo no era muy de fiar en esta época del año). Después, se apretujaron en el asiento de la cabina y papá puso en marcha la camioneta.

En la ciudad, aparcaron junto al puente y se dirigieron a la tienda.

—¿Qué está pasando? —preguntó mamá cuando giraron la esquina.

La calle principal estaba abarrotada de gente, pero no como debería estarlo. Tendría que haber hombres congregados en torno a barbacoas, asando hamburguesas de alce, salchichas de reno y almejas frescas, intercambiando anécdotas de pesca y bebiendo cerveza. Las mujeres deberían haber estado junto a la cafetería, alborotando junto a las largas mesas dispuestas con comida: sándwiches de fletán, bandejas de cangrejos Dungeness, cubos de almejas al vapor y fuentes de judías cocidas.

En lugar de ello, la mitad de los vecinos estaban en la pasarela de madera junto al agua y la otra mitad delante del bar. Era como un extraño enfrentamiento de pistoleros.

Entonces, Leni vio el bar.

Tenía todas las ventanas rotas y la puerta estaba destrozada, con afilados trozos de madera colgando de las bisagras de latón y grafiti blanco cubriendo las paredes chamuscadas. «Esto es un aviso. Vete, capullo arrogante. No al progreso».

Tom Walker estaba delante del bar destrozado, con Marge la Grande y Natalie a su izquierda y la señora Rhodes y su marido a su derecha. Leni reconoció al resto de la gente que estaba con él: la mayoría de los comerciantes, pescadores y sastres de la ciudad. Esas eran las personas que habían llegado a Alaska en busca de algo.

Al otro lado de la calle, en la pasarela, estaban los antisistema; los marginados, los solitarios. Gente que vivía en el bosque, sin acceso a su propiedad a no ser que fuera por mar o aire y que habían llegado allí huyendo de algo: de acreedores, del gobierno, de la ley, de pagar una pensión alimenticia, de la vida moderna. Como su padre, querían que Alaska siguiera siendo salvaje hasta la médula y para siempre. Si por ellos fuera, no habría nunca electricidad, turistas, teléfonos, calles pavimentadas ni retretes con cisterna.

Papá se acercó con actitud confiada. Leni y mamá se apresuraron a seguirle.

Tom Walker salió a su paso en medio de la calle. Lanzó un bote de pintura en espray a los pies de papá. Hizo un sonido metálico sobre el polvo y salió rodando.

—¿Crees que no sé que has sido tú? ¿Crees que nadie sabe que has sido tú, loco gilipollas?

Papá sonrió.

—¿Pasó algo anoche, Tom? ¿Vandalismo? Qué desgracia.

Leni pudo apreciar lo poderoso y firme que parecía el señor Walker al lado de su padre. No podía imaginarse a Tom Walker tambaleándose por la borrachera, hablando solo o despertándose con gritos y llantos.

—Eres peor que un cobarde, Allbright. Eres estúpido. Venir a escondidas por la noche para romper ventanas y escribir sobre una madera que, de todos modos, voy a quitar.

—Él no haría eso, Tom —dijo mamá, con cuidado de mantener la mirada en el suelo. Sabía que era mejor no mirar a Tom directamente, sobre todo en una ocasión así—. Anoche estuvo en casa.

El señor Walker dio un paso adelante.

—Escúchame bien, Ernt. Voy a considerar esto como un error. Pero el progreso va a llegar a Kaneq. Si haces algo..., lo que sea..., por perjudicar mi negocio de ahora en adelante, no voy a convocar ninguna reunión vecinal. No voy a llamar a la policía. Voy a ir a por ti.

—No me das miedo, niño rico.

Esta vez, el señor Walker sonrió.

—Lo que decía. Estúpido.

El señor Walker se dio la vuelta hacia la muchedumbre. Una buena parte se había acercado para oír la conversación.

—Aquí todos somos amigos. Vecinos. Unas cuantas palabras pintadas en la madera no significan nada. Que empiece la fiesta.

La gente reaccionó de inmediato y se reorganizó. Las mujeres se acercaron a las mesas de comida mientras los hombres encendían las barbacoas. Al fondo de la calle, la banda empezó a tocar.

«Lay down, Sally, and rest you in my arms...».

Papá cogió a mamá de la mano y la llevó calle abajo a la vez que movía la cabeza al compás de la música.

Leni se quedó sola, atrapada entre dos bandos.

Percibía el cisma que había en la ciudad, el desacuerdo que fácilmente podía convertirse en una lucha por lo que Kaneq debería ser.

Aquello podía ponerse feo.

Leni sabía lo que había hecho su padre y aquel vandalismo le mostraba una nueva faceta de su ira. Le aterraba que hubiese hecho algo así. Desde que el señor Walker y Marge la Grande enviaron a papá al gasoducto el primer invierno, papá había estado en guardia. Nunca golpeaba a mamá en la cara ni en ningún sitio donde pudiera verse ninguna magulladura. Se había esforzado, mucho, por controlar su temperamento. Había mantenido las distancias y una actitud respetuosa con el señor Walker.

Al parecer, ya no.

Leni no se había dado cuenta de que Tom Walker se había acercado a su lado hasta que habló.

—Pareces asustada —dijo el señor Walker.

—Este asunto entre tú y mi padre puede dividir a Kaneq —contestó ella—. Lo sabes, ¿no?

—Confía en mí, Leni. No tienes que preocuparte de nada.

Leni miró al señor Walker.

—Te equivocas —dijo.

—Te preocupas demasiado —le dijo Marge la Grande a Leni al día siguiente, cuando Leni llegó al trabajo. Durante el año anterior, Leni había trabajado en la tienda a tiempo parcial, reponiendo los estantes, limpiando el polvo y marcando ventas en la vieja máquina registradora. Ganó suficiente dinero como para estar bien provista de carretes y libros. Papá se había opuesto, por supuesto, pero, por una vez, mamá se había impuesto diciéndole que una chica de diecisiete años necesitaba un trabajo para después de las clases.

—Ese vandalismo es mal asunto —contestó Leni mirando por la ventana hacia el bar destrozado.

—Bah. Los hombres son tontos. Más vale que lo vayas sabiendo ya. Mira los alces machos. Se lanzan uno contra otro a toda velocidad. Lo mismo pasa con los carneros. Habrá mucho ruido y rabia, pero sin consecuencias.

Leni no estaba de acuerdo. Veía lo que el acto vandálico de su padre había provocado, sus efectos sobre la gente que la rodeaba. Unas cuantas palabras pintadas se habían convertido en balas arrojadas contra el corazón de la ciudad. Aunque la fiesta del día anterior en la calle principal había sido un éxito, como siempre, llena de ruido hasta que la luz del día empezó por fin a esconderse, había visto cómo los vecinos se dividían en equipos, los que creían en el cambio y el crecimiento y los que no. Cuando la fiesta terminó por fin, todos se fueron por caminos distintos.

Separados. En una ciudad donde antes todo lo hacían juntos.

El domingo por la noche, Leni y sus padres fueron a la finca de los Harlan a una barbacoa. Después, como era habitual, hicieron una gran hoguera en el barro y se colocaron a su alrededor, charlando y bebiendo mientras la noche caía sobre ellos, convirtiendo a todos en siluetas violeta.

Desde su lugar en el porche de Thelma, mientras releía la última carta de Matthew a la luz de un farol, Leni podía ver a los adultos reunidos alrededor de las llamas. Una botella que desde allí parecía una avispa negra se pasaba de mano en mano. Oía las voces de los hombres por encima de los chasquidos y siseos de las llamas, con una rabia que iba en aumento.

—... tomar el control de nuestra ciudad...

—... capullo arrogante, cree que le pertenecemos...

—... después querrá traer la electricidad y la televisión... convertirnos en Las Vegas.

Unos faros aparecieron entre la oscuridad. Los perros del patio se volvieron locos, ladrando y aullando a la vez que una gran camioneta blanca retumbaba por el barro y aparcaba chapoteando en el agua.

El señor Walker salió de su nueva y cara camioneta y se acercó con paso confiado a la hoguera, con absoluta tranquilidad, como si estuviese en su salsa.

«Ay, no».

Leni dobló su carta, se la metió en el bolsillo y bajó al barro.

El rostro de papá se veía naranja a la luz de la hoguera. El moño se le había caído y ahora era un bulto de pelo detrás de la oreja izquierda.

—Parece que alguien se ha perdido —dijo con la voz distorsionada por el alcohol—. Este no es tu lugar, Walker.

—Dijo el *cheechako* —contestó el señor Walker. Su amplia sonrisa aliviaba un poco el insulto. O puede que lo aumentara. Leni no estaba segura.

—Llevo cuatro años aquí —dijo papá apretando los labios hasta que desaparecieron.

—Mucho tiempo, ¿eh? —repuso el señor Walker cruzando sus grandes brazos sobre su pecho—. Tengo botas que han recorrido más tierra de Alaska que tú.

—Oye, mira...

—Tranquilo, muchacho —le interrumpió el señor Walker con una amplia sonrisa, aunque no se reflejara en sus ojos—. No he venido para hablar contigo. He venido a hablar con ellos. —Levantó el mentón para señalar a Clyde, Donna, Thelma y Ted—. Los conozco de toda la vida. Maldita sea, yo enseñé a Clyde a cazar patos, ¿recuerdas, Clyde? Y Thelma me dio una buena bofetada por pasarme de la raya cuando éramos críos. He venido a hablar con mis amigos.

Papá parecía incómodo. Irritado.

El señor Walker sonrió a Thelma, quien le devolvió la sonrisa.

—Bebimos nuestras primeras cervezas juntos, ¿te acuerdas? El Moose es nuestro lugar. Nuestro, Donna. Vosotros os casasteis allí.

Donna miró a su marido y sonrió vacilante.

—Esta es la cuestión. Ha llegado la hora de hacerle unos arreglos. Nos merecemos un lugar donde podamos reunirnos a charlar y divertirnos sin oler a madera quemada ni salir llenos de hollín cada vez que nos vamos. Pero va a requerir mucho trabajo. —El señor Walker hizo una pausa y sus ojos pasaron de una cara a otra—. Y muchos obreros. Puedo contratar a gente de Homer, pagarles cuatro dólares la hora por reconstruir ese lugar, pero preferiría que mi dinero se quedara aquí, en la ciudad, con mis amigos y vecinos. Todos sabemos lo bien que sienta tener unas cuantas monedas en nuestros vaqueros cuando llega el invierno.

—¿Cuatro dólares la hora? Eso es mucho —dijo Ted mirando a Thelma.

—Quiero ser más que justo —repuso el señor Walker.

—¡Ja! —exclamó papá—. Está intentando manipularos. Compraros. No le escuchéis. Sabemos lo que es bueno para nuestra ciudad. Y no es su dinero.

Thelma fulminó a papá con la mirada.

—¿Cuánto tiempo durará la obra, Tom?

Él se encogió de hombros.

—Tiene que estar acabada antes de que cambie el tiempo, Thelma.

—¿Y cuántos obreros necesitas?

—Cuantos más, mejor.

Thelma dio un paso atrás, miró a Ted y le susurró algo.

—¿Earl? —dijo papá—. No irás a permitirle que lo haga.

La cara pálida y arrugada del Loco Earl se contrajo, y le dio el aspecto de uno de esos rostros que se tallan en las manzanas secas.

—El trabajo escasea aquí arriba, Ernt.

Leni vio el efecto que esas pocas palabras causaban en su padre.

—Yo acepto el trabajo —dijo Clyde.

El señor Walker sonrió triunfante. Leni vio cómo dirigía su mirada a papá y la dejaba fija en él.

—Estupendo. ¿Alguien más?

Cuando Clyde se acercó, papá hizo un sonido parecido al de una rueda desinflándose, agarró a mamá del brazo y tiró de ella por la finca. Leni tuvo que correr entre el barro para alcanzarlos. Los tres subieron a la camioneta.

Papá apretó el acelerador con tanta fuerza que los neumáticos derraparon por el barro antes de que echaran a andar. Dio marcha atrás y giró para salir por la valla abierta.

Mamá extendió la mano para agarrar la de Leni. Las dos sabían que era mejor no decir nada mientras él murmuraba entre dientes, golpeando el volante con la palma de la mano para subrayar lo que iba pensando.

«Malditos idiotas..., dejarle ganar..., malditos ricos, creen que son los dueños del mundo».

En la cabaña, se detuvo de un frenazo y dejó la palanca de cambio en punto muerto.

Leni y mamá se quedaron allí sentadas, temerosas de respirar demasiado fuerte.

Él no se movió. Se limitó a mirar a través del parabrisas sucio y lleno de mosquitos aplastados hacia el ahumadero en sombras y los árboles negros que había detrás. El cielo era de un oscuro marrón púrpura y estaba salpicado de estrellas.

—Salid —dijo con los dientes apretados—. Necesito pensar.

Leni abrió la puerta y ella y mamá prácticamente se tiraron de la camioneta en su ansia por desaparecer. Cogidas de la mano, caminaron por el barro, subieron los escalones y abrieron la puerta, cerrándola de golpe al entrar y deseando poder cerrarla con llave. Pero sabían que era mejor no hacerlo. En uno de sus ataques de rabia, él podría prender fuego a la casa para llegar hasta mamá.

Leni fue a la ventana, apartó la cortina y miró.

La camioneta seguía allí, con el motor encendido en plena noche, los faros como dos haces de luz brillantes.

Pudo ver su silueta, hablando solo.

—Lo hizo él —dijo Leni acercándose—. Destrozó la taberna.

—No. Estaba en casa. En la cama, conmigo. Y él no haría algo así.

Una parte de Leni quería ocultar eso a su madre, evitarle el dolor, pero la verdad estaba quemando a Leni por dentro. Decirlo era la única forma de apagar las llamas. Eran un equipo, ella y mamá. Juntas. No se ocultaban secretos la una a la otra.

—Después de que te quedaras dormida, fue con la camioneta a la ciudad. Yo vi cómo se marchaba, con un hacha.

Mamá encendió un cigarrillo y soltó el humo con fuerza.

—Yo creía que por una vez...

Leni lo entendía. La esperanza. Un brillo, un cebo para los incautos. Sabía lo atractiva que podía resultar. Y peligrosa.

—¿Qué hacemos?

—¿Hacer? Ya estaba bastante cabreado por haber perdido su trabajo en el gasoducto y ahora esto del bar, con Tom, podría llevarlo hasta el límite.

Leni notó el miedo de su madre y la vergüenza, que era su muda acompañante.

—Vamos a tener que ser muy cuidadosas. Puede que esto estalle por los aires.

14

l mes de abril en Fairbanks era una época poco fiable. Ese año, un frío impropio de la estación hizo presa de la ciudad: nevó, las aves no regresaron y los ríos permanecieron congelados. Incluso los más viejos empezaron a quejarse, y eso que llevaban décadas en aquella ciudad de la que se decía que era la más fría de América.

Matthew se alejaba de la pista de hielo después de entrenar, con su palo de hockey cruzado sobre los hombros. Sabía que tenía el aspecto de un muchacho de diecisiete años normal con su uniforme de hockey empapado en sudor y sus botas. Pero las apariencias pueden ser engañosas. Lo sabía él y lo sabían todos. Los chicos con los que había ido al instituto en los últimos años eran bastante simpáticos (nadie juzgaba a nadie estando tan lejos de la civilización; podías ser quien quisieras ser), pero mantenían las distancias con él. Los rumores de su «crisis» se habían extendido más rápido que un fuego incontrolado en Kenai. Antes de ocupar su asiento en su primera clase de noveno curso, ya tenía una reputación. Los chicos de instituto, incluso en la salvaje Alaska, seguían siendo animales gregarios. Se daban cuenta de cuándo había entre ellos un miembro débil.

Una neblina helada, pesada y gris salpicada de diminutas partículas de impurezas congeladas convertía a Fairbanks en una versión desvirtuada de sí misma, en la que nada era sólido ni se distinguía ninguna línea. El lugar olía a tubo de escape, como en una pista de carreras.

Los achaparrados edificios de dos plantas del otro lado de la calle parecían sostenerse unos a otros, abandonados en la niebla. Como muchos de los edificios de la ciudad, parecían temporales, construidos con prisas.

A través de las sombras, la gente era como dibujos a carboncillo, líneas y cortes, los sin techo que se apiñaban en las puertas, los borrachos que salían a veces tambaleándose de las tabernas a altas horas de la noche y morían congelados. No todos esos a los que Matthew veía ahora sobrevivirían a ese día o a esa semana, mucho menos con este inesperado frío en una ciudad donde el invierno duraba de septiembre a abril y la noche invadía la tierra durante dieciocho horas. Había bajas todos los días. Gente que desaparecía a todas horas.

Mientras caminaba hacia su camioneta, anocheció. Así, en un abrir y cerrar de ojos. Las farolas daban la única luz que había —puntos por aquí y por allá— aparte de los ocasionales faros de vehículos que aparecían con un resplandor. Llevaba puesta una parka. Debajo, su sudadera de hockey, ropa interior larga, sus pantalones de hockey y sus mukluks. No hacía tanto frío, tratándose de Fairbanks. Algo menos de cero grados. No se molestó en ponerse guantes.

La camioneta no tardó mucho en ponerse en marcha, no para esa época del año. No como en pleno invierno, cuando dejabas la camioneta en marcha mientras ibas a la tienda y hacías tus recados, cuando el termómetro caía a menudo a veinticinco grados bajo cero.

Subió a la camioneta de dos puertas de su tío y recorrió la ciudad despacio, alerta, siempre mirando si había animales o coches que se resbalaran o niños que estuviesen jugando donde no debían.

Un maltrecho Dodge se detuvo delante de él. En la ventana de atrás tenía un cartel que decía: «Atención. En caso de robo este vehículo podrá ser conducido por control remoto».

Había muchas pegatinas como aquella en esa zona, en lo más profundo y salvaje de Alaska, lejos de los destinos turísticos de la costa o la majestuosa belleza de Denali. Alaska estaba llena de radicales. Personas que creían en cosas raras y rezaban a dioses elitistas y llenaban sus sótanos de igual número de pistolas y Biblias. Si querías vivir en un lugar donde nadie te dijera qué hacer y sin que importara si aparcabas un camión en tu patio o tenías un frigorífico en el porche, Alaska era el lugar indicado. Su tía decía que era el amor por la aventura lo que atraía a tantos solitarios. Matthew no sabía si estaba de acuerdo (lo cierto era que no dedicaba muchas energías a pensar en esas cosas), pero sí sabía que, cuanto más te alejabas de la civilización, más extraño se volvía todo. La mayoría de la gente pasaba un oscuro y deprimente invierno de ocho meses en Fairbanks y se marchaba del estado dando gritos. Los pocos que se quedaban —inadaptados, aventureros, románticos, ermitaños— rara vez volvían a irse.

Tardó casi quince minutos en llegar a la carretera de la finca y cinco más en llegar a la casa que había sido su hogar en los últimos años. Dos décadas atrás, cuando la familia de su madre se había establecido ahí, aquellas tierras les habían parecido muy apartadas. Con el paso de los años, la ciudad se había ido acercando al extenderse. Fairbanks podría estar en mitad de la nada, a menos de doscientos kilómetros del Círculo Polar Ártico, pero era la segunda ciudad más grande del estado y crecía con rapidez debido al gasoducto.

Condujo por el largo y sinuoso camino de acceso cubierto por los árboles y aparcó en el enorme garaje/taller recubierto de tablones entre el quad del tío Rick y su máquina de nieve.

En el interior de la casa, las paredes eran de toscos tablones que parecían desordenados bajo la mezcla de luz y sombra. Sus tíos habían tenido siempre la intención de cubrirlos de yeso, pero nunca lo habían hecho. La cocina estaba delimitada por encimeras de madera pulida en forma de L colocadas sobre armarios verdes que procedían de una casa abandonada de Anchorage, una de esas casas «soñadas» que habían construido gentes de otras tierras que no soportaron pasar allí su primer invierno. Una barra con tres taburetes la separaba del comedor. Más allá estaba la sala de estar; un gran sofá de módulos a cuadros escoceses (con reposapiés movibles) y dos desgastados sillones de La-Z-Boy frente a una ventana que daba al río. Había estanterías por todas partes rebosantes de libros. Faroles y linternas decoraban casi todas las superficies para cuando se iba la luz, cosa que pasaba a menudo, con tantos árboles grandes y un clima tan malo. La casa tenía electricidad y agua corriente, incluso televisión, pero no retretes con cisterna. Lo cierto era que nunca le había importado a ningún Walker. Se habían criado con letrinas exteriores y les gustaba vivir así. La gente del sur no tenía ni idea de lo limpio que podía resultar tener una letrina si tenías cuidado.

—Hola —dijo Aly desde el sofá. Por lo que parecía, estaba haciendo los deberes.

Matthew dejó caer su bolsa de deporte junto a la puerta y apoyó el palo de hockey en la habitación de entrada, un cuarto lleno de abrigos y botas que separaba el exterior del interior. Colgó su abrigo en una percha y se quitó las botas. Estaba ya tan alto, un metro noventa, que tenía que agacharse para entrar en la casa.

—Hola. —Se dejó caer a su lado.

—Hueles a cabra —dijo ella cerrando su libro de texto.

—Una cabra que ha marcado dos goles. —Se echó hacia atrás y apoyó la cabeza en el respaldo del sofá mirando las grandes vigas de madera que atravesaban el techo. No sabía por qué, pero estaba nervioso, un poco irritable. Movía un pie y tamborileaba el desgastado brazo del sofá con los dedos.

Aly se quedó mirándolo. Como era habitual, ella se había aplicado maquillaje solo por algunas partes, como si hubiese perdido el interés en mitad del proceso. Tenía su cabello rubio recogido hacia atrás en una desordenada coleta que le colgaba un poco hacia la izquierda. Él no sabía si había sido intencionado. Tenía esa belleza tosca y natural propia de las chicas de Alaska, que era más probable que saliesen a cazar los fines de semana que a un centro comercial o al cine.

—Lo estás haciendo otra vez —dijo él.

—¿Qué?

—Mirarme. Como si pensaras que voy a estallar o algo así.

—No —repuso ella tratando de sonreír—. Es solo que..., ya sabes. ¿Tienes un mal día?

Matthew cerró los ojos y suspiró. Su hermana mayor había sido su salvación. De eso no le cabía duda. Al principio de haberse mudado allí, cuando no había sido capaz de gestionar su pena y le habían asediado terribles pesadillas, Aly había sido su mano tranquilizadora, la voz que había sabido comunicarse con él. Aunque había requerido tiempo. Durante los primeros tres meses, él no había hablado apenas nada. El terapeuta al que le enviaron no fue de ayuda. Desde la primera sesión, él había sabido que no se abriría a un desconocido, menos aún a alguien que le hablaba como si fuese un niño.

Fue Aly la que le había salvado. Ella nunca se rindió, nunca dejó de preguntarle cómo se sentía. Cuando por fin él encontró las palabras para expresarse, su pena demostró ser infinita, aterradora.

Matthew aún se encogía al pensar en todo lo que había llorado.

Su hermana le había abrazado mientras lloraba, acunándolo como habría hecho su madre. Con el paso de los años, los dos habían creado un vocabulario para el dolor y habían aprendido a hablar de su pérdida. Él y Aly habían hablado de su tristeza compartida hasta que no les quedó más que decir. También habían pasado horas en silencio, de pie, uno al lado del otro, en el río, pescando con mosca y recorriendo senderos de la cordillera de Alaska. Con el tiempo, el dolor de él se había convertido en rabia para pasar después a ser pena y ahora, finalmente, se había diluido en una tristeza permanente que constituía una parte de él, no la totalidad. Últimamente, habían empezado a hablar del futuro en lugar del pasado.

Ese cambio había sido importante, y lo sabían. Aly había estado escondiéndose en la facultad, usando la clase como escudo contra la dura realidad de la vida como chica sin madre y se había quedado ahí, en Fairbanks, para estar al lado de Matthew. Antes de la muerte de su madre, Aly había tenido grandes sueños de mudarse a Nueva York o Chicago, algún lugar que tuviese servicio de autobuses, teatros y salas de ópera. Pero, al igual que le había pasado a Matthew, la pérdida la había vuelto del revés. Ahora sabía lo importante que era la familia y aferrarse a la gente a la que quieres. Últimamente, había empezado a hablar de regresar de nuevo a vivir al campo con su padre y quizá trabajar con él. Matthew sabía que su presencia estaba reteniendo a su hermana. Si él quería, podía seguir así eternamente y una parte de él deseaba precisamente eso. Pero casi tenía ya dieciocho años. Si no se forzaba a salir del nido, ella se quedaría siempre a su lado.

—Quiero terminar el año escolar en Kaneq —dijo en silencio. Oyó la pregunta que ella no llegó a verbalizar y la respondió—. No puedo seguir escondiéndome siempre —contestó.

Aly le miró asustada. Le había visto en sus peores momentos y él sabía que a ella le aterraba que volviese a caer en la depresión.

—Pero si te encanta el hockey y se te da bien.

—La temporada termina dentro de dos semanas. Y empiezo las clases en septiembre.

—Leni.

Matthew no se sorprendió al ver que ella le había entendido. Él y Aly habían hablado de todo, incluso de Leni y de lo mucho que significaban sus cartas para Matthew.

—¿Y si ella se va a estudiar fuera? Quiero verla. Puede que no tenga otra oportunidad.

—¿Seguro que estás preparado? Verás a mamá allá donde mires.

Y ahí estaba. La gran pregunta. Lo cierto era que no sabía si sabría soportarlo —volver a Kaneq, ver el río que se había tragado a su madre, ver la pena de su padre en Technicolor, desde muy cerca—, pero sí sabía una cosa: las cartas de Leni habían sido importantes para él. Puede que le hubieran salvado tanto como Aly. A pesar de tantos kilómetros de separación y de sus vidas distintas, las cartas de Leni y las fotografías que ella le enviaba le recordaban quién había sido él.

—Aquí la veo en todas partes. ¿Tú no?

Aly asintió despacio.

—Te juro que la veo a todas horas por el rabillo del ojo. Hablo con ella por las noches.

Matthew asintió. A veces, cuando se despertaba por las mañanas, había una milésima de segundo en la que pensaba que todo estaba bien, que era un chico normal en una casa normal y que su madre le estaría llamando pronto para que fuera a desayunar. El silencio en mañanas así era espantoso.

—¿Quieres que vaya contigo?

Sí. Quería tenerla a su lado, agarrándole de la mano, dándole tranquilidad.

—No. No terminas las clases hasta junio —respondió notando la inquietud de su voz y consciente de que ella también lo había notado—. Además, creo que esto tengo que hacerlo solo.

—Sabes que papá te quiere. Estará encantado de tenerte de vuelta.

Sí que lo sabía. También sabía que el amor podía congelarse, convertirse en una especie de fina capa de hielo. Él y papá lo habían pasado mal cuando habían hablado durante los últimos años. El dolor y la culpa les había influido.

Aly extendió la mano hacia él y le cogió la suya.

Matthew esperó a que ella hablara, pero no dijo nada. Los dos sabían el motivo: no había nada que decir. A veces, había que dar marcha atrás para seguir adelante. Los dos conocían esa verdad, por muy jóvenes que fueran. Pero había otra verdad que los dos rehuían y de la que trataban de protegerse el uno al otro. A veces, resultaba doloroso volver.

Puede que el dolor hubiese estado todo ese tiempo esperando a que Matthew regresara, escondido en la oscuridad, en el frío. Puede que en Kaneq deshiciera todos esos avances y volviera a venirse abajo.

—Ahora eres más fuerte —dijo Aly.

—Supongo que eso habrá que verlo.

Dos semanas después, Matthew voló con el hidroavión de su tío por encima de Otter Point y se ladeó hacia la derecha, bajó y amerizó sobre la superficie lisa y azul del agua. Paró el motor y fue flotando hacia el gran arco de madera y plata en el que ponía «Walker Cove».

Su padre estaba en el extremo del muelle con los brazos caídos a ambos lados.

Matthew saltó del pontón al muelle y amarró el hidroavión. Se quedó así, agachado, de espaldas a su padre, durante un momento más largo del necesario, reuniendo las fuerzas que necesitaba para estar allí de verdad.

Por fin, se incorporó y se giró.

Ahora su padre estaba más cerca; tiró de Matthew para darle un abrazo fortísimo, un abrazo tan largo que Matthew tuvo que jadear para poder respirar. Su padre se apartó por fin, le miró y el amor tomó forma alrededor de ellos, puede que una versión llena de remordimientos y recuerdos y ribeteada de tristeza, pero amor.

Solo habían pasado unos meses desde que se habían visto. (Su padre se había asegurado de ir a varios de los partidos de hockey de Matthew y de visitarlo en Fairbanks siempre que el mal clima y las obligaciones de la finca se lo permitieran, pero nunca habían hablado de nada importante).

Su padre parecía mayor, con la piel más arrugada y curtida. Sonrió como siempre, como lo hacía todo en la vida, con todas sus ganas, sin explicaciones, sin arrepentimiento, sin red de seguridad. A Tom Walker se le conocía nada más verlo, porque dejaba que los demás le vieran por dentro. Se sabía al instante que se trataba de un hombre que siempre decía la verdad tal cual él la veía, gustara o no, que tenía una serie de normas que guiaban su vida y que ninguna otra norma importaba. Se reía con más fuerza que ningún hombre que Matthew hubiese conocido y solo lo había visto llorar una vez. Aquel día en el hielo.

—Estás aún más alto que la última vez que te vi.

—Soy como el increíble Hulk. No dejo de romperme la ropa.

Su padre cogió la maleta de Matthew y lo guio por el muelle pasando junto al barco de pesca que tensaba sus cuerdas de amarre. Las gaviotas graznaban sobre sus cabezas, las olas chocaban contra los pilotes. Lo recibió el olor a algas que se tostaban al sol y a zostera marina batida por las olas.

En lo alto de los escalones, Matthew tuvo el primer atisbo de la gran casa de troncos con la fachada alta e inclinada y el porche que la rodeaba por completo. Una agradable luz iluminaba las macetas que colgaban de los alerones del tejado, aún llenas de los geranios muertos del año anterior.

«Las macetas de mamá».

Se detuvo, con la respiración entrecortada.

No se había dado cuenta de cómo el tiempo podía hacerte retroceder por los años de tu vida hasta que, por un segundo, volvías a tener catorce, y llorabas desde un lugar tan profundo dentro de ti que parecía precederte, desesperado por estar de nuevo completo.

Su padre siguió caminando delante de él.

Matthew se obligó a continuar. Pasó junto al merendero grisáceo por el paso del tiempo y subió los escalones de madera hasta la puerta pintada de púrpura de la casa. A su lado, colgaba una figura metálica de una orca que decía: «¡Pezvenidos!». (Había sido un regalo de Matthew. A su madre siempre le había hecho mucha gracia).

Eso hizo que se le saltaran las lágrimas. Se las secó, avergonzado de aquella muestra ante su estoico padre, y entró.

La casa parecía igual que siempre. Una mezcla de muebles recuperados y antiguos en la sala de estar, una vieja mesa de madera vestida con una tela de un amarillo luminoso y un jarrón de flores azules en el centro. Alrededor de las flores se alzaban una serie de velas como un pueblo medieval. La mano de su madre estaba por todas partes. Casi podía oírla.

El interior de la casa, con paredes de troncos de corteza oscurecida, ventanas grandes para contemplar las vistas, un par de sofás de piel marrón, un piano que la abuela había traído de lejos. Se acercó a la ventana y miró por ella. Vio la cala y el muelle a través de la imagen diluida de su propia cara.

Sintió que su padre se acercaba por detrás.

—Bienvenido a casa.

Casa. Aquella palabra tenía varias capas de significado. Un lugar. Una emoción. Recuerdos.

—Ella iba delante de mí —dijo, oyendo la agitación de su voz.

Oyó que su padre respiraba con fuerza. ¿Detendría a Matthew? ¿Abortaría esta conversación que nunca se habían atrevido a tener?

Hubo un momento, una pausa que duró menos tiempo que una bocanada de aire. A continuación, su padre colocó una pesada mano sobre el hombro de Matthew.

—Nadie podía parar a tu madre —dijo en voz baja—. No fue culpa tuya.

Matthew no sabía cómo reaccionar. Había muchas cosas que decir, pero ellos nunca hablaban de ninguna. ¿Cómo se podía empezar una conversación así?

Su padre abrazó con fuerza a Matthew.

—Cómo me alegro de que hayas vuelto.

—Sí —respondió Matthew con voz ronca—. Yo también.

Mediados de abril. El amanecer inundaba la tierra antes de las siete de la mañana. Cuando Leni abrió los ojos, aunque aún estaba a oscuras, sintió el optimismo que traía consigo el cambio de estación. Como habitante de Alaska, podía sentir la luz que emergía, verla en el decrecimiento del negro absoluto hacia un tono de carbón. Traía con él una sensación de esperanza, de llegada de luz solar, de que todo sería mejor ahora. De que él sería mejor.

Pero esta primavera nada de eso era verdad. A pesar de que estaba regresando la luz del sol, su padre estaba empeorando. Furioso y serio. Más celoso de Tom Walker.

Leni tenía una sensación terrible y cada vez mayor de que algo malo iba a pasar.

En clase, luchó todo el día contra el dolor de cabeza. Durante el trayecto a casa en bici, empezó a sentir dolor de estómago. Trató de convencerse de que era por el periodo, pero sabía que no era así. Era el estrés. La preocupación. Ella y mamá volvían a estar en guardia. Se miraban constantemente a los ojos, caminaban con cautela, tratando de ser invisibles.

Condujo con pericia por el camino de acceso lleno de baches, con cuidado de pasar por la superficie en alto entre las dos huellas embarradas de neumáticos.

En su patio —una ciénaga de barro y agua— vio que la camioneta roja no estaba, lo cual quería decir que o bien papá se había ido a cazar o había ido a ver a los Harlan.

Apoyó la bicicleta contra la cabaña y se puso a hacer sus tareas: dar de comer a los animales, comprobar cuánta agua tenían, recoger las sábanas limpias del tendedero, dejarlas en una cesta de mimbre. Con el cesto de la colada apoyado en la cadera, oyó el fuerte sonido a goma elástica del motor de una lancha y miró hacia el agua colocándose una mano por encima de los ojos. Marea alta.

Un esquife de aluminio entró en su cala. El único sonido que se oía a varios kilómetros era el del motor. Leni lanzó el cesto de la ropa al porche y fue hacia las escaleras de la playa, que con los años habían ido asegurando. Casi todos los tablones eran nuevos. Solo de vez en cuando se veía el deslustrado gris de las escaleras originales. Bajó los escalones en zigzag con sus botas llenas de barro.

El bote seguía avanzando, con su afilada proa elevada orgullosamente sobre las olas. Había un hombre sobre el tablero de mando, guiando la barca hasta la playa.

«Matthew».

Él paró el motor y bajó al agua que le llegaba por el tobillo sujetando la cuerda blanca y raída del bote.

Ella se tocó el pelo avergonzada. No se había molestado en hacerse una trenza ni cepillárselo esa mañana. Y llevaba exactamente la misma ropa con la que había ido a clase ese día y el anterior. Probablemente su camisa de franela olería a humo de leña.

«Dios mío».

Él subió la embarcación a la playa, dejó la cuerda y caminó hacia ella. Durante años, Leni había imaginado este momento. En sus cavilaciones siempre sabía exactamente qué decir. En la intimidad de su imaginación, ellos empezaban a hablar sin más, retomando su amistad como si él nunca se hubiese marchado.

Pero en su mente, él era Matthew, el niño de catorce años que le había mostrado huevos de ranas y crías de águilas, el chico que le había escrito cada semana. «Querida Leni: Las clases me resultan difíciles. Creo que no le gusto a nadie...» y al que ella había respondido: «Yo sé de sobra lo que es ser la nueva del colegio. Es terrible. Deja que te dé unos cuantos consejos...».

Este... hombre era otra persona. Alguien a quien ella no conocía. Alto, de pelo largo y rubio, increíblemente atractivo. ¿Qué le iba a decir a este Matthew?

Él metió la mano en su mochila y sacó el desgastado, destrozado y amarillento ejemplar de *El señor de los anillos* que Leni le había enviado por su quince cumpleaños. Recordaba la dedicatoria que le había escrito. «Amigos para siempre, como Sam y Frodo».

Una chica distinta había escrito eso. Una chica que no conocía la desagradable verdad de su familia tóxica.

—Como Sam y Frodo —dijo él.

—Sam y Frodo —repitió Leni.

Leni sabía que era una locura, pero le parecía como si estuviesen manteniendo una conversación sin decirse nada, hablando de libros, de amistades duraderas y de vencer obstáculos infranqueables. Puede que para nada estuviesen hablando de Sam y Frodo, puede que estuviesen hablando de ellos mismos y de cómo habían crecido y, al mismo tiempo, seguían siendo niños.

Él sacó de la mochila una pequeña caja envuelta en papel y se la dio.

—Esto es para ti.

—¿Un regalo? No es mi cumpleaños.

Leni notó que las manos le temblaban al romper el papel. Dentro, encontró una pesada y negra cámara Canon Canonet con una funda de piel. Levantó la mirada hacia él sorprendida.

—Te he echado de menos —dijo él.

—Yo también te he echado de menos —respondió ella en voz baja, consciente al decir aquello de que las cosas habían cambiado. Ya no tenían catorce años. Y lo que era más importante, su padre había cambiado. Ser amiga del hijo de Tom Walker podría acarrear problemas.

Le preocupaba que eso no le importara.

Al día siguiente, en clase, Leni apenas podía concentrarse. No dejaba de mirar de reojo a Matthew, como para asegurarse de que de verdad estaba ahí. La señora Rhodes había tenido que gritarle varias veces a Leni para llamar su atención.

Al final de la clase, salieron de la escuela juntos a la luz del sol y bajaron los escalones de madera hasta el suelo embarrado.

—Luego volveré a por mi quad —dijo él mientras ella sacaba su bicicleta de su sitio en la valla donde la había encadenado y que habían construido dos años atrás después de que una cerda y sus crías atravesaran la puerta de la escuela en busca de comida—. Te acompaño andando a casa. Si te parece bien.

Leni asintió. Parecía como si no le saliera la voz. No le había dicho dos palabras en todo el día: tenía miedo de ponerse en ridículo. Ya no eran unos niños y no tenía ni idea de cómo hablarle a un chico de su edad, sobre todo a alguien cuya opinión le importaba tanto.

Sujetaba con fuerza los asideros de plástico del manillar, con su bicicleta reciclada del vertedero traqueteando por el camino de grava a su lado. Le dijo algo sobre su trabajo en la tienda para romper el silencio.

Era consciente de la presencia física de él de una forma que nunca antes había experimentado. Su estatura, la anchura de su espalda, la soltura con que caminaba. Podía sentir el olor a chicle de menta en su aliento y los complejos olores a champú y jabón comprados en tienda de su cabello y su piel. Estaba sintonizada con él, conectada de esa forma extraña en que lo están el depredador y su presa. Un tipo de conexión repentina y peligrosa como las del ciclo de la vida que carecía de sentido para ella.

Salieron de Alpine Street y se adentraron en el pueblo.

—La ciudad ha cambiado mucho —dijo Matthew.

En el bar, se detuvo y se puso una mano por encima de los ojos para leer el grafiti que habían pintado en la chamuscada fachada de madera.

—Supongo que hay personas que no quieren el cambio.

—Supongo.

Él la miró.

—Mi padre me ha contado que el tuyo ha destrozado el bar.

Leni levantó los ojos hacia él y sintió cómo la vergüenza se retorcía en su estómago. Quería mentirle, pero no podía. Ni tampoco podía pronunciar en voz alta las palabras de deslealtad. La gente imaginaba que su padre había destrozado el bar. Solo ella y su madre lo sabían con certeza.

Matthew empezó a caminar de nuevo. Aliviada por dejar atrás la prueba de la ira de su padre, hizo lo mismo. Cuando pasaron por la tienda, Marge la Grande salió con un grito y sus grandes brazos abiertos. Abrazó a Matthew y, a continuación, le dio una palmada en la espalda. Cuando se apartó, se quedó mirándolos.

—Tened cuidado, vosotros dos. Las cosas no van bien entre vuestros padres.

Leni echó a andar. Matthew la siguió.

Ella quería sonreír, pero la taberna destrozada y la advertencia de Marge la Grande habían hecho desaparecer la luz de ese día. Marge la Grande tenía razón. Leni estaba jugando con fuego. Su padre podría aparecer con la camioneta por esa calle en cualquier momento. No le iba a gustar verla de camino a casa con Matthew Walker.

—¿Leni?

Se dio cuenta de que Matthew había echado a correr para alcanzarla.

—Lo siento.

—¿Por qué lo sientes?

Leni no sabía qué responder. Lamentaba cosas de las que él no sabía nada, un futuro al que probablemente ella le estuviese arrastrando y que seguramente sería desagradable. Pero en lugar de contestarle a eso, le habló de alguna tontería sobre el último libro que había leído. Durante el resto del trayecto hasta su casa, hablaron de cosas superficiales: del tiempo, de las películas que él había visto en Fairbanks, de lo último en anzuelos para salmón real.

Parecía que no había pasado el tiempo, aunque llevaban caminando casi una hora cuando Leni vio la cancela metálica coronada con el cráneo de vaca. El señor Walker estaba junto a una gran excavadora amarilla aparcada junto a la cancela que marcaba la entrada a su terreno.

Leni se detuvo.

—¿Qué está haciendo tu padre?

—Está limpiando una parcela para construir cabañas. Y va a colocar un arco por encima del camino de acceso para que los huéspedes sepan cómo encontrarnos. Lo va a llamar Hospedería de Aventuras de Walker Cove. O algo parecido.

—¿Una hospedería para turistas? ¿Aquí?

Leni sintió la mirada de Matthew sobre su rostro con la misma fuerza que si la hubiese tocado.

—Claro. Se puede ganar bastante dinero.

El señor Walker se acercó a la vez que se quitaba la gorra de camionero de la cabeza dejando a la vista una franja blanca de piel a lo largo de su frente y rascándose el pelo mojado.

—A mi padre no le va a gustar ese arco —dijo Leni mientras él se acercaba.

—A tu padre no le gustan muchas cosas —repuso el señor Walker con una sonrisa mientras se secaba el sudor de la frente con un pañuelo arrugado—. Y que tú seas amiga de mi Mattie va a ocupar el número uno en su lista de cosas que odia. Lo sabes, ¿no?

—Sí —contestó Leni.

—Vamos, Leni —dijo Matthew. La agarró del codo y la apartó de su padre, con la bicicleta traqueteando a su lado. Cuando llegaron al camino de acceso de Leni, ella se detuvo y miró por el camino ensombrecido por los árboles.

—Deberías irte ya —dijo ella apartándose.

—Quiero acompañarte a tu casa.

—No —respondió ella.

—¿Por tu padre?

Deseó que la tierra se abriera en ese momento y la tragara. Asintió.

—No va a querer que sea amiga tuya.

—Que le den —replicó Matthew—. No puede decirnos que no podemos ser amigos. Nadie puede. Papá me ha contado esa estúpida disputa que tienen. ¿A quién le importa? ¿Qué tiene que ver con nosotros?

—Pero...

—¿Te gusto, Leni? ¿Quieres que seamos amigos?

Asintió. Aquel momento se tiñó de solemnidad. Serio. Se estaba sellando un pacto.

—Y tú me gustas a mí. Así que ya está. Se acabó. Somos amigos. No hay nadie que pueda decir nada al respecto.

Leni sabía que él estaba siendo un ingenuo y que se equivocaba. Matthew no sabía nada sobre padres furiosos e irracionales, sobre puñetazos que rompían narices ni sobre el tipo de ira que empezaba con actos vandálicos y podría llegar hasta un punto que no podía imaginarse.

—Mi padre es impredecible —dijo Leni. Era la única palabra ambigua que se le ocurría.

—¿Qué quieres decir?

—Puede hacerte daño si descubre que nos gustamos.

—Yo puedo con tu padre.

Leni sintió que estaba a punto de soltar una carcajada de histeria. La idea de que Matthew «pudiera» con su padre era demasiado terrible como para considerarla.

Debería alejarse en ese momento, decirle a Matthew que no podían ser amigos.

—¿Leni?

La mirada en los ojos de él fue su perdición. ¿Alguna vez la había mirado alguien así? Sintió un escalofrío de algo... Anhelo, quizá. O alivio. O incluso deseo. No lo sabía. Solo sabía que no podía darle la espalda, no después de tantos años de soledad, aunque sentía que el peligro se sumergía silenciosamente en el agua y nadaba hacia ella.

—No podemos permitir que mi padre sepa que somos amigos. No puede ser. Nunca.

—Claro —contestó Matthew, aunque ella estaba segura de que no la entendía. Quizá él supiera lo que era el dolor, la pérdida y el sufrimiento. Ese conocimiento de la oscuridad se veía en sus ojos. Pero no sabía lo que era el miedo. Matthew creía que las advertencias de ella eran exageradas.

—Lo digo en serio, Matthew. No puede enterarse nunca.

15

eni soñó que estaba lloviendo. Estaba en la orilla de un río, empapándose. La lluvia le goteaba por el pelo y le empañaba la visión.

El río creció con un enorme y estruendoso crujido y, de repente, llegó el deshielo. Bloques de hielo del tamaño de una casa se separaron de la tierra y se deslizaron río abajo llevándose todo a su paso: árboles, barcas y casas.

«Tienes que cruzar».

Leni no sabía si había oído esas palabras o si las había pronunciado ella. Lo único que sabía era que tenía que cruzar ese río antes de que el hielo la arrastrara y el agua se le metiera en los pulmones.

Pero no había por dónde cruzar.

Unas olas heladas se alzaban como muros, el suelo se desmoronaba y los árboles caían abatidos. Se oyó un grito.

Era ella. El río la golpeó como una pala en la cabeza, tirándola de lado.

Se sacudió, gritó, sintió cómo caía y caía.

«Aquí», gritó una voz.

«Matthew».

Él podía salvarla. Jadeó, trató de abrirse paso hacia la superficie, pero algo la agarraba de los pies y la arrastraba hacia abajo hasta que no pudo respirar. Todo se volvió oscuro.

Leni se despertó con un grito ahogado y vio que estaba a salvo en su habitación, con sus pilas de libros y los cuadernos llenos de sus fotografías a lo largo de la pared y la caja llena de las cartas de Matthew a su lado.

Una pesadilla.

Ya empezaba a desaparecer de su recuerdo. Algo de un río, pensó. El deshielo primaveral. Otra forma de morir en Alaska.

Se vistió para ir a clase con un peto vaquero y una camisa de franela a cuadros. Se apartó el pelo de la cara con una trenza suelta. Sin espejos en la casa (papá los había roto todos con el paso de los años) no pudo comprobar su aspecto. Leni se había acostumbrado a verse en trozos de cristal. Su imagen en pedazos. No le había importado hasta el regreso de Matthew.

Abajo, dejó caer sus libros de texto en la mesa de la cocina y se sentó. Mamá colocó un plato de salchicha de reno, galletas y salsa delante de ella junto con un cuenco lleno de arándanos que habían cogido en los riscos de la bahía de Kachemak el otoño anterior.

Mientras Leni desayunaba, mamá permaneció a su lado, observándola.

—Anoche estuviste una hora trayendo agua para poder darte un baño. Y te has hecho una trenza. Muy bonita, por cierto.

—Se llama higiene diaria, mamá.

—Me he enterado de que Matthew Walker ha vuelto a la ciudad.

Leni debería haber sabido que mamá ataría cabos. A veces, entre lo de su padre y todo lo demás, se olvidaba de lo lista que era mamá. De lo perspicaz que era.

Leni siguió comiendo con cuidado de no mirarla a los ojos. Sabía lo que iba a decir mamá al respecto, así que Leni no iba a contárselo. Alaska era un lugar grande. Había muchos sitios donde esconder algo tan pequeño como una amistad.

—Qué pena que tu padre odie tanto al suyo. Y qué pena que tu padre tenga un problema de temperamento.

—¿Así es como lo llamamos?

Leni notó cómo su madre la miraba, como un águila que observa las olas en busca de un destello plateado. Era la primera vez que Leni le ocultaba algo a su madre y se sentía incómoda.

—Tienes casi dieciocho años. Una jovencita. Y Matthew y tú os debéis haber escrito más de cien cartas en estos años.

—¿Y eso qué tiene que ver con nada?

—Las hormonas son como la poscombustión. Un toque preciso y sales al espacio exterior.

—¿Qué?

—Estoy hablando de amor, Lenora. Pasión.

—¿Amor? Por Dios, no sé por qué sacas eso a colación. No hay de qué preocuparse, mamá.

—Bien. Sé lista, pequeña. No cometas el mismo error que yo.

Leni levantó por fin los ojos.

—¿Qué error? ¿Papá? ¿O yo? ¿Estás...?

La puerta se abrió y entró su padre, que se había lavado el pelo esa mañana y se había puesto unos pantalones de tela marrones relativamente limpios y una camiseta. Cerró la puerta con una patada al entrar.

—Algo huele bien, Cora. Buenos días, pelirroja. ¿Has dormido bien?

—Sí, papá —contestó.

Él la besó en la coronilla.

—¿Estás lista para ir a la escuela? Yo te llevo.

—Puedo ir en mi bici.

—¿Es que no puedo sacar a mi segunda mejor chica en este día de sol?

—Claro —respondió ella. Recogió sus libros y el cabás (aún el de Winnie the Pooh; ahora le encantaba) y se puso de pie.

—Ten cuidado en clase —dijo mamá.

Leni no la miró. Siguió a su padre hacia la camioneta y montó.

Él puso una cinta en el equipo de música y la puso a todo volumen. En los altavoces sonaba *Lyin' eyes*.

Papá empezó a cantar al compás cada vez más fuerte.

—Canta conmigo —dijo mientras salía a la carretera principal y conducía hacia la ciudad.

De repente, pisó los frenos.

—Hijo de puta.

Leni salió disparada hacia delante.

—Hijo de puta —repitió papá.

El señor Walker estaba bajo el arco de troncos que había levantado sobre su camino de acceso. En el tronco superior había tallado a mano las palabras: «Hospedería de Aventuras de Walker Cove».

Papá aparcó el coche y salió para cruzar la carretera llena de baches, sin molestarse en evitar los charcos de barro.

El señor Walker lo vio llegar y dejó de trabajar. Se metió el martillo en el cinturón de modo que le colgaba del cuero como un arma.

Leni se inclinó hacia delante y miró atentamente a través del parabrisas lleno de suciedad y mosquitos aplastados.

Papá le gritaba al señor Walker, que sonreía con los brazos cruzados.

Leni se imaginó a un jack russel terrier que tiraba con agresividad del extremo de su correa mientras ladraba a un rottweiler.

Papá seguía gritándole cuando el señor Walker le dio la espalda, se acercó a su arco y continuó trabajando.

Papá permaneció allí un minuto. Finalmente, volvió a la camioneta, subió y cerró la puerta con un golpe. Metió la marcha y pisó el acelerador.

—Alguien tiene que darle con una estaca a ese hijo de puta. Conocí a tipos como él en Vietnam. Oficiales cobardes y llenos de mierda que hacían que murieran los mejores hombres y recibían medallas por ello.

Leni sabía muy bien que no debía decir nada. Durante el camino hacia la escuela, él siguió murmurando: «Hijo de puta, capullo arrogante, se cree que es mejor...». Leni sabía que, desde allí, se iría directo a la finca de los Harlan en busca de gente que se uniera a sus quejas. O puede que hablar ya no fuese suficiente.

Se detuvo en la escuela.

—Hoy voy a Homer en el ferri. Te recogeré en el trabajo a las cinco.

—Vale.

Leni cogió sus libros y el cabás y bajó de la camioneta. De camino a la escuela no miró hacia atrás y papá no hizo sonar el claxon para despedirse. Se alejó tan rápido que levantó gravilla con las ruedas.

Ella entró en la clase y vio que ya estaban todos sentados. La señora Rhodes estaba en la pizarra escribiendo: «Pentámetro yámbico en Shakespeare».

Matthew se giró en su silla para mirarla. Su sonrisa fue como la atracción gravitacional de sus novelas de ciencia ficción. Se acercó a él y se sentó.

Él se quedó mirándola. ¿Era así como papá miraba a mamá? Pensó que sí. A veces. Eso la hizo sentirse inquieta, como ansiosa.

Él cortó un trozo de papel del cuaderno y escribió una nota y, después, se la pasó. Decía: «¿Quieres saltarte el trabajo después de clase? Podríamos hacer algo».

«Di que no», pensó. Lo que dijo fue:

—Mi padre me recoge a las cinco.

—Entonces, ¿eso es un sí?

No pudo evitar sonreír.

—Sí.

—Genial.

Durante el resto del día, Leni se sintió tan nerviosa como llena de energía. Apenas podía quedarse quieta y le costaba responder a las preguntas sobre *Hamlet*. Aun así, leyó sus pasajes en voz alta, tomó notas y trató de no dejar que ni Matthew ni nadie más viera lo rara que se sentía.

Cuando terminó la clase, fue la primera en levantarse de su silla. Salió de la escuela y fue corriendo a la tienda, atravesó la estrecha puerta y gritó.

—¡Marge!

Marge la Grande estaba desempaquetando una caja de papel higiénico. Como el resto de sus provisiones, lo compraba en Soldatna, lo marcaba y lo colocaba en los estantes para venderlo.

—¿Qué pasa, niña?

—Hoy no puedo trabajar.

—Ah. Vale.

—¿No quieres saber por qué?

Marge la Grande sonrió, se incorporó y se colocó una mano en la parte baja de la espalda, como si le doliera por estar agachada.

—No.

La campanilla volvió a sonar. Matthew entró en la tienda.

—Como te he dicho, no quiero saberlo —dijo Marge la Grande. Les dio la espalda a Leni y a Matthew y se fue por el atestado pasillo para desaparecer tras una pila de trampas para cangrejos.

—Vamos —dijo Matthew—. Sígueme.

Salieron de la tienda y pasaron a toda velocidad junto a los obreros del bar Kicking Moose subiendo después por la cuesta junto a la iglesia rusa ortodoxa. Allí nadie los vería.

Caminaron hasta la punta y encontraron un claro donde las aguas azules de la bahía de Kachemak se extendían delante de ellos. Al menos, una docena de pequeñas barcas estaban en el agua.

Matthew sacó el gran cuchillo de sierra de su cinturón y cortó unas cuantas ramas de un árbol. Las colocó en el suelo creando un enramado de perfumado verdor.

—Aquí. Siéntate.

Leni se sentó. El verde brillaba debajo de ella, mullido.

Él se sentó junto a Leni. Dobló los brazos para colocar la cabeza sobre las manos y se tumbó.

—Mira hacia arriba.

Ella lo hizo.

—No. Túmbate.

Leni obedeció. Por encima de ellos, unas nubes blancas se movían por el cielo azul claro.

—¿Ves el caniche?

Leni vio la nube esculpida con forma de caniche.

—Esa parece un barco pirata.

Vio cómo las nubes se movían lentamente por el cielo, cambiando de forma, convirtiéndose en algo nuevo ante sus ojos. Deseó que a la gente le resultara igual de fácil cambiar.

—¿Cómo era Fairbanks?

—Abarrotado de gente. Al menos para mí. A mí me gustan los sitios vacíos y tranquilos. Y era escandaloso. Lleno de obreros del gasoducto que bebían mucho y se peleaban. Pero mis tíos eran estupendos y era genial estar con Aly. Se preocupaba mucho por mí.

—Yo también.

—Sí. Lo sé. Y... quería decirte que lo siento.

—¿Por qué?

—Aquel día en la excursión, cuando te empujé... Creí... que podía mantener el control. Es decir, no podía, pero creía que sí.

—Te comprendí —dijo ella.

—¿Cómo es posible?

—Mi padre tiene pesadillas desde la guerra. A veces, eso le vuelve loco.

—Yo la vi. A mi madre. Debajo del hielo, flotando bajo mis pies. Tenía el pelo extendido. Buscaba con las manos una forma de salir. Después, desapareció. —Soltó un largo suspiro. Leni notó cómo se alejaba de ella, en un viaje al interior de un paisaje de recuerdos oscuros y espinosos. Después, vio cómo regresaba—. No sé si habría podido superarlo sin mi hermana y... tus cartas. Sé que suena raro, pero es la verdad.

Al oír sus palabras, Leni sintió como si el suelo que tenía debajo hubiese desaparecido (igual que en su sueño). Ahora sabía cosas que no conocía a los catorce años..., sobre el hielo, sobre la pérdida e incluso sobre el miedo. No podía imaginar que perdía a su madre, pero eso, verla bajo el hielo, incapaz de salvarla...

Giró la cabeza y se quedó mirando el perfil de él, la línea nítida de su nariz, la sombra de una barba rubia afeitada, el filo de sus labios. Vio la diminuta cicatriz que le atravesaba la ceja y el lunar marrón que asomaba por el nacimiento del pelo.

—Tienes suerte de contar con una hermana como Alyeska.

—Sí. Antes quería trabajar para *Vogue* o algo así. Ahora quiere volver a la finca y trabajar con papá. Van a construir una hospedería en el terreno. Así, podrá vivir en el mismo lugar otra generación de la familia Walker. —Se rio ante aquella idea.

—¿Eso no te gusta?

—Sí que me gusta —respondió él en voz baja—. Quiero enseñar a mis hijos las cosas que me ha enseñado mi padre.

Leni se apartó de él al oír aquello. Eso era lo último que deseaba en el mundo. Volvió a dirigir su atención al cielo. Al caniche que se había convertido en una nave espacial.

—He leído un libro muy chulo, *El fin de la infancia*, sobre el último hombre vivo de la tierra. Me pregunto qué se sentirá. O siendo vidente...

Cuando él la agarró de la mano, ella no se apartó. Cogerle la mano, tocarle, le parecía lo más natural del mundo.

Leni no tardó mucho en saber que estaba en apuros. Pensaba constantemente en Matthew. En clase, empezó a estudiar cada uno de sus movimientos. Le observaba como si fuese una presa que tratara de adivinar sus intenciones. A veces, la mano de él acariciaba la suya bajo la mesa o le tocaba el hombro al pasar por su lado en la clase. Ella no sabía si esos breves contactos eran intencionados o significativos, pero el cuerpo de ella reaccionaba de forma instintiva ante cada caricia fugaz. Una vez, incluso se levantó de la silla y apretó su hombro contra la mano de él como un gato que busca llamar la atención. No lo pensó, ese impulso de levantarse, esa necesidad desconocida. Simplemente pasó. Y, a veces, cuando él le hablaba, ella creía que Matthew le miraba los labios igual que ella miraba los de él. Se descubrió cartografiando su cara en secreto, memorizando cada rugosidad, hueco y valle, como si fuese una exploradora y él su descubrimiento.

No podía dejar de pensar en él, ni en clase, mientras se suponía que estaba leyendo, ni en casa, cuando se suponía que estaba trabajando. Perdió la cuenta de la cantidad de veces que mamá tuvo que levantar la voz para llamar la atención de Leni.

Podría haber hablado con mamá, preguntarle sobre aquel nervioso desasosiego que sentía, los sueños de caricias y besos que la inquietaban al despertar, necesitada de algo que no sabía definir, pero, claramente, papá estaba empeorando y la cabaña estaba cargada de mala energía. Mamá no necesitaba más preocupaciones, así que Leni se guardó para sí sus extraños e inexplicables anhelos y trató de darles sentido sola.

Ahora, Leni, su madre y Thelma estaban en la mesa de acero inoxidable de la finca de los Harlan, destripando pescados y cortando la carne en tiras. Dejaban las tiras marinándose durante varios días y, después, las colgaban en el ahumadero durante treinta y seis horas, por lo menos.

Ted estaba reparando una de las casetas de perro mientras Clyde trabajaba una piel, preparándola para convertirla en cuerdas de cuero sin curtir. A la izquierda, Agnes, de trece años, practicaba lanzando afiladas estrellas plateadas a los árboles. Zas, zas, zas. Marthe tallaba madera para hacer un tirachinas. Donna estaba en el tendedero, colocando unas sábanas. Papá y el Loco Earl habían ido a Homer.

Thelma lanzó un cubo de agua jabonosa sobre la mesa, haciendo que las tripas del pescado cayeran al barro, donde los perros se peleaban por comérselas.

Sentada en una silla de plástico, con Nenita junto a ella en el suelo, parloteando sobre un nido de pájaros que había encontrado, Leni reparaba una trampa para cangrejos.

Había cierta inquietud en el campamento. Desde que el señor Walker había aparecido en la finca y les había recordado a los Harlan que su lugar en las vidas de ellos había quedado asegurado hacía mucho tiempo, además de ofrecerles trabajos bien remunerados, Leni había visto la forma en que los adultos se miraban. O, para ser más precisos, la forma en que no se miraban.

Se había creado un cisma. No solo en la ciudad, sino también aquí, en la finca de los Harlan. Leni no estaba siempre segura de quién estaba en qué bando, pero los adultos sí lo sabían. Estaba segura de que papá no se hablaba con Thelma ni con Ted desde esa noche.

Se oyó el fuerte pitido de un claxon y Leni se sobresaltó. Dejó caer la jaula de cangrejos, que aterrizó con fuerza sobre su tobillo. Dio un grito y la apartó de una patada.

La camioneta de papá entró y aparcó junto al cobertizo de las herramientas.

Las dos puertas se abrieron a la vez. Papá y el Loco Earl salieron de la camioneta.

Papá se dirigió a la parte de atrás, cogió una gran caja de cartón y la llevó en sus brazos. La caja traqueteaba y tintineaba mientras papá la metía en la finca. Fue al terreno elevado que había junto a las colmenas y miró a los demás. El Loco Earl le siguió y se puso a su lado. El anciano parecía cansado, o más cansado de lo habitual. Había perdido la mayor parte del pelo durante el año anterior y las arrugas de su frente parecían haber sido grabadas en ella. Le asomaban pelos blancos del mentón, las mejillas, la nariz y las orejas.

—Venid aquí —dijo el Loco Earl con un gesto de la mano.

Thelma se secó las manos en sus pantalones sucios y fue con su marido.

Leni se acercó a mamá.

—Parece que están borrachos —dijo.

Mamá asintió y encendió un cigarrillo. Se acercaron y se colocaron junto a Thelma.

De pie sobre el risco, por encima de los demás como si fuese un sacerdote, papá sonrió a las personas que se habían reunido ante él.

Leni reconoció su sonrisa de Gran Idea. La había visto en montones de ocasiones. Un comienzo. Le volvían loco.

Papá colocó una mano sobre el hombro de Earl y le dio un apretón cómplice.

—Earl nos ha recibido a mí y a mi familia en este lugar seguro y maravilloso que habéis creado. Casi nos sentimos unos Harlan. Así de acogedores habéis sido. Sé lo mucho que para Cora significa la amistad de Thelma. Sinceramente, nunca habíamos sentido que perteneciéramos a ningún sitio hasta ahora. —Dejó la caja en el suelo con un tintineo y la apartó con la punta redondeada de su bota de goma—. Bo quería que yo me quedara con su cabaña. ¿Por qué? Porque así yo podría aportar a esta familia lo que sé. Quería que alguien en quien pudiera confiar protegiera a su familia. Como todos sabéis, me he tomado en serio esa responsabilidad. Cada uno de vosotros es un tirador de primera. También sois buenos con el arco y la flecha. Tenéis vuestras mochilas de evasión listas para marcharos en cualquier momento. Estamos preparados para la ley marcial, la guerra nuclear o una pandemia. O eso creía yo.

Leni vio cómo Thelma fruncía el ceño.

—¿A qué te refieres? —preguntó Clyde descruzando sus brazos musculosos.

—La semana pasada un enemigo traspasó esta valla con toda la facilidad del mundo. Nadie le detuvo. Nada le detuvo. Entró aquí y se sirvió de palabras... y sobornos para separarnos. Sabéis que es verdad. Vosotros sentís esa desavenencia. Todo es por culpa de Tom Walker.

—Ya empezamos —murmuró Thelma.

—Ernt, no es más que un trabajo —dijo Ted—. Necesitamos el dinero.

Papá levantó las manos sonriendo.

(Leni conocía esa sonrisa: no era una muestra de felicidad).

—No le echo la culpa a nadie. Lo entiendo. Solo estoy señalando un peligro que no habéis visto. Cuando la mierda estalle, todos nuestros vecinos tendrán historias tristes que contar. Querrán lo que nosotros tenemos y querréis dárselo. Los conocéis desde hace tiempo. Lo comprendo. Así que he venido para protegeros también de vosotros mismos.

—Bo lo habría deseado así —dijo el Loco Earl. Se lio un cigarrillo y lo encendió, dando después una calada tan profunda que Leni pensó que se iba a caer muerto allí mismo—. Cuéntales —le animó el Loco Earl echando por fin el humo.

Papá se agachó, abrió la caja de cartón y metió la mano en su interior. A continuación, volvió a levantarse con una tabla de madera en las manos que tenía clavados cientos de clavos muy cerca unos de otros dándole el aspecto de un arma. En su otra mano sostenía una granada de mano.

—Nadie más va a volver a entrar nunca aquí. En primer lugar, vamos a construir un muro y a colocar concertinas en lo alto. Después, cavaremos una zanja alrededor del perímetro en los lugares por donde los atacantes vayan a entrar. La llenaremos con camas de clavos, cristales rotos, pinchos..., cualquier cosa que se nos ocurra.

Thelma se rio.

—No es ninguna broma, señorita —dijo el Loco Earl.

—Metemos la granada en un tarro —dijo papá sonriendo por su propio ingenio—. Le quitamos la anilla, metemos la granada en el tarro, apretamos la palanca de seguridad. Después, lo enterramos. Cuando alguien pise por encima, el tarro se rompe y pum.

Nadie dijo nada. Simplemente se quedaron allí quietos con los ladridos de los perros de fondo.

El Loco Earl dio una palmada en la espalda a papá.

—Una idea estupenda, Ernt. Una idea estupenda.

—No —dijo Thelma—. No. ¡No!

Con el parloteo del Loco Earl a todo volumen, la voz más calmada de Thelma necesitó un rato para hacerse oír. Se abrió paso hacia el frente y, después, un paso más, hasta que estuvo sola, como la punta de una flecha.

—No —repitió.

—¿No? —preguntó su padre apretando su boca sin dientes.

—Se le ha ido la cabeza, papá —añadió Thelma—. Hay niños aquí. Y, afrontémoslo, más de un borracho. No podemos poner trampas alrededor del perímetro de nuestra casa con explosivos enterrados. Lo más probable es que matemos a uno de los nuestros.

—Tú no te encargas de la seguridad, Thelma —dijo papá—. De eso me encargo yo.

—No, Ernt. De lo que me encargo es de la seguridad de mi familia. Cumpliré con el almacenamiento de comida y con la creación de filtros de agua. Enseñaré a mi hija cosas útiles, como disparar, cazar y poner trampas. Incluso permitiré que tú y mi padre no paréis de parlotear sobre guerras nucleares y pandemias, pero no voy a estar todos los días de mi vida preocupada por si podemos matar a alguien de forma accidental y sin ningún motivo.

—¿Parlotear? —preguntó papá bajando la voz.

Todos empezaron a hablar a la vez, discutiendo. Leni sintió que el cisma entre ellos se liberaba, se abría del todo. Se separaron en dos grupos. Los que querían ser una familia (casi todos) contra los que querían poder matar a cualquiera que se acercara (papá, el Loco Earl y Clyde).

—Aquí viven niños —insistió Thelma—. Tenéis que recordarlo. No podemos tener bombas ni trampas explosivas.

—Pero cualquiera puede entrar aquí con ametralladoras —dijo papá buscando apoyos—. Matarnos y llevarse lo que tenemos.

Leni oyó que hablaba Nenita:

—¿Eso es verdad, mamá? ¿Es verdad?

Las discusiones se reavivaron. Los adultos se apiñaron, unos frente a otros, levantando la voz con el rostro enrojecido.

—¡Basta! —gritó por fin el Loco Earl levantando en el aire sus manos esqueléticas—. No puedo permitir que esto pase en mi familia. Y sí que tenemos niños. —Miró a papá—. Lo siento, Ernt. Tengo que ponerme del lado de Thelma.

Papá dio un paso atrás, poniendo distancia entre él y el anciano.

—Claro, Earl —contestó con tono firme—. Lo que tú digas.

Y así terminó la discusión entre los Harlan. Leni vio cómo se unían en una familia, se perdonaban y empezaban a hablar de otras cosas. Leni se preguntó si alguno de ellos se había dado cuenta siquiera de cómo su padre se quedaba atrás, de cómo los observaba, del modo en que apretaba la boca con gesto de enfado.

16

En mayo, los andarríos regresaron por miles, volando por el cielo en un enjambre de alas, tomando tierra brevemente en la bahía antes de continuar su viaje hacia el norte. Regresaron tantos pájaros a Alaska ese mes que el cielo estaba constantemente lleno y el ambiente se llenó de cantos de pájaros, graznidos y silbidos.

Normalmente, en esa época del año Leni se tumbaba en la cama a escuchar los sonidos, identificando a cada pájaro por su cantar, notando el avance de la estación por su llegada y su partida, deseando que fuera verano.

Ese año era diferente.

Solo quedaban dos semanas de clase.

—Estás de lo más silenciosa —dijo papá mientras entraba con la camioneta en el aparcamiento de la escuela. Aparcó junto a la furgoneta de Matthew.

—Estoy bien —contestó ella a la vez que agarraba el picaporte de la puerta.

—Es por la seguridad, ¿no?

Leni se giró para mirarle.

—¿Qué?

—Tú y tu madre habéis estado algo mustias y tristes desde la última vez que estuvimos en casa de los Harlan. Sé que estáis asustadas.

Leni se limitó a quedarse mirándolo, sin saber bien cuál sería la respuesta adecuada. Él había estado más tenso desde la discusión en casa de los Harlan.

—Thelma es una optimista. Una de esas personas que viven de espaldas a la realidad. Claro que no quiere enfrentarse a la verdad de frente. Porque es desagradable. Pero mirar para otro lado no es la respuesta. Tenemos que prepararnos para lo peor. Me moriría si os pasara algo a ti o a tu madre. Lo sabes, ¿verdad? Sabes cuánto os quiero a las dos. —Le alborotó el pelo—. No te preocupes, pelirroja. Yo os mantendré a salvo.

Ella salió de la camioneta y cerró la puerta de golpe. Después, bajó su bicicleta de la trasera de la camioneta. Se pasó la correa de la mochila por encima del hombro y apoyó la bicicleta en la valla antes de dirigirse hacia la escuela.

Papá tocó el claxon y se marchó.

—¡Eh! ¡Leni!

Ella miró a los lados.

Matthew estaba escondido entre los árboles enfrente de la escuela y le hizo una señal para que se acercara.

Leni esperó a que la camioneta de su padre desapareciera por la esquina y, a continuación, se acercó corriendo a Matthew.

—¿Qué pasa?

—Saltémonos las clases hoy. Cojamos el *Tusty* hasta Homer.

—¿Saltarnos las clases? ¿Homer?

—¡Venga! Será divertido.

Leni era consciente de todas las razones para decir que no. También sabía que hoy la marea estaba baja y que papá pasaría toda la mañana buscando almejas.

—No nos van a pillar y, si nos pillan, no será para tanto. Estamos en el último año. Es mayo. ¿Los estudiantes de último año del resto del país no se saltan siempre las clases?

A Leni no le parecía una buena idea. Creía que incluso podría resultar peligroso, pero no podía negarle nada a Matthew.

Oyó la bocina triste y grave del ferri al acercarse al muelle.

Matthew agarró a Leni de la mano y lo siguiente que ella supo fue que salían corriendo del aparcamiento de la escuela y subían por la colina, pasaban junto a la iglesia y montaban en el ferri.

Leni estaba en la cubierta, agarrada a la barandilla mientras la embarcación se alejaba de la costa.

Durante todo el verano, el fiel *Tustamena* llevaba a la gente de Alaska de un sitio a otro: pescadores, aventureros, obreros, turistas e incluso equipos de deportes de los institutos. El casco estaba lleno de coches y suministros: equipos de construcción, tractores, excavadoras, vigas de acero... Para los pocos turistas resistentes que usaban el barco como humilde crucero hacia destinos remotos, el trayecto en ferri era una bonita forma de pasar el día. Para los habitantes de la zona era simplemente la forma de ir a la ciudad.

Leni había montado en aquel ferri cientos de veces a lo largo de su vida, pero nunca había tenido en él la sensación de libertad que tenía ahora. Ni la de posibilidades que se presentaban ante ella. Como si aquel viejo barco pudiera llevarla a un futuro completamente nuevo.

El viento le revolvía el pelo. Las gaviotas y las aves marinas graznaban por encima de ella, girando y cayendo en picado, flotando en el viento. El agua del mar estaba tranquila y verde, solo unas cuantas ondas del motor sobre la superficie.

Matthew se puso detrás de ella y la rodeó con los brazos para agarrarse a la barandilla. Ella no pudo evitar inclinar la espalda sobre él, dejando que su cuerpo la calentara.

—No me puedo creer que estemos haciendo esto —dijo ella. Por una vez, se sentía como una adolescente normal. Esto era todo lo que Matthew y ella podrían acercarse a eso, a ser el tipo de chicos que iban al cine un sábado por la noche y tomaban unos batidos en alguna cafetería después.

—He entrado en la universidad de Anchorage —dijo Matthew—. Voy a jugar en su equipo de hockey.

Leni se dio la vuelta. Con él sujeto aún a la barandilla, eso significó que la estaba abrazando. El pelo le azotó la cara.

—Vente conmigo —continuó él.

Aquella idea fue como una hermosa flor; primero, floreció y, después, murió en su mano. La vida era diferente para Matthew. Tenía talento y era rico. El señor Walker quería que su hijo fuera a la universidad.

—No nos lo podemos permitir. Y, además, ellos necesitan que trabaje en la casa.

—Hay becas.

—No me puedo ir —dijo ella en voz baja.

—Sé que tu padre es un raro, pero ¿no te puedes marchar?

—No es a él a quien no puedo dejar —le explicó Leni—. Es a mi madre. Me necesita.

—Es adulta.

Leni no podía pronunciar las palabras que lo explicaran.

Él nunca comprendería por qué, a veces, Leni creía que era lo único que mantenía a su madre con vida.

Matthew la atrajo hacia él y la abrazó con fuerza. Ella se preguntó si él podía notar cómo temblaba.

—Dios, Len —susurró sobre su pelo.

¿Al acortar su nombre había pretendido convertirlo en algo nuevo entre sus manos?

—Lo haría si pudiese —dijo ella. Después, quedaron en silencio. Ella pensó en lo distintos que eran sus mundos y eso le demostraba lo grande que era el mundo fuera de allí. Solo eran dos chicos entre millones más.

Cuando el barco llegó a Homer, desembarcaron con una multitud de personas. Cogidos de la mano, se perdieron entre la muchedumbre de turistas entusiasmados y locales de ropa gris. Comieron fletán con patatas fritas en el porche del restaurante en la punta de la restinga, lanzándoles patatas saladas y grasientas a los pájaros que esperaban cerca. Matthew le compró a Leni un álbum de fotos en una tienda de suvenires donde se vendían adornos de Navidad con motivos de Alaska y camisetas con mensajes divertidos sobre alces y cangrejos.

Hablaron de todo un poco. De cosas sin importancia. La belleza de Alaska, la locura de las mareas, la cantidad de coches y de personas en la restinga...

Leni le hizo una fotografía a Matthew delante del bar Salty Dawg. Cien años atrás había sido la oficina de correos y la tienda de comestibles de aquel lugar tan apartado que incluso los habitantes de Alaska conocían como el fin del mundo. Ahora, ese lugar era una taberna oscura y sinuosa donde los habitantes de la zona se mezclaban con los turistas y las paredes estaban decoradas con recuerdos. Matthew escribió «Leni y Matthew» en un billete de dólar y lo clavó en la pared, donde de inmediato se perdió entre los miles de billetes y trozos de papel que la inundaban.

Aquel fue el mejor día de la vida de Leni. Tanto fue así que, cuando terminó y volvían en un taxi acuático, sentados en un banco en la popa en dirección a Kaneq, ella tuvo que luchar contra una oleada de tristeza. En el *Tusty* y en la ciudad habían sido dos chicos entre la muchedumbre. Ahora, solo eran ellos dos y el capitán del taxi acuático y un montón de agua a su alrededor.

—Ojalá no tuviésemos que volver —dijo.

Él la rodeó con un brazo y la atrajo hacia su cuerpo. La barca se levantaba y caía con las olas, haciéndoles perder el equilibrio.

—Escapémonos —dijo él.

Ella se rio.

—No, en serio. Nos imagino recorriendo el mundo, viajando de mochileros por América Central, subiendo al Machu Picchu. Nos estableceremos cuando lo hayamos visto todo. Yo seré piloto de aviación o técnico en emergencias sanitarias. Tú serás fotógrafa. Volveremos aquí, a nuestro hogar, y nos casaremos y tendremos hijos que no nos harán caso.

Leni sabía que él simplemente estaba jugando, soñando despierto, pero sus palabras despertaron en ella un anhelo, un deseo que no sabía que existía. Tuvo que obligarse a sonreír y seguirle el juego, como si aquello no se hubiera clavado en su corazón.

—¿Yo una fotógrafa? Me gusta la idea. Creo que me pondré tacones y maquillaje para ir a recoger mi Pulitzer. Puede que me pida un martini. Pero lo de los niños, no sé.

—Niños. Sin duda. Yo quiero una hija pelirroja. Le enseñaré a saltar por las rocas y a pescar salmón real.

Leni no respondió. Aquello no era más que una conversación tonta, ¿cómo era posible que le estuviera rompiendo el corazón? Él debería saber ya que no había que tener grandes sueños ni darles voz. Matthew había perdido a su madre y ella tenía un padre peligroso. Las familias y el futuro eran frágiles.

El taxi acuático redujo la velocidad, se dejó arrastrar de lado por la corriente hacia el muelle. Matthew bajó y enlazó una cuerda a una cornamusa de metal. Leni bajó al muelle mientras Matthew lanzaba la cuerda de nuevo a la barca.

—Ya estamos en casa —dijo él.

Leni levantó los ojos hacia las construcciones que estaban apoyadas sobre pilares cubiertos de percebes y barro por encima del agua.

Casa.

De vuelta a la vida real.

En el trabajo, la tarde siguiente, Leni no paraba de cometer un error tras otro. Marcó incorrectamente las cajas de clavos de tres peniques y los colocó en el lugar equivocado y, después, se quedó mirando su error mientras pensaba: «¿Podré ir a la universidad?». ¿Era posible?

—Vete a casa —dijo Marge la Grande acercándose a ella por detrás—. Hoy tienes la cabeza en otra parte.

—Estoy bien —contestó Leni.

—No. No lo estás. —Miró a Leni con expresión incisiva—. Os vi a Matthew y a ti ayer por la ciudad. Estás jugando con fuego, niña.

—¿A-a qué te refieres?

—Ya sabes a qué me refiero. ¿Quieres que hablemos de ello?

—No hay nada de que hablar.

—Debes de creer que nací ayer. Ten cuidado. Solo digo eso.

Leni ni siquiera respondió. Se había quedado sin palabras. Y sin pensamientos lógicos. Salió de la tienda, cogió su bicicleta y se fue a casa. Una vez allí, dio de comer a los animales, trajo agua del pozo que habían cavado unos años antes y abrió la puerta de la cabaña. Tenía la mente tan inundada de pensamientos y emociones que lo siguiente que supo fue que estaba en la cocina con su madre, pero no recordaba haber llegado hasta allí.

Mamá estaba trabajando la masa para el pan. Levantó los ojos cuando oyó la puerta cerrarse y apartó las manos enharinadas de la masa.

—¿Qué te pasa?

—¿Por qué lo dices? —preguntó Leni, pero lo sabía perfectamente. Estaba a punto de llorar, aunque no estaba segura del motivo. Lo único que sabía era que Matthew le había vuelto el mundo del revés. Había cambiado su forma de ver las cosas, la había abierto a otro mundo. De repente, lo único en lo que podía pensar era en que las clases terminaban y él se marcharía a la universidad sin ella.

—¿Leni? —Mamá se limpió las manos llenas de harina en un trapo de cocina y lo lanzó a un lado—. Estás triste.

Antes de que Leni pudiese responder, oyó que se acercaba un vehículo. Vio una camioneta blanca y lustrosa entrando en el patio.

La camioneta de Walker.

—Ay, no. —Leni corrió a la puerta de la cabaña y la abrió.

Matthew salió de la camioneta.

Leni cruzó el porche y bajó a toda prisa los escalones.

—No deberías haber venido.

—Hoy estabas muy callada en clase y luego te has ido corriendo al trabajo. He pensado que... ¿He hecho algo malo?

Leni estaba contenta de verle y asustada de que estuviese allí. Tenía la impresión de que lo único que hacía era darle negativas y despedidas, cuando lo único que de verdad quería era decirle que sí.

Papá apareció por el lateral de la cabaña con un hacha en la mano. Estaba enrojecido por el esfuerzo físico y empapado en sudor. Vio a Matthew y se detuvo en seco.

—No eres bienvenido a estas tierras, Matthew Walker. Parece que si tú y tu padre queréis contaminar vuestra propia casa, yo no lo puedo evitar. Pero mantente alejado de mi tierra y mantente alejado de mi hija. ¿Entendido? Los Walker sois una plaga para nuestro paisaje, con vuestras mejoras para el bar, vuestro hotel y vuestros malditos planes de turismo de aventura. Vais a echar a perder Kaneq, a convertirlo en una maldita Disneylandia.

Matthew frunció el ceño.

—¿Ha dicho Disneylandia?

—Vete de una vez de aquí antes de que decida que has entrado sin permiso y te pegue un tiro.

—Me voy. —Matthew no parecía asustado en absoluto, pero eso era imposible. Era un chico que estaba siendo amenazado por un hombre que tenía un hacha en las manos.

Leni sintió más dolor al verle marchar de lo que se había imaginado. Le dio la espalda a su padre y entró en la casa. Se quedó allí, mirando a la nada, echando de menos a Matthew de tal forma que todo lo demás desapareció.

Mamá entró un momento después. Atravesó la habitación con los brazos abiertos.

—Ay, pequeña.

Leni estalló en lágrimas. Mamá la abrazó con fuerza y le acarició el pelo y, a continuación, la llevó hasta el sofá y se sentaron.

—Te sientes atraída por él. ¿Cómo no ibas a estarlo? Es guapo. Y tú has estado sola todos estos años.

Tenía que ser su madre la que pronunciara aquellas palabras en voz alta.

Era verdad que Leni se había sentido sola mucho tiempo.

—Te entiendo —dijo mamá.

Esas simples palabras sirvieron. Le recordaron a Leni que, en aquel vasto paisaje de Alaska, esa cabaña era un mundo aparte. Y su madre lo entendía.

—Pero es peligroso. Lo sabes, ¿verdad?

—Sí —contestó Leni—. Lo sé.

Por primera vez, Leni entendía todos los libros que había leído sobre corazones rotos y amor no correspondido. Era físico ese dolor que sentía. Su forma de echar de menos a Matthew era como una enfermedad.

Cuando se despertó a la mañana siguiente, después de una noche inquieta, sentía los ojos arenosos. La luz caía desde el cielo, tan brillante que la obligó a protegerse los ojos. Se vistió con la ropa del día anterior y bajó del altillo. Sin molestarse en desayunar, salió a dar de comer a los animales, saltó sobre su bicicleta y se fue. En la ciudad, saludó a Marge la Grande, que estaba en la puerta de la tienda limpiando las ventanas, pasó pedaleando junto a Pete el Chiflado y entró en el aparcamiento de la escuela. Dejó la bicicleta entre las altas hierbas atada con una cadena junto a la valla, sujetó la mochila sobre su pecho y entró en la clase.

La mesa de Matthew estaba vacía.

—Lógico —murmuró—. Probablemente vaya de camino a Fairbanks después de haber visto lo loco que está mi padre.

—Hola, Leni —la saludó la señora Rhodes con tono alegre—. ¿Puedes encargarte tú hoy de la clase? Un águila herida necesita ayuda en el centro de Homer. He pensado en ir.

—Claro. ¿Por qué no?

—Sabía que podía contar contigo. Nenita está haciendo divisiones y Agnes y Marthe están con sus trabajos de Historia. Se supone que Matthew y tú tenéis que leer a T. S. Eliot hoy.

Leni forzó una sonrisa mientras la señora Rhodes salía de la clase. Miró el reloj de la pared y pensó: «Puede que se haya retrasado» y, a continuación, se dispuso a ayudar a las niñas con sus deberes.

El día pasó lentamente y Leni no dejó de mirar constantemente el reloj hasta que por fin dieron las tres.

—Ya está, niñas. La clase ha terminado.

Cuando las niñas se marcharon y la clase quedó en silencio, Leni recogió sus cosas y fue la última en salir de la escuela.

En la calle, fue a por su bici y pedaleó distraídamente por el centro de la calle principal, sin prisa alguna por llegar a casa. En el cielo, una avioneta dibujaba un lento arco, proporcionando a sus pasajeros unas buenas vistas de la pequeña ciudad situada sobre una pasarela de madera a lo largo del borde del agua. Las marismas de detrás de la ciudad estaban en plena floración, con matas de hierba meciéndose con la brisa. El aire olía a polvo, hierba fresca y agua turbia. A lo lejos, un kayak rojo se movía entre la espesa hierba de camino hacia el mar. Oyó los martillazos del bar, pero no se veía ningún obrero fuera.

Llegó al puente. Normalmente, en un día tan luminoso de comienzo de la temporada, estaría lleno de hombres, mujeres y niños, alineados hombro con hombro, los sedales en el agua, los niños de puntillas asomados al borde para ver el río de agua cristalina que discurría abajo.

Ahora había solamente una persona.

Matthew.

Ella se detuvo, apoyó un pie en el suelo, el otro en el pedal.

—¿Qué haces?

—Esperar.

—¿A qué?

—A ti.

Leni bajó de la bicicleta y se puso a caminar junto a él de nuevo en dirección a la ciudad. La bicicleta tintineaba y golpeteaba sobre la grava dispareja de la calle principal. De vez en cuando, el timbre emitía un sonido tembloroso.

Leni miró nerviosa al bar cuando pasaron por su lado, pero no vio a Clyde ni a Ted trabajando. No quería que nadie le contara a su padre que la habían visto con Matthew.

Subieron la cuesta tras pasar por la iglesia y se adentraron en el bosque de píceas de Sitka. Leni dejó la bicicleta en el suelo y siguió a Matthew hasta la punta que sobresalía por encima de un acantilado de rocas negras.

—Anoche no dormí —dijo por fin Matthew.

—Yo tampoco.

—Estuve pensando en ti.

Ella podría haber dicho lo mismo pero no se atrevió.

Matthew la agarró de la mano y la llevó al enramado que había hecho la última vez. Se sentaron, apoyaron la espalda contra un tronco tirado y lleno de musgo. Leni oía las olas que chocaban abajo contra las rocas. El suelo olía a fértil y dulce. La sombra caía en parches con forma de estrella entre los rayos de sol.

—Anoche le hablé a mi padre de nosotros. Incluso fui a la cafetería para llamar a mi hermana.

«De nosotros».

—¿Ajá?

—Papá me dijo que estaba jugando con fuego al querer estar contigo.

«Querer estar contigo».

—Aly me preguntó si te había besado ya. Cuando le contesté que no, me dijo: «Demonios, hermanito, hazlo ya». Ella sabe lo mucho que me gustas. ¿Te puedo dar un beso?

Leni apenas asintió, pero fue suficiente. Los labios de él acariciaron vacilantes los de ella. Fue como todas las historias de amor sobre las que había leído. El primer beso la cambió, la abrió a un mundo que nunca se había imaginado, un gran universo luminoso y brillante lleno de posibilidades inesperadas.

Cuando él se retiró, Leni se quedó mirándolo.

—Nosotros. Esto. Es peligroso.

—Supongo que sí. Pero no importa, ¿verdad?

—No —respondió Leni en voz baja. Sabía que estaba tomando una decisión que podría lamentar, pero le parecía inevitable—. Nada importa excepto nosotros.

«Vente a la universidad conmigo, Len. Por favor...».

«La universidad de Alaska es bonita. Podrías entrar en otoño. Podríamos ir juntos».

«Juntos...».

En casa, dejó la bicicleta y fue a dar de comer a los animales, pero estaba tan distraída que se le cayó un cubo entero de cereal. Después, trajo agua del pozo que había en lo alto de la colina. Una hora después, cuando hubo terminado sus tareas, vio que sus padres bajaban a la playa y se quedaban junto a la barca. Iban a pescar.

Estarían fuera varias horas.

Ella podría ir con la bici a casa de Matthew, dejar que la besara de nuevo. Sus padres ni siquiera se enterarían de que se había ido.

«Un plan estúpido». Vería a Matthew al día siguiente.

Le pareció que el día siguiente quedaba a una eternidad de distancia.

Levantó la bicicleta, se montó en ella y empezó a pedalear. Pasó junto a la canoa que papá había arrastrado hasta casa desde el vertedero la semana anterior y la estructura oxidada de una bicicleta sucia que no había podido volver a arreglar. Las sombras del camino de acceso se cernían sobre ella, provocándole escalofríos.

Salió pedaleando a la carretera principal, de nuevo a la luz del sol, y recorrió medio kilómetro hasta el camino de acceso vallado. Rodeó la cancela abierta, pasó bajo el arco pintado, con su salmón plateado tallado en la madera, y siguió avanzando.

«Esto es peligroso», pensó, pero seguía sin importarle. En lo único que podía pensar ahora era en Matthew, en lo que había sentido cuando la había besado y en lo mucho que deseaba volver a hacerlo.

Aquí, el camino no estaba tan embarrado. Claramente, alguien había dedicado su tiempo a arreglar el camino y echar grava. Era el tipo de cosas que su padre jamás haría: allanar un camino para que la vida fuese más fácil.

Se detuvo de forma brusca y jadeando delante de la casa de los Walker.

Matthew llevaba una enorme bala de heno al comedero del ganado. La vio, dejó caer la bala y se acercó. Llevaba una sudadera de hockey demasiado grande, pantalones cortos y botas de goma.

—¿Len?

A ella le encantaba el nuevo nombre que él le había puesto, convirtiéndola en otra persona, alguien a quien solo él conocía.

—¿Estás bien?

—Te echaba de menos —contestó ella. «Estúpida». Apenas habían estado tiempo separados—. Ojalá..., necesitamos pasar tiempo juntos.

—Iré a verte mañana por la noche —dijo él agarrándola entre sus brazos. Ahí era donde ella quería estar.

—¿Q-qué quieres decir?

—Iré a verte a escondidas —respondió él con tal convicción que ella no supo qué decir—. Mañana por la noche.

—No puedes.

—A medianoche. Sal sin que te vean para reunirte conmigo.

—Es demasiado peligroso.

—Tenéis una letrina, ¿verdad? Así que no es problema salir. ¿Y alguna vez te buscan en el altillo en mitad de la noche?

Leni podía abrigarse y salir y no volver durante un rato. Podrían pasar una hora juntos, puede que más. Solos.

Si decía que no en ese momento, quedaría demostrado que Leni podría llevar una vida sensata, con el tipo de amor que nadie compararía nunca con la heroína, y que jamás lloraría hasta quedarse dormida.

—Por favor. Necesito verte.

—¡Leni!

Oyó la voz de su padre que le gritaba. Apartó a Matthew de un empujón, pero era demasiado tarde. Su padre les había visto juntos y ahora se acercaba a ellos mientras mamá corría detrás de él.

—¿Qué narices estás haciendo aquí? —preguntó papá.

—Yo..., yo... —No podía responder. «Estúpidaestúpidaestúpida». No debería haber venido.

—Creía haberte dicho que te mantuvieras alejado de mi Lenora —dijo papá. Agarró a Leni del brazo y tiró de ella para ponerla a su lado.

Leni apretó los dientes para no emitir ningún sonido. No quería que Matthew supiera que su padre le había hecho daño.

—Leni —dijo Matthew frunciendo el ceño.

—No te acerques —contestó ella—. Por favor.

—Vamos, Leni —dijo papá tirando de ella.

Leni caminaba dando traspiés junto a su padre, chocándose contra él y apartándose sobre el suelo irregular. Si se alejaba demasiado, él volvía a tirar de ella para que se mantuviera a su lado. Mamá caminaba deprisa al lado, con la bicicleta de Leni.

De vuelta en su patio, Leni se soltó y casi se cayó mientras trataba de mantener el equilibrio por la hierba llena de barro. Lo miró.

—Yo no he hecho nada malo —gritó.

—Ernt —dijo mamá tratando de hablar con tono razonable—. Solo son amigos...

Papá miró a mamá.

—Así que tú lo sabías.

—Estás exagerando —respondió mamá sin alterarse—. Está en la clase de Leni. Eso es todo.

—Lo sabías —repitió papá.

—No —intervino Leni con un repentino temor.

—Yo vi que se iba —dijo papá—. Pero tú también lo viste, ¿no, Cora? Y sabías adónde iba.

Mamá negó con la cabeza.

—N-no. Pensé que quizá se iba a trabajar. O a recoger un poco de bálsamo de resina.

—Me estás mintiendo —repuso él.

—Papá, por favor, es culpa mía —dijo Leni.

Él no la escuchaba. Tenía en sus ojos esa mirada salvaje y desesperada.

—Sabes muy bien que no debes ocultarme nada. —Agarró a mamá y la arrastró a la cabaña.

Leni los siguió y trató de tirar de su madre.

Papá empujó a mamá al interior y a Leni para que se apartara.

La puerta se cerró con un golpe y el pestillo se cerró con un sonido metálico dejándolos dentro.

Entonces, tras la puerta, sonó un fuerte estruendo, un grito ahogado.

Leni fue corriendo a la puerta, la golpeó, gritando que la dejaran entrar.

17

la mañana siguiente, el lado izquierdo de la cara de mamá estaba hinchado y amoratado. Tenía un ojo ennegrecido. Estaba sentada sola en la mesa, con una taza de café delante de ella.

—¿En qué estabas pensando? Vio cómo te ibas, siguió las huellas de tus ruedas en el barro.

Leni se sentó en la mesa, avergonzada.

—No estaba pensando.

—Hormonas. Te dije que eran muy peligrosas. —Mamá se inclinó hacia delante—. Esta es la cuestión, pequeña. Estás caminando sobre una fina capa de hielo. Lo sabes. Yo también lo sé. Tienes que mantenerte alejada de ese chico o va a pasar algo malo.

—Me ha besado. —«Quiere que salga esta noche a escondidas para verle».

Mamá se quedó allí sentada un largo rato. En silencio.

—En fin. Un beso puede cambiar el mundo de una chica. ¿Acaso no lo sé yo? Pero tú no eres una chica normal de un barrio residencial con un padre normal. Las decisiones acarrean

consecuencias, Leni. No solo para ti. Para tu chico. Para mí.
—Se acarició la mejilla magullada—. Tienes que apartarte de él.

«Reúnete conmigo. A medianoche».

Leni estuvo todo el día pensando en ello. En la escuela, cada vez que miraba a Matthew, sabía qué era lo que estaba pensando.

—Por favor —fue lo último que él le dijo.

Ella se había negado y lo había dicho de verdad, pero, cuando llegó a casa y empezó con su larga lista de tareas, se descubrió esperando impaciente a que se pusiera el sol.

El tiempo no era algo a lo que ella prestara demasiada atención. En su casa, lo importante eran los aspectos más generales —el oscurecimiento del cielo, la bajada de la marea, el cambio de color en las liebres árticas, el regreso de las aves o su vuelo hacia el sur... Eso era lo que marcaba el paso del tiempo, el avance de las estaciones y las migraciones del salmón, y la primera nevada. Los días de clase, ella se fijaba en el reloj de la pared, pero con languidez. A nadie le importaba mucho si llegabas a clase tarde, ni durante el invierno, cuando algunos días hacía tanto frío que las camionetas no arrancaban, ni tampoco en la primavera y el otoño, cuando había tantas cosas que hacer.

Pero ahora, el tiempo ocupaba toda su atención. Abajo, en la sala de estar, papá y mamá estaban acurrucados en el sofá, hablando en voz baja. Papá acariciaba sin parar la cara magullada de mamá y murmuraba disculpas, diciéndole lo mucho que la quería.

Justo después de las diez de la noche, oyó que su padre decía:

—Bueno, Cora, me voy a ir a la cama.

—Yo también —respondió mamá.

Sus padres apagaron el generador y metieron leña en el fuego por última vez. A continuación, oyó el repiqueteo de la cortina de cuentas cuando la apartaron para entrar en su dormitorio.

Después, silencio.

Se quedó tumbada, contando todo lo que se le ocurría: su respiración, los latidos de su corazón. Estaba deseando que pasara el tiempo, aunque su avance la asustaba.

Se imaginó distintas posibilidades: yendo a ver a Matthew, quedándose en la cama, siendo descubierta, no siendo descubierta.

Se dijo en repetidas ocasiones que no estaba esperando a la medianoche, que no era tan estúpida ni insensata como para escabullirse.

Llegó la medianoche. Oyó el último clic de la manilla de su reloj.

Oyó el canto de un pájaro por su ventana, un pequeño gorjeo que no parecía real.

«Matthew».

Salió de la cama y se abrigó bien.

Cada crujido de la escalerilla la aterraba, haciendo que se quedara inmóvil. Cada paso en el suelo le provocaba lo mismo, de modo que tardó una eternidad en llegar a la puerta. Se puso las botas de goma y un chaleco de plumas.

Aguantando la respiración, corrió el pestillo, deslizó el cerrojo y abrió la puerta.

El aire de la noche la recibió con una ráfaga.

Pudo ver a Matthew de pie sobre la colina encima de la playa, su silueta contra el cielo rosa y amatista.

Leni cerró la puerta y fue corriendo hacia él. Él la agarró de la mano y juntos corrieron por el patio húmedo y lleno de hierbas, subieron por el montículo y bajaron por las desvencijadas escaleras a la playa, donde Matthew había extendido una manta y había colocado unas piedras grandes en cada uno de sus esquinas.

Ella se tumbó. Él hizo lo mismo. Leni sintió el calor del cuerpo de Matthew junto al suyo y eso le hizo sentirse a salvo, a pesar de todo el riesgo que estaban corriendo. Unos chicos normales probablemente estarían charlando sin parar o riendo. Lo que fuera. Quizá bebiendo cerveza, fumando hierba o liándose, pero Leni y Matthew sabían que no eran unos chicos corrientes de quienes podía esperarse que se vieran a escondidas. La ira salvaje y enajenada del padre de ella flotaba en el aire que había entre los dos.

Leni oía el mar avanzando hacia ellos y el crujir de las píceas entre el murmullo de la brisa de primavera. Una pálida luz ambiental brillaba en todo, iluminando el cielo lavanda de la noche. Matthew señalaba hacia las constelaciones y le contaba sus historias.

El mundo que les rodeaba parecía diferente, mágico, un lugar de infinitas posibilidades y no de peligros ocultos.

Él se puso de lado. Ahora estaban nariz con nariz. Ella podía sentir la respiración de él en la cara, un mechón de su pelo en la mejilla.

—He hablado con la señora Rhodes —comentó él—. Dice que todavía puedes entrar en la universidad. Piénsalo, Len. Podríamos estar juntos, lejos de todo esto.

—Es caro.

—Hay becas y préstamos a bajo interés. Podríamos hacerlo. Sin duda.

Por un segundo, Leni se atrevió a imaginárselo. Una vida. Su vida.

—Podría solicitarlo —dijo, pero, al oír que daba voz a su sueño, pensó en el precio. Mamá sería la única que lo pagaría. ¿Cómo podría Leni vivir con ello?

Pero ¿se suponía que tenía que estar atrapada para siempre por culpa de la elección de su madre y la ira de su padre?

Él le puso un colgante alrededor del cuello y trató torpemente de abrochárselo en la oscuridad.

—Lo he tallado yo —dijo.

Ella lo tocó. Un corazón hecho con un hueso colgando de una cadena metálica tan fina como una telaraña.

—Ven a la universidad conmigo, Len —insistió él.

Ella le acarició la cara, sintió lo diferente que era su piel de la de ella, más áspera, aquí y allá salpicada de vello.

Matthew apretó su cuerpo contra el de ella, cadera con cadera. Se besaron. Ella sintió cómo la respiración de él se volvía irregular.

Leni no había sabido hasta ahora que el amor puede estallar igual que la teoría del big bang y cambiarlo todo en tu interior y todo en el mundo. De repente, ella creía en Matthew, en sus posibilidades, en las de los dos. Igual que creía en la gravedad y en que la Tierra era redonda. Era una locura. Una locura. Cuando él la besó, ella atisbó un mundo nuevo. Una nueva Leni.

Se apartó. La profundidad de aquella nueva sensación era aterradora. El amor verdadero crecía lentamente, ¿no? No podía ser tan rápido, como un choque de planetas.

Anhelo. Ahora sabía lo que se sentía. Anhelo. Una palabra antigua, procedente del mundo de Jane Eyre, pero nueva para Leni en ese mismo momento.

—¡Leni! ¡Leni!

La voz de su padre. Gritando.

Leni se incorporó de golpe. «Dios mío».

—Quédate aquí. —Se puso de pie tambaleante y corrió hacia los erosionados escalones. Subió corriendo los tramos en zigzag, con el plumas abierto y las botas golpeando sobre los escalones cubiertos de malla de alambre—. ¡Estoy aquí, papá! —gritó jadeante y moviendo los brazos en el aire.

—Gracias a Dios —dijo él—. Me he levantado para ir a mear y he visto que no estaban tus botas.

Las botas. Ese había sido su error. Una cosa tan insignificante.

Apuntó hacia el cielo. ¿Se había fijado él en lo fuerte que respiraba? ¿Podía oír los latidos de su corazón?

—Mira el cielo. Está precioso.

—Ah.

Leni se puso a su lado a la vez que trataba de calmarse. Él le pasó un brazo por encima de los hombros. Ella sintió que reclamaba su posesión con aquel abrazo.

—El verano es mágico, ¿verdad?

La colina cubierta de hierba ocultaba la playa, gracias a Dios. Leni no podía ver la curva de guijarros y conchas partidas ni la manta que Matthew había llevado. Tampoco podía ver a Matthew. Estaba muy por debajo de la cima de la colina que quedaba entre la cabaña y la playa.

Se agarró con la mano el corazón de hueso que le rodeaba el cuello y sintió su punta afilada clavándose en su palma.

—No vuelvas a hacerlo, pelirroja. Sabes que no debes. Los osos son un peligro en esta época del año. He estado a punto de coger mi rifle y salir a buscarte.

ESCRITO DE PRESENTACIÓN
de Lenora Allbright

«Es muy peligroso, Frodo, cruzar la puerta.
Pones tu pie en el camino y, si no cuidas tus pasos,
nunca sabes adónde te pueden arrastrar».

Si me conocieran, no les sorprendería en absoluto que empiece mi ensayo de presentación para la universidad con una cita de Tolkien. Los libros son el cuentakilómetros de mi vida. Hay gente que tiene fotos de familia o películas caseras que registran su pasado. Yo tengo libros. Personajes. Desde que puedo recordar, los libros han sido mi lugar seguro. Leo libros sobre sitios que apenas puedo imaginar y me pierdo en viajes a tierras extrañas para salvar a chicas que no sabían que, en realidad, eran princesas.

Hace poco que he descubierto por qué necesito esos mundos lejanos.

Mi padre me enseñó a tener miedo del mundo y algunas de sus lecciones han arraigado en mí. Leí las historias de Patty Hearst, del asesino del Zodiaco, de la masacre de los Juegos Olímpicos de Múnich y de Charles Manson y vi que el mundo era un lugar aterrador. Él me lo decía a todas horas, me recordaba que las montañas podían estallar y matar a la gente mientras duermen. Que los gobiernos eran corruptos. Que podía aparecer una gripe de la nada y matar a millones de personas. Que podía caer una bomba nuclear en cualquier momento que arrasara con todo.

Aprendí a disparar sobre la cabeza de un blanco de papel a la vez que corría. Tengo una mochila de evasión preparada y llena de artículos de supervivencia junto a la puerta de mi casa. Sé encender un fuego con una piedra y armar un rifle a ciegas. Sé colocarme perfectamente una máscara de gas. Me he criado preparándome para una guerra, para la anarquía o para una tragedia a nivel mundial.

Pero nada de eso es verdad. O sí lo es, pero no la única verdad, que es el tipo de distinción que hacen los adultos.

Mis padres salieron del estado de Washington cuando yo tenía trece años. Vinimos a Alaska y nos forjamos una vida de subsistencia en el campo. Me encanta. De verdad. Me encanta la belleza severa y sin concesiones de Alaska.

Sobre todo, me encantan las mujeres, como mi vecina, Marge la Grande, que antes era fiscal y ahora tiene una tienda de alimentación. Me encanta lo fuerte y compasiva que es. Me encanta mi madre, que es tan frágil como una hoja de helecho y, aun así, ha conseguido sobrevivir aquí, en un clima creado para destruirla.

Me encanta todo esto y me encanta este estado que me ha proporcionado un lugar del que formar parte, un hogar, pero ha llegado el momento de irme de casa y empezar mi propio camino, aprender cómo es el mundo real.

Por eso quiero ir a la universidad.

Los días posteriores a esa noche en la playa, Leni se convirtió en una ladrona, invisible cuando quería serlo. Se trataba de una ilusión que llevaba toda la vida practicando y ahora, al convertirse en ladrona de tiempo, le venía bien.

También se volvió mentirosa. Imperturbable, incluso con una sonrisa, mentía a su padre para robar el tiempo que necesitaba. Tenía que hacer un examen temprano —al menos una hora antes de clase—. Había una salida de campo que la haría llegar más tarde. Un proyecto de investigación para el que tenía que ir en esquife hasta la biblioteca de Seldovia. Se veía con Matthew en el bosque, entre los estantes oscuros de la tienda de Marge la Grande o en la fábrica de conservas abandonada. En clase, siempre se estaban tocando por debajo de la mesa. Celebraron el cumpleaños de él juntos después de clase, sentados en el muelle tras una vieja barca metálica.

Fue maravilloso, excitante. Leni aprendió cosas que ningún libro le había enseñado nunca: que enamorarse era como una aventura, que su cuerpo parecía cambiar con las caricias de él, el modo en que le dolían las axilas después de una hora abrazándole con fuerza, que los labios se le hinchaban y agrietaban por los besos de Matthew, que su dura barba incipiente le quemaba la piel.

Ese tiempo robado se convirtió en el motor que movía su mundo. Los fines de semana, cuando las horas sin Matthew se extendían ante ella, sentía una necesidad casi insoportable de salir de la finca, correr hasta él, buscar el modo de robar apenas diez minutos más.

El fantasma del final de las clases arrojaba una larga sombra. Ese día, cuando Leni se sentó en su pupitre de la escuela, miró a Matthew y casi se puso a llorar.

Él extendió la mano por encima de la mesa y agarró la de ella.

—¿Estás bien?

Leni no podía evitar pensar en lo pequeños que eran en medio de aquel mundo grande y peligroso, solo niños que querían estar enamorados.

La señora Rhodes dio una palmada en la parte delantera de la clase demandando su atención.

—Solo queda una semana de clase y se me ha ocurrido que hoy sería un buen día para salir de excursión en barca y caminar por el campo. Así que coged todos vuestros abrigos y vámonos.

La señora Rhodes sacó a sus parlanchines alumnos de la clase y los condujo por la ciudad en dirección a los muelles. Todos subieron a bordo de la barca de pesca de aluminio de la señora Rhodes.

Salieron a la bahía y aumentaron la velocidad, dando sacudidas a través de las olas y salpicando agua a su paso. La profesora llevó la embarcación por las aguas del fiordo, rodeados por montañas, y por una extensión de agua tras otra hasta que dejaron de ver cabañas ni barco alguno. Allí el agua era de color aguamarina. Leni pudo ver una cerda y dos lechones negros caminando por una playa vacía.

La señora Rhodes se detuvo en un muelle de una cala estrecha. Matthew saltó al maltrecho muelle y amarró la barca.

—Los abuelos de Matthew ocuparon esta tierra en el año 32 —explicó la señora Rhodes—. Fue su primer terreno familiar. ¿Quién quiere ver una cueva pirata?

Caos.

La señora Rhodes llevó a los más jóvenes por la playa, desfilando por la pesada arena, pisando enormes trozos de maderos arrastrados por la corriente.

Cuando giraron la esquina de la bahía y desaparecieron, Matthew agarró a Leni de la mano.

—Vamos —dijo por fin—. Voy a enseñarte una cosa muy chula.

La llevó cuesta arriba, hacia el interior de las altas hierbas que terminaban en un bosque poco denso de árboles raquíticos.

—Chssst —dijo él, poniéndose el índice sobre los labios.

Después de eso, Leni pudo oír cada ramita que se rompía a sus pies y cada susurro del viento. De vez en cuando, una avioneta pasaba por encima. En un muro de follaje, con arbustos que habían crecido hasta alcanzar el tamaño que solo adquirían en Alaska, debido al agua que corría desde las montañas, él le enseñó un sendero que ella no habría visto por sí misma. Se adentraron agachados por él y caminaron así hacia el interior de las frías sombras.

Un pequeño rayo de luz los hacía avanzar. Los ojos de Leni se fueron acostumbrando lentamente.

En el claro entre los arbustos se abrió el horizonte: marismas, tan extensas como alcanzaba la vista. Hierbas altas y verdes que se mecían y a través de las cuales serpenteaba un río inmóvil y perezoso. Las montañas se plegaban hasta acercarse, como brazos que se extendían protectores para rodear las marismas.

Leni contó quince osos pardos enormes en las marismas, masticando hierba, metiendo sus garras en el agua estancada en busca de peces. Eran criaturas grandes y peludas —casi todos los conocían como osos grizzly— con cabezas gigantes. Se movían arrastrando las patas, como si tuviesen los huesos amarrados con gomas. Las mamás osas se mantenían cerca de sus oseznos, apartadas de los machos.

Leni observó cómo aquellos majestuosos animales se movían entre las altas hierbas.

—¡Vaya!

Una avioneta se inclinó sobre ellos e inició su descenso.

—Mi abuelo me trajo aquí cuando yo era niño —susurró Matthew—. Recuerdo que le dije que estaba loco por haber ocupado un terreno tan cerca de los osos y él me contestó: «Es Alaska», como si esa fuese la única respuesta que importara. Mis abuelos confiaban en que sus perros asustarían a los osos si se acercaban demasiado. El gobierno creó una reserva nacional alrededor de nuestras tierras.

—Solamente aquí —dijo Leni con una carcajada.

Se reclinó contra Matthew. «Solamente aquí».

Dios, cómo le gustaba ese lugar. Le encantaba la ferocidad salvaje de Alaska, su majestuosa belleza. Aún más que la tierra, le encantaba la gente. No se había dado cuenta hasta ese preciso momento de lo profundo que era su amor por Alaska.

—¡Matthew! ¡Leni!

Oyeron que la señora Rhodes les llamaba a gritos.

Regresaron agachados por los matorrales y salieron a la playa. La señora Rhodes estaba allí, con las niñas más pequeñas a su alrededor. A su izquierda, un hidroavión se había acercado a la playa.

—¡Deprisa! —dijo la señora Rhodes moviendo la mano en el aire—. Marthe, Agnes, subid al avión. Tenemos que volver a Kaneq. El Loco Earl ha tenido un infarto.

El Loco Earl murió.

A Leni le costaba hacerse a la idea. El día antes, ese viejo estaba vivo, enérgico, bebiendo aguardiente casero, contando anécdotas. Su finca había sido un lugar animado, un enjambre de actividad: zumbidos de sierras eléctricas, acero que se convertía en hojas afiladas sobre las llamas, hachas que cortaban leña, ladridos de perro. Sin él, todo quedó en silencio.

Leni no lloró por el Loco Earl. No era tan hipócrita, pero sí quería llorar la pérdida que veía en los rostros que la rodeaban. Por Thelma y Ted, por Nenita, Clyde y el resto de las personas que vivían en la finca. El espacio vacío dejado por el Loco Earl seguiría doliendo durante mucho tiempo.

Ahora estaban todos en la bahía, junto al embarcadero que había bajo la iglesia rusa.

Leni estaba sentada en la abollada canoa de aluminio que su padre había recuperado años atrás, con mamá delante de ella. Papá estaba detrás de Leni, manteniéndolas en equilibrio sobre el agua.

Había embarcaciones a todo su alrededor, flotando en medio de la calma de este luminoso día. Se habían congregado para celebrar su versión particular de un funeral. Casi estaban en verano, podía sentirse en el calor del sol. Cientos de ánsares nivales habían regresado a la punta de la bahía. El abrupto litoral, vacío y resbaladizo por el hielo durante todo el invierno, albergaba ahora todo tipo de vida. Sobre una roca en medio del agua, una torre verde y negra de piedra que emergía desde lo más profundo, se apiñaban leones marinos unos sobre otros. Las gaviotas volaban sobre ellos con lentos arcos blancos ladrando como terriers. Leni vio gaviotas que anidaban y cormoranes que se zambullían. Focas con rostros negros o plateados de cocker spaniel asomaban sus hocicos por el agua junto a nutrias que flotaban lánguidas boca arriba, rompiendo almejas con movimientos rápidos de sus garras.

No lejos de allí, Matthew estaba sentado en un lustroso esquife de aluminio con su padre. Cada vez que Matthew miraba a Leni, ella apartaba la vista, temerosa de mostrar sus sentimientos por él en un lugar tan público.

—A mi padre le encantaba este lugar —decía Thelma, meciendo sus palabras al compás de la música que provocaba su remo en el agua—. Le vamos a echar de menos.

Leni vio cómo Thelma vertía un chorro de cenizas desde una caja de cartón. Se quedaron flotando un momento, desperdigadas, creando una mancha oscura para, después, hundirse lentamente.

Se hizo el silencio.

Casi todo Kaneq estaba allí. Los Harlan, Tom y Matthew Walker, Marge la Grande, Natalie, Calhoun Malvey y su nueva esposa, Tica Rhodes y su marido y todos los comerciantes. Había incluso un grupo de ancianos, hombres que vivían tan aislados y tan dentro del bosque que casi nunca se les veía. Tenían pocos dientes, muchas greñas en el pelo y mejillas hundidas. Varios llevaban perros en sus barcas. Pete el Chiflado y Matilda estaban en la playa, uno junto al otro.

Una a una, las barcas volvieron a la playa y fueron varadas en la arena. El señor Walker llevó el kayak de Thelma a lo alto de la playa y lo subió a la trasera de una vieja furgoneta.

La gente esperaba instintivamente que el señor Walker dijera algo más, que los uniera a todos. Se juntaron en torno a él.

—Oye, Thelma —habló al fin el señor Walker—. ¿Por qué no venís todos a mi casa? Pondré salmón en el fuego y sacaré una caja de cerveza fría. Podremos darle a Earl la despedida que le habría gustado.

—El pez gordo ofreciendo su casa para celebrar el homenaje a un hombre al que menospreciaba —dijo papá—. No necesitamos tu caridad, Tom. Nos despediremos a nuestro modo.

Leni no fue la única que se encogió al oír la voz estridente de su padre. Vio sorpresa en las caras que la rodeaban.

—Ernt —dijo mamá—. Ahora no.

—Es el momento perfecto. Nos estamos despidiendo de un hombre que vino aquí porque quería una vida más sencilla. Lo último que querría que hiciéramos es que celebráramos una fiesta con el hombre que quiere convertir Kaneq en Los Ángeles.

Papá parecía crecer a medida que hablaba, estimulado por la ira y la animosidad. Caminó hacia delante y se acercó a Thelma, que parecía tan rota como el palo de un polo usado, con el pelo sucio, los hombros encorvados y los ojos llorosos.

Papá dio un apretón a Thelma en el hombro. Ella se encogió. Parecía asustada.

—Yo ocuparé el lugar de Earl. No tienes por qué preocuparte. Me aseguraré de que estamos preparados para todo. Le enseñaré a Nenita...

—¿Qué es lo que vas a enseñarle a mi hija? —preguntó Thelma con voz temblorosa—. ¿Lo que le enseñas a tu mujer? ¿Crees que no hemos visto cómo la tratas?

Mamá se quedó inmóvil y el rubor tiñó sus mejillas.

—Hemos terminado contigo —dijo Thelma endureciendo la voz—. Asustas a los niños, sobre todo cuando bebes. Mi padre te aguantaba por lo que hiciste por mi hermano y yo también te estoy agradecida por ello, pero hay algo malo en ti. Yo no quiero rodear nuestro terreno con explosivos, por el amor de Dios. Y ningún niño de ocho años necesita ponerse una máscara de gas a las dos de la mañana y llegar hasta la puerta con su mochila de evasión. Mi padre hacía las cosas a su estilo. Yo las haré al mío. —Tomó aire con fuerza. Sus ojos brillaron llenos de lágrimas, pero Leni también vio en ellos alivio. ¿Cuánto tiempo había estado Thelma deseando decir aquello?—. Y ahora voy a llevar a los viejos amigos de mi padre a casa de Tom para homenajear su vida. Conocemos a los Walker de toda la vida. Todos éramos amigos, una comunidad, antes de que aparecieras tú. Si quieres venir y portarte de forma civilizada, hazlo. Si solo quieres dividir a esta ciudad, quédate en tu casa.

Leni vio cómo la gente se apartaba de papá. Incluso los viejos ermitaños de barba espesa dieron un paso atrás.

Thelma miró a mamá.

—Ven con nosotros, Cora.

—¿Qué? Pero... —Mamá negaba con la cabeza.

—Mi mujer se queda conmigo —dijo papá.

Hubo un largo silencio. Nadie se movió ni habló. Entonces, despacio, los Harlan empezaron a alejarse.

Papá miró a su alrededor y vio la facilidad con la que le apartaban de la manada.

Leni vio cómo sus amigos y sus vecinos montaban en sus vehículos y se marchaban, con sus barcas golpeteando tras ellos sobre sus remolques o en la trasera de las camionetas. Matthew lanzó a Leni una mirada larga y triste y, finalmente, se dio la vuelta.

Cuando se quedaron solos, los tres, Leni miró a mamá, que parecía tan preocupada y asustada como Leni. Ninguna de las dos tenía duda alguna. Esto le empujaría al abismo.

Papá se quedó en silencio, con sus ojos incendiados de odio, mirando hacia la carretera vacía.

—Ernt —dijo mamá.

—Cierra la boca —contestó él entre dientes—. Estoy pensando.

Después de eso y durante todo el camino hasta casa, no dijo nada, lo cual debería haber sido mejor que gritar, pero no lo era. Gritar era como una bomba en un rincón: la veías, mirabas cómo se quemaba la mecha y sabías cuándo estallaría y que tenías que salir corriendo para protegerte. El hecho de no hablar era como si hubiese un asesino en tu casa con una pistola cuando estás durmiendo.

Dentro de la cabaña, él caminó de un lado a otro sin parar. Murmuraba, negaba con la cabeza, como si estuviese oyendo algo que no le gustaba.

Leni y mamá se mantenían fuera de su camino.

A la hora de la cena, mamá puso unas sobras de guiso de alce en el horno para calentarlo, pero el delicioso aroma no sirvió para suavizar la tensión.

Cuando mamá puso la cena sobre la mesa, papá se detuvo de repente y levantó la mirada. La luz de sus ojos era aterradora. Entre murmullos de algo sobre ingratitud y zorras con mala actitud y capullos que se creían los dueños del mundo, salió corriendo de la casa.

—Deberíamos cerrar la puerta para que no entre —dijo Leni.

—¿Y dejar que rompa una ventana o tire abajo una pared para entrar?

Fuera de la cabaña, oyeron una motosierra que se ponía en marcha.

—Podríamos salir corriendo —añadió Leni.

Mamá la miró con una débil sonrisa.

—Sí, claro. Y él no vendrá detrás de nosotras.

Sabían, las dos, que Leni podría (quizá) escapar y tener una nueva vida. Mamá no. Él la encontraría adondequiera que fuese.

Cenaron en silencio, cada una mirando a la puerta con recelo, atentas a cualquier atisbo de advertencia de que había algún problema.

Entonces, la puerta se abrió de golpe y batió contra la pared. Allí estaba papá, con mirada de loco, el pelo cubierto de polvo y sosteniendo un hacha de mano.

Mamá se puso de pie de un salto y retrocedió. Él entró murmurando y tiró de mamá hacia él, la sacó y la llevó a rastras hacia el camino de acceso. Leni corría detrás de ellos. Oyó que mamá le hablaba con ese tono suyo tranquilizador.

Él tiró de mamá hacia un par de troncos pelados que formaban una barricada gigante al final del camino de acceso.

—Puedo construir un muro. Ponerle pinchos en lo alto, quizá una concertina. Mantenernos a salvo dentro. No necesitamos a la maldita finca. Que les den a los Harlan.

—Pe-pero, Ernt..., no podemos vivir...

—Piénsalo —la interrumpió él tirando de ella, con el hacha colgando de la mano—. Ya no habrá nada que temer del mundo exterior. Estaremos a salvo aquí dentro. Solo nosotros. Ese hijo de puta puede convertir Kaneq en Detroit y a nosotros no nos importará. Yo te protegeré, Cora. De todos ellos. Así verás todo lo que te quiero.

Leni se quedó mirando horrorizada los troncos, imaginándoselo: aquel terreno tan pequeño amurallado en la entrada, arrancado de la poca civilización que ahora pasaría a ser el Mundo Exterior.

No había nadie que impidiera a papá construir un muro y dejarlas aisladas, ningún policía las protegería ni llegaría en caso de emergencia.

Y una vez que hubiese terminado y cerrara la valla con candado, ¿podrían salir alguna vez Leni o mamá?

Leni miró a sus padres: dos cuerpos delgados, juntos, tocándose con labios y dedos, murmurando palabras de amor, con mamá tratando de mantenerle tranquilo y papá tratando de mantenerla a su lado. Siempre serían así, nada cambiaría jamás.

En la ingenuidad de la juventud, sus padres le habían parecido presencias imponentes, omnipotentes y sabias. Pero no lo eran. Solo eran dos personas destrozadas.

Podría dejarlos. Podría liberarse y emprender su propia vida. Sería aterrador, pero no peor que quedarse y ver esa tóxica danza de los dos, dejar que el mundo de ellos se convirtiera en el suyo hasta que no quedara nada de sí misma, hasta acabar siendo algo tan pequeño como una coma.

18

A las diez de la noche, la del funeral del Loco Earl, el cielo que cubría la cala de los Walker era una capa de azul oscuro que se volvía lavanda por los bordes. La hoguera de la noche se había apagado; los troncos se habían convertido en cenizas y se habían desmenuzado unos sobre otros.

Una marea extremadamente baja había arrastrado el mar hacia atrás, dejando a la vista una ancha franja de barro, un espejo gris liso que reflejaba el color del cielo y las montañas cubiertas de nieve que se elevaban en la costa de enfrente. Algunos montones de mejillones de color negro brillante colgaban de los pilares que habían quedado al aire; la barca de aluminio yacía torcida en el barro, con su cuerda amarrada a la boya.

Durante varias horas había habido conversaciones. Anécdotas sobre el Loco Earl contadas con voz titubeante. Algunas les habían hecho reír. La mayoría les habían hecho quedar en silencio y recordar. El Loco Earl no siempre había sido el hombre arisco y enfadado en el que se había convertido en la vejez. El dolor por la pérdida de su hijo le había retorcido. Antiguamente había sido el mejor amigo del abuelo Eckhart. Alaska era dura con las personas, sobre todo cuando se hacían mayores.

Ahora, silencio. Se oía algún chasquido del fuego, el golpe sordo de un trozo de madera quemada que se caía, el chapoteo de la marea al bajar.

Matthew estaba sentado en una de sus viejas sillas de playa con las piernas extendidas, cruzadas por los tobillos, mirando cómo un aguilucho picoteaba el cadáver de un salmón en la playa. Un par de gaviotas volaban cerca, esperando a los restos.

Ya solo quedaban tres de ellos. Tom, Marge la Grande y Matthew.

—¿Vamos a hablar de ello, Tom? —preguntó Marge la Grande tras un silencio tan largo que Matthew estuvo seguro de que iban a apagar el fuego con los pies y a subir las escaleras de la playa—. Se puede decir que Thelma ha desterrado a Ernt de su casa.

—Sí —contestó él.

A Matthew no le gustaba el modo en que su padre miraba a Marge la Grande. La preocupación que veía en sus ojos.

—¿De qué estáis hablando? —preguntó.

—Ernt Allbright es un hombre furioso —respondió su padre—. Todos sabemos que destrozó el bar. Thelma ha dicho esta noche que él ha estado tratando de convencer a los Harlan de que pongan cables detonadores y explosivos para «protegerse» en caso de guerra.

—Sí, está tan tarado como el Loco Earl, pero...

—El Loco Earl era inofensivo —dijo Marge la Grande—. Ernt no se va a tomar bien este destierro. Se va a cabrear. Cuando se enfada se vuelve malvado, y, cuando se vuelve malvado, hace daño a la gente.

—¿A la gente? —preguntó Matthew sintiendo que un escalofrío le recorría el cuerpo—. ¿Te refieres a Leni? ¿Le va a hacer daño a Leni?

Matthew no esperó a que contestaran. Subió corriendo las escaleras hasta el patio, cogió su bicicleta y subió en ella. Pedaleó con fuerza sobre el suelo mojado y esponjoso y llegó a la carretera principal en menos de diez minutos.

En el camino de acceso de los Allbright, se detuvo con un frenazo tan brusco que su bici casi se le escapó de las manos. Dos troncos pelados cortaban la delgada entrada al terreno. Eran del color de la carne del salmón, recién cortados, de un rosa carnoso, tachonados por algunos sitios con trozos de corteza.

«¿Qué narices es esto?».

Matthew miró a su alrededor, no vio movimiento alguno ni oyó nada. Pedaleó rodeando los troncos y siguió adelante, más despacio, con el corazón golpeándole el pecho y cada vez más preocupado.

Al final del camino, bajó de la bicicleta y la tumbó. Tras un examen cauteloso del terreno de los Allbright, no vio ninguna señal de problemas. La camioneta de Ernt estaba aparcada delante de la cabaña.

Matthew se acercó despacio, haciendo una mueca cada vez que crujía una rama debajo de sus pies o pisaba algo que no había visto en la oscuridad: una lata de cerveza, un peine que se le había caído a alguien. Las cabras balaron. Los pollos piaron alarmados.

Estaba a punto de dar un paso cuando oyó un ruido.

Se abrió la puerta de la cabaña.

Se zambulló entre la hierba alta y se quedó inmóvil.

Pasos sobre el porche. Crujidos.

Con miedo de moverse y más miedo de no hacerlo, levantó la cabeza y miró por encima de la hierba.

Leni estaba en el borde del porche, con una manta de lana envolviéndola como una capa de rayas rojas, blancas y amarillas. Tenía en la mano un rollo de papel higiénico. La luz de la luna lo hacía resplandecer.

—Leni —susurró.

Ella miró y lo vio. Preocupada, giró los ojos hacia la cabaña y, después, corrió hacia él.

Matthew se puso de pie y la abrazó con fuerza.

—¿Estás bien?

—Va a construir un muro —contestó Leni mirando hacia atrás.

—¿Para eso son esos troncos del camino?

Leni asintió.

—Tengo miedo, Matthew.

Él estaba a punto de decir: «Todo irá bien», pero oyó el pestillo de la cabaña.

—Vete —susurró Leni empujándolo.

Matthew se lanzó a esconderse entre los árboles justo cuando se abría la puerta. Vio que Ernt Allbright salía al porche, vestido con una camiseta andrajosa y unos pantalones cortos holgados.

—¿Leni? —gritó.

Leni le hizo una señal con la mano.

—Estoy aquí, papá. Se me ha caído el papel higiénico. —Lanzó una mirada desesperada a Matthew. Él se escondió tras un árbol.

Leni fue hacia la letrina y desapareció en su interior. Ernt la esperó en el porche y la metió dentro cuando hubo terminado. El pestillo de la puerta se cerró con un clic cuando entraron.

Matthew recogió su bicicleta y fue a casa lo más deprisa que pudo. Vio a Marge la Grande y a su padre en el patio, junto a la camioneta de Marge.

—Es-está construyendo un muro —dijo Matthew con la respiración entrecortada. Saltó de la bicicleta y la dejó caer en la hierba junto al ahumadero.

—¿Qué quieres decir? —preguntó su padre.

—Ernt. Ya sabéis que su terreno es como un cuello de botella que después se ensancha por encima del mar. Ha pelado dos troncos y los ha colocado en el camino de acceso. Leni dice que va a construir un muro.

—Dios mío —dijo papá—. Va a aislarlas del mundo.

Leni se despertó con el zumbido agudo de la motosierra y el ocasional golpe de un hacha sobre la madera que se cortaba. Papá llevaba horas levantado, todo el fin de semana, construyendo el muro.

Lo único bueno era que ella había sobrevivido al fin de semana y ahora volvía a ser lunes, día de clase.

«Matthew».

La alegría empujó a un lado la incómoda y desesperada sensación de pérdida que había aparecido durante el fin de semana. Se vistió para ir a clase y bajó la escalerilla.

La cabaña estaba en silencio.

Mamá salió de su dormitorio vestida con un jersey de cuello alto y unos vaqueros anchos.

—Buenos días.

Leni se acercó a su madre.

—Tenemos que hacer algo antes de que esté terminado el muro.

—No lo va a hacer de verdad. Solo estaba enloquecido. Razonará.

—¿Eso es lo que esperas?

Leni vio por primera vez el aspecto envejecido de su madre, demacrada y derrotada. Ya no había luz en sus ojos, ninguna sonrisa viva.

—Voy a hacerte café.

Antes de que Leni fuera a la cocina, alguien llamó a la puerta de la cabaña. Casi de forma simultánea, la puerta se abrió.

—¡Hola, familia!

Marge la Grande entró. Una docena de pulseras tintineaban en sus carnosas muñecas y sus pendientes se balanceaban
arriba y abajo como anzuelos de pesca, reflejando la luz. Se
estaba dejando crecer el pelo otra vez. Lo llevaba peinado con
raya al medio y se lo había atado con dos pompones que se
sacudían siguiendo sus movimientos.

Papá entró detrás de la mujer negra y se puso las manos
sobre sus huesudas caderas.

—Te dije que no podías venir, maldita sea.

Marge la Grande sonrió y le dio a mamá una botella de
loción. Al dársela, cubrió con sus grandes manos las más pequeñas de mamá.

—Thelma ha hecho esto con lavanda de su patio trasero.
Ha pensado que te gustaría.

Leni notó lo que aquel pequeño detalle significaba para
su madre.

—No queremos tu caridad —dijo papá—. Huele muy
bien sin necesidad de ponerse esa mierda.

—Las amigas se hacen regalos, Ernt. Y Cora y yo somos
amigas. De hecho, por eso he venido. Se me ha ocurrido tomar
un café con mis vecinos.

—¿Le-le traes a Marge un café, Leni? —preguntó mamá—. Y quizá también un trozo de pan de arándanos.

Papá se cruzó de brazos y apoyó la espalda contra la
puerta.

Marge la Grande llevó a mamá al sofá, la ayudó a sentarse y, después, se sentó ella a su lado. El cojín estalló bajo el peso
de la mujer.

—Lo cierto es que quería hablarte de mi diarrea.

—Por Dios bendito —dijo papá.

—Es explosiva. Me preguntaba si tú sabrías de algún reme-
dio casero. Dios mío, los calambres han sido muy desagradables.

Papá murmuró algún improperio y salió de la cabaña, cerrando la puerta con un golpe.

—Resulta muy fácil ser más ingeniosa que los hombres —dijo Marge la Grande con una sonrisa—. Así nos quedamos nosotras solas.

Leni trajo unas tazas de café y se sentó en un sillón reclinable de cuero sintético que habían comprado en una tienda de objetos usados en Soldatna el año anterior.

Marge la Grande paseaba los ojos de Cora a Leni y de nuevo a Cora. Leni estaba segura de que no se le escapaba nada.

—Imagino que Ernt no estaba muy contento con la decisión de Thelma en el funeral de Earl.

—Ah. Eso —dijo mamá.

—He visto los postes que ha clavado en la carretera principal. Parece que va a construir un muro alrededor de este lugar.

Mamá negó con la cabeza.

—No lo va a hacer.

—¿Sabes lo que hacen los muros? —preguntó Marge la Grande—. Esconden lo que ocurre detrás de ellos. Atrapan a la gente en su interior. —Dejó su taza sobre la mesilla y se inclinó hacia mamá—. Podría poner un candado en esa cancela y guardarse la llave. ¿Cómo escaparías?

—Él n-no haría eso —contestó mamá.

—Ah, ¿no? Eso es lo que dijo mi hermana la última vez que hablé con ella. Daría lo que fuera por volver atrás en el tiempo y cambiar lo que ocurrió. Ella le dejó por fin, pero ya era demasiado tarde.

—Le dejó —repitió mamá en voz baja. Por una vez no apartó la mirada—. Eso fue lo que la mató. Los hombres que son así... no dejan de buscarte hasta que te encuentran.

—Nosotros podemos protegerte —dijo Marge la Grande.

—¿Nosotros?

—Tom Walker y yo. Los Harlan. Tica. Todo Kaneq. Eres una de los nuestros, Cora. Leni y tú. Él es el intruso. Confía en nosotros. Deja que te ayudemos.

Leni lo pensó de verdad, en serio. Podían abandonarlo. Eso significaría irse de Kaneq y, probablemente, de Alaska. Dejar a Matthew.

¿Y qué? ¿Tendrían que estar huyendo toda la vida, escondiéndose, cambiando sus nombres? ¿Funcionaría eso? Mamá no tenía dinero ni tarjeta de crédito. Ni siquiera tenía un permiso de conducir válido. Ninguna lo tenía. Sobre el papel, ¿acaso existían ella y mamá?

¿Y qué pasaría si las encontraba?

—No puedo —dijo por fin mamá. Y Leni pensó que aquellas eran las palabras más tristes y penosas que había oído nunca.

Marge la Grande se quedó mirando a mamá un largo rato y la decepción se le marcó en las arrugas de la cara.

—En fin. Estas cosas llevan tiempo. No olvides que estamos aquí. Te vamos a ayudar. Lo único que tienes que hacer es pedirlo. No me importa si es en medio de una noche de enero. Acude a mí, ¿vale? No me importa lo que hayáis hecho, tú o él. Acude a mí y te ayudaré.

Leni no pudo evitarlo. Se lanzó alrededor de la mesita de café hacia los brazos de Marge la Grande. La consoladora envergadura de aquella mujer la envolvió y la hizo sentir a salvo.

—Vamos —dijo Marge la Grande—. Te llevo a la escuela. No quedan muchos días para que te gradúes.

Leni cogió su mochila y se la colgó al hombro. Tras un fuerte abrazo a su madre, susurró un «Tenemos que hablar de esto» y siguió a Marge la Grande afuera. Iban a medio camino hacia la camioneta cuando apareció papá con una garrafa de gasolina de veinte litros.

—¿Te vas tan pronto? —preguntó él.

—Solo era una taza de café, Ernt. Voy a llevar a Leni a la escuela. Voy para la tienda.

Él dejó en el suelo la garrafa de plástico, que chapoteó a su lado.

—No.

Marge la Grande frunció el ceño.

—¿No, qué?

—Ya no va a salir nadie de esta casa sin mí. Ahí afuera no hay nada para nosotros.

—Le quedan cinco días para graduarse. Por supuesto que va a terminar el curso.

—Ni hablar, señora gorda —repuso papá—. La necesito en casa. Cinco días no son nada. Le darán ese maldito papel.

—¿Quieres librar esta batalla? —Marge la Grande dio un paso adelante y sus pulseras tintinearon—. Si esta joven se pierde un solo día de clase llamaré a la administración y te denunciaré, Ernt Allbright. No creas ni por un segundo que no lo haré. Puedes ser todo lo loco y malvado que quieras, pero no vas a impedir que esta preciosa chica termine sus estudios. ¿Entendido?

—A la administración le dará igual.

—Sí que les importará. Créeme. ¿Quieres que les cuente a las autoridades lo que está pasando aquí, Ernt?

—Tú no sabes una mierda.

—Sí, pero soy una mujer grande con una boca grande. ¿Quieres provocarme?

—Adelante. Llévala a la escuela, si es que tanto significa eso para ti. —Miró a Leni—. Te recogeré a las tres. No me hagas esperar.

Leni asintió y subió a la vieja International Harvester con sus asientos tapizados con telas dispares. Avanzaron por el camino de acceso lleno de baches y pasaron junto a los postes de troncos recién cortados. En la carretera principal, tras pasar por una nube de polvo, Leni se dio cuenta de que estaba llorando.

De repente, todo le parecía abrumador. Los riesgos eran muchos. ¿Y si mamá se escapaba y papá la encontraba de verdad y la mataba?

Marge la Grande se detuvo delante de la escuela y aparcó.

—No es justo que tengas que enfrentarte a esto. Pero la vida no es justa. Supongo que ya lo sabes. Podrías llamar a la policía.

Leni se giró.

—¿Y si lo que consigo es que la mate? ¿Cómo sería mi vida después de eso?

Marge la Grande asintió.

—Llámame si necesitas ayuda, ¿vale? ¿Lo prometes?

—Claro —contestó Leni sin entusiasmo.

Marge la Grande se acercó a Leni, abrió la guantera y sacó un sobre grueso.

—Tengo una cosa para ti.

Leni estaba acostumbrada a los regalos de Marge la Grande. Un caramelo, una novela, un pasador brillante. Marge la Grande tenía a menudo algo que poner en la mano de Leni al final de la jornada en la tienda.

Leni miró el sobre. Era de la Universidad de Alaska. Iba dirigido a Marge Birdsall, de la tienda de Kaneq, con la indicación: «A la atención de Lenora Allbright».

Las manos le temblaban mientras lo abría y leía la primera línea: «Nos complace poder ofrecerle...».

Leni miró a Marge la Grande.

—He entrado.

—Enhorabuena, Leni.

Leni estaba bloqueada. La habían aceptado.

En la universidad.

—¿Y ahora, qué? —preguntó.

—Vas —contestó Marge la Grande—. He hablado con Tom. Él lo paga. Tica y yo te compramos los libros y Thelma te da el dinero para gastos. Eres una de las nuestras y te apoyamos. No aceptamos excusas, niña. Te vas de este lugar en cuanto puedas. Corre como un demonio, niña, y no mires atrás. Pero, Leni...

—¿Sí?

—Ten muchísimo cuidado hasta el día en que te vayas.

El último día de clase, Leni creyó que el corazón le iba a explotar. Quizá podría caer de bruces al suelo y ser una estadística más de Alaska. La chica que murió por amor.

Pensar en el verano, en todos esos días trabajando desde la salida del sol hasta el anochecer, la volvía loca. ¿Cómo iba a aguantar hasta septiembre sin ver a Matthew?

—Casi no nos vamos a ver —dijo con tristeza—. Los dos vamos a estar trabajando todo el tiempo. Ya sabes cómo es el verano. —A partir de ahora, la vida consistiría en cumplir con las tareas.

Verano. La estación de las migraciones del salmón y de los huertos que necesitan una atención constante, de bayas que maduran en las laderas, de enlatar frutas, verduras y pescado, de cortar el salmón en tiras, marinarlo, ahumarlo, de reparaciones que hay que hacer mientras haya sol.

—Nos escabulliremos —respondió él.

Leni no podía imaginar cómo correr ahora ese riesgo. El destierro de los Harlan había acabado con el poco control que le quedaba a su padre. Cortaba árboles y pelaba troncos a diario y se despertaba en medio de la noche para caminar de un lado a otro. Murmuraba constantemente y no paraba de golpear su pared con un martillo.

—Vamos a ir juntos a la universidad en septiembre —dijo Matthew (pues él sabía soñar y mantener la esperanza).

—Sí —repuso ella, deseando que eso fuera verdad más de lo que había deseado nunca nada—. En Anchorage seremos chicos normales. —Eso era lo que se decían el uno al otro a todas horas.

Leni caminó con él hasta la puerta y se despidió de la señora Rhodes, quien le dio un fuerte abrazo y dijo:

—No te olvides de la fiesta de graduación esta noche en el bar. Mattie y tú sois los invitados de honor.

—Gracias, señora Rhodes.

En la calle, los padres de Leni la estaban esperando con un cartel que decía: «¡Feliz graduación!». Ella se detuvo con un traspiés.

Leni sintió la mano de Matthew en la parte inferior de su espalda. Estaba bastante segura de que él la había empujado. Caminó hacia ellos forzando una sonrisa.

—Hola —dijo mientras sus padres se abalanzaban sobre ella—. No teníais por qué hacerlo.

Mamá la miró con una gran sonrisa.

—¿Estás de broma? Te has graduado con la mejor nota de tu clase.

—Una clase de dos alumnos —aclaró ella.

Papá la rodeó con un brazo y la atrajo hacia él.

—Yo nunca he sido el número uno en nada, pelirroja. Estoy orgulloso de ti. Y ahora ya puedes dejar atrás esa mísera escuela. Sayonara, pedazo de mierda.

Se metieron en la camioneta y se fueron. Por delante de ellos, un avión volaba bajo con un ruidoso *brum-brum.*

—Turistas. —Papá pronunció aquella palabra como si fuese una maldición, lo suficientemente alta para que le oyeran. Después, sonrió—. Mamá te ha hecho tu tarta favorita y *aku-taq* de fresa.

Leni asintió, demasiado triste como para forzar una sonrisa falsa.

Calle abajo, un cartel colgaba por encima del bar a medio acabar: «¡¡¡Enhorabuena, Leni y Matthew!!! ¡Fiesta de graduación viernes por la noche! 21:00 horas. ¡Primera copa gratis!».

—Leni, pequeña. Pareces de lo más triste.

—Quiero ir a la fiesta de graduación en el bar —dijo.

Mamá se inclinó hacia delante y miró a papá.

—¿Ernt?

—¿Quieres que entre en el maldito bar de Tom Walker para ver a toda la gente que está echando a perder esta ciudad? —preguntó papá.

—Es por Leni —dijo mamá.

—De eso nada.

Leni trataba de ver a través de su ira al hombre que mamá aseguraba que había sido, antes de que Vietnam le cambiara y los inviernos de Alaska sacaran a la luz su propia oscuridad. Trató de recordar cuando era «pelirroja», su pequeña, la niña que él había llevado a hombros en el paseo de Hermosa Beach.

—Por favor, papá. ¡Por favor! Quiero celebrar mi graduación en mi ciudad. La ciudad a la que tú me trajiste.

Cuando papá la miró, Leni vio lo que rara vez veía en sus ojos: amor. Deslucido, agotado, empequeñecido por las malas decisiones, pero amor al fin y al cabo. Y remordimiento.

—Lo siento, pelirroja. No puedo hacerlo. Ni siquiera por ti.

19

Última hora de la tarde.

El sonido de una motosierra zumbando, petardeando, quedando en silencio.

Leni estaba en la ventana mirando el patio. Eran las siete. La hora de la cena, un descanso en la larga jornada de trabajo de esa estación. En cualquier momento, papá entraría en la cabaña, trayendo con él la tensión. Los restos de la fiesta de graduación de Leni de tres personas —tarta de zanahoria y *akutaq* de fresas, una especie de helado hecho de nieve, manteca y fruta— estaban en la mesa.

—Lo siento —dijo mamá acercándose para ponerse a su lado—. Sé lo mucho que deseabas ir a la fiesta. Estoy segura de que has pensado en escaparte. Yo lo habría hecho a tu edad.

—¿Y?

—Siempre termina del mismo modo: tú sola en una habitación llena de puños.

Mamá encendió un cigarrillo y echó el humo.

—Ese... muro suyo. No va a rendirse. Vamos a tener que ser muy cautelosas.

—¿Más? —Leni la miró—. Nos pensamos cada cosa que decimos. Desaparecemos en un instante. Fingimos que no necesitamos nada ni a nadie en este lugar salvo a él. Y nada de eso es suficiente, mamá. No podemos evitar que pierda la cabeza.

Leni veía lo difícil que esta conversación resultaba para su madre; deseó poder hacer lo que siempre había hecho. Fingir que se arreglaría, que él mejoraría, fingir que no había sido a propósito y que no volvería a pasar. Fingir.

Pero ahora las cosas eran distintas.

—Me han admitido en la Universidad de Alaska en Anchorage, mamá.

—¡Dios mío, eso es estupendo! —exclamó mamá. Una sonrisa le iluminó la cara y, a continuación, desapareció—. No podemos permitirnos...

—Tom Walker, Marge la Grande, Thelma y la señora Rhodes lo pagan todo.

—El dinero no es el único problema.

—No —contestó Leni sin apartar la mirada—. No lo es.

—Tendremos que planearlo con mucho cuidado —dijo mamá—. Tu padre no puede enterarse nunca de que lo paga Tom. Nunca.

—No importa. Papá no me va a dejar ir. Sabes que no lo hará.

—Sí que lo hará —repuso mamá con el tono de voz más firme que Leni le había oído en varios años—. Yo me encargaré de que lo haga.

Leni lanzó el sueño al aire, dejó que el anzuelo navegara por el agua azul intenso y se sumergiera. Universidad. Matthew. Una vida nueva.

Sí. Claro.

—Tú te encargarás —dijo sin entusiasmo.

—Sé por qué no tienes fe en mí.

El resentimiento de Leni menguó.

—No es eso, mamá. ¿Cómo voy a dejarte aquí sola con él?

Mamá la miró con una sonrisa triste y cansada.

—No vamos a discutir sobre eso. Nunca. Tú eres el polluelo. Yo soy la mamá pájaro. O echas a volar por tu cuenta o yo te empujo del nido. Tú decides. En cualquier caso, te irás a la universidad con tu chico.

—¿Crees que será posible? —Leni dejó que el sueño sin forma se volviera lo suficientemente sólido como para sostenerlo en sus manos y mirarlo desde distintos ángulos.

—¿Cuándo empiezan las clases?

—Justo después del Día del Trabajo[*].

Mamá asintió.

—Muy bien. Vas a tener que actuar con cautela. Con inteligencia. No lo pongas todo en peligro por un beso. Ese es el tipo de cosas que yo habría hecho. Esto es lo que vamos a hacer: tú te mantienes alejada de Matthew y los Walker hasta septiembre. Yo iré guardando suficiente dinero para comprarte un billete de autobús a Anchorage. Llenaremos tu mochila de evasión con lo que necesites. Después, un día, organizaré un viaje a Homer para los tres. Tú dirás que tienes que ir al baño y te escabullirás. Luego, cuando papá se calme, yo encontraré una nota que tú habrás dejado diciendo que te has ido a la universidad, sin decir adónde, y que prometes regresar a casa en verano. Saldrá bien. Ya lo verás. Si tenemos cuidado, saldrá bien.

No ver a Matthew hasta septiembre.

Sí. Eso era lo que tendría que hacer.

Pero ¿podría hacerlo de verdad? Su amor por Matthew era primario. Tan poderoso como las mareas. Nadie podía contener las mareas.

---

[*] En Estados Unidos, el Día del Trabajo se celebra el primer lunes de septiembre. *[N. del T.]*

Se acordó de aquella película que había visto con mamá hacía una eternidad. *Esplendor en la hierba.* En ella, Natalie Wood amaba a Warren Beatty de una forma arrolladora, pero le perdía y terminaba en un manicomio. Cuando salía, él estaba casado y con un hijo, pero resultaba evidente que ninguno de los dos amaría a nadie más de ese modo.

Mamá había llorado sin parar.

Leni no lo había entendido entonces. Ahora sí. Veía cómo el amor podía ser peligroso y descontrolado. Voraz. Leni tenía en su naturaleza amar como había amado su madre. Ahora lo sabía.

—En serio, Leni —insistió mamá con preocupación—. Vas a tener que ser inteligente.

En junio, papá trabajó todos los días en su muro. A final de mes, había puntales de troncos desnudos por todas partes. Sobresalían del suelo cada tres metros a lo largo del límite del terreno, una frontera elíptica entre su tierra y la carretera principal.

Leni trataba de esconder su anhelo por Matthew, pero era fuerte y luchaba por salir a la luz. A veces, cuando se suponía que estaba trabajando, paraba y se sacaba el colgante secreto del bolsillo trasero para apretarlo con tanta fuerza que la afilada punta le hacía sangre. Hacía listas mentales de las cosas que quería decirle, tenía conversaciones enteras a solas, una y otra vez. Por la noche, leía novelas de bolsillo que había encontrado en la caja de artículos gratuitos en la tienda. Una tras otra. *El deseo del demonio, La llama y la flor, Al rayo de la luna:* romances históricos sobre mujeres que tenían que luchar por su amor y que al final eran salvadas por él.

Conocía la diferencia entre la realidad y la ficción, pero no podía dejar sus historias románticas. La hacían sentir como si las mujeres pudieran tomar el control de sus destinos. Incluso en un mundo cruel y oscuro que ponía a prueba a las mujeres hasta el límite de su resistencia, las heroínas de estas novelas podían imponerse y encontrar el amor verdadero. Proporcionaban a Leni una esperanza y una forma de llenar las horas en soledad de la noche.

Durante las interminables horas del día, trabajaba: se ocupaba del huerto, llevaba basura al barril de petróleo y la quemaba para después usar la ceniza como fertilizante del huerto y para hacer jabón y pesticidas en los arriates de verduras. Traía agua, arreglaba jaulas para cangrejos y desenrollaba las madejas de redes de pesca. Daba de comer a los animales, recogía los huevos, arreglaba las cercas y ahumaba el pescado que pescaban.

Y, mientras tanto, pensaba: «Matthew». Su nombre se convirtió en un mantra.

Continuamente, pensaba: «Septiembre no está tan lejos».

Pero a medida que el mes de junio daba paso al de julio, con Leni y mamá atrapadas en la finca tras el muro que su padre estaba construyendo, Leni empezó a perder el sentido común. El 4 de julio, sabía que había fiestas en la ciudad, en la calle principal, y deseó estar allí.

Una noche tras otra, una semana tras otra, se acostaba en la cama y echaba de menos a Matthew. Su amor por él —un guerrero que subía montañas y cruzaba ríos— traspasó las peligrosas fronteras de la obsesión.

Hacia finales de julio, empezó a tener fantasías negativas: que él conocía a otra, que se enamoraba y decidía que Leni causaba demasiados problemas. Sufría por no tener sus caricias, soñaba con sus besos, hablaba consigo misma con la voz de él. Empezó a tener una vaga e incómoda sensación de que su infinito deseo se había mezclado con el miedo y la había corrompido, que su aliento había matado los tomates que nunca se volvían rojos, que las diminutas gotas de su sudor habían agriado la mermelada de moras y que al invierno siguiente, cuando se comieran toda esa comida que ella había tocado, sus padres se preguntarían qué había salido mal.

En agosto, Leni era un despojo. El muro estaba casi terminado. Toda la linde del terreno que daba a la carretera principal, de un acantilado a otro, era una pared de tablones recién cortados. Solo una apertura de tres metros en el camino de acceso les permitía entrar o salir.

Pero el muro apenas preocupaba a Leni. Había perdido más de dos kilos y dormía muy poco. Cada noche, se despertaba a las tres o las cuatro y salía al porche, pensando: «Está allí...».

En dos ocasiones, se puso las botas. Una vez llegó hasta el final del camino de acceso antes de regresar.

Tenía que pensar en la seguridad de mamá y en la de Matthew.

El Día del Trabajo quedaba a menos de un mes.

Solo tenía que esperar a ver a Matthew en Anchorage, cuando el tiempo estuviera del lado de los dos.

Aquello era lo más inteligente. Pero ella no era tan inteligente en el amor.

Tenía que volver a verle, asegurarse de que él aún la quería.

¿Cuándo se convirtió en algo más que un anhelo? ¿Cuándo tomó la forma sólida de un plan?

«Necesito verle».

«Estar con él».

«No lo hagas», decía la antigua Leni, la que habían modelado la violencia de su padre y el miedo de su madre.

«Solo una vez», fue la respuesta de la Leni a la que la pasión había cambiado.

«Solo una vez».

Pero ¿cómo?

A primeros de agosto, durante los días que duraban dieciocho horas, lo primordial era almacenar comida para el invierno. Cosechaban el huerto y metían las verduras en conservas; recogían bayas y hacían mermelada; pescaban en el mar, en los ríos y en la bahía; ahumaban salmón, trucha y fletán.

Ese día se habían despertado pronto y habían pasado la jornada en el río pescando salmón. La pesca constituía un asunto serio y nadie se molestaba en hablar mucho. Después, llevaban lo pescado a casa y empezaban con el proceso de conserva de la carne. Otro más de una serie de días agotadores y largos.

Por fin, se tomaron un descanso para cenar y entraron en la cabaña. En la mesa, mamá dispuso una cena a base de pastel de salmón y judías verdes cocinadas con grasa de beicon. Sonrió a Leni, tratando de fingir que no pasaba nada.

—Leni, apuesto a que estás deseando que empiece la temporada del alce.

—Sí —contestó. Su voz sonaba temblorosa. Ya solo podía pensar en Matthew. Echarlo de menos la hacía enfermar físicamente.

Papá hundió el tenedor en el hojaldre buscando el pescado.

—Cora, el sábado vamos a Sterling. Se vende una máquina de nieve y la nuestra está hecha una mierda. Y necesito goznes para la valla. Leni, tú tendrás que quedarte aquí para ocuparte de los animales.

A Leni estuvo a punto de caérsele el tenedor. ¿Lo decía en serio?

Sterling quedaba, al menos, a una hora y media de carretera y, si papá quería traer a casa una máquina de nieve, tendría que llevarse la camioneta, lo cual implicaba que debía tomar el ferri, que suponía media hora de trayecto de ida y otra media hora de vuelta. Ir desde casa a Sterling y volver le llevaría todo el día.

Papá volvió a rebuscar entre su pastel. Cuando acabó con todo su pescado, siguió con las patatas, después las zanahorias y, por último, los guisantes.

Mamá miró a Leni.

—No me parece buena idea, Ernt. Vamos todos. No me gusta dejar a Leni sola en casa.

Leni se sintió suspendida en el silencio mientras papá pasaba un trozo de pan por su plato.

—Es incómodo ir los tres apiñados en la camioneta tanto tiempo. No le pasará nada.

Por fin, llegó el sábado.

—Muy bien, Leni —dijo papá con tono muy serio—. Es verano. Ya sabes lo que eso significa. Osos negros. Los rifles están cargados. Mantén la puerta cerrada con llave si estás dentro. Cuando vayas a por agua, haz mucho ruido y lleva tu silbato para osos. Deberíamos estar de vuelta en casa para las cinco, pero, si llegamos tarde, quiero que a las ocho estés dentro de la cabaña con la puerta cerrada. No me importa que haya luz fuera. Y nada de pescar en la playa, ¿de acuerdo?

—Papá, casi tengo dieciocho años. Ya sé todo eso.

—Sí, sí. A ti te parece que tener dieciocho años es ser mayor. Hazme caso.

—No saldré de la finca y cerraré la puerta —prometió Leni.

—Buena chica. —Papá cogió una caja llena de pieles que iba a vender al peletero de Sterling y se dirigió hacia la puerta.

Cuando se hubo ido, fue mamá quien habló:

—Por favor, Leni. No la fastidies. Estás muy cerca de irte a la universidad. Solo quedan unas semanas. —Suspiró—. No me estás escuchando.

—Sí que te escucho. No voy a hacer ninguna tontería —mintió Leni.

Fuera, sonó el claxon de la camioneta.

Leni abrazó a su madre y literalmente la empujó hacia la puerta.

Vio cómo se alejaban.

Después, esperó, contando los minutos hasta que llegara la hora de la salida del ferri.

Exactamente cuarenta y siete minutos después de que se marcharan, saltó a su bicicleta y pedaleó por el camino de acceso lleno de baches, atravesó el hueco del muro de tablones y salió a la carretera. Giró en el camino de los Walker. Se detuvo con brusquedad delante de la casa de troncos de dos plantas y se bajó de la bicicleta para empezar a mirar a su alrededor. En un día como este no habría nadie dentro, no con tantas tareas que hacer. Vio al señor Walker a la izquierda, junto a los árboles, conduciendo una excavadora, moviendo montones de tierra.

Leni dejó caer la bicicleta sobre la hierba, caminó sobre el terraplén y miró hacia los anchos y erosionados escalones grises que conducían a la playa de guijarros. Había conchas rotas de mejillones esparcidas entre las algas, el lodo y las piedras.

Matthew estaba de pie en el agua poco profunda junto a una mesa metálica inclinada, fileteando salmones plateados y rojos, sacando bolsas de llamativos huevos naranja y disponiéndolos con cuidado para que se secaran. Las gaviotas graznaban en el cielo, bajando en picado y aleteando, esperando a las sobras. En el agua flotaban las tripas, rozándose contra sus botas.

—¡Matthew! —gritó ella.

Matthew levantó los ojos.

—Mis padres están en el ferri. Van a Sterling. ¿Puedes venirte? Tenemos todo el día.

Él dejó su *ulu* en el suelo.

—¡Joder! Estaré allí en treinta minutos.

Leni volvió a su bicicleta y saltó sobre ella.

De regreso a la finca, dio de comer y beber a los animales y, a continuación, corrió por todos lados como una loca, tratando de estar lista para su primera cita de verdad. Preparó un cesto de merienda lleno de comida, se limpió los dientes —otra vez—, se afeitó las piernas y se puso un bonito vestido blanco crudo de Gunne Sax que mamá le había regalado por su diecisiete cumpleaños. Se hizo una trenza gruesa con el pelo que le llegaba a la cintura y ató el extremo con un trozo de cinta de grogrén. Sus calcetines grises de lana y sus botas de montaña afeaban en cierto modo el efecto romántico, pero no podía hacer nada más.

Después, esperó. Con el cesto de la comida y la manta en las manos, esperaba en el porche golpeteando con un pie. A su derecha, las cabras y los pollos parecían nerviosos. Probablemente notaban la inquietud de ella. Por encima, un cielo que debería estar de color azul aciano se oscureció. Aparecieron nubes que se fueron extendiendo y atenuaron la luz del sol.

Ya estaban en el ferri, de camino a Homer. Tenían que estarlo. «Por favor, que no tengan que regresar por algo».

Mientras miraba por el ensombrecido camino de acceso, oyó el lejano zumbido de un motor. Una barca de pesca. Ese sonido era tan común allí durante el verano como el zumbido de los mosquitos.

Corrió al borde del terreno justo cuando un bote de pesca de aluminio entraba en la cala. Cerca ya de la playa, el motor se apagó y la barca fue deslizándose en silencio hasta varar en la playa de guijarros. Matthew estaba ante el tablero de mando, haciéndole señas con las manos.

Ella bajó rápidamente las escaleras hacia la playa.

Matthew saltó al agua y caminó hacia Leni arrastrando la barca más adentro de la playa, hipnotizándola con su sonrisa, su seguridad, el amor en sus ojos.

En un instante, en una mirada, la tensión que llevaba meses conteniendo en su estómago se liberó. Leni se sentía mareada, joven. Enamorada.

—Tenemos hasta las cinco —dijo ella.

Él la levantó en el aire y la besó.

Riéndose por la absoluta alegría que sentía, Leni le agarró de la mano y lo llevó por la playa más allá de las cuevas, a un sendero tierra adentro que conducía a un saliente de árboles desde el que se divisaba el otro lado de la bahía. Sobresalían riscos por debajo de ellos, bloques de piedra desafiantes. Aquí, el océano chocaba contra la costa rocosa, y el agua pulverizada se posaba como besos húmedos sobre la piel de los dos.

Ella extendió la manta que había llevado y dejó el cesto con la comida.

—¿Qué has traído? —preguntó Matthew al sentarse.

Leni se arrodilló sobre la manta.

—Cosas sencillas. Sándwiches de fletán, ensalada de cangrejo, judías frescas, galletas... —Levantó la mirada sonriendo—. Es mi primera cita.

—La mía también.

—Hemos tenido unas vidas raras —dijo Leni.

—Puede que como todo el mundo —contestó él sentándose a su lado y, después, tumbándose mientras la atraía hacia sus brazos. Por primera vez en varios meses, ella pudo respirar.

Se besaron durante tanto rato que perdieron la noción del tiempo, del miedo, de todo lo que no fuera la suavidad de la lengua de él contra la de ella y su sabor.

Él le desabrochó un botón del vestido, lo suficiente para deslizar la mano por dentro. Ella sintió sus dedos ásperos y encallecidos por el trabajo recorriendo su piel. Sintió en su carne unos escalofríos. Notó cómo le tocaba los pechos y se metía por debajo de su viejo sujetador de algodón para acariciarle el pezón.

Se oyó el chasquido de un trueno.

Por un segundo, ella estaba tan entumecida por el deseo que creyó que se lo había imaginado.

Entonces, empezó a llover. Fuerte, rápido, torrencial.

Se pusieron de pie entre risas. Leni agarró el cesto de la comida y, juntos, corrieron por el serpenteante sendero de la playa para salir al risco que había junto a la letrina.

No pararon hasta llegar a la cabaña, y una vez dentro, cara a cara, se miraron el uno al otro. Leni sintió cómo las gotas de lluvia le caían por las mejillas, cómo el pelo le chorreaba.

—Alaska en verano —dijo Matthew.

Leni se quedó mirándolo y se dio cuenta entonces, de repente, con un escalofrío, de cuánto le amaba.

No del modo tóxico, necesitado y desesperado con que su madre quería a su padre.

Ella necesitaba a Matthew, pero no para que la salvara, la completara o la reinventara.

Su amor por él era la emoción más clara, limpia y fuerte que había sentido jamás. Era como abrir los ojos o crecer y darte cuenta de que en tu interior estaba amar así. Para siempre. Todo el tiempo. O durante el tiempo que te quedara.

Empezó a desabrocharse el vestido mojado. El cuello de encaje le cayó por el hombro, dejando al aire el tirante del sujetador.

—Leni, ¿estás segura...?

Ella le calló con un beso. Nunca había estado más segura de nada. Terminó de desabrocharse el vestido, que cayó por su cuerpo, aterrizando como un paracaídas de encaje sobre las botas de sus pies. Se salió de él y lo apartó con una patada.

Se desató las botas, se las quitó y las lanzó a un lado. Una dio con un golpe sordo contra la pared de la cabaña. Tras quedar en sujetador y con sus bragas de algodón, dijo: «Vamos», y lo llevó al altillo, a su dormitorio, donde Matthew se desvistió con prisas y tiró de ella sobre el colchón cubierto de pieles.

Matthew la desnudó despacio. Sus manos y su boca exploraban su cuerpo hasta que cada nervio del cuerpo de ella se tensó. Cuando él la tocaba: música.

Leni se perdió en él. Su cuerpo era autónomo, se movía con un ritmo instintivo y primario que debía conocer desde siempre, llevándola a un placer tan intenso que casi le provocaba dolor.

Era una estrella, ardiendo intensamente hasta partirse, lanzando al aire sus trozos, irradiando luz. Después, cayó de nuevo en la tierra como una chica diferente, o como una versión distinta de sí misma. Eso la asustaba, aunque también la entusiasmaba. ¿Habría algo en el mundo que pudiera hacerla cambiar de un modo tan profundo? Y ahora que había tenido aquello, que lo tenía a él, ¿cómo se suponía que iba a abandonarlo nunca?

—Te quiero —dijo él en voz baja.

—Yo también te quiero.

Aquellas palabras le parecían demasiado pequeñas, demasiado comunes como para contener toda esa emoción.

Se quedó tumbada junto a él, mirando por la claraboya, viendo cómo la lluvia caía por el cristal. Sabía que recordaría ese día el resto de su vida.

—¿Cómo crees que será la universidad? —preguntó.

—Como tú y yo. Así todo el tiempo. ¿Estás lista para ir?

Lo cierto era que tenía miedo de que, cuando llegara realmente la hora de irse, no pudiera dejar a su madre. Pero si Leni se quedaba allí, si abandonaba ese sueño, jamás se recuperaría. No podía enfrentarse a un futuro tan duro.

Ahí, en los brazos de él, con la mágica posibilidad que tenían de estar un tiempo juntos, no quería decir nada. No quería que las palabras se convirtieran en muros que los separaran.

—¿Quieres hablar de tu padre? —preguntó él.

De forma instintiva, Leni quiso decir no, hacer lo que siempre había hecho: mantener el secreto. Pero ¿qué tipo de amor era ese?

—Supongo que la guerra le hizo polvo.

—¿Y ahora te pega?

—A mí no. A mi madre.

—Tu madre y tú tenéis que salir de aquí, Len. He oído a mi padre y a Marge la Grande hablar de eso. Quieren ayudaros, pero tu madre no les deja.

—No es tan fácil como la gente cree —contestó Leni.

—Si él os quisiera no os haría daño.

Hacía que pareciera muy sencillo, como si se tratara de una ecuación matemática. Pero la conexión entre dolor y amor no era lineal. Era una red.

—¿Cómo es sentirse seguro? —preguntó ella.

Él le acarició el pelo.

—¿Lo sientes ahora?

Sí que lo sentía. Quizá por primera vez, pero eso era una locura. El último lugar donde Leni estaba segura era allí, en los brazos de un chico al que su padre odiaba.

—Te odia, Matthew. Y ni siquiera te conoce.

—No permitiré que te haga daño.

—Hablemos de otra cosa.

—Por ejemplo... ¿de que pienso en ti a todas horas? Hace que me vuelva loco, pensar tanto en ti. —La atrajo hacia él para besarla. Se besaron durante una eternidad. El tiempo se detenía solo para ellos. Se saboreaban el uno al otro, absorbiéndose. A veces, hablaban, susurraban secretos o hacían bromas. O dejaban de hablar de repente y simplemente se besaban. Leni supo lo que era la magia de conocer a otra persona a través del tacto.

Su cuerpo volvió a despertarse en los brazos de él, pero hacer el amor resultó diferente la segunda vez. Las palabras lo habían cambiado todo en cierto modo, la vida real se había abierto paso.

Tenía miedo de que esto fuera todo lo que tuvieran jamás. Solo este día. Miedo de que nunca lograra llegar a la universidad o de que su padre matara a su madre en su ausencia. Miedo incluso de que este amor que sentía por Matthew no fuese real, o que fuese real e imperfecto, que quizá ella hubiese sufrido tanto daño por parte de sus padres que no pudiera saber nunca lo que era el amor de verdad.

—No —se dijo a sí misma, a él, al universo—. Te quiero, Matthew.

Eso era lo único que sabía con toda seguridad.

20

Una mano tapó la boca de Leni. Una voz susurró con aspereza:

—Len, despierta.

Ella abrió los ojos.

—Nos hemos quedado dormidos. Hay alguien aquí.

Leni ahogó un grito bajo la mano de Matthew.

Había dejado de llover. La luz del sol entraba por la claraboya.

Fuera, oyó el motor de una camioneta, el traqueteo de la base metálica sobre el eje mientras la camioneta avanzaba por el suelo.

—Dios mío —dijo Leni. Pasó gateando por encima de Matthew, cogió algo de ropa y se vistió rápidamente. Casi había llegado a la barandilla cuando oyó que se abría la puerta.

Papá entró, se detuvo y bajó la mirada.

Estaba encima del montón formado por su vestido mojado.

«Mierda».

Se lanzó por encima de la barandilla y bajó por la escalerilla casi deslizándose.

Papá se agachó para coger su vestido empapado y lo levantó. El agua goteaba por el dobladillo.

—M-me ha pillado el chaparrón —explicó Leni. El corazón le latía con tanta fuerza que casi no podía respirar. Se sentía mareada. Miró a su alrededor en busca de algo que pudiera delatarlos y vio las botas de Matthew.

Soltó un pequeño chillido.

El estante que había al lado de papá estaba lleno de armas y el de debajo estaba hasta arriba de munición. Apenas tendría que girarse, extender la mano y estaría armado.

Leni se abalanzó para coger su vestido empapado.

Mamá frunció el ceño. Su mirada siguió la de Leni y aterrizó sobre las botas. Abrió los ojos de par en par. Miró a Leni y, a continuación, al altillo. Se quedó pálida.

—¿Por qué llevabas tu vestido bueno? —preguntó papá.

—Las chicas se divierten con esas cosas, Ernt —contestó mamá acercándose a un lado, impidiendo que papá pudiese ver las botas.

Papá miró a su alrededor. Las fosas nasales se le dilataron. A Leni le recordaba a un depredador que sigue el rastro de un olor.

—Aquí hay algo que huele diferente.

Leni colgó el vestido en una percha junto a la puerta.

—Es la merienda que he preparado —respondió Leni—. Yo..., quería daros una sorpresa.

Papá se acercó a la mesa y abrió el cesto de la comida. Miró el interior.

—Solo hay dos platos.

—Me ha entrado hambre y me he comido mi parte. Eso es para vosotros. He..., he pensado que os gustaría después del viaje a Sterling.

Un crujido en la planta de arriba.

Papá frunció el ceño, miró hacia el altillo y se dirigió hacia la escalera.

«Quédate quieto, Matthew».

Papá tocó la escalerilla y miró hacia arriba. Frunció el ceño. Leni le vio elevar un pie y colocarlo en el peldaño inferior.

Mamá se agachó, cogió las botas de Matthew y las lanzó al interior de la gran caja de cartón para las botas que había junto a la puerta. Lo hizo en un único movimiento fluido y, después, se puso al lado de papá.

—Vamos a enseñarle a Leni la máquina de nieve —dijo con voz suficientemente alta para que Matthew lo oyera—. Está junto a la jaula de las cabras.

Papá se soltó de la escalerilla y se giró hacia ellas. Había en sus ojos una mirada extraña. ¿Sospechaba algo?

—Claro. Vamos.

Leni siguió a su padre a la puerta. Cuando la abrió, miró hacia atrás y levantó los ojos hacia el altillo.

«Vamos, Matthew. Corre», pensó.

Mamá agarró con fuerza la mano de Leni mientras atravesaban el porche y bajaban a la hierba, como si temiese que pudiera darse la vuelta y salir corriendo.

En la cala, la barca de aluminio de Matthew reflejaba la luz del sol, un destello plateado en medio de la playa. La repentina borrasca había limpiado todo el paisaje y lo había dejado brillante. La luz se reflejaba en un millón de gotas de agua, en las briznas de hierba y en las flores silvestres.

Leni se apresuró a decir algo, ni siquiera sabía el qué, solo algo para hacer que su padre la mirara y apartara los ojos de la playa.

—Ahí está —dijo él cuando llegaron al oxidado remolque sujeto a la camioneta. Sobre él descansaba una abollada máquina de nieve; el asiento estaba hecho trizas y le faltaba el faro—. Con cinta adhesiva se podrá arreglar el asiento y quedará prácticamente nuevo.

Leni creyó oír la puerta de la cabaña abriéndose y el crujido de una pisada en el porche.

—¡Es estupenda! —exclamó—. Podremos usarla para ir a pescar en el hielo y para cazar caribús. Vendrá muy bien tener dos máquinas de nieve.

Oyó el característico zumbido de un motor fueraborda poniéndose en marcha y el restallido cuando aceleró.

Papá apartó a Leni a un lado.

—¿Hay una lancha en nuestra cala?

Abajo, el esquife de aluminio se deslizaba con la proa elevada orgullosa por encima del agua acelerando a toda marcha.

Leni contuvo la respiración. No cabía duda de que era Matthew, su pelo rubio, su lancha nueva. ¿Le reconocería papá?

—Malditos turistas —dijo por fin papá dándose la vuelta—. Esos universitarios ricos se creen los dueños de este estado en el verano. Voy a poner carteles de «Prohibido el paso».

Lo habían conseguido. Se habían librado. «Lo hemos conseguido, Matthew».

—Leni.

La voz de mamá. Brusca. Parecía enfadada. O quizá asustada.

Tanto mamá como papá la miraban.

—¿Qué? —preguntó Leni.

—Te está hablando tu padre —dijo mamá.

Leni sonrió como si nada.

—¡Uy! Perdona.

—Supongo que estabas en Babia, como decía mi viejo.

Leni se encogió de hombros.

—Solo estaba pensando.

—¿En qué?

Leni notó el cambio de tono en su voz, y eso la preocupó. Veía ahora la intensidad con la que su padre la miraba. Quizá, al final, no se habían librado. Quizá él lo supiera... Quizá estuviese jugando con ella.

—Ya sabes cómo son los adolescentes —dijo mamá con voz agitada.

—Le estoy preguntando a Leni, no a ti, Cora.

—Estaba pensando que sería divertido salir por ahí, pasar el día juntos. Quizá probar suerte en el centro turístico de Pedersen en Kenai. Siempre tuvimos suerte allí.

—Buena idea. —Papá se apartó de la nueva máquina de nieve y miró hacia el camino de acceso—. En fin. Es verano. Tengo cosas que hacer.

Las dejó allí solas y fue al cobertizo de las herramientas para coger su motosierra. Se la colgó al hombro, se dirigió hacia el camino y desapareció entre los árboles.

Mamá y Leni se quedaron allí, apenas sin respirar, hasta que oyeron que la motosierra se ponía en marcha.

Mamá miró a Leni y le susurró con aspereza:

—Estúpida, estúpida, estúpida. Podría haberte pillado.

—Nos quedamos dormidos.

—Los errores fatídicos a menudo parecen poca cosa. Ven —dijo mamá llevándola a la cabaña—. Siéntate junto al fuego. Voy a cepillarte el pelo. Está hecho un desastre. Tienes suerte de que sea alguien que no se da cuenta de estas cosas.

Leni cogió un taburete de tres patas y lo arrastró hasta la estufa de leña. Se sentó en él y apoyó los pies en el peldaño inferior mientras se deshacía la trenza y esperaba.

Mamá sacó un peine de dientes anchos de la lata de café azul que tenía en su improvisado tocador y, despacio, empezó a desenredar el largo pelo de Leni. Después, le masajeó el cuero cabelludo con aceite y le aplicó en las ásperas manos un poco de bálsamo aromático que hacían con brotes.

—Crees que esta vez te has librado y que quieres volver a ver a Matthew. Eso es lo que estás pensando, ¿verdad?

Por supuesto, su madre lo sabía.

—La próxima vez no seré tan tonta —contestó Leni.

—No habrá una próxima vez, Leni. —Mamá agarró a Leni de los hombros y la hizo girar sobre el taburete—. Esperarás hasta estar en la universidad, tal y como hablamos. Haremos lo que teníamos planeado. En septiembre verás a Matthew en Anchorage y empezarás tu nueva vida.

—Me moriré si no le veo.

—No. No te morirás. Por favor, Leni, piensa en mí y no solo en ti.

Leni se avergonzó de sí misma por su egoísmo.

—Lo siento, mamá. Tienes razón. No sé qué me ha pasado.

—El sexo lo cambia todo —dijo mamá en voz baja.

Unos cuantos días después, mientras mamá y Leni desayunaban gachas de avena, se abrió la puerta de la cabaña. Papá entró con su pelo oscuro y su camisa de franela llena de lascas de madera.

—Venid conmigo. Las dos. ¡Rápido!

Leni siguió a sus padres al exterior de la cabaña y en dirección al camino de acceso. Papá caminaba con rapidez. Corría, más bien. Mamá daba traspiés a su lado, esforzándose por seguirle el paso por el suelo mullido.

Leni oyó que su madre susurraba: «Dios mío», y levantó la vista.

El muro que su padre había estado construyendo todo el verano se elevaba delante de ellos. Terminado. Un tablón tras otro de madera recién cortada se sucedían en línea recta coronados por concertina. Parecía algo sacado de un gulag.

Pero eso no era lo peor. Ahora había una cancela en el camino. Una pesada cadena cerraba la cancela. Un candado de metal colgaba de las varias vueltas de la cadena. Leni vio la llave colgando de una cadenita alrededor del cuello de su padre.

Papá atrajo a mamá hacia él. Sonreía. Se echó sobre ella y le susurró algo al oído y, después, la besó en el pequeño moretón que tenía en la base del cuello.

—Ahora estamos solo nosotros, aislados de todo ese maldito mundo traicionero —dijo—. Ahora estamos a salvo.

El miedo, según supo Leni, no era el pequeño armario oscuro que siempre había imaginado: paredes que se acercaban, un techo con el que te golpeabas la cabeza, un suelo frío al tacto.

No.

El miedo era una mansión, una habitación tras otra, conectadas por interminables pasillos.

Durante los días posteriores al cierre de la cancela, con su traqueteante cadena, Leni llegó a sentir esas habitaciones. Por la noche, en su cama, yacía en el altillo y trataba de no dormirse, porque el sueño traía pesadillas consigo. El miedo al que se enfrentaba durante el día la asediaba de noche. Soñaba con su propia muerte de cientos de formas: ahogada, hundiéndose en el hielo, despeñándose por una ladera, con un disparo en la cabeza...

Metáforas todas ellas. La muerte de cada sueño que pudiese haber tenido y de los que aún le quedaban por soñar.

Papá merodeaba junto a ellas a todas horas, hablando como si no pasara nada, con buen humor por primera vez desde que lo desterraran de la casa de los Harlan. Bromeaba, se reía, trabajaba con ellas. Por la noche, Leni se acostaba escuchando el sonido de las voces de sus padres al hacer el amor.

A mamá se le daba bien fingir que todo era normal. Leni había perdido esa capacidad de su niñez.

Lo que pensaba una y otra vez era: «Tenemos que escapar».

—Tenemos que dejarle —dijo Leni el sábado por la mañana, una semana después de que él cerrara la cancela. Fue la primera vez que papá las había dejado juntas y solas.

Mamá se quedó quieta, con las manos apoyadas en la masa que estaba preparando.

—Me matará —susurró.

—¿No lo entiendes, mamá? Te va a matar aquí dentro. Antes o después. Piensa que va a llegar el invierno. La oscuridad. El frío. Y nosotras aquí dentro, encerradas tras ese muro. No va a trabajar en el gasoducto este invierno. Solo estaremos él y nosotras en medio de la oscuridad. ¿Quién va a detenerle o a ayudarnos?

Mamá miró nerviosa a la puerta.

—¿Adónde vamos a ir?

—Marge la Grande se ofreció a ayudar. También los Walker.

—Tom no. Eso empeoraría las cosas.

—La universidad empieza dentro de tres semanas y media, mamá. Tengo que marcharme en cuanto pueda. ¿Te vendrás conmigo?

—Quizá deberías irte sin mí.

Leni ya sabía que eso iba a pasar. Le había dado vueltas y por fin había encontrado una respuesta.

—Yo tengo que irme, mamá. No puedo vivir así, pero te necesito. Me da miedo... No podré dejarte.

—Dos gotas de agua —dijo mamá con tono triste. Pero lo entendía. Siempre habían estado juntas—. Tienes que irte. Quiero que te vayas. No me perdonaría que no lo hicieras. Así que ¿cuál es tu plan?

—A la primera oportunidad que tengamos, salimos corriendo. Puede que él vaya a cazar, entonces nosotras nos vamos en la barca. Cualquiera que sea la oportunidad que se presente, la aprovecharemos. Si seguimos aquí cuando caiga la primera hoja, todo habrá terminado.

—Así que salimos corriendo sin más. Sin nada.

—Salimos corriendo con nuestras vidas.

Mamá apartó la mirada. Pasó un buen rato hasta que asintió.

—Lo intentaré.

Esa no era la respuesta que Leni quería, pero sí era la mejor que iba a conseguir. Solo rezaba para que, cuando surgiera la oportunidad de escapar, mamá se fuera con ella.

El tiempo empezó a cambiar. Por aquí y por allí, las luminosas hojas verdes se volvieron doradas, naranjas, escarlatas. Los abedules, que habían sido invisibles todo el año, perdidos en medio de los demás árboles, aparecían para ocupar la primera fila, su corteza blanca como las alas de una paloma y sus hojas como las llamas de un millón de velas.

Con cada hoja que cambiaba de color, la tensión de Leni aumentaba. Estaba ya cerca el final de agosto. Era pronto para la llegada del otoño, pero Alaska era así de caprichosa.

Aunque ella y mamá no habían vuelto a hablar de su plan de fuga, su presencia estaba entre las frases. Cada vez que papá salía de la cabaña, se miraban y, con esa mirada, una pregunta: «¿Es este el momento?».

Ese día Leni y su madre estaban preparando sirope de arándanos cuando papá entró en la cabaña. Estaba sucio y sudado, con una fina capa de polvo negro sobre su cara húmeda. Por primera vez, Leni vio en su barba greñas grises. Tenía el pelo recogido en una coleta baja y descuidada y se había atado en la frente un pañuelo conmemorativo del segundo centenario de la independencia de Estados Unidos. Se acercó con sus botas de goma pisando fuerte sobre el suelo de madera contrachapada. Entró en la cocina, vio lo que mamá estaba preparando para cenar.

—¿Otra vez? —preguntó mientras veía los buñuelos de salmón—. ¿No hay verduras?

—Las estoy almacenando en conserva. No nos queda harina y tenemos poco arroz. Ya te lo he dicho —respondió mamá con tono cansado—. Si me dejaras ir a la ciudad...

—Deberías ir a Homer, papá. A comprar provisiones para el invierno —dijo Leni con la esperanza de que su tono pareciera despreocupado.

—No creo que sea seguro dejaros aquí a las dos solas.

—El muro nos mantendrá a salvo —dijo Leni.

—No del todo. Con la marea alta podría venir alguien en barco —repuso papá—. ¿Quién sabe lo que puede pasar cuando me haya ido? Quizá deberíamos ir los tres. Comprarle lo que necesitemos a esa zorra de la ciudad.

Mamá miró a Leni.

«Ahora», decían los ojos de Leni.

Mamá negó con la cabeza. Abrió los ojos de par en par. Leni entendía el miedo de su madre. Habían hablado de que las dos se escaparían cuando él se fuera, no mientras estaba con ellas. Pero el tiempo estaba cambiando. Las noches se iban volviendo frías, lo cual quería decir que el invierno se acercaba. Las clases en la universidad de Alaska empezarían en menos de una semana. Esta era su oportunidad para huir. Si lo planeaban bien...

—Vamos —dijo papá—. Ahora. —Dio una palmada. Mamá se sobresaltó con aquel brusco sonido.

Leni miró con anhelo su mochila de evasión, llena —como siempre— de todo lo que se necesitaba para sobrevivir en la naturaleza. No podía llevársela sin levantar sospechas.

Tendrían que emprender su huida sin nada, salvo la ropa que llevaban puesta.

Papá cogió un rifle del estante junto a la puerta y se lo echó al hombro.

¿Era una advertencia?

—Vámonos.

Leni se acercó a su madre, puso una mano sobre su delgada muñeca y sintió su temblor.

—Vamos, mamá —dijo con voz tranquila.

Se dirigieron hacia la puerta de la cabaña. Leni no pudo evitar detenerse, darse la vuelta apenas un segundo para mirar el interior cálido y acogedor de la cabaña. A pesar de todo el dolor, la angustia y el miedo, aquel había sido el único hogar de verdad que había conocido jamás.

Esperaba no volver a verlo nunca. Qué triste que su esperanza supiera a pérdida.

En la camioneta, sentada entre sus padres sobre el andrajoso asiento, Leni podía notar el miedo de su madre. Desprendía un olor agrio. Leni quería tranquilizarla, decirle que saldría bien, que escaparían y se irían a Anchorage y que todo iría bien, pero se limitó a quedarse sentada allí, respirando entrecortadamente, aguantando, esperando que, cuando llegara el momento de salir corriendo, pudieran hacer que los pies les respondieran.

Papá puso en marcha la camioneta y se dirigió hacia la cancela.

Una vez allí se detuvo, salió, dejó la puerta de la camioneta abierta, fue hacia la cancela y agarró el candado. Sacó la llave de su cuello y la metió en el cierre, girándola con fuerza.

—Ha llegado el momento —dijo Leni a su madre—. En la ciudad, echamos a correr. El ferri sale dentro de cuarenta minutos. Buscaremos la forma de subir a él.

—No va a salir bien. Nos va a pillar.

—Entonces, acudiremos a Marge la Grande. Ella nos ayudará.

—¿Vas a poner en peligro su vida también?

El enorme candado se abrió con un ruido metálico. Papá empujó la puerta izquierda de la cancela para abrirla por encima del suelo embarrado e irregular y, después, abrió la derecha. La carretera principal volvió a quedar a la vista.

—Puede que solo tengamos una oportunidad —dijo mamá mordiéndose con preocupación el labio inferior—. Más vale que sea buena de verdad o tendremos que esperar.

Leni sabía que era un buen consejo, pero no sabía si podría seguir esperando. Ahora que se había permitido a sí misma pensar de verdad en la libertad, la idea de volver al cautiverio le parecía imposible.

—No podemos esperar, mamá. Las hojas están cayendo. El invierno va a llegar antes este año.

Papá subió a la cabina y cerró la puerta. Empezaron a avanzar. Cuando atravesaron la cancela, Leni se dio la vuelta en su asiento y miró a través de los rifles alineados en su soporte. En la madera recién cortada había escritas unas palabras con espray negro.

«NO ENTRAR. PROHIBIDO EL PASO.
QUIEN ENTRE RECIBIRÁ UN TIRO».

Tomó nota en su cabeza del hecho de que la cancela había quedado abierta tras ellos. Se incorporaron a la carretera principal, pasaron junto al arco que había en la entrada a los terrenos de los Walker y luego por el camino de acceso de Marge Birdsall.

Justo después de la pista de aterrizaje habían echado nueva grava y crujía bajo los neumáticos. Más adelante estaba el puente de madera recién pintado donde unas cuantas personas vestidas con impermeables de colores vivos se apoyaban en la barandilla y contemplaban el río, señalando a los salmones de luminoso color rojo que nadaban por el agua limpia en su camino al desove y la muerte.

Papá bajó su ventanilla.

—Vuélvanse a California —gritó al pasar lanzando nubes de humo negro.

En la ciudad, una barricada recorría el centro de la calle principal. Una serie de caballetes, baldes blancos y conos naranjas mantenía a los turistas alejados de la excavadora que estaba haciendo una zanja delante de la cafetería. Detrás, a lo largo de la calle, había una ancha cicatriz de tierra cortada con barro apilado a los lados.

Papá pisó el freno con tanta fuerza que la vieja camioneta se detuvo derrapando sobre la alta hierba que había a un lado de la calle. Desde ahí podían ver a quien estaba manejando la excavadora: Tom Walker.

Papá aparcó la camioneta y paró el motor. Golpeó su cuerpo contra la puerta que no se abría, salió de un salto de la camioneta y cerró la puerta de golpe. Justo cuando Leni decía: «No te separes de mí, mamá, sujétame la mano», apareció papá en la puerta del pasajero, la abrió, agarró a mamá de la muñeca y la sacó de la camioneta.

Mamá miró hacia atrás con los ojos abiertos de par en par. «Vete», articuló con los labios. Papá tiró de la muñeca de mamá y la hizo ir dando traspiés para seguir su paso.

—Mierda —dijo Leni.

Vio cómo sus padres avanzaban a través de los pocos turistas que habían venido ese luminoso día de finales de agosto, con papá abriéndose paso a codazos con más fuerza de la necesaria, apartando a la gente.

Leni no pudo evitarlo. Salió de la camioneta y los siguió. Quizá hubiese todavía un modo de apartar a mamá de él. No necesitaban mucho tiempo, solo el suficiente para desaparecer. Maldita sea, incluso robarían una lancha si era necesario. Quizá fuese esta la distracción que necesitaban.

—¡Walker! —gritó papá.

El señor Walker apagó el motor de la excavadora y se apartó la gorra de camionero de su sudorosa frente.

—Ernt Allbright —dijo—. Qué agradable sorpresa.

—¿Qué narices estás haciendo?

—Excavar una zanja.

—¿Para qué?

—Electricidad para la ciudad. Voy a colocar un generador.

—¿Qué?

El señor Walker lo repitió, pronunciando despacio «e-lec-tri-ci-dad», como si hablara con alguien a quien le costara entender su idioma.

—¿Y si no queremos electricidad en Kaneq?

—He comprado la servidumbre a todos los negocios de la ciudad, Ernt. Con dinero en efectivo —contestó el señor Walker—. A gente que quiere luces, neveras y calefacción en invierno. Ah, y farolas en las calles. ¿No te parece estupendo?

—No voy a permitírtelo.

—¿Qué vas a hacer? ¿Otra vez pinturas con espray? No te lo recomiendo. La segunda vez no voy a ser tan comprensivo.

Leni apareció detrás de mamá, la agarró de la manga y trató de apartarla mientras papá estaba distraído con otra cosa.

—¡Leni! —gritó la voz de Matthew.

Estaba delante del bar, con una gran caja de cartón en las manos.

—Ayúdanos —respondió ella con un grito.

Papá agarró a Leni del brazo y la acercó hacia él.

—¿Crees que necesitas ayuda? ¿Para qué?

Ella negó con la cabeza y contestó con voz ronca:

—Nada. No quería decir eso. —Miró a Matthew, que había dejado la caja en el suelo y caminaba hacia ellos tras bajar de la pasarela de madera.

—Más vale que le digas a ese chico que no se acerque más o juro por Dios... —Papá colocó una mano sobre el cuchillo que tenía en su cintura.

—Estoy bien —le gritó Leni a Matthew, pero vio que él no la creía. Se había dado cuenta de que Leni estaba llorando—. Quédate ahí. Di-dile a tu padre que estamos bien.

Matthew pronunció su nombre. Ella vio cómo se dibujaba en sus labios, pero no pudo oírlo.

Papá apretó con más fuerza el brazo de Leni hasta que sintió como si la estuvieran mordiendo unos alicates. Llevó a Leni y a mamá de nuevo a la camioneta, las metió a empujones y cerró la puerta después.

Duró menos de dos minutos. Todo el proceso. La llegada a la ciudad, la escena, el grito de petición de ayuda y la vuelta a la camioneta.

Durante el camino a casa, papá murmuraba cosas. Las únicas palabras que ella distinguió fueron «mentirosa» y «Walker».

Mamá apretaba la mano de Leni mientras pasaban sobre los baches del camino y giraban para entrar en su finca. Leni trató de pensar en algún modo de tranquilizar a su padre. ¿Qué era lo que le había hecho gritar así? Sabía muy bien que no debía pedir ayuda.

«Amor y miedo».

Las fuerzas más destructivas del mundo. El miedo la había vuelto del revés, el amor la había vuelto una estúpida.

Papá atravesó con la camioneta la cancela abierta, todavía murmurando. Leni pensó: «Cuando salga para cerrar la cancela me pondré al volante, daré marcha atrás y apretaré el acelerador», pero él dejó la cancela abierta.

«Abierta». Podrían huir en mitad de la noche...

En el claro, él quitó la marcha y apagó el motor; después, agarró a Leni y la arrastró por la hierba, los escalones y el porche. La empujó al interior de la cabaña con tanta fuerza que ella tropezó y cayó al suelo.

Mamá apareció detrás de él, moviéndose con cautela, con expresión deliberadamente calmada. Leni no sabía cómo podía fingir así.

—Ernt, estás exagerando. Por favor. Vamos a hablarlo. —Puso una mano sobre el hombro de él.

—¿Crees que necesitas ayuda, Cora? —preguntó él con una voz extrañamente tensa.

—Es joven. No quería decir nada con eso.

Leni vio la violencia de la respiración de su padre, la forma en que movía espasmódicamente los dedos. Estaba listo para saltar, la energía le brotaba por todo el cuerpo y la rabia le estaba transformando.

—Me estás mintiendo —dijo.

Mamá negó con la cabeza.

—No. No te miento. Ni siquiera sé a qué te refieres.

—Siempre es por los Walker —murmuró él.

—Ernt, esto es una locura...

Él la golpeó con tanta fuerza que la lanzó contra la pared. Antes de que mamá consiguiera ponerse de pie, él se abalanzó sobre ella de nuevo y le tiró del pelo hacia atrás, dejando expuesta la piel pálida de su garganta. Agarrándole el pelo con la mano, golpeó con el puño hacia abajo y ella dio con el lateral de la cabeza en el suelo.

Leni se abalanzó sobre su padre y aterrizó sobre su espalda. Le arañó y le tiró del pelo mientras gritaba:

—Suéltala.

Él se liberó con fuerza y golpeó la frente de mamá contra el suelo.

Leni oyó que la puerta se abría detrás de ella. Segundos más tarde la arrancaron de su padre. Pudo entrever a Matthew. Vio cómo apartaba a papá de mamá y le daba la vuelta para darle un puñetazo en la mandíbula con tanta fuerza que papá se tambaleó hacia un lado y cayó de rodillas.

Leni corrió hacia su madre y la ayudó a ponerse de pie.

—Tenemos que irnos. Ya.

—Vete tú —respondió mamá mirando nerviosa a papá, que gemía de dolor—. Vete. —Tenía la cara ensangrentada y el labio partido.

—No voy a dejarte —repuso Leni.

Las lágrimas inundaron los ojos de mamá y empezaron a caer mezclándose con la sangre.

—Él nunca va a permitir que me vaya. Vete tú. Vete.

—No —protestó Leni—. No pienso dejarte.

—Ella tiene razón, señora Allbright —dijo Matthew—. Usted no puede quedarse aquí.

Mamá soltó un suspiro.

—Muy bien. Iré a casa de Marge la Grande. Ella me protegerá. Pero, Leni, no quiero que te quedes a mi lado. ¿Entendido? Si él viene a por mí, no quiero que tú estés presente. —Miró a Matthew—. Quiero que se vaya, al menos, veinticuatro horas. Que se esconda en algún lugar donde él no la pueda encontrar. Esta vez voy a ir a la policía a presentar una denuncia.

Matthew asintió con solemnidad.

—No voy a permitir que le pase nada a ella, señora Allbright. Lo prometo.

Papá soltó un gemido y maldijo a la vez que trataba de ponerse de pie.

Mamá levantó la mochila de evasión de Leni y se la dio.

—Ahora sí, Leni. Tenemos que huir.

Salieron corriendo de la cabaña al sol brillante del patio en dirección a la camioneta de Matthew.

—Subid —gritó él antes de acercarse corriendo a la camioneta de papá. Abrió el capó y le hizo algo al motor.

Detrás de ellos, la puerta de la cabaña se abrió y papá salió tambaleándose.

Leni oyó el chasquido de un rifle al amartillarse.

—Maldita sea, Cora. —Papá estaba en el porche, sangrando intensamente por la frente, cegado por la sangre, con el rifle en alto—. ¿Dónde estás?

—¡Subid! —gritó Matthew lanzando algo entre los árboles. Saltó sobre el asiento del conductor y puso en marcha el motor de la camioneta.

Entre el estruendo de los disparos, Leni saltó al asiento y mamá se metió a su lado. Matthew movió la palanca de cambios y pisó el acelerador. La camioneta derrapó entre la hierba antes de que las ruedas se aferraran al suelo. Salió a toda velocidad por el camino de acceso, atravesó la cancela abierta y salió a la carretera principal.

Volvieron a girar en el camino de Marge la Grande y siguieron hasta el final sin dejar de tocar el claxon.

—Mantenla a salvo y lejos de mí —le dijo mamá a Matthew, que asintió.

Leni miraba a su madre. Toda la vida que habían compartido —y todo su amor— estaba en esa mirada.

—No vuelvas con él —dijo Leni—. Llama a la policía. Denúncialo. Nos veremos dentro de veinticuatro horas. Después, huiremos. ¿Me lo prometes?

Mamá asintió, la abrazó con fuerza y la besó sobre las lágrimas.

—Vete —dijo con voz áspera.

Después de que mamá bajara de la camioneta y se fueran de allí, Leni se quedó sentada, reviviéndolo todo en su mente, llorando en silencio. Cada vez que respiraba le dolía y tenía que contener las ganas de darse la vuelta, de estar con su madre. ¿Había hecho mal al dejarla?

Matthew giró al llegar a la cancela de los Walker y pasó a toda velocidad bajo el arco de bienvenida.

—¡No podemos quedarnos aquí! ¡Nos va a encontrar! —exclamó Leni—. Mamá ha dicho que tenemos que estar un día escondidos.

Él aparcó y bajó de la camioneta.

—Lo sé. Pero la marea está baja. No podemos usar las lanchas ni el hidroavión. Solo conozco un lugar donde escondernos. Espera aquí.

Cinco minutos después, Matthew había vuelto con una mochila que lanzó a la parte de atrás de la camioneta.

Leni no dejaba de mirar hacia atrás, hacia el camino de acceso a la casa de los Walker.

—No te preocupes. Va a tardar un rato en encontrar la tapa del delco.

Y volvieron a marcharse, saliendo a la carretera principal y girando a la izquierda, hacia la montaña.

Giros. Curvas en horquilla. Ríos que había que atravesar. Siguieron subiendo cada vez más.

Por fin, entraron en un aparcamiento de tierra y se detuvieron de forma brusca. Allí no había más vehículos. En un cartel del comienzo del sendero podía leerse:

ÁREA NATURAL DE BEAR CLAW
ACTIVIDADES PERMITIDAS: Senderismo, acampada, escalada.
DISTANCIA: 4,5 kilómetros en sentido único.
DIFICULTAD: Alta. Subidas escarpadas.
DESNIVEL: 800 metros.
ACAMPADA: Cumbre de Sawtooth, cerca del
cruce señalizado de Eagle Creek.

Matthew ayudó a Leni a bajar de la camioneta. Se arrodilló para comprobar el estado de sus botas y volvió a atarle los cordones.

—¿Estás bien?

—¿Y si él...?

—Tu madre ha huido. Marge la Grande la protegerá. Y quería que tú te pusieras a salvo.

—Lo sé. Vamos —dijo ella sin entusiasmo.

—Nos espera una larga caminata. ¿Puedes hacerla?

Leni asintió.

Se dirigieron hacia el sendero, con Matthew delante y Leni detrás, esforzándose por seguirle el ritmo.

Estuvieron varias horas subiendo y sin ver a nadie. El sendero serpenteaba a lo largo de un escarpado risco de granito. Por debajo de ellos estaba el mar, con las olas batiendo contra las rocas. El suelo temblaba con cada impacto, o quizá Leni lo imaginaba, porque ahora la vida le parecía inestable. Incluso el suelo le parecía poco fiable.

Por fin, Matthew llegó al lugar que buscaba: un enorme campo de hierba cubierto de lupino púrpura. La nieve blanqueaba los picos. Por debajo, pliegues de granito salpicados aquí y allí por puntos blancos: los carneros de Dall.

Dejó caer su mochila al suelo y se giró para mirar a Leni. Le pasó un sándwich de salmón ahumado y una lata de Coca-Cola caliente y, mientras ella comía, él montó una tienda de campaña pequeña entre la hierba.

Más tarde, con el crepitar de una hoguera delante de la tienda y las solapas de color naranja abiertas, Matthew se sentó en la hierba al lado de ella. Le pasó un brazo por encima. Leni se apoyó en él.

—Tú no tienes que ser siempre la única que la proteja, ¿sabes? —dijo él—. Todos os cuidaremos. Siempre se ha hecho así en Kaneq.

Leni deseaba que eso fuese verdad. Quería creer que había un lugar seguro para ella y mamá, una segunda oportunidad para sus vidas, un comienzo que no emergiera de las cenizas de un final violento y terrible. Sobre todo, no quería seguir sintiéndose la única responsable de la seguridad de mamá.

Miró a Matthew. Le quería tanto, con tanta desesperación, que sentía como si la estuviesen reteniendo bajo el agua y necesitara oxígeno.

—Te quiero —dijo.

—Yo también —contestó él.

Allí arriba, en medio de la inmensidad de Alaska, aquellas palabras parecían pequeñas, ínfimas. Un desafío a los dioses.

21

Su obligación era mantenerla a salvo.

Leni era su estrella polar. Sabía que eso sonaba estúpido, afeminado y romántico y que la gente diría que era demasiado joven para saber de esas cosas, pero no lo era. Cuando tu madre muere, maduras.

Él no había podido proteger a su madre, salvarla.

Ahora era más fuerte.

Tuvo a Leni entre sus brazos toda la noche, queriéndola, pendiente cada vez que se revolvía con una pesadilla, escuchando sus sollozos. Sabía lo que era eso, esas pesadillas con tu madre.

Por fin, cuando el primer reflejo de la luz del día atravesó los laterales de nailon naranja de la tienda, se separó de ella y sonrió al oír el sonido apagado de sus ronquidos. Se vistió con la ropa del día anterior, se puso sus botas de montaña y salió.

Unas nubes grises tomaban forma en el cielo y bajaban sobre el sendero. La brisa era más que nada un susurro, pero era el final de agosto. Las hojas cambiaban de color por la noche. Los dos sabían qué significaba eso. El cambio llegaba aún más rápido allí arriba.

Matthew se ocupó de encender una hoguera sobre los restos negros de la de la noche anterior. La brisa se levantó y movió las llamas.

Ahora, sentado solo junto al fuego, se confesó a sí mismo que tenía miedo de haber hecho mal en llevar a Leni hasta allí, miedo de haber hecho mal en dejar a Cora en Kaneq. Miedo de darse la vuelta y ver a Ernt subiendo por el sendero con un rifle en una mano y una botella de whisky en la otra.

Sobre todo, tenía miedo por Leni, porque cualquiera que fuese el resultado de aquello, por mucho que ella lo hiciera todo bien y huyera salvando a su madre, el corazón de Leni siempre tendría un roto. Cualquiera que sea la forma en que se pierde a un padre o por muy estupendo o capullo que ese padre fuera, un niño siempre sentirá la tristeza. Matthew sentía pena por la madre que había tenido. Imaginaba que Leni sentiría pena por el padre que habría querido.

Colocó una cafetera de campaña en el fuego, directamente sobre las llamas.

Detrás de él, oyó un susurro, el sonido de la cremallera abriéndose en el nailon. Leni apartó las solapas y salió a la mañana. Una gota de lluvia le cayó en el ojo mientras se recogía el pelo en una trenza.

—Hola —la saludó él ofreciéndole un café. Otra gota cayó sobre la taza de metal.

Ella cogió la taza con las dos manos, se sentó a su lado y se apoyó sobre él. Cayó otra gota sobre la cafetera, chisporroteó y se convirtió en vapor.

—Qué oportuno —dijo Leni—. Va a caernos un chaparrón en cualquier momento.

—Hay una cueva más arriba, en el risco del glacial.

Ella le miró.

—No puedo seguir aquí.

—Pero tu madre dijo que...

—Tengo miedo —lo interrumpió con voz baja.

Él notó en su voz el tono de inseguridad, supo que ella le estaba preguntando algo, no solo diciéndole que tenía miedo.

La entendió.

Ella no sabía cuál era la respuesta acertada y tenía miedo de equivocarse.

—¿Crees que debería volver con ella? —preguntó.

—Creo que hay que estar junto a las personas a las que se quiere.

Matthew vio su alivio. Y su amor.

—Quizá no pueda ir a la universidad. Lo sabes, ¿verdad? Es decir, si tenemos que escaparnos, tendremos que ir a algún sitio donde él no nos encuentre.

—Yo iré contigo. Adonde vayas —dijo él.

Ella tomó aire. Parecía tan agitada que él pensó que podría desmayarse.

—¿Sabes qué es lo que más me gusta de ti, Matthew?

—¿Qué?

Ella se arrodilló sobre la hierba delante de él, agarró su cara entre sus frías manos y le besó. Sabía a café.

—Todo.

Después de eso, no parecía que hubiese mucho más que decir. Matthew sabía que Leni estaba distraída, que no podía pensar en otra cosa más que en su madre y que sus ojos no dejaban de llenarse de lágrimas mientras se lavaba los dientes y enrollaba su saco de dormir. Él también sabía lo aliviada que se sentía por regresar.

Él la salvaría.

Lo haría. Encontraría el modo. Acudiría a la policía, a la prensa o a su padre. Joder, quizá fuera hasta el mismo Ernt. Los matones eran siempre unos cobardes a los que se les podía obligar a recular.

Saldría bien.

Separarían a Ernt de Leni y Cora y ellas podrían empezar una nueva vida. Leni podría ir a la universidad con Matthew. Puede que no fuera en Anchorage. Puede que ni siquiera fuese en Alaska, pero ¿a quién le importaba eso? Lo único que quería era estar con ella.

En algún lugar del mundo encontrarían un nuevo comienzo.

Desayunaron, recogieron el campamento y habían recorrido alrededor de quince metros por el sendero cuando la tormenta se desató de verdad. Se encontraban en un lugar tan estrecho que tenían que caminar en fila india.

—Mantente cerca —gritó Matthew por encima de la lluvia torrencial y el fuerte viento. Su chaqueta hacía un ruido como de cartas que estuviesen siendo barajadas. La lluvia le pegaba el pelo a la cara, cegándole. Extendió la mano hacia atrás y agarró la de Leni. Se soltó.

La lluvia caía en riachuelos por encima del sendero de granito, haciendo que las piedras se volvieran escurridizas. A su izquierda, el epilobio se estremecía y se aplastaba, roto por el viento y la lluvia.

El sendero se volvió oscuro. La niebla los rodeó y lo oscureció todo. Matthew pestañeaba tratando de ver.

La lluvia le golpeaba la capucha de nailon. Tenía la cara mojada y la lluvia le corría por las mejillas, metiéndosele por el cuello y goteándole por las cejas.

Oyó algo.

Un grito.

Se dio la vuelta. Leni no estaba detrás de él. Empezó a retroceder, gritando su nombre. Una rama de árbol le golpeó en la cara. Fuerte. Entonces la vio. Estaba a unos seis metros, se había salido del sendero, a la derecha. Vio que tropezaba. Se resbaló y empezó a caer.

Leni gritó, tratando de mantener el equilibrio, de mantenerse de pie, de agarrarse a algo, a lo que fuera.

No había nada.

—¡Leni! —gritó él.

Ella cayó.

Dolor.

Leni se despertó en medio de una completa oscuridad, tirada en el barro, incapaz de moverse sin sentir dolor. Oía el goteo del agua. La lluvia caía sobre una roca. El olor era nauseabundo, a cosas muertas y en descomposición.

Algo en su pecho se había roto. Quizá una costilla. Estaba bastante segura. Y puede que el brazo izquierdo. O estaba roto o el hombro se le había dislocado.

Yacía sobre su mochila, tumbada sobre ella. Quizá eso le había salvado la vida.

«Qué ironía».

Se quitó de los hombros las correas de su mochila de evasión, sin hacer caso del paralizante, hirviente dolor que sentía con el menor movimiento. Tardó siglos en soltarse. Cuando lo consiguió, se quedó allí tumbada, con las piernas y los brazos extendidos, jadeando, mareada.

«Muévete, Leni».

Apretó los dientes y se puso de lado, chapoteando en un charco profundo y lodoso de barro.

Respiraba con fuerza, tratando de no llorar, y levantó la cabeza para mirar a su alrededor.

Oscuridad.

Olía mal ahí abajo, a podrido y a moho. El suelo estaba cubierto de barro y las paredes eran de roca resbaladiza y húmeda. ¿Cuánto tiempo había estado inconsciente?

Reptó despacio hacia delante, manteniendo el brazo roto pegado a su cuerpo. Se abrió paso de forma lenta y angustiosa hacia un rayo de luz que iluminaba una losa de granito erosionada por el tiempo y el agua hasta tomar la forma de un platillo.

Le dolía tanto que vomitó, pero siguió adelante.

Oyó que gritaban su nombre.

Gateó hasta la losa de piedra cóncava y miró hacia arriba. La lluvia la cegaba.

Muy por encima de ella vio el rojo borroso de la chaqueta de Matthew.

—¡Leeennniii!

—¡Estoy aquí! —Trataba de gritar, pero el dolor del pecho hacía que resultara imposible. Movió en el aire su brazo bueno, pero sabía que él no la podía ver. El hueco de la grieta que tenía encima de su cabeza era pequeño, no más ancho que una bañera. A través de él, la lluvia caía con fuerza, con su sonido percutor provocando un enorme ruido en la oscura cueva—. Pide ayuda —gritó por fin lo mejor que pudo.

Matthew se inclinó sobre el borde escarpado y trató de llegar hasta un árbol que salía obstinadamente de la roca.

Iba a ir a por ella.

—¡No! —gritó Leni.

Él deslizó una pierna por encima del filo de la roca y la bajó, en busca de algo donde apoyar el pie. Se detuvo. Quizá estaba pensándoselo mejor.

«Eso es. Para. Es demasiado peligroso». Leni se secó los ojos, tratando de enfocar la vista bajo la lluvia.

Él encontró un apoyo, pasó por el borde y se quedó colgando allí, suspendido sobre la pared de roca.

Se quedó así mucho rato, formando una X roja y azul sobre la pared gris de piedra. Por fin, extendió la mano hacia su izquierda para llegar al árbol. Se agarró a él. Lo examinó. Sujetándose, buscó otro apoyo más abajo.

Leni oyó el estrépito de piedras y supo lo que estaba pasando, lo vio a través de una especie de sorprendente y terrible cámara lenta.

El árbol se soltó de la pared de piedra.

Matthew seguía sujetándose a él cuando cayó.

Roca, pizarra, barro, lluvia y Matthew desplomándose, con su grito perdido en la avalancha de piedras que se precipitaban. Rodó hacia abajo y su cuerpo iba partiendo ramas, chocando contra la roca, rebotando.

Ella se puso un brazo sobre la cara y giró la cabeza mientras el escombro caía sobre ella y las piedras la golpeaban. Una de ellas le cortó la mejilla.

—Matthew. ¡Matthew!

Vio demasiado tarde la última piedra que caía para poder esquivarla.

Leni ha salido a la bahía de Tutka con mamá en la canoa que papá recogió de la basura. Mamá está hablando de su película favorita, Esplendor en la hierba. *La historia de un primer amor que acaba mal. «Warren quiere a Natalie, eso seguro, pero no es suficiente».*

Leni apenas la escucha. Las palabras no son lo importante. Es el momento. Ella y mamá están haciendo novillos, viviendo otra vida, sin hacer caso a la lista de tareas que las espera en la cabaña.

Es lo que mamá llama un día de pájaro azulejo, solo que el pájaro que Leni ve en el cielo azul es un águila calva de una envergadura de dos metros volando por encima de ellas. No lejos de allí, en un escarpado saliente de roca negra, hay focas tumbadas unas junto a otras, ladrando al águila. Las aves marinas lanzan graznidos pero no se acercan. Un pequeño collar de perro rosa resplandece en las ramas más altas de un árbol, junto a un enorme nido de águila.

Una barca pasa junto a la canoa, moviendo el agua tranquila.

Los turistas saludan con las manos y alzan sus cámaras.

—*Cualquiera pensaría que nunca han visto una canoa* —*dice mamá. Después, coge su remo*—. *Bueno, más vale que volvamos a casa.*

—*Yo no quiero que esto acabe* —*se queja Leni.*

La sonrisa de mamá no es la de siempre. Algo no va bien.

—*Tienes que ayudarle, pequeña. Y ayudarte a ti misma.*

De repente, la canoa se ladea tanto que todo cae al agua: botellas, termos, el almuerzo...

Mamá pasa junto a Leni dando una voltereta, gritando, y cae al agua. Desaparece.

La canoa se vuelve a nivelar.

Leni se acerca gateando a un lateral, se asoma y grita:

—¡Mamá!

Una aleta negra, afilada como la hoja de un cuchillo, surge del agua, levantándose cada vez más hasta que casi es tan alta como Leni. Una ballena asesina.

La aleta tapa el sol, oscurece el cielo de inmediato. Todo se vuelve negro.

Leni oye el deslizarse de la orca, el chapoteo al emerger, el bufido de aire a través de su espiráculo. Puede sentir el olor a pescado en descomposición en su aliento.

Leni abrió los ojos, con la respiración acelerada. Un dolor de cabeza le palpitaba en el cráneo y el sabor a sangre le inundaba la boca.

Todo estaba a oscuras y envuelto en un olor nauseabundo. Putrefacción.

Levantó la mirada. Matthew colgaba de la grieta por encima de ella, atrapado entre las dos paredes de roca, suspendido, con los pies colgando por encima de la cabeza de ella, atascado por la mochila.

—¿Matthew? ¿Matthew?

Él no respondía.

(Quizá no podía. Quizá estaba muerto).

Algo goteaba sobre la cara de Leni. Se lo limpió. Sabía a sangre.

Trató de incorporarse. El dolor fue tan fuerte que se vomitó encima y se desmayó. Cuando volvió a despertar, casi volvió a vomitar al oler su propio vómito esparcido sobre su pecho.

«Piensa. Ayúdale». Era de Alaska. Podía sobrevivir, maldita sea. Eso era lo único que sabía hacer. Lo único que su padre le había enseñado.

—Es una grieta, Matthew. No la madriguera de un oso. Así que eso es bueno. —Ningún oso pardo iba a entrar en busca de un lugar donde dormir. Se movió centímetro a centímetro por todo el interior, con las manos tocando las resbaladizas paredes de roca. No había salida. Se arrastró de nuevo a la roca con forma de platillo y miró a Matthew.

—Bueno, la única salida es por arriba.

La sangre goteaba desde la pierna de él y aterrizaba sobre la roca a su lado.

Leni se puso de pie.

—Estás tapando la única salida. Voy a tener que desatascarte. El problema es la mochila. —La anchura de más es lo que le había dejado atrapado—. Si consigo quitártela, caerás.

Caer. No parecía un plan estupendo, pero no se le ocurría nada mejor.

Vale.

¿Cómo?

Se movió con cautela, se metió la mano insensible en la cintura de sus pantalones. Se dejó caer de la roca con forma de plato y chapoteó sobre el barro. Sintió un fuerte dolor clavándosele en el pecho y tuvo que ahogar un grito. Rebuscó en su mochila y encontró su navaja. La sujetó entre los dientes y se arrastró hasta colocarse justo debajo de los pies de Matthew.

Ahora lo que tenía que hacer era llegar hasta él y conseguir liberarlo.

¿Cómo? No alcanzaba a sus pies.

Subir. ¿Cómo? Solo contaba con un brazo bueno y la pared de roca estaba resbaladiza y mojada.

Con piedras.

Vio algunas piedras planas y grandes y las arrastró hasta la pared, apilándolas lo mejor que pudo. Tardó una eternidad. Estaba bastante segura de que se había desmayado y despertado dos veces y había vuelto a empezar.

Cuando hizo un montón de unos cincuenta centímetros de alto, respiró hondo y subió a él.

Con su peso, una de las piedras se deslizó por debajo de ella.

Se cayó con fuerza, golpeó con el brazo malo sobre algo y gritó.

Lo intentó cuatro veces más, cayéndose cada una de ellas. No iba a funcionar. Las piedras se resbalaban mucho y no eran estables cuando las apilaba.

—Muy bien. —Así que no podía subir poniendo unas piedras sobre otras. Quizá debería haberlo visto antes.

Se acercó trabajosamente hasta la pared, extendió la mano para tocar su superficie fría y húmeda. Usó su mano buena para tocar la piedra mojada, notando cada bulto, cada grieta y cada saliente. Un poco de luz caía a cada lado de Matthew. Rebuscó en su mochila y encontró una linterna frontal. Se la puso en la cabeza. Con la luz, podía ver las diferencias en la losa: salientes, agujeros y puntos de apoyo.

Fue tocando hacia arriba, por los lados, y encontró un pequeño borde de piedra para poner el pie y lo usó. Se estabilizó y, después, tocó otro.

Se cayó y se quedó allí tumbada, respirando con fuerza, levantando los ojos hacia él.

—Vale. Inténtalo otra vez.

En cada tentativa memorizaba otra protuberancia de la pared de la grieta. Al sexto intento consiguió subir lo suficiente como para agarrarle la mochila y guardar el equilibrio. Resultaba horrible mirarle la pierna izquierda, con un hueso saliéndole, la carne desgarrada y el pie casi del revés.

Estaba colgado sin vida, con la cabeza inclinada a un lado, la sangre manchándole la cara hasta convertirla en algo completamente irreconocible.

No estaba segura de si respiraba.

—Estoy aquí, Matthew. Aguanta. Voy a soltarte. —Tomó aire con fuerza.

Usando la hoja de la navaja, cortó las correas de la mochila por los hombros y la cintura. Tardó un siglo en hacerlo con una mano pero, por fin, lo consiguió.

No pasó nada.

Cortó todas las correas y él no se movió. No hubo ningún cambio.

Tiró de su pierna buena con todas sus fuerzas.

Nada.

Volvió a tirar, perdió el equilibrio y cayó sobre el barro y las piedras.

—¿Qué pasa? —gritó hacia la salida—. ¿Qué pasa?

Un chasquido metálico. Algo chocó contra la roca.

Matthew cayó en picado, se dio contra la pared y aterrizó con fuerza en el barro junto a Leni. La mochila cayó a su lado salpicando barro.

Leni se arrastró hacia Matthew y le colocó la cabeza en su regazo. Le limpió la sangre de la cara con la mano llena de barro.

—¿Matthew? ¿Matthew?

Él resopló, tosió. Leni casi se echó a llorar.

Se quitó el frontal de la cabeza y arrastró a Matthew por el barro hasta la roca con forma de plato. Allí usó todas sus fuerzas para subir su cuerpo a la superficie curva de la piedra.

—Estoy aquí —dijo ella subiendo con él. Ni siquiera fue consciente de estar llorando hasta que vio que sus lágrimas caían sobre la cara embarrada de él—. Te quiero, Matthew. Vamos a estar bien. Tú y yo. Ya lo verás. Vamos a... —Trató de seguir hablando, quería hacerlo, necesitaba hacerlo, pero lo único que se le ocurría era que había sido culpa suya que él estuviese ahí. Culpa de ella. Matthew había caído al intentar salvarla.

Leni gritó hasta que le dolió la garganta, pero no había nadie allí arriba que la pudiera oír. Ninguna ayuda. Ni siquiera sabía nadie que estaban en el sendero. Mucho menos que hubiesen caído a la grieta.

Ella se había caído.

Él había tratado de salvarla.

Y ahí estaban ahora. Magullados. Ensangrentados. Acurrucados juntos sobre aquella fría roca plana.

«Piensa».

Matthew estaba tumbado a su lado, con la cara llena de sangre, hinchada e irreconocible. Una gran tira de piel se le había desprendido de la cara y yacía como la oreja ensangrentada de un perro, dejando al aire el hueso blanco y rojo de debajo.

Estaba lloviendo otra vez. El agua se deslizaba por las paredes de piedra, convirtiendo el barro en un charco viscoso. Había agua por todo su alrededor, arremolinándose en la hendidura de la roca, salpicando, goteando, estancándose. Bajo la tenue luz que se filtraba con la lluvia, vio que la sangre de Matthew se había vuelto rosa.

«Ayúdale. Ayúdanos».

Pasó gateando por encima de él, se bajó de la piedra y buscó en su mochila una lona. Tardó un largo rato en atarla con tan solo una mano pero, por fin, lo hizo, creando un sumidero que recogía el agua de lluvia para verterla en dos grandes termos. Cuando uno estuvo lleno, colocó el otro para recoger el agua y, después, volvió a subirse a la roca.

Le inclinó el mentón y le hizo beber. Matthew tragó de forma convulsiva, se atragantó, tosió. Tras dejar el termo a un lado, Leni se quedó mirándole la pierna izquierda. Parecía un montón de carne de hamburguesa con un trozo de hueso sobresaliendo.

Fue a las mochilas, sacó lo que pudo. El botiquín estaba bien surtido. Encontró desinfectante, gasas, aspirinas y toallitas higiénicas. Se quitó el cinturón.

—Esto no va a gustarte. ¿Recitamos un poema? Nos gustaba Robert Service, ¿te acuerdas? Cuando éramos niños sabíamos recitar sus mejores poesías de memoria.

Le puso el cinturón alrededor de la pierna y lo apretó tan fuerte que él gritó y se revolvió. Llorando, consciente de lo mucho que tenía que doler, ella lo volvió a apretar y él perdió la conciencia.

Le tapó la herida con gasas y toallitas y lo cubrió todo con cinta adhesiva.

A continuación, lo abrazó lo mejor que pudo con su brazo y la costilla rotos.

«Por favor, no te mueras».

Quizá él pudiera oírla. Quizá sintiera tanto frío como tenía ella. Los dos estaban empapados.

Tenía que hacerle saber que estaba a su lado.

Los poemas. Se inclinó sobre él y le susurró al oído con su voz ronca y débil, por encima del sonido de sus dientes al castañetear: «¿Alguna vez saliste a la Gran Solitaria cuando la luna estaba terriblemente clara...?».

Él oye algo. Sonidos confusos que no significan nada, letras arrojadas a un charco, flotando.

Intenta moverse. No puede.

Adormecido. Alfileres y agujas en su piel.

Dolor. Insoportable. La cabeza le va a explotar, la pierna le quema.

Intenta moverse de nuevo. Gemidos. No puede pensar.

¿Dónde está?

El dolor le inunda casi por completo. Es lo único que existe. Lo único que queda. Dolor. Ceguera. Soledad.

No.

Ella.

¿Qué significa eso?

MatthewMatthewMatthew.

Oye ese sonido. Significa algo. Pero ¿qué?

El dolor bloquea todo lo demás. Un dolor de cabeza tan fuerte que no puede pensar. Olor a vómito, a moho y a descomposición. Le duelen los pulmones y las fosas nasales. No puede respirar sin jadear.

Empieza a estudiar su dolor. Ve matices. En la cabeza aumenta la presión, palpita, le aprieta. La pierna es mordaz, punzante, fuego y hielo.

—Matthew.

Una voz (de ella). Como la luz del sol en su cara.

—Estoyaquí. Estoyaquí.

Sin sentido.

—Chsst. Nopasanada. Estoyaquí. Voyacontarteotrahistoria. QuizádeSamMcGee.

Una caricia.

Agonía. Cree gritar.

Pero quizá todo sea una mentira...

Morir. Puede notar cómo la vida se escapa de él. Incluso el dolor desaparece.

No es nada, solo un bulto en la humedad y el frío, orinándose, vomitando, gritando. A veces, su respiración se detiene sin más y tose cuando vuelve a empezar.

El olor es horrible. Moho, estiércol, descomposición, pis, vómito. Hay bichos que suben por encima de él, zumbándole en los oídos.

Lo único que le mantiene con vida es ella.

Habla y habla. Palabras que riman y le son familiares, que casi tienen sentido. Puede oírla respirar. Sabe cuándo está despierta y cuándo dormida. Le da agua, le obliga a beber.

Está sangrando ahora, por la nariz. Puede saborear la sangre, sentir su baba viscosa.

Ella está lacrimoseando.

No. Esa no es la palabra correcta.

Llorando.

Intenta aferrarse a eso, pero pasa como con todo lo demás, en una nube borrosa, demasiado rápida como para agarrarla. Está flotando otra vez.

Ella.

TequieroMatthewnomedejes.

La consciencia se aparta de él. Intenta mantenerla, pierde y vuelve a sumergirse en la maloliente oscuridad.

22

*D*espués de dos noches terribles y heladoras, Matthew se movió por primera vez. No se despertó, no abrió los ojos, pero se quejó e hizo ese horrible chasquido, como si se estuviese ahogando.

Por encima de ellos, un cielo azul trapezoidal. Por fin había dejado de llover. Leni veía con claridad el aspecto de la roca, todas las rugosidades, hendiduras y puntos de apoyo.

Él ardía por la fiebre. Leni le hizo tragar más aspirina y le echó lo último que quedaba de desinfectante en la herida, para volver a vendarla con gasas nuevas y cinta adhesiva.

Podía sentir cómo la vida le iba abandonando. No había nada de él en el cuerpo destrozado que tenía a su lado.

—No me dejes, Matthew...

Un sonido lejano entró en la oscuridad, el zumbido de un helicóptero.

Se separó de Matthew y se tambaleó por el barro.

—¡Estamos aquí! —gritó chapoteando hacia la hendidura entre las rocas por donde se veía el cielo.

Apoyó el cuerpo contra la pared de piedra y movió en el aire el brazo bueno mientras seguía gritando.

—¡Estamos aquí! ¡Aquí abajo!

Oyó ladridos de perros, el alboroto de voces humanas. Una linterna la iluminó desde arriba.

—Lenora Allbright —gritó un hombre con uniforme marrón—. ¿Eres tú?

—Primero te vamos a subir a ti, Lenora —dijo alguien. No podía ver su cara entre la mezcla de luz solar y sombras.

—¡No! Primero Matthew. Él está... peor.

Lo siguiente que supo era que la estaban atando a una jaula y que la subían por la escarpada pared de roca. La jaula se golpeaba contra el granito y emitía un sonido metálico. El dolor rebotaba en su pecho y le bajaba por el brazo.

La jaula aterrizó en suelo sólido con un traqueteo. La luz del sol la cegaba. Por todo alrededor había hombres vestidos con uniformes y perros que ladraban incontroladamente. Se oían silbatos.

Volvió a cerrar los ojos. Notó cómo la trasladaban por la zona de hierba que había en el sendero, oía el zumbido del helicóptero.

—Quiero esperar a Matthew —gritó.

—Se pondrá bien, señorita —dijo alguien con uniforme, su cara demasiado cerca y su nariz desplegada como una seta en medio de su cara—. La vamos a llevar en helicóptero al hospital de Anchorage.

—Matthew —insistió ella agarrándose al cuello del hombre con la mano buena y tirando de él.

Vio cómo le cambiaba la expresión.

—¿El chico? Está detrás. Lo tenemos.

No dijo que Matthew se pondría bien.

Leni abrió los ojos despacio. Vio por encima una hilera de bombillas, una línea que relucía con luz blanca contra un techo de paneles acústicos. En la habitación había un empalagoso olor dulce, estaba llena de ramos de flores y globos. Tenía las costillas vendadas con tanta fuerza que le dolía respirar y tenía el brazo roto escayolado. La ventana que había al lado mostraba un cielo púrpura claro.

—Aquí está mi pequeña —dijo mamá, con el lado izquierdo de su rostro hinchado y la frente de color negro y azul. Su ropa arrugada y sucia era el fiel relato de la preocupación de una madre. Besó a Leni en la frente y le apartó suavemente el pelo de los ojos.

—Estás bien —dijo Leni, aliviada.

—Estoy bien, Leni. Eras tú la que nos tenías preocupados.

—¿Cómo nos han encontrado?

—Buscamos por todas partes. Yo estaba muerta de angustia. Todos lo estaban. Por fin, Tom se acordó de un lugar donde a su mujer le encantaba acampar. Fue a buscar y encontró la camioneta. La brigada de rescate vio algunas ramas rotas en el risco de Bear Claw donde caíste. Gracias a Dios.

—Matthew intentó salvarme.

—Lo sé. Se lo dijiste a los técnicos de urgencias una docena de veces.

—¿Cómo está?

Mamá acarició la mejilla magullada de Leni.

—Está mal. No saben si va a conseguir superar esta noche.

Leni trató de sentarse. Cada respiración, cada movimiento le dolía. Tenía una aguja clavada en la parte posterior de la mano y, alrededor de ella, una tirita de color carne por encima de la magulladura púrpura. Se sacó la aguja y la tiró a un lado.

—¿Qué haces? —preguntó mamá—. Tienes dos costillas rotas.

—Tengo que ver a Matthew.

—Estamos en plena noche.

—No me importa. —Dejó caer sus piernas desnudas, amoratadas y arañadas por el lateral de la cama y se puso de pie. Mamá se acercó y se convirtió en su apoyo. Juntas, se apartaron de la cama.

En la puerta, mamá levantó la cortina y miró por la ventanilla. A continuación, asintió con la cabeza. Salieron. Mamá cerró la puerta con cuidado tras ellas. Leni caminaba dolorosamente sobre sus pies descalzos, siguiendo a su madre por un pasillo tras otro hasta que llegaron a una zona muy iluminada y de aspecto frío y eficiente llamada unidad de cuidados intensivos.

—Espera aquí —dijo mamá. Ella siguió adelante, mirando en las habitaciones. En la última de la derecha, se giró e hizo una señal a Leni para que fuera.

En la puerta que había detrás de su madre, Leni vio: «Walker, Matthew» escrito en una tablilla metida en una funda de plástico transparente.

—Puede que te resulte duro —dijo mamá—. Tiene mal aspecto.

Leni abrió la puerta y entró.

Había máquinas por todas partes, emitiendo sonidos metálicos y zumbidos, haciendo un ruido parecido a la respiración humana.

El muchacho de la cama no podía ser Matthew.

Tenía la cabeza afeitada y cubierta de vendas. Tenía gasas entrecruzadas en la cara, con su tejido blanco teñido de rosa por la sangre filtrada. Uno de los ojos estaba cubierto por un protector. El otro estaba hinchado y cerrado. Tenía la pierna elevada, suspendida a unos cincuenta centímetros de la cama por un cabestrillo de cuero, y tan hinchada que parecía más un tronco de árbol que la pierna de un muchacho. Lo único que podía ver en ella eran los grandes dedos de los pies amoratados que asomaban entre las vendas. Un tubo que salía de su boca abierta le conectaba con una máquina que se elevaba y caía con respiraciones, inflándole y desinflándole el pecho. Respirando por él.

Leni le agarró la mano caliente y seca.

Estaba ahí, aferrándose a su vida por ella, porque la quería.

Ella se inclinó sobre él.

—No me dejes, Matthew —susurró—. Por favor. Te quiero.

Después, no supo qué más decir.

Se quedó allí todo el tiempo que pudo, con la esperanza de que él sintiera sus caricias, la oyera respirar, entendiera sus palabras. Parecía que habían pasado varias horas cuando por fin mamá la apartó de la cama.

—No me discutas —dijo ella con firmeza para después llevarla de nuevo a su habitación y ayudarla a meterse otra vez en la cama.

—¿Dónde está papá? —preguntó Leni por fin.

—Está en la cárcel, gracias a Marge y a Tom. —Trató de sonreír.

—Bien —contestó Leni. Vio cómo su madre se encogía.

A la mañana siguiente, Leni se despertó despacio. Tuvo una milésima de segundo de maravillosa amnesia. Después, la verdad se abrió paso. Vio a mamá desplomada en un sillón junto a la puerta.

—¿Está vivo? —preguntó Leni.

—Ha superado la noche.

Antes de que Leni pudiese asimilar aquello, alguien llamó a la puerta.

Mamá se giró a la vez que el señor Walker entraba. Parecía agotado, tan demacrado y sin fuerzas como Leni se sentía.

—Hola, Leni. —Se quitó la gorra de la cabeza y la apretó nervioso entre sus grandes manos. Dirigió su mirada a mamá, apenas deteniéndose en ella antes de volver a mirar a Leni. Una conversación sin palabras tuvo lugar entre ellos, excluyendo a Leni.

—Han venido Marge la Grande, Thelma y Tica. Clyde se está ocupando de vuestros animales.

—Gracias —dijo mamá.

—¿Cómo está Matthew? —preguntó Leni tratando de incorporarse, resollando al notar el dolor en su pecho.

—Está en coma inducido. Hay un problema en su cerebro, una cosa que se llama cizallamiento, y puede quedarse paralítico. Van a tratar de despertarle. Ver si puede respirar por sí mismo. No creen que pueda hacerlo.

—¿Creen que puede morir cuando lo desenchufen?

El señor Walker asintió.

—Creo que a él le gustaría que estuvieses allí.

—Ay, Tom —dijo mamá—. No sé. Está herida y será demasiado para ella presenciarlo.

—No hay que mirar a otro lado, mamá —repuso Leni antes de levantarse de la cama.

El señor Walker la agarró del brazo para que pudiese mantener el equilibrio.

Leni lo miró.

—Yo soy la razón de que esté herido. Trató de salvarme. Es culpa mía.

—Él no podría haber hecho otra cosa, Leni. No después de lo que le pasó a su madre. Conozco a mi hijo. Aun si hubiese sabido cuál era el precio, habría intentado rescatarte.

Leni deseó que aquello la hiciera sentir mejor, pero no fue así.

—Él te quiere, Leni. Me alegro de que conociera el amor.

Ya estaba hablando como si Matthew hubiese muerto.

Leni dejó que el señor Walker la sacara de la habitación y la llevara por el pasillo. Notó que su madre iba detrás. De vez en cuando, extendía la mano para acariciar con la yema de los dedos la espalda de Leni.

Entraron en la habitación de Matthew. Alyeska ya estaba allí, con la espalda apoyada en la pared.

—Hola, Len —dijo Alyeska.

«Len».

Igual que su hermano.

Alyeska abrazó a Leni. No se conocían de mucho, pero la tragedia creaba una especie de relación de parentesco entre ellas.

—Él habría tratado de salvarte a cualquier precio. Así es él.

Leni no sabía qué responder.

Se abrió la puerta y entraron tres personas en la habitación arrastrando con ellas unos aparatos. El primero era un hombre con bata blanca. Detrás, dos enfermeras de naranja.

—Van a tener que ponerse allí —les dijo el doctor a Leni y a mamá—. Excepto usted, el padre. Quédese junto a la cama.

Leni se fue hacia la pared y apoyó la espalda en ella. Apenas había distancia entre ella y Alyeska, pero le parecía todo un océano. En una orilla, la hermana que le quería. En la otra, la chica que había sido la causa de su caída. Alyeska agarró la mano de Leni.

El equipo médico se movía de forma expeditiva alrededor de la cama de Matthew, haciéndose señales y hablándose unos a otros, tomando notas, comprobando las máquinas, registrando signos de vida.

—¿Ya? —dijo entonces el médico.

El señor Walker se inclinó sobre Matthew, le susurró algo y le besó la frente vendada mientras murmuraba palabras que Leni no podía oír. Cuando se apartó, estaba llorando. Miró al médico y asintió.

Despacio, retiraron el tubo de la boca de Matthew.

Sonó una alarma.

—Vamos, Mattie —oyó Leni que decía Alyeska—. Puedes hacerlo. —Se apartó de la pared, dio un paso adelante y llevó a Leni con ella.

—Eres un chico fuerte. Lucha —dijo el señor Walker.

Sonó una alarma.

Un pitido. Otro. Otro.

Las enfermeras intercambiaron una mirada llena de significado.

Leni no debía hablar, pero no pudo contenerse.

—No nos dejes, Matthew... Por favor...

El señor Walker lanzó a Leni una terrible mirada de angustia.

Matthew tomó una gran bocanada de aire jadeante.

La alarma se apagó.

—Está respirando solo —anunció el médico.

«Ha vuelto», pensó Leni con pasmo y alivio. «Se va a poner bien».

—Gracias a Dios —dijo el señor Walker con un suspiro.

—No alberguen muchas esperanzas —repuso el médico. La habitación quedó en silencio—. Matthew respira por sí solo pero puede que nunca despierte. Puede quedarse en estado vegetativo permanente. Si despierta, quizá sufra un importante deterioro cognitivo. Respirar es una cosa. Vivir es otra.

—No diga eso —dijo Leni con voz muy baja para que nadie la oyera—. Podría oírle.

—Se pondrá bien —murmuró Aly—. Despertará, sonreirá y dirá que tiene hambre. Siempre tiene hambre. Querrá uno de sus libros.

—Es un luchador —añadió el señor Walker.

Leni no podía decir nada. El entusiasmo que había sentido cuando él había respirado por primera vez había desaparecido. Como llegar a lo alto de una montaña rusa: había una décima de segundo de verdadera excitación antes del salto de cabeza al miedo.

—Hoy te dan el alta —dijo mamá mientras Leni miraba la televisión suspendida en la pared de su habitación del hospital. Radar le estaba contando alguna anécdota a Hawkeye en *M*A*S*H*. Leni pulsó el botón de apagado. Había pasado años deseando ver la televisión. Ahora no le podía traer más sin cuidado.

Lo cierto era que le costaba mostrar interés por nada que no fuese Matthew. Era imposible acceder a sus emociones.

—No me quiero ir.

—Lo sé —respondió mamá acariciándole el pelo—. Pero tenemos que marcharnos.

—¿Adónde vamos a ir?

—A casa. Pero no te preocupes. Tu padre está en la cárcel. A casa.

Cuatro días antes, cuando estaba en el interior de aquella grieta con Matthew, manteniendo la esperanza de que les rescatarían antes de que él muriera en sus brazos, se había dicho a sí misma que se pondrían bien. Matthew estaría bien. Irían juntos a la universidad y mamá iría a Anchorage con ellos, buscarían un apartamento, quizá trabajarían poniendo copas en el Chilkoot Charlie's y les darían buenas propinas. Hacía dos días, cuando vio cómo sacaban el tubo de la boca de Matthew y le vio respirar por su cuenta, tuvo una décima de segundo de esperanza y, después, se había estrellado contra el muro de «quizá no despierte nunca».

Ahora veía la verdad.

No habría universidad para ella ni para Matthew ni otra oportunidad como pareja de chicos normales enamorados.

Ya no había modo de mentirse a sí misma, de soñar con finales felices. Lo único que podía hacer era estar junto a Matthew y seguir amándole.

«Creo que hay que estar junto a las personas a las que se quiere». Eso era lo que él había dicho y también lo que ella debía hacer.

—¿Puedo ver a Matthew antes de irme?

—No. Tiene una infección en la pierna. Ni siquiera dejan que Tom se acerque a él. Pero volveremos en cuanto podamos.

—Vale.

Leni no sentía nada mientras se vestía para irse a casa.

Atravesó el pasillo junto a su madre, con el brazo escayolado apretado a su cuerpo, saludando con la cabeza a las enfermeras que se despedían de ella.

¿Respondía con una sonrisa? No lo creía. Incluso algo tan pequeño le resultaba imposible. Ese dolor no se parecía a ninguna otra emoción que hubiese experimentado antes. Asfixiante, pesada. Le había quitado el color a todo.

Encontraron al señor Walker en la sala de espera principal, caminando de un lado a otro, bebiendo café solo en un vaso de plástico. Alyeska estaba sentada en una silla a su lado, leyendo una revista. Cuando ellas entraron, los dos trataron de sonreír.

—Lo siento —les dijo Leni.

El señor Walker se acercó. Le tocó el mentón y la obligó a levantar la mirada.

—No sigas con eso —dijo—. Los de Alaska somos fuertes, ¿no? Nuestro muchacho se va a recuperar. Va a sobrevivir. Ya lo verás.

Pero ¿no había sido Alaska la que había estado a punto de matarlo? ¿Cómo podía haber un lugar tan vivo como Alaska, tan hermoso y tan cruel?

No. No había sido culpa de Alaska. Había sido culpa suya. Leni había sido el segundo error de Matthew.

Alyeska se acercó a su padre.

—No dejes de confiar en él, Leni. Es un chico duro. Superó la muerte de mi madre. Superará también esto.

—¿Cómo voy a saber cómo está? —preguntó Leni.

—Os informaré por la radio. *Peninsula Pipeline.* Emisión de las siete de la tarde. Escúchalo —dijo el señor Walker—. Le llevaremos a casa en cuanto podamos. Se recuperará mejor si está con nosotros.

Leni asintió sin entusiasmo.

Mamá la llevó hasta la camioneta y subieron a ella.

Durante el largo trayecto hasta casa, mamá parloteó nerviosa. Comentó la marea extremadamente baja en el brazo de Turnagain, los coches aparcados en la taberna Bird House y la cantidad de gente que estaba pescando en el río Russian (lo llamaban pesca de combate y los pescadores se apiñaban unos junto a otros). Normalmente, a Leni le encantaba ese camino. Buscaba en los altos riscos las manchas blancas que eran los carneros de Dall y rastreaba la ensenada en busca de las elegantes e inquietantes ballenas beluga blancas que aparecían a veces.

Ahora se limitaba a estar sentada en silencio, con la mano buena apoyada en su regazo.

En Kaneq, bajaron del ferri en la camioneta, pasaron por encima de la rampa metálica y dejaron atrás la vieja iglesia rusa.

Leni se cuidó de no mirar hacia el bar cuando pasaron por su lado. Aun así, vio el cartel de «Cerrado» en su puerta y las flores que habían dejado delante. Nada más había cambiado. Condujeron hasta el final de la carretera y atravesaron la cancela abierta que daba paso a su terreno. Allí, mamá aparcó delante de la cabaña y salió. Fue hasta donde estaba Leni y abrió la puerta.

Leni se bajó de lado, agradecida de que su madre la agarrara con fuerza mientras caminaban por la hierba alta. Las cabras balaron, apiñadas junto a la alambrada.

En el interior de la cabaña, la mantecosa luz del sol de agosto se filtraba por las ventanas sucias, llena de motas de polvo.

La cabaña estaba impoluta. Ningún vaso roto ni farol tirado en el suelo ni sillas caídas. Ninguna señal de lo que allí había pasado.

Y olía bien. A carne asada. Casi en el mismo momento en que Leni notó el olor, papá salió del dormitorio.

Mamá ahogó un grito.

Leni no sintió nada. Desde luego, no se sorprendió.

Él estaba allí, mirándolas, con su pelo largo recogido por detrás en una serpenteante cola de caballo. Tenía el rostro magullado y algo deformado, y un ojo amoratado. Llevaba la misma ropa con la que Leni lo había visto la última vez y tenía manchas de sangre seca en el cuello.

—Has salido —dijo mamá.

—No pusiste ninguna denuncia —respondió él.

Mamá se ruborizó. No miró a Leni.

Él se acercó a mamá.

—Me quieres y sabes que no era mi intención. Sabes cómo lo lamento. No volverá a ocurrir —prometió mientras extendía sus brazos hacia ella.

Leni no sabía si era miedo, amor, costumbre o una venenosa mezcla de los tres, pero mamá también extendió los brazos. Sus dedos pálidos se entrelazaron con los sucios de él y los curvó para agarrarlos.

Él la atrajo entre sus brazos y la estrechó con fuerza, como si temiera que los fueran a separar. Cuando por fin se apartaron, él miró a Leni.

—Me han dicho que va a morir. Lo siento.

«Lo siento».

Leni sintió algo entonces, un cambio radical en su mente: como el deshielo en primavera, un cambio en el paisaje, una escisión que fue violenta, inmediata. Ya no le tenía miedo a ese hombre. Y, si lo tenía, era un miedo que estaba demasiado enterrado en su interior como para notarlo. Lo único que sentía era odio.

—¿Leni? —insistió él con el ceño fruncido—. Lo siento. Di algo.

Leni vio lo que su silencio provocaba en él, cómo destruía su confianza. Y en ese mismo momento tomó una decisión: nunca más volvería a hablarle a su padre. Que mamá volviera con él, que se enredara de nuevo en ese nudo tóxico que era su familia. Leni se quedaría tan solo el tiempo que tuviera que hacerlo. En cuanto Matthew estuviera mejor, se iría. Si esta era la vida que mamá quería, que así fuera. Leni se iba a marchar.

En cuanto Matthew estuviese mejor.

—¿Leni? —dijo mamá con voz vacilante. Ella también estaba confundida y asustada por este cambio en Leni. Notó una agitación en las emociones que podría mover continentes a su paso.

Leni pasó junto a los dos, subió como pudo por la escalerilla del altillo y se metió en la cama.

Querido Matthew:

Nunca había sentido de verdad el peso de la pena, cómo se estira por encima como un viejo jersey húmedo. Cada minuto que pasa sin saber de ti, sin esperanzas de saber de ti, es como un día entero. Y cada día es como un mes. Quiero creer que un día simplemente te sentarás en la cama y dirás que estás muerto de hambre, que sacarás los pies de la cama, te vestirás y vendrás a por mí, quizá me lleves a la cabaña de caza de tu familia y allí nos meteremos bajo las pieles y nos volveremos a querer. Ese es mi gran sueño. Curiosamente, no duele tanto como el sueño más pequeño, que es simplemente que abras los ojos.

Sé que lo que nos pasó fue culpa mía. Conocerme te ha destrozado la vida. De eso no cabe duda. Yo, con mi desastre de familia, con mi padre, que quería matarte por quererme y que le dio una paliza a mi madre solo porque lo sabía.

Mi odio por él es un veneno que me quema por dentro. Cada vez que le miro hay algo en mí que se endurece. Me asusta ver lo mucho que le odio. No le he hablado desde que he vuelto.

A él no le gusta, de eso estoy segura.

Sinceramente, no sé qué hacer con todas estas emociones. Estoy furiosa, estoy desesperada, estoy triste hasta un punto que no sabía ni que existía.

No hay salida para mis sentimientos, ninguna válvula que los contenga. Escucho la radio todas las noches a las siete. Anoche, tu padre contó cómo estás. Sé que has salido del coma, que no estás paralítico, y yo intento pensar que eso es bueno, pero no lo es. Sé que no puedes andar ni hablar y que, probablemente, tu cerebro tenga daños irreparables. Eso es lo que han dicho las enfermeras.

Nada de eso hace cambiar lo que siento. Te quiero. Estoy aquí. Esperando. Quiero que lo sepas. Te esperaré siempre.

Leni.

Leni estaba sentada en la proa de su esquife, inclinada hacia delante, agitando los dedos desnudos por el agua fría, viendo cómo caía. La escayola de su otro brazo era de un blanco inmaculado sobre sus vaqueros sucios. Las costillas rotas le hacían ser consciente de cada respiración.

Podía oír cómo sus padres hablaban en voz baja. Su madre cerró la nevera, llena de peces plateados. Papá encendió el motor.

La barca se puso en marcha y la proa se elevó al tomar velocidad en dirección a casa.

En su playa, la barca entró en los guijarros y la arena con un sonido como de una salchicha que chisporrotea en una sartén. Leni saltó al agua que le llegaba por los tobillos, agarró la deshilachada cuerda con la mano buena y tiró del esquife. Lo ató a un enorme tronco de madera que había arrastrado la marea y que estaba perpendicular al agua y volvió a por la red metálica.

—Menudo pez ha pescado mamá —le dijo papá a Leni—. Supongo que es la campeona del día.

Leni no le hizo caso. Se echó la bolsa con los aparejos al hombro y subió por la escalera despacio hacia el terreno seco.

Una vez allí, dejó la bolsa y fue a los corrales de los animales para ver si tenían agua. Dio de comer a las cabras y a los pollos, echó el abono en el cubo y, a continuación, se dispuso a traer agua del río. Tardaba más con un único brazo. Estuvo fuera todo el tiempo que pudo pero, por fin, tuvo que entrar.

Mamá estaba en la cocina preparando la cena: salmón frito recién pescado salpicado de manteca de hierbas casera; judías verdes fritas en grasa de alce; una ensalada de lechuga y tomates recién cogidos.

Leni puso la mesa. Se sentó.

Papá se sentó frente a ella. Leni no levantó los ojos, pero oyó el arrastrar de patas de la silla sobre la madera y el crujido del asiento cuando él se sentó. Olió la familiar mezcla de sudor, pescado y humo de cigarrillo.

—Había pensado que podríamos ir mañana a Bear Cove a coger arándanos. Sé lo mucho que te gustan.

Leni no le miró.

Mamá apareció junto a Leni con una bandeja de peltre con el pescado de piel crujiente, y las judías verdes al lado. Se detuvo y, a continuación, la dejó en medio de la mesa junto a una vieja lata de sopa llena de flores.

—Tu plato favorito —le dijo a Leni.

—Ajá —respondió.

—Maldita sea, Leni —protestó su padre—. No soporto esta tristeza. Te escapaste. El muchacho se cayó. Lo que pasó, pasó.

Leni no le hizo caso.

—Leni —dijo mamá—. Por favor.

Papá se apartó de la mesa y salió de la cabaña cerrando la puerta con un golpe.

Mamá se dejó caer en su silla. Leni pudo ver lo cansada que estaba su madre, cómo le temblaban las manos.

—Tienes que parar, Leni. Se está enfadando.

—¿Y?

—Leni..., te vas a ir pronto. Ahora sí que va a dejar que vayas a la universidad. Se siente fatal por lo que ha pasado. Podemos conseguir que lo acepte. Puedes irte. Como querías. Lo único que tienes que hacer es...

—No —la interrumpió ella con más contundencia de la que pretendía. Vio el efecto que su grito provocaba en su madre, la forma instintiva con que se retiraba.

Leni quiso lamentar haber asustado a su madre, pero ya no podía seguir preocupada por eso. Mamá había elegido buscar un tesoro en medio del amor tóxico y poroso de papá, pero no Leni. Ya no.

Sabía lo que su silencio estaba provocando en él, cómo le enfurecía. Cada hora que pasaba sin hablarle, él se alteraba más y se mostraba más irritable. Más peligroso. No le importaba.

—Él te quiere —dijo mamá.

—Ja.

—Estás encendiendo una mecha. Lo sabes.

Leni no podía decirle a su madre lo enfadada que estaba, los diminutos y afilados dientes que la roían a todas horas, despedazándola poco a poco cada vez que miraba a su padre. Se apartó de la mesa y subió al altillo para escribirle a Matthew, tratando de no pensar que su madre estaba sentada abajo y sola.

Querido Matthew:

Estoy tratando de no perder la esperanza, pero ya sabes lo difícil que siempre me ha resultado. Me refiero a mantener la esperanza. Han pasado cuatro días desde la última vez que te vi. Me parece una eternidad.

Es curioso que, ahora que la esperanza se ha vuelto tan resbaladiza e inestable, me doy cuenta de que todos esos años en los que era niña y pensaba que no creía en la esperanza, en realidad vivía de ella. Mamá me mantenía con una dieta continuada de «lo está intentando» y yo la engullía a lametones como un terrier. Todos los días la creía. Cuando él me sonreía o me regalaba un jersey o me preguntaba cómo me había ido el día, yo pensaba: «¿Ves? Sí que me quiere». Incluso después de ver cómo pegaba a mi madre por primera vez, yo seguí dejando que ella definiera mi mundo.

Ahora todo eso ha desaparecido.

Puede que esté enfermo. Puede que Vietnam le destrozara. Y puede que todo eso sean excusas puestas a los pies de un hombre que simplemente está podrido por dentro.

Ya no sé qué pensar y, por mucho que lo intento, no me importa.

No me quedan esperanzas para él. La única esperanza a la que me aferro eres tú. Nosotros.

Sigo estando aquí.

23

A la atención del director de admisiones de la Universi-dad de Alaska en Anchorage:

Lamento comunicarle que no voy a poder asistir a las clases en la universidad este trimestre.
    Espero, aunque con reservas, que en el trimestre de invierno cambien mis circunstancias.
    Estaré siempre agradecida por haberme aceptado y espero que otro afortunado alumno pueda ocupar mi lugar.
    Atentamente,
    Lenora Allbright.

En septiembre los vientos fríos rugían por la península. La oscuridad comenzó su lenta e implacable marcha tierra adentro. En octubre, el poco tiempo que duraba el otoño en Alaska ya había pasado. Cada noche, a las siete, Leni se sentaba junto a la radio, con el volumen alto, entre interferencias, escuchando la voz del señor Walker, esperando noticias de Matthew. Pero pasaban las semanas y no había mejoría.

En noviembre, las precipitaciones se convirtieron en nieve, ligera al principio, como plumas de ganso que cayeran agitándose desde el blanco cielo. El suelo embarrado se congeló, volviéndose duro como el granito, resbaladizo, pero enseguida todo quedó cubierto por una capa de blanco, una especie de nuevo comienzo, un camuflaje de belleza por encima de lo que fuera que quedara oculto debajo.

Y Matthew seguía sin ser Matthew.

Una noche heladora tras la primera tormenta fuerte de la temporada, Leni terminó sus tareas en medio de una absoluta oscuridad y regresó a la cabaña. Una vez dentro, ignoró a sus padres y se colocó delante de la estufa de leña con las manos extendidas para calentarse. Con cuidado, flexionó los dedos de la mano izquierda. Aún sentía el brazo débil, extraño en cierto modo, pero era un alivio haberse quitado la escayola.

Se dio la vuelta y vio su propio reflejo en la ventana. Su cara pálida y delgada con un afilado mentón. Había perdido peso desde el accidente y rara vez se molestaba en bañarse. La pena la había afectado en todo: su apetito, su estómago, su sueño. Tenía mal aspecto. Consumida y cansada. Bolsas debajo de los ojos.

Se acercó a la radio exactamente a las 18:55 y la encendió.

A través del altavoz, oyó la voz del señor Walker, inalterable, como un barco de arrastre en un mar en calma.

«A Leni Allbright de Kaneq: vamos a trasladar a Matthew a una clínica de larga estancia de Homer. Podrás visitarlo el martes por la tarde. Se llama Centro de Rehabilitación Península».

—Voy a verle —dijo Leni.

Papá estaba afilando su *ulu*. Se detuvo.

—Ni hablar de eso.

Leni no le miró ni se estremeció.

—Mamá, dile que, si quiere detenerme, tendrá que pegarme un tiro.

Leni oyó cómo su madre tomaba una fuerte bocanada de aire.

Pasaron unos segundos. Leni notó la rabia de su padre y su inseguridad. Podía sentir la guerra que se estaba librando en su interior. Quería explotar, imponer su voluntad, darle un golpe a algo, pero ella había hablado en serio y él lo sabía.

Dio un golpe a la cafetera que salió volando por los aires, y murmuró algo que ellas apenas pudieron oír. Después, maldijo, levantó las manos en el aire y se alejó, todo ello en un solo movimiento.

—Ve —dijo papá—. Ve a ver a ese muchacho, pero antes haz tus tareas. Y tú. —Miró a mamá, la apuntó con un dedo y lo clavó en el pecho de ella—. Va ella sola. ¿Me has oído?

—Te he oído —respondió mamá.

Por fin llegó el martes.

—Ernt —dijo mamá después de comer—. Leni necesita que la llevemos a la ciudad.

—Dile que coja la vieja máquina de nieve, no la nueva. Y que vuelva para la cena. —Miró a Leni—. Lo digo en serio. No me obligues a ir a buscarte. —Arrancó sus trampas para animales de los ganchos de la pared y salió cerrando la puerta con un golpe.

Mamá se acercó mirando hacia atrás con inseguridad. Puso dos papeles doblados en la mano de Leni.

—Cartas. Para Thelma y Marge.

Leni cogió las cartas y asintió.

—No hagas tonterías, Leni. Vuelve antes de la cena. Esa cancela podría cerrarse de nuevo en cualquier momento. Solo está abierta porque se siente mal por lo que hizo y está tratando de portarse bien.

—Como si eso me importara.

—A mí me importa. Y yo debería importarte.

Leni sintió la punzada de su egoísmo.

—Sí.

Fuera, Leni inclinó el cuerpo contra el viento y se abrió paso entre la nieve.

Cuando terminó de dar de comer a los animales, puso en marcha la máquina de nieve y subió en ella.

En la ciudad, aparcó delante del muelle de la entrada del puerto. Un taxi acuático esperaba a Leni. Mamá lo había pedido por radio. El mar estaba demasiado revuelto como para salir con el esquife.

Leni se colgó al hombro la mochila y bajó por la resbaladiza y congelada rampa del muelle.

El capitán del taxi acuático la saludó con la mano. Leni sabía que no iba a cobrarle por el trayecto. Estaba enamorado de la salsa de arándanos de mamá. Cada año, ella preparaba dos docenas de botes solo para él. Así funcionaba la gente de allí, con el trueque.

Leni le dio un tarro y subió a bordo. Mientras se sentaba en el banco de atrás, mirando hacia la ciudad apoyada sobre los pilares por encima del barro, se dijo a sí misma que no debía albergar ninguna esperanza para ese día. Sabía cuál era el estado de Matthew. Había oído aquellas palabras tan a menudo que se habían grabado en su conciencia. «Daño cerebral».

Aun así, por la noche, después de escribir su carta diaria a Matthew, solía quedarse dormida soñando que era algo así como lo de la Bella Durmiente, un oscuro embrujo que el beso del verdadero amor podría deshacer. Podría casarse con él y esperar que su amor le despertara.

Cuarenta minutos después, tras un movido viaje salpicando agua a través de la bahía de Kachemak, el taxi acuático llegó al muelle y Leni saltó.

En ese día tan frío de invierno, la niebla se enroscaba a lo largo de la restinga. Solo había unos cuantos habitantes que habían salido con este tiempo y ningún turista. La mayoría de establecimientos habían cerrado durante toda la temporada.

Ella salió de la calle y empezó a subir hacia el centro de Homer. Le habían dicho que si llegaba a la casa con la barca rosa en el patio y adornos del 4 de Julio aún sin guardar se habría pasado.

La clínica estaba en el límite de la ciudad, en un terreno muy frondoso con un aparcamiento de gravilla.

Se detuvo. Una enorme águila calva estaba apoyada en un poste de teléfono observándola, con sus ojos dorados reluciendo en la penumbra.

Leni se obligó a moverse y entró en el edificio, habló con la recepcionista y siguió sus instrucciones hasta la habitación del fondo del pasillo.

Allí, ante la puerta cerrada, se detuvo, tomó aire y abrió la puerta.

El señor Walker estaba junto a la cama. Al entrar Leni, se giró. No parecía el mismo. Los meses le habían empequeñecido. El jersey y los vaqueros le quedaban anchos. Se había dejado crecer una barba que era medio gris.

—Hola, Leni.

—Hola —contestó ella, y su mirada se dirigió al instante a la cama.

Matthew estaba atado. Tenía una cosa parecida a una jaula alrededor de su cabeza afeitada. Estaba sujeta con tornillos. Le habían perforado el cráneo. Parecía delgado, escuálido y mayor, como un pájaro desplumado. Por primera vez, Leni vio su cara, cruzada de cicatrices rojas. Un pliegue de la piel tiraba de un extremo del ojo hacia abajo. Tenía la nariz aplastada.

Estaba inmóvil, con los ojos abiertos, la boca floja. Una línea de baba le caía por el labio inferior.

Leni se acercó a la cama y se colocó junto al señor Walker.

—Creía que estaba mejor.

—Está mejor. A veces, juraría que me mira a los ojos.

Leni se inclinó.

—Ho..., hola, Matthew.

Matthew gimió, gritó. Palabras que no eran palabras, solo sonidos y gruñidos simiescos. Leni se apartó. Parecía enfadado.

El señor Walker colocó la mano sobre la de Matthew.

—Es Leni, Matthew. Conoces a Leni.

Matthew gritó. Fue un sonido desgarrador que le recordó al de un animal que estuviese atrapado en una trampa. Su ojo derecho se movió en su cuenca.

—Uaaaa.

Leni lo miraba boquiabierta. Aquello no era estar mejor. Aquello no era Matthew, no aquella especie de cáscara de ser humano que gritaba y gemía.

—Blaaaa... —se quejó Matthew combando el cuerpo. Después, vino un terrible olor.

El señor Walker agarró a Leni del brazo y la sacó de la habitación.

—Susannah —llamó Tom a la enfermera—. Necesita que le cambien el pañal.

Leni se habría desplomado de no ser por el señor Walker, que la sujetaba. La llevó a la sala de espera, donde había máquinas expendedoras, y la sentó en una silla.

Él se sentó en la de al lado.

—No te preocupes por los gritos. Lo hace todo el tiempo. Los médicos dicen que es algo puramente físico, pero yo pienso que es frustración. Él está ahí..., en algún lugar. Y tiene dolor. Me destroza verle así y no poder ayudarle.

—Yo podría casarme con él, ocuparme de él —dijo Leni. En sus sueños lo había imaginado, casándose, cuidándole, trayéndole de vuelta con su amor.

—Eso es muy bonito, Leni. Y por eso sé que Matthew se ha enamorado de la chica adecuada, pero puede que nunca salga de esa cama ni pueda decir: «Sí, quiero».

—Pero hay gente que se casa, gente que está mal y no puede hablar y se está muriendo. ¿No?

—No chicas de dieciocho años con toda la vida por delante. ¿Cómo está tu madre? Me he enterado de que ha dejado que tu padre vuelva.

—Ella siempre le deja volver. Son como imanes.

—Todos estamos preocupados por vosotras dos.

—Sí —dijo Leni con un suspiro. ¿De qué había servido que los demás se preocuparan? Solo mamá podría cambiar la situación y se negaba a hacerlo.

En el silencio que siguió a aquel comentario imposible de contestar, el señor Walker metió la mano en su bolsillo y sacó un delgado paquete envuelto en papel de periódico. En él habían escrito con rotulador rojo: «Feliz cumpleaños, Leni».

—Alyeska encontró esto en la habitación de Mattie. Supongo que lo compró para ti... antes.

—Ah. —Fue lo único que pudo contestar. Su cumpleaños había quedado en el olvido en medio de todo el drama de ese año. Cogió el regalo y se quedó mirándolo.

La enfermera salió de la habitación de Matthew. A través de la puerta abierta, Leni oyó que Matthew gritaba.

—Quieee... o... veee...

—El daño cerebral... es grave, muchacha. No voy a mentirte. Lo lamenté cuando me dijeron que has decidido no ir a la universidad.

Ella se metió el regalo en el bolsillo de su parka.

—¿Cómo iba a irme? Se suponía que iríamos los dos.

—Él querría que fueras. Sabes que es así.

—Ya no sabemos qué es lo que quiere, ¿no?

Se levantó y volvió a la habitación de Matthew. Él yacía rígido, con los dedos flexionados. Los tornillos de su cabeza y las cicatrices de su cara le hacían parecerse a Frankenstein. Su ojo bueno miraba hacia el frente, no hacia ella.

Leni se inclinó sobre él y le agarró la mano. Era un peso muerto. Le besó la parte posterior.

—Te quiero —dijo.

Él no respondió.

—No voy a irme a ningún sitio —le prometió con voz quebrada—. Siempre estaré aquí. Soy yo, Matthew, bajando aquí para salvarte. Como tú hiciste por mí. Lo hiciste, ¿sabes? Me salvaste. Estoy aquí, junto a la única persona a la que quiero. Espero que puedas oírlo.

Se quedó varias horas con él. De vez en cuando, él gritaba y se retorcía. Lloró dos veces. Por fin, le pidieron que se fuera para que pudieran bañarlo.

No fue hasta más tarde, después de llamar al taxi acuático y subir a bordo, mientras escuchaba cómo el casco de la embarcación chocaba contra las olas, salpicando agua sobre su cara, cuando se dio cuenta de que no se había despedido del señor Walker. Simplemente había atravesado la clínica, había salido, había pasado junto a un hombre que estaba delante de una casucha cubierta de cinta adhesiva y plásticos, después junto a un grupo de niños que jugaban en el patio del colegio vestidos con ropa de camuflaje ártico, y luego junto a una anciana indígena que paseaba a dos perros huskies y a un pato, todos ellos con su correa.

Pensó que ya había penado por Matthew, que había derramado todas las lágrimas que le quedaban, pero ahora veía el desierto de dolor que se extendía por delante de ella. Podría seguir más y más. El cuerpo humano se componía en un ochenta por ciento de agua. Eso quería decir que literalmente estaba hecha de lágrimas.

En Kaneq, cuando bajaba del taxi acuático, empezó a nevar. La ciudad emitía un ligero zumbido: el sonido del gran generador que daba electricidad a las nuevas luces. La nieve caía como si fuese harina tamizada bajo el reflejo de las nuevas farolas del señor Walker. Apenas fue consciente del frío mientras subía hasta la tienda.

Sonó la campanilla de la entrada. Eran las cuatro y media. Supuestamente, seguía siendo de día, pero la noche llegaría rápido.

Marge la Grande estaba vestida con una chaqueta de gamuza que le llegaba a los muslos y pantalones aislantes. Su pelo parecía como si se hubiese pegado a la cabeza con pegamento los dibujos de una pizarra mágica. Por algunas partes no tenía pelo alguno, zonas por donde se lo había cortado hasta llegar a su oscuro cuero cabelludo, probablemente por no tener espejo.

—¡Leni! ¡Qué agradable sorpresa! —exclamó con una voz tan fuerte que habría hecho que los pájaros volaran en desbandada—. Echo de menos a mi mejor trabajadora.

Leni vio la compasión en los ojos oscuros de aquella mujer. Quiso decirle: «He visto a Matthew», pero, para su horror, lo que hizo fue estallar en lágrimas.

Marge la Grande llevó a Leni junto a la caja registradora, la sentó en un sofá viejo y le dio un refresco.

—Acabo de ver a Matthew —dijo Leni desplomándose hacia delante.

Marge la Grande se sentó a su lado. El sofá crujió airadamente.

—Sí. Estuve en Anchorage la semana pasada. Es duro verle. Es desolador ver también a Tom y a Aly. ¿Cuánto dolor puede soportar una misma familia?

—Pensé que su traslado a una clínica significaba que estaba mejor. Creía que... —Suspiró—. No sé lo que creía.

—Por lo que tengo entendido, no puede mejorar más. Pobre niño.

—Él intentaba salvarme.

Marge la Grande se quedó en silencio un momento. Durante ese silencio, Leni se preguntó si de verdad una persona podía salvar a otra o si era el tipo de cosas que había que hacer por uno mismo.

—¿Cómo está tu madre? Aún no puedo creer que dejara volver a Ernt.

—Sí. La policía no puede hacer nada si ella no quiere. —Leni no sabía qué más decir. Sabía que era imposible que alguien como Marge la Grande comprendiese el motivo por el que una mujer como Cora estaba con un hombre como Ernt. Debería ser tan fácil como una ecuación de matemáticas elementales: él te golpea × huesos rotos = dejarlo.

—Tom y yo le suplicamos a tu madre que presentara una denuncia. Supongo que tuvo demasiado miedo.

—Es más que miedo. —Leni estaba a punto de decir algo más cuando sintió que el estómago se le revolvía. Pensó que iba a vomitar—. Perdona —dijo cuando pasó la náusea—. Últimamente me encuentro fatal. Supongo que la preocupación me afecta físicamente.

Marge la Grande se quedó allí sentada un largo rato. Después, se puso de pie.

—Espera aquí. —Dejó a Leni sentada en el sofá, respirando con cuidado. Volvió a los estantes de la tienda y se dio contra una de las trampas de hierro para animales que colgaban de la pared.

Leni no paraba de revivir la escena con Matthew, de oír sus gritos, de ver cómo su ojo se daba la vuelta dentro de su cuenca. «Necesita que le cambien el pañal».

Culpa de ella. Todo.

Marge la Grande regresó, con sus botas de goma rechinando en el suelo lleno de serrín.

—Me temo que necesitas esto. Siempre tengo uno de reserva.

Leni bajó la mirada y vio la pequeña caja que Marge la Grande tenía en la mano.

Y así, sin más, la vida de Leni fue a peor.

En la oscuridad de una noche que había caído pronto, Leni iba desde la letrina a la cabaña bajo un cielo azul púrpura iluminado por las estrellas. Era una de esas noches de Alaska de cielo claro y brillante que parecían de otro mundo. La luz de la luna se reflejaba en la nieve y hacía que todo refulgiera.

Dentro de la cabaña, cerró la puerta al entrar y se quedó junto a la fila de parkas, jerséis Cowichan y chubasqueros, la caja de manoplas, guantes y gorros a sus pies. Incapaz de moverse, de pensar, de sentir.

Hasta entonces, hasta ese mismo segundo, habría dicho que el color azul era su favorito (un pensamiento estúpido, pero ahí estaba). Azul. El color de la mañana, del ocaso, de los glaciares y ríos, de la bahía de Kachemak, de los ojos de su madre.

Ahora, el azul era el color de una vida echada a perder.

No sabía qué hacer. No había una respuesta buena. Era lo suficientemente lista como para saberlo.

Y lo suficientemente estúpida como para encontrarse en esa situación.

—¿Leni?

Oyó la voz de su madre, reconoció el tono de preocupación, pero no le importó. Leni notaba cómo la distancia crecía entre ellas. Suponía que así era como llegaban los cambios: en el silencio de las cosas que no se decían y en las verdades que no se reconocían.

—¿Cómo está Matthew? —preguntó mamá. Se acercó a Leni, le quitó la parka, la colgó y la llevó al sofá, pero ninguna de las dos se sentó.

—Ni siquiera es él —contestó Leni—. No puede pensar, hablar ni caminar. No me ha mirado, solo gritaba.

—Pero no está paralítico. Eso es bueno, ¿no?

Eso era lo que Leni había creído también. Antes. Pero ¿qué tenía de bueno poder moverse cuando no puede uno pensar, ver ni hablar? Habría sido mejor que se muriera allí abajo. Más benévolo.

Pero el mundo no era nunca benévolo, sobre todo para los jóvenes.

—Sé que crees que es el fin del mundo, pero eres joven. Volverás a enamorarte... ¿Qué llevas en la mano?

Leni levantó el puño, abrió los dedos y dejó que se viera el fino vial que tenía en la mano.

Mamá lo cogió y lo observó.

—¿Qué es esto?

—Una prueba de embarazo —contestó Leni—. El azul significa positivo.

Pensó en la cadena de decisiones que la habían llevado hasta allí. Un cambio de diez grados a lo largo del camino y todo habría sido distinto.

—Debió de pasar la noche que nos escapamos. ¿O antes? ¿Cómo se sabe una cosa así?

—Ay, Leni —dijo mamá.

Lo que Leni necesitaba ahora era a Matthew. Necesitaba que fuese él, entero. Entonces, podrían afrontar esto juntos. Si Matthew fuese Matthew, se casarían y tendrían un bebé. Estaban en 1978, por el amor de Dios. Puede que ni siquiera tuvieran que casarse. La cuestión era que podrían hacerlo. Serían demasiado jóvenes y la universidad tendría que esperar, pero no sería la tragedia que era ahora.

¿Cómo se suponía que iba a afrontar esto sin él?

—No es como en mis tiempos, cuando te mandaban fuera por la vergüenza y las monjas se quedaban con el bebé —continuó mamá—. Ahora tienes opciones. Es legal...

—Voy a tener al hijo de Matthew —la interrumpió Leni. Ni siquiera había sabido hasta ese momento que todo eso ya había pasado por su mente y que ya había tomado una decisión.

—No puedes criar a un bebé sola. Aquí.

—Quieres decir con papá —repuso Leni. Y ahí estaba: lo que hacía que aquello fuese peor. Leni llevaba en su seno a un Walker. Su padre explotaría cuando se enterara—. No quiero que se acerque a este bebé.

Mamá abrazó a Leni con fuerza.

—Lo solucionaremos —dijo mamá acariciándole el pelo. Leni estuvo segura de que su madre estaba llorando y eso la hizo sentir aún peor.

—¿Qué pasa? —preguntó papá en voz alta.

Mamá se apartó sobresaltada, con mirada de culpabilidad. Había lágrimas en sus mejillas y su sonrisa era vacilante.

—¡Ernt! —exclamó mamá—. Ya has vuelto.

Leni se guardó el vial en el bolsillo.

Papá estaba junto a la puerta. Se bajó la cremallera de su mono isotérmico.

—¿Cómo está el chico? ¿Sigue hecho un vegetal?

Leni no había sentido nunca tanto odio. Empujó a mamá a un lado y fue hacia él. Vio la sorpresa en sus ojos mientras se acercaba.

—Estoy embarazada.

No vio venir el puñetazo. En un momento estaba allí de pie, mirando a su padre, y, al siguiente, el puño de él le golpeó con tanta fuerza en el mentón que le hizo sangre. Su cabeza salió disparada hacia atrás, dio un traspiés, perdió el equilibrio, chocó contra el filo de la mesa y cayó al suelo. Curiosamente, mientras caía, pensó: «Sí que es rápido».

—¡No, Ernt! —gritó mamá.

Papá se desabrochó el cinturón, se lo sacó y se acercó a Leni.

Ella trató de ponerse de pie, pero sentía un pitido en los oídos y estaba mareada. No podía ver.

El primer chasquido de la hebilla del cinturón le dio en la mejilla y le rajó la piel. Leni gritó y trató de escabullirse.

Él volvió a golpearla.

Mamá se lanzó sobre papá y le clavó las uñas en la cara. Él la apartó de un empujón y fue de nuevo a por Leni.

Tiró de ella para levantarla y le dio una bofetada en la cara. Ella oyó cómo el cartílago se rompía con un ruido seco. Le empezó a salir sangre por la nariz. Se tambaleó hacia atrás, protegiéndose instintivamente el vientre mientras caía de rodillas.

Sonó un disparo.

Leni oyó el fuerte estallido y olió el disparo. Se oyó un cristal haciéndose añicos.

Papá se quedó allí, con las piernas abiertas, la mano derecha aún cerrada en un puño. Por un segundo, no pasó nada. Nadie se movió. Entonces, papá fue dando traspiés hacia Leni. Le salía sangre de una herida en el pecho que le manchaba la camisa. Parecía confundido, sorprendido.

—¿Cora? —dijo, girándose para mirarla.

Mamá estaba detrás de él, con el rifle aún apuntándole.

—A Leni, no —contestó ella con voz calmada—. A mi Leni, no.

Volvió a disparar.

24

*E*stá muerto —dijo Leni. No es que hubiese lugar a dudas. El rifle que mamá había elegido podía matar a un alce macho.

Leni se dio cuenta de que estaba arrodillada en medio de un charco de sangre. Trozos de huesos y cartílagos como larvas entre la sangre. El aire helado entraba en la habitación a través de la ventana rota.

Mamá dejó caer el arma. Se acercó a papá, con los ojos abiertos de par en par y la boca temblándole. Se rascaba nerviosa el cuello, la pálida piel se quedó marcada de vetas rojas.

Leni se puso de pie aturdida y entró en la cocina. Debería estar pensando: «Estamos bien, él ya no está», pero no sentía nada. Ni siquiera alivio.

Le dolía tanto la cara que se mareó. El sabor de la sangre le hacía tener arcadas y, con cada respiración, la nariz emitía un silbido. Cogió un paño mojado y se lo apretó contra la cara, limpiándose la sangre.

¿Cómo había podido mamá soportar ese dolor una y otra vez?

Enjuagó el paño, lo retorció para que saliera el agua rosada de su sangre y volvió a mojarlo. Después, regresó a la sala de estar, que olía a humo de rifle y a sangre.

Mamá estaba arrodillada en el suelo. Se había puesto a papá en el regazo y lo acunaba adelante y atrás, llorando. Había sangre por todas partes: en sus manos, en sus rodillas. Se había manchado los ojos con ella.

—¿Mamá? —Leni se inclinó sobre ella y le tocó el hombro.

Su madre levantó los ojos, pestañeando aturdida.

—No sabía de qué otra forma pararle.

—¿Qué hacemos? —preguntó Leni.

—Encender la radio. Llamar a la policía —respondió mamá con voz monótona.

La policía. Por fin. Después de todos esos años, serían de ayuda.

—No nos pasará nada, mamá. Ya lo verás.

—Te equivocas, Leni.

Leni limpió la sangre de la cara de su madre, igual que había hecho tantas veces antes. Mamá ni siquiera se estremeció.

—¿Qué quieres decir?

—Dirán que es un asesinato.

—¿Asesinato? Pero si nos estaba pegando. Tú me has salvado la vida.

—Le he disparado por la espalda, Leni. Dos veces. A los jurados y a los abogados de la defensa no les gusta la gente que dispara por la espalda. No pasa nada. No me importa. —Se apartó el pelo de la cara, dejándose manchas de sangre—. Ve a decírselo a Marge la Grande. Es abogada. O lo era. Ella se ocupará. —Mamá parecía drogada. Hablaba muy lentamente—. Podrás volver a empezar. Criarás a tu bebé aquí, en Alaska, entre nuestros amigos. Tom será como un padre para ti.

Lo sé. Y Marge la Grande te adora. Puede que la universidad siga siendo una posibilidad. —Miró a Leni—. Ha merecido la pena. Quiero que lo sepas. Volvería a hacerlo por ti.

—Espera. ¿Estás diciendo que me vas a dejar? ¿Estás hablando de ir a la cárcel?

—Tú ve a por Marge la Grande.

—No vas a ir a la cárcel por matar a un hombre del que toda la ciudad sabía que era un maltratador.

—No me importa. Tú estás a salvo. Eso es lo único que importa.

—¿Y si nos deshacemos de él?

Mamá pestañeó.

—¿Deshacernos de él?

—Podemos fingir que no ha ocurrido. —Leni se puso de pie. Sí. Esa era la solución. Podían encontrar el modo de borrar lo que habían hecho. Así, podrían quedarse aquí, mamá y ella, y vivir entre sus amigos, en ese lugar al que habían llegado a amar. Todos ellos querrían al bebé y, cuando Matthew por fin mejorara, Leni estaría esperando.

—No es tan fácil como parece, Leni —dijo mamá.

—Esto es Alaska. Nada es fácil, pero somos fuertes. Y, si vas a la cárcel, me quedaré sola. Con un bebé que criar. No puedo hacerlo sin ti. Te necesito, mamá.

Pasó un momento hasta que mamá respondió:

—Tendremos que esconder el cuerpo. Asegurarnos de que nunca lo encuentren. El suelo está muy congelado para poderlo enterrar.

—Exacto.

—Pero, Leni... —dijo con tono tranquilo—. Estás hablando de otro delito.

—¿Permitir que te llamen asesina? Eso sí sería un delito. ¿Crees que voy a confiarle tu vida a la ley? ¿A la ley? Me dijiste que la ley no protegía a las mujeres maltratadas y tenías razón. Él salió de la cárcel a los pocos días. ¿Cuándo te ha protegido la ley de él? No. No.

—¿Estás segura, Leni? Esto significa que tendrás que vivir siempre con ello.

—Yo sí puedo soportarlo. Estoy segura.

Mamá se quedó pensando un momento y, después, se apartó del cuerpo sangriento y sin vida de papá y se puso de pie. Fue a su dormitorio y salió momentos después con pantalones aislantes y un jersey de cuello alto. Amontonó la ropa ensangrentada junto al cuerpo de papá.

—Volveré en cuanto pueda. No abras la puerta a nadie más que a mí.

—¿Qué pretendes hacer?

—Lo primero es deshacernos del cadáver.

—¿Crees que me voy a quedar sentada mientras tú lo haces?

—Yo le he matado. Yo me encargaré.

—Y yo te voy a ayudar a esconderlo.

—No hay tiempo para discusiones.

—Exactamente. —Leni se quitó su ropa llena de sangre. Al poco rato, se había puesto sus pantalones aislantes, la parka y las botas térmicas, lista para salir.

—Coge sus trampas —dijo mamá antes de salir de la cabaña.

Leni cogió las pesadas trampas de los ganchos de la pared de la cabaña y las sacó. Mamá ya había amarrado el trineo rojo y grande de plástico a la máquina de nieve. Era el que papá había usado para transportar la leña. Cabían en él dos neveras grandes, un montón de leña y el cuerpo de un alce muerto.

—Pon las trampas en el trineo. Después, ve a por la motosierra y el taladro. —Cuando Leni regresó con las herramientas, mamá le preguntó—: ¿Lista para el siguiente paso?

Leni asintió.

—Vamos a por él.

Tardaron treinta minutos en arrastrar el cuerpo sin vida de papá desde la cabaña a través del porche lleno de nieve y, después, otros diez en colocarlo sobre el trineo. Un rastro de sangre en la nieve mostraba el camino que habían recorrido, pero en una hora, con la nieve cayendo con tanta fuerza, habría desaparecido. Cuando llegara la primavera, las lluvias la harían desaparecer. Mamá cubrió a papá con una lona y lo ató con cuerdas elásticas.

—Ya está.

Leni y su madre intercambiaron una mirada. En ella, podía leerse la verdad de que ese acto, esa decisión, las transformaría para siempre. Sin decir nada, mamá le dio a Leni la oportunidad de cambiar de idea.

Leni se mantuvo firme. Quería seguir. Se desharían del cuerpo, limpiarían la cabaña y les dirían a todos que él se había ido, que debía de haberse hundido en el hielo cuando estaba cazando o que se había perdido en la nieve. Nadie lo cuestionaría ni se interesaría. Todos sabían que había mil maneras de desaparecer allí arriba.

Leni y su madre por fin —por fin— dejarían de tener miedo.

—Vale.

Mamá tiró de la cuerda de arranque para poner en marcha la máquina de nieve. Después, ocupó su lugar en el asiento para dos y agarró el acelerador. Se colocó una máscara de neopreno sobre el rostro magullado e hinchado y se puso el casco con cuidado. Leni hizo lo mismo.

—Vamos a pasar un frío de narices —gritó mamá por encima del ruido del motor—. Iremos montaña arriba.

Leni subió a bordo y pasó los brazos alrededor de la cintura de su madre.

Mamá aceleró el motor y salieron, conduciendo por la nieve virgen y atravesando la cancela abierta. Giraron a la derecha por la carretera principal y, después, a la izquierda, al camino que llevaba a la antigua mina de cromo. Para entonces, ya estaba avanzada la noche y la nieve y el frío azotaban con fuerza. El haz amarillo del faro de la máquina de nieve iluminaba el camino.

Con un tiempo así no tenían por qué preocuparse de que las vieran. Durante más de dos horas, mamá fue subiendo por la montaña. Donde la nieve era profunda, aceleraba con suavidad. Subieron colinas, bajaron valles, atravesaron ríos helados y bordearon precipicios de rocas elevadas. Mamá avanzaba con la máquina de nieve a tan poca velocidad que era apenas más rápido que ir andando. Ahora la velocidad no era su objetivo, sino la invisibilidad. Y el trineo que necesitaba que se mantuviera sujeto.

Llegaron por fin a un pequeño lago en lo alto de la montaña rodeado de árboles altos y riscos de granito. En algún momento durante la última hora, la nieve había dejado de caer y las nubes se habían abierto para dar paso a un cielo nocturno de un azul púrpura inundado de remolinos de luz estelar. La luna salió, como si quisiese observar a las dos mujeres que estaban en medio de la nieve y el hielo o para lamentar la decisión que habían tomado. Llena y luminosa, brillaba sobre ellas y su luz se reflejaba en la nieve. Parecía como si la luz se elevara hacia el cielo, con un resplandor que iluminaba el paisaje nevado.

En medio de la repentina claridad de la noche, resultaban visibles ahora. Dos mujeres en una máquina de nieve en medio de un reluciente mundo blanco plateado con un cadáver en un trineo.

En la orilla del lago congelado, mamá aminoró la marcha y se detuvo. El zumbido del motor era el ruido más fuerte que allí había. Ahogaba el duro sonido de la respiración de Leni a través de la máscara de neopreno y el casco.

¿Estaba el lago congelado del todo? No había forma de saberlo con seguridad. Debería estarlo a esa altura pero también era pronto. No era pleno invierno. La nieve relucía con la luz de la luna por el lago llano y congelado.

Leni se agarró con más fuerza.

Mamá apenas giró el acelerador y, a continuación, avanzaron con lentitud. En aquella oscuridad, eran como astronautas que se movieran por un mundo desconocido y apenas iluminado, como en lo más profundo del espacio, con el sonido del hielo al crujir alrededor de ellas. En el centro del lago, mamá apagó el motor. La máquina de nieve se deslizó hasta detenerse. Mamá se bajó. Los crujidos sonaban con fuerza, insistentes, pero no era un tipo de sonido que debiera preocupar. Solo era el hielo que respiraba, que se estiraba, no que se estuviese rompiendo.

Mamá se quitó el casco, lo colgó en el acelerador y se quitó la máscara. Su aliento salía con bocanadas de vaho. Leni dejó su casco en el asiento cubierto de cinta adhesiva.

En medio de la luz plata, azul y blanca de la luna, los cristales del hielo centelleaban por la superficie de la nieve, brillando como piedras preciosas.

Silencio.

Solo la respiración de las dos.

Juntas, bajaron el cadáver de papá del trineo. Leni usó la pala de emergencia para limpiar un poco la nieve. Cuando llegó al hielo cristalino, apartó la pala y cogió el taladro y la motosierra. Mamá usó el taladro para perforar un agujero de veinte centímetros en el hielo. El agua se elevó por el hueco e hizo saltar el disco redondo de hielo.

Leni se quitó la máscara y se la metió en el bolsillo. Después, puso en marcha la motosierra y su zumbido sonó terriblemente alto.

Apuntó con la hoja hacia abajo, la metió por el agujero y dio comienzo al largo y arduo proceso de convertir el agujero en una apertura cuadrada en el hielo.

Cuando Leni terminó, estaba cubierta de sudor. Mamá dejó caer las trampas de los animales junto al agujero. Cayeron con un sonido metálico.

Después, mamá volvió a por papá. Lo agarró de sus manos frías y blancas y lo arrastró hasta el agujero.

El cuerpo de papá estaba rígido e inmóvil, su rostro tan blanco y duro como un colmillo.

Por primera vez, Leni pensó de verdad en lo que estaban haciendo. La gravedad de lo que habían hecho. A partir de entonces, tendrían que vivir sabiendo que eran capaces de hacer «eso», todo en su conjunto. Disparar, transportar el cadáver de un hombre, ocultar un crimen. Aunque habían pasado toda una vida encubriéndolo a él, mirando hacia otro lado, fingiendo, aquello era diferente. Ahora eran ellas las criminales y el secreto que Leni tenía que ocultar se refería a ella.

Una buena persona habría sentido vergüenza. Pero Leni sentía rabia. Una rabia absoluta. Ojalá se hubiesen marchado años antes o hubiesen llamado a la policía para pedir ayuda. Cualquier pequeño cambio de dirección por parte de mamá habría llevado a un futuro donde no habría un hombre muerto sobre el hielo que había entre las dos.

Mamá arrastró las trampas, abrió los cepos. Colocó el antebrazo de papá entre los dientes. La trampa se cerró con un chasquido de hueso al romperse. Mamá se quedó pálida. Parecía mareada. Las trampas rompieron las dos piernas de papá con más chasquidos y se convirtieron en pesos.

La aurora boreal apareció en el cielo, cayendo en remolinos amarillos, verdes, rojos y púrpuras. Colores inconcebibles y mágicos. Las luces caían como pañuelos de seda por el cielo, madejas amarillas, verdes neón, rosa fuerte. La luna con su brillo eléctrico parecía estar observándolo todo.

Leni miró a su padre. Vio al hombre que había usado sus puños cuando se enfadaba, vio la sangre de sus manos y el gesto malvado en su mandíbula. Pero también vio al otro hombre, al que había creado a partir de fotografías y de su propia necesidad, el hombre que las había querido con todas sus fuerzas y cuya capacidad para amar había quedado destruida por la guerra. Leni pensó que quizá él se le aparecería. No solo él, sino la idea de él, la triste y rabiosa verdad de que se puede odiar y amar a la misma persona y al mismo tiempo, que se puede tener un profundo y constante sentimiento de pérdida y vergüenza por tus propias debilidades y, aun así, alegrarte de que algo tan espantoso hubiera terminado.

Mamá cayó de rodillas junto a él y se inclinó.

—Te queríamos.

Levantó los ojos hacia Leni, con el deseo —quizá también la necesidad— de que Leni dijera lo mismo, que hiciera lo que siempre había hecho. Como dos gotas de agua.

Ahora quedaban entre ellas los años de gritos y golpes, de pasar miedo... y de sonreír y reír, de papá diciendo: «Hola, pelirroja», y suplicando perdón.

—Adiós, papá —fue todo lo que Leni fue capaz de decir. Quizá, con el tiempo, este no sería el último recuerdo que tendría de él. Quizá, con el tiempo, recordaría lo que sentía cuando él la agarraba de la mano o la sentaba sobre sus hombros mientras caminaban por el paseo.

Mamá lo empujó por el hielo entre el ruido metálico de las trampas y lo metió por el agujero. Su cuerpo se hundió, con la cabeza colgando hacia atrás.

Su cara las miraba, una aparición en medio del agua fría y negra, su piel blanca bajo la luz de la luna, su barba y su bigote congelados. Despacio, muy despacio, se fue hundiendo en el agua y desapareció.

Al día siguiente no quedaría rastro de él. El hielo se cerraría mucho antes de que nadie llegara hasta allí. Su cuerpo se congelaría y sería arrastrado por las pesadas trampas hasta el lecho del lago. Con el tiempo, se derretiría y el agua lo desgastaría hasta quedar solo en huesos. Y los huesos podrían ir hacia la orilla, pero probablemente los depredadores los encontrarían antes de que lo hicieran las autoridades. De todos modos, para entonces, ya nadie lo estaría buscando. Cinco de cada mil personas desaparecían cada año en Alaska, se perdían. Ese dato era conocido por todos. Caían por grietas, se desviaban de los senderos, se ahogaban con la marea alta.

Alaska. La Gran Solitaria.

—Ya sabes en qué nos convierte esto —dijo mamá.

Leni estaba a su lado, imaginándose el cuerpo pálido y rígido de papá siendo arrastrado en la oscuridad. Lo que él más odiaba.

—En supervivientes —contestó Leni. No se le escapó lo irónico de aquello. Eso era lo que su padre había querido que fueran.

«Supervivientes».

Leni no dejaba de revivirlo en su cabeza, de ver la última imagen de su padre antes de que el agua negra lo tragara. Esa imagen la perseguiría el resto de su vida.

Cuando por fin regresaron a la cabaña, agotadas y heladas hasta los huesos, Leni y su madre tuvieron que traer un montón de leña para alimentar el fuego. Leni lanzó sus guantes a las llamas. Después, ella y mamá se quedaron delante del fuego con las manos temblorosas extendidas hacia el calor. ¿Cuánto tiempo estuvieron así?

¿Quién sabía? El tiempo había perdido su significado.

Leni miraba atolondrada el suelo. Había una astilla de hueso junto a su pie, otra sobre la mesita de centro. Tardarían toda la noche en limpiar aquello y temía que, aunque limpiaran toda la sangre, volvería a asomar, borboteando desde la madera, como si se tratase de algo sacado de una historia de miedo. Pero tenían que ponerse manos a la obra.

—Tenemos que limpiar. Diremos que ha desaparecido —dijo Leni.

Mamá frunció el ceño y se mordió el labio inferior con gesto de preocupación.

—Ve a por Marge la Grande. Cuéntale lo que he hecho. —Mamá miró a Leni—. ¿Me has oído? Cuéntale lo que *yo* he hecho.

Leni asintió y dejó que mamá empezara sola a limpiar.

Fuera, volvía a nevar con suavidad y todo era más oscuro y estaba cubierto de nubes. Leni se acercó afanosa a la máquina de nieve y subió a bordo. Caían ligeros copos como plumas de ave que cambiaban de dirección con el viento. Al llegar al terreno de Marge la Grande, Leni giró a la derecha, se sumergió entre el espesor de los árboles y avanzó por un camino serpenteante de huellas de neumáticos sobre la nieve.

Por fin, llegó a un claro: pequeño, de forma ovalada y rodeado de altos árboles blancos. La casa de Marge la Grande era una yurta de lona y madera. Como todos los propietarios de fincas, Marge la Grande lo guardaba todo, así que su patio estaba lleno de montones de trastos apilados cubiertos de nieve.

Leni aparcó delante de la yurta y bajó. Sabía que no tenía que gritar para anunciar su presencia. El faro y el sonido de la máquina de nieve ya lo habían hecho.

Como era de esperar, un minuto después, la puerta de la yurta se abrió. Marge la Grande salió con una manta de lana como una enorme capa que rodeaba su cuerpo. Se cubrió los ojos con una mano para protegerlos de la nieve.

—¿Leni? ¿Eres tú?

—Soy yo.

—Entra. Entra —dijo Marge la Grande moviendo la mano.

Leni subió rápidamente los escalones y entró.

La yurta era por dentro más grande de lo que parecía desde fuera y estaba inmaculadamente limpia. Unos faroles despedían una luz mantecosa y la estufa de leña desprendía calor y lanzaba su humo hacia arriba por un conducto metálico que salía por una apertura cuidadosamente realizada sobre el techo de lona de la yurta.

Las paredes eran de tiras finas de madera que formaban un dibujo entrecruzado, con lona bien tirante por detrás de ellas, como un elaborado faldón con miriñaque. El techo abovedado estaba apuntalado con vigas. La cocina era grande y el dormitorio estaba arriba, en un altillo que daba a la parte que formaba la sala de estar. Ahora, en el invierno, resultaba acogedora y recogida, pero en verano sabía que las ventanas de lona se abrían para dejar paso a enormes bloques de luz. El viento soplaba sobre la lona.

Marge la Grande miró la cara magullada de Leni y su nariz aplastada, con la sangre seca en sus mejillas.

—Qué hijo de puta —dijo.

Abrazó a Leni con fuerza durante un largo rato.

—Ha sido una mala noche —dijo Leni por fin a la vez que se apartaba. Estaba temblando. Quizá lo estaba asimilando por fin. Le habían matado, le habían roto los huesos, le habían lanzado al agua...

—¿Cora está...?

—Él está muerto —la interrumpió Leni en voz baja.

—Gracias a Dios —dijo Marge la Grande.

—Mamá...

—No me cuentes nada. ¿Dónde está él?

—Lejos.

—¿Y Cora?

—En la cabaña. Dijiste que nos ayudarías. Supongo que ahora te necesitamos para..., ya sabes, limpiar. Pero no quiero causarte problemas.

—No te preocupes por mí. Vete a casa. Estaré allí en diez minutos.

Marge la Grande estaba ya cambiándose de ropa cuando Leni salió de la yurta.

De vuelta en la cabaña, encontró a mamá de pie lejos del charco de sangre, mirándolo, con la cara bañada en lágrimas, mordiéndose la uña del pulgar.

—¿Mamá? —dijo Leni, casi temerosa de tocarla.

—¿Nos va a ayudar?

Antes de que Leni pudiese responder vio un rayo de luz que entraba por la ventana, empañándola, llenando a mamá de luz. Leni vio la pena y el remordimiento de su madre en marcado relieve.

Marge la Grande abrió la puerta de la cabaña y entró. Vestida con un mono aislante de Carhartt, su gorro de piel de carcayú y mukluks que le llegaban a las rodillas, echó un vistazo rápido a su alrededor, vio la sangre y los trozos de hueso.

Fue a mamá, la acarició suavemente en el hombro.

—Se lanzó a por Leni —explicó mamá—. He tenido que pegarle un tiro. Pero... le he disparado por la espalda, Marge. Dos veces. Él no estaba armado. Ya sabes lo que eso significa.

Marge la Grande soltó un suspiro.

—Sí. Les importa una mierda lo que haga un hombre y lo asustada que tú estés.

—Lo hemos atado con pesas y lanzado al lago, pero... ya sabes cómo se descubren las cosas en Alaska. Todo tipo de cosas emergen del suelo durante el deshielo.

Marge la Grande asintió.

—Nunca lo encontrarán —intervino Leni—. Diremos que se ha ido.

—Leni, sube a prepararte una mochila pequeña. Lo suficiente para pasar la noche.

—Puedo ayudar a limpiar —se ofreció Leni.

—Sube —ordenó Marge la Grande con firmeza.

Leni subió al altillo. Detrás de ella, oyó a mamá y a Marge la Grande hablando en voz baja.

Leni cogió el libro de poemas de Robert Service para llevárselo esa noche. También cogió el álbum de fotografías que Matthew le había regalado, ahora lleno de sus fotografías preferidas.

Los metió en el fondo de su mochila, junto con su apreciada cámara, y lo cubrió todo con algo de ropa antes de bajar.

Mamá se había puesto las botas para la nieve de papá mientras caminaba entre el charco de sangre, dejando huellas hasta la puerta. En el alféizar de la ventana, apretó una mano llena de sangre contra el cristal.

—¿Qué hacéis? —preguntó Leni.

—Asegurándonos de que las autoridades sepan que tus padres estaban aquí —respondió Marge la Grande.

Mamá se quitó las botas de papá, se puso las suyas y dejó más huellas de sangre. Después, mamá cogió una de sus camisas, la rasgó y la tiró al suelo.

—Oh —dijo Leni.

—Así sabrán que se trata del escenario de un crimen —añadió Marge la Grande.

—Pero vamos a limpiarlo —dijo Leni.

—No, pequeña. Tenemos que desaparecer —le explicó mamá—. Ahora. Esta noche.

—Espera —dijo Leni—. ¿Qué? Vamos a decir que nos ha abandonado. La gente se lo creerá.

Marge la Grande y mamá intercambiaron una mirada triste.

—Hay gente que desaparece en Alaska continuamente —continuó Leni elevando la voz.

—Creía que lo habías entendido —dijo mamá—. No podemos quedarnos en Alaska después de esto.

—¿Qué?

—No podemos quedarnos —repitió mamá, con voz suave, pero firme—. Marge la Grande está de acuerdo. Aunque habríamos podido alegar que fue en defensa propia, ya no podemos. Hemos ocultado el crimen.

—Indicio de intencionalidad —explicó Marge la Grande—. No hay defensa para mujeres maltratadas que matan a sus maridos. Desde luego que debería haberla. Se podría argumentar la defensa de otros y podría funcionar. Quizá se os absolviera, si el jurado considerara que los disparos respondieron a la lógica, pero ¿de verdad quieres arriesgarte? La ley no es buena con las víctimas de violencia doméstica.

Mamá asintió.

—Marge dejará la camioneta aparcada en algún camino con manchas de sangre en la cabina. Dentro de unos días denunciará nuestra desaparición y llevará a la policía a la cabaña. Con suerte, llegarán a la conclusión de que nos ha matado a las dos y se ha escondido. Marge y Tom le contarán a la policía que era un maltratador.

—Tu madre y tu padre comparten el mismo tipo de sangre —continuó Marge la Grande—. No hay pruebas concluyentes que puedan identificar de quién es esta sangre. Al menos, espero que no las haya.

—Yo quiero decir que ha huido —insistió Leni—. Lo digo en serio, mamá. Por favor. Matthew está aquí.

—Aunque estemos en el bosque, van a investigar la desaparición de un lugareño, Leni —repuso Marge la Grande—. ¿Recuerdas cómo se unieron todos para buscar a Geneva Walker? El primer lugar donde buscarán es en la cabaña. ¿Y qué vais a decir del disparo en la ventana? Conozco a Curt Ward. Es un policía que cumple las reglas a pies juntillas. Incluso traerá un perro y pedirá que traigan un investigador de Anchorage. Por mucho que limpiemos, podrían quedar pruebas. Un fragmento de hueso humano. Algo que identifique a tu padre. Si lo encuentran, os arrestarán a las dos por asesinato.

Mamá se acercó a Leni.

—Lo siento, pequeña, pero era lo que querías. Yo estaba dispuesta a acarrear sola con la culpa, pero no me has dejado. Ahora estamos juntas en esto.

Leni sintió como si estuviese en caída libre. En su ingenuidad, había creído que podrían hacer algo así de terrible y no pagar precio alguno más allá de la oscuridad que habría en sus almas, los recuerdos y las pesadillas.

Pero Leni tendría que pagar con todo lo que quería. Matthew. Kaneq. Alaska.

—Leni, ya no tenemos otra opción.

—¿Cuándo hemos tenido alguna? —preguntó ella.

Leni quería gritar, llorar, ser la niña que nunca había podido ser, pero si algo había aprendido de su juventud y su familia era a sobrevivir.

Mamá tenía razón. No había modo de que pudieran limpiar esa sangre. Y los perros y la policía descubrirían el crimen. ¿Y si papá tenía una cita al día siguiente de la que ellas no supieran nada y alguien llamara a la policía para denunciar su desaparición antes de que estuviesen listas? ¿Y si su cuerpo se soltaba de las trampas y salía flotando hasta la orilla cuando el agua se derritiera y un cazador lo encontrara?

Como siempre, Leni tenía que pensar en las personas a las que quería.

Mamá había recibido todos los golpes con tal de proteger a Leni y había disparado a papá para salvarla. No podía dejar sola a mamá ahora, no podía escaparse. Y Leni tampoco podía criar sola a su bebé. Sintió una tristeza abrumadora, una sensación agobiante de haber corrido una maratón para, al final, terminar en el mismo sitio.

Al menos, estarían juntas las dos, como siempre. Y el bebé tendría la oportunidad de vivir algo mejor.

—Vale. —Miró a Marge la Grande—. ¿Qué hacemos?

Pasaron la siguiente hora con los últimos detalles: aparcaron la camioneta en el puerto, con manchas de sangre en el picaporte. Volcaron los muebles y dejaron una botella de whisky vacía. Marge la Grande lanzó dos disparos sobre las paredes de troncos. Dejaron abierta la puerta de la cabaña para que pudiesen entrar animales que contaminaran cualquier prueba.

—¿Estás lista? —preguntó por fin mamá.

Leni quiso responder: «No, no estoy lista. Este es mi lugar». Pero ya era demasiado tarde para recuperar el pasado. Asintió con tristeza.

Marge la Grande se abrazó a las dos con fuerza y las besó en las mejillas mojadas. Les deseó suerte en la vida.

—Denunciaré vuestra desaparición —susurró al oído de Leni—. Nunca le hablaré a nadie de esto. Podéis confiar en mí.

Cuando Leni y mamá bajaron por los serpenteantes escalones hacia la playa por última vez bajo una nieve cegadora, Leni sintió como si tuviese mil años.

Siguió a su madre hasta la playa nevada y fangosa. El viento azotaba el pelo sobre los ojos de mamá, le bajaba el volumen de la voz y movía la mochila que llevaba a la espalda. Leni estaba segura de que mamá le estaba hablando, pero no podía oír lo que le decía ni tampoco le importaba. Chapoteó por las olas de hielo en dirección al esquife. Tras lanzar su mochila a la embarcación, subió a bordo y se sentó en el asiento de madera. En la orilla, la nieve que caía borraría pronto todo rastro de sus pasos. Sería como si nunca hubiesen estado allí.

Mamá saltó a bordo. Sin luces que las guiaran, avanzó despacio por la orilla, sujetando el volante con sus manos enguantadas y el cabello moviéndose en todas direcciones.

Rodearon el saliente a la vez que el reflejo de un nuevo amanecer les mostraba el camino.

Se detuvieron en el muelle de pasajeros de Homer.

—Necesito despedirme de Matthew —dijo Leni.

Mamá lanzó una cuerda a Leni.

—Ni hablar. Tenemos que irnos. Hoy no nos puede ver nadie. Ya lo sabes.

Leni amarró la embarcación.

—No era una pregunta.

Mamá cogió su mochila, la levantó y se la colgó a la espalda. Con cuidado, Leni salió del esquife al muelle helado. Las cuerdas crujían ahora.

Mamá paró el motor y salió del esquife. Las dos permanecieron de pie bajo la nieve que caía con suavidad.

Leni sacó una bufanda de su mochila y se la enrolló en el cuello, cubriéndose la mitad inferior de la cara.

—Nadie me verá, mamá. Pero voy a ir.

—Ve al mostrador de Glass Lake Aviation en cuarenta minutos —respondió mamá—. No te retrases ni un minuto. ¿De acuerdo?

—¿Vamos a ir en avión? ¿Cómo?

—Tú no te retrases.

Leni asintió. Sinceramente, no le importaban los detalles. En lo único que podía pensar era en Matthew. Se colgó la mochila y se fue, caminando todo lo rápido que se atrevió por el muelle helado. A esa primera hora de una fría y nevosa mañana de noviembre, no había nadie que la pudiera ver.

Llegó a la clínica y aminoró el paso. Ahí era donde tenía que ser cautelosa. No podía permitir que nadie la viera.

Las puertas de cristal se abrieron delante de ella.

Dentro olió a desinfectante y a algo más, metálico, amargo. En el mostrador de recepción, una mujer hablaba por teléfono. Ni siquiera levantó la mirada cuando se abrieron las puertas. Leni se escabulló en el interior mientras pensaba: «Sé invisible...». Los pasillos estaban en silencio a esas horas de la mañana, con las puertas de los pacientes cerradas. Se detuvo en la habitación de Matthew, se recompuso y abrió la puerta.

La habitación estaba en silencio. A oscuras. Ninguna máquina silbaba ni emitía zumbidos. Nada le estaba manteniendo con vida aparte de su propio y enorme corazón.

Le habían colocado de tal forma que estaba dormido sentado, con la cabeza envuelta en un halo sujeto a un chaleco para que no se pudiera mover. Su cara llena de cicatrices rosadas parecía como si estuviese cosida por una máquina de coser. ¿Cómo podía vivir así, atado, cosido, incapaz de hablar, pensar, tocar o ser tocado? ¿Y cómo podía ella permitir que lo hiciera sin su ayuda?

Dejó caer su mochila en el suelo, se acercó a la cama y le agarró la mano. Su piel, que antes era áspera de tener que destripar pescado y arreglar aparejos de la granja, era ahora tan suave como la de una chica. No pudo evitar pensar en la época de clases, cuando se cogían de la mano por debajo del pupitre y se pasaban notas el uno al otro pensando que el mundo podría ser de ellos.

—Podríamos haberlo conseguido, Matthew. Podríamos habernos casado, tener un hijo demasiado pronto y seguir enamorados. —Cerró los ojos, imaginándoselo, imaginándose a ellos dos. Podrían haber seguido así hasta llegar a viejos, ser una pareja de ancianos canosos con ropa pasada de moda, sentados en un porche bajo el sol de medianoche.

Podrían haberlo hecho.

Palabras inútiles. Demasiado tarde.

—No puedo dejar sola a mi madre. Y tú tienes a tu padre, a tu familia y a Alaska. —Su voz se rompió al decir aquello—. De todos modos, no sabes quién soy, ¿no?

Se inclinó para acercarse más. Le apretó la mano. Las lágrimas cayeron sobre la mejilla de él y se quedaron atrapadas en el tejido elevado de una cicatriz rosada.

Sam Gamyi no dejaría nunca a Frodo de esa forma. Ningún héroe haría nunca algo así. Pero los libros no eran más que un reflejo de la vida real, no la realidad en sí. No hablaban de muchachos que quedaban con el cuerpo destrozado y el cerebro roto hasta el bulbo raquídeo y no podían hablar, ni moverse ni pronunciar tu nombre. Ni sobre madres e hijas que tomaban decisiones terribles e irrevocables. Ni de bebés que se merecían algo mejor que las vidas desastrosas de la familia en la que habían nacido.

Volvió a ponerse una mano sobre el vientre. La vida que había ahí dentro era tan pequeña como el huevo de una rana, demasiado pequeña para sentir y, sin embargo, Leni habría podido jurar que oía el eco de un segundo latido en su interior. Lo único de lo que estaba segura era de esto: tenía que ser una buena mamá para ese bebé y tenía que ocuparse de su madre. Punto.

—Sé cuánto deseabas tener hijos —dijo Leni en voz baja—. Y ahora...

«Hay que estar junto a las personas a las que se quiere».

Matthew abrió los ojos. Uno miraba hacia el frente. El otro daba vueltas enloquecidas en su cuenca. Ese ojo verde que miraba era la única parte de él que Leni reconocía. Se removió, soltó un terrible quejido de dolor.

Abrió la boca y gritó:

—Buaaaa... —Se movía como si quisiera soltarse. El halo producía un sonido metálico al golpearse contra el cabecero. Empezó a salirle sangre en los pernos de la sien. Se disparó una alarma—. Hermmmm....

—No —dijo ella—. Por favor...

Se abrió la puerta. Una enfermera pasó corriendo junto a Leni al entrar en la habitación.

Leni se apartó con un traspiés, temblando, volviendo a levantarse la capucha. La enfermera no le había visto la cara.

Él daba gritos en la cama, emitiendo sonidos animales y guturales, agitándose. La enfermera le inyectó algo en la vía intravenosa.

—Ya está, Matthew. Tranquilo. Tu padre vendrá pronto.

Leni quería decir «te quiero» una última vez, en voz alta, para que el mundo lo oyera, pero no se atrevió.

Tenía que marcharse, ya, antes de que la enfermera se diese la vuelta.

Pero se quedó allí, con los ojos bañados en lágrimas, la mano aún apretada contra su vientre. «Intentaré ser una buena madre y le hablaré al bebé sobre nosotros. Sobre ti...».

Leni se agachó a por su mochila, la cogió y salió corriendo.

Le dejó allí, solo entre desconocidos.

Una decisión que sabía que él jamás habría tomado con ella.

Ella.

Está aquí, ¿verdad? Él ya no sabe qué es real.

Hay palabras que conoce, palabras que retiene al considerarlas importantes, pero no sabe su significado. Coma. Abrazadera. Halo. Daño cerebral. Están allí, los ve pero no los ve, como imágenes de otra habitación que entrevé a través de un cristal rugoso.

A veces, sabe quién es y dónde está. A veces, durante unos segundos, sabe que ha estado en coma y que ha salido de él; sabe que no puede moverse porque lo tienen atado. Sabe que no puede mover la cabeza porque le han introducido tornillos en el cráneo y le tienen enjaulado. *Sabe que está sentado así todo el día, incorporado, un monstruo con una abrazadera, con la pierna sobresaliéndole por delante, con un dolor constante que le corroe. Sabe que la gente llora cuando le ve.*

A veces, oye cosas. Ve formas. Personas. Voces. Luz. Trata de atraparlos, concentrándose, pero todo son polillas y zarzas.

Ella.

Está ahora aquí, ¿verdad? ¿Quién es?

La que él espera.

«Podríamoshaberloconseguido, Matthew».

Matthew.

Él es Matthew, ¿verdad? ¿Ella le está hablando?

«Nosabesquiénsoy...».

Intenta girarse, soltarse para poder verla a ella en lugar de al techo, que parece ondularse adelante y atrás por encima de él.

Grita por ella, llora, intenta recordar las palabras que necesita, pero no encuentra nada. La frustración aumenta e incluso hace que el dolor desaparezca.

No puede moverse. Es un pan —no, esa no es la palabra correcta— atado, amarrado con correas. Encadenado.

Ahora hay alguien más. Una voz distinta.

Siente que todo se desvanece. Se queda quieto, incapaz de recordar siquiera el minuto anterior.

Ella.

¿Qué significa eso?

Deja de luchar, se queda mirando a la mujer vestida de naranja, escuchando su voz tranquilizadora.

Sus ojos se cierran. Su último pensamiento es Ella. «No te vayas», pero ni siquiera sabe qué significa.

Oye pasos. Alguien corriendo.

Es como el latido de su corazón. Está allí y luego desaparece.

25

*L*a nieve que caía convirtió Homer en un paisaje borroso de colores apagados y cielos difuminados. Las pocas personas que había veían el mundo a través de los parabrisas sucios o levantaban la vista con el mentón oculto. Nadie se percataba de que una chica con una parka enorme, la capucha subida y una bufanda envolviéndole la mitad inferior de la cara caminaba fatigosamente cuesta abajo.

A Leni le dolía muchísimo la cara, la nariz le palpitaba, pero nada de eso era peor que su dolor. En Airport Road, la nieve se levantó un poco. Giró y se dirigió al campo de aviación. En la puerta, se detuvo, se subió el cuello del jersey por encima del labio roto.

La oficina era pequeña y estaba construida con madera y metal ondulado con un tejado con una pronunciada pendiente. Parecía como un corral de gran tamaño. Detrás, vio un pequeño avión en la pista de despegue con el motor en marcha. Al letrero de la compañía Glass Lake le faltaban dos letras, de modo que lo que se leía era: «ass lake aviation». Llevaba así desde lo que Leni podía recordar. El propietario decía que lo había arreglado una vez y que eso era suficiente. Al parecer, unos estudiantes habían robado las letras por pura diversión*.

En el interior, el lugar parecía sin acabar también: un suelo de baldosas disparejas de linóleo adhesivo, un mostrador de madera contrachapada, un pequeño expositor con folletos para turistas, un baño detrás de una puerta rota. Junto a la puerta de atrás había un montón de cajas apiladas, suministros que acababan de traer o que iban a transportarse pronto.

Mamá estaba sentada en una silla de plástico blanca, con una bufanda enrollada sobre la mitad inferior de su rostro y un gorro que le tapaba su pelo rubio. Leni estaba sentada a su lado en un sillón reclinable con una tapicería floral con demasiado relleno que algún gato había destrozado.

Delante de ellas, una mesita de formica llena de revistas.

Leni estaba cansada de llorar, de sentir esa pena que no dejaba de abrirse y cerrarse dentro de ella, pero, aun así, las lágrimas seguían escociéndole en los ojos.

Mamá apagó su cigarrillo en la lata de Coca-Cola vacía que había en la mesa delante de ella. El humo subió entre el chisporroteo y planeó hasta desaparecer. Se echó hacia atrás y suspiró.

—¿Cómo estaba? —preguntó.

—Igual. —Leni se echó sobre su madre, pues necesitaba el calor sólido de su cuerpo. Se metió la mano en el bolsillo y notó algo afilado. El regalo que el señor Walker le había dado de Matthew. En medio de todo lo que había pasado, lo había olvidado. Lo sacó, miró el pequeño y delgado paquete envuelto en papel de periódico y en el que Matthew había escrito: «¡Feliz cumpleaños, Leni!».

---

* Glass Lake significa «lago de cristal», mientras que Ass Lake significa «lago del culo». [N. del T.]

Su dieciocho cumpleaños había pasado casi inadvertido ese año, pero Matthew lo había estado planeando. Quizá se le había ocurrido alguna idea para celebrarlo.

Quitó el papel de periódico, lo dobló con cuidado para poder guardarlo (él lo había tocado mientras pensaba en ella). En su interior encontró una caja blanca y fina. Dentro, un trozo de papel de periódico amarillento y con el borde rasgado cuidadosamente doblado.

Era un artículo de periódico y una vieja fotografía en blanco y negro de dos granjeros cogidos de la mano. Estaban rodeados de perros de trineos, sentados en unas sillas desparejadas delante de una cabaña diminuta con el tejado cubierto de musgo. El patio estaba lleno de trastos. Un chico rubio estaba sentado en el suelo. Leni reconoció el patio y el porche: eran los abuelos de Matthew.

En la parte de abajo, Matthew había escrito: «Estos podríamos ser nosotros».

A Leni le escocieron los ojos. Se llevó la fotografía al corazón y bajó la mirada al artículo.

MI ALASKA, por Lily Walker
4 de julio de 1972

Uno cree saber lo que significa lo salvaje. Es una palabra que se usa durante toda la vida. Se utiliza para describir a un animal, el pelo, un niño indisciplinado... En Alaska, aprendes lo que de verdad significa la palabra «salvaje».

Mi marido, Eckhart, y yo vinimos a este lugar por separado, lo cual puede parecer que no es importante, pero desde luego que lo es. Cada uno habíamos decidido por nuestra cuenta, y debo añadir que no siendo jóvenes, que la civilización no era para nosotros. Estábamos en mitad de la Gran Depresión. Yo vivía en una chabola con mis padres y mis seis hermanos. Nunca había suficiente de nada: ni tiempo, ni dinero, ni comida ni amor.

¿Qué me hizo pensar en Alaska? Ni siquiera ahora lo recuerdo. Tenía treinta y cinco años, soltera. En aquel entonces, nos llamaban solteronas. Mi hermana menor había muerto —puede que por tener el corazón roto o por la desesperación que conllevaba ver el sufrimiento de sus propios hijos— y yo me fui.

Sin más. Tenía diez dólares en el bolsillo y ninguna habilidad real. Me dirigí al oeste. Por supuesto que fui al oeste, por la aventura. En Seattle vi un cartel que hablaba de Alaska. Buscaban mujeres que se encargaran de la colada de los hombres en los yacimientos de oro.

Pensé: «Yo sé lavar ropa». Y me fui.

Era un trabajo duro, con hombres que te piropeaban a todas horas. Y la piel se me endureció hasta parecerse al cuero. Entonces, conocí a Eckhart. Era diez años mayor que yo y no muy atractivo, si soy sincera.

Me llamó la atención y me contó que su sueño era tener un terreno en la península de Kenai. Cuando me extendió la mano, yo la cogí. ¿Le quería? No. Entonces, no. La verdad es que durante años, no, aunque cuando murió fue como si Dios hubiese acercado su mano para arrancarme el corazón del pecho.

Salvaje. Así es como lo describo todo. Mi amor. Mi vida. Alaska. A decir verdad, para mí es todo lo mismo. Alaska no atrae a muchos. La mayoría están demasiado domesticados como para soportar la vida aquí. Pero, cuando te engancha, se te mete bien dentro y te aferra, pasas a ser de ella. Salvaje. Una amante de cruel belleza y maravilloso aislamiento. Y que Dios te ampare, porque no podrás vivir en ningún otro sitio.

—¿Qué tienes ahí? —preguntó mamá echando el humo.
Leni dobló con cuidado el artículo en cuatro partes.

—Un artículo que escribió la abuela de Matthew. Murió
unos años antes de que viniéramos a Alaska. —La fotografía
de los abuelos de Matthew, de 1940, yacía en su regazo—.
¿Cómo voy a dejar de quererle, mamá? ¿Voy a... olvidarlo?

Mamá suspiró.

—Ah. Eso. El amor no se diluye ni muere, pequeña. La
gente dice que sí, pero no. Si le amas ahora, le amarás dentro
de diez años y de cuarenta. Puede que de una forma distinta,
una versión más atenuada, pero es parte de ti ahora. Y tú de él.

Leni no sabía si aquello resultaba reconfortante o aterrador. Si iba a sentirse así siempre, como si su corazón fuese una
herida abierta, ¿cómo iba a volver a ser feliz?

—Pero el amor tampoco aparece solo una vez en la vida.
No si tienes suerte.

—Yo no creo que los Allbright tengamos suerte —dijo Leni.

—No sé. Lo has encontrado una vez, en medio de la nada.
¿Qué posibilidades había de que le conocieras, de que él te
amara, de que tú le amaras? Yo diría que eres afortunada.

—Y luego nos caímos por la grieta, él sufre daño cerebral
y tú matas a papá para protegerme.

—Sí. Bueno. El vaso puede estar medio lleno o medio vacío.

Leni sabía que el vaso se había roto.

—¿Adónde vamos? —preguntó.

—¿De verdad te importa?

—No.

—Volvemos a Seattle. Es lo único que se me ha ocurrido.
Gracias a Marge la Grande, vamos en avión y no haciendo
autoestop.

Se abrió la puerta y entró una bocanada de aire helador.
Apareció una mujer con una parka marrón y un gorro Cowichan que le cubría toda la frente.

—El avión está listo para despegar. Vuelo a Anchorage.

Mamá se subió de inmediato la bufanda hasta dejarla justo debajo de los ojos mientras Leni se subía la capucha de su parka, tirando de las cuerdas para que se le quedara ajustada alrededor de la cara.

—¿Sois nuestras pasajeras? —preguntó la mujer mientras miraba un papel en sus manos enguantadas. Antes de que mamá pudiese responder, sonó el teléfono del mostrador. La mujer se acercó para responder—: Glass Lake Aviation.

Mamá y Leni salieron de inmediato de la pequeña oficina en dirección a la pista de despegue donde esperaba el avión con las hélices en marcha. En el avión, Leni lanzó su pesada mochila a la parte de atrás, donde cayó en medio de cajas que había que transportar hasta algún lugar, y siguió a su madre al oscuro interior.

Tomó asiento (solo había dos detrás del piloto) y se abrochó el cinturón de seguridad.

El pequeño avión avanzó con gran estruendo, traqueteando, y luego se elevó, se tambaleó y se estabilizó. El motor sonaba como las tarjetas que los niños de su viejo barrio ponían en los radios de sus bicicletas.

Leni miraba por la ventanilla hacia la oscuridad. Desde aquella altura, todo parecía de un color gris carbón y blanco, un paisaje difuminado de tierra, mar y cielo. Montañas blancas y dentadas, olas furiosas de crestas blancas. Cabañas y casas que se pegaban obstinadas a una costa salvaje.

Homer desapareció de la vista lentamente.

Seattle por la noche bajo la lluvia.

Una serpiente de luces amarillas en medio de la oscuridad. Carteles de neón, reflejos sobre las calles mojadas. Semáforos que cambian de color. Sonidos de claxon que lanzan advertencias de forma intermitente.

De las puertas abiertas salía música que invadía la noche, distinta a cualquier otra música que Leni hubiese oído antes. Tenía un sonido furioso y estruendoso y algunas de las personas que estaban en las puertas de los bares parecían haber aterrizado desde Marte, con imperdibles en las mejillas, pelos con crestas tiesas y azules y ropa negra que parecía haberse hecho jirones.

—No pasa nada —dijo mamá tirando de Leni hacia ella al pasar junto a un grupo de personas con aspecto de vagabundos que se habían juntado apáticos en un parque, pasándose cigarrillos unos a otros.

Leni veía la ciudad a pedazos bajo las pestañas semicerradas, borrosa bajo la lluvia incesante. Veía mujeres con bebés apiñadas en puertas y hombres dormidos en sacos de dormir bajo la calle elevada que pasaba por encima de esta parte de la ciudad. Leni no podía imaginar por qué la gente quería vivir así cuando podían irse a Alaska a vivir de la tierra y construirse una casa. No podía evitar pensar en todas esas chicas que habían sido secuestradas en 1974 y a las que encontraron muertas no lejos de allí. Ted Bundy había sido arrestado, pero ¿significaba eso que las calles eran ahora seguras?

Mamá encontró una cabina de teléfonos y llamó a un taxi. Mientras esperaban a que llegara, la lluvia cesó.

Un llamativo taxi amarillo se detuvo en la acera sucia, salpicándolas de agua. Leni siguió a su madre al interior del asiento de atrás, que tenía un fuerte olor a pino. Desde ahí, Leni vio las luces de la ciudad a través de la ventanilla. Con agua por todas partes, con gotas y charcos, pero sin que estuviese lloviendo, aquel lugar tenía un aspecto de revoltijo, multicolor, carnavalesco.

Empezaron a subir una pendiente. La parte vieja de la ciudad de edificios bajos de ladrillo —Pioneer Square— era, al parecer, el hoyo del que la gente salía cuando tenía dinero. El centro era un cañón de edificios de oficinas, rascacielos y almacenes levantados en calles ajetreadas con ventanas que parecían platós de cine, habitados por maniquíes vestidos con trajes pomposos con exageradas hombreras y cinturas ceñidas. En lo alto de la colina, la ciudad daba paso a un barrio de casas solariegas.

—Ahí es —le dijo mamá al taxista a la vez que le daba lo último que les quedaba del dinero que les habían prestado.

La casa era más grande de lo que Leni recordaba. En la oscuridad, parecía un poco siniestra, con su tejado a dos aguas que se elevaba hacia el cielo negro de la noche y resplandecientes ventanas de estilo diamante. Todo ello rodeado por una verja de hierro coronada con agujas afiladas.

—¿Estás segura? —preguntó Leni en voz baja.

Leni sabía lo que aquello le había costado a su madre, volver a casa a pedir ayuda. Vio su impacto en los ojos de su madre, en sus hombros caídos, en el modo en que cerraba los puños. Mamá sentía como un fracaso regresar ahí.

—Esto solo demuestra que siempre tuvieron razón con respecto a él.

—Podríamos desaparecer. Empezar por nuestra cuenta.

—Eso podría hacerlo yo, pequeña, pero no tú. He sido una madre desastrosa. Voy a ser una buena abuela. Por favor. No me des otra salida. —Respiró hondo—. Vamos.

Leni agarró la mano de mamá. Subieron juntas por el camino de piedra donde unos focos iluminaban arbustos esculpidos con formas de animales y unos rosales espinosos recortados para el invierno. Al llegar a la adornada puerta de la casa, se detuvieron. Esperaron. Entonces, mamá llamó.

Unos momentos después, la puerta se abrió y apareció la abuela.

Los años la habían cambiado, marcándole la cara. El pelo se le había vuelto gris. O puede que siempre hubiese sido gris y hubiese dejado de teñírselo.

—Dios mío —susurró llevándose una delgada mano a la boca.

—Hola, mamá —dijo mamá con voz vacilante.

Leni oyó pasos.

La abuela se apartó. El abuelo apareció a su lado. Era un hombre grande; un estómago prominente bajo un jersey de cachemira azul, grandes carrillos caídos, cabello blanco peinado sobre su brillante cabeza y muy bien recortado. Pantalones anchos y negros de poliéster, bien apretados con un cinturón y unas piernas muy delgadas que se insinuaban por debajo. Parecía mayor de sus setenta años.

—Hola —lo saludó mamá.

Sus abuelos se quedaron mirándolas, con los ojos entrecerrados, viendo las magulladuras en las caras de Leni y de mamá, las mejillas hinchadas, los ojos ennegrecidos.

—Hijo de puta —dijo el abuelo.

—Necesitamos ayuda —dijo mamá apretando la mano de Leni.

—¿Dónde está? —quiso saber el abuelo.

—Le hemos dejado —respondió mamá.

—Gracias a Dios —repuso la abuela.

—¿Debemos preocuparnos por que venga a buscaros y eche abajo mi puerta? —preguntó el abuelo.

Mamá negó con la cabeza.

—No. Nunca.

El abuelo entrecerró los ojos. ¿Entendía lo que eso quería decir? ¿Lo que habían hecho?

—¿Qué has...?

—Estoy embarazada —anunció Leni. Habían hablado de ello, mamá y ella, y habían decidido no contar nada del embarazo todavía, pero ahora que estaban ahí, pidiendo ayuda, suplicando, Leni no pudo evitarlo. Ya había guardado suficientes secretos en su vida. No quería seguir viviendo bajo su sombra.

—De tal palo, tal astilla —intervino mamá tratando de sonreír.

—Ya hemos pasado por esto —dijo el abuelo—. Recuerdo el consejo que te di.

—Querías que la entregara y que volviera a casa y fingiera que era la chica que había sido antes —repuso mamá—. Y yo quería que me dijeras que no pasaba nada, que me querías de todos modos.

—Lo que dijimos —apuntó la abuela con tono suave— era que había mujeres en nuestra iglesia que no podían tener hijos y que habrían dado a tu bebé un buen hogar.

—Yo voy a quedarme con el mío —dijo Leni—. Si no queréis ayudarnos, no pasa nada, pero yo me quedo con mi bebé.

Mamá le apretó la mano.

Hubo un silencio tras las palabras de Leni. Durante él, Leni atisbó el tamaño del mundo que ahora se presentaba ante ella y mamá, el océano de problemas al que se enfrentaban solas, y eso la asustó, pero no tanto como la idea del mundo en el que habitaría si abandonaba a ese bebé. Hay decisiones de las que es imposible recuperarse. Ya era lo suficientemente mayor para saberlo.

Por fin, tras lo que le pareció una eternidad, la abuela miró a su marido.

—Cecil, ¿cuántas veces hemos hablado de las segundas oportunidades? Esta es una.

—¿No volverás a escaparte en mitad de la noche? —le preguntó él a mamá—. Tu madre... casi se muere.

En esas pocas palabras, cuidadosamente elegidas, Leni notó tristeza. Había dolor entre esas personas y su madre. Dolor, remordimiento y desconfianza. Pero también algo más tierno.

—No, señor. No nos iremos.

Por fin, el abuelo sonrió.

—Bienvenida a casa, Coraline. Lenora. Vamos a ponerle un poco de hielo a esas magulladuras. Las dos tenéis que ver a un médico.

Leni vio la renuencia de mamá a entrar en la casa. La cogió del brazo para calmarla.

—No me sueltes —susurró mamá.

Dentro, Leni notó el olor a flores. Había varios ramos de flores colocados con gusto sobre relucientes mesas de madera y espejos de marcos dorados en las paredes.

Leni miraba el interior de las habitaciones y los pasillos mientras caminaban. Vio un comedor con una mesa en la que cabían doce personas, una biblioteca con estanterías desde el suelo hasta el techo, una sala de estar en la que había dos elementos de cada cosa: sofás, sillas, ventanas, lámparas. Una escalera con una alfombra tan mullida que parecía como si caminaras por una ciénaga en verano llevaba a un pasillo superior que tenía paredes de caoba y estaba decorado con candelabros de metal y cuadros de perros y caballos con ornamentados marcos dorados.

—Por aquí —anunció la abuela deteniéndose por fin. El abuelo iba detrás, como si la tarea de distribuir las habitaciones fuese cosa de mujeres—. Lenora, tú dormirás en el antiguo dormitorio de Coraline. Cora, ven por aquí.

Leni entró en su nueva habitación.

Al principio, solo veía encajes. No los ojales baratos que solía ver en los almacenes Goodwill. Este era bueno, casi como telas de araña enhebradas. Cortinas de encaje de color marfil enmarcaban las ventanas. Había más encaje de marfil en las colchas y las pantallas de las lámparas. En el suelo, alfombras de color beis claro. Los muebles eran de color marfil con bordes dorados. Un pequeño escritorio con forma de riñón tenía una banqueta con cojín marfil encajada debajo.

El aire resultaba sofocante, superficial, bañado en un falso aroma a lavanda.

Fue a la ventana, levantó la pesada hoja y se asomó. La dulce noche la recibió, calmándola. La lluvia había cesado, dejando una resplandeciente noche negra a su paso. Las luces estaban encendidas en todas las casas a un lado y a otro de la calle.

Había un pequeño trozo de tejado mojado delante de ella. Debajo, el cuidado jardín, con un viejo arce con la mayoría de sus ramas desnudas; solo seguían aguantando unas cuantas hojas de color rojo dorado.

Árboles. El aire de la noche. Silencio.

Leni salió al tejado de tejas de madera que había bajo su habitación. Aunque había luces encendidas en la casa y casas con las luces encendidas también al otro lado de la calle, se sentía más segura ahí afuera. Olió los árboles y las plantas y el lejano olor del mar.

El cielo no le resultaba familiar. Era negro. En Alaska, el cielo de la noche en invierno era de un azul púrpura oscuro y, cuando la nieve cubría el suelo y ocultaba los árboles, la luz ambiental adquiría un resplandor mágico. Y luego, a veces, la aurora boreal danzaba por el cielo. Aun así, reconocía las estrellas. No estaban en el mismo lugar, pero eran las mismas estrellas. La Osa Mayor. El Cinturón de Orión. Constelaciones que Matthew le había enseñado aquella noche en la que habían estado tumbados en la playa.

Cerró los dedos alrededor del collar con el corazón que tenía en su cuello. Ahora podía llevarlo sin esconderse ni preocuparse de que su padre le preguntara de dónde lo había sacado. Nunca más se lo quitaría.

—¿Quieres compañía?

—Claro —respondió Leni apartándose a un lado.

Mamá salió por la ventana abierta y fue al tejado. Se sentó al lado de Leni recogiéndose las rodillas en el pecho.

—Yo solía bajar por ese árbol cuando estaba en el instituto para escaparme los sábados por la noche y salir con chicos al bar de Dick's en Aurora. Todo giraba en torno a los chicos. —Suspiró y apoyó el mentón en el hueco que había entre sus rodillas.

Leni se recostó sobre su madre y miró hacia la casa del otro lado de la calle. Un resplandor de luces malgastadas. A través de las ventanas, vio al menos tres televisiones que reflectaban colores.

—Lo siento, Leni. He convertido tu vida en un desastre.

—Las dos lo hemos hecho —respondió Leni—. Juntas. Ahora tenemos que vivir con ello.

—Hay algo en mí que no va bien —dijo mamá tras una pausa.

—No —repuso Leni con firmeza—. Había algo en él que no iba bien.

—Es ahí, créeme. Justo ahí —dijo mamá cinco días después, cuando sus magulladuras se habían curado lo suficiente como para disimularlas con maquillaje. Habían pasado casi una semana acurrucadas en la casa, sin aventurarse a salir. Las dos se estaban volviendo locas.

Ahora, con el pelo de mamá cortado al estilo pixie y teñido de castaño, por fin salían de la casa y tomaban un autobús hacia el ajetreado centro de Seattle, donde se fundieron con una ecléctica muchedumbre de turistas, compradores y rockeros punk.

Mamá apuntó hacia el cielo azul y sin nubes.

Leni no mostraba interés por La Montaña (así era como llamaban allí abajo al monte Rainier, como si fuese lo único que importase en el mundo) ni por los demás lugares emblemáticos que mamá le enseñaba orgullosa, como si Leni no los hubiese visto nunca. El luminoso cartel de neón del mercado municipal que lucía sobre el puesto de pescado; la Aguja Espacial, que parecía una nave extraterrestre colocada sobre palillos de dientes; el nuevo acuario que sobresalía desafiante hacia las frías aguas de la bahía Elliott.

Seattle estaba preciosa aquel día soleado y cálido de noviembre, eso era cierto. Tan verde como la recordaba, rodeada de agua y cubierta de asfalto y hormigón.

La gente caminaba como hormigas por todas partes. Todo era ruido y movimiento: sonidos de claxon, gente que cruzaba las calles, autobuses que echaban humo y frenos que chirriaban en las cuestas que sostenían en alto la ciudad. ¿Cómo iba a sentir nunca que ese era su hogar, entre toda esa gente?

No había silencio allí. Durante las últimas noches, se había tumbado en su nueva cama, que olía a suavizante de ropa y a jabón de lavar de supermercado, tratando de sentirse cómoda. Una vez, había sonado de repente la sirena de una ambulancia o de la policía y por la ventana había entrado una luz roja intermitente que había teñido el encaje de un rojo sangre.

Ahora, ella y mamá estaban en el norte de la ciudad. Habían tomado un autobús que cruzaba la ciudad, habían encontrado asientos libres entre los viajeros de aspecto triste que habían salido a primera hora, y habían atravesado el ajetreado «Ave» para subir a la extensa Universidad de Washington.

Se quedaron en el borde de algo llamado Plaza Roja. Hasta donde alcanzaba la vista de Leni, todo el suelo estaba cubierto de ladrillos rojos nuevos. Un gigantesco obelisco rojo apuntaba hacia el cielo azul. Más edificios de ladrillo rojo formaban el perímetro.

Literalmente, había cientos de estudiantes moviéndose por la plaza. Iban y venían en oleadas de risas y parloteos. A su izquierda, un grupo de chicos todos vestidos de negro levantaban carteles de protesta sobre la energía y las armas nucleares. Varios exigían el cierre de algo llamado Hanford.

Se acordó de los universitarios que había visto en Homer cada verano, pandillas de jóvenes adultos con chubasqueros REI que levantaban la vista hacia los dentados picos cubiertos de nieve como si oyesen que Dios estuviera llamándolos por su nombre. Oía conversaciones sobre cómo iban a mandarlo todo al garete, abandonar el sistema para empezar unas vidas más auténticas. «Volver a la tierra», decían, como si se tratara de un versículo bíblico. Como la famosa cita de John Muir: «Las montañas me están llamando y debo ir». La gente oía ese tipo de voces en Alaska y sentían nuevos sueños. La mayoría nunca llegaba a ir y, de los pocos que sí lo hacían, casi todos abandonaban antes de que terminara el primer invierno, pero Leni siempre había sabido que habían cambiado simplemente por la magnitud del sueño y la posibilidad que adivinaban a lo lejos.

Leni se movía entre la multitud junto a su madre, agarrada a la pequeña mochila que tenía desde los doce años. Su mochila de Alaska. Era como un tótem, el último retazo duradero de una vida desechada. Deseó haberse podido traer también su cabás de Winnie the Pooh.

Llegaron a su destino: un edificio gótico de color rosa empalagoso con arcos enormes, delicados chapiteles y ventanas de intricadas volutas.

Dentro había una biblioteca que no se parecía a nada que Leni hubiese visto antes. Una fila tras otra de mesas de madera adornadas con lámparas verdes de banquero colocadas bajo un techo abovedado. Sobre las mesas colgaban candelabros góticos. ¡Y los libros! Nunca había visto tantos. Le hablaban en susurros de mundos inexplorados y amigos aún por conocer y se dio cuenta de que no estaba sola en este mundo nuevo. Sus amigos estaban aquí, mostrando sus lomos, esperándola como siempre habían hecho. «Ojalá Matthew pudiera ver esto...».

Caminaba al ritmo de su madre y los toscos tacones de sus botas retumbaban en el suelo. Leni esperaba todo el rato que la gente levantara la mirada y las señalara como si fuesen intrusas, pero a los estudiantes de la Sala de Lectura de Graduados no les importaba que hubiese extraños entre ellos.

Ni siquiera la bibliotecaria pareció formarse ningún juicio sobre ellas cuando escuchó sus preguntas y las envió a otra mesa, donde otro bibliotecario escuchó su petición.

—Aquí tiene —dijo el segundo bibliotecario mientras les daba un montón de periódicos atados.

—Gracias —respondió mamá y se sentó. Leni dudó que el bibliotecario hubiera notado el temblor en la voz de mamá, pero ella sí lo había oído.

Se sentó en un banco de madera al lado de mamá, pegada a ella.

No tardaron mucho en encontrar lo que buscaban.

DESAPARECIDA UNA FAMILIA EN KANEQ
SOSPECHAS DE DELITO

Las autoridades del estado han informado de la desaparición de una familia de Kaneq. La vecina Marge Birdsall avisó a la policía estatal el 13 de noviembre para denunciar que sus vecinas Cora Allbright y la hija de esta, Lenora, habían desaparecido. «Habíamos quedado en que iban a venir a visitarme ayer. No aparecieron. Enseguida me preocupé por que Ernt les hubiese hecho algo», dijo Birdsall.

El 14 de noviembre, Thomas Walker denunció el hallazgo de una camioneta abandonada no lejos de su terreno. El vehículo, registrado a nombre de Ernt Allbright, se encontraba en el kilómetro 16 de la carretera de Kaneq. Las autoridades informan de que han encontrado sangre en el asiento y el volante, así como el bolso de Cora Allbright.

«Estamos investigando esto como desaparición de personas

y como posible homicidio», comenta el oficial Curt Ward de Homer. Los vecinos han declarado que Ernt Allbright tiene antecedentes de violencia y temen que haya matado a su esposa e hija y que haya huido.

Por ahora, no hay más información disponible, pues la investigación está en marcha.

Se pide que cualquiera que tenga información sobre alguno de los Allbright llame al oficial Ward.

Mamá apoyó la espalda en el respaldo y suspiró en silencio.

Leni vio el dolor que mamá llevaba consigo y con el que ahora cargaría para siempre, por todo, por haberse quedado cuando debería haberse ido, por haberle querido, por matarle. ¿Qué pasaba con un dolor así? ¿Se disipaba lentamente o se solidificaba y se volvía venenoso?

—Mi padre dice que nos declararán muertas en algún momento, pero puede que eso tarde siete años.

—¿Siete años?

—Tenemos que seguir adelante, aprender a ser felices. Si no, ¿para qué ha sido todo esto?

Felices.

Esa palabra carecía de solidez para Leni. No se sustentaba. Lo cierto era que no podía imaginarse volviendo a ser feliz de nuevo, no de verdad.

—Sí —dijo Leni tratando de sonreír—. Ahora seremos felices.

sa noche, después de la cena, Leni se sentó en su cama
a leer. *La danza de la muerte,* de Stephen King. Desde
que llegó a Seattle había leído tres libros de él y había descubierto una nueva pasión. Adiós a la ciencia ficción y a la fanta-
sía, hola al terror.

Suponía que era un reflejo de su vida interior. Prefería
tener pesadillas con Randall Flagg, Carrie o Jack Torrance que
con su propio pasado.

Estaba dando vuelta a una página cuando oyó voces, bajas, pasando junto a su habitación.

Leni miró el reloj de su mesilla (uno de las docenas de ellos
que había en la casa, todos ellos haciendo tictac a la vez, como
el latido de un corazón oculto). Eran casi las nueve de la noche.

Normalmente, sus abuelos estaban ya en la cama.

Leni dejó a un lado el libro tras marcar la página. Fue a
la puerta y la abrió solo lo suficiente para poder ver.

Las luces de abajo estaban encendidas.

Leni salió de su habitación. Sus pies desnudos no hacían
sonido alguno en la moqueta de lana afelpada. Deslizando la

mano por la suave barandilla de caoba, bajó rápidamente los escalones. Abajo, sintió el frío del mármol blanco y negro bajo sus pies.

Mamá estaba en la sala de estar con sus padres. Leni se acercó con cautela, solo lo suficiente para poder ver:

Mamá sentada en un sofá naranja tostado, con sus padres sentados enfrente de ella en unos sillones orejeros a juego con estampado de cachemira. Entre ellos, la mesita de centro de madera de arce decorada con un bosque de figuritas de porcelana.

—Creen que nos mató —dijo mamá—. Lo he leído hoy en los periódicos de allí.

—Fácilmente podría haberlo hecho —respondió la abuela—. Recuerda que te advertí que no fuerais a Alaska.

—Y que no te casaras con él —añadió el abuelo.

—¿Creéis que necesito oír esos «Ya te lo advertimos»? —preguntó mamá. Soltó un fuerte suspiro—. Yo le quería.

Leni oyó la pena y el remordimiento que se arremolinaba entre los tres. No habría comprendido ese tipo de remordimiento apenas un año atrás. Ahora sí.

—No sé qué hacer ahora —dijo mamá—. He echado a perder la vida de Leni y la mía y ahora os arrastro conmigo.

—¿Estás de broma? —preguntó la abuela—. Por supuesto que nos arrastras contigo. Somos tus padres.

—Esto es para ti —dijo el abuelo.

Leni quería asomarse, pero no se atrevió. Oyó el crujir de un sillón y, a continuación, tacones sobre el suelo de madera (el abuelo siempre llevaba zapatos de vestir, desde que desayunaba hasta que se acostaba) y, por fin, el sonido de un papel arrugándose.

—Es un certificado de nacimiento —dijo mamá un momento después—. De Evelyn Chesterfield. Nacida el 4 de abril de 1939. ¿Por qué me lo das?

Leni volvió a oír el crujir del sillón.

—Y aquí una licencia matrimonial falsificada. Te casaste con un hombre llamado Chad Grant. Con estos dos documentos, podrás ir al Departamento de Vehículos Motorizados y obtener un permiso de conducir y una nueva tarjeta de la Seguridad Social. También tengo un certificado de nacimiento para Leni. Será tu hija, Susan Grant. Las dos alquilaréis una casa no lejos de aquí. Les diremos a todos que eres una pariente o nuestra empleada. Lo que sea. Cualquier cosa que os mantenga a salvo —explicó el abuelo, con su voz cargada de emoción.

—¿Cómo los has conseguido?

—Soy abogado. Conozco a gente. Le he pagado a un cliente mío, un hombre de... moral flexible.

—No es propio de ti —dijo mamá en voz baja.

Entonces, hubo una pausa.

—Todos hemos cambiado —respondió el abuelo—. Hemos aprendido por las malas, ¿no? Cometiendo errores. Debimos escucharte cuando tenías dieciséis años.

—Y yo debería haberos escuchado a vosotros.

Sonó el timbre de la puerta.

El sonido era tan inesperado a esas horas de la noche que Leni sintió un pellizco de miedo. Oyó el sonido de unos pasos y, después, el crujido de unas contraventanas de madera.

—La policía —oyó que decía el abuelo.

Mamá se apresuró a salir de la sala de estar y vio a Leni.

—Id arriba —ordenó el abuelo mientras salía de la sala de estar detrás de mamá.

Mamá agarró a Leni de la mano y la llevó arriba.

—Por aquí —dijo—. No hagas ruido.

Subieron rápidamente las escaleras y recorrieron de puntillas el pasillo sin encender la luz hasta llegar al dormitorio principal, una enorme habitación con ventanas con parteluz y una moqueta verde oliva. Había una cama con dosel vestida de encaje que combinaba a la perfección con la moqueta.

Mamá llevó a Leni a un conducto de la calefacción que había junto al suelo. Con cuidado, sacó la tapa y la dejó a un lado.

Mamá se arrodilló e hizo una señal a Leni para que se agachara junto a ella.

—Antes escuchaba a escondidas a las monjas cuando venían para expulsarme.

Leni oyó el eco de unos pasos a través de los listones metálicos del conducto.

Voces de hombres.

—Somos los agentes Archer Madison y Keller Watt, del departamento de policía de Seattle.

—¿Ha pasado algo en el barrio, agentes? ¿A estas horas? —preguntó el abuelo.

—Hemos venido [algo que no pudieron escuchar] en nombre de la policía estatal de Alaska. [Palabras que se mezclaban] su hija, Cora Allbright... [algo] la última vez que la vieron... Lamento decirles... presuntamente fallecido.

Leni oyó que su abuela soltaba un grito.

—Venga, señora. Deje que la ayudemos a sentarse.

Una pausa. Larga. Después, un sonido chirriante, un maletín abriéndose, papeles.

—La camioneta encontrada... cabaña llena de sangre, ventana rota, claro escenario de un crimen, pero las pruebas quedaron destruidas por los animales... pruebas no son concluyentes... rayos X que muestran un brazo roto... nariz rota. Se está realizando una investigación pero... esta época del año... clima. Dios sabe lo que encontraremos cuando la nieve se derrita... les mantendremos informados...

—Él las ha matado —dijo papá. Sus palabras sonaban fuertes, furiosas—. Hijo de puta.

—Muchas denuncias... su carácter violento.

Leni miró a su madre.

—Entonces, ¿nos hemos librado?

—Bueno..., los asesinatos no prescriben. Y todo lo que hemos hecho, y lo que vamos a hacer en el Departamento de Vehículos, serán prueba de culpabilidad. Le disparé por la espalda, nos deshicimos del cuerpo y huimos. Si alguna vez le encuentran, vendrán a buscarnos y ahora mis padres han mentido por nosotras. Otro delito. Así que tenemos que ser cautelosas.

—¿Cuánto tiempo?

—Siempre, pequeña.

Querido Matthew:

He llamado a la clínica todos los días de esta semana. He fingido que soy tu prima. La respuesta es siempre la misma: no hay cambios. Cada vez se me rompe un poco más el corazón.

Sé que nunca podré enviarte esta carta y que, aunque lo hiciera, no podrías leerla ni comprender lo que dice. Pero tengo que escribirte, aunque las palabras se pierdan. Me he dicho a mí misma (y me lo dicen continuamente los demás) que tengo que seguir adelante con mi nueva vida. Y lo intento. De verdad.

Pero tú estás dentro de mí, eres parte de mí. Puede que mi mejor parte. No hablo solo de nuestro bebé. Oigo tu voz en mi cabeza. Me hablas tanto en sueños que me he acostumbrado a despertarme con lágrimas en las mejillas.

Supongo que mi madre tenía razón en cuanto al amor. Por muy destrozada que esté, sabe que es perdurable y que es una locura. Uno no puede obligarse a enamorarse, supongo. Y tampoco puede obligarse a desenamorarse.

Estoy tratando de adaptarme aquí. Me estoy esforzando. Es decir, Susan Grant está tratando de adaptarse. Las calles están llenas de coches y las aceras atestadas de gente y casi nadie mira a nadie ni se saludan. Pero tenías razón en cuanto a la belleza. Cuando me permito contemplarla, está ahí. La veo en el monte Rainier, que me recuerda a Iliamna y puede aparecer y desaparecer por arte de magia. Aquí abajo se le conoce como La Montaña, porque la verdad es que solo tienen una. No es como en casa, donde las montañas son la espina dorsal de nuestro mundo.

Mis abuelos se preocupan por cosas de lo más extrañas. Por cómo se pone la mesa, por la hora a la que comemos, por lo bien que meto las sábanas en la cama, por el hecho de que mi trenza esté bien tensa. Mi abuela me dio unas pinzas el otro día y me dijo que me depilara las cejas.

Pero tenemos una bonita casa alquilada no lejos de ellos y podemos ir de visita si tenemos cuidado. Creo que mamá se ha sorprendido al descubrir que le gusta estar con sus padres. Tenemos bastante comida y ropa nueva y, cuando nos sentamos todos a la mesa del comedor, intentamos entrelazar nuestras vidas, a pesar de nuestros defectos.

Puede que en eso consista el amor.

Querido Matthew:

La Navidad aquí es como una Olimpiada. Nunca he visto tantos brillos ni tanta comida. Mis abuelos me han hecho tantos regalos que me ha resultado embarazoso. Pero después, cuando me he quedado sola en mi habitación, mirando por las ventanas a los vecinos de los que nos mantenemos alejadas, mirando las casas cubiertas por luces parpadeantes, he pensado en el invierno de verdad. En ti. En nosotros.

He visto la fotografía de tus abuelos y he vuelto a leer el artículo de periódico de tu abuela.

Me pregunto cómo será para nuestro bebé. ¿Nota lo insegura que me siento? ¿Escucha la canción de mi corazón roto? *Quiero que sea feliz. Quiero que sea el fruto de nuestro amor, de lo que fuimos.*

Creo que hoy he notado que la niña se movía.

Pienso en ella como Lily. Por tu abuela.

Las chicas tienen que ser fuertes en este mundo.

Querido Matthew:

No me puedo creer que estemos en 1979. He vuelto a llamar hoy a la clínica y me han dicho lo de siempre. Sin cambios.

Por desgracia, mi madre me ha oído llamar. Se ha puesto hecha una furia y me ha dicho que era una estúpida. Al parecer, la policía puede rastrear la llamada si quiere y ver que procede de la casa de mis abuelos. Así que ya no puedo llamar más. No puedo ponernos a todos en peligro, pero ¿cómo voy a dejarlo? Es lo único que me queda de ti. Sé que no vas a mejorar, pero, cada vez que llamo, pienso que puede que esta vez sí. Esa esperanza es lo único que tengo, sea inútil o no.

Pero es muy fácil dar malas noticias. Y tú quieres buenas noticias. Estamos en un año nuevo.

Estoy yendo a la Universidad de Washington. Mi abuela ha movido algunos hilos para que aceptaran a Susan Grant sin demostrar si está titulada en el instituto. La vida es muy distinta fuera de Alaska. Lo importante es el dinero que tengas.

La universidad no es como me esperaba. Algunas de las chicas llevan jerséis de lana rizada, faldas de cuadros escoceses y calcetines altos. Supongo que son chicas de alguna hermandad. Se ríen y se agrupan como ovejas y los chicos que las siguen hacen tanto ruido que un oso podría oírlos a más de un kilómetro de distancia.

En clase, finjo que estás a mi lado. Una vez me lo creí tanto que casi escribí una nota para pasártela por debajo de la mesa.

Te echo de menos. Todos los días y aún más por las noches. También Lily. Ha empezado a despertarme con patadas, a veces. Cuando se mueve como una lagartija le leo poemas de Robert Service y le hablo de ti.

Eso la tranquiliza.

Querido Matthew:

La primavera aquí no es como nuestro deshielo. No cae tierra ni se sueltan bloques de hielo del tamaño de una casa ni tampoco reaparecen entre el barro las cosas que se habían perdido.

Solo hay colores por todas partes. Nunca he visto tantos árboles en flor. Hay florecillas rosas flotando por el campus.

Mi abuelo dice que la investigación sigue en marcha, pero que ya nadie nos busca. Suponen que estamos muertas.

En cierto sentido, es verdad. Los Allbright han desaparecido del todo.

Por la noche hablo ahora contigo y con Lily. ¿Significa eso que estoy loca o simplemente sola? Nos imagino a los tres acurrucados en la cama, con la aurora boreal representando su espectáculo fuera de nuestra ventana mientras el viento golpea contra el cristal. Le digo a nuestra pequeña que sea lista y valiente. Valiente como su padre. Trato de decirle que se proteja de las terribles decisiones que algún día tendrá que afrontar. Me preocupa que las mujeres de la familia Allbright estemos malditas en el amor y tengo la esperanza de que sea un chico. Después, recuerdo que decías que querías enseñarle a tu hijo las cosas que habías aprendido en el campo y..., en fin, me entristece tanto que me meto en la cama, me cubro la cabeza con las mantas y finjo que estoy en Alaska en invierno. Los latidos de mi corazón se convierten en el viento que golpea el cristal. Un niño necesita un padre y Lily solo me tiene a mí. Pobrecita.

—Esas clases de preparación al parto son una farsa —gritó Leni cuando la siguiente contracción le retorció las tripas y la hizo gritar—. Quiero que me mediquen.

—Querías un parto natural. Ya es demasiado tarde para la sedación —contestó mamá.

—Tengo dieciocho años. ¿Por qué me hicieron caso? No sé nada —protestó Leni.

La contracción menguó. El dolor se desvaneció.

Leni jadeaba. El sudor brotaba y caía por su frente.

Mamá cogió un hielo de la taza de plástico que había en la mesa junto a la cama del hospital y lo puso en la boca de Leni.

—Ponle morfina, mamá —suplicó Leni—. Por favor. No puedo soportarlo. Ha sido un error. No estoy preparada para ser madre.

Mamá sonrió.

—Nadie está nunca preparada.

El dolor empezó de nuevo a aumentar. Leni apretó los dientes, se concentró en la respiración (como si eso sirviera de algo) y apretó la mano de su madre.

Cerró los ojos con fuerza mientras jadeaba hasta que el dolor llegó a su punto más álgido. Cuando por fin empezó a descender, ella se hundió en la cama, agotada. Pensó: «Matthew debería estar aquí», pero apartó ese pensamiento de su cabeza.

Segundos después llegó otra contracción. Esta vez, Leni se mordió la lengua con tanta fuerza que le salió sangre.

—Grita —dijo mamá.

La puerta se abrió y entró su doctora. Era una mujer delgada vestida con bata azul y gorro quirúrgico. Tenía las cejas mal depiladas, lo cual hacía que su mirada pareciera ligeramente torcida.

—Señorita Grant, ¿cómo nos encontramos? —preguntó la doctora.

—Sáquemelo. Por favor.

La doctora asintió y se puso unos guantes.

—Vamos a ver cómo está, ¿de acuerdo? —Abrió los estribos.

Normalmente, Leni no se habría sentido aliviada con un desconocido sentado entre sus piernas abiertas, pero en ese momento se habría abierto de piernas en el mirador de la Aguja Espacial si con eso se acababa su dolor.

—Parece que vamos a tener un bebé —dijo la doctora con tono tranquilo.

—No joda —gritó Leni al sentir otra contracción.

—Muy bien, Susan. Empuje. Fuerte. Más fuerte.

Leni obedeció. Empujó, gritó, sudó, maldijo.

Y entonces, con la misma rapidez que había llegado su dolor, desapareció.

Leni se dejó caer en la cama.

—Un niño —anunció la doctora mirando a mamá—. Abuela Eve, ¿quiere cortar el cordón?

Como si mirara entre la niebla, Leni vio cómo su madre cortaba el cordón y seguía a la doctora hasta una zona donde envolvieron al recién nacido en una manta térmica azul. Leni trató de incorporarse, pero no le quedaban fuerzas.

«Un niño, Matthew. Tu hijo».

Leni entró en pánico al pensar: «Te necesita, Matthew. Yo no puedo hacer esto...».

Mamá ayudó a Leni a sentarse y le colocó el pequeño bulto en sus brazos.

Su hijo. Era la cosa más pequeña que había visto nunca, con una cara como de melocotón y unos ojos azules turbios que se abrían y cerraban y una pequeña boca como un capullo de rosa que hacía movimientos de succión. Un puño rosa salió de la manta azul y Leni lo agarró.

Los diminutos dedos del bebé se cerraron alrededor de su dedo.

Un amor abrasador, purificador y envolvente rompió su corazón en diminutos pedazos y lo volvió a juntar.

—Dios mío —dijo asombrada.

—Sí —contestó mamá—. Ya sabes qué se siente.

—Matthew Denali Walker júnior—dijo en voz baja. Una cuarta generación de alaskeño que nunca conocería a su padre, nunca sentiría los fuertes brazos de Matthew alrededor de él ni oiría su voz tranquilizadora—. Hola.

Supo entonces por qué había huido de su crimen. No lo había sabido antes, no había comprendido de verdad lo que podía perder.

Ese niño. Su hijo.

Daría su vida por protegerle. Haría lo que fuera por mantenerlo a salvo. Aunque eso significara tener que hacer caso a su madre y cortar el último y frágil hilo que la conectaba con Alaska y Matthew. Las llamadas a la clínica de rehabilitación. No volvería a llamar. La simple idea le rompía el corazón, pero ¿qué más podía hacer? Ahora era madre.

Lloraba en silencio. Quizá mamá la oyó y supo el motivo y también que no había nada que decir. O puede que todas las madres lloraran en ese momento.

—Matthew —susurró a la vez que le acariciaba su mejilla de terciopelo—. Te llamaremos MJ. A tu padre lo llamaban Mattie a veces, pero yo nunca lo hice..., y él sabía volar..., te habría querido tanto...

1986

27

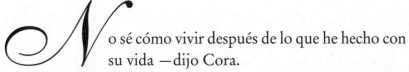o sé cómo vivir después de lo que he hecho con su vida —dijo Cora.

—Ya han pasado varios años —repuso su madre—. Mírala. Es feliz. ¿Por qué seguimos teniendo esta conversación?

Cora quería estar de acuerdo. Era lo que se decía a diario. «Mírala, es feliz». A veces, hasta casi se lo creía del todo. Pero luego, había días como ese. No sabía qué era lo que provocaba el cambio. El tiempo, quizá. Los viejos hábitos. El tipo de miedo corrosivo que, una vez que se te metía dentro, se aferraba a tus huesos y se quedaba para siempre.

Habían pasado siete años desde que Cora había sacado a Leni de Alaska para traerla aquí, a esta ciudad situada al borde del agua.

Cora veía cómo Leni había intentado echar raíces en aquella tierra fértil y húmeda, había intentado florecer. Pero Seattle era una ciudad de cientos de miles de personas. Jamás podría hablar el lenguaje duro del alma pionera de Leni.

Cora encendió un cigarrillo, aspiró el aire hasta los pulmones y lo dejó ahí. Al instante, se sintió calmada con aquel acto tan familiar. Echó el humo y levantó el mentón, tratando de acomodarse en aquella silla de camping. Le dolía la parte inferior de la espalda tras pasar la noche en la pseudonaturaleza durmiendo en una tienda de campaña. Su respiración era irregular debido a un resfriado que no se le iba.

No muy lejos de ellas, Leni estaba en la orilla del río con un niño pequeño a un lado y un anciano al otro. Lanzó la caña con un arco elegante y experto. El sedal restalló y danzó en el aire antes de caer al agua tranquila. El sol del final de la primavera lo teñía todo de oro: el agua, las tres siluetas tan dispares, los árboles de al lado. Aunque el sol brillaba sobre ellos, empezó a llover, diminutas gotas procedentes del aire húmedo.

Estaban en la selva Hoh, uno de los últimos refugios de verdadera naturaleza virgen en la poblada mitad occidental del estado de Washington. Acudían allí siempre que podían y levantaban sus tiendas en campamentos que proporcionaban tanto electricidad como agua. Allí, lejos de la multitud, podían ser ellos mismos. No tenían que preocuparse por que les vieran juntos ni tenían que inventarse historias ni contar mentiras. Habían pasado varios años sin que se hablara de la familia Allbright de Alaska y sin que nadie los buscara pero, aun así, siempre se mantenían en guardia.

Leni decía que podía respirar en medio de aquella naturaleza, donde los árboles tenían el contorno del tamaño de una furgoneta Volkswagen y eran tan altos que tapaban el sol recalcitrante. Decía que a su hijo había que enseñarle cosas que formaban parte de su legado, lecciones que no se podían aprender donde todo estaba pavimentado e iluminado por farolas. Cosas que su padre le habría enseñado.

Durante los últimos años, el padre de Cora se había convertido en un entusiasta de la pesca —o puede que simplemente fuera un abuelo entusiasta que hacía todo lo posible por hacer sonreír a Leni y a MJ—. Había dejado la abogacía y se había dedicado a pasar más tiempo en casa.

Así que salían de acampada siempre que podían, a pesar de la lluvia que les recibía diez veces de cada docena, incluso en pleno verano. Pescaban peces para la cena y los freían en sartenes de hierro puestas sobre una hoguera. Por la noche, mientras todos se sentaban alrededor del fuego, Leni recitaba poemas y contaba historias que transcurrían en la naturaleza de Alaska.

Para Leni no era diversión. Era algo distinto. Vital. Una forma de liberar la presión que se le acumulaba dentro durante la semana mientras caminaba entre las hordas del extenso campus de la Universidad de Washington, mientras vendía libros a los clientes en su trabajo de media jornada en la enorme librería Shorey's de la Primera Avenida y asistía a clases de fotografía por las noches.

Leni salía allí para reencontrarse con la naturaleza, para recuperar cualquier pequeño trozo de su alma alaskeña que pudiera encontrar, para conectar a su hijo con el padre al que no conocía y con la vida que le pertenecía por nacimiento pero que no tenía en la realidad. Alaska, la última frontera, la tierra que para siempre jamás sería el hogar de Leni. El lugar al que ella pertenecía.

—Se le oye reír —dijo su madre.

Cora asintió. Era verdad. Incluso a pesar del percutor tamborileo de la lluvia en aumento, las gotas que caían en las tiendas de nailon, los toldos de plástico y las hojas del tamaño de un plato, podía oír la risa de su nieto.

MJ era el más feliz de los niños. Hacía amigos con facilidad, obedecía las normas y aún se agarraba a tu mano cuando caminaba por la acera en dirección al colegio. Le interesaban las cosas propias de un niño de su edad: muñecos de acción, dibujos animados y polos en verano. Seguía siendo lo suficientemente pequeño como para no hacer muchas preguntas sobre su padre, pero eso vendría después. Todos lo sabían. Cora también sabía que cuando MJ viera a su madre sonreír, no vería ninguna de las sombras que se escondían tras su sonrisa.

—¿Crees que ella me perdonará algún día? —preguntó mientras miraba a Leni.

—Por el amor de Dios. ¿Por qué? ¿Por salvarle la vida? Esa niña te quiere, Coraline.

Cora dio una larga calada a su cigarrillo y echó el humo.

—Sé que me quiere. Nunca he dudado ni un segundo de que me quiere. Pero permití que se criara en una zona de conflicto. Permití que viera lo que ningún niño debería ver nunca. Dejé que conociera el miedo a un hombre que se suponía que la quería y, después, yo le maté delante de ella. Y hui y la obligué a vivir bajo un alias. Puede que si yo hubiese sido más fuerte, más valiente, podría haber cambiado la ley como Yvonne Wanrow.

—Esa mujer tardó muchos años en llegar al Tribunal Supremo. Y tú estabas en Alaska, no en Washington. ¿Quién iba a saber que la ley reconocería por fin la defensa de las mujeres maltratadas? Y, aun así, tu padre dice que rara vez funciona. Tienes que dejar atrás todo eso. Y ella también. Mírala, allí con su hijo, enseñándole a pescar. Tu hija está bien, Cora. Bien. Te ha perdonado. Tú tienes que perdonarte.

—Lo que ella tiene que hacer es volver a casa.

—¿A casa? ¿A la cabaña sin agua corriente ni electricidad? ¿Al muchacho con el daño cerebral? ¿A una acusación por encubridora? Ahora hay nuevos análisis de sangre. Una cosa que se llama ADN. Así que no seas ridícula, Cora. —Extendió una mano y la pasó por encima del hombro de Cora—. Piensa en todo lo que habéis encontrado aquí. Leni está estudiando y convirtiéndose en una maravillosa fotógrafa. A ti te gusta tu trabajo en la galería de arte. Tu casa siempre está caliente y tienes una familia con la que puedes contar.

Lo que le había hecho a su hija le había sido perdonado, eso era cierto. Y el perdón de Leni era tan real y verdadero como la luz del sol. Pero Cora, por mucho que lo hubiese intentado durante todos estos años, no podía perdonarse a sí misma. No era el disparo lo que la atormentaba. Cora sabía que cometería el mismo crimen bajo las mismas circunstancias.

No podía perdonarse los años anteriores, lo que había permitido y aceptado, la definición del amor que le había enseñado a su hija como un oscuro hechizo.

Por culpa de Cora, Leni había aprendido a ser feliz con media vida, fingiendo ser otra persona en otro lugar.

Por culpa de Cora, Leni no podría ver al hombre al que quería ni volver de nuevo a casa. ¿Cómo se suponía que iba Cora a perdonarse todo eso?

«Sonríe».

«Eres feliz».

Leni no sabía por qué tenía que recordarse sonreír y parecer feliz ese día luminoso de junio cuando estaban en el parque celebrando su licenciatura en la universidad.

Era feliz.

De verdad.

Especialmente hoy. Se sentía orgullosa de sí misma. La primera mujer de su familia que se licenciaba en la universidad.

(Había hecho falta mucho tiempo).

Aun así. Tenía veinticinco años y era una madre soltera con —a partir de mañana— una titulación universitaria en artes visuales. Tenía una familia que la quería, el mejor niño del mundo y un lugar cálido donde vivir. Nunca pasaba hambre ni frío ni temía por la vida de su madre. Sus únicos miedos eran los habituales de una madre. Que el niño cruzase la calle solo, que se cayera del columpio, que aparecieran desconocidos de la nada. Nunca se quedaba dormida entre el sonido de gritos ni lloros ni tampoco se despertaba con un suelo lleno de cristales rotos.

Era feliz.

No importaba que, a veces, tuviese días como ese, en los que el pasado aparecía insistente ante sus ojos.

Por supuesto, pensaría hoy en Matthew, este día, que era uno de esos días de los que tan a menudo habían hablado. ¿Cuántas veces una conversación entre ellos empezaba con: «Cuando acabemos la universidad...»?

De forma instintiva, levantó la cámara y redujo su visión del mundo. Así era como se enfrentaba a sus recuerdos, como procesaba su mundo. Con fotografías. Con una cámara podía recortar y dar nueva forma a su vida.

«Feliz. Sonríe».

Clic, clic, clic, y volvía a ser ella misma. Podía ver lo importante.

Un cielo azul completo, sin una sola nube a la vista. Gente alrededor.

El sol llamaba a los habitantes de Seattle en un idioma que ellos entendían, los sacaba de sus casas de la ladera y les animaba a ponerse unas zapatillas caras y disfrutar de las montañas, los lagos y los sinuosos caminos forestales. Después, se pasaban por la tienda de comestibles Thriftway para comprar filetes ya empaquetados y encender las parrillas para celebrar una barbacoa de fin de semana.

La vida era agradable en Seattle. Segura y controlada. Pasos de peatones y semáforos, cascos y policías a caballo y en bicicleta.

Como madre, apreciaba esa protección y había tratado de adecuarse a esa vida tan cómoda. Nunca le decía a nadie —ni siquiera a mamá— lo mucho que echaba de menos el aullido de los lobos o pasar el día sola en la máquina de nieve o

el eco de los crujidos en el deshielo de la primavera. Compraba
su carne en lugar de cazarla. Abría el grifo para tener agua y tiraba de la cadena de su váter cuando había terminado. El salmón
que asaba en verano ya venía limpio, fileteado y lavado, ence-
rrado como tiras de plata y seda rosa tras una cubierta de celofán.

Ese día, a su alrededor la gente reía y hablaba. Los perros
ladraban, daban saltos para coger el *frisbee*, los adolescentes lanzaban pelotas de fútbol de un lado a otro.

—¡Mira! —dijo MJ señalando al globo rosa con un mensaje de «¡Enhorabuena, licenciados!» que se agitaba en el extremo de una cinta amarilla. Llevaba una magdalena a medio
comer en una mano y el mentón manchado de glaseado.

Leni sabía que estaba creciendo rápido (ya iba a la escuela primaria), así que tenía que abrazarlo y besarlo mientras él
aún se lo permitiera. Lo cogió en sus brazos. Él le dio un beso
lleno de sudor y mantequilla y la abrazó de esa forma tan suya,
con todas sus fuerzas, lanzando los brazos alrededor de su
cuello como si se fuese a ahogar sin ella. Lo cierto era que ella
sí se ahogaría sin él.

—¿Quién está listo para el postre? —preguntó la abuela
Golliher desde su sitio en la mesa plegable. Acababa de sacar
el postre favorito de Leni: *akutaq*. Helado esquimal hecho de
nieve, manteca, arándanos y azúcar. Mamá había guardado te-
rrones de nieve del invierno en el congelador solo para eso.

MJ se soltó levantando las manos en actitud triunfante
(las dos manos, para asegurarse de que lo veían).

—¡Yo! ¡Quiero *akutaq!*

La abuela se acercó a la mesa y se puso al lado de Leni.
La abuela había cambiado mucho en los últimos años. Se había
ablandado. Aunque aún vestía como si fuera al club de campo
en lugar de a una merienda campestre.

—Estoy muy orgullosa de ti, Leni —dijo la abuela.

—Yo también estoy orgullosa de mí.

—Mi amiga Sondra, del club, dice que hay un puesto libre de ayudante de fotógrafo en la revista *Sunset.* ¿Quieres que la llame en nombre de Susan Grant?

—Sí —contestó Leni—. Es decir, sí, por favor. —Nunca podría adaptarse al modo en que se hacían las cosas ahí abajo. La vida parecía recompensarte más por las personas a las que conocías que por lo que sabías hacer.

Pero sí que sabía una cosa: la querían. Los abuelos la habían aceptado desde el principio. Durante los últimos años, Leni, mamá y MJ habían vivido en una pequeña casa alquilada en Fremont y visitaban a sus abuelos los fines de semana. Al principio, habían estado constantemente en guardia, temerosas de hacer amigos o hablar con desconocidos. Pero, con el tiempo, la policía de Alaska había dejado de buscarlas y la amenaza de que las descubrieran se había desvanecido en un segundo plano de sus vidas.

MJ hacía tanto ruido y tenía tanta energía que la casa seria de Queen Anne Hill se había convertido en un lugar bullicioso. Las noches que pasaban juntos, se reunían alrededor de la televisión para ver programas que no tenían sentido para Leni. (En lugar de verlos, ella se ponía a leer; estaba en la tercera lectura consecutiva de *Entrevista con el vampiro).* MJ era la rueda y los demás, los radios. El amor por él les unía. Siempre que MJ estuviese feliz, ellos también lo estarían. Y era un niño muy feliz. Todo el mundo lo decía.

Leni vio a su madre, apartada y sola en un rincón del parque infantil, fumando, con una mano apoyada en la parte baja de su espalda en una postura que parecía poco natural.

De perfil, Leni podía ver lo afilados que su madre tenía los pómulos, la ausencia de color en sus labios, lo delgada que tenía la cara. Como siempre, no llevaba maquillaje y casi resultaba traslúcida. Había dejado de teñirse el pelo un año atrás. Ahora era de un rubio descolorido con mechones grises.

—¡Quiero *akutaq!* —gritó MJ tirando de la manga de Leni. Su voz reflejaba aún la congestión de su último resfriado. Desde que había empezado a ir a la escuela privada cerca de su casa, él (y con él todos los demás) tenía constantes resfriados.

—¿Y eso cómo hay que pedirlo? —preguntó Leni.

—Por favooooor —respondió MJ.

—Vale. Ve a por la abuela. Dile que deje el maldito cigarrillo y que venga a la mesa.

Salió disparado, con sus piernas flacuchas y blancas moviéndose como una batidora y su pelo rubio apartado de su cara pálida y puntiaguda.

Leni vio cómo arrastraba a mamá de vuelta a la mesa plegable con su rostro encendido y risueño.

Leni miró a un lado y cambió su atención por un momento. Vio a un hombre junto a la verja de la entrada del parque. Pelo rubio.

Era él.

La había encontrado.

«No».

Leni soltó un suspiro. Llevaba años sin llamar a la clínica. Había cogido a menudo el teléfono, pero no había marcado el número. No importaba que la amenaza de que las descubrieran hubiese disminuido. Aún seguía existiendo. Además, cuando había llamado, tantos años antes, el estado de él siempre había sido el mismo: sin cambios.

Sabía que sufría daños irreparables por la caída y que el muchacho al que amaba existía solo en sus sueños. A veces, por la noche, él le susurraba mientras dormía, no siempre, ni siquiera con asiduidad, pero en suficientes ocasiones como para seguir alimentándola. En sus sueños, él era el chico de sonrisa permanente que le había regalado una cámara y le había enseñado que no todo amor es siniestro.

—Vamos —dijo la abuela agarrando a Leni del brazo.

—Esto es estupendo —repuso Leni. Al principio las palabras sonaron acartonadas. Superficiales. Pero cuando MJ estalló en aplausos y gritos de: «¡Bien, mami!», con aquella voz suya de Mickey Mouse, no pudo evitar sonreír.

La oscuridad volvió a desaparecer, ocultándose hasta que solo quedó ese lugar y ese momento. Un día soleado, una celebración, una familia. La vida era así, llena de cambios caprichosos. La alegría había vuelto a aparecer de forma tan inesperada como la luz del sol.

Estaba feliz.

De verdad.

—Háblame de Alaska, mamá —dijo MJ esa noche mientras se metía en la cama y se echaba por encima el edredón.

Leni apartó de la frente de su hijo los finos rizos blancos, pensando, una vez más, en lo mucho que se parecía a su padre.

—Hazme sitio —respondió ella.

Leni se tumbó a su lado. Él apoyó la cabeza en su hombro.

La habitación estaba casi a oscuras, iluminada tan solo por una lamparita de *La guerra de las galaxias*. Al contrario que Leni, él estaba criándose como un niño de la América comercial. Después de la merienda en el parque y la diversión que habían tenido durante el día, Leni sabía que MJ estaba agotado, pero no se dormiría sin un cuento.

—La niña que amaba Alaska...

Era su cuento favorito. Leni lo había empezado hacía años y se había extendido a lo largo del tiempo. Se había imaginado una sociedad que vivía en las aguas turquesas y gélidas de un fiordo de Alaska, en edificios que habían quedado arrasados cuando el poderoso monte Aku entró en erupción. Esas personas, el clan del Cuervo, deseaban con desesperación volver a salir a la luz, caminar bajo el sol, pero una maldición pronunciada por el hijo mayor del clan del Águila les había condenado a quedarse en el agua helada para siempre hasta que un encantador les pudiera salvar. Ese encantador era Katyaaq, una chica extranjera de corazón puro y fuerza silenciosa.

La historia se iba desarrollando una semana tras otra. Leni contaba solo lo suficiente cada noche para adormecer a su hijo. Había creado a Katyaaq a partir de los mitos de Alaska que había leído de niña, y a partir de la belleza y la crudeza de la misma tierra. Uki, el muchacho al que Katyaaq amaba —el caminante—, la había llamado desde la playa.

No había duda en la mente de Leni de quiénes eran esos amantes ni de por qué la historia le parecía tan trágica.

—Katyaaq desafió a los dioses y se atrevió a nadar hasta la playa. No debería haber podido hacerlo, pero su amor por Uki le daba un poder especial. Pateó una y otra vez y, por fin, salió de las olas y sintió la luz del sol sobre su rostro.

»Uki se zambulló en el agua helada gritando el nombre de ella. Katyaaq vio sus ojos, tan verdes como las aguas tranquilas de la bahía que antes había sido el hogar de su pueblo, y su pelo del color de la luz del sol. "Kat", dijo él, "toma mi mano".

Leni vio que MJ se había quedado dormido. Se inclinó sobre él para darle un beso y se levantó de la cama.

La pequeña casa de una sola planta estaba en silencio. Probablemente, mamá estaría en la sala de estar viendo *Dinastía*. Leni fue por el estrecho pasillo de su casa alquilada, con las paredes a uno y otro lado decoradas con fotografías de Leni y dibujos de MJ. La claustrofobia que antes la había asaltado entre aquellos paneles de madera falsa y poco iluminados había desaparecido hacía tiempo.

Había domesticado el salvajismo de su interior con la misma determinación que antes había domesticado a la naturaleza. Había aprendido a moverse entre la muchedumbre, a vivir con paredes, a detenerse para que pasaran los coches. Había aprendido a ver petirrojos en lugar de águilas, a comprar pescado en el supermercado Safeway y a pagar dinero por la ropa nueva en los almacenes Frederick & Nelson. Había aprendido a secarse y ponerse acondicionador en su pelo cortado a capas que le llegaba al hombro y a cuidar de que su ropa conjuntara. Ahora se depilaba las cejas y se afeitaba las piernas y las axilas.

Camuflaje. Había aprendido a adaptarse.

Entró en su habitación y encendió la luz. Durante los años que había vivido allí, no había cambiado nada en esa habitación y casi no había comprado nada para decorarla. No le veía sentido. Estaba desnuda y era una habitación común, llena de muebles comprados en mercadillos a lo largo de los años. El único rastro real de la misma Leni era el equipo de fotografía: lentes, cámaras y carretes de luminoso color amarillo. Montones de fotos y de álbumes. Un solo álbum estaba lleno de sus fotos de Matthew y Alaska. El resto eran más actuales. Enganchada en el borde de su espejo estaba la foto de los abuelos de Matthew. «Podríamos ser nosotros». A su lado, la primera fotografía que le había hecho con su Polaroid.

Abrió la puerta que daba al pequeño porche de madera de cedro que recorría toda una fachada de la casa. En el patio de atrás, mamá había cultivado un huerto grande. Leni salió al porche y se sentó en una de las dos sillas Adirondack que ya estaban allí cuando se mudaron. Por encima de ella, el cielo cubierto de estrellas parecía infinito. Una sólida valla de madera de cedro delimitaba su pequeño terreno. Leni pudo oler el lejano aroma de las primeras barbacoas del verano y oír el tintineo de las bicicletas de los niños al ir a guardarlas por la noche. Ladridos de perro. Un cuervo graznaba algo en un tono pequeño y agudo.

Apoyó la espalda en el respaldo y miró hacia arriba. Trató de perderse en la enormidad del cielo.

—Hola —dijo mamá detrás de ella—. ¿Quieres compañía?

—Claro.

Mamá se sentó en la otra silla, colocada lo suficientemente cerca como para que pudieran agarrarse de la mano mientras permanecían allí sentadas. Aquel se había convertido en su lugar durante los últimos años, un estrecho porche que sobresalía a otra dimensión que no era pasada ni presente. A veces, sobre todo en esta época del año, el aire olía a rosas.

—Daría lo que fuera por ver la aurora boreal —dijo Leni.

—Sí. Yo también.

Juntas levantaron los ojos hacia la inmensidad del cielo de la noche. Ninguna hablaba. No necesitaban hacerlo. Leni sabía que las dos estaban pensando en los amores que habían tenido.

—Pero tenemos a MJ —dijo mamá.

Leni agarró la mano de su madre.

MJ. La alegría de las dos, su amor, lo que las había salvado.

28

Cora tenía neumonía. Apenas había sido una sorpresa. Durante semanas, se había contagiado de todas las enfermedades que MJ había traído de la escuela.

Ahora estaba sentada en una sala de espera esterilizada. Enfadada. Impaciente por que la dejaran marchar.

Esperando.

Agradecía todas las pruebas que la doctora de su madre había insistido en hacerle «solo para quedarnos tranquilas», pero lo único que Cora quería era que le recetaran antibióticos y salir de allí. MJ llegaría pronto a casa del colegio.

Cora ojeó el último ejemplar de la revista *People*. («Vuelve la mirada lasciva de Ted Danson a *Cheers*» era el absurdo titular). Intentó resolver el crucigrama que había en la parte posterior de la revista, pero aún carecía de suficiente cultura popular como para hacer algún progreso.

Más de treinta minutos después, la enfermera de pelo azul regresó a la sala de espera para llevar a Cora a un pequeño despacho con las paredes decoradas con titulaciones, premios y cosas así. Le indicó a Cora que se sentara en un sillón negro.

Se sentó y cruzó de forma instintiva las piernas por los tobillos, como le habían enseñado a hacer años antes, en la época en la que asistía al club de campo. De repente, se le ocurrió la tontería de que se trataba de una metáfora de todo lo que había cambiado en relación con las mujeres a lo largo de su vida. A nadie le importaba ya cómo se debía sentar una mujer.

—Bien, Evelyn —dijo la doctora. Se trataba de una mujer de aspecto severo, con cabello de estropajo y una clara obsesión por el rímel. Parecía como si se mantuviera a base de café solo y verduras crudas, pero ¿quién era Cora para juzgar a una mujer por ser delgada? Había una serie de radiografías colgadas en una pantalla fosforescente detrás de su escritorio.

—¿Dónde está la neumonía? —preguntó Cora apuntando con el mentón hacia las imágenes. Un pulpo devorando algo. Eso era lo que parecía.

La doctora se dispuso a hablar, pero se detuvo.

—¿Doctora?

La doctora Prasher señaló una de las imágenes.

—¿Ve estas grandes zonas blancas? Aquí. Aquí. ¿Y aquí? ¿Ve esta curva blanca? ¿La sombra a lo largo de su columna? Es un indicativo bastante seguro de cáncer de pulmón. Necesitamos más pruebas para asegurarnos, pero...

«Espera. ¿Qué?».

¿Cómo podía estar pasando esto?

Ah, claro. Era fumadora. Era cáncer de pulmón. Durante años, Leni le había dado la lata a Cora por ese hábito, advirtiéndole de esa misma posibilidad. Ella se había reído y había contestado: «Maldita sea, pequeña. Podría morirme solo por cruzar la calle».

—La tomografía computarizada muestra una masa sobre su hígado, lo cual es indicativo de metástasis —dijo la doctora Prasher. Y siguió hablando.

Las palabras se convirtieron en una maraña en la mente de Cora: consonantes y vocales, una serie de inspiraciones y espiraciones.

La doctora Prasher continuó, utilizando palabras comunes en un contexto extraordinario e imposible de asimilar. «Broncoscopia, tumor, agresivo».

—Nadie lo puede asegurar, señora Grant, pero su cáncer parece ser agresivo. Cáncer de pulmón en estadio cuatro que ya tiene metástasis. Sé que es difícil oír esto.

—¿Cuánto tiempo me queda?

—Es una mujer relativamente joven. Lo trataremos de forma agresiva.

—Ajá.

—Siempre hay esperanza, señora Grant.

—¿La hay? —preguntó Cora—. También existe el karma.

—¿El karma?

—Había un veneno dentro de él —se dijo Cora—. Y yo me lo bebí.

La doctora Prasher frunció el ceño y se inclinó hacia delante.

—Evelyn, esto es una enfermedad, no un castigo ni la venganza por un pecado. Eso son pensamientos de la Edad Media.

—Ajá.

—En fin —la doctora Prasher se puso de pie con el ceño fruncido—. Quiero programar una broncoscopia para esta tarde. Con eso se confirmaría el diagnóstico. ¿Hay alguien a quien quiera llamar?

Cora se puso de pie, sintiéndose tan inestable que tuvo que agarrarse al respaldo de la silla. El dolor en la base de la columna volvió a aparecer, peor ahora que sabía lo que era.

Cáncer.

«Tengo cáncer».

No podía imaginarse diciéndolo en voz alta.

Cerró los ojos y expulsó el aire de sus pulmones. Imaginó —recordó— a una niña pequeña de pelo rojo, manitas rechonchas y pecas como copos de canela que estiraba los brazos hacia ella mientras decía: «Mamá, te quiero».

Cora había sufrido mucho. Había vivido cuando podía haber muerto. Se había imaginado su vida de cien formas distintas, practicado mil modos de expiación. Se había imaginado envejeciendo, volviéndose senil, riéndose cuando se suponía que tenía que llorar, usando sal en lugar de azúcar. En sus sueños, había visto a Leni enamorándose otra vez, casándose y teniendo otro hijo.

«Sueños».

En un solo instante, la vida de Cora se volvió nítida de pronto, se hizo pequeña. Todos sus miedos, remordimientos y decepciones desaparecieron. Ahora solo importaba una cosa. ¿Cómo era que no lo había sabido desde el principio? ¿Por qué había pasado tanto tiempo buscando quién era ella? Debería haberlo sabido. Siempre. Desde el principio.

Era una madre. Una madre. Y ahora...

«Mi Leni».

¿Cómo iba a poder despedirse?

Leni estaba en la puerta de la habitación de su madre en el hospital, tratando de calmar su respiración. Oía ruidos a su alrededor, a un lado y otro del pasillo, gente que caminaba rápido sobre zapatos con suelas de goma, carros empujados de una habitación a otra, anuncios que se oían por los altavoces.

Leni puso la mano sobre el picaporte de metal y lo giró.

Entró en una habitación grande, dividida en dos espacios más pequeños por unas cortinas que colgaban de unos rieles del techo.

Mamá estaba sentada en la cama, con la espalda apoyada en un montón de almohadas blancas. Parecía una muñeca antigua, con la piel amarillenta demasiado estirada sobre su cara delicadamente tallada. La clavícula le asomaba por el cuello de su demasiado grande camisón de hospital, con la piel hundida a ambos lados.

—Hola —dijo Leni. Se inclinó para besar la suave mejilla de su madre—. Podrías haberme dicho que ibas al médico. Habría venido contigo. —Apartó de los ojos de su madre el plumoso pelo rubio grisáceo—. ¿Tienes neumonía?

—Tengo cáncer de pulmón en estadio cuatro. Solo que es una mierda pequeña y escurridiza y me ha invadido también la espina dorsal y el hígado. Ha entrado en la sangre.

Leni dio literalmente un paso atrás. Casi levantó las manos para taparse la cara.

—¿Qué?

—Lo siento, pequeña. No es nada bueno. La doctora no se ha mostrado especialmente optimista.

Leni quería gritar: «Para».

No podía respirar.

«Cáncer».

—¿Te duele?

No. No era eso lo que quería decir. ¿Qué quería decir?

—Bah —dijo mamá moviendo su mano llena de venas—. Las de Alaska somos fuertes. —Extendió la mano por delante de Leni para coger sus cigarrillos.

—No creo que eso esté permitido aquí.

—Estoy bastante segura de que no —repuso mamá, con la mano temblándole mientras encendía uno—. Pero voy a empezar pronto con la quimioterapia. —Trató de sonreír—. Así que estoy deseando quedarme calva y empezar con las náuseas. Seguro que me quedará bien.

Leni se acercó.

—Vas a luchar, ¿verdad? —preguntó pestañeando para contener las lágrimas que no quería que su madre viera.

—Por supuesto. Pienso darle una patada en el culo a este cabrón.

Leni asintió y se secó los ojos.

—Te pondrás bien. El abuelo te buscará los mejores cuidados de la ciudad. Tiene ese amigo que está en el consejo del centro Fred Hutch. Te pondrás...

—Voy a estar bien, Leni.

Mamá acarició la mano de Leni. Ella se quedó quieta, conectada a su madre por la respiración, el tacto y toda una vida de amor. Quería decir lo correcto, pero ¿qué podría ser? ¿Qué podían importar unas cuantas palabras endebles en un mar de cáncer?

—No puedo perderte —susurró Leni.

—Sí —contestó mamá—. Lo sé, pequeña. Lo sé.

Querido Matthew:

Solo han pasado unos días desde que te escribí. Es curioso lo mucho que puede cambiar la vida en una semana.

No resulta divertido. Eso desde luego.

Anoche, mientras estaba tumbada en mi cómoda cama, con mi pijama comprado en unos grandes almacenes, me sorprendí pensando en un montón de cosas en las que no quería pensar. Así que busqué la forma de pensar en ti.

Creo que no hablamos lo suficiente sobre la muerte de tu madre. Quizá fuera porque éramos niños o quizá porque tú estabas muy traumatizado. Pero deberíamos haber hablado de ello después, cuando nos hicimos mayores. Debí haberte dicho que estaría siempre dispuesta a escuchar tu dolor. Debería haberte pedido que me contaras tus recuerdos.

Ahora veo cómo la pena se convierte en una fina capa de hielo. Yo no he perdido a mi madre todavía, pero

una sola palabra la ha apartado de mí, ha levantado una barrera entre nosotras que antes no existía. Por primera vez en mi vida, nos estamos mintiendo la una a la otra. Puedo notarlo. Nos mentimos para protegernos la una a la otra.
    Pero no hay protección que valga, ¿verdad?
    Tiene cáncer de pulmón.
    Dios. Ojalá estuvieses aquí.

Leni dejó el bolígrafo. Esta vez, el hecho de escribir a Matthew no le proporcionaba consuelo alguno.

Le hacía sentir peor. Más sola.

Qué lamentable era no tener a nadie con quien hablar de aquello. Que su mejor amigo no tuviera ni idea de quién era ella.

Dobló la carta y la metió en la caja de zapatos con todas las demás que había escrito a lo largo de los años y que nunca había enviado.

Ese verano, Leni vio cómo el cáncer borraba a su madre. Lo primero en desaparecer fue el pelo, después las cejas. A continuación, la línea firme de sus hombros. Empezaron a encorvarse. Luego perdió la postura erguida y el caminar. Por fin, el cáncer se llevó todo el movimiento.

Para finales de julio, después de que el cáncer hubiese hecho desaparecer tantas cosas, la verdad quedó desvelada con la última tomografía. Nada de lo que habían hecho había servido.

Leni se sentó en silencio junto a su madre, sosteniéndole la mano mientras les decían que el tratamiento había sido un fracaso. El cáncer estaba por todas partes, un enemigo en movimiento, atravesando huesos, destruyendo órganos. No hubo que discutir si se probaba otra vez para combatirlo.

En lugar de ello, se mudaron de nuevo a la casa de los Go-lliher, instalaron una cama de hospital en el solario, donde la luz entraba por las ventanas, y empezaron con los cuidados paliativos.

Mamá había luchado por su vida, más de lo que había luchado por cualquier otra cosa, pero al cáncer no le importó el esfuerzo.

Ahora, mamá se había incorporado en la cama muy lentamente hasta adoptar una encorvada posición de sentada. Un cigarrillo sin encender temblaba en su mano venosa. Ya no podía fumar, claro, pero le gustaba tenerlos en la mano. Había unos cuantos mechones de pelo en la almohada, extendidos como venas doradas sobre el algodón blanco. Había una bombona de oxígeno junto a la cama; unos tubos transparentes introducidos por las fosas nasales de mamá la ayudaban a respirar.

Leni se levantó de su asiento junto a la cama y dejó el libro que había estado leyendo en voz alta. Le sirvió un vaso de agua y se lo ofreció. Mamá cogió el vaso de plástico. Las manos le temblaban tanto que Leni colocó sus manos por encima de las de su madre para ayudarla a sostener el vaso. Mamá dio un sorbo de pajarito y tosió. Sus delgadísimos hombros se agitaron tanto que Leni estuvo segura de haber oído cómo los huesos le repiqueteaban bajo la piel.

—Anoche soñé con Alaska —dijo mamá volviendo a dejarse caer sobre las almohadas. Levantó los ojos hacia Leni—. No todo fue malo, ¿verdad?

Leni se sobresaltó al oír aquella palabra de forma tan despreocupada. Por acuerdo tácito, no habían hablado de Alaska —ni de papá ni de Matthew— desde hacía años, pero quizá resultara inevitable que regresaran al principio a medida que se acercaba el fin.

—Muchas cosas fueron estupendas —contestó Leni—. Me encantaba Alaska. Quería a Matthew. Te quería a ti. Incluso quería a papá —confesó en voz baja.

—Hubo cosas divertidas. Quiero que recuerdes eso. Y aventuras. Cuando recuerdas, sé que lo fácil es pensar en lo malo. La violencia de tu padre. Las excusas que yo ponía. Mi triste amor por él. Pero había también amor bueno. Recuérdalo. Tu padre te quería.

Eso le dolió a Leni más de lo que podía soportar, pero vio lo mucho que su madre necesitaba pronunciar aquellas palabras.

—Lo sé —contestó.

—Cuéntale a MJ todo sobre mí, ¿vale? Cuéntale que nunca me sabía la letra de ninguna canción y que me ponía pantalones cortos y sandalias y me quedaba bien esa mierda. Cuéntale que aprendí a ser una dura habitante de Alaska a pesar de que no quería, que nunca permití que lo malo pudiera conmigo, que seguí adelante. Cuéntale que quise a su madre desde el momento en que la vi y que estoy orgullosa de ella.

—Yo también te quiero, mamá —dijo Leni. Pero eso no era suficiente. Para nada era suficiente, pero lo único que ahora les quedaba eran las palabras, demasiadas, para tan poco tiempo.

—Eres una buena madre, Leni, a pesar de ser tan joven. Yo nunca fui tan buena madre como tú.

—Mamá...

—Nada de mentiras, pequeña. No tengo tiempo.

Leni se inclinó para apartarle los pocos pelos de la frente de su madre. Eran finos como las plumas de ganso, y ralos. Ver cómo se iba desgastando resultaba insoportable. Parecía como si, cada vez que soltaba aire, mamá perdiera un poco más de su fuerza vital.

Mamá acercó despacio la mano hacia la mesita de noche. El cajón superior se abrió con el silencio de la carpintería cara. Con mano temblorosa, sacó una carta, doblada cuidadosamente en tres.

—Toma.

Leni no quería cogerla.

—Por favor.

Leni cogió la carta, la desdobló con cuidado y vio lo que había escrito en la primera página, en una letra apenas legible:

Yo, Coraline Margaret Golliher Allbright, disparé a mi marido, Ernt Allbright, cuando él me estaba pegando.

Sujeté a su cadáver trampas de animales y lo hundí en el lago Glass. Hui porque tenía miedo de ir a prisión, a pesar de que en aquel entonces —y ahora— creí que esa noche había salvado mi vida. Mi marido llevaba años maltratándome. Muchos habitantes de Kaneq sospechaban que existían esos malos tratos y trataron de ayudar. Yo no lo permití.

Su muerte está en mis manos y en mi conciencia. La culpa se ha convertido en cáncer y me está matando. Dios es justo.

Yo le maté y escondí su cuerpo. Lo hice todo sola. Mi hija no tuvo nada que ver con ello.

Atentamente,
Coraline Allbright.

Debajo de la temblorosa firma de su madre estaba la de su abuelo, actuando en calidad tanto de abogado como de testigo, y un sello notarial.

Mamá tosió sobre un pañuelo de papel estrujado. Tragó una flema y miró a Leni. Durante un terrible y bellísimo momento, el tiempo se detuvo entre ellas, el mundo contuvo la respiración.

—Ha llegado el momento, Leni. Has vivido mi vida, pequeña. Ahora debes vivir la tuya.

—¿Llamándote asesina y fingiendo que yo soy inocente? ¿Así es como quieres que comience una vida nueva?

—Volviendo a casa. Mi padre dice que puedes culparme de todo a mí. Decir que no sabías nada. Eras una niña. Te creerán. Tom y Marge te apoyarán.

Leni negó con la cabeza.

—No te voy a dejar —dijo, demasiado abrumada por la tristeza como para decir nada más.

—Ay, pequeña. ¿Cuántas veces has tenido que decir eso en toda tu vida? —Mamá suspiró agotada y miró a Leni a través de sus ojos tristes y llorosos. Respiraba con dificultad—. Pero te voy a dejar yo. Ya no podemos seguir huyendo de esto. Por favor —susurró—. Hazlo por mí. Sé más fuerte de lo que yo he sido nunca.

Dos días después, Leni estaba en la puerta del solario, escuchando la respiración jadeante de mamá mientras hablaba con la abuela.

Por la puerta abierta, Leni oyó las palabras «lo siento» con la voz temblorosa de su abuela.

Unas palabras que Leni había llegado a despreciar. Sabía que, durante los últimos años, mamá y la abuela se habían dicho ya lo que tenían que decirse. Habían hablado del pasado con frases sueltas. Nunca de una vez, nunca con un gran momento que terminaba con lloros y abrazos, sino con un constante repaso suave por el pasado, reexaminando actos, decisiones y pensamientos, pidiendo disculpas y dando perdón. Todo eso las había acercado más a lo que eran, a lo que siempre habían sido. Madre e hija. Su vínculo esencial e inmutable, lo suficientemente frágil como para insultarse mucho tiempo atrás, lo suficientemente duradero como para sobrevivir a la muerte misma.

—¡Mami! Estás aquí —dijo MJ—. Te he buscado por todas partes.

MJ corrió hasta chocarse contra ella. Tenía en sus manos su valioso ejemplar de *Donde viven los monstruos*.

—La abuelita me dijo que me lo iba a leer.

—No sé, pequeño...

—Me lo prometió. —Al decir aquello, se apartó de ella y entró en el solario como John Wayne en busca de pelea—. ¿Me has echado de menos, abuelita?

Leni oyó la risa suave de su madre. Después, oyó el tintineo y el chirrido cuando MJ golpeó la bombona de oxígeno.

Momentos después, la abuela salió del solario, vio a Leni y se detuvo.

—Pregunta por ti —dijo la abuela en voz baja—. Cecil ya ha estado.

Las dos sabían lo que eso significaba. El día anterior, mamá había estado varias horas inconsciente.

La abuela extendió la mano para agarrar con fuerza la de Leni y, después, la soltó. Con una última y desgarradora mirada, la abuela se fue por el pasillo y subió las escaleras en dirección a su dormitorio, donde Leni imaginó que se permitiría llorar por la hija a la que estaba perdiendo. Todos se habían esforzado mucho por no llorar delante de mamá.

A través de la puerta abierta del solario, Leni oyó la voz aguda de MJ.

—Léemelo, abuelita.

Y luego, la respuesta inaudible de mamá.

Leni miró su reloj. Mamá no podría soportar pasar más que unos minutos con él. MJ era un niño bueno, pero era un niño, lo cual implicaba saltos, parloteo y movimientos sin fin.

El hilo de voz de mamá flotaba entre la luz del sol, trayendo con él una cascada de recuerdos.

—La noche que Max se puso su traje de lobo y se dedicó a hacer travesuras de una clase u otra...

Leni se sintió tan atraída por la voz de su madre como siempre lo había estado, puede que más aún, cuando cada minuto importaba y cada respiración era un regalo. Leni había aprendido a ocultar el miedo, a empujarlo hasta un lugar silencioso y esconderlo con una sonrisa, pero siempre estaba ahí, esa idea de «¿esa respiración es la última? ¿Es esa?».

Ahora, al final, era imposible creer en una mejoría temporal. Y mamá estaba sufriendo tanto que, incluso esperar que pudiese sobrevivir otro día, otra hora, resultaba egoísta.

Leni oyó que su madre decía «Fin» y esa palabra conllevaba un duro significado doble.

—Un cuento más, abuelita.

Leni entró en el solario.

La cama de hospital de mamá había sido colocada para aprovechar la luz del sol que entraba por la ventana. Casi parecía una cama de un cuento de hadas en lo más profundo del bosque, iluminada por el sol y rodeada por flores de invernadero.

Mamá era la Bella Durmiente o Blancanieves, y sus labios el único lugar al que aún le quedaba color. El resto de ella era tan pequeño y descolorido que parecía fundirse con las sábanas blancas. Los tubos de plástico transparente salían de sus fosas nasales, le rodeaban las orejas y continuaban hasta la bombona.

—Ya es suficiente, MJ —dijo Leni—. La abuela necesita echarse una siesta.

—Mierda —protestó él a la vez que sus pequeños hombros se hundían.

Mamá se rio. La risa se convirtió en tos.

—Cuidado con ese lenguaje, MJ. —Su voz era un susurro.

—La tos de la abuelita vuelve a echar sangre —dijo MJ.

Leni sacó un pañuelo de papel de la caja que había junto a la cama de su madre y se acercó para limpiar la sangre de la cara de su madre.

—Da a la abuelita un beso en la mano y vete, MJ. El abuelo tiene una maqueta de avión nueva para que la montéis juntos.

Mamá levantó la mano de la cama. Toda la parte posterior estaba amoratada por la vía.

MJ se acercó y dio un golpe en la cama con tanta fuerza que empujó a su madre y chocó con una rodilla contra la bombona de oxígeno. Besó la mano amoratada con cuidado.

Cuando se fue, mamá suspiró y se dejó caer en las almohadas.

—Ese niño es un alce macho. Deberías llevarlo a clases de ballet o al gimnasio. —Su voz era tan baja que casi no se oía. Leni tuvo que acercarse.

—Sí —contestó Leni—. ¿Cómo estás?

—Estoy cansada, pequeña.

—Lo sé.

—Estoy muy cansada, pero... no puedo dejarte. Yo... no puedo. No sé cómo hacerlo. Lo eres todo para mí, ¿sabes? El gran amor de mi vida.

—Dos gotas de agua —susurró Leni.

—Tal para cual —añadió mamá tosiendo—. La idea de que te quedes sola, sin mí...

Leni se inclinó y besó la suave frente de su madre. Sabía qué tenía que decir ahora, qué necesitaba su madre. Siempre se sabe cuándo se debe ser fuerte por la otra persona.

—Estoy bien, mamá. Sé que estarás conmigo.

—Siempre —susurró mamá, con voz casi inaudible. Levantó la mano, temblorosa, y acarició la mejilla de Leni. Tenía la piel fría. El esfuerzo que le suponía ese simple movimiento era evidente.

—Puedes irte —susurró Leni.

Mamá dio un fuerte suspiro. En aquel sonido, Leni oyó cuánto tiempo y con cuánto esfuerzo su madre había estado luchando contra este momento. La mano de mamá cayó desde la cara de Leni con un golpe sordo en la cama. Se abrió como una flor, dejando ver un pañuelo ensangrentado.

—Ay, Leni..., eres el amor de mi vida..., me preocupa...

—Voy a estar bien —mintió Leni. Las lágrimas caían por sus mejillas—. Te quiero, mamá.

«No te vayas, mamá. No puedo estar en el mundo sin ti».

Los párpados de mamá se cerraron temblorosos.

—Te he... querido..., pequeña.

Leni apenas pudo oír aquellas últimas y susurradas palabras. Sintió el último aliento de su madre de una forma tan profunda como si lo hubiese exhalado ella misma.

29

*E*lla quería que tuvieras esto.

La abuela estaba junto a la puerta abierta del antiguo dormitorio de Leni, vestida toda de negro. Conseguía que el luto resultara elegante. Era el tipo de cosas de las que mamá se habría burlado tiempo atrás. Habría menospreciado a una mujer que se preocupaba tanto por las apariencias. Pero Leni sabía que, a veces, uno se aferra a lo que puede para mantenerse a flote. Y puede que toda esa ropa negra fuese un escudo, una forma de decirle a la gente: «No me hables, no te acerques a mí, no me hagas tus preguntas normales y corrientes cuando mi mundo acaba de explotar».

Por su parte, Leni parecía algo que hubiese arrastrado la marea. En las veinticuatro horas que habían pasado desde la muerte de su madre, no se había duchado, lavado los dientes ni cambiado de ropa. Lo único que había hecho era estar sentada en su habitación, tras una puerta cerrada. Haría un esfuerzo a las dos, cuando tuviese que ir a recoger a MJ a la escuela. En su ausencia, buceaba sola en medio de su pérdida.

Se apartó las mantas. Moviéndose despacio, como si sus músculos hubiesen cambiado con la ausencia de su madre, atravesó la habitación y cogió la caja de las manos de su abuela.

—Gracias —dijo.

Se miraron la una a la otra, espejos de tristeza. Después, sin decir nada más —¿para qué servían las palabras?— la abuela se dio la vuelta y se alejó por el pasillo, rígida. Si Leni no la hubiera conocido, habría dicho que la abuela era una roca, una mujer perfectamente controlada, pero Leni sí la conocía. En las escaleras, la abuela se detuvo, tropezó. Se agarró a la barandilla. El abuelo salió de su despacho, apareciendo cuando ella lo necesitaba, para ofrecerle su brazo.

Los dos, con las cabezas agachadas, eran un reflejo del dolor.

Leni odiaba que no hubiese nada que ella pudiera hacer. ¿Cómo podían salvarse entre sí tres personas que se estaban ahogando?

Leni volvió a la cama. Se metió en ella y se puso la caja de palisandro en el regazo. Ya la había visto antes, claro. Antes se guardaba en ella la baraja de cartas.

Quienquiera que hubiese hecho esa caja la había lijado hasta hacer que la superficie pareciera al tacto más cristal que madera. Era un recuerdo, quizá del viaje que habían hecho hacía una eternidad, cuando vivían en una caravana y fueron hasta Tijuana. Leni era demasiado joven como para acordarse de aquel viaje —antes de Vietnam— pero había oído a sus padres hablar de él.

Leni respiró hondo y abrió la tapa. En su interior vio un revoltijo de cosas. Una pulsera de dijes de plata barata, un juego de llaves con un llavero que ponía «Sigue adelante», una venera rosa, un monedero de gamuza y cuentas, una baraja de cartas, una talla de marfil con un esquimal sosteniendo una lanza.

Fue cogiendo cada uno de los objetos mientras trataba de situarlos en el contexto de lo que ella conocía sobre la vida de su madre. La pulsera de dijes parecía el tipo de regalo que una chica de instituto le hace a otra y le recordó a Leni todas las piezas que le faltaban de la vida de su madre. Preguntas que

Leni no había podido hacer; anécdotas que mamá no había tenido tiempo de contar. Ahora todo eso se había perdido. Leni reconoció las llaves. Eran de la casa que habían alquilado en un callejón de las afueras de Seattle hacía muchos años. La venera era muestra de su amor por los paseos por la playa. Y el monedero de gamuza probablemente procedía de alguna tienda de regalos de la reserva india.

Había un vaso de chupito del bar Salty Dawg. Un trozo de madera en el que alguien había tallado «Cora y Ernt, 1973». Tres ágatas blancas. Una fotografía del día de la boda de sus padres, tomada en el juzgado. En ella, mamá tenía una sonrisa luminosa y llevaba un vestido blanco hasta media pierna con una falda acampanada y con una única rosa blanca en sus manos cubiertas por guantes blancos. Papá la abrazaba por detrás, con una sonrisa algo tensa, vestido con un traje negro y una corbata estrecha. Parecían una pareja de críos jugando a disfrazarse.

La siguiente fotografía era de la furgoneta Volkswagen con sus cajas y maletas atadas al capó. La puerta estaba abierta y se podía ver todas sus cosas amontonadas en el interior. La habían tomado apenas unos días antes de que emprendieran el camino hacia el norte.

Los tres estaban de pie junto a la furgoneta. Mamá llevaba vaqueros de campana y una camiseta con el vientre al aire. Tenía su cabello rubio recogido en dos coletas y una cinta de cuentas que le rodeaba la cabeza. Papá llevaba puestos unos pantalones azul claro de poliéster y una camisa del mismo color de cuello ancho. Leni se encontraba delante de sus padres, con un vestido rojo con cuello de Peter Pan y unas Keds. Cada uno de sus padres tenía una mano sobre uno de sus hombros.

Ella lucía una amplia sonrisa. Feliz.

La fotografía se volvió borrosa mientras Leni la sostenía en su mano temblorosa.

Algo rojo, azul y dorado llamó su atención. Dejó la fotografía y se secó los ojos.

Una medalla militar; un lazo rojo, blanco y azul con una estrella de bronce sujeta al extremo puntiagudo. Le dio la vuelta a la estrella para ver la inscripción de atrás: «Medalla al mérito o por comportamiento heroico. Ernt Allbright». Debajo había un artículo de periódico doblado con el titular «Prisionero de guerra de Seattle liberado» y una fotografía de su padre. Parecía un cadáver, con la mirada perdida. Casi no guardaba similitud con el hombre de la foto de la boda.

«Ojalá recordaras cómo era antes...». ¿Cuántas veces le había dicho eso su madre a lo largo de los años?

Se llevó la foto y la medalla al pecho, como si pudiese grabárselas en el alma. Esos eran los recuerdos que Leni quería conservar: el amor de los dos, el heroísmo de él, la imagen de ambos riéndose, la idea de su madre paseando por la playa.

Quedaban dos cosas en la caja. Un sobre y un papel doblado.

Leni apartó la medalla y la fotografía y cogió el papel para desdoblarlo despacio. Vio la bonita letra de colegio privado de su madre.

A mi preciosa pequeña:
Ya es hora de deshacer lo que hice. Vives con un nombre falso porque yo maté a un hombre. Yo.
Puede que no lo entiendas todavía, pero tienes un hogar. Y un hogar significa algo. Tienes la oportunidad de emprender una vida nueva. Puedes darle a tu hijo todo lo que yo no pude darte, pero para eso hace falta valor. Valor es algo que tú tienes. Lo único que has de hacer es regresar a Alaska y entregarle a la policía la carta de mi confesión. Diles que soy una asesina y que dejen que el crimen termine por fin como debería haber sido, contigo

libre de culpa. Cerrarán el caso y serás libre. Recupera tu
nombre y tu vida.

Vuelve a casa. Esparce mis cenizas por nuestra playa.
Yo te estaré viendo. Siempre.

Tienes un hijo, así que ya sabes cómo es. Eres mi co-
razón, pequeña. Eres todo lo que he hecho bien. Y quiero
que sepas que lo volvería a hacer, cada maravilloso y terri-
ble segundo. Repetiría un año tras otro de nuevo solo por
pasar un minuto contigo.

Dentro del sobre, encontró dos billetes de ida a Alaska.

De un lado a otro, la elegante calle de Queen Anne Hill estaba llena de vida ese último sábado de julio. Los vecinos de sus abuelos se habían reunido alrededor de las barbacoas para asar carne comprada en supermercados y preparar margaritas en sus batidoras, con sus hijos jugando en balancines que costaban tan caros como un coche usado. ¿Había notado alguno de ellos lo sombría que estaba la casa de los Golliher? ¿Podía notar alguien la sensación de tristeza que emanaba de la piedra y el cristal? De esa pena no se hablaría en público. ¿Cómo podían expresar el dolor por la pérdida de una mujer —Evelyn Grant— que en realidad nunca había existido?

Leni salió por la ventana de su dormitorio y se sentó en el tejado, con sus tejas de madera desgastadas por las personas que allí se habían sentado a lo largo de los años. Allí, más que en ningún otro sitio, notaba que su madre estaba a su lado. A veces, la sensación era tan fuerte que Leni creía oír la respiración de su madre, pero no era más que la brisa, susurrando por las hojas del arce que tenía delante.

—Yo solía sorprender a tu madre fumando cigarrillos aquí afuera cuando tenía trece años —dijo la abuela en voz baja—. Pensaba que con la ventana cerrada y un caramelo de menta podía engañarme.

Leni no pudo evitar sonreír. Esas pocas palabras fueron como un embrujo que trajo de vuelta a su madre durante un hermoso y exquisito segundo. Una llama de cabello rubio, una risa en el viento. Leni miró detrás de ella y vio a su abuela de pie en la ventana abierta del dormitorio de arriba. La fresca brisa de la noche le movió su blusa negra y le levantó el ribete del cuello. Leni tuvo un breve y sorprendente pensamiento de que su abuela vestiría de negro el resto de su vida. Quizá se pondría un vestido verde y el remordimiento y la pena brotarían de sus poros hasta cambiar el color del tejido al negro.

—¿Puedo sentarme contigo?

—Entro yo. —Leni se dispuso a ir.

La abuela salió por la ventana abierta, con su pelo rozando el marco y despeinándose.

—Sé que piensas que soy un dinosaurio, pero puedo salir a la cornisa. Jack LaLanne tenía sesenta años cuando nadó desde Alcatraz hasta San Francisco.

Leni se hizo a un lado.

La abuela salió por la ventana y se sentó, apoyando su espalda recta contra la casa.

Leni se echó hacia atrás para colocarse a su lado, llevando con ella la caja de palisandro. No había dejado de acariciar su suave superficie desde que la había abierto el día de antes.

—No quiero que te vayas.

—Lo sé.

—Tu abuelo dice que es una mala decisión y sabe de lo que habla. —Hizo una pausa—. Quédate aquí. No les des esa carta.

—Fue su último deseo.

—Ella ya no está.

Leni no pudo evitar sonreír. Le encantaba que su abuela fuese una mezcla compleja de optimismo y sentido práctico.

El optimismo le había permitido esperar casi dos décadas a que su hija volviera; el sentido práctico le había permitido olvidar todo el dolor que había habido antes. Con el paso de los años, Leni había sabido que mamá había perdonado de sobra a sus padres. Había llegado a comprenderles y a lamentar la dureza con la que les había tratado. Quizá fuese ese un camino que todo hijo recorría al final.

—¿Te he dicho alguna vez lo agradecida que estoy de que nos aceptarais en vuestra casa y de que queráis a mi hijo?

—Y a ti.

—Y a mí.

—Haz que lo comprenda, Leni. Tengo miedo.

Leni había estado toda la noche pensando en eso. Sabía que era una locura y quizá hasta peligroso, pero también había esperanza.

Quería —necesitaba— ser de nuevo Leni Allbright. Vivir su propia vida. Cualquiera que fuese el precio.

—Sé que crees que Alaska es un lugar frío e inhóspito donde nos perdimos. Pero lo cierto es que fue también el lugar donde nos encontramos. Ese lugar está en mí, abuela. Soy de ese lugar. Todos estos años lejos de allí me han costado algo. Y está MJ. Él ya no es un bebé. Es un niño que crece rápido. Necesita un padre.

—Pero su padre está...

—Lo sé. He pasado años contándole a MJ toda la verdad que podía desvelar sobre su padre. Sabe lo del accidente y lo de la clínica de rehabilitación. Pero no resulta suficiente contarle historias. MJ necesita saber de dónde viene y no tardará mucho en empezar a hacer preguntas de verdad. Merece respuestas. —Leni hizo una pausa—. Mi madre se equivocó en muchas cosas, pero había una en la que tenía razón. Que el amor perdura. Permanece. Contra todo pronóstico y a pesar del odio, permanece. Yo dejé al chico que amaba cuando estaba destrozado y enfermo y me odio por ello. Matthew es el padre de MJ, aunque pueda o no entender lo que eso significa, aunque pueda o no abrazarle y hablarle. MJ merece conocer a su propia familia. Tom Walker es su abuelo. Alyeska es su tía. Es imperdonable que no sepan que MJ existe. Le querrían tanto como tú.

—Puede que intenten quitártelo. La custodia es un asunto delicado. No podrías sobrevivir a algo así.

Ese era un escenario oscuro que Leni no podía contemplar.

—No se trata de mí —dijo Leni en voz baja—. Tengo que hacer lo correcto. Por fin.

—Es una mala idea, Leni. Una idea terrible. Si has aprendido algo de tu madre y de lo que ocurrió debería ser esto: que la vida y la ley son duras con las mujeres. A veces, hacer lo correcto no sirve de nada.

Verano en Alaska.

Leni no había olvidado jamás su exquisita y arrebatadora belleza y ahora, en un avión pequeño, volando desde Anchorage a Homer, sintió que el alma se le expandía. Por primera vez en años, se sentía del todo ella misma.

Volaron por las verdes marismas de las afueras de Anchorage y las grandes extensiones del brazo de Turnagain, cuya marea baja dejaba a la vista el fondo de arena gris, donde tantos incautos pescadores habían encallado, y la mágica marea avanzaba rodando en olas lo suficientemente grandes como para surfear.

Y, después, la ensenada de Cook, una franja azul salpicada de barcos pesqueros. El avión se inclinó hacia la izquierda, hacia las montañas vestidas de nieve, y voló por encima de la banquisa de Harding. Sobre la bahía de Kachemak, la tierra se volvía de un verde profuso de nuevo, una serie de montículos esmeralda. Cientos de embarcaciones salpicaban el agua, cintas de agua blanca agitándose tras ellos.

En Homer, aterrizaron entre sacudidas en la pista de grava y MJ soltó un chillido de alegría mientras señalaba por la ventanilla. Cuando el avión se detuvo, el piloto se acercó, abrió la puerta trasera y ayudó a Leni con su maleta de ruedas (una maleta tan del mundo exterior; ni siquiera tenía correas para colgarla al hombro).

Agarró a MJ con una mano y arrastró la maleta por la pista de grava hacia la pequeña oficina del campo de aviación. Un gran reloj de pared marcaba las diez y doce de la mañana.

En el mostrador, llamó la atención del recepcionista.

—Disculpe, tengo entendido que hay una comisaría de policía nueva en la ciudad.

—Bueno, no es tan nueva. Está después de la oficina de correos, en Heath Street. ¿Quiere que llame a un taxi?

Si Leni no hubiera estado tan nerviosa, se habría reído ante la idea de montar en un taxi en Homer.

—Pues... Sí, por favor. Sería estupendo.

Mientras esperaba al taxi, Leni se quedó en la pequeña oficina del campo de aviación, mirando asombrada que toda la pared estaba llena de folletos a cuatro colores que anunciaban aventuras para los turistas: La Gran Hospedería de Aventuras de Alaska en Sterling y la Hospedería de Aventuras de Walker Cove en Kaneq; alojamientos en la cordillera de Brooks, guías de ríos para salir de excursión, cacerías en Fairbanks. Al parecer, Alaska se había convertido en la meca turística que Tom Walker había imaginado que podría llegar a ser. Leni sabía que en verano llegaban cruceros a Seward todas las semanas, desembarcando a miles de personas.

Momentos después de que llegara el taxi, ella y MJ estaban en la comisaría de policía, un edificio largo, de poca altura y de tejado plano levantado en una esquina.

En el interior, la comisaría estaba bien iluminada y recién pintada. Leni arrastraba con esfuerzo su maleta de ruedas, subiéndola por el quicio de la puerta. La única persona que había allí era una mujer de uniforme sentada en una mesa. Leni avanzó con decisión, agarrada tan fuerte a la mano de MJ que él se retorció y se quejó tratando de soltarse.

—Hola —le dijo a la mujer de la mesa—. Me gustaría hablar con el jefe de policía.

—¿Para qué?

—Es sobre un... asesinato.

—¿De un humano?

Solo en Alaska se haría una pregunta así.

—Tengo información sobre un crimen.

—Sígame.

La mujer de uniforme pasó por delante de Leni junto a una celda vacía hasta una puerta cerrada con un letrero que decía: «Jefe Curt Ward».

La mujer llamó con fuerza. Dos veces. Al oír un velado «Adelante», ella abrió la puerta.

—Jefe, esta mujer dice que tiene información sobre un crimen.

El jefe de policía se puso de pie despacio. Leni le recordaba de la búsqueda de Geneva Walker. Tenía el pelo cortado al rape por los lados. Un espeso bigote rojo sobresalía sobre una barba incipiente castaño rojiza que claramente le había salido desde que se había afeitado por la mañana. Tenía el aspecto de un entusiasta jugador de hockey de instituto que hubiese terminado convertido en policía de pueblo.

—Lenora Allbright —dijo Leni presentándose—. Mi padre era Ernt Allbright. Vivíamos antes en Kaneq.

—Joder. Creíamos que estaba muerta. La brigada de rescate estuvo saliendo muchos días para buscarlas a usted y a su madre. ¿Cuándo fue? ¿Hace seis o siete años? ¿Por qué no se pusieron en contacto con la policía?

Leni dejó a MJ en un cómodo sillón y abrió un libro para que lo leyera. Pensó en el consejo que le había dado su abuelo: «Es una mala idea, Leni, pero, si vas a hacerlo, debes tener cuidado, ser más lista de lo que lo fue tu madre nunca. No digas nada. Limítate a darles la carta. Diles que tú ni siquiera sabías que tu padre había muerto hasta que tu madre te entregó esta carta. Diles que huisteis de sus malos tratos y os escondisteis para que él no os encontrara. Todo lo que habéis hecho —el cambio de identidades, la nueva ciudad, el silencio— encaja con una familia que se oculta de un hombre peligroso».

—Quiero irme, mami —dijo MJ removiéndose en el asiento—. Quiero ver a mi papá.

—Enseguida, hijo. —Le besó en la frente y, a continuación, volvió a la mesa del jefe de policía. Entre ellos había una ancha franja de metal gris decorada con fotos de familia y salpicada de montones de notas desordenadas con mensajes y revistas de pesca. Un carrete de caña de pescar con un hilo increíblemente enredado servía de pisapapeles.

Sacó la carta de su bolso. La mano le temblaba al entregar la confesión de su madre.

El jefe Ward leyó la carta. Se sentó. Levantó la vista.

—¿Sabe usted qué es lo que dice?

Leni acercó una silla y se sentó frente a él. Tenía miedo de que las piernas dejaran de sostenerla.

—Sí.

—Entonces, su madre disparó a su padre y se deshizo del cadáver y las dos huyeron.

—Ahí tiene la carta.

—¿Y dónde está su madre?

—Murió la semana pasada. Me dio la carta en su lecho de muerte y me pidió que la entregara a la policía. Fue la primera noticia que tuve. Sobre el... asesinato, quiero decir. Yo creía que huíamos de los malos tratos de mi padre. Él... era violento.

A veces. Le pegó muy fuerte una noche y nos escapamos mientras dormía.

—Lamento la muerte de ella.

El jefe Ward se quedó mirando a Leni largo rato, con los ojos entrecerrados. La intensidad de su mirada era inquietante. Ella contuvo la necesidad de moverse. Por fin, él se levantó y fue a un archivador, rebuscó en un cajón y sacó una carpeta. La dejó caer en su mesa, se sentó y la abrió.

—Entonces, su madre, Cora Allbright, medía un metro setenta. La gente la describía como menuda, frágil, delgada. Y su padre medía más de un metro ochenta.

—Sí, así es.

—Pero ella le pegó un tiro a su padre y arrastró el cadáver al exterior de la casa y... ¿qué? Le ató a la máquina de nieve y lo llevó al lago Glass en pleno invierno, hizo un agujero en el hielo, le sujetó a trampas de hierro y lo tiró. Sola. ¿Dónde estaba usted?

Leni estaba inmóvil, con las manos apoyadas en el regazo.

—No lo sé. No sé cuándo pasó. —Sintió la necesidad de seguir hablando, de seguir pronunciando palabras que dieran solidez a la mentira, pero el abuelo le había dicho que hablara lo menos posible.

El jefe Ward apoyó los codos en la mesa y juntó las yemas de sus gruesos dedos.

—Podría usted haber enviado esta carta por correo.

—Sí, podría haberlo hecho.

—Pero usted no es así, ¿verdad, Lenora? Es una buena chica. Una persona honesta. Tengo informes entusiastas sobre usted en este archivo. —Se inclinó hacia delante—. ¿Qué ocurrió la noche que huyeron? ¿Qué hizo que él estallara?

—Yo... descubrí que estaba embarazada —contestó.

—Matthew Walker —dijo él bajando la vista al archivo—. La gente decía que ustedes dos estaban enamorados.

—Ajá.

—Qué triste lo que le ocurrió. A los dos. Pero usted se recuperó y él... —El jefe Ward dejó colgando la frase; Leni sintió su vergüenza colgando del gancho de lo no dicho—. Tengo entendido que su padre odiaba a los Walker.

—Sentía por ellos más que odio.

—¿Y cuando su padre supo que usted estaba embarazada?

—Se volvió loco. Empezó a darme puñetazos y correazos. —Los recuerdos que durante tantos años había estado manteniendo ocultos se liberaron.

—Era un malvado hijo de puta, según me dijeron.

—A veces. —Leni apartó la mirada. Por el rabillo del ojo vio que MJ estaba leyendo su libro, moviendo la boca mientras traducía a sonidos las palabras. Esperaba que las palabras que se acababan de pronunciar no quedaran aferradas en algún rincón de su subconsciente para salir algún día.

El jefe Ward empujó unos papeles hacia ella. Leni vio «Allbright, Coraline» en la esquina.

—Tengo las declaraciones juradas de Marge Birdsall, Natalie Watkins, Tica Rhodes, Thelma Schill y Tom Walker. Todos ellos testificaron haber visto magulladuras en su madre a lo largo de los años. Hubo muchas lágrimas mientras yo les tomaba declaración, eso se lo puedo asegurar. Muchos de ellos deseaban haber hecho las cosas de otro modo. Thelma dijo que ella misma deseaba haber disparado a su padre.

—Mamá no dejó nunca que nadie la ayudara —le explicó Leni—. Aún no sé por qué.

—¿Alguna vez le contó a alguien que él le pegaba?

—No, que yo sepa.

—Tendrá usted que decir la verdad si busca ayuda real —la advirtió el jefe Ward.

Leni se quedó mirándole.

—Vamos, Leni. Usted y yo sabemos lo que ocurrió esa noche. Su madre no hizo esto sola. Usted era una niña. No fue culpa suya. Hizo lo que su madre le pidió. ¿Quién no lo habría hecho? No hay nadie en este planeta que no pueda entender eso. Él le estaba pegando, por el amor de Dios. La ley será comprensiva.

Tenía razón. Ella era una niña. Una chica de dieciocho años, asustada y embarazada.

—Déjeme ayudarla —continuó él—. Puede deshacerse de esta terrible carga.

Ella sabía lo que su madre y sus abuelos querían que hiciese ahora: seguir mintiendo, decir que no había presenciado el asesinato, ni el trayecto al lago Glass, ni el hundimiento de su padre en el agua helada.

Que dijera: yo no.

Podría culpar de todo a mamá y seguir con esa versión.

Y siempre sería una mujer con ese oscuro y terrible secreto. Una mentirosa.

Mamá había querido que Leni regresara a casa, pero su casa no era solo una cabaña en lo más profundo del bosque que daba a una plácida cala. Su hogar era un estado de su conciencia, la paz que proporcionaba ser una misma y vivir una vida honesta. No había forma de regresar al hogar a medias. No podía construirse una vida nueva sobre los cimientos frágiles de una mentira. Otra vez no. No para volver a su hogar.

—La verdad la liberará, Leni. ¿No es eso lo que desea? ¿Por qué ha venido? Cuénteme lo que ocurrió de verdad esa noche.

—Él me pegó cuando supo lo del bebé, con tanta fuerza que me rompió la mejilla y la nariz. Yo... no lo recuerdo todo, solo que él me estaba pegando. Entonces, oí que mamá decía: «A mi Leni, no», y un disparo. Yo... vi cómo la sangre le empapaba la camisa. Le disparó dos veces por la espalda. Para evitar que él me matara.

—Y usted la ayudó a deshacerse de su cadáver.

Leni vaciló. La compasión que vio en los ojos de él la animó a hablar en voz baja:

—Y yo la ayudé a deshacerse del cadáver.

El comisario Ward se quedó allí sentado un momento, mirando los informes que tenía delante. Parecía a punto de decir algo, pero, después, cambió de idea. Abrió el cajón de su escritorio (hizo un sonido chirriante) y sacó un papel y un bolígrafo.

—¿Puede escribirlo todo?

—Se lo he contado todo.

—Lo necesito por escrito. Así habremos acabado. No se eche atrás ahora, Leni. Está muy cerca del final. Quiere dejar todo esto atrás, ¿no?

Leni cogió el bolígrafo y se acercó el papel. Al principio, se limitó a mirar la hoja en blanco.

—Quizá debería pedir un abogado. Mi abuelo me lo recomendaría. Él es abogado.

—Puede hacerlo —contestó—. Eso es lo que hacen los culpables. —Cogió el teléfono—. ¿Quiere que llame a uno?

—Usted me cree, ¿verdad? Yo no le maté y mamá no quería hacerlo. La ley reconoce ahora a las mujeres maltratadas.

—Por supuesto. Y, además, usted ya ha contado la verdad.

—Entonces, ¿solo tengo que escribirlo y habremos terminado? ¿Puedo ir a Kaneq?

Él asintió.

¿Qué diferencia había en escribir aquello? Empezó despacio, palabra por palabra, reconstruyendo la escena de aquella terrible noche. Los puñetazos, el cinturón, la sangre... El viaje helador hasta el lago. La última imagen del rostro de su padre, de color marfil bajo la luz de la luna, hundiéndose en el agua. El sonido del hielo derritiéndose en el borde del agujero.

Lo único que omitió fue la ayuda de Marge la Grande. No la mencionó en absoluto. No habló tampoco de sus abuelos ni de adónde habían ido ella y mamá cuando salieron de Alaska.

Terminó con: «Volamos de Homer a Anchorage y, después, salimos de Alaska».

Empujó el papel al otro lado de la mesa.

El jefe Ward sacó unas gafas del ancho bolsillo de su uniforme y miró la confesión de ella.

—Ya he terminado de leer, mamá —dijo MJ. Ella le hizo una señal para que se acercara.

Él cerró el libro y casi corrió desde el otro lado de la habitación. Se subió a su regazo como un mono. Aunque ya era demasiado grande, ella lo agarró y dejó que se quedara allí, con sus delgaduchas piernas colgando mientras pateaba el escritorio de metal con la punta de su zapatilla. «Pum, pum, pum».

El comisario Ward la miró.

—Está usted arrestada —anunció.

Leni sintió que el mundo desaparecía literalmente bajo sus pies.

—Pero... usted dijo que habríamos acabado cuando yo lo escribiera.

—Usted y yo hemos acabado. Ahora le corresponde a otro. —Se pasó una mano por el pelo—. Ojalá no hubiese venido aquí.

Todas las advertencias a lo largo de los años. ¿Cómo había podido olvidarse? Había permitido que su necesidad de perdón y redención se impusiera sobre el sentido común.

—¿A qué se refiere?

—Esto queda fuera de mis manos, Leni. Ahora le corresponde a la justicia. Voy a tener que encerrarla, al menos hasta que le lean sus cargos. Si no puede permitirse un abogado...

—¿Mami? —dijo MJ con el ceño fruncido.

El comisario le leyó a Leni sus derechos redactados en una hoja de papel y, después, terminó con: «A menos que conozca a alguien que pueda encargarse de su hijo, van a tener que llevárselo los de Asuntos Sociales. Ellos lo cuidarán. Se lo prometo».

Leni no podía creer que hubiera sido tan estúpida e ingenua. ¿Cómo no lo había visto venir? Se lo habían advertido. Y, aun así, había creído en el policía. Sabía que la ley podía ser implacable con las mujeres.

Quería despotricar, gritar, llorar, tirar al suelo los muebles, pero ya era demasiado tarde para eso. Había cometido un terrible error. No podía cometer otro.

—Tom Walker —dijo.

—¿Tom? —El comisario Ward frunció el ceño—. ¿Por qué iba a llamarlo?

—Solo llámelo. Dígale que necesito ayuda. Él vendrá a por mí.

—Lo que necesita es un abogado.

—Sí —respondió ella—. Dígale eso también.

30

*P*rocesada.

Hasta ese día, Leni había relacionado esa palabra con la comida que había dejado de ser reconocible y se había convertido en algo malo. Como el queso en aerosol.

Ahora adquiría un significado completamente nuevo.

Huellas dactilares. Fotografías para la policía. «Gírese a la derecha, por favor». Manos cacheándola.

—¡Qué divertido! —exclamó MJ golpeando las manos por las barras de la celda y corriendo de un lado a otro—. Suena como un helicóptero. Escucha. —Volvió a correr, tan rápido como pudo, con las manos golpeando contra los barrotes.

Leni no podía sonreír. No podía mirarle, pero tampoco podía apartar la vista. Había necesitado suplicar mucho para poder tenerlo allí dentro con ella. Gracias a Dios, estaba en Homer, no en Anchorage, donde estaba segura de que serían más estrictos a la hora de hacer cumplir las normas. Al parecer, aún no había muchos delitos en la zona. Esa celda se usaba, sobre todo, para borrachos de fin de semana.

«Clan, clan, clan».

—MJ —dijo Leni con brusquedad. Hasta que no le vio la cara, los ojos verdes con expresión preocupada y la boca abierta, no se dio cuenta de que le había gritado—. Lo siento —se disculpó—. Ven aquí, hijo.

El humor de MJ era como el mar. Solo con mirarlo sabías lo que tenías que saber. Ella le había hecho daño, quizá incluso le había asustado con su estallido.

Otra cosa más por la que sentirse mal.

MJ arrastró los pies por la pequeña celda, restregando aposta sus zapatillas con suela de goma.

—Estoy patinando sobre hielo —explicó.

Leni consiguió sonreír mientras tocaba con la palma de la mano el sitio vacío que tenía a su lado sobre el banco de cemento. Él se sentó al lado de ella. La celda era tan pequeña que el váter sin tapa prácticamente daba contra la rodilla de él. A través de los barrotes de metal, Leni podía ver la mayor parte de la comisaría: el mostrador de la puerta, la zona de espera... La puerta del despacho del jefe Ward.

Tuvo que obligarse a no coger en sus brazos a MJ y abrazarlo con fuerza.

—Tengo que hablar contigo —le dijo—. Ya sabes que nosotros siempre hablamos de tu padre.

—Tiene daño cerebral, pero me querría de todos modos. Ese váter es asqueroso.

—Y vive en una clínica donde cuidan a personas como él. Por eso no nos visita nunca.

MJ asintió.

—De todos modos, no puede hablar. Se cayó por un agujero y se rompió la cabeza.

—Ajá. Y vive aquí, en Alaska. Donde se crio mami.

—Eso ya lo sé, tonta. Por eso hemos venido. ¿Puede andar?

—No lo creo. Pero... también tienes un abuelo que vive aquí. Y una tía que se llama Alyeska.

MJ dejó por fin de golpear su tricerátops de plástico contra el banco y la miró.

—¿Otro abuelo? Jason tiene tres abuelos.

—Y tú tienes dos ahora. ¿A que es genial?

Oyó que la puerta de la comisaría se abría. A través de ella, el sonido de una camioneta al pasar por la calle, con los neumáticos aplastando la gravilla. Un claxon.

Y ahí estaba Tom Walker, entrando en la comisaría. Llevaba unos vaqueros desgastados metidos por dentro de las botas y una camiseta negra con un enorme y colorido logotipo de la Hospedería de Aventuras de Walker Cove en el frente. Una sucia gorra de camionero le tapaba la ancha frente.

Se detuvo en el centro de la comisaría y miró a su alrededor.

La vio.

Leni no podría haberse quedado sentada aunque lo hubiese intentado, cosa que no hizo. Se apartó de MJ y se puso de pie.

Sintió una agitación de energía, compuesta en partes iguales de inquietud y de alegría. No se había dado cuenta hasta ese mismo momento de lo mucho que había echado de menos al señor Walker. Con el paso de los años, lo había idealizado. Tanto ella como mamá. Para mamá, él había sido la oportunidad que debería haber aprovechado. Para Leni, había sido el ideal de lo que podría ser un padre. Al principio, hablaban de él a menudo, hasta que se volvió demasiado doloroso para las dos y dejaron de hacerlo.

Se acercó a ella, se quitó la gorra de la cabeza y la apretó en sus manos. Parecía distinto, más agotado que mayor. Su pelo rubio y largo era gris alrededor de la cara y lo llevaba recogido en una coleta. Claramente, estaba trabajando en el bosque cuando el jefe Ward lo había llamado. Tenía hojas y ramitas secas enganchadas a la camisa de franela que llevaba sobre la camiseta.

—Leni —dijo cuando no quedó entre ellos más que los barrotes de la celda—. No podía creer las palabras de Curt cuando me dijo que estabas aquí. —Se agarró a los barrotes con sus manos grandes y enrojecidas por el trabajo—. Creía que tu padre te había matado.

Leni volvió a sentir vergüenza. Notó cómo la cara se le ruborizaba.

—Mamá lo mató. Cuando él empezó a pegarme. Tuvimos que salir corriendo.

—Yo os habría ayudado —dijo él bajando la voz y acercándose—. Todos lo habríamos hecho.

—Lo sé. Por eso no os lo pedimos.

—¿Y... Cora?

—Ha muerto —respondió Leni con voz ronca—. Cáncer de pulmón. Ella... pensaba a menudo en ti.

—Ay, Leni. Lo siento mucho. Ella era...

—Sí —repuso Leni en voz baja mientras trataba en ese momento de no pensar en todas las cosas en las que su madre era especial y en lo mucho que su pérdida le dolía. Aún no había pasado el tiempo necesario. Leni no había aprendido aún a hablar de su dolor. En lugar de ello, se apartó para que él pudiera ver al niño que estaba sentado detrás de ella—. MJ, Matthew júnior, este es tu abuelo Tom.

El señor Walker siempre se había mostrado inconcebiblemente fuerte, más allá de lo humano, pero ahora, con una mirada a ese niño que tanto se parecía a su hijo, Leni vio cómo se partía en dos.

—Dios mío...

MJ se puso de pie de un salto. Tenía en un puño su dinosaurio rojo de plástico.

El señor Walker se agachó para estar a la misma altura de su nieto a través de los barrotes de la celda.

—Me recuerdas a otro chico de pelo rubio.

«Mantén la compostura».

—Soy MJ —dijo con una enorme sonrisa a la vez que daba un salto—. ¿Quieres ver mis dinosaurios? —MJ no esperó a que respondiera y empezó a sacarse dinosaurios de plástico de los bolsillos, haciéndolos aparecer con un gesto triunfal.

—Es igual que su padre —dijo el señor Walker por encima del sonido de los rugidos (pues así era como sonaba el T. Rex: «*grrrr*»).

—Sí. —El pasado se abrió paso hasta el presente. Leni bajó la mirada a sus pies, incapaz de mirar a los ojos al señor Walker—. Siento no habértelo contado. Tuvimos que irnos rápidamente y no quería causarte problemas. No quería que tuvieses que mentir por nosotras ni tampoco podía dejar que mamá fuera a la cárcel...

—Ay, Leni —repuso por fin el señor Walker poniéndose de pie—. Siempre has tenido demasiadas preocupaciones para tu edad. ¿Y qué haces aquí metida si fue tu madre quien mató a Ernt? Curt debería daros más bien una medalla en lugar de tenerte encerrada.

Leni podría haber caído redonda al ver tanta bondad en sus ojos. ¿Cómo era posible que no estuviera enfadado? Ella había abandonado a su hijo con daños cerebrales, había mentido durante años con su ausencia y le había robado años de la vida de su nieto. Y ahora ella tenía que pedirle otro favor.

—La ayudé después de lo que hizo. Ya sabes..., a deshacerse del... cadáver.

Él se acercó.

—¿Lo has confesado? ¿Por qué?

—El jefe de policía me engañó. De todos modos, quizá es así como tenía que ser. Necesitaba contar la verdad. Estoy cansada de fingir que soy otra persona. Lo resolveré. Mi abuelo es abogado. Solo... necesito saber que MJ está bien hasta que yo esté... fuera. ¿Te lo puedes llevar?

—Por supuesto que sí, pero...

—Y sé que no tengo derecho a pedírtelo, pero, por favor, no le hables a Matthew de su hijo. Necesito hacerlo yo.

—Matthew no...

—Sé que no lo va a comprender, pero necesito ser yo la que le diga que tiene un hijo. Es lo que debo hacer.

Oyó un tintineo de llaves. Pasos. El jefe Ward se acercaba. Pasó al lado del señor Walker y abrió la puerta de la celda.

—Ha llegado la hora —dijo.

Leni se inclinó sobre su hijo.

—Bueno, pequeño —dijo tratando de ser fuerte—. Ahora tienes que irte con tu abuelo. Mami tiene... cosas que hacer. —Le dio un pequeño empujón para sacarlo de la celda.

—Mami, no quiero irme.

Leni miró al señor Walker en busca de ayuda. No sabía cómo hacerlo.

El señor Walker colocó su gran mano sobre el pequeño hombro de MJ.

—Este es año de salmón rosado, MJ —dijo con la voz tan temblorosa como Leni se sentía—. Eso significa que los ríos están llenos de salmones jorobados. Podríamos ir hoy a pescar al río Anchor. Hay muchas posibilidades de que pesques el pez más grande de tu vida.

—¿Pueden venir mi mami y mi papi? —preguntó MJ—. Ah. Espera. Mi papá no puede moverse. Se me había olvidado.

—¿Sabes lo de tu papá? —preguntó el señor Walker.

MJ asintió.

—Mami le quiere más que a la luna y las estrellas. Como me quiere a mí. Pero él se rompió la cabeza.

—El niño tiene que irse ya —intervino el jefe Ward.

MJ miró a Leni.

—Entonces, me voy a pescar con mi nuevo abuelo, ¿verdad? ¿Jugaremos luego más a estar en la cárcel?

—Ajá —respondió Leni, haciendo lo posible por no llorar. Le había enseñado a su hijo a confiar en ella, siempre, a creer en ella. Y eso estaba haciendo. Extendió los brazos y lo abrazó, impregnándose de él. Todo el coraje que había empleado hasta ahora para volver a casa, contar la verdad, avisar a Tom Walker, le pasó la mayor de las facturas al tener que dejar a su hijo. Consiguió mirarlo con una sonrisa temblorosa—. Adiós, MJ. Sé bueno con el abuelo. Intenta no romper nada.

—Adiós, mami.

El señor Walker levantó a MJ por los aires y se lo puso en los hombros. MJ respondió con una risa aguda.

—¡Mira, mami, mira! ¡Soy un gigante!

—Ella no se merece estar aquí —le dijo el señor Walker al jefe Ward, que se encogió de hombros—. Siempre has sido un capullo que sigue las normas a rajatabla.

—Me insultas. Buen plan. Cuéntaselo al juez, Tom. La procesaremos rápidamente. A las tres. El juez quiere salir al río para las cuatro.

—Lo siento, Leni —dijo el señor Walker.

Ella oyó la bondad de su voz y supo que ese hombre estaba dispuesto a ofrecer consuelo. Leni no se atrevió a abrazarle. Cualquier tipo de ternura ahora podría acabar con el poco control que le quedaba.

—Cuida de él, Tom. Es todo mi mundo.

Levantó la vista hacia su hijo sobre los hombros de su abuelo y pensó: «Por favor, que esto salga bien», y, a continuación, se cerró la puerta de la celda.

El resto del día pasó lentamente, entre visiones y sonidos desconocidos, timbres de teléfono, puertas que se abrían y cerraban, pedidos de comida y su posterior entrega, botas que pisoteaban el suelo de la comisaría...

Leni estaba sentada en el banco de hormigón, con la espalda apoyada en la fría pared. La luz del sol entraba por la pequeña ventana de la celda, calentándolo todo. Se apartó el pelo mojado de la cara. Había pasado las dos últimas horas llorando, sudando y murmurando maldiciones. Todas las partes de su cuerpo que podían estar húmedas lo estaban. La boca le sabía al interior de un zapato viejo. Fue al pequeño váter sin tapa, se bajó los pantalones y se sentó, rezando por que nadie la viera.

¿Cómo estaría MJ? Esperaba que el señor Walker hubiese encontrado la orca de peluche (con el absurdo nombre de Bob) en su maleta. MJ no podría dormir esta noche sin él. ¿Cómo había olvidado Leni decírselo al señor Walker?

La puerta de la comisaría se abrió. Entró un hombre. Tenía los hombros encorvados y el pelo tan enredado que parecía como si se hubiese electrocutado. Llevaba pantalones de pescador y un maletín de nailon verde lleno de arañazos.

—Hola, Marci —dijo con voz estruendosa.

—Buenos días, Dem —respondió la agente de la recepción.

Miró hacia un lado.

—¿Es ella?

La agente asintió.

—Sí. Allbright, Lenora. Lectura de cargos a las tres. John viene desde Soldatna.

El hombre se dirigió hacia ella y se detuvo en la puerta de la celda. Con un suspiro, sacó una carpeta de su sucio maletín de nailon y empezó a leer.

—Una confesión bastante detallada. ¿No ve la televisión?

—¿Quién es usted?

—Demby Cowe. Su abogado de oficio. Vamos a entrar, hacer una declaración de inocencia y salir. Los salmones se van. ¿De acuerdo? Lo único que tiene que hacer es ponerse de pie cuando el juez se lo diga y decir: «Inocente». —Cerró la carpeta—. ¿Cuenta con alguien que pague la fianza?

—¿No quiere oír mi versión?

—Tengo su confesión. Hablaremos luego. Bastante, se lo prometo. Cepíllese el pelo.

Se fue antes de que Leni pudiera asimilar que él había estado allí.

La sala del juzgado parecía más la consulta de un médico de pueblo que un sagrado tribunal. No había madera reluciente, ni bancos, ni gran mesa en la parte delantera. Solo suelos de linóleo, unas cuantas sillas colocadas en filas y mesas para el fiscal y la defensa. Al frente de la sala, bajo un retrato enmarcado de Ronald Reagan, una larga mesa de formica esperaba al juez. A su lado, una silla de plástico preparada para los testigos.

Leni se acomodó en su silla al lado de su abogado, que estaba sentado cerca de la mesa, estudiando los informes de las mareas. El fiscal se había sentado en la mesa del otro lado del pasillo. Un hombre delgaducho con una barba espesa que llevaba puesto un chaleco de pesca y pantalones negros.

El juez entró en la sala seguido del taquígrafo y el alguacil. El juez llevaba una túnica negra y larga y botas de pescador Xtratuf. Ocupó su lugar tras su mesa y miró el reloj de la pared.

—Démonos prisa, caballeros.

El abogado de Leni se puso de pie.

—Con la venia, señoría...

La puerta de la sala se abrió de golpe.

—¿Dónde está?

Leni podría vivir hasta cumplir los ciento diez años y, aun así, reconocer esa voz. El corazón le dio un pequeño respingo de alegría.

—¡Marge!

Marge la Grande se acercó a toda velocidad entre el tintineo de sus pulseras. Su cara oscura y avejentada estaba salpicada de diminutas pecas negras y su cabello era un remolino de rastas encrespadas apartadas de la cara por un pañuelo doblado en la frente. Su camisa vaquera le quedaba demasiado pequeña —tirante sobre sus grandes pechos— y sus pantalones tenían manchas azules de recoger bayas y los llevaba metidos por dentro de unas botas de goma.

Arrancó literalmente a Leni de su silla y le dio un abrazo. Esa mujer olía a champú casero y humo de leña. A Alaska en verano.

—Maldita sea —dijo el juez con un golpe de su martillo—. ¿Qué está pasando aquí? Vamos a leer los cargos de esta joven por graves acusaciones criminales...

Marge la Grande se soltó del abrazo y volvió a empujar a Leni para que se sentara.

—Venga ya, John. Lo que es criminal es este procedimiento. —Marge se acercó al lugar del juez con un chirrido de sus botas a cada paso—. Esta chica es inocente de todo y el tarado de Ward la forzó para que confesara. ¿Y por qué? ¿Por ayudar a un delito? ¿Complicidad y encubrimiento? Dios mío. Ella no mató a ese viejo de mierda. Solo salió huyendo cuando su aterrorizada madre le dijo que lo hiciera. Tenía dieciocho años y su padre era un maltratador. ¿Quién no iba a salir corriendo?

El juez dio un golpe en su mesa con el martillo.

—Marge, tienes la boca más grande que un salmón real. Ahora ciérrala. Este es mi juzgado. Y esto no es más que una lectura de cargos, no un juicio. Puedes presentar tus pruebas a su debido tiempo.

Marge la Grande miró al fiscal.

—Retira los malditos cargos, Adrian. A menos que quieras pasar los últimos días de la temporada en el juzgado. Todo el mundo en Kaneq, y probablemente en el gasoducto, sabía que Ernt Allbright era un maltratador. Traeré una cantidad infinita de vecinos que testificarán a favor de esta chica. Empezando por Tom Walker.

—¿Tom Walker? —preguntó el juez.

Marge la Grande volvió a mirar al juez, cruzó los brazos para indicar su resolución, su disposición a quedarse todo el día allí argumentando su declaración.

—Así es.

El juez miró al flaco fiscal.

—¿Adrian?

El fiscal bajó la mirada a los papeles que tenía delante de él. Golpeó con un bolígrafo en su mesa.

—No sé, señoría...

La puerta del juzgado se abrió. La mujer de la recepción de la comisaría entró. Se alisaba nerviosa el pantalón.

—¿Señoría? —dijo.

—¿Qué ocurre, Marci? —bramó el juez—. Estamos ocupados.

—El gobernador está al teléfono. Quiere hablar con usted. Ahora mismo.

En un momento, Leni estaba junto a su abogado en la mesa del juzgado y lo siguiente que supo es que estaba saliendo de la comisaría.

En la calle, vio a Marge la Grande junto a una camioneta.

—¿Qué ha pasado? —preguntó Leni.

Marge la Grande cogió la maleta de Leni y la lanzó a la oxidada parte trasera de la camioneta.

—Alaska no es tan distinta a otros lugares. Ayuda tener amigos en puestos importantes. Tommy ha llamado al gobernador, que ha hecho que se retiren los cargos. —Acarició el hombro de Leni—. Ya ha acabado todo, niña.

—Solo una parte —repuso Leni—. Hay más.

—Sí. Tom quiere que vayas a la finca. Te llevará a ver a Matthew.

Leni no podía permitirse todavía pensar en eso. Dio la vuelta hasta la puerta del pasajero de la camioneta y subió al asiento cubierto por una manta.

Marge la Grande subió al asiento del conductor, acomodándose con un contoneo del cuerpo. Cuando puso el motor en marcha, se encendió la radio.

Another little piece of my heart, baby empezó a sonar por el altavoz. Leni cerró los ojos.

—Pareces frágil, niña —dijo Marge la Grande.

—Es difícil no estarlo. —Pensó en preguntar a Marge la Grande por Matthew pero, sinceramente, Leni sentía como si la cosa más diminuta pudiese destrozarla. Así que, se limitó a mirar por la ventanilla.

Mientras conducían hacia el muelle, Leni no pudo evitar mirar con asombro la mágica llovizna de luz. El mundo parecía estar iluminado desde su interior, con intensos y dorados colores fantásticos, picos afilados de nieve y roca, la hierba de un verde y el mar de un azul brillantes.

Los muelles estaban llenos de barcos pesqueros y ruido. Graznidos de gaviotas, rugidos de motores, humo negro lanzado al aire, nutrias que se deslizaban por el agua entre los barcos con su parloteo.

Subieron a la barca roja de Marge la Grande —la *Caza justa*— y atravesaron a toda velocidad la calmada y azul bahía de Kachemak en dirección a las altísimas montañas blancas. Leni tuvo que cubrirse los ojos del reflejo de la luz del sol sobre el agua, pero no había modo de cubrirse el corazón. Los recuerdos le llegaban por todos lados. Recordó cuando vio esas montañas por primera vez. ¿Había sabido entonces cómo se apoderaría Alaska de ella? ¿Cómo la determinaría? No lo sabía. No podía recordarlo. Parecía como si todo hubiese sido hacía una eternidad.

Rodearon la punta de la cala de Sadie y se metieron entre dos islas jorobadas, con sus costas llenas de maderos plateados, algas y guijarros. La barca redujo la velocidad y rodeó el rompeolas de roca.

Leni atisbó el puerto de Kaneq por primera vez y la ciudad que se asentaba sobre pilares por encima de él. Amarraron la barca y subieron por la rampa hacia la valla de tela metálica que era la entrada al puerto desde la ciudad. No creía que Marge la Grande hubiese dicho nada, pero lo cierto era que Leni no estaba segura. Lo único que podía oír era su propio cuerpo, cobrando vida de nuevo en este lugar que siempre la definiría. Su corazón latiendo, sus pulmones aspirando aire, sus pasos sobre la gravilla de la calle principal.

Kaneq había crecido en los últimos años. Las fachadas de tablillas estaban pintadas de colores luminosos, como las fotos que había visto de ciudades de los fiordos de Escandinavia. El paseo entablado que lo conectaba todo parecía nuevo. Había farolas que se elevaban como centinelas, tiestos llenos de geranios y petunias que colgaban de sus brazos de hierro. A su derecha estaba la tienda, dos veces más grande de su tamaño original, con una nueva puerta roja. La calle lucía una tienda tras otra: la de chucherías, la cafetería, la tienda de lanas, las de suvenires, los puestos de helados, tiendas de ropa, de guías, establecimientos de alquiler de kayaks y el nuevo bar Malamute y la Pensión de Geneva, que lucía una cornamenta gigante sobre la puerta.

Recordó su primer día allí, con mamá ataviada con sus nuevas botas de montaña y su blusa de campesina diciendo: «Desconfío un poco de vecinos que utilizan animales muertos para decorar».

Leni no pudo evitar sonreír. Dios mío, qué poco preparados estaban.

Los turistas se mezclaban con la gente del pueblo (se distinguía a unos de otros por la ropa). Había vehículos a lo largo de la calle delante del bar Malamute: unos cuantos quads, algunas bicicletas sucias, dos camionetas y un Ford Pinto verde lima con un guardabarros sujeto con cinta adhesiva.

Leni subió al viejo International Harvester de Marge la Grande. Pasaron junto a la tienda. Un puente recién pintado (a ambos lados pescadores con sus anzuelos en el agua) les llevaba por encima del río de agua cristalina para dejarlos en la carretera de grava que pronto pasaría a ser de tierra.

Durante el primer kilómetro, vio nuevos vestigios de civilización: una caravana sobre unos bloques en medio de la hierba; a su lado, un tractor oxidado. Un par de caminos nuevos. Una autocaravana. A un viejo autobús escolar aparcado junto a la cuneta le faltaban las ruedas.

Leni vio que Marge la Grande tenía un cartel nuevo en su casa. Decía: «¡Se alquilan kayaks y canoas!».

—Me encantan los signos de exclamación —dijo Marge.

Leni iba a decir algo, pero, en ese momento, vio que empezaba el terreno de los Walker, donde el arco daba la bienvenida a los visitantes de la hospedería de aventuras y les prometía: «Pesca, excursiones en kayak, avistamiento de osos y vuelos turísticos».

Marge la Grande aflojó el acelerador a medida que se acercaban al camino de acceso. Miró a Leni.

—¿Estás segura de que estás lista para esto? Podemos esperar.

Leni notó la ternura en la voz de Marge la Grande y supo que esa mujer se estaba ofreciendo para dar tiempo a Leni antes de volver a ver a Matthew.

—Estoy lista.

Cruzaron por debajo del arco de los Walker y continuaron adelante, el camino allanado con grava. A su izquierda, habían construido ocho cabañas nuevas de troncos entre los árboles, cada una de ellas situada para tener una vista amplia de la bahía. Un serpenteante sendero con pasamanos bajaba hasta la playa.

No mucho después llegaron a la casa de los Walker, ahora Hospedería Walker. Seguía siendo la joya de la corona: dos plantas de troncos desnudos con un enorme porche y ventanas que daban a la bahía y las montañas. Ya no se veían trastos ni basura por el patio, ni camionetas oxidadas ni rollos de alambre o palés apilados. En lugar de ello, había vallas de madera por aquí y por allí, paredes independientes para ocultar lo que hubiese detrás. Sillas Adirondack poblaban el porche. Los corrales de animales habían sido trasladados al lejano borde de los árboles.

En el muelle, un hidroavión estaba amarrado junto a tres barcas pesqueras de aluminio. Había gente caminando por los senderos, pescando en la playa. Empleados con uniformes marrones y huéspedes con chubasqueros de colores y chalecos de forro polar nuevos.

MJ salió corriendo de la hospedería, atravesó el porche, rodeó las sillas y se acercó a ella blandiendo una cosa en la mano.

Leni se agachó y lo levantó en brazos para darle un abrazo tan fuerte que él empezó a removerse para soltarse. Hasta entonces, no se había dado cuenta del miedo que había tenido de perderle.

Tom Walker se dirigió hacia ella. A su lado, iba una mujer indígena guapa y de anchas espaldas con el pelo negro y largo con una única mecha gris. Llevaba una camisa vaquera desgastada remetida en unos pantalones caqui, con un cuchillo envainado en el cinturón y un par de cortaalambres asomándole por el bolsillo del pecho.

—Hola, Leni —la saludó el señor Walker—. Quiero que conozcas a mi esposa, Atka.

La mujer extendió la mano y sonrió.

—He oído muchas cosas de ti y de tu madre.

Leni sintió que la garganta se le cerraba mientras estrechaba la mano de Atka.

—Encantada de conocerte. —Miró al señor Walker—. Mamá se alegraría por ti. —La voz de Leni se rompió.

Quedaron en silencio después de eso.

MJ se arrodilló en la hierba, haciendo que su triceratops azul luchara con su T. Rex rojo entre efectos de sonido de gruñidos.

—Me gustaría verle ahora —dijo Leni. Su instinto le indicaba que el señor Walker estaba esperando a que le dijera que estaba lista—. Sola, creo. Si te parece bien.

El señor Walker miró a su mujer.

—Atka, ¿os importaría a Marge y a ti ocuparos del pequeño un momento?

Atka sonrió y se echó su pelo largo sobre la espalda.

—MJ, ¿te acuerdas de la estrella de mar de la que te he hablado? Mi pueblo llama a ese animal *Yuit,* el que lucha contra las olas. ¿Quieres verlo?

MJ se puso de pie de un salto.

—¡Sí! ¡Sí!

Leni se cruzó de brazos mientras veía cómo Marge la Grande, Atka y MJ iban hacia las escaleras de la playa. La voz alta y aguda de MJ fue desvaneciéndose poco a poco.

—Esto no va a resultar fácil —dijo el señor Walker.

—Ojalá hubiese podido escribiros —contestó ella—. Quería hablaros a ti y a Matthew de MJ, pero... —Respiró hondo—. Teníamos miedo de que nos arrestaran si volvíamos.

—Podrías haber confiado en que nosotros te protegeríamos, pero no hay por qué hablar de lo que ocurrió entonces.

—Le abandoné —dijo ella en voz baja.

—Sufría tantos dolores que no sabía quién era, y mucho menos quién eras tú.

—¿Crees que eso me tranquiliza la conciencia? ¿El saber que él sufría dolores?

—Tú también sufrías. Supongo que más de lo que yo suponía. ¿Sabías que estabas embarazada?

Asintió.

—¿Cómo está él?

—Ha sido un camino difícil.

Leni se sintió de lo más incómoda en medio del silencio que quedó entre ellos. Culpable.

—Ven conmigo —dijo él. La cogió del brazo para tranquilizarla. Pasaron junto a las cabañas de la hospedería, también por donde antes habían estado los corrales de los animales y atravesaron el campo de heno segado para llegar a una plataforma de madera de abeto negra.

El señor Walker se detuvo. Leni esperaba ver una camioneta, pero no había ninguna.

—¿No vamos a Homer?

El señor Walker negó con la cabeza. La llevó hacia el interior de los árboles hasta llegar a una pasarela de listones de madera con barandillas de ramas nudosas a cada lado. Justo debajo, en una parcela de tierra rodeada de árboles, había una cabaña de troncos que daba a la bahía. La vieja cabaña de Geneva. Un ancho puente de madera conducía desde la pasarela hasta la puerta. No, no era un puente. Una rampa.

«Una rampa para sillas de ruedas».

El señor Walker caminaba por delante, con sus botas pisoteando el puente con forma de rampa.

Llamó a la puerta. Leni oyó una voz apagada y el señor Walker abrió la puerta y condujo a Leni al interior.

—Adelante —dijo con suavidad, empujándola al interior de una cabaña pequeña y acogedora con un ventanal que daba a la bahía.

Lo primero que vio Leni fue una serie de grandes cuadros. Uno de ellos —un enorme lienzo sin terminar— estaba colocado sobre un caballete. En él, una explosión de color;

gotas, salpicaduras y manchas que, de alguna forma inconcebible, dieron a Leni la impresión de ser la aurora boreal, aunque
no sabía decir por qué. Había extrañas letras deformadas en
todo ese color. Casi podía distinguirlas, pero no del todo. ¿Puede que pusiera «Ella»? Aquella pintura le hacía sentir algo.
Primero dolor y, luego, una creciente sensación de esperanza.

—Os dejos solos —dijo el señor Walker. Salió de la cabaña y cerró la puerta a la vez que Leni veía al hombre de la
silla de ruedas, sentado de espaldas a ella.

Hizo un pequeño giro, con las manos manchadas de pintura ágiles sobre la silla de ruedas, dándose la vuelta.

«Matthew».

Él levantó la mirada. Una red de cicatrices de color rosa
claro le recorría la cara, proporcionándole un aspecto extraño
de puntadas. Tenía la nariz aplastada, tenía la apariencia destrozada de un viejo boxeador, y una cicatriz en forma de estrella
en la parte superior del pómulo tiraba de su ojo derecho ligeramente hacia abajo.

Pero sus ojos. En ellos lo vio a él, a su Matthew.

—¿Matthew? Soy yo, Leni.

Él frunció el ceño. Ella esperaba que dijera algo, lo que fuera, pero no dijo nada. Solo hubo aquel silencio doloroso e interminable donde antes hubo un flujo infinito de palabras.

Leni notó que empezaba a llorar.

—Soy Leni —repitió, con más suavidad. Él se quedó mirándola, sin más, como si estuviese soñando—. No me conoces
—dijo limpiándose los ojos—. Sabía que sería así. Y no vas a
entender lo de MJ. Lo sabía. Lo sabía. Solo que... —Dio un
paso hacia atrás. No podía hacer esto ahora. Todavía no.

Lo volvería a intentar más tarde. Ensayaría lo que iba a
decir. Se lo explicaría a MJ, le prepararía. Ahora tenían tiempo
y ella quería hacerlo bien. Se giró hacia la puerta.

31

*E*spera.

Matthew estaba sentado en la silla de ruedas, sujetando un pincel pegajoso, con el corazón latiéndole a toda velocidad.

Le habían dicho que ella iba a venir, pero, después, se había olvidado, y lo volvió a recordar, y lo volvió a olvidar otra vez. A veces, le pasaba eso. Las cosas se perdían en el confuso circuito de su cerebro. Con menos frecuencia ahora, pero seguía pasando.

O puede que no se lo hubiese creído. O que pensara que se lo había imaginado, que se lo habían dicho para hacerle sonreír con la esperanza de que se olvidaría.

Aún seguía teniendo días nublados en los que no distinguía nada entre la niebla, ni palabras, ni ideas ni frases. Solo dolor.

Pero estaba aquí. Él había pasado años soñando con su regreso, imaginando una y otra vez las distintas posibilidades. Imaginaba ideas y las manipulaba. Había ensayado frases para ese momento, para ella, a solas en su habitación, donde el estrés no se hiciera con el control y lo dejara mudo, donde podría fingir que era un hombre con el que merecía la pena volver.

Trataba de no pensar en su feo rostro ni en su pierna maltrecha. Sabía que, a veces, no podía pensar con claridad y que había palabras que se convertían en criaturas imposibles de alcanzar. Oía cómo su voz, antes fuerte, se tropezaba, lanzando palabras estúpidas y pensaba: «Este no puedo ser yo», pero lo era.

Dejó caer el pincel mojado y se agarró a los apoyabrazos de la silla de ruedas para obligarse a ponerse de pie. Le dolía tanto que dejó escapar un gemido de dolor y eso le avergonzó, ese ruido, pero no podía hacer nada por evitarlo. Apretó los dientes y colocó bien la pierna. Llevaba demasiado tiempo sentado, concentrado en su cuadro, al que llamaba *Ella,* y donde describía una noche que recordaba en su playa, y se había olvidado de moverse.

Arrastró los pies hacia delante con pasos inseguros y tambaleantes que probablemente hicieron que ella pensara que podría caerse en cualquier momento. Se había caído muchas veces y se había levantado aún más.

—¿Matthew? —Se acercó a él con la cara inclinada hacia arriba.

La belleza de ella hizo que sintiera ganas de llorar. Quería decirle que cuando pintaba, la recordaba, que había empezado a hacerlo durante la rehabilitación, como terapia ocupacional, y que ahora era su pasión. A veces, cuando pintaba, podía olvidarse de todo, del dolor, de los recuerdos, de la pérdida, e imaginarse un futuro con Leni, su amor como la luz del sol y el agua tibia. Se imaginaba a los dos teniendo hijos, envejeciendo juntos. Todo eso.

Trató de buscar todas esas palabras. De repente, era como estar en una sala oscura. Sabes que hay una puerta, pero no puedes encontrarla.

«Respira, Matthew». El estrés lo empeoraba más.

Tomó aire y lo soltó. Cojeó hasta la mesita de noche, cogió la caja llena de las cartas que ella le había enviado hacía tantos años, mientras él estaba en el hospital, y las otras, las que le había enviado cuando era un niño afligido en Fairbanks. Así era como había aprendido a leer de nuevo. Se las dio, incapaz de hacerle la pregunta que le había atormentado: ¿por qué dejaste de escribirme?

Ella bajó la mirada, vio las cartas en la caja y lo miró.

—¿Las conservas? ¿Después de haberte dejado?

—Tus cartas —dijo él. Sabía que las palabras se le alargaban. Tenía que concentrarse para crear las combinaciones que quería—. Es como. Aprendí a leer de nuevo.

Leni se quedó mirándole.

—He rezado. Para que tú. Volvieras —continuó Matthew.

—Quería hacerlo —susurró ella.

Él sonrió, consciente de que al hacerlo le tiraba la piel del ojo y le daba un aspecto aún más monstruoso.

Ella le rodeó con sus brazos y él se sorprendió al ver que aún encajaban bien. Después de todas las formas en que le habían vuelto a juntar, a ensartar, a apretar, seguían ensamblando bien. Ella le acarició la cara llena de cicatrices.

—Eres hermoso.

Él la abrazó con más fuerza, tratando de mantener el equilibrio, sintiendo de repente un miedo inexplicable.

—¿Estás bien? ¿Te duele algo?

Él no sabía explicar cómo se sentía o tenía miedo de que, si lo hacía, ella se creara una mala opinión de él. Se había estado ahogando todos estos años sin ella y Leni era la playa que él había estado luchando por encontrar. Pero, seguramente, ella miraría su rostro deteriorado y cosido y se iría corriendo y, entonces, él volvería a dejarse llevar a las aguas profundas y oscuras a solas.

Se apartó, volvió cojeando hacia la silla de ruedas y se sentó con un gemido de dolor. No debería haberla abrazado, haber sentido su cuerpo contra el suyo. ¿Cómo iba a olvidar de nuevo esa sensación? Trató de volver adonde estaba antes, pero no encontraba el camino. Estaba temblando.

—¿Dónde. Has estado?

—En Seattle. —Se acercó a él—. Es una larga historia.

Con la caricia de ella, el mundo —su mundo— se abrió y se resquebrajó. Algo. Quería disfrutar de ese momento, enterrarse en él como si fuese un montón de pieles y dejar que le calentaran, pero nada de aquello le parecía real ni seguro.

—Cuéntame.

Ella negó con la cabeza.

—Te he. Decepcionado.

—No eres tú la decepción, Matthew. Soy yo. Siempre he sido yo. Fui yo la que se fue. Y cuando más me necesitabas. Entendería que no me pudieras perdonar. Lo hice porque..., en fin..., tienes que conocer a una persona. Después, si aún lo deseas, podremos hablar.

Matthew frunció el ceño.

—¿Una persona. Aquí?

—Está fuera con tu padre y con Atka. ¿Vienes conmigo para conocerle?

«Conocerle. A él».

La decepción se metió dentro de él, llegando hasta sus huesos ensartados.

—No necesito conocer. A ese él.

—Estás enfadado. Lo entiendo. Dijiste que siempre hay que estar junto a la gente a la que queremos, pero yo no lo hice. Salí huyendo.

—No hables. Vete —dijo él con voz áspera—. Por favor. Vete.

Ella le miró con lágrimas en los ojos. Era tan hermosa que se le cortaba la respiración. Matthew quería llorar, gritar. ¿Cómo iba a dejarla marchar? Había estado esperando este momento, a ella, a ellos dos juntos, todos los años que podía recordar, con tanto dolor que lloraba en sueños, pero cada día se despertaba y pensaba: «Ella». Y volvía a intentarlo. Había imaginado un millón de versiones del futuro de los dos, pero nunca había imaginado este. El regreso de ella para despedirse.

—Tienes un hijo, Matthew.

Le ocurrió como le pasaba a veces. Oyó las palabras que no eran, asimilaba información que no era real. Su cerebro destrozado. Antes de poder defenderse, de hacer uso de las herramientas que había aprendido, el dolor de aquellas palabras hizo que se viniera abajo. Quería decirle que había entendido mal, pero lo único que pudo hacer fue lanzar un aullido, un profundo y creciente rugido de dolor. Se quedó sin palabras. Lo único que le quedaba era pura emoción. Se levantó de la silla y dio un paso atrás tambaleándose, alejándose de ella, golpeándose con la encimera de la cocina. Era su cerebro dañado, que le decía lo que quería oír en lugar de lo que, en realidad, le habían dicho.

Leni se acercó. Él pudo ver lo dolida que estaba, lo loco que pensaba que estaba, y la vergüenza hizo que quisiese darse la vuelta.

—Vete. Si te vas a marchar. Vete.

—Matthew, por favor. Para. Sé que te he hecho daño. —Extendió la mano hacia él—. Matthew, lo siento.

—Vete. Por favor.

—Tienes un hijo —repitió ella despacio—. Un hijo. Tenemos un hijo. ¿Me entiendes?

Él frunció el ceño.

—¿Un hijo?

—Sí. Le he traído para que te conozca.

Al principio, él sintió una pura e intensa alegría. Después, la verdad le golpeó con fuerza. Un hijo. Un hijo suyo, de los dos. Aquello le dio ganas de llorar por lo que había perdido.

—Mírame —dijo él en voz baja.

—Te estoy mirando.

—Parezco. Como si alguien me rehízo con. Una máquina de coser mala. A veces, duele. Tanto que no puedo hablar. Tardé dos años en dejar. De gemir y gritar. Y en decir mi primera. Palabra de verdad.

—¿Y?

Pensó en todas las cosas que antes había imaginado que le enseñaría a un hijo y todas ellas se derrumbaron a su alrededor. Estaba demasiado débil como para sujetar a otra persona.

—No puedo cogerle en brazos. No puedo subírmelo. A hombros. Él no va a querer. Un padre así. —Sabía que Leni había notado el anhelo de su voz. El universo en una palabra de cinco letras.

Ella le acarició la cara, dejó que sus dedos recorrieran las cicatrices que le habían vuelto a unir y se quedó mirando sus ojos verdes.

—¿Sabes lo que veo yo? Un hombre que debería haber muerto pero que no se rindió. Veo un hombre que se esforzó por hablar, por caminar, por pensar. Cada una de tus cicatrices me rompe el corazón y me lo vuelve a unir. Tu miedo es el miedo de cualquier padre. Veo al hombre al que he querido toda mi vida. Al padre de nuestro hijo.

—No. Sé cómo.

—Nadie lo sabe. Créeme. ¿Puedes cogerle de la mano? ¿Puedes enseñarle a pescar? ¿Puedes prepararle un bocadillo?

—Se avergonzará de mí —repuso él.

—Los niños son tenaces. Y también su amor. Créeme, Matthew, puedes hacerlo.

—Solo no.

—Solo no. Estamos tú y yo, como se suponía que tenía que ser. Lo haremos juntos. ¿De acuerdo?

—¿Prometido?

—Prometido.

Ella le cogió la cara entre sus manos y se puso de puntillas para besarle. Con ese único beso, tan parecido a otro beso de tanto tiempo atrás, una eternidad, de dos chicos que creían en un final feliz, él sintió cómo su mundo volvía a converger.

—Ven a conocerle —susurró ella sobre sus labios—. Ronca igual que tú. Y se choca con todos los muebles. Y le encantan los poemas de Robert Service.

Le agarró de la mano. Juntos salieron de la cabaña, él cojeando despacio, agarrado con fuerza a la mano de ella, apoyado en ella, dejando que le sujetara. Sin decir nada, salieron de entre los árboles y pasaron junto a la casa que ahora era un almacén de equipos de pesca, en dirección hacia las nuevas escaleras de la playa.

Como siempre, la playa estaba llena de huéspedes, vestidos con sus nuevos chubasqueros de Alaska, pescando en la orilla del agua, con los pájaros graznando en el aire a la espera de las sobras.

Él se sujetaba a Leni de una mano y se agarraba a la barandilla con la otra mientras bajaba por las escaleras lentamente y deteniéndose.

En la playa, a la derecha, Marge la Grande bebía una cerveza. Alyeska estaba en la bahía, dando clases de kayak a los huéspedes. Papá y Atka estaban con un niño, un niño rubio, que estaba agachado sobre una estrella de mar gigante de color púrpura.

Matthew se detuvo.

—¡Mami! —exclamó el niño al ver aparecer a Leni. Se levantó de un salto con una sonrisa tan grande que le iluminaba toda la cara—. ¿Sabías que las estrellas de mar tienen dientes? ¡Los he visto!

Leni levantó los ojos hacia Matthew.

—Nuestro hijo —dijo antes de soltar la mano de Matthew.

Él se acercó cojeando al niño y se detuvo. En su intento de inclinarse, cayó sobre una rodilla con una mueca de dolor y gimió.

—Pareces un oso. Me gustan los osos. También a mi nuevo abuelo. ¿Y a ti?

—Me gustan los osos —respondió Matthew, vacilante.

Examinó la cara de su hijo y vio su propio pasado. De repente, recordó cosas que había olvidado: la sensación de los huevos de rana en su mano; la forma en que una carcajada te agita, a veces, todo el cuerpo; historias leídas junto a una hoguera; jugar a los piratas en la playa; construir un fuerte en los árboles. Todo lo que podía enseñar. De todas las cosas con las que había soñado a lo largo de los años y en las que se había esforzado tanto por creer cuando el dolor estaba en su punto álgido, jamás se había atrevido a esperar algo así.

«Mi hijo».

—Soy Matthew.

—¿De verdad? Yo soy Matthew júnior. Pero todos me llaman MJ.

Matthew sintió una emoción que no se parecía a nada que hubiese sentido antes. Matthew júnior. «Mi hijo», pensó de nuevo. Le costaba sonreír. Se dio cuenta de que estaba llorando.

—Yo soy tu padre.

MJ miró a Leni.

—¿Mami?

Leni se acercó a los dos, puso una mano sobre el hombro de Matthew y sonrió.

—Es él, MJ. Tu papá. Ha esperado mucho tiempo para conocerte.

MJ sonrió, dejando ver los dos dientes que le faltaban. Se lanzó contra Matthew y le abrazó con tanta fuerza que cayeron al suelo. Cuando volvieron a incorporarse, MJ se estaba riendo.

—¿Quieres ver una estrella de mar?

—Claro —respondió Matthew.

Intentó levantarse. Puso una mano en el suelo. En la palma se le clavaron trozos de conchas y dio un traspiés cuando su tobillo malo cedió. Y entonces, Leni estuvo allí para agarrarle del brazo y ayudarle a volver a ponerse de pie.

MJ fue corriendo hacia el agua, sin parar de hablar.

Matthew no podía conseguir que sus pies se movieran. Lo único que pudo hacer fue quedarse allí, con la respiración entrecortada, algo temeroso de que todo aquello pudiese romperse como un cristal con el más leve toque. Con un soplo. El niño que se parecía a él estaba junto al agua, con su pelo rubio reluciendo bajo el sol, con el dobladillo de sus vaqueros mojados por el agua salada. Riéndose. En esa sola imagen, Matthew vio toda su vida. La pasada, la presente y la futura. Fue uno de esos momentos —un instante de gracia en medio de un mundo loco y, a veces, tremendamente peligroso— que cambiaba la vida de un hombre.

—Más vale que vayas, Matthew —dijo Leni—. A nuestro hijo no se le da bien tener que esperar para conseguir lo que quiere.

Él la miró y pensó: «Dios, cómo la quiero», pero su voz se había ido, perdida en este mundo nuevo en el que todo había cambiado. En el que él era un padre.

Habían llegado muy lejos desde sus comienzos como dos niños heridos, él y Leni. Quizá todo había pasado como tenía que pasar, quizá cada uno de ellos había atravesado su propio océano —ella el del amor dañado y la pérdida; él el del dolor— para estar de nuevo juntos en el lugar al que pertenecían.

—A mí sí se me da bien.

Él vio lo que esas palabras significaban para ella.

—Yo quería quedarme contigo. Quería...

—¿Sabes qué es lo que más me gusta de ti, Leni Allbright?

—¿Qué?

—Todo. —La abrazó y la besó con todas las fuerzas que tenía y que esperaba seguir teniendo. Cuando por fin la soltó, a regañadientes, y se apartó, se quedaron mirándose para mantener toda una conversación entre aire inspirado y exhalado. Esto era un comienzo, pensó él. Un comienzo en la mitad, algo inesperado y hermoso.

—Más vale que vayas —dijo Leni por fin.

Matthew caminó con cuidado por la playa de guijarros hacia el niño que estaba en la orilla.

—Rápido —dijo MJ haciéndole una señal con la mano para que se acercara a la gran estrella de mar púrpura—. Está justo aquí. ¡Mira! Mira, papá.

«Papá».

Matthew vio una piedra plana y gris, pequeña, como un nuevo comienzo, pulida por el mar, y la cogió. Su peso era perfecto y su tamaño exactamente el que quería. Se la dio a su hijo.

—Toma —dijo—. Te voy a enseñar. A hacer. Saltar las piedras. Es chulo. Le enseñé a tu mamá. Igual. Hace mucho tiempo...

—Él siempre creyó que volverías —dijo el señor Walker al acercarse a Leni—. Decía que, si estabas muerta, él lo sabría. Que lo sentiría. Su primera palabra fue «ella». No tardamos mucho en saber que se refería a ti.

—¿Cómo voy a compensarle por haberle abandonado?

—Ay, Leni. Así es la vida. Las cosas no siempre son como esperamos. —Se encogió de hombros—. Matthew lo sabe mejor que ninguno de nosotros.

—¿Cómo está de verdad?

—Sufre. A veces, tiene dolor. Le cuesta convertir sus pensamientos en palabras cuando se estresa, pero también es el mejor guía del río y a los huéspedes les encanta. Trabaja de voluntario en el centro de rehabilitación. Y ya has visto sus cuadros. Es casi como si Dios le hubiese dado un don para compensarlo. Su futuro no es quizá como el de los demás, ni el que te imaginabas cuando los dos teníais dieciocho años.

—Yo también tengo mis problemas —dijo Leni en voz baja—. Y entonces, éramos niños. Ya no lo somos.

El señor Walker asintió.

—En realidad, solo queda una pregunta. Lo demás ya se verá. —Se giró para mirarla—. ¿Te vas a quedar?

Ella hizo lo posible por sonreír. Estaba bastante segura de que esa era la pregunta que él le había querido hacer. Como madre, lo entendía. No quería que su hijo volviera a sufrir.

—No tengo ni idea de cómo va a ser esta nueva vida mía, pero me quedo.

Él le puso una mano en el hombro.

En la playa, MJ daba saltos en el aire.

—¡Lo he conseguido! He hecho saltar una piedra. Mami, ¿lo has visto?

Matthew miró hacia atrás a Leni con una sonrisa torcida. Él y su hijo eran muy parecidos, los dos le sonreían, juntos ante el cielo azul. Dos gotas de agua. Tal para cual. El principio de un nuevo mundo de amor.

Aunque ella lo había pensado a menudo durante todos esos años, casi idealizándolo, Leni se dio cuenta de que se había olvidado de la verdadera magia de una noche de verano cuando no llegaba a oscurecer.

Ahora, estaba sentada junto a una de las mesas plegables en la playa de los Walker. Había en el aire un ligero olor a malvaviscos asados, endulzando el fuerte olor salado del mar que se acercaba y se alejaba sin cesar. MJ estaba en la orilla, lanzando su caña al agua y recogiéndola de nuevo. El señor Walker estaba a su lado, dándole consejos, ayudándole cuando el hilo se le enrollaba o cuando algo picaba. Alyeska estaba al otro lado, lanzando también su caña. Leni sabía que MJ iba a quedarse dormido de pie en cualquier momento.

Por mucho que le encantara estar allí sentada, empapándose de esa nueva imagen de su vida, sabía que estaba evitando algo importante. A cada minuto que pasaba, sentía el peso de aquella evasión, como una mano sobre su hombro, un suave aviso.

Se levantó de la silla. Ya no sabía cómo adivinar la hora a juzgar por el color del cielo —de un brillante amatista salpicado de estrellas—, así que tuvo que mirar su reloj. Las 21:25.

—¿Estás bien? —preguntó Matthew. Se agarró de su mano hasta que ella se apartó despacio y, entonces, la soltó.

—Tengo que ir a ver mi vieja casa.

Él se puso de pie con una mueca de dolor al colocar el peso sobre su pie malo. Ella sabía que había sido un día largo para él estando de pie.

Leni le acarició las cicatrices de la mejilla.

—Voy a ir. He visto una bicicleta junto a la hospedería y solo quiero ir a ver. Vuelvo enseguida.

—Pero...

—Puedo hacerlo sola. Sé que tú estás dolorido. Quédate con MJ. Cuando vuelva, lo llevaremos a la cama. Te enseñaré los animales de peluche sin los que no puede dormir y te contaré su cuento preferido. Es sobre nosotros.

Ella sabía que Matthew protestaría, así que no se lo permitió. Era su bagaje, su pasado. Le dio la espalda y subió por las escaleras de la playa hasta el césped de arriba. Quedaban aún varios huéspedes sentados en el porche de la hospedería, hablando en voz alta, riéndose. Probablemente, perfeccionando las historias sobre pesca que se llevarían con ellos.

Cogió la bicicleta de la rejilla que había junto a la hospedería y subió en ella, pedaleando despacio por el musgo esponjoso, cruzando a la carretera principal y girando a la derecha, hacia el final de la carretera.

Allí estaba el muro. O lo que quedaba de él. Habían cortado los tablones a machetazos, los habían arrancado de sus puntales. Los listones estaban amontonados en el suelo, cubiertos de moho y oscurecidos por la erosión.

«Marge la Grande y Tom. Puede que Thelma». Podía imaginárselos allí reunidos, apesadumbrados, levantando sus hachas y rompiendo la madera.

Giró hacia el camino de acceso, que estaba lleno de hierbajos altos. Las sombras desviaban la luz. Allí todo estaba en silencio, como lo están los bosques y las casas abandonadas. Tuvo que aminorar la velocidad, pedalear con esfuerzo.

Por fin, entró al claro. La cabaña estaba a la izquierda, desgastada por el tiempo y los elementos, pero aún de pie. A su lado, corrales vacíos y hundidos, vallas desaparecidas, otras destruidas por los depredadores, probablemente el hogar de todo tipo de roedores. La hierba alta, salpicada de flores de epilobio de rosa brillante y de espinosos garrotes del diablo, había crecido alrededor de los trastos que habían dejado atrás. Por aquí y por allí podía ver montículos de metal oxidado y madera podrida. La vieja camioneta se había derrumbado, caída hacia delante como un caballo viejo. El ahumadero era una pirámide de tablones plateados y enmohecidos que se habían derrumbado. Inexplicablemente, la cuerda de la ropa seguía en pie, con pinzas sujetas a ella, balanceándose con la brisa.

Leni se bajó de la bicicleta y la dejó con cuidado en la hierba. Sintiéndose algo más que entumecida, se dirigió a la cabaña. Una nube de mosquitos la rodeaba. Se detuvo en la puerta y pensó: «Puedes hacerlo». Y abrió la puerta.

Fue como regresar en el tiempo, al primer día que habían entrado allí, con insectos muertos amontonados en el suelo. Todo estaba tal cual lo habían dejado, pero cubierto de polvo.

Por su mente, llegaron voces, palabras e imágenes del pasado. Lo bueno, lo malo, lo divertido y lo terrorífico. Lo recordó todo con un destello eléctrico y cegador.

Cerró la mano alrededor del collar que llevaba en el cuello, su talismán, y sintió el afilado trozo de hueso al presionarse contra su mano. Se dejó llevar por la casa, apartó la psicodélica cortina de cuentas que le había proporcionado a sus padres la ilusión de la privacidad. En el dormitorio, vio el polvoriento montón de cosas que revelaba quiénes habían sido. Un revoltijo de pieles sobre la cama. Chaquetas colgadas en perchas. Un par de botas con la punta desgastada.

Encontró el antiguo pañuelo del segundo centenario de la Independencia que su padre se ponía en la frente y se lo metió en el bolsillo. La cinta del pelo de gamuza de su madre colgaba de una percha de la pared. La cogió y se la enrolló en la muñeca como una pulsera.

En el altillo, encontró sus libros esparcidos, con sus páginas amarillentas y mordidas. Muchos se habían convertido en hogar de ratones, igual que su colchón. Podía olerlos en el aire. Un olor a suciedad y a podrido.

El olor de una casa olvidada.

Volvió a bajar por la escalerilla y aterrizó sobre el suelo sucio y pegajoso. Miró a su alrededor.

«Tantos recuerdos». Se preguntó cuánto tiempo tardaría en ocuparse de todos ellos. Incluso ahora, allí de pie, no sabía exactamente qué sentía con respecto a ese lugar. Pero sí sabía, creía, que podía encontrar el modo de recordar lo bueno que allí había. Nunca olvidaría lo malo, pero lo dejaría a un lado. Tenía que hacerlo. «También hubo cosas divertidas», había dicho mamá. «Y aventuras».

Detrás de ella, la puerta se abrió. Oyó unos pasos inseguros que se acercaban por detrás. Matthew apareció a su lado.

—La soledad está sobrevalorada —se limitó a decir—. ¿Quieres. Arreglarla? ¿Vivir aquí?

—Quizá. O puede que la quememos y la volvamos a construir. Las cenizas proporcionan un suelo estupendo.

Aún no lo sabía. Lo único que sí sabía era que por fin había regresado, después de tantos años alejada, de vuelta con los locos y tenaces habitantes marginales de un estado que no se parecía a ningún otro lugar, en ese majestuoso lugar que la había moldeado, que la había definido. Mucho tiempo atrás, a ella le preocupaban las chicas apenas unos cuantos años mayores que ella que habían desaparecido. Sus historias le habían provocado pesadillas a los trece años. Ahora sabía que existían cien maneras distintas de perderse y aún más modos de encontrarse.

Un velo muy fino separaba el pasado del presente. Existían de manera simultánea en el corazón humano. Cualquier cosa podía transportarte: el olor del mar con la marea baja, el graznido de una gaviota, el turquesa del río que sale de un glaciar. Una voz en el viento puede ser real a la vez que imaginada. Especialmente aquí.

Ese día caluroso de verano, la península de Kenai estaba inundada por colores intensos. No se veía ninguna nube. Las montañas eran una mezcla mágica de lavanda, verde y azul claro: valles, riscos y picos. Aún quedaba nieve por encima de la franja de árboles. La bahía era de color zafiro, casi sin olas. Docenas de barcas de pesca navegaban junto a kayaks y canoas. Para los alaskeños, el de hoy era un día para estar en el agua. Leni sabía que la playa de Bishop, la extensión recta de arena más allá de la iglesia rusa de Homer, sería una larga fila de camionetas y remolques de barcas vacías, como también sabía que algún turista despistado estaría excavando en la arena en busca de almejas sin prestar atención a que la marea los pudiera sorprender.

Algunas cosas no cambiaban nunca.

Ahora, Leni estaba en su patio de hierba crecida, con Matthew a su lado. Juntos, caminaron por el montículo de pasto por encima de la playa y se reunieron con el señor y la señora Walker, Alyeska y MJ, que ya estaban allí, esperándoles. Alyeska recibió a Leni con una cálida sonrisa de bienvenida con la que decía: «Ahora estamos juntas en esto. Familia». No habían tenido mucho tiempo para hablar durante los dos últimos días, en medio del torbellino del regreso de Leni a Alaska, pero las dos sabían que ya tendrían tiempo para compartir, tiempo para entrelazar sus vidas. Resultaría fácil. Las dos tenían en común a mucha gente a la que querían.

Leni agarró a su hijo de la mano.

Una muchedumbre la esperaba en la playa. Leni sentía sus ojos sobre ella y notó que habían dejado de hablar cuando se acercaba.

—¡Mira, mami, una foca! ¡Ese pez acaba de dar un salto por encima del agua! ¡Vaya! ¿Podemos ir a pescar hoy con papá? ¿Podemos? La tía Aly dice que sigue habiendo salmones rosas.

Leni miró a los amigos que se habían reunido en la orilla del agua. Casi todo Kaneq estaba allí hoy, incluso varios de los ermitaños a los que solamente se les veía en el bar y, a veces, en la tienda. Cuando llegó, nadie habló. Uno a uno, subieron a sus barcas. Oyeron las bofetadas del agua sobre sus cascos, el crujir de conchas y guijarros al salir al agua.

Matthew la llevó hasta un esquife de la Hospedería de Aventuras de Walker Cove. Le puso un chaleco salvavidas de llamativo color amarillo a MJ y, a continuación, se acomodó en el banco de la proa, mirando a popa. Leni subió a bordo. Salieron flotando hacia donde estaban las demás barcas, Matthew sentado en medio, manejando los remos.

La bahía estaba en calma en esta primera y soleada hora de la noche. La profunda entrada del fiordo tenía un aspecto magnífico bajo aquella luz.

Las barcas se adentraron en la cala y se quedaron detenidas juntas, con sus proas golpeándose. Leni miró a su alrededor. Tom y su nueva esposa, Atka Walker; Alyeska y su marido, Darrow, y sus hijos gemelos de tres años; Marge la Grande, Natalie Watkins, Tica Rhodes y su marido, Thelma, Nenita, Ted y todos los Harlan. Los rostros de su infancia. Y de su futuro.

Leni sentía que todos la miraban. De repente, pensó en lo mucho que aquello habría significado para mamá, que esa gente saliera a despedirse. ¿Había sido mamá consciente de todo el cariño que le tenían?

—Muchas gracias —dijo Leni. Esas dos palabras tan insuficientes se perdieron en medio del sonido de las olas que se chocaban contra los cascos de las barcas. ¿Qué debía decir?—. No sé cómo...

—Simplemente háblanos de ella —la interrumpió el señor Walker con voz amable.

Leni asintió a la vez que se limpiaba los ojos. Lo volvió a intentar, con voz tan alta como pudo.

—No sé si alguna vez ha llegado a Alaska alguna mujer menos preparada para ello. No sabía cocinar, ni hacer pan ni preparar conservas. Antes de Alaska, su idea de las destrezas necesarias para la supervivencia consistía en ponerse pestañas postizas y unos tacones. Se trajo aquí unos pantalones cortos de color púrpura, por Dios santo.

Leni tomó aire.

—Pero llegó a encantarle todo esto. A las dos nos encantó. Lo último que me dijo antes de morir fue: «Vuelve a casa».

Yo sabía a qué se refería. Si os viera ahora reunidos aquí por ella, os miraría con una de sus luminosas sonrisas y os preguntaría por qué estáis aquí en lugar de estar bebiendo o bailando. Tom, ella te daría una guitarra y, Thelma, a ti te preguntaría qué demonios has estado haciendo y, Marge la Grande, a ti te daría tal abrazo que te cortaría la respiración. —La voz de Leni se quebró. Miró a su alrededor, recordando—. Su corazón se sentiría inundado al veros a todos aquí, al saber que habéis dedicado un rato, en medio de todo lo que tenéis que hacer, para recordarla. Para despediros. Una vez, me dijo que sentía como si no fuera nada, solo un reflejo de otras personas. Nunca llegó a saber lo que valía. Espero que ahora nos esté mirando y sepa... por fin... cuánto la queríamos.

Un murmullo de asentimiento, unas cuantas palabras y, después: silencio. Las penas así de profundas son un asunto silencioso y solitario. A partir de ahora, la única vez que Leni oiría la voz de su madre sería en su mente, pensamientos conectados con la conciencia de otra mujer, una búsqueda continua de conexión, de significado. Como todas las jóvenes sin madre, Leni se convertiría en una exploradora de emociones que trataría de desenterrar la parte de ella que había perdido, la madre que la había llevado en su vientre, que la había criado y la había querido. Leni sería tanto madre como hija. A través de ella, mamá seguiría creciendo y envejeciendo. Nunca se iría, no mientras Leni la recordara.

Marge la Grande lanzó al agua un ramo de flores.

—Te echaremos de menos, Cora —dijo.

El señor Walker lanzó un ramo de flores silvestres. Pasó flotando junto a Leni, con su intenso color rosa chapoteando en las olas.

Matthew miró a Leni a los ojos. Llevaba un ramo de epilobios y flores de altramuz que había recogido esa mañana con MJ.

Leni metió la mano en una caja y sacó el bote lleno de cenizas. Durante un momento encantador todo se volvió borroso y mamá apareció ante ella, la miró con su luminosa sonrisa, le dio un empujón con la cadera y dijo: «Baila, pequeña».

Cuando Leni volvió a mirar, las barcas eran gotas de color en medio de un mundo azul verdoso.

Abrió el tarro y vació el contenido despacio en el agua.

—Te quiero, mamá —dijo Leni, sintiendo cómo la pérdida se asentaba en lo más profundo de ella, llegando a formar parte de ella igual que el amor. Habían sido más que amigas. Habían sido aliadas. Mamá decía que Leni era el gran amor de su vida y Leni pensaba que quizá eso pasara siempre entre padres e hijos. Recordó una cosa que mamá le había dicho una vez: «El amor no se diluye ni muere, pequeña». Se había referido a Matthew y a la tristeza, pero igualmente podría aplicarse lo mismo a madres e hijos.

Este amor que sentía por su madre, por su hijo, por Matthew y por las personas que la rodeaban era imperecedero, tan vasto como aquel paisaje, tan inmutable como el mar. Más fuerte que el tiempo mismo.

Se inclinó hacia delante y echó una florecilla rosa sobre una ola que se arremolinaba suavemente, y vio cómo flotaba hacia la playa. Sabía que, a partir de entonces, sentiría la caricia de su madre en la brisa, que oiría su voz en el sonido de la marea al subir. A veces, el hecho de recoger bayas o hacer pan, o incluso el olor del café, la harían llorar. Durante el resto de su vida, levantaría la mirada hacia el enorme cielo de Alaska y diría: «Hola, mamá», y la recordaría.

—Siempre te querré —susurró al viento—. Siempre.

MI ALASKA
4 de julio de 2009
por Lenora Allbright Walker

Si me llegan a decir cuando era niña que algún día me llamarían de un periódico para que hablara de Alaska en el quincuagésimo aniversario de la fundación de su estado, me habría reído. ¿Quién iba a pensar que mis fotografías tendrían tanto significado para tantas personas? ¿O que tomaría una foto de la fuga de petróleo del Valdez *que me cambiaría la vida y se convertiría en portada de una revista?*

En realidad, es mi marido quien debería hablar. Él ha superado cada obstáculo que este estado pueda ofrecer y sigue en pie. Es como uno de esos árboles que crecen en un risco escarpado de granito. Con el viento, la nieve y el frío helador, deberían caer, pero no caen. Siguen en pie, tenaces. Crecen.

Yo no soy más que una esposa y madre corriente de Alaska que se enorgullece, sobre todo, de los hijos que ha criado y de la vida que ha conseguido tener en medio de este duro paisaje. Pero al igual que las historias de todas las mujeres, en la mía hay más de lo que, a veces, parece haber en la superficie.

La familia de mi marido pertenece prácticamente a la realeza de Alaska. Sus abuelos consiguieron labrarse una vida en tierras remotas con un hacha y un sueño. Como auténticos exploradores americanos, colonizaron cientos de hectáreas y fundaron una ciudad donde establecerse. Mis hijos, MJ, Kenai y Cora, son la cuarta generación que se cría en esa tierra.

Mi familia era distinta. Llegamos a Alaska en los años setenta. Era una época turbulenta, llena de protestas, manifestaciones, atentados y secuestros. Muchas jóvenes eran raptadas en los campus de las universidades. La guerra de Vietnam había dividido al país.

Llegamos a Alaska huyendo de ese mundo. Como tantos otros cheechakos *anteriores y posteriores, hicimos pocos planes. No teníamos suficiente comida, provisiones ni dinero. Casi no teníamos aptitudes. Nos mudamos a una cabaña de una parte apartada de la península de Kenai y rápidamente nos dimos cuenta de que no sabíamos lo suficiente. Incluso nuestro vehículo, una furgoneta Volkswagen, había sido una mala elección.*

Una vez, hubo alguien que me dijo que Alaska no daba carácter, sino que lo sacaba a la luz.

La triste realidad es que la oscuridad de Alaska sacó a la luz la oscuridad que había dentro de mi padre.

Era un veterano de Vietnam, un prisionero de guerra. Entonces, no sabíamos lo que todo eso implicaba. Ahora, sí. En nuestro mundo de la información, sabemos cómo se ayuda a los hombres como mi padre. Entendemos cómo la guerra puede destrozar las mentes más fuertes. En aquel entonces, no teníamos ayuda. Ni había tampoco mucha ayuda para una mujer que era su víctima.

Alaska —su oscuridad, el frío y el aislamiento— se metió dentro de mi padre de una forma terrible y lo convirtió en uno de los muchos animales salvajes que habitan este estado.

Pero, al principio, no lo supimos. ¿Cómo íbamos a saberlo? Teníamos sueños, como tantos otros, planeamos nuestro viaje, pegamos con cinta adhesiva nues-

tro cartel de «Alaska o nada» en la furgoneta y salimos en dirección norte, sin estar preparados.

Este estado, este lugar, no se parece a ningún otro. Es belleza y horror; salvador y destructor. Aquí, donde la supervivencia es una decisión que debe tomarse una y otra vez, en el lugar más salvaje de América, en el borde de la civilización, donde el agua en todas sus formas te puede matar, aprendes quién eres. No quien sueñas ser, no quien imaginabas que eras, no la persona que deberías ser por cómo te han criado. Todo eso desaparece en los meses de la oscuridad heladora, cuando la escarcha de las ventanas empaña tu visión y el mundo se vuelve muy pequeño y te topas con la verdad de tu existencia. Aprendes lo que debes hacer para sobrevivir.

Esa lección, esa revelación, como mi madre me dijo una vez respecto al amor, es el mayor y más terrible regalo de Alaska. Los que vienen solamente en busca de belleza o de una vida imaginada o los que buscan la seguridad, fracasarán.

En la vasta extensión de esta impredecible tierra salvaje, o bien te conviertes en la mejor versión de ti mismo y floreces o saldrás corriendo, entre gritos, de la oscuridad, el frío y la adversidad. No hay punto intermedio, ni lugar seguro; aquí no, en la Gran Solitaria.

Para los menos, los robustos, los fuertes, los soñadores, Alaska es nuestro hogar, por siempre jamás, la canción que escuchas cuando todo está en silencio y tranquilo. O eres de aquí, salvaje y sin domesticar, o no. Yo soy de aquí.

AGRADECIMIENTOS

$\mathcal{Y}$o vengo de una larga estirpe de aventureros. Mi abuelo partió de Gales a los catorce años para dedicarse al ganado en Canadá. Mi padre ha pasado la vida en busca de lo extraordinario, lo remoto, lo inusual. Va allá donde la mayoría de la gente ni imagina ir.

En 1968, mi padre pensó que California se estaba llenando demasiado de gente. Él y mi madre decidieron hacer algo al respecto. Nos metieron a todos (tres hijos pequeños —y dos de nuestros amigos— y el perro de la familia) en una furgoneta Volkswagen. En pleno calor del verano, nos fuimos. Estuvimos recorriendo los Estados Unidos, más de una docena de ellos, en busca de un lugar que hacer nuestro. Lo encontramos en la belleza verde y azul del noroeste del Pacífico.

Años más tarde, mi padre volvió a marcharse en busca de aventuras. Las encontró en Alaska, en las costas del magnífico río Kenai. Allí, mis padres conocieron a las colonas Laura y Kathy Pedersen, madre e hija, que dirigían un centro turístico en aquel tramo incomparable de la ribera del río durante varios años. A principios de los ochenta, estas dos familias de colonos se juntaron y fundaron una empresa que se daría a conocer como el Gran Centro de Aventuras de Alaska. Tres generaciones de mi familia han trabajado en ese hotel. Todos nosotros nos enamoramos de la última frontera.

Me gustaría dar las gracias a la familia John —Laurence, Sharon, Debbie, Kent y Julie— y a Kathy Pedersen Haley por su infinito entusiasmo y gran visión a la hora de crear un lugar tan mágico.

También me gustaría dar las gracias a Kathy Pedersen Haley y Anita Merkes por su pericia y ayuda editorial a la hora de recrear el mundo de los colonizadores de Alaska y la bahía de Kachemak durante los años setenta y ochenta. Vuestros conocimientos y apoyo para este proyecto han significado mucho para mí. Cualquier error que surja es, por supuesto, mío.

Además, a mi hermano Kent —otro aventurero—, que me dio respuesta a un río interminable de estrambóticas preguntas sobre Alaska. Como siempre, eres una estrella del rock.

Gracias a Carl y Kirsten Dixon y al fabuloso equipo de la Hospedería Tutka Bay en la bahía de Kachemak por recibirme en su encantador rincón del mundo.

También quisiera dar las gracias a unas cuantas personas muy especiales que han colaborado enormemente con esta novela, sobre todo en la época más difícil, cuando sentí que estaba a punto de rendirme. A mi brillante editora, Jennifer Enderlin, que esperó paciente, me dio consejos cuando se los pedí y, luego, esperó aún más pacientemente. Te estoy muy agradecida por el tiempo de más y por tu apoyo. Gracias a Jill Marie Landis y a Jill Barnett, que me animaron cuando más lo necesitaba; a Ann Patty, que me enseñó a confiar en mí misma; a Andrea Cirillo y a Megan Chance, que siempre están ahí; y a Kim Fisk, que creyó en esta historia y en su localización en Alaska desde el principio y nunca tuvo miedo de decirlo.

Gracias a Tucker, Sara, Kaylee y Braden. Me habéis ampliado las fronteras del amor y me habéis regalado un mundo nuevo en el centro de mi vida.

Y, por último, a mi marido desde hace treinta años, Benjamin. Hemos sido compañeros en esto de la escritura desde el principio y nada de ello habría sido posible sin tu amor y tu apoyo. Enamorarme de ti fue lo mejor que he hecho nunca.

KRISTIN HANNAH
nació en 1960 en el sur de
California. Aunque estudió
Derecho, con la publicación de
su primer libro, en 1990, se
convirtió en escritora
profesional. Desde entonces ha
ganado numerosos premios y ha
publicado 22 novelas de gran
éxito, entre ellas *El baile de las
luciérnagas* y el best seller
internacional *El Ruiseñor*.